Julie Peters
Im Land des Feuerfalken

Julie Peters

Im Land des Feuerfalken

Ein Neuseeland-Roman

Wunderlich

1. Auflage Mai 2012
Copyright © 2012 by Rowohlt Verlag GmbH,
Reinbek bei Hamburg
Satz aus der Galliard PostScript
bei Pinkuin Satz und Datentechnik, Berlin
Druck und Bindung CPI – Clausen & Bosse, Leck
Printed in Germany
ISBN 978 3 8052 5024 5

Für Gordon

Prolog

Glenorchy, Oktober 1907

Er mochte, wie ihre schwarzen Zöpfe auf und ab wippten, wenn sie lief.

Sarah O'Brien lief nicht oft. Meist stand das Mädchen brav neben ihrer Großmutter, die seine Hand festhielt, während sie Robs Mam aufzählte, was sie brauchte. Nur wenn sie nach ihrem Geldbeutel griff und die Münzen auf den Tresen zählte, ließ sie Sarah los, und auch dann stand das Mädchen ganz starr und brav daneben und wartete. Nicht mal die Zuckerstange, die Robs Mam ihm hinhielt, nahm es ohne die Erlaubnis ihrer Großmutter.

Dabei hatte Rob Sarah schon laufen gesehen. Er hatte ihr jedes Mal nachlaufen wollen, weil ihm so gefiel, wie alles an ihr wippte und wehte. Auch ihre großen, dunklen Augen und die zarte Haut gefielen ihm. Oft kniff er die Mädchen, weil sie dann so schön kreischten, aber bei Sarah hielt er sich zurück, denn sie weinte immer sofort. Die anderen Mädchen lachte er aus und nannte sie Heulsuse, wenn sie in Tränen ausbrachen. Die dicke Vera zum Beispiel, die in der Schule vor ihm saß und so kurzsichtig war wie ein Maulwurf und Zähne wie ein Karnickel hatte. «Maulnickel», riefen die Jungs ihr nach.

Sarah konnte er auch deshalb nicht so gut necken, weil er sie nicht jeden Tag in der Dorfschule von Glenorchy sah. Sie hatte ihren eigenen Privatlehrer, zusammen mit Jamie O'Brien, der drei Jahre älter und der jüngste Sohn ihrer Großmutter war. Er war also eigentlich ihr Onkel, was Rob so ungewöhnlich fand, dass er Jamie bei den seltenen sich bietenden Gelegenheiten damit aufzog.

Heute aber wollte er niemanden ärgern. Nein, Rob wollte seinen ganzen Mut zusammennehmen und Sarah etwas schenken. Das hatte er sich schon lange vorgenommen, aber bisher hatte er nicht das Richtige gefunden.

Als ihre Großmutter Sarahs Hand losließ und nach ihrem Geld kramte, schlich er hinter dem Regal mit den Sämereien zu Sarah. «Hallo», flüsterte er, und weil sie nicht reagierte, räusperte er sich und schob die Daumen unter seine Hosenträger, wie er's den größeren Jungs abgeschaut hatte, die sich immer ganz lässig gegen die Pfeiler des Vordachs lehnten und den Mädchen nachpfiffen. «Hallo, Sarah», sagte er mit extratiefer Stimme.

Sie fuhr zu ihm herum und musterte ihn vom verwuschelten dunklen Scheitel bis hinunter zu den schiefgelaufenen Schuhen. Dann blickte sie neugierig in sein Gesicht. «Hallo?» Als wäre sie sich nicht sicher, ob sie mit ihm reden dürfte.

«Ich hab was für dich.» Jetzt wurde es schwierig. Er musste ja überlegen wirken und gleichzeitig seine Liebesgabe aus der Hosentasche ziehen. Sorgfältig hatte er sie in ein sauberes Taschentuch gewickelt, das sich nur schwer herausziehen ließ. Fast wäre der dicke Klicker zu Boden gefallen, aber irgendwie schaffte er es, ihn aufzufangen. «Da.»

Sarah sah ihn bloß an.

Es war die schönste Murmel, die er je besessen hatte, ein Klicker mit orangeweißen Spiralen. Nicht blau oder grün wie die, um die auf dem Schulhof gespielt wurde.

«Was soll ich denn damit?» Sie runzelte die Stirn.

«Nimm schon. Ich schenk sie dir. Ist meine allerschönste, und sie gehört jetzt dir.»

Sie zögerte, streckte aber schließlich die Hand aus und nahm den Klicker mit spitzen Fingern. «Was macht man damit?»

«Hast du noch nie Murmeln gespielt?» Er war enttäuscht. Dann wusste sie das Geschenk ja gar nicht zu schätzen! Er hatte sechs seiner besten Klicker dafür hergeben müssen, weil Henry nicht um diese tolle Murmel spielen wollte, sondern sie immer nur ganz stolz rumzeigte.

«Nee, hab ich nicht. Zeigst du mir, wie das geht?» Sie stand ratlos da, die Murmel rollte auf ihrer Handfläche hin und her.

«Klar!» Seine Augen leuchteten auf. Die Sache schien sich ja doch noch zum Guten zu wenden! Rob nahm Sarahs Hand und führte sie aus dem Laden. Mit einem Satz sprang er von der Veranda unter dem Vordach und landete elegant im Staub. «Pass auf, das geht so: Du musst mit deinem Klicker die anderen raushauen.»

Erst jetzt fiel ihm auf, dass er keine anderen Murmeln dabeihatte. Das Säckchen war im Haus, er versteckte es immer unter der Matratze, weil die Zwillinge Matt und Josh ihm ständig alles klauten.

«Guck mal, Jamie, was Rob mir geschenkt hat!» Während er noch versuchte, die Regeln zu erklären – was ja im Grunde sinnlos war ohne Murmeln –, hatte Sarah

Jamie entdeckt. Er hatte draußen bei der Kutsche auf sie gewartet und überprüfte gerade die Gurte und das Zaumzeug der beiden Ponys, die vor den Kastenwagen gespannt waren.

Sarah lief zu ihrem Onkel, der für sie wie ein Bruder war. Rob schlenderte möglichst lässig hinterdrein. Auf keinen Fall durfte er zeigen, wie blöd er es fand, dass sie lieber Jamie die Murmel zeigte, statt mit ihm zu spielen.

Das Schlimmste aber war, dass Jamie nur einen flüchtigen Blick auf den orangefarbenen Klicker warf und beiläufig bemerkte: «Ja, schön. Solche hab ich auch zu Hause.»

«Ist doch gar nicht wahr», protestierte Rob. Er baute sich, die Fäuste in die Seiten gestemmt, vor Jamie auf. «Solche Klicker gibt's nur ganz selten.»

«Und?» Jamie zuckte mit den Schultern. Er löste eine Schnalle am Zaum und verschloss sie wieder. Rob musste zugeben, dass Jamie verflucht gelassen wirkte. In ihm regte sich Wut.

«Und weil es die so selten gibt, kannst du gar nicht ganz viele davon haben. Der hier ist orange, siehst du? Orangefarbene Klicker gibt's fast nie.»

Jamie zuckte mit den Schultern. «Kinderkram. Ich spiel nicht mehr mit Klickern.»

Natürlich nicht, er war ja schon zwölf.

Rob dachte fieberhaft nach. Er hatte Sarah so sehr beeindrucken wollen, aber das war ihm mit der Murmel wohl gründlich misslungen. Jetzt steckte Sarah sie in die Tasche ihres Kittelkleids und beobachtete gespannt, was Jamie machte. Der wusste genau, dass sie ihm zusah, und veranstaltete ein großes Getue, zog jeden Riemen und jede Schnalle fest, kontrollierte sogar die Hufe der beiden

Ponys und stolzierte um den Kastenwagen herum, als gehörte ihm die ganze Welt.

Das machte Rob so wütend! Er hatte es sich so schön ausgemalt, wie er Sarah den Klicker schenkte. Wie sie sich artig bei ihm bedankte, und ja, er hatte sich sogar ausgemalt, wie sie ihn nach Kilkenny Hall einlud. Sarahs Familie hatte so ein riesiges Haus und nicht nur ein kleines, schäbiges wie seine Eltern. Darin lebte es sich bestimmt tausendmal besser. Das behauptete zumindest sein Pa. «Bei den O'Briens wird von goldenen Tellern gegessen», höhnte er immer.

Sein Pa mochte die O'Briens nicht so sehr. Er wusste nicht genau, warum.

Aber vor allem hatte Rob sich vorgestellt, wie Sarah ihn anlächeln würde. Wie sie ihm versichern würde, ihr habe noch nie jemand was so Schönes geschenkt. Und jetzt interessierte sie sich gar nicht für den Klicker, der ihn sechs seiner schönsten Murmeln gekostet hatte!

Er war so enttäuscht. So wütend. Er wollte ihr wehtun. Sie sollte ihn endlich beachten und nicht immer nur diesen Jamie anhimmeln! Er drängte sich zwischen die beiden. Er funkelte Sarah an. «Ich weiß, wer deine Mutter ist», sagte er drohend.

«Mam Helen ist meine Mutter», entgegnete Sarah.

«Gar nicht wahr, die ist deine Großmutter.»

«Nein, Mam Helen ist meine Mutter», wiederholte Sarah stur. Sie wich seinem bohrenden Blick aus.

«Stimmt ja gar nicht. Deine Großmutter kümmert sich um dich, weil deine Mutter dich nicht will. Sie hat nämlich ein anderes Baby. Das liebt sie viel mehr als dich.»

Sarahs Unterlippe zitterte. «Das ist nicht wahr!»

Zufrieden verschränkte Rob die Arme vor der Brust.

Seine Worte hatten ihre Wirkung nicht verfehlt. «Und wenn doch? Ich hab nämlich noch was gehört. Deine Mutter hat sich mit einem dreckigen Wilden eingelassen, einem Maori. Der hat ihr das Kind gemacht, und du bist auch von ihm.»

Dicke Tränen rannen über Sarahs Wangen. «Hör auf», jammerte sie leise, aber jetzt war Rob in Fahrt gekommen. Jetzt hatte er erreicht, was er wollte. Sie schaute ihn an. Endlich hatte sie keinen Blick mehr für Jamie.

«Und weißt du, was sie noch tut? Sie arbeitet wie ein Mann. Und reitet wie einer. Deine Mutter ist voll abartig!»

Sarah drehte den Kopf zur Seite, aber sie lief nicht weg, sondern ballte nur ihre kleinen Hände zu Fäusten.

Rob hörte nicht auf. «Und als der Mann deiner Mam davon erfahren hat, dass sie's mit dem Maori treibt, da hat er ihn totgeschlagen.»

«Du lügst!», schrie Sarah plötzlich. Jetzt war sie knallrot im Gesicht. Sie stürzte vor, und ihre kleinen Fäuste trommelten auf seine Brust ein. «Du bist ein doofer Lügner! Mein Pop hat niemanden umgebracht, er ist der beste Pop auf der Welt!»

Es wäre für Rob ein Leichtes gewesen, die Schläge abzuwehren, aber er tat es nicht, sondern ließ es einfach zu. Irgendwie tat sie ihm jetzt doch leid. Sarah heulte so sehr, und Jamie, der vorhin noch so lässig gewirkt hatte, stand mit aschfahlem, versteinertem Gesicht auf der anderen Seite des Kastenwagens und starrte ihn an.

«Sarah! Rob! Auseinander!»

Die schneidende Stimme der alten Mrs. O'Brien ließ beide herumfahren. Sarah schniefte und wischte sich den Rotz mit dem Ärmel von der Nase, was ihr sofort einen Klaps in den Nacken eintrug. «Benimm dich, Kind», sagte Mrs. O'Brien. «Und du!» Jetzt wandte sie sich an Rob. «Schlägst Mädchen, weil die sich nicht so gut wehren können? Bist ja keinen Deut besser als dein Vater!»

Sie packte Sarahs Arm und zerrte sie mit sich. «Jamie!», rief sie. «Pass auf, dass die Jungs von Mrs. Gregory die Einkäufe sicher auf der Ladefläche verstauen. Sarah und ich sind drüben auf dem Postamt. Und wehe, du streitest dich mit Rob!», fügte sie drohend hinzu.

«Nein, Mam», sagte Jamie leise und schlich mit gesenktem Kopf davon.

Rob starrte ihm erstaunt nach. Was denn, gab's heute keine Keile, weil er Sarah beleidigt hatte? Sonst reichte es doch schon, sie böse anzugucken, dass Jamie sich auf ihn stürzte.

Aber der Triumph schmeckte schal. Rob schaute sich noch einmal um – vielleicht hatte ja einer der älteren Jungs alles mitbekommen und konnte weitererzählen, wie lässig er gewesen war? Doch da war niemand. Er zuckte die Schultern und machte sich auf die Suche nach seinen Brüdern.

Wenn er Jamie nicht vermöbeln konnte, dann bestimmt die beiden.

Als er den Laden betrat, blickte seine Mutter auf. «Geh zu deinem Vater, Rob», sagte sie. «Es ist Zeit für seinen Nachmittagstee.» Das war ihm natürlich viel lieber als das Aufladen der Kisten und Säcke. Rob verließ den Laden durch das Lager und lief quer über den Hinterhof zum Wohnhaus. Sein Vater saß in seinem Rollstuhl im Wohnzimmer an seinem angestammten Platz.

Rob setzte erst Wasser auf und stellte alles für den Tee bereit, außerdem ein Tellerchen mit Schokokeksen. Erst dann betrat er das Wohnzimmer.

Sein Vater starrte aus dem Fenster. «Pa? Ich bring dir gleich Tee.»

Der Kopf wandte sich ihm zu, der Körper verharrte steif im Rollstuhl, gehalten von zwei Lederriemen um Brust und Bauch, damit er nicht herausfiel. Rasch trat Rob zu seinem Vater und öffnete die Gurtschnallen.

Sein Vater hasste es, angeschnallt zu sein.

Er hockte sich zu ihm. «Ich hab dir doch den großen orangefarbenen Klicker gezeigt? Der war für Sarah.»

«ra…baien?», lallte sein Vater.

«Genau, für Sarah O'Brien. Ich mag sie sehr.»

Eigentlich müsste er sich schämen, weil er so gemein zu ihr gewesen war.

«Weißt du was? Ich glaube, wenn wir groß sind, werde ich sie heiraten», fuhr er fort und nickte zufrieden. «Sie hängt zwar immer mit Jamie rum, aber mit mir hat sie's doch viel besser.»

Sein Vater schüttelte heftig den Kopf. «Ihe … Muhaaa …»

«Was ist mit ihrer Mutter?»

Seit einem Schlaganfall vor einigen Jahren konnte sein Vater sich nicht mehr richtig artikulieren, und er war an den Rollstuhl gefesselt. Dennoch hatte er einen wachen Verstand, und Rob saß gerne bei ihm und lernte von ihm.

Ihre Mutter ist eine Hure.

«Das weiß ich, Pa. Aber Sarah ist ein hübsches Mädchen, und tüchtig ist sie auch, dafür sorgt die alte Mrs. O'Brien schon.»

Rob ging in die Küche und goss den Tee auf.

Alle O'Briens sind Verbrecher. Sie haben uns zugrunde gerichtet. Sieh dir an, was haben wir denn? Einen kleinen Laden, der uns kaum über Wasser hält. Einst waren wir reich, aber sie haben uns alles genommen. Sitzen in ihrem Palast und lachen sich ins Fäustchen.

Atemlos hielt sein Vater inne. Er sagte selten so viel auf einmal.

Rob hockte sich wieder neben ihn. «Erzählst du mir davon?»

Versprichst du, sie nicht zu heiraten?

Rob war verunsichert. «Es war nur so eine Idee.» Die Schwärmerei eines Zehnjährigen.

Wenn du sie heiratest, musst du mir was versprechen.

Rob nickte. Seinem Vater würde er alles versprechen.

«…ichte schie sugunde.»

Richte sie zugrunde.

«Ich versprech's, Pa.» Rob lachte nervös.

Bestimmt heiratete Sarah irgendwann Jamie. Er brauchte sich gar keine Hoffnungen zu machen. Und auch keine Sorgen.

Sarah blieb auf dem Weg zum Postamt einfach stehen. «Wieso bin ich eigentlich nicht mehr bei meiner richtigen Mam?», fragte sie ihre Großmutter.

«Ach Kind, das ist eine lange Geschichte.» Mam Helen blieb ebenfalls stehen, obwohl sie es hasste, wenn sie bei ihren Besorgungen aufgehalten wurde. «Sagen wir einfach, deine Mam hatte ihre Gründe.»

«Rob hat mir einen Klicker geschenkt, guck mal.» Sie hielt Mam Helen die Murmel hin, die im Sonnenlicht funkelte.

«Hübsch», sagte ihre Großmutter zerstreut.

«Bin ich ein Maorikind?», fragte Sarah unvermittelt.

«Wer sagt denn so was?» Mam Helen packte Sarahs Hand fester und zog sie über die Straße. Ein Pferdefuhrwerk ratterte vorbei, der Mann auf dem Kutschbock grüßte mit einem Nicken. Mam Helen ignorierte ihn.

«Elendes Pack», hörte Sarah sie murmeln. «Glauben, sie wüssten, wer wir sind.»

«Rob hat das gesagt. Er sagt, ich bin bloß ein schmutziges Maorikind. Ist denn mein Pop gar nicht mein Pop?»

Sie versuchte, nicht weinerlich zu klingen, aber das war schwieriger als gedacht.

Ihre Großmutter antwortete nicht. Sie marschierte mit weit ausgreifenden Schritten auf das Postamt zu, schaute weder nach links noch nach rechts, als fürchte sie, angesprochen zu werden.

«Mach dir deshalb keine Sorgen», sagte sie schließlich.

Also bin ich ein Maorikind, dachte Sarah. Ein *schmutziges* Maorikind. Sie musste sich zwingen, nicht laut loszuheulen. Plötzlich konnte sie den Schmutz an ihrem Körper geradezu fühlen. Sie blieb stehen und wischte die Hand am Latz ihres Kleids ab. Ungehalten griff Mam Helen wieder nach ihr und zog sie mit sich. Sarah hätte sich am liebsten losgemacht, damit Mam Helen sie nicht anfassen musste. Ihre dreckige Hand.

Wie konnte Mam Helen sie nur liebhaben, wenn sie das schmutzige Kind eines Wilden war?

«Komm schon, Sarah, trödel nicht!», fuhr Mam Helen sie gereizt an.

Ich muss immer brav sein und alles tun, was sie sagt, dachte Sarah und schluckte ihre Tränen herunter.

Vielleicht vergisst sie dann, was ich bin.

1. Kapitel

Kilkenny, August 1914

«Josie!»

Das Mädchen lief einfach weiter, den schmalen Pfad hinab, gesäumt von trockenem, vom Frost überzogenem Gras. Sie setzte mit einem übermütigen Sprung über einen Baumstamm, der quer über ihrem Weg lag. Wenn sie schnell genug rannte, pfiff ihr der eisige Wind um die Ohren. Dann konnte sie ihre Mam nicht mehr hören. Später würde sie behaupten, sie sei schon zu weit weg gewesen.

Eine Lüge, die Mam durchschauen würde, so viel stand fest. Und natürlich würde sie sich ordentlich Ärger einhandeln, weil sie weglief. Noch dazu barfuß! Unzählige Male hatte Mam ihr eingebläut, sie solle Schuhe tragen, solange sie bei den Verwandten zu Besuch war. Aber die Schuhe waren zu eng, sie scheuerten ihre Fersen auf und quetschten die Zehen ein. Josie lief lieber barfuß.

Sie wollte mit eigenen Augen sehen, worüber die Erwachsenen gestern Abend geredet hatten.

Die Rufe verklangen in der Ferne. Josie hatte den Fuß des Hügels erreicht, und über ihr erhob sich stolz, erhaben und düster Kilkenny Hall. Das Haus ihres Vaters.

Hier lebte er mit ihren Großeltern, ihrem Onkel Jamie und ihrer älteren Schwester Sarah.

Früher, als sie noch ein kleines Kind gewesen war, hatte sie Mam oft gefragt, wieso sie nicht zusammen bei ihrem Papa wohnten. Mam hatte ihr dann immer über den Kopf gestreichelt und sie so traurig angeschaut, dass Josie selbst mit ihren vier, fünf, sechs Jahren begriffen hatte, wie sehr es ihrer Mam widerstrebte, darüber zu reden. Und schließlich, als sie sieben wurde, hörte sie auf, nach ihrem Vater zu fragen. Irgendwann hatte sie die volle Wahrheit begriffen, wenn sie auch bis heute nicht verstand, wie Walter O'Brien ihr Papa sein konnte und zugleich alle behaupteten, sie sei ein Maoribastard.

Josie erreichte den Pferdestall. Sie schlenderte über den Innenhof. Ein Stallbursche pfiff ein lustiges Lied und kratzte mit seiner Mistgabel über den Boden. Er rief etwas, und eine andere Stimme antwortete ihm.

Sie verharrte mitten in der Bewegung. Die Stimme kannte sie doch.

Sie hockte sich hin und lugte um die Ecke.

Richtig: In der Stallgasse stand ihr Onkel Jamie O'Brien. Breitschultrig, groß gewachsen und mit dem sandfarbenen Haar der O'Brien-Brüder, das bei ihm, dem jüngsten, immer zerzaust war. Heute jedoch nicht. Heute hatte er es säuberlich gescheitelt und gekämmt. Auch trug er nicht, wie sie's von ihm gewohnt war, die abgerissenen Kleider eines Mannes, der auf den Schafweiden zu Hause war, sondern eine feine Reithose, glänzende Stiefel und ein weißes Hemd mit Krawatte, dazu ein Jackett. Er sah aus wie ein richtiger Gentleman. Wie die Männer in den Liebesromanen von Mam, die Josie heimlich las.

Josie mochte Onkel Jamie. So richtig wie ein Onkel

kam er ihr gar nicht vor. In den Büchern, die sie las, waren Onkel immer bärtig und alt, und meistens hatten sie weißes Haar. Jamie war erst neunzehn, viel jünger als ihre anderen Onkel oder ihre Patentante Emily. Sarah war nur drei Jahre jünger als er, und die war schließlich Josies Schwester.

Onkel Jamie zog den Sattelgurt seines Rappen fest. Ohne sich umzudrehen, rief er über die Schulter: «Kannst ruhig herkommen, Josie. Ich hab dich längst gesehen.»

Zögernd stand sie auf und machte zwei Schritte auf ihn zu. «Wie hast du mich bemerkt?», fragte sie.

«Was denn, soll ich etwa nicht merken, wenn meine Lieblingsnichte sich frühmorgens vom Fuchsbau wegschleicht, um sich im Stall herumzudrücken? Du bist mir eine! Weiß deine Mutter eigentlich, dass du hier bist?»

Er kam zu ihr, hob sie hoch und wirbelte sie durch die Luft. Josie kreischte vergnügt und zappelte, damit er sie wieder herunterließ. «Ich bin viel zu groß zum In-die-Luft-Werfen!», rief sie atemlos und strich ihr zerknautschtes Wollkleid glatt.

«Du bist auch zu klein, um in aller Frühe hier herumzustreunen. Hast du da drüben keine Aufgaben zu erledigen?» Sein Blick war tadelnd und zärtlich zugleich.

Verlegen senkte Josie den Blick und malte mit dem großen Zeh Muster in den Dreck der Stallgasse. «Kann schon sein.»

Jamie war das einzige Familienmitglied, das Josie und ihre Mutter manchmal besuchte. Die beiden wohnten im Wald, hoch oben in den Bergen über dem Wakatipusee. Dorthin verirrte sich nie jemand. Wer kam, tat es, weil er Josies Mam sehen wollte. Wenn Jamie kam, blieb er ein

Stündchen, plauderte mit ihrer Mam – sie redeten immer über langweiliges Zeug, das Josie nicht verstand –, aber er brachte ihr immer etwas mit: ein Buch aus der Bibliothek von Kilkenny Hall, das sie ehrfürchtig verschlang, bis er das nächste Mal kam und ein neues Buch mitbrachte, das er gegen das alte tauschte. Oft scherzte er, Josies galoppierender Bibliotheksdienst zu sein.

«Na dann, hinauf mit dir.» Er hob sie vor den Sattel. «Ich wollte sowieso hinunter nach Glenorchy, um die Blumen für Emilys Brautstrauß zu holen. Aber ein kleiner Abstecher zum Fuchsbau kann nicht schaden, was meinst du?»

«Weißt du, was ich immer schon mal wissen wollte?»

«Nein, woher denn?»

«Wieso der Fuchsbau so heißt.»

Jamie kratzte sich am Kopf, fuhr dann mit der flachen Hand über die glattgekämmten Haare, als müsste er sich vergewissern, dass sie noch gut saßen. «Tja, das weiß keiner so genau. Als dein Onkel Finn damals mit Ruth dort einzog, hieß er noch nicht so, glaube ich. Aber damals war ich noch klein, noch kleiner als du heute.»

«Ich bin nicht klein», protestierte Josie, aber Jamie achtete nicht darauf.

«Mein Vater hat zuerst vom Fuchsbau geredet, glaube ich. Weil es so ein niedriges Gebäude ist und weil Finn in den letzten Jahren immer neue Räume angebaut hat. Und du weißt ja, es ist trotzdem verflucht eng und verwinkelt in diesem Haus, wie in einem Labyrinth. Darum der Fuchsbau.»

Josie nickte eifrig. Sie wusste, was Jamie meinte.

«Warum haben Mam und ich nicht drüben in Kilkenny Hall übernachtet, sondern im Fuchsbau? Wieso leben wir draußen im Wald, wenn ihr und Finn und mein Vater und alle hier leben?»

«Tja ... Das soll dir lieber deine Mam erklären, kleine Lieblingsnichte.»

Josie strahlte. Er hatte sie seine Lieblingsnichte genannt. Das hieß doch bestimmt, dass er sie lieber mochte als Sarah und die beiden Töchter von Onkel Finn, oder?

Aber seine Antwort auf ihre Frage war ziemlich unbefriedigend, fand sie.

Jamie führte den Rappen aus der Stallgasse. Er rief dem Burschen noch etwas zu. Der lachte darauf und tippte sich grüßend an die Kappe. Jamie schwang sich hinter Josie in den Sattel. Sein starker Arm legte sich um ihre Brust, und sie lehnte sich gegen ihn. Mit der freien Hand hielt er die Zügel und lenkte das Pony über den Hof zum Pfad, der hinauf zum Fuchsbau führte.

«Freust du dich auf die Hochzeit?», fragte Jamie.

«Mhm.» Josie rutschte etwas weiter nach hinten. Sie atmete seinen Duft ein. Rasierwasser, Pfeifenrauch und etwas Herbes, das sie nicht zu benennen wusste. Männerschweiß vielleicht. Sie mochte, wie er roch.

«Du willst bestimmt auch eines Tages heiraten.»

Sie verdrehte sich halb vor ihm im Sattel, weil sie wissen wollte, ob er diese Worte mit jenem zärtlichen Blick begleitete, mit dem die Gentlemen in den Romanen immer ihre Ladys bedachten. Doch sein Blick ging in weite Ferne. Er schaute über den Wakatipusee, der in diesem Moment niedersank, als atmete er erschöpft aus. Hoch ragten die Berge um den See auf; jetzt im Winter waren die Stunden mit Sonnenschein kurz. So nah am Seeufer konnte man glauben, tagelang in nächtlicher Dunkelheit zu hausen.

Viel schöner war's oben im Wald, wo Mam und sie in einer kleinen Hütte lebten. Da wurde es selbst im tiefsten Winter nicht so finster, dass man die hellen Sommertage vergaß.

Josie schmiegte sich an seine Brust. Er hat mich seine Lieblingsnichte genannt, dachte sie froh. Und ich bin ja noch ein Kind. Bis ich erwachsen bin, wird er bestimmt auf mich warten.

Sie ritten eine Weile schweigend vor sich hin. Dann sagte er: «Ich frage wohl lieber nicht, warum du so früh am Morgen bei Kilkenny Hall herumgestreunt bist. Noch dazu ohne Schuhe.»

«Ich bin nicht gestreunt!», protestierte Josie. Jetzt behandelte er sie schon wieder wie ein kleines Kind! Das mochte sie ganz und gar nicht.

«Sondern?» Er lachte. Waren das etwa schon Fältchen um seine Augen? Sie ließen ihn älter wirken.

«Ich wollte doch nur Emily sehen. Und ihren dicken Bauch», gab sie zu.

Jamies Griff um ihren Oberkörper wurde fester. «Ach, da gibt's nicht viel zu sehen», behauptete er leichthin.

«Aber Tante Ruthie meint, sie hätte ein Baby im Bauch, das hat sie gestern Abend erst erzählt.» Eigentlich hatte Josie gelauscht, wie sich die Erwachsenen unterhielten, als sie längst schlafen sollte. Niemand beachtete sie, wenn sie leise war. Und Josie konnte sehr leise sein. Auf nackten Füßen war sie nach unten geschlichen, weil sie Durst hatte. Und obwohl sie in der offenen Tür gestanden hatte, war es keinem Erwachsenen aufgefallen, dass sie minutenlang lauschte, bis das Gespräch auf langweiligere Themen kam. Da war sie zurück ins Bett gehuscht, der Durst war vergessen.

«So ein Baby muss den Bauch doch riesig machen, oder? Bei Tante Ruthie war's so, als sie zuletzt schwanger war, da hab ich sie mal gesehen, wie sie mit Onkel Finn zur Spinnerei kam.»

«Ja, aber Emilys Baby ist noch ganz klein, das passt jetzt noch in deine Faust.» Er packte ihre kleine Hand und drückte die Finger zur Faust. «Siehst du? So klein ist es, und es dauert noch viele Monate, bis sie so dick wird davon wie Tante Ruthie.»

Das verstand Josie erst recht nicht. «Tante Ruthie hat gesagt, es ist eine Schande, wie sie rumläuft», sagte sie leise. «Mit dem Kind im Bauch und ohne Ehemann.»

«Das wird sich ja heute ändern», beruhigte Jamie sie. «Und ich versprech dir, danach wird keiner mehr von einer Schande reden.» Er schnalzte mit der Zunge, und der Rappe fiel in einen zockelnden Trab.

Josie kannte die geheimen Zeichen, mit denen ein Erwachsener ein Gespräch für beendet erklärte. Josie wusste, dass Jamie nicht weiter darüber reden wollte.

Sie schloss die Augen und genoss das leise Wiegen auf dem Pferderücken. Die wenigen Minuten, die sie hinauf zum Fuchsbau brauchten, verbrachte sie damit, sich vorzustellen, er sei ein reicher Gentleman und sie ein armes Mädchen, in das er sich unsterblich verliebt hatte.

Sarah spähte aus dem Fenster. Sie schaute den beiden Reitern auf dem schwarzen Pony nach, das trittsicher den Pfad zum Fuchsbau hinaufkletterte.

«Was ist denn da draußen so interessant, dass du meine Frisur vergisst?» Tante Emily hatte das in neckendem Tonfall gesagt, aber Sarah fuhr schuldbewusst herum.

«Nichts», erwiderte sie bloß.

Nur Jamie und dieses Kind.

Sie verbot sich, an Josie als ihre Schwester zu denken. Wenn sie diesen Gedanken von sich wies, fiel es ihr leichter, all die Komplikationen zu vergessen, die damit verbunden waren, dass ihre leibliche Mutter mit einem zweiten Kind oben im Wald hauste, während sie bei ihrem Vater lebte und von ihrer Großmutter Helen erzogen wurde.

Manchmal gelang es ihr sogar, diesen Umstand tagelang zu vergessen. Dann nannte sie ihre Großmutter in Gedanken wieder Mam Helen, wie sie es als Kind getan hatte. Damals hatte sie sich an die Großmutter geklammert, weil das einfacher war, alles war einfacher, als sich einzugestehen, dass ihre Mutter sie verstoßen hatte.

«Für ‹nichts› siehst du aber ziemlich blass aus, Liebes», bemerkte ihre Tante leise. Sarah hatte Emily einen Stuhl mit Armlehnen vor den Toilettentisch gerückt. Emilys Bein, das seit einem Unfall vor vielen Jahren verkrüppelt war, ruhte auf einem Bänkchen. Die schlanken Finger der rechten Hand trommelten einen hypnotisierenden Rhythmus auf die Armlehne, und sie beobachtete Sarah im Spiegel.

«Nur Jamie mit ...» Sarah schluckte. «Josie», fügte sie hinzu. Noch immer musste sie an diesem Namen würgen. Jeder in Kilkenny und Glenorchy wusste, dass Josie nach einer guten Freundin ihrer Mutter benannt war, die zufällig auch das Hurenhaus drunten in Glenorchy führte. Madame Robillard, so hieß es, habe Josie damals ins Leben geholfen. Eine Schande. Ein schmutziger Fleck auf der Familienehre.

Tante Emily drehte sich zu ihr um. «Du sprichst ihren Namen aus, als wäre sie nicht deine Schwester, sondern eine Fremde.»

Sarah trat zu ihr. Sie nahm den Kamm und versuchte, in Emilys rotes Lockengewirr eine Ordnung zu bringen, die es ihr erlaubte, die komplizierte Steckfrisur zu vollenden, die Sarah sich schon seit Tagen für ihre Tante ausgemalt hatte. «Das ist sie auch. Eine Fremde», fügte sie hinzu.

Emily schloss die Augen und gab sich ganz ihren geschickten Händen hin. «Sie ist ein kluges Kind», sagte sie leise. «Du würdest sie mögen.»

Sarah riss den Kamm gröber als nötig durch die Locken. «Ich will sie aber nicht mögen», gab sie scharf zurück. Emily zuckte leicht zusammen, protestierte aber nicht.

Sofort tat Sarah der Ausbruch leid, und sie strich beruhigend über den scharfgezogenen Scheitel. Sie schaute in den Spiegel und suchte den Blick ihrer Tante, aber wo sie Zorn oder Verachtung für ihre unbedachte Bemerkung erwartet hatte – denn wer konnte Josie nicht mögen? Die kleine, quirlige, plappernde Josie? Dieses hübsche Mädchen, das schon jetzt die dunklere Version der mütterlichen Schönheit zu werden versprach? –, da sah Sarah etwas, das ihren Zorn erneut anfachte.

Emily hatte Mitleid mit ihr.

«Manchmal ist das so», sagte Emily leise. Sie verlagerte ihr Gewicht und stellte den Fuß auf den Boden. «Dann verletzt uns etwas so sehr, dass wir nicht ein noch aus wissen. Wir schwören uns, dass uns das, was uns einst so wehrlos machte, nicht noch einmal widerfahren darf. Ich habe früher geglaubt, es meiner Mutter immer recht machen zu müssen. Es führte mich in eine unglückliche Ehe, nach deren Ende ich mir geschworen habe, kein zweites Mal zu heiraten. Und jetzt sieh mich an.»

Sarah schnalzte mit der Zunge. «Das ist etwas anderes. Du bist jetzt schwanger, und ein Kind braucht seinen Vater», sagte sie altklug.

Emily lächelte. «Dieses Kind hat einen Vater.» Ihre Hand strich über den leicht gewölbten Bauch. «Ein Kind braucht aber vor allem seine Mutter», fügte sie leise hinzu.

Sarah senkte den Kopf. Sie beugte sich vor und nahm die Haarnadeln vom Toilettentisch. Rasch steckte sie Emilys Haar hoch. Es war nicht perfekt, nicht so, wie sie es sich vorgestellt hatte. Aber es musste genügen. Sie hatte keine Lust, länger bei ihrer Tante zu bleiben. Immer musste sie sie daran erinnern, dass es nicht nur ihre Familie in Kilkenny Hall gab.

Und sie weigerte sich einfach, Siobhan und Josie zu ihrer Familie zu zählen. Das würde sie niemals tun.

«Fertig.»

Emily drehte den Kopf nach links und rechts. Ihr zartes Gesicht umspielten feine Löckchen, die sich an ihrem Hinterkopf zu einem hübschen Nest vereinten. «Gefällt mir», sagte sie.

«Gut.» Rasch sammelte Sarah die Kämme, Bürsten und Haarnadeln ein. «Brauchst du gleich noch Hilfe beim Umziehen?»

Emily hangelte nach ihrem Stock und zog sich hoch. «Keine Sorge, ich bin nicht krank. Nur schwanger.»

Sarah zeigte auf ihr Bein, peinlich berührt. «Ich meinte deswegen.»

Einen Moment war es still. Emily blickte zum Fenster. Sie hasste es, wenn von ihrem lahmen Bein gesprochen wurde.

Dann gab sie sich einen Ruck und überging die letzte Bemerkung einfach. «Ich habe dir etwas mitgebracht aus

Dunedin. Ein Geschenk.» Sie humpelte zum Schrank und öffnete ihn. «Ich hoffe, es gefällt dir.»

Die flache Schachtel, die ihre Tante mit einer Hand herauszog, neigte sich gefährlich, und Sarah eilte ihr zu Hilfe. Der goldene Aufdruck auf schwarzer Pappe war ihr fremd. «Was ist das?»

«Mach's auf!» Emily sank seufzend auf die Bettkante. Ihre Hand legte sich wieder auf den Bauch, als müsste sie sich davon überzeugen, dass das Kind, von dem man wirklich kaum etwas ahnen konnte, tatsächlich da war.

Vorsichtig hob Sarah den Deckel. Sie hielt den Atem an, als sie das leise raschelnde Seidenpapier beiseiteschob.

«Und? Gefällt es dir?», hörte sie Emily fragen.

Sarah nickte. Sie war sprachlos. Vorsichtig strich sie mit dem Zeigefinger über das zarte Gewebe. Es fühlte sich kühl an, und sie fürchtete, es könne unter ihrer Hand zu Staub zerfallen.

«Halt es dir doch mal an. Ich kannte deine Größe nicht, darum habe ich schätzen müssen. Wenn es nicht passt, muss ich es umtauschen.»

Das Kleid war aus einem zartblauen Stoff, der so hell war, dass er fast weiß schimmerte. Sarah hob es ganz behutsam aus der Schachtel. Sie sah sofort, dass es ihr passte, und auch Emily schien mit ihrer Wahl zufrieden.

«Zieh's an», schlug sie vor.

Kurz erlaubte Sarah sich, das Kleid an ihre Brust zu drücken. Doch dann schüttelte sie heftig den Kopf. «Das wird Mam ... Großmama nicht gefallen», widersprach sie.

«Warum? Weil es das Kleid einer erwachsenen Frau ist? Du bist siebzehn.» Emily stand vorsichtig auf. «Mit siebzehn habe ich Aaron kennengelernt, und meiner Mutter hätte es sehr gefallen, wenn ich ihn geheiratet hätte. Erstaunlich, dass sie bei dir nicht darauf drängt, dir bald einen Mann zu suchen.»

Sarah legte das Kleid wieder in die Schachtel. «Früher hab ich immer gedacht, ich heirate irgendwann Jamie», sagte sie leise, und Emily hörte die Wehmut in ihrer Stimme. «Ich hab zu ihm aufgeschaut, er war immer mein Held, er hat mich verteidigt, wenn die anderen Kinder mich als Maoribastard beschimpften ...»

«Und was hat sich daran geändert?», fragte Emily behutsam.

Sarah blickte nicht auf. Ihre Finger strichen über den zarten Stoff. «Ich *bin* der Bastard eines Maori.»

«Das ist kein Grund», erwiderte Emily. «Im Gegenteil, das ist gut, dadurch seid ihr nicht mal blutsverwandt.»

«Für mich ist es ein Grund. Du musstest ja nie den Spott der anderen Kinder ertragen.» Energisch schloss sie den Deckel der Schachtel. «Das ist ein schönes Geschenk, Tante Emily, aber ich kann es nicht annehmen.»

Ihre Tante seufzte. «Doch, das kannst du. Und du wirst es heute anziehen, versprichst du es mir? Betrachte es als dein Hochzeitsgeschenk an mich.»

Sarah wusste nicht, was sie darauf erwidern sollte. Sie dachte an Mam Helen, die so ein Kleid sicher nicht gern an ihr sah. Die so oft schlecht von ihrer Tochter Emily sprach und davon, dass sie ihr Leben verpfuscht hatte. Nicht, weil sie zuerst den Falschen geheiratet hatte. Denn Will Forrester war in den Augen von Emilys Mutter durchaus der Richtige gewesen: kultiviert und wohlhabend. Er hatte Emily wegen eines Stücks Land geheiratet. Leider hatte sich das nicht nur nicht als die erhoffte Goldgrube erwiesen, sondern außer Ärger und einem riesigen Berg Schulden gar nichts eingebracht. Für

Will Forrester war das eine Enttäuschung gewesen, die ihn wütend machte: wütend auf sein Schicksal, das Stück Land und auf seine Ehefrau. Aber das warf Mam Helen niemandem vor, nicht mal ihrem Schwiegersohn.

Nein, Mam Helen kreidete Emily an, die Ehe gelöst zu haben und zu Aaron gezogen zu sein, mit dem sie seither in «wilder Ehe» lebte.

Eine Frau hielt auch die Ehe mit jemandem aus, der seine Fehler hatte, das hatte Mam Helen immer wieder gepredigt. Eine Frau blieb auch bei jemandem, der einen um alles gebracht hatte.

Weil Emily anders dachte, weil sie nicht bei Will Forrester geblieben war, weil sie es nicht länger mit ihm ausgehalten hatte, grollte Mam Helen ihrer einzigen Tochter. Zu allem Überfluss veröffentlichte sie Romane und Gedichtbände, die zu lesen Mam Helen Sarah verbot, weil sie die Bücher als «schmutziges Zeug» bezeichnete. Erst seit Emily verkündet hatte, sie werde Aaron heiraten, weil sie ein Kind erwartete, hatte etwas Weiches in Mam Helens Wesen Einzug gehalten, so als könne das Ungeborene sie mit Emilys bisherigem Lebenswandel versöhnen. Aber es blieb eine unumstößliche Tatsache: Es war nicht recht, wenn eine Frau erst schwanger und dann verheiratet wurde. Heimlich war Mam Helen vermutlich froh, dass Emily überhaupt heiratete. In diesem Haus traute man ihr alles Schlechte zu, und daher war man erleichtert, dass Emily sich zumindest ein wenig den gesellschaftlichen Regeln beugte.

«Zieh es an», sagte Emily leise. Sie legte Sarah eine Hand auf die Schulter. «Und was dich und Jamie betrifft ... ihr gehört zusammen. Meine Mutter wird sich dagegen sträuben, aber sie kann nichts dagegen tun.»

Oh, Emily hatte ja keine Ahnung. Mam Helen konnte einiges dagegen tun. Sie konnte Sarah mit ihrer Verachtung strafen.

Und Sarah ertrug den Gedanken nicht, ein zweites Mal die Mutter zu verlieren.

Er hatte nur kurz die Blumen bei der Witwe Jennings drüben in Glenorchy holen und dann sofort zurückreiten wollen. Eigentlich war nicht mal dafür genug Zeit, weil er Siobhans störrische Tochter zum Fuchsbau hatte zurückbringen müssen. Aber zugleich verschaffte ihm dieser kleine Abstecher genau die kleine Atempause, die er von den Hochzeitsvorbereitungen brauchte.

Der Weg hinauf zum Fuchsbau war steil, und sein Pony stieg geschickt den ausgetrampelten Pfad hinauf. Die Welt lag hier noch in tiefem Winterschlaf. Trockenes Gras knirschte unter den Hufen, der Wind biss ihm ins Gesicht und trieb ihm die Tränen in die Augen. Der Winter war streng dieses Jahr, und zufrieden dachte er daran, dass die Kälte die Wolle der Merinoschafe besonders dicht wachsen ließ. Nur die Mutterschafe, die ab Ende November lammten, würden nicht so viel Wolle liefern wie die anderen, doch auch von ihnen hatten sie drei Kilo feinstes Vlies zu erwarten, von jedem einzelnen Tier.

Jamie konnte sich ein Grinsen nicht verkneifen. Josie kuschelte sich an ihn und hatte die Arme fest um seinen Leib geschlungen. Sie schwieg, das war ungewöhnlich, aber so konnte er seinen Gedanken nachhängen.

Komisch, dass er sich inzwischen so um die Farm sorgte. Bisher hatte es ihn nie interessiert, was dort passierte. Erst letztes Jahr hatte er begonnen, mit seinem Bruder die Weiden abzureiten. Und er hatte zugehört und gelernt.

Als sie sich dem Fuchsbau näherten, entdeckte er Finn, der auf der überdachten Veranda saß und sein Pfeifchen schmauchte.

«Was grinst du denn so zufrieden?», rief sein Bruder ihm entgegen, als er ihn entdeckte.

«Ich hab mich grad über das kalte Wetter gefreut. Gibt ne feine Wolle dieses Jahr.»

Finn stand auf und trat zwei Schritte nach vorne. «Wohl wahr», meinte er. «Bloß haben wir dieses Jahr zu viele Mutterschafe.»

Jamie grinste. «Wird schon», meinte er. «Los, kleiner Wirbelwind, ab mit dir.»

Gehorsam rutschte Josie aus dem Sattel. Finn war überrascht. «Warst du barfuß unterwegs?»

«Ist gar nicht kalt, wenn man sich erst dran gewöhnt hat.» Josie streichelte das Pony. Sie wollte sich gar nicht von Jamie trennen und strahlte ihn an.

Just in diesem Moment trat Siobhan vor die Tür. Sie rief Josie zu sich. Gehorsam lief das Mädchen über das harsche Gras. Sie musste Hornhaut unter den Füßen haben wie mancher Scherer an den Händen, dachte Jamie.

«Geh hinein und wasch dir Hände und Gesicht.» Siobhan packte die Hände ihrer Tochter, drehte die Handflächen nach oben und seufzte, ehe sie Josie mit einem Nicken ins Haus schickte. Das Mädchen sprang davon und ließ sich von der gütigen, mütterlichen Strenge nicht beirren.

«Alles in Ordnung da oben bei euch?», fragte Jamie.

«Alles gut», meinte Siobhan knapp. Sie warf Finn noch einen Blick zu, dann verschwand sie wieder im Haus.

«Probleme?»

Finn hatte Tabaksbeutel und die Pfeife gezückt. Er stopfte sich ein Pfeifchen, schlug das Streichholz an der Bank an und schmauchte in aller Ruhe, ehe er antwortete. «Unsere Schwägerin und Ruth haben etwas unterschiedliche Ansichten über Erziehung, und ich musste meiner Frau beispringen.»

Er strich mit der freien Hand über den Schädel, den Ruth ihm beinah kahl geschoren hatte.

«Also alles wie immer.»

«Alles wie immer», bestätigte Finn.

«Wir sehen uns.» Jamie wendete das Pony. Es zog ihn nach Glenorchy und dann möglichst rasch wieder heim.

Die Witwe Jennings, die das einzige Blumengeschäft Glenorchys unterhielt, ließ sich an diesem Morgen natürlich noch mehr Zeit als sonst und trödelte herum, um Jamie genau nach allen Einzelheiten auszufragen. Was für ein Kleid Emily denn trug und ob man schon was sehen könne – sie zwinkerte ihm zu und grinste ihn zahnlos an –, aber bei ihr sei Emilys kleines Geheimnis ja sicher. Was Jamie aus gutem Grund bezweifelte, aber er hielt lieber den Mund.

«Das ist so schön!», verkündete sie und hantierte mit ihren arthritisch gekrümmten Fingern mit Blumenstrauß und Draht. «So eine wichtige Hochzeit für Glenorchy und Kilkenny!»

Jamie schwieg höflich, aber sie ließ sich davon nicht beirren. «Finden Sie nicht auch, Mr. O'Brien? Ich weiß noch, wie Sie gar nicht auf der Welt waren, und schon damals hatten die beiden Familien im Clinch gelegen. Ja, gucken Sie mich nicht so an, ich weiß doch Bescheid. Man kann nicht in Glenorchy leben, ohne den Hass zu bemerken, der zwischen den Gregorys und den O'Briens von jeher geherrscht hat.»

«Nun ja ...» Jamie war es unangenehm, die Witwe Jennings so reden zu hören. Doch während sie eifrig die letzten Blüten feststeckte und ihr Werk beständig korrigierte – was sie, wie Jamie argwöhnte, sicher vor allem deshalb tat, um möglichst lange mit ihm reden zu können –, fuhr sie in einem Plauderton, mit dem man doch eher das Wetter oder die neusten Kochrezepte besprach, fort: «Dean Gregory hat es Ihrem Vater eben nie verziehen, dass er diesen Maorijungen, wie hieß er gleich?»

Sie machte eine Pause, und weil Jamie endlich fortwollte, half er ihr. «Rawiri.»

«Ja, Rawiri. Dass er diesen Jungen also Dean Gregory weggenommen hat, das hat er ihm übelgenommen. Damals ging's schon los, seit jenen Tagen gab's keinen Frieden mehr zwischen den O'Briens und den Gregorys. Und wie Ihre Schwägerin Siobhan Deans Frau Zuflucht gewährte, weil er sie grün und blau geprügelt hat, das hat ihn gegen sie aufgebracht. Als er noch reden konnte, hat er gegen sie gewettert, als sei sie schlimmer als Madame Robillard. Aber jetzt, ach! Das freut mich so für Sie und Ihre Familie. Jetzt wird alles wieder gut. Aaron Gregory ist ein feiner Kerl, ganz anders als sein Onkel Dean. Er wird Ihre Schwester sicher glücklich machen, auch wenn er sie vor der Ehe geschwängert hat. Man kann nicht alles haben, hm?» Sie zwinkerte ihm verschwörerisch zu.

Jamie behielt wohlweislich seine Meinung für sich.

Jeder wusste – bestimmt auch die Witwe Jennings –, dass Aaron und Emily seit Jahren in Dunedin zusammenlebten. Erst Emilys späte Schwangerschaft hatte die beiden zur Heirat bewogen. Aber das würde er Glenorchys größtem Klatschweib sicher nicht noch einmal auf die Nase binden.

«Die Jungs vom alten Gregory sind ja immerhin wohl geraten – Robert ist in Ihrem Alter, nicht wahr? Aber so recht verstanden haben Sie sich nie mit ihm, ich weiß schon. Zumal er ja auch ein Auge auf Ihre Sarah geworfen hat.» Jetzt war es aber genug, das ging Jamie nun wirklich zu weit. Er verstand sich recht gut mit Rob – wie sich zwei Heranwachsende halt verstanden, mal mehr, mal weniger. Da sie wenig miteinander zu schaffen hatten, war es meistens eher weniger. Vielleicht würde Jamie ihn sogar gern mögen, wenn sie sich besser kannten.

«Hat er doch, oder? Grad letztens zu ihrem Geburtstag hat er bei mir so ein hübsches Sträußchen bestellt, das müsste Ihnen doch auch aufgefallen sein. Von Ihnen hat sie jedenfalls keine Blumen gekriegt.»

Er würdigte die Witwe Jennings keiner Antwort mehr. Die schien es gar nicht zu bemerken und säuselte munter vor sich hin, während sie am Brautstrauß winzigste Verbesserungen vornahm. Aber er übte sich in Geduld und wartete, bis sie ihm endlich das fertige Werk überreichte.

Nachdem sich die Witwe Jennings wortreich von ihm verabschiedet hatte und er ihr wiederholt versichern musste, Emily und Aaron ihre Glückwünsche zu übermitteln (er würde sich hüten!), war er sicher, dass ihn nun nichts mehr aufhalten würde.

Bis er am Postamt vorbeiritt.

Gerade schnitt der Postbeamte Mr. Brown das Paket mit den neuen Zeitungen auf. Ein Dutzend junge Männer umringten ihn und rissen sie ihm geradezu aus den Händen. Einer blätterte hektisch, dann stieß er einen triumphierenden Schrei aus.

Jamie zügelte sein Pony. «Was ist los, Rob? Sind wir endlich mit von der Partie?», rief er Robert Gregory zu, der so geschrien hatte.

Der junge Mann sprang mit einem Satz über ein paar vereiste Pfützen und hielt Jamie die Zeitung hin. «Lies selbst», forderte er ihn auf. «Seite vier.»

Jamie blätterte hastig durch die Seiten. Tatsächlich – auf der vierten Seite prangte über allen anderen Artikeln mittig der Satz: «Großbritannien erklärt Krieg – Deutschlands Herausforderung angenommen.»

Darunter war zu lesen: «Ergebnis der feindlichen Invasion Belgiens». Des Weiteren konnte man von der türkischen Mobilmachung lesen und von der wachsenden Kriegsbegeisterung in den britischen Hoheitsgebieten.

Jamie gab die Zeitung zurück. «Geben Sie mir auch eine, Mr. Brown.»

«Hol sie dir, O'Brien!», gab der knurrige Alte zurück.

Also stieg er vom Pony, klopfte Rob zum Gruß auf die Schulter und reihte sich bei den Wartenden ein. Er drückte Mr. Brown einen Penny in die Hand, faltete die Zeitung und schob sie unter seine Weste. Vermutlich würde die Druckerschwärze sein Hemd ruinieren, aber das kümmerte ihn jetzt nicht. Finn und Pop würden es ihm danken, wenn er die Zeitung mitbrachte.

Endlich ging es in den Krieg! Endlich hatten die Briten ihre Zögerlichkeit aufgegeben und machten ihre Drohung wahr!

«Und? Gehste mit? Sie machen in jeder Stadt ein Rekrutierungsbüro auf, damit wir uns freiwillig melden können.» Rob gesellte sich zu ihm.

Jamie zuckte mit den Schultern. «Weiß nicht. Vielleicht?»

«Das wird ein großer Spaß. Wir hauen den Deutschen den Arsch voll und sind zu Weihnachten wieder zu Hause.» Rob grinste zufrieden. «Das Beste ist, dass meine Brüder zu Hause bleiben müssen. Endlich mal ein paar Monate Ruhe vor ihnen.»

Jamie dachte an Sarah.

«Du *musst* mitkommen!» Rob hatte sich jetzt in Begeisterung geredet. «Stell dir vor, wir beide in Europa. Davon können wir unseren Enkeln noch erzählen!»

Jamie zögerte.

«Ist also abgemacht, ja?» Wieder schlug Rob ihm kameradschaftlich auf die Schulter. So hatte Jamie ihn noch nie erlebt. Wenn sie sich sonst begegneten, war Rob Gregory allenfalls mürrisch oder ignorierte ihn vollständig.

Sie machten den anderen Männern Platz, die inzwischen von allen Seiten heranströmten und Mr. Burton die Zeitungen förmlich aus der Hand rissen.

«Ich muss erst mit meinem Pop reden», versuchte Jamie auszuweichen. Natürlich war so ein Kriegsabenteuer ganz nach seinem Geschmack, doch ihm gefiel der Gedanke nicht, im fernen Europa zu weilen. So weit weg von Sarah! Eigentlich hatte er schon lange überlegt, ob er sie nicht einfach fragen sollte …

Es war ausgemachte Sache für ihn, dass er Sarah heiraten würde. Sie mochten sich, waren gemeinsam aufgewachsen. Er konnte sich nicht vorstellen, dass eine andere die Richtige für ihn sein könnte.

«Papperlapapp! Was verstehen die Alten schon vom Krieg? Das wirst du wohl noch allein entscheiden können, oder?»

Jamie war nicht dumm. Er spürte, wie Rob versuchte, ihn zu beeinflussen. Und noch vor ein paar Tagen hätte er ohne Zögern zugestimmt und wäre mit Rob Gregory Arm in Arm zum Rekrutierungsbüro marschiert.

Doch jetzt, da der Krieg tatsächlich auch nach Neuseeland kam, zögerte er. Plötzlich trat ihm nur zu klar vor Augen, was das bedeutete.

Ich müsste Sarah allein lassen.

«Pass mal auf.» Rob nahm seinen Arm und führte ihn vom Postamt weg. «Dieser Krieg ist wichtig. Für unsere Freiheit und Unabhängigkeit. Was wird wohl aus Neuseeland, wenn der Deutsche Europa überrollt? Siehst du», fügte Rob hinzu, weil Jamie nichts erwiderte. «Komm doch mit! Das wird ein Spaß.»

Rob legte ihm so freundschaftlich den Arm um die Schulter und war so nett, dass Jamie zauderte. Und wenn er einfach mitging? Im Grunde war ihm sehr danach.

«Wir Männer sind dazu da, Abenteuer zu bestehen!», fand Rob. «Du willst doch nicht ohne Heldengeschichte dastehen, wenn wir alle zurückkommen? Thomas geht» – der Neffe von der Witwe Jennings – «und alle anderen auch. Wenn du dazugehören willst, wär's schön, dich dabeizuhaben.»

Jamies Widerstand schmolz dahin. Dazuzugehören, das hatte er sich schon immer gewünscht. Immer war es ihm verwehrt geblieben, weil er draußen in Kilkenny Hall seinen Privatlehrer hatte, statt mit den anderen Jungs auf die öffentliche Schule zu gehen.

«Gut, ich mach's», sagte er entschlossen.

«Ohne deinen Pop um Erlaubnis zu fragen?» Rob zwinkerte ihm zu.

«Ach, was soll er schon dagegen haben? Finn war im Burenkrieg vor 15 Jahren, dagegen hat auch niemand was gesagt. Wir sind unserer Nation schließlich verpflichtet.»

Je mehr er darüber sprach, umso richtiger schien es ihm. «Ich mach's.»

«Gut!» Rob klopfte ihm auf die Schulter. «So spricht ein echter Mann.»

Irgendwie störten ihn Robs Worte. Vielleicht, weil er zwei Jahre jünger war als Jamie? «Wird dein Vater nichts dagegen haben?»

«Er wird stolz sein auf mich.» Rob lachte. «Entschuldige, da kommt Thomas. Das muss ich ihm unbedingt erzählen.»

Jamie blieb allein stehen. Er sah Rob nach, der zu seinem Freund Thomas stiefelte und ihn mit großem Hallo begrüßte.

Zu sein wie diese jungen Männer, unerschrocken zu sein, das hatte er sich immer gewünscht.

Er wandte sich zum Gehen.

«He, O'Brien!», rief ihm Rob Gregory nach. «Wir sehen uns nachher bei der Hochzeit.»

«Und morgen im Rekrutierungsbüro!», versprach Jamie ihm.

Endlich war der Krieg auch zu ihnen nach Neuseeland gekommen. Und er freute sich darauf!

Während der gesamten Trauungszeremonie verstummte das Flüstern nicht. Der Zufall hatte es Rob ermöglicht, in der ersten Reihe neben Sarah zu sitzen, Jamie hatte in der Reihe hinter ihnen einen Platz gefunden.

Rob stellte sich gerade vor, wie er Sarah erzählte, dass er in den Krieg ging.

In seiner Vorstellung brach sie daraufhin in Tränen aus und flehte ihn an zu bleiben. Rob lächelte fein. Wenn sie das tat, würde er um ihre Hand anhalten, und sie würde ihm nur allzu gerne das Versprechen geben, ihn so bald wie möglich nach seiner Rückkehr aus dem Krieg zu heiraten. Und dann würde er verletzt, kehrte als Held aus dem Krieg heim, weil er vier Kameraden aus dem Kreuzfeuer gerettet hatte, und Sarah würde ihn aufopferungsvoll gesundpflegen ...

Er sah sie von der Seite an.

Sarah sah so bezaubernd aus in dem blassblauen Kleid. Immer wieder blickte sie sich nervös um, als glaubte sie, das Getuschel habe etwas mit ihr zu tun und nicht mit dem Krieg, der nach Neuseeland gekommen war.

Sie trug ein wunderschönes zartblaues Kleid, das ihr sehr gut stand. Rob hätte ihr gern ein Kompliment gemacht. Vielleicht ergab sich später beim anschließenden Empfang die Gelegenheit. Allerdings fürchtete er, dass Jamie sie nicht aus den Augen lassen und Rob damit die Tour vermasseln würde.

Er hatte viel zu selten die Gelegenheit, mit Sarah ungestört zu sein. Wie sollte er ihr zeigen, was er für sie empfand? Wie konnte er ihr beweisen, dass er sie so sehr mochte?

Sarah blickte starr geradeaus. Nur einmal drehte sie sich kurz um, als ihre Tante am Arm ihres Großvaters in den Salon kam. Dabei würdigte sie ihre leibliche Mutter, die schräg hinter ihr saß, keines Blicks. Es gab keine Musik, als die Braut hereingeführt wurde. Sie sah so zauberhaft aus am Arm ihres Vaters; das rote Haar trug sie aufgesteckt, das weiße Kleid züchtig und hochgeschlossen. Sie ging nicht am Stock, sondern auf ihren Vater gestützt. Edward O'Brien hatte hochrote Wangen, vielleicht vor Stolz, weil seine einzige Tochter endlich wieder heiratete, vielleicht aber auch, weil er dem Brandy an diesem Morgen schon etwas zu eifrig zugesprochen hatte. Die O'Briens waren ja nicht gerade für ihre Abstinenz bekannt – sie waren eben Iren.

Sarah machte den Hals lang, um einen Blick auf Emilys Bräutigam Aaron zu erhaschen. Robs Cousin hatte das dunkle Haar der Gregorys, das er streng gescheitelt trug. Die tiefblauen Augen ließen keine Sekunde von Emily. Das Kinn war etwas zu kantig, der Mund zu hart. Die Ähnlichkeit mit Pa war frappierend.

Er beugte sich zu Sarah herüber. «Ein schönes Paar, was?», flüsterte er. «Stell dir mal vor, wenn noch eine O'Brien einen Gregory heiraten würde.» Er schnalzte mit der Zunge.

Sarah wurde rot. Jamie, der direkt hinter ihnen saß, beugte sich vor. «Josie ist wohl noch ein bisschen zu jung für dich», bemerkte er leise, und sein Gesicht war hart dabei.

Hatte er also gelauscht. Rob seufzte.

«Ich muss später mit dir reden», flüsterte Jamie Sarah zu. «Kommst du zu unserem Platz? Du weißt schon ...» Er wollte noch etwas hinzufügen, aber seine Mutter zischte ihn an, und Jamies Kopf verschwand so schnell, wie er gekommen war.

Sie hatten also sogar einen geheimen Ort, an dem sie sich trafen. Rob hatte nicht übel Lust, Jamie die Faust ins Gesicht zu rammen, um ihm sein zufriedenes Grinsen wegzuboxen.

Sarah nickte und richtete den Blick wieder nach vorne. Gebannt verfolgte sie die Zeremonie und tupfte sich ein paar Tränchen aus dem Augenwinkel, als Emily und Aaron sich küssten. Spontan klatschte Rob, und die anderen Gäste fielen begeistert mit ein. Ihre Tante lachte wie befreit auf. Sie drehte sich zu den Gästen um, ihre Hand hielt Aarons umfasst, und alle freuten sich mit den beiden. Nur Robs Pa, der rechts neben ihm saß, lallte laut und drehte wild den Kopf dazu.

Ich weiß, Pa. Du hasst die O'Briens.

Rob hingegen fand diese Familie eigentlich gar nicht so übel. Heute wollte er sich mal ein bisschen unters Volk mischen und diese Leute besser kennenlernen. Sie waren immerhin Sarahs Familie, und für ihn hatte sich bisher noch nie die Gelegenheit ergeben, ihren Vater oder ihre Mutter näher kennenzulernen.

Höchste Zeit, das zu ändern.

Nach der Trauung schlüpfte Josie aus dem Salon. Sie war verwirrt. Von den vielen Menschen, die sie nicht gewohnt war, von ihrer merkwürdigen Unsitte, in die Hände zu klatschen. Sie waren laut und plapperten wirr durcheinander, dass ihr davon ganz schlecht wurde. Außerdem schmerzten ihr die Füße in den schwarzen Lackschuhen, die sie heute Morgen hatte anziehen müssen.

Die große Eingangshalle war leer.

Irgendwo in der Ferne hörte sie ein Klappern und Klirren, dann ein sanftes Plopp. Josie ging auf leisen Sohlen den Geräuschen nach. Drei Treppenstufen führten zu einem schmalen Flur, die nackten Steinwände waren nur weiß übertüncht. Die Tür, hinter der dieses Klappern und Lärmen stattfand, stand halb offen.

Geräuschlos betrat sie den Raum. Keine der Frauen blickte auch nur auf, als sie hinter die Tür schlüpfte. Sie hielt den Atem an.

«Sei vorsichtig mit den guten Kristallgläsern, Izzie», sagte die Ältere der beiden. «Die gibt's hier schon seit zwanzig Jahren, und wenn sie die weite Reise aus Irland unbeschadet überstanden haben, sollten sie nicht ausgerechnet an deiner Ungeschicklichkeit zerbrechen.»

«Ja, Miss Annie», sagte das Mädchen. Es war wohl ungefähr im Alter von Josies Schwester Sarah, aber Josie vermochte das nicht genau zu sagen. Sie begegnete Menschen nicht so oft.

«Ist hier alles so weit?» Das war die harsche Stimme der Großmutter. Josie machte sich hinter der Tür ganz klein. Die alte Frau mochte sie nicht, das spürte sie.

«Einen Moment noch, Mrs. O'Brien.» Eine helle, schäumende Flüssigkeit wurde in Gläser gegossen, Izzie nahm ein Tablett und schwebte aus der Küche. Zwei andere Mädchen, ebenso in schwarze Kleider mit Spitzenschürzen gezwängt, folgten ihr.

Zurück blieb die dicke Köchin mit der Großmutter. Josies Großmutter.

«Die kleine Miss Josephine wächst zu einem hübschen Mädchen heran, finden Sie nicht, Mrs. O'Brien?»

Die alte Frau schnaubte undamenhaft und laut. «Wenn's nach mir ginge, wäre weder das Kind noch seine Mutter heute hier», bemerkte sie kühl. «Aber ich hab's Emily versprechen müssen, dass die beiden zur Trauung eingeladen werden.»

Josie hielt die Luft an. So dachten sie hier also über ihre Mam und sie? Dabei wollte sie doch so gern dazugehören! Sie wollte zeigen, dass sie es wert war. Ob sie auch helfen durfte, dieses Prickelgetränk zu servieren? «Sie hätte wenigstens so viel Anstand besitzen können fortzubleiben», fuhr ihre Großmutter jetzt leiser fort. Josie erstarrte.

Was die Köchin darauf erwiderte, hörte sie nicht mehr. Die Worte ihrer Großmutter hatten sich ihr eingebrannt.

Jetzt redete sie weiter: «Sieh dir doch nur an, wie verwildert das Kind ist. James hat erzählt, er habe das Mädchen heute früh im Stall gefunden, wo es barfuß herumirrte. Barfuß! Dieses Kind gehört endlich anständig erzogen. Siobhan schafft das ja offenbar nicht.»

Ich darf nicht lauschen. Mam wird bestimmt wütend, wenn sie davon erfährt.

Es wäre für sie ein Leichtes gewesen, unbemerkt aus der Küche zu schlüpfen. Und dann hätte sie sich auch nicht mehr mit anhören müssen, wie ihre Großmutter so böse über sie redete.

Trotzdem blieb Josie wie festgewachsen stehen.

«Ich seh's schon kommen, dass Siobhan sich wieder bei uns einschleicht. Sie wird Sarah um den Bart gehen, und Walter wird sie keine Ruhe lassen. Ich kann damit leben, wenn Finn und Ruth sie da oben im Fuchsbau ein und aus gehen lassen» – was sie im Übrigen gar nicht taten, denn Josie hatte gestern zum ersten Mal in ihrem Leben im Fuchsbau übernachten dürfen –, «aber wenn sie mir Sarah nimmt, werde ich ihr brühwarm erzählen, wie verderbt ihre Mutter in Wahrheit ist.»

Josie erstarrte.

Wieso ist meine Mam verderbt? Und was heißt das überhaupt, verderbt?

Es klang nicht besonders nett.

Die Köchin antwortete darauf nicht, und Großmutter Helen fuhr fort: «Ich geh dann wieder. Ich kann mich auf Sie verlassen, Annie?»

«Immer», sagte die Köchin.

Jetzt kamen Izzie und die anderen Mädchen zurück. Während Annie die Gläser auffüllte, plauderten und lachten die Mädchen übermütig.

«Dieser eine große Kerl da ... der mit den dunklen Haaren und diesen unverschämt blauen Augen. Ist der auch ein O'Brien?», fragte Izzie. Von den drei Mädchen war sie anscheinend die Wortführerin.

«Nein, bewahre. Das muss Robert Gregory sein. Er gehört zur Familie des Bräutigams.»

«Und der Mann mit den kurzgeschorenen Haaren, die schon grau werden?», fragte eins der anderen Mädchen. Josie lugte um die Tür. Die drei Mädchen standen um den massiven Küchentisch und warteten darauf, dass ihre Gläser wieder gefüllt wurden.

«Das wird Finn sein, der Bruder der Braut.»

«Oh, und der, dem der Champagner nicht genügt? Der lieber Whisky trinkt?»

Annie schnaubte. «Walter O'Brien. Der Nutzloseste von allen. Auch ein Bruder von Emily.»

«Und dann ist da noch Jamie», zählte Izzie auf. «Den mag ich, der grinst so frech.»

«Mach dir bloß keine Hoffnungen, Jamie O'Brien ist in seine Cousine Sarah verknallt. Würd mich wundern, wenn die nicht eines Tages heiraten», brummte Annie. «Hier, das Tablett ist schon fertig. Lasst die Gäste bloß nicht warten!»

Ein Mädchen verschwand. Izzie blieb da, ihr brannten noch viele Fragen auf der Seele. «Also haben wir da Emily, Walter, Finn und Jamie. Alle Geschwister. Der alte Edward und der Hausdrachen sind ihre Eltern.»

Ein Klatschen, dann ein leises Jammern. «Sprich nicht so über Mrs. O'Brien!», rief Annie.

«Sie hat behauptet, ich hätt dreckige Fingernägel, obwohl sie ganz sauber waren», beklagte sich Izzie.

«Das nächste Mal schrubbst du sie eben noch sorgfältiger. Aber ich erlaube nicht, dass in meiner Küche über die Herrschaften gelästert wird. Sonst kannst du gleich wieder deine Sachen packen.»

«Ist gut», sagte Izzie leise. Dann war es kurz still, was Josie bedauerte, denn auch sie hatte noch ernsthafte Probleme, all die Leute auseinanderzuhalten, die auf der Hochzeit waren.

«Aaron Gregory ist mit Emily verheiratet, Finn O'Brien hat Ruth», fing Izzie wieder an. «Was ist mit Walter? Er ist mit Siobhan verheiratet gewesen, oder?»

«Du fragst zu viel», brummte Annie. «Hier, der Korken sitzt fest. Hol aus dem Keller die zweite Kiste, ja?»

Hinter der Holztür setzte rege Geschäftigkeit ein. Die anderen Mädchen brachten wieder leere Tabletts, die von Annie und Izzie gemeinschaftlich aufgefüllt wurden. Als sie wieder allein waren, kam Annie von selbst wieder auf das Thema zu sprechen.

«Siobhan ist vor zehn Jahren einfach weggezogen, da war sie schon schwanger. Walter O'Brien ... Er war nicht gut zu ihr, glaube ich, aber sie hat ihm die beiden Mädchen als seine eigenen unterschieben wollen. Wie er das rausgekriegt hat, erschlug er ihren Liebhaber und jagte sie fort.»

Izzie seufzte. «Ach ...», machte sie verträumt. «Wie in einem Liebesroman.»

«Bloß ist es in der Realität nicht so schön wie im Roman, wenn einer erschlagen wird», brummte Annie. «Zur Rechenschaft wurde er dafür nie gezogen. Warum auch? Wer einen Maori erschlägt, braucht nichts zu befürchten.»

Josie wünschte, sie wäre nicht in die Küche geschlichen. Dann müsste sie jetzt nicht all diese schrecklichen Dinge hören, die ihre Vorstellungskraft überstiegen.

Mein Vater ist ein Maori ...

Sie war noch nie Maoris begegnet, sie hörte nur manchmal Geschichten über diese Menschen. Wenn sie ihre Mam zur Spinnerei begleitete, redeten die Leute dort manchmal darüber, was dieser oder jener verbrochen hatte, und erstaunlich oft hielten sie sich damit auf, über die Untaten irgendwelcher Wilden zu klagen. Sie mussten wohl allesamt gänzlich verdorben sein. Sie tranken, sie stahlen und prügelten sich weit häufiger als die anderen.

Und sie sollte zu diesen Menschen gehören? War sie auch so eine schlechte Wilde?

«Darüber redet hier aber keiner», sagte Annie. «Sag lieber keinem, dass du davon weißt.»

«Wenn man's weiß, sieht man aber, dass die beiden Mädchen Maoriblut in den Adern haben. Sie haben diese dunkelbraunen Augen und das schwarze Haar.»

«Psst», machte Annie, denn die beiden anderen Mädchen kamen wieder in die Küche.

Josie wartete, bis die Mädchen verschwunden waren und Annie sich im Keller zu schaffen machte. Dann schlüpfte sie aus der Küche. In der Eingangshalle lief sie ihrer Mam über den Weg.

«Josephine Aotearoa!»

Wenn Mam sie so nannte, hatte Josie unter Garantie etwas Schlimmes getan.

«Ich hab gar nichts gemacht!»

Ihre Mam trat zu ihr, legte ihr die Hände auf die Schultern und musterte sie. «Wir gehen nach Hause», sagte sie schließlich. «Verabschiedest du dich von Emily und Aaron? Dann holen wir unsere Sachen aus dem Fuchsbau und reiten heim.»

Josie nickte.

Sie war nur froh, bald aus diesen engen Schuhen zu kommen.

Sarah fühlte sich in ihrem Kleid nicht wohl. Sie strich immer wieder darüber, zupfte an dem Rock und schaute sich um, ob auch niemand über sie redete.

Alle Gäste waren gelöster Stimmung, und niemand schien sie zu beachten. Nur Rob Gregory, der am anderen Ende des Raums neben dem Rollstuhl seines Vaters saß, fraß sie mit Blicken geradezu auf. Er lächelte sie an.

Zögernd setzte sie sich in Bewegung. Es wäre unhöflich, nicht zu den beiden zu gehen, aber sie fürchtete sich ein wenig vor Robs Vater. Außerdem war sie verwirrt. Robs Bemerkung vorhin …

Das hat er nur so gesagt. Er kennt mich ja gar nicht, wieso sollte er mich heiraten wollen?

Zumal sie doch Jamie heiraten wollte. Wenn es einen gab, der zu ihr passte, dann er.

Dean Gregory hing in seinem Rollstuhl und streckte die Hand nach Sarah aus. Er lallte, und obwohl sie ihn nicht genau verstand, wusste sie sofort, was er wollte.

«Einen Moment», sagte sie leise. «Ich komme sofort.» Sie verschwand wieder im Gedränge, bis sie eines der Mädchen mit den Champagnertabletts fand. Sie nahm zwei Gläser und brachte sie Rob und seinem Vater.

Behutsam wollte sie Robs Vater helfen, den Champagner zu trinken, doch er schüttelte so heftig den Kopf, dass sie unwillkürlich einen Schritt zurück machte und dabei fast den Champagner verschüttete.

«Vater mag es nicht, wenn man ihn bevormundet.» Robert nahm ihr das zweite Glas ab. «Gib ihm einfach das Glas.»

Sarah spürte, wie ihr die Röte ins Gesicht stieg. «Entschuldigung», flüsterte sie. «Ich wollte nicht ...»

«Ich weiß», unterbrach Robert sie, und er klang ein wenig ungehalten. «Er ist nicht schwachsinnig, weißt du? Wenn man ihn behandelt, als wäre er ein Idiot, wird er wütend. Und ein Mann, der in seinem Körper gefangen ist, richtet seine Wut gegen sich selbst.»

Sarah ging etwas in die Knie und hielt Dean Gregory das Glas hin. Der alte Mann nahm das Glas mit der Rechten und hielt es erstaunlich sicher. Sie lächelte ihm aufmunternd zu. «Freuen Sie sich nicht auch für die beiden?», fragte sie.

Wieder ein Lallen, das sie nicht verstand. Hilflos schaute Sarah zu Robert hoch. Dieser zuckte lediglich mit den Schultern. «Er mag die O'Briens nicht so sehr», sagte er bloß.

«Oh», sagte Sarah. Sie richtete sich wieder auf. «Das ...» Sie verstummte. So recht wollte ihr keine passende Entgegnung einfallen.

«Aber ich mag dich», sagte Rob. «Sehr sogar.»

Dabei schaute er sie so intensiv an, dass ihr ganz heiß davon wurde. Sarah bemühte sich, unverbindlich zu lächeln. Sie blickte flüchtig über die Schulter und hoffte sehnlichst, jemand käme, um sie aus dieser Situation zu erlösen.

«Unterhalte dich doch ein bisschen mit meinem Pa. Ich muss derweil mal nach meinen Brüdern schauen.» Er runzelte die Stirn. «Vermutlich haben sie wieder nur Unsinn im Kopf.»

Sarah sank auf den freien Stuhl neben dem Rollstuhl. Sie wusste nicht, was sie sagen sollte.

Wie schrecklich! Wenn wenigstens Rob noch hier wäre.

Sie sehnte ihn herbei, und zugleich überlegte sie fieberhaft, was sie sagen konnte. Es war höchst unhöflich, nur schweigend neben Mr. Gregory zu sitzen.

«Ein schönes Fest, nicht wahr? Ich hab mich schon seit Tagen darauf gefreut. Und jetzt sind wir sogar verwandt, also irgendwie zumindest ...»

Mr. Gregory lallte. Obwohl Sarah kein Wort verstand, konnte sie immerhin so viel heraushören: Ihm gefiel es hier nicht.

Sie nahm ihren ganzen Mut zusammen. «Vielleicht möchten Sie nach draußen und etwas frische Luft schnappen? Ja?» Sie blickte ihn an, versuchte in dem verzerrten Gesicht irgendwas zu erkennen. Mr. Gregory stieß einen Laut aus, der als Ja durchgehen konnte, außerdem nickte er heftig.

«Also gut.» Sie löste die Bremse vom Rollstuhl und schob Robs Vater zum Wintergarten. Von dort führte eine Tür in den Ziergarten, der Mam Helens ganzer Stolz war.

«Sie müssen sehr stolz auf Ihre Jungs sein. Rob ist ein sehr netter Kerl», plauderte Sarah. Sie kannte Rob kaum, aber es schien ihr das Richtige in diesem Moment, etwas Nettes über ihn zu sagen. «Und die Zwillinge», sie überlegte fieberhaft, wie hießen die beiden noch mal? «Also, die sind ganz schön aufgeweckt.»

Mr. Gregory zappelte so heftig in seinem Rollstuhl, dass Sarah stehen blieb, weil sie fürchtete, er könne herausfallen. Sie drehte den Stuhl, sodass sie beide zurück in den Salon blicken konnten. Gerade blieb ihre Mutter vor der Tür zum Wintergarten stehen und schaute zu ihnen heraus. Ihr Blick war finster, beinahe abweisend.

Dies ist mein Zuhause, du kannst mir kaum verbieten, hier zu sein.

Robs Vater vor ihr wurde ganz still. Er schaute ebenfalls Sarahs Mutter an. Dann grinste er, und Sarah beugte sich vor. «Mögen Sie meine Mutter? Möchten Sie mit ihr reden?» Heftig nickte er, deshalb schob Sarah den Rollstuhl wieder hinein. «Mutter!», rief sie, weil Siobhan sich abwenden wollte, als sie sie kommen sah. «Mr. Gregory will mit dir reden.»

«Das bezweifle ich», erwiderte ihre Mutter abweisend.

Mr. Gregory lallte. Er klang wütend.

«Sei doch nicht so unfreundlich», bat Sarah. «Er hat dich gesehen, und ich dachte ...»

«Dean Gregory und ich haben uns nichts zu sagen.» Der Blick ihrer Mutter war kalt. «Und du solltest dich lieber auch von ihm fernhalten.»

Das versetzte Robs Vater erst recht in hilflose Rage. Er zuckte und tobte, und ein Speichelfaden rann ihm aus dem Mundwinkel. Wild rollte er mit den Augen, als Sarah versuchte, ihm den Mund mit einer Serviette abzuwischen.

«Was ist hier los?» Rob war zurück, er trat zwischen Sarah und seinen Vater. Erst war sie erleichtert, dann sah sie seinen Gesichtsausdruck und wich erschrocken zurück. «Ich dachte, er wolle mit meiner Mutter sprechen, aber ...»

«Halt den Mund», fuhr Rob sie an. «Dich hab ich nicht gefragt.» Er lauschte dem Lallen seines Vaters und nickte dann. «Ich verstehe. Nein, davon hat sie keine Ahnung.» Ein letzter, wütend funkelnder Blick, dann schob Rob den Rollstuhl an Sarah vorbei aus dem Salon.

Sprachlos starrte sie ihm nach. Was hatte sie denn falsch gemacht?

Ihr Vater stand am Kamin und schenkte sich gerade

einen großzügigen Brandy ein. Natürlich. Er hielt sich nicht lange mit Champagner auf, wenn er auch Brandy haben konnte. Sarah seufzte und ging zu ihm hinüber. Sanft nahm sie ihm die Kristallkaraffe aus der Hand.

Er protestierte nicht.

«Hat sie mit dir geredet?» Für diese Tageszeit klang er noch erstaunlich nüchtern.

«Nein», sagte Sarah. Sie wusste sofort, dass er von Siobhan sprach. «Und selbst wenn, ich mag nicht mit ihr reden. Ich hab ihr nichts zu sagen.»

Ich versteh sie nicht. Niemanden verstehe ich, sie sind alle so merkwürdig. Als wollten sie nicht hier sein.

Er nickte, kippte den Brandy herunter und wollte wieder nach der Flasche greifen, doch sie quittierte diesen Versuch mit einem strengen Blick. «Die nehme ich wohl besser mit in die Küche.»

«Du bist schon wie deine Großmutter.»

Sarah lächelte jetzt freundlich. «Ich nehm's als Kompliment, ja? Aber heute wollen wir die Hochzeit von Tante Emily feiern. Ich möchte nicht, dass du mit schwerer Zunge sprichst.»

Er kaute an der Innenseite seiner Wange. «Nach dem Empfang darf ich mir aber einen genehmigen.»

«Auch zwei», versprach sie ihm.

Sein Blick zuckte durch den Salon. Über all die Menschen, die gekommen waren. Nur kurz verharrte er – bei seiner Frau, von der er sich bis heute nicht hatte scheiden lassen, obwohl sie seit zehn Jahren nicht mehr zusammenlebten, und dann bei Dean Gregory und Robert, der neben seinem Vater saß und aufgeregt auf ihn einredete.

«Walter?»

Jetzt war er wieder ganz bei ihr, doch etwas Tieftrauriges lag in seinem Blick. «So wie heute werden wir wohl nie wieder zusammenkommen», sagte er leise. «England ist in den Krieg eingetreten, wusstest du das?»

Sie schüttelte den Kopf.

War es das, worüber die Männer tuschelten und was die Frauen an diesem glücklichen Tag für Emily und Aaron still werden ließ?

«Vielleicht suchst du lieber nach Jamie. Vorhin sagte er mir, er wolle morgen nach Glenorchy gehen, um sich freiwillig zu melden. Er wird nicht der Einzige sein.»

Sie packte ihn am Ärmel seines Jacketts. «Du gehst doch nicht, oder, Pop? Du bleibst doch bei uns?»

Er lachte auf. «Was denn, meinst du, sie gewinnen diesen Krieg, wenn ich alter Säufer mit ihnen kämpfe? Nein, nein, der Krieg ist den Jungen vorbehalten. Aber deine Großmutter wird nicht wollen, dass Jamie geht. Red du mit ihm. Vielleicht hört er auf dich. Bloß fürchte ich, er ist sich da schon einig mit Robert und seinen anderen Freunden.»

Sie stellte behutsam die Karaffe auf den Kaminsims. Plötzlich war es ihr ganz egal, ob Paps sich noch einen genehmigte. Sie musste Jamie finden.

Er durfte nicht in den Krieg ziehen! Nicht Jamie.

Keiner von denen, die im Salon beisammenstanden, sollte gehen. Jamie vor allen anderen nicht, aber ebenso wenig all die anderen jungen Männer, deren Wangen vor Aufregung glühten. Ihr Blick blieb an Rob hängen.

Was würde aus dem gesellschaftlichen Leben in Glenorchy oder Dunedin, wenn die Männer gingen?

Was würde aus den Bällen und Teegesellschaften, wenn nur ihr Vater und Großpapa Edward da waren, mit denen sie tanzen konnte?

Und was – diesen Gedanken wagte sie kaum zu Ende zu denken – was, wenn einer von ihnen nicht zurückkommen würde?

Sie machte sich auf die Suche nach Jamie.

Er darf nicht gehen ... Diese Worte begleiteten jeden ihrer Schritte.

2. Kapitel

Wenn ihn jemand hier oben fand, dann Sarah. Außer Sarah wollte er auch niemanden sehen.

Er sah sie kommen, schon aus der Ferne erstrahlte das blasse Blau ihres Kleids vor dem farblosen Wintergras. Jamie trat von der Luke zurück und setzte sich auf das verstaubte Sofa.

Der Dachboden im ältesten Teil des Fuchsbaus war seit Jahren unbewohnt. Hier gab es ausrangierte Möbel, stapelweise Kitschromane, die einst seiner Schwägerin Siobhan gehört hatten, in einer Kiste lagen kaputte Spielsachen, die Ruth aus unerfindlichen Gründen – vermutlich sentimentaler Natur – aufhob. Über allem hing schwer der Staubgeruch.

Sarah kam die Stiege hinauf. Sie legte fröstelnd die Arme um ihren Leib. «Ich hätte mir ja denken können, dass du hier bist», sagte sie.

«Ich hab auf dich gewartet.» Er rückte beiseite und legte ihr den verschlissenen Quilt über die Knie. Sie sah so hübsch aus in dem neuen Kleid.

In Gedanken war es einfach, ihr das zu sagen. In Gedanken sprach er oft mit ihr.

«Hast du schon davon gehört?», fragte er. «Vom Krieg?»
«England hat den Deutschen den Krieg erklärt, ja.»
«Ich meld mich morgen freiwillig. Hab mich mit Rob und den anderen verabredet.»
«Das hat Pop mir schon erzählt.» Sie richtete den Blick starr auf ihre Hände.

«Keine Angst», sagte er leise und rückte etwas näher an sie heran. «Zu Weihnachten sind wir alle wieder daheim. Das wird ein kurzer Krieg. Wir hauen den Deutschen die Hucke voll, und dann bin ich bald zurück.» Er zögerte. «Wenn ich zurück bin ...»

«Ja?», fragte sie atemlos.

Er suchte verzweifelt nach den richtigen Worten.

Für ihn war Sarah immer mehr gewesen als das Mädchen, das mit ihm aufwuchs. Sie war nicht Schwester, nicht Nichte, wie es ihre Verwandtschaft eigentlich verlangte. Sie war beste Freundin und Gefährtin, für die er sich mit den anderen Jungs prügelte, wenn sie Sarah als Maoribastard beschimpften. Solange er denken konnte, hatte sie im Zimmer neben seinem geschlafen, und er hatte immer gewusst, dass er nicht ohne sie leben wollte. Seit jenem Tag auf der Weide, als sie gemeinsam mit ansehen mussten, wie sein Bruder Walter den Maori erschlug ... Seit damals hatte er sich immer wieder vorgestellt, wie es mit ihnen weitergehen würde, wenn sie erwachsen wären.

Denn ein Leben ohne Sarah konnte er sich nicht vorstellen. Weshalb nur ein Leben mit ihr blieb.

«Wenn ich zurück bin, heiraten wir», brach es aus ihm hervor. Endlich hatte er ausgesprochen, was beide schon seit Jahren wussten.

Sie strahlte ihn glücklich an.

Und jetzt war diese Zukunft für sie greifbar. Es würde nicht mehr lange dauern. Er nahm ihre Hand und drückte sie fest, und Sarah rückte näher, legte ihren Kopf an seine Schulter und schloss die Augen. Er spürte ihren warmen Körper neben seinem und war einfach glücklich.

«Und damit du's nicht vergisst und dich nicht womöglich von einem alten Knacker bequatschen lässt, solange ich in Europa bin, möchte ich ...» Seine Finger schlossen sich um das kleine Kästchen in seiner Jackentasche.

«Ja?», fragte sie atemlos.

Stumm hielt er ihr das mit rotem Samt überzogene Kästchen hin. Sarah nahm es, öffnete es behutsam, als fürchtete sie, der Inhalt könne sie beißen.

«Möchtest du meine Frau werden, Sarah O'Brien?», fragte er, heiser vor Aufregung. Linkisch packte er ihre Hand, die die Schatulle hielt. «Den Ring hat Pop mir gegeben, er stammt von meiner Großmutter aus Irland, und vor dir haben ihn schon viele O'Brien-Frauen getragen.» Es war ein goldener Reif mit einem Rubin, schlicht gearbeitet und ganz zart.

Er nahm ihr die Schachtel aus der Hand, jetzt hatte er es irgendwie eilig, weil er fürchtete, sie könne es sich anders überlegen, obwohl es da doch gar nichts zu überlegen gab. Sie waren einander schon immer versprochen gewesen, solange er denken konnte. Ein Versprechen, das ein stummes Einverständnis war und das sie später besiegelt hatten, indem er ihr die goldene Taschenuhr schenkte, die er seinem Bruder Finn geklaut hatte.

«Was meinst du denn?», fragte er, weil sie gar nichts sagte. «Gefällt er dir nicht?» Er fand ihn eigentlich ganz hübsch, aber was den Frauen gefiel, wusste er nicht so genau.

«Doch», sagte sie leise. «Doch, er ist wunderschön.» Sie nahm ihn vorsichtig aus der Schachtel und hielt ihn Jamie hin. Dann bot sie ihm die linke Hand, und er schob ihr den Ring auf den Finger. Er passte, als sei er für sie gemacht. «Du bist eben eine O'Brien», murmelte er zufrieden.

Sie strahlte. Hielt die Hand von sich weg, betrachtete den Ring von allen Seiten. Dann beugte sie sich vor und gab ihm einen scheuen Kuss auf die Wange.

«Ich hab auch was für dich», sagte sie leise und hielt ihm ein Bündel hin, das sie in den Falten ihres Kleides verborgen hatte.

«Für mich?»

Sie nickte ermutigend, und er nahm das Päckchen entgegen. Es war erstaunlich schwer. Im Innern bewegte sich etwas und klimperte leise. «Nein», flüsterte er, weil er ahnte, was es war.

«Doch», bekräftigte sie, und weil er das Tuch nicht zurückschlug, nahm sie ihm das Bündel ab und tat es für ihn.

Es war die goldene, schwere Taschenuhr, die er ihr einst geschenkt hatte. «Das kann ich nicht annehmen», murmelte er. «Was ist, wenn ich sie verliere?»

«Du wirst sie nicht verlieren», versicherte sie ihm. «Du wirst gut darauf aufpassen, und ich werde immer bei dir sein. So wie du bei mir sein wirst», fügte sie hinzu.

Er umarmte sie, drückte sie behutsam an sich, als wäre sie zerbrechlich. Ihr Geschenk rührte ihn, und er musste schwer schlucken. Einen winzigen Moment lang stellte er sich vor, wie es wäre, nicht in den Krieg zu ziehen, sondern dieses neue Leben sofort zu beginnen, doch er verwarf den Gedanken ebenso rasch, wie er gekommen war.

Diesem Krieg hatten alle entgegengefiebert. Er hatte gehofft, er käme nicht zu früh. Und nun, da sich im alten Europa die Mächte miteinander maßen, hatte er gebetet, die Engländer möchten sich nicht aufs Säbelrasseln beschränken.

Dieser Krieg war nur eine Randnotiz, ein kleines, aufregendes Zwischenspiel. Dann würden Sarah und er heiraten. Ein letztes Mal die Freiheit kosten, ehe er für sie die Verantwortung übernahm.

Es würde nicht lange dauern. Zu Weihnachten wäre er spätestens wieder daheim. Und dann würde er sie zum Altar führen, und sie könnten auf Kilkenny Hall leben und ihre Kinder großziehen, und Jamie würde von Finn lernen, die Farm zu führen, um sie eines Tages zu übernehmen.

Nicht mehr lang, und ihre Zukunft würde beginnen ...

Nach dem Empfang verabschiedeten sich die Gäste. Sarah half Emily, die sich ein bisschen hinlegen wollte, aus dem Kleid. Die Männer saßen derweil im Raucherzimmer beisammen und debattierten hitzig über Politik und den bevorstehenden Krieg.

«Machst du dir Sorgen?», fragte Sarah.

Emily zog ihr Kleid aus. «Nein, wieso?»

«Dass Aaron in den Krieg ziehen könnte, meine ich.»

«Ach nein. Aaron ist zu alt dafür.» Sie ließ das Kleid zu Boden gleiten, und Sarah bückte sich, um es aufzuheben. «Aber Jamie wird gehen wollen, nicht wahr? Mit seinen Freunden zusammen? Robert Gregory zum Beispiel, der wirkte vorhin ganz aufgeregt.»

Sarah hängte das Kleid auf einen Bügel, und Emily stieg umständlich und schwer seufzend ins Bett.

«Sie werden gehen, ja.» Sarah zupfte an dem Kleid, obwohl es nichts zu zupfen gab. Sie dachte unwillkürlich an Rob und wie er sie angesehen hatte.

«Mam wird davon nicht begeistert sein», entgegnete Emily. «Und ich bin es auch nicht, übrigens.» Sie legte die Hand auf ihren Bauch. «Wenn man Mutter wird, denkt man über manches anders.»

«Aber es ist doch ein guter Krieg.» Sarah war verwirrt.

«Gibt es gute Kriege? Oder gerechte Kriege? Ich habe erlebt, wie dein Onkel Finn aus dem Burenkrieg heimkehrte. Und ich möchte weder einen meiner Brüder noch meinen Mann in diesem Leben noch mal so gebrochen und verzweifelt erleben.»

Sarah wollte etwas einwenden, aber ihr war der Wind aus den Segeln genommen. So hatte sie die Sache noch nie betrachtet.

«Tut mir leid», sagte Emily müde. «Das war bestimmt nicht, was du hören wolltest.»

«Jamie sagt, zu Weihnachten sind sie wieder daheim», wandte Sarah trotzig ein.

«Wenn Jamie das sagt ...»

Plötzlich war ihr Tante Emily zuwider. Mit einem Ruck warf Sarah die Schranktür zu. Sie marschierte zur Tür und wollte wortlos gehen. Doch Emily rief sie zurück.

«Im Krieg sterben Menschen», sagte sie. «Wir glauben gerne, dass unsere Liebsten davor gefeit sind, weil wir sie mit unserer Liebe beschützen. Aber die ganze Liebe ändert nichts daran. Wir können sie trotzdem verlieren. Wir können alles verlieren.» Sie schloss die Augen. «Weckst du mich in einer Stunde?»

Sarah stürzte aus dem Gästezimmer. Sie wusste nicht, wohin mit sich. So gerne hätte sie Emily den Ring gezeigt, aber jetzt mochte sie das nicht mehr tun, es fühlte sich einfach falsch an.

«Wir müssen darüber reden. Dass Jamie in den Krieg will, meine ich.»

Jamie seufzte. Mit so etwas hatte er gerechnet, nein: Er hatte es befürchtet. Dass ausgerechnet Emily das Thema anschnitt und nicht sein Vater oder seine Brüder, verwunderte ihn nicht. Die Männer dieser Familie hatten sich noch nie durch besonderen Mut ausgezeichnet.

Und irgendwer musste den Standpunkt seiner Mutter vertreten, die er nach dem Empfang weinend in der Küche vorgefunden hatte.

Seine Mutter, die immer so stark und aufrecht war. Sie hatte geweint. Er hatte sich leise zurückgezogen, weil er ihnen die Peinlichkeit ersparen wollte, sie beim Weinen erwischt zu haben, aber er hatte genau gewusst, warum sie traurig war.

Emilys Blick fiel auf Jamie, dann schaute sie nacheinander allen anderen Männern ins Gesicht, die sie ins Raucherzimmer gebeten hatte.

Jamie hatte sich in einen Sessel geworfen, während Finn und Aaron beiderseits vom Kamin lehnten und die Arme vor der Brust verschränkt hielten. Keiner von den dreien sprach, und sie schauten unverwandt Emily an, die sich schwer auf ihren Stock stützte. Die Ledersessel waren wuchtig und dunkel, sie knarzten bei jeder Bewegung, und zwischen ihnen stand ein riesiger, niedriger Tisch.

Emily bewegte sich vorsichtig durch diesen für sie fremden Raum und setzte sich auf ein freies Sofa. Keiner sprach.

Nur Edward besaß die Seelenruhe, seine Zigarre zu schmauchen. Walter machte sich wieder am Brandy zu schaffen. Nur das leise Klirren der Kristallkaraffe war zu hören.

«Jamie darf nicht allein gehen», forderte Emily schließlich. «Unsere Mutter würde daran zerbrechen, das wisst ihr.»

Er protestierte. «Ich bin erwachsen!»

Sie maß ihn mit einem harten Blick, der Jamie sofort verstummen ließ. Auch die anderen schwiegen.

«Was erwartest du denn von ihnen?», fragte Jamie schließlich. «Sollen etwa Finn und Walter mitkommen, damit mir nichts passiert? Müssen meine großen Brüder immer noch auf mich aufpassen?»

Sie sagte nichts, aber ihr Stock klopfte auf den Boden, in einem Takt, dem sich keiner zu entziehen vermochte. *Tok-tok-tok, marschieren die Soldaten.*

Es war ein lastendes Schweigen, das allen die Luft abschnürte.

«Ich glaub nicht, dass es etwas gibt, woran Mutter zerbrechen könnte.» Das war Finn. «Ich bin in den Burenkrieg gezogen, und sie hat's hingenommen, weil wir Männer nun mal in den Krieg ziehen. So war es schon vor tausend Jahren, und in hundert Jahren wird sich auch nichts daran geändert haben.»

Emily blickte von einem zum anderen und sagte nichts.

«Du meinst das tatsächlich ernst!» Jamie war vollkommen entgeistert.

Emily wich seinem Blick jetzt aus und schaute zu Finn herüber.

«Ich kann gut allein auf mich aufpassen. Rob Gregory ist dabei, wir gehen zusammen ins Rekrutierungsbüro.»

Walter hustete, und Emily erstarrte. Finn schien gänzlich unbeeindruckt. Nur Aaron wirkte arglos. Ihm schien gar nicht aufzufallen, dass die Brüder seiner Ehefrau nicht besonders viel von Rob Gregory hielten.

«Lasst ihn doch gehen», sagte er.

Emily seufzte.

Sie hatte ihre Forderung gestellt. Eine Forderung, die nicht verhandelbar war, das spürte jeder im Raum, auch Jamie. Er konnte ihr nicht in die Augen sehen, sondern starrte nur auf seine Hände.

«Ich gehe», sagte er fest. «Mir ist egal, was ihr darüber denkt. Ich gehe in den Krieg.»

Er stand auf und verließ das Raucherzimmer. Kein Blick zurück, kein Zögern, nichts. Er hatte es Rob versprochen.

Wenn er jemals die Chance gehabt hatte, sich mit Rob anzufreunden – mit dem jeder Mann seines Alters gern befreundet sein wollte –, dann war's der Krieg. Gemeinsam würden sie gegen die Deutschen kämpfen und als Helden heimkehren.

Und dann würde er Sarah heiraten.

«Warte!» Das war Emilys Stimme. Er verlangsamte seine Schritte, obwohl er nicht zurückwollte. Dieses Gespräch war für ihn beendet.

«James, bitte.»

Seufzend machte er kehrt und ging wieder ins Raucherzimmer. Emily schloss die Tür hinter ihm und blieb stehen, damit er nicht noch einmal weglief.

Er blickte seine Brüder an, dann Aaron. «Also?»

«Ich geh mit», sagte Finn leise. Er blickte in sein Glas, nahm einen Schluck und nickte. «Ich denke, das sollte ich wirklich tun.»

Jamie schöpfte Hoffnung. Ohnehin konnte ihm niemand verbieten, sich zu melden, doch war ihm wohler, wenn sein Bruder mit von der Partie war. Dann verlor es den Anschein, dass er nur aus jugendlichem Leichtsinn ans andere Ende der Welt zog.

«Das ist gut!», sagte er.

Die anderen schauten ihn nicht an.

Finn seufzte und stellte sein Glas auf den Kaminsims. «Ich geh nach Hause.»

«Morgen reiten wir nach Glenorchy, ja?» Jamie war jetzt Feuer und Flamme. «Mann, das wird ein Spaß!» Er trat zu Finn, klopfte ihm begeistert auf die Schulter. «Wirst schon sehen, das wird ein großes Abenteuer!»

«Ja, sicher», sagte Finn.

Er wirkte plötzlich sehr, sehr müde.

Der Abschied von Kilkenny Hall fiel Josie schwer.

Ihr gefiel der riesige, düstere Kasten, obwohl es dort so laut war. Obwohl sie spürte, dass sie nicht dazugehörte. Keiner gab sich Mühe, ihr etwas anderes zu vermitteln. Trotzdem: Dort lebten ihre Großeltern und ihre Schwester, und dort hatten sie ein schönes Fest gefeiert, obwohl Josie nicht so genau verstand, worüber die Erwachsenen die ganze Zeit redeten.

Nach dem Empfang packten sie im Fuchsbau rasch ihre Sachen und verabschiedeten sich von Tante Ruthie. Als Mam und Tante Ruthie sich umarmten, sagte Mam, man würde sich bestimmt bald wiedersehen, und Tante Ruthie nickte, obwohl in ihren Augen nichts davon zu sehen war, dass sie sich auf ein baldiges Wiedersehen freute. Diese Menschen waren merkwürdig, ihre Münder sprachen anderes als ihre Augen, und niemand schien fähig, das zu erkennen, sondern zahlte es mit gleicher Münze heim. Vielleicht hatten die Erwachsenen das Fest doch nicht so schön gefunden wie sie.

Der Weg zu ihrer Hütte im Wald war weit. Josie saß auf dem Pony, das ihre Mam führte, und sie hielt ein Kleiderbündel fest an sich gedrückt. Ihre nackten Fersen drückten sich dem Pony in die Flanken.

Warum ihre Mam und sie im Wald lebten, weit fort von den anderen, wusste Josie immer noch nicht so genau. Und als sie ihre Mam jetzt direkt fragte, schüttelte die bloß den Kopf. «Jetzt nicht», fuhr sie Josie an, als sie die Frage fünf Minuten später noch mal stellte. «Herrgott, Josie, halt doch bitte nur mal zehn Minuten lang den Mund!»

Darauf schwieg sie beleidigt. Der Wald schloss sich eng um Mam und sie, das Pony schnaubte leise, und es ging immer weiter bergauf.

Solange Josie denken konnte, lebten Mam und sie weit weg von allen anderen oben im Wald. Bisher hatte ihr das Leben hier oben gut gefallen, und sie wäre nie auf die Idee gekommen zu fragen, warum es so war.

Aber nun hatte sie das erste Mal die ganze Familie versammelt gesehen. Und auch wenn sie noch nicht jeden kannte, auch wenn ihr viele noch fremd waren – ihre Tante Emily zum Beispiel, obwohl sie ihre Patentante war –, wünschte sie sich nun doch, sie könnte häufiger dorthin gehen. Und nicht nur, wenn jemand heiratete.

«Darf ich bald mal wieder nach Kilkenny?», fragte sie, als schon die Blockhütte in Sicht kam. Ihre Mam blieb stehen. Der Wind war eisig, sie hatte sich einen Schal um den Kopf gewickelt gegen die Kälte. Auch Josie fror jämmerlich, obwohl sie dick eingepackt war.

«Nach Kilkenny? Warum?»

«Weil da unsere Familie ist.»

Familie ... ein Wort, das sie bisher nicht mit Leben hatte füllen können. Sie hatte immer gewusst, dass Familie mehr sein musste als nur eine Mam. Und gestern hatte sie gesehen, wie viele Menschen tatsächlich zu ihrer Familie gehörten.

Es hatte sie erstaunt und entzückt.

«Wenn man das Familie nennen kann, ja.» Mam schritt weiter, ohne die Erlaubnis oder ein Verbot auszusprechen.

Endlich erreichten sie das Haus. Josie glitt vom Pony, legte das Bündel mit ihren Sachen auf der Veranda ab und führte das Tier um die Hütte herum zu dem Verschlag, wo es eine Box für das Pony gab. Gewissenhaft versorgte Josie das Tier, zauste ihm ein letztes Mal die Ohren und lief dann zurück zur Vorderseite.

Im Innern der Hütte hatte ihre Mam Licht gemacht, im Kamin das Feuer wieder angeschürt und schritt nun in ihren dicken Stiefeln hin und her, räumte Sachen weg, schüttelte Kleider aus und sorgte für Ordnung.

«Zeit fürs Bett, Josie.»

Eigentlich war Josie noch gar nicht müde. Trotzdem zog sie sich gehorsam aus, schlüpfte in das wollene Nachthemd und legte sich ins Bett. Sie rückte bis an die Wand, damit Mam später Platz hatte, wenn sie sich zu ihr legte, und Mam beugte sich noch einmal über sie und drückte ihr einen Kuss auf den Scheitel.

«Gehören wir denn nicht zur Familie?», fragte Josie leise.

Etwas sehr Trauriges lag in Mams Blick, und sie streichelte Josies Wange. «Irgendwie schon», sagte sie leise. «Nur lassen sie uns nicht.»

Josie träumte.

In ihrem Traum war sie zurück in Kilkenny Hall, und die Räume waren finster und leer. Keine Lichter brannten, die Kamine waren leer gefegt und kalt, und nicht mal in der Küche, die sie nach kurzem Suchen fand, brannte ein Feuer im Ofen. Während Josie noch versuchte, Holzscheite durch die Feuerklappe zu zwängen, hörte sie Gesang in der Ferne. Das Holz fiel ihr aus der Hand, und sie rannte aus der Küche hinaus in den Garten. Hier wuchsen Süßkartoffeln. Die Pflanzen rankten hoch und umschlossen Josies Füße, zogen sie zu Boden. Sie kämpfte dagegen an, blickte dann zurück zum Haus, und alle Fenster waren plötzlich warm erleuchtet. Drinnen fand ein herrliches Fest statt, sie konnte das ausgelassene Lachen und Klirren der Gläser hören. Stimmen brandeten auf, jemand rief ihren Namen, und sie sprang auf. Endlich von den Süßkartoffelranken befreit, stürzte sie zur Hintertür, riss sie auf – und fand darin die alte Kälte vor. Der Ofen war leer, die Asche kalt.

Mit einem erstickten Schrei fuhr Josie aus dem Schlaf.

Sie lag an der Wand, ihr Atem ging in fliegender Hast, und unter dem Nachthemd klebte kalter Schweiß auf ihrer Haut. Sie lauschte im Dunkel den Atemzügen ihrer Mam und versuchte, die Bilder ihres Traums zusammenzuraffen.

Schon vor langer Zeit hatte Josie gelernt, nachts vollkommen geräuschlos das Bett zu verlassen, wenn sie nicht mehr schlafen konnte. Draußen heulte der Wind ums Haus und trieb Eiskristalle gegen die Fensterscheiben. Es schneite.

Schnee war für Josie der einzige Grund, Strümpfe und festes Schuhwerk anzuziehen. Sie warf sich einen Umhang um die Schultern, schlang den Strickschal dreimal um Kopf und Hals und zog leise die Tür auf.

Der neue Tag machte sich bereits bemerkbar. Schon bald würde er heraufdämmern. Sie brauchte keine Uhr, um das zu wissen, ihre Sinne waren von der Natur geschärft, und sie vermochte Dinge zu spüren, die ihrer Mutter fremd blieben.

Josie entfernte sich nicht zu weit vom Haus. Sie wusste, wie gefährlich ein Schneesturm hier oben in den Bergen sein konnte. Ihrem Orientierungssinn konnte sie zwar vertrauen, aber man musste das Schicksal ja nicht unnötig herausfordern.

Der Wind pfiff ihr um die Ohren und trieb ihr die Schneeflocken ins Gesicht. Josie kniff die Augen zusammen und genoss das piksende, eisige Gefühl.

Etwa zweihundert Meter hinter der Hütte fiel das Gelände steil ab. Irgendwann hatte jemand einmal eine Bank hier aufgestellt. Josie bezweifelte, dass ihre Mutter das veranlasst hatte, vermutlich wusste sie nicht mal von der Bank. Sie fegte mit den nackten Händen den pulvrigen Schnee herunter und setzte sich hin. In der eingenähten Tasche ihres Umhangs tastete sie nach der kleinen Blechbüchse, die sie eingepackt hatte.

Vielleicht hatte sie ja heute Glück.

Sie brauchte nicht lange zu warten. Erst löste ein lichtes Blau das undurchdringliche Schwarz der Nacht ab, dann ließ der Schneefall nach. Als es schon fast hell war, bemerkte Josie etwas im Unterholz.

«Hallo, kleiner Freund», sagte sie leise.

Der Maorischnäpper flatterte auf und flog zu einem nahegelegenen Busch. Er legte den Kopf schief und betrachtete Josie aus blanken Augen. Der große Kopf und der gedrungene Körper waren pechschwarz, Bauch und Gesicht weiß. Ein Männchen.

«Schau mal, was ich dir mitgebracht habe.» Vorsichtig zog Josie die Blechdose hervor und öffnete sie. Darin wanden sich kleine Würmer. «Siehst du? Das wird dir schmecken.»

Mit einem lauten «Swie-swie» flatterte der Maorischnäpper auf und landete auf der Rückenlehne der Bank. Er saß nun nur noch eine Armlänge von Josie entfernt. Sie hielt die Luft an, als sie ein paar Würmer auf ihre Handfläche legte und dem Vogel hinhielt. «Ich tu dir nichts», flüsterte sie.

Doch just in dem Moment, als der Maorischnäpper sich ihr vorsichtig näherte, rief ihre Mutter. «Josie!»

Der Vogel flatterte auf und war davon.

Enttäuscht blickte Josie ihm nach. Dann packte sie die Blechdose wieder ein und machte sich widerstrebend auf den Weg zurück zur Hütte.

«Josie!» Ihre Mam stürzte ihr entgegen, riss sie in die Arme und tastete ihren ganzen Körper ab. «Kind, ist dir was passiert?»

«Nein», gab sie mürrischer als beabsichtigt zurück. «War nur draußen.»

Ihre Mam blieb bestürzt stehen, und Josie trottete die letzten Meter zum Stall. Jetzt warteten wieder ihre Pflichten auf sie: das Pony versorgen, im Haushalt helfen, später der tägliche Unterricht, ehe Mam zur Spinnerei ritt und Josie mit ihren Aufgaben allein ließ. Abends dann noch mehr Arbeit: Mam schaute ihre Aufgaben an, tadelte sie häufiger, als sie lobte, und schickte Josie ins Bett, ehe die Tiere der Nacht erwachten. Und bei alledem blieb ihr niemals Zeit, draußen nach dem Maorischnäpper zu suchen oder nach anderen Tieren. Keine Zeit, nach den ersten Frühlingsboten Ausschau zu halten.

Sie hatte den Winter so satt!

«Ich hab dir doch gesagt, du sollst nicht nachts oder bei Kälte raus», rief ihr ihre Mutter hinterher.

Josie zuckte nur bockig mit den Schultern. «Ist aber schön da draußen.»

«Du kannst dir den Tod holen!» Mam war aufgebracht, das spürte Josie. Trotzdem konnte sie ihren Widerstand nicht unterdrücken.

«Ich hab mir noch nie den Tod geholt!», erwiderte sie altklug.

«Oh, Josie! Was mach ich nur mit dir?» Ihre Mam war mit zwei Schritten wieder bei ihr, kniete im Schnee und umarmte sie. «Dir soll doch nichts passieren, hörst du? Ich möchte, dass es dir immer, immer, immer gutgeht, ja?» Sie umarmte und küsste sie. Dann schob sie sie von sich und sagte entschlossen: «Und jetzt ab in den Stall mit dir, ich mach uns ein gutes Frühstück.»

Zum Frühstück gab es Pfannkuchen mit Kompott aus den Beeren, die Josie im letzten Sommer gesammelt hatte. Es war ihr liebstes Frühstück, und dazu gab es einen Becher Tee. Ihre Mam setzte sich mit einem Becher Kaffee dazu. Sie hatte für sich zwei Scheiben Brot auf dem Herd geröstet und sie mit dem Kompott bestrichen.

«Hör mal, Josie. Ich hab mir was überlegt. Und zwar wegen der Schule.»

Sofort verging Josie der Appetit. Sie schob den Teller weg.

«Ich mag aber nicht fort», sagte sie trotzig.

Seit Wochen redete Mam davon. Wie schön es doch wäre, wenn Josie in Queenstown in eine Schule ginge.

Dort gab es andere Mädchen in ihrem Alter, und sie sollte jedes zweite Wochenende mit dem Schiff heimfahren dürfen.

Aber Josie wollte gar nicht fort! Sie kannte die Städte von den wenigen Reisen, die sie mit ihrer Mam zusammen unternommen hatte. Städte waren laut, schmutzig und voller Menschen, die ebenfalls laut und schmutzig waren. Nein, dort fühlte sie sich nicht wohl.

«Ach, mein Schatz.» Ihre Mam wollte Josie den Arm um die Schultern legen, doch sie verschränkte böse die Arme vor der Brust und funkelte ihre Mam wütend an.

«Ich geh da nicht hin!»

Ihre Mam seufzte. «Darum geht es nicht. Du gehst ab übernächster Woche in Queenstown zur Schule, ob es dir gefällt oder nicht.»

Josie wollte protestieren, aber wenn ihre Mutter so war, duldete sie keinen Widerspruch.

Ich will nicht auf diese Schule! Ich werde es dort nicht aushalten! Da sind nur Fremde, ich mag keine Fremden.

Und sie beschloss, die Schule in Queenstown zu hassen.

3. Kapitel

Am nächsten Morgen wachte Sarah auf und lauschte einer Stille, die so absolut war, dass sie fast wehtat.

Über Nacht war Schnee gefallen und deckte vielleicht zum letzten Mal in diesem Jahr alles zu. Sarah stand eine Weile am Fenster und lehnte die Stirn gegen das kalte Glas. Ihre Hand legte sie daneben, wandte den Kopf und betrachtete den funkelnden Rubin.

Sie hatte noch niemandem davon erzählt, und sie wusste auch gar nicht, ob das ihre Aufgabe war oder Jamies. Irgendwann musste sie es ja ihren Eltern sagen.

Ein kratzendes Geräusch durchbrach die Stille. Es kam aus dem Ziergarten, der Mam Helens ganzer Stolz war.

Sofort war Sarah hellwach. Sie kleidete sich hastig an, flocht ihr Haar zu einem Zopf und stürzte aus ihrem Zimmer nach unten. Was war da los?

Mam Helen stand in dem Beet mit ihren geliebten Rosen und hieb mit voller Wucht den Spaten in die Erde. Wieder und wieder trieb sie das Werkzeug in den gefrorenen Boden, kratzte die dreckigen Schneereste fort und bückte sich, um die Pflanzenabfälle, mit denen sie jeden

Herbst sorgfältig die Rosenstöcke vor dem Frost schützte, wegzuräumen.

«Was tust du da?», fragte Sarah.

Ihre Großmutter blickte auf. «Ich reiß die Rosen aus dem Boden. Sieht man das nicht?»

Sarah rührte sich nicht. Schließlich richtete Mam Helen sich auf und warf eine Handvoll Gestrüpp beiseite. «Das muss alles umgegraben werden, am besten noch heute», erklärte sie. «Ich hab Annie nach Glenorchy geschickt, sie soll so viel Saatgut besorgen, wie sie auf die Schnelle noch kriegen kann.»

«Aber was ist denn passiert?»

«Was passiert ist? Der Krieg ist passiert!» Mit aller Kraft trieb Mam Helen wieder den Spaten in den gefrorenen Boden. «Und die Männer haben ja Wichtigeres zu tun, als hier zu helfen. Nach Glenorchy sind sie geritten. Alle», fügte sie hinzu.

«Alle Männer? Du meinst Jamie und …»

«Jamie, Finn, Aaron, alle. Walter und Edward sind mit, weil sie mit eigenen Augen sehen wollen, wie sie sich verpflichten.» Wieder hieb Mam Helen den Spaten in den Boden. Sie stützte sich schwer darauf und atmete tief durch. «Kannst du dir das vorstellen? Ich hab Emily gebeten, es ihnen auszutreiben. Emily, hab ich gesagt, du weißt doch, wie's damals war, als Finn in den Burenkrieg zog, das will ich kein zweites Mal erleben, dass mir ein Sohn so heimkehrt wie er. Sie hat versprochen, es Jamie auszureden.»

Verbissen hieb sie mit dem Spaten auf den Rosenstock ein. Wie Unkraut durchschlug sie das empfindliche Gehölz, das sie all die Jahre gehegt und gepflegt hatte. «Und nun gehen sie beide. Finn und Jamie.»

«Aber Jamie sagt, der Krieg ist bald vorbei. Weihnachten sind sie wieder daheim, sagt er.»

Mam Helen lachte auf. «Natürlich sagt er das. Wieso sollte er was anderes glauben?»

«Jetzt hör doch mal mit dem Umgraben auf. Lass das die Männer machen, wenn sie zurückkommen.»

«Armes Häschen», sagte Mam Helen, doch sie ließ vom Spaten ab und stapfte achtlos über die abgerissenen Rosenzweige. Ihre abgearbeitete Hand packte Sarahs Linke. «Das hat er dir auch noch angetan, hm? Oder war's Robert Gregory, der dir diesen Liebesdienst beschert hat, ehe er in den Krieg zieht?»

Sarah wurde knallrot. Sie entzog ihrer Großmutter die Hand. «Ich wollte es dir grad erzählen», sagte sie steif.

«Ach, es interessiert mich gar nicht.» Großmutter machte eine wegwerfende Handbewegung. «Er stürzt dich gleich mit in sein Unglück. Ich hab wirklich gedacht, ich hätte ihn besser erzogen als meine anderen drei Kinder.» Sie klaubte ein paar Steine vom Boden auf und warf sie Sarah vor die Füße. «Walter. Emily. Finn. Alle missraten, jeder auf seine Art.»

Sarah wich zurück. Sie war verstört; so kannte sie ihre Großmutter gar nicht. «Kann ich dir helfen?», fragte sie vorsichtig, aber Mam Helen schnaubte nur und machte mit unverminderter Wut weiter.

Sarah floh ins Haus. Sie hatte so gehofft, dass sich ihre Großmutter freuen würde, wenn sie von der Verlobung erfuhr.

Das Gegenteil schien der Fall.

In der Küche lief sie Emily über den Weg, die blass am Herd stand und sich mit der Linken schwer auf ihren Stock stützte. Mit der anderen Hand hielt sie den heißen

Griff des Wasserkessels fest, während das Wasser darin langsam zu kochen begann.

Sind denn hier alle nicht mehr bei Sinnen?

«Pass auf!» Sarah riss Emilys Hand vom Kessel herunter. «Tut das nicht weh?»

Emily starrte auf ihre Hand, die von der Hitze knallrot war. Kleine Brandblasen erblühten auf der Handfläche. «Doch», sagte sie erstaunt. «Aber nicht genug.»

Sarah schob Emily fast gewaltsam auf einen Stuhl. Sie holte einen Lappen und von draußen eine Handvoll Schnee, die sie auf Emilys verbrannte Hand drückte. Der Wasserkessel pfiff, und sie goss den Tee auf.

«Zeig mal her.» Sarah untersuchte Emilys Verbrennungen. «Ich hol mal das Lavendelöl. Und du lässt die Finger vom Herd, ist das klar?»

Emily nickte brav. Sie starrte aus dem Fenster, als Sarah zurückkam. «Was macht meine Mutter da draußen?»

«Sie reißt die Rosen raus, um Gemüse anzupflanzen.»

«Das ist gut, ja.» Sarah hatte den Verdacht, dass Emily ihr gar nicht richtig zuhörte.

«Willst du darüber reden?», fragte sie leise.

Emily schüttelte den Kopf. Dann flüsterte sie: «Aaron geht auch.»

«Ja, ich weiß», sagte Sarah. «Mam Helen hat es mir gerade erzählt.»

Emily blickte auf. «Hat sie dir auch erzählt, dass sie mich gezwungen hat, Aaron gehen zu lassen? Er wollte nicht, er ist zu alt dafür. Aber weil Finn mit Jamie geht, muss Aaron auch gehen. Das tut sie nur, um mir wehzutun.» Emily drehte den Kopf weg. «Ich kann doch nicht allein bleiben mit einem kleinen Kind …»

«Dann komm zu uns», schlug Sarah vor.

Emily entzog ihr die Hand. «Ich werde nicht mehr mit meiner Mutter unter einem Dach leben», sagte sie leise. «Nie wieder.»

Sarah wollte ihrer Tante irgendwie Trost spenden, aber ihr fiel beim besten Willen nichts ein. Sie versorgte die Hand, goss eine Tasse Tee ein und ließ Emily allein.

Warum nur waren alle so besorgt? Der Krieg, ja. Aber Jamie hatte ihr versichert, dass er zu Weihnachten wieder daheim sein würde, und sie hatte keinen Zweifel daran, dass es stimmte.

Nordfrankreich, Weihnachten 1914

Die Stille über den Schützengräben und den dazwischen sich erstreckenden Laufgräben war beunruhigend.

Jamie traute dem Frieden nicht.

Er kauerte mit dem Rücken an der Wand aus Erde, über ihm ragte der Wall auf. Mit geschlossenen Augen zählte er die Sekunden, dann öffnete er sie, hob den Brief etwas hoch und las weiter. Immer nur einen Abschnitt lesen, damit er länger etwas davon hatte.

«Die sind tatsächlich friedlich heute.» Rob ließ sich neben ihm auf seinen Platz gleiten. «Schau nur, hab ich einem Engländer beim Kartenspiel abgeluchst. Der hat ganz schön geheult, weil ich ihm seine Prinzessinnendose abgezockt habe.»

Er zeigte Jamie die Dose. Auf dem geprägten Deckel der Blechdose war das Profil der englischen Prinzessin abgebildet, darunter stand «Weihnachten 1914».

«Hübsch, was? Ein Nacktfoto von der Prinzessin wär

mir aber lieber.» Rob öffnete die Dose. «Den Tabak hat er schon geraucht, der alte Gierschlund, aber die Scones sind auch nicht zu verachten.» Während Rob in der Dose kramte, drückte Jamie den Brief an sich, den er gerade las.

«Was schreibt sie denn?», fragte Rob.

«Hier, sie schreibt: ‹Die Rückkehr vor Weihnachten blieb Euch verwehrt, doch ich habe mir Mühe gegeben, Dir und Finn wenigstens ein kleines Päckchen zu Weihnachten zu schnüren. Ich hoffe, Ihr findet die Dinge nützlich.›»

Sie schrieb noch mehr, aber das war nicht für Robs Ohren bestimmt.

«Päckchen, ja? Von meiner Mutter ist gar nichts gekommen.» Rob schlug die Blechdose zu. Jamie spürte seine bittere Enttäuschung.

«Hier», sagte er versöhnlich. «Ich hab ohnehin genug davon.» Er zog ein eingewickeltes Geschenk hervor.

«Was ist das?»

Vermutlich Socken. Aber Jamie wollte Rob die Überraschung nicht verderben.

Rob wickelte andächtig das Geschenk aus. Inzwischen las Jamie weiter.

Deine Mutter bereitet mir Sorgen. Tag und Nacht schuftet sie in ihrem Gemüsegarten, und sie hat ihn jetzt so groß angelegt, dass wir mit seinem Ertrag ganz Kilkenny über den Winter bringen könnten. Die Wolle war dieses Jahr von minderer Qualität. Wir konnten nicht so viel einnehmen wie erhofft, daher ist es ganz gut, wenn wir uns nun selbst versorgen.

«Die sind schön», sagte Rob andächtig neben ihm.

Jamie blickte auf.

Es stimmte: So schöne Handschuhe hatte er bisher auch noch nicht von daheim bekommen.

Sie bestanden aus zwei Schichten: einem inneren Handschuh aus weicherer, heller Wolle und dem äußeren aus einer gröberen Wolle, die Sarah vermutlich gefilzt oder gewalkt hatte, damit sie Schnee und Kälte nicht so gut durchließen.

Ums Handgelenk hatte Sarah aus hellem Faden eine Borte aufgestickt.

«Wirklich schön», bestätigte Jamie. Ihm schnitt ins Herz, dass er dieses Geschenk so leichtfertig hergegeben hatte.

Das schien auch Rob zu spüren. Er hielt Jamie die Handschuhe hin. «Hier. Die hat sie für ihren Liebsten gemacht und nicht für mich.»

«Nein, behalt sie. Du hast ja sonst nichts.»

Rob zögerte. Schließlich sagte er: «Die Scones mag ich nicht.»

Jamie glaubte Rob kein Wort. Wenn es irgendwas Süßes gab, war Rob immer der Erste, der sich drum anstellte.

«Behalt sie. Schau, ich hab noch mehr.» Tatsächlich waren in dem Paket noch drei weitere Päckchen, eingewickelt in weihnachtliches Papier.

«Also gut.» Rob streifte sich die Handschuhe über. Sie passten ihm gut, und er strich andächtig darüber. «Die hat sie selbst gestrickt, nicht wahr?»

«Ich geh davon aus.»

Sie saßen schweigend beisammen, teilten sich die Scones und rauchten gemeinsam eine Zigarette. Jamie schob den Brief zusammengefaltet unter sein Hemd. Er wollte ihn heute Nacht zu Ende lesen, wenn er nicht schlafen konnte.

Für den Weihnachtsabend hatte man der Truppe ein kleines Festmahl versprochen, und jeder brannte drauf zu erfahren, was man ihnen wohl in den Blechnapf füllen würde. Finn war vor einer halben Stunde losgelaufen. Er schien jeden hier zu kennen und erfuhr mehr als alle anderen.

Als er zurück in den Schützengraben sprang, grinste er übers ganze Gesicht.

«Ratet!», sagte er.

«Lammbraten!», rief Jamie sofort. Mams guter Lammbraten fehlte ihm sehr.

«Viel besser.»

«Was könnte besser sein als Lammbraten?»

«Ein deutsches Festessen.»

Jamie runzelte die Stirn. «Haben wir dem Fritz etwa die Feldküche abgejagt?»

«Noch besser», behauptete Finn. «Wir werden eingeladen.»

Jamie schwieg verwirrt.

«Ich weiß nicht, wer damit angefangen hat, aber eigentlich ist es egal. Ein Deutscher jedenfalls hat irgendwann zu uns *Fröhliche Weihnachten* herübergerufen, und einer von uns wünschte ihm dasselbe auf Englisch zurück. Daraufhin gingen die Rufe hin und her. Der Feind vermisst wie wir sein warmes Zuhause, und wir sind daher übereingekommen, dass wir über die Weihnacht hinweg Frieden halten. Keiner schießt.»

Jamie verstand. Darum war es heute so ruhig gewesen. Die wenigen Schüsse waren zur Mittagsstunde vollkommen verstummt.

«Und das glaubst du denen?», fragte Rob misstrauisch.

«Ich glaub's», bekräftigte Finn.

Ich will's auch glauben, dachte Jamie.
Eine friedliche Weihnacht wäre zumindest ein kleiner Trost, wenn sie schon nicht heimkonnten.

Es kam tatsächlich zu diesem weihnachtlichen Frieden. Jeder hielt sich daran.

Als es dunkel wurde, sammelte sich ihr Zug im Schützengraben. Einige wollten nicht gehen, weil sie dem Fritz nicht trauten, doch die Mehrheit sprach sich dafür aus, und da Finn dafür war, gingen sie.

Auf ihn hörten sie alle ausnahmslos, und das nicht nur, weil er ihr Offizier war, sondern weil er eine natürliche Autorität besaß. Er war bereits im Krieg gewesen, er war einer der Ältesten und hatte wohl auch zu Hause gelernt, sich gegen die Kinder durchzusetzen – jedenfalls sagten das seine Kameraden im Scherz.

Sie zündeten Kerzen an, packten ihre Rationen zusammen und kletterten aus dem Graben. Der Weg zu den Deutschen führte über unwegsames Gelände. Teilweise waren Stacheldrähte gespannt, teilweise gab es Gräben oder Wälle, die sie überwanden. Leiser Schneefall setzte ein.

Auf halber Strecke kamen ihnen drei Deutsche entgegen. Sie hatten eine Karbollampe dabei und führten die fremden Männer hinter ihre eigenen Linien. Keiner fragte, ob der andere Waffen trug.

Jamie umklammerte die Pistole in seiner Jackentasche. Rob hatte ihm geraten, nicht unbewaffnet zu den Deutschen zu gehen. «Willst du schutzlos sein, wenn sie's sich anders überlegen? Ich nicht!», hatte Rob erklärt.

Jetzt aber fühlte Jamie sich unwohl damit, bewaffnet auf dieser friedlichen Mission zu sein.

Die Deutschen führten ihre Gäste in den breiten Schützengraben, in dem sie sich verschanzt hatten. Sie saßen links und rechts, jeder hatte neben sich Platz gelassen für einen Engländer. Einer der Deutschen stand auf. Er hatte einen Walrossbart und buschige Augenbrauen. Sein Englisch klang hart und ungeübt.

«Willkommen. Wir sind glücklich über Ihren Besuch.»

Finn hielt den Beutel mit seinen Schätzen hoch. «Wir haben etwas zu essen mitgebracht.»

Der Deutsche nickte begeistert. «Wir werden teilen.»

Und so machten sie es. Sobald sich alle Neuseeländer und Engländer gesetzt hatten, wurden die Vorräte nach vorne durchgereicht, wo der Deutsche und Finn mit einem zweiten Deutschen berieten.

«Zigarette?» Der Deutsche links neben Jamie hielt ihm eine hin. Dankbar nahm Jamie sie und bot ihm im Gegenzug den letzten Scone an, den Rob ihm geschenkt hatte. Als der Deutsche zufrieden grinsend das Geschenk annahm, begannen auch die anderen, an ihre Sitznachbarn kleine Gaben zu verteilen. Der rechts von Jamie bekam von ihm ein Paar Socken, das seine Mutter gestrickt und das ihm viel zu klein war. Auch er strahlte glücklich.

Warum schießen wir auf diese Männer? Weil unsere Staatsoberhäupter es so wollen? Weil ein armer junger Prinz erschossen wurde? Weil nicht genug Platz ist im alten Europa für so viele Staaten, die nach der Vormacht streben?

Es war müßig, darüber nachzugrübeln, das wusste Jamie. Bisher hatte er nicht gezweifelt am Sinn dieses Kriegs, doch jetzt, als er mit den deutschen Jungs beisammensaß, kamen ihm Zweifel.

Können wir das Blutvergießen nicht einfach in dieser

Nacht ein für alle Mal beenden? Sie scheinen gar nicht so übel zu sein, diese Deutschen.

Auch Rob hatte sich ihm gegenüber inzwischen mit seinen Sitznachbarn angefreundet, und als man nach den Blechnäpfen rief, um das Festmahl hineinzufüllen, half er mit einem jungen blonden Deutschen, die Näpfe einzusammeln. Er wirkte gelöst und entspannt, und seine Handschuhe trug er voller Stolz.

«Hier. Von Heinz.» Rob hockte sich vor Jamie und drückte ihm ein Weißbrötchen in die Hand. «Gute deutsche Brötchen. Sein Vater hat eine Bäckerei.»

Das Brötchen war etwas trocken, aber wenn man es in den Eintopf tunkte, schmeckte es herrlich. Jamie nickte dem Deutschen zu. «Lecker!», rief er, und Heinz strahlte.

«Lecker», wiederholte er, und dann sagte er etwas zu seinen Kameraden. Auch die wiederholten das für sie fremde Wort und stolperten etwas darüber. Aber alle lachten und waren fröhlich.

Trotzdem wird diese Weihnacht nichts ändern. Morgen stehen wir auf und schießen wieder aufeinander.

Zunächst aber wollte Jamie dieses kleine Wunder genießen. Ein letzter Rest Menschlichkeit inmitten des grauenhaften Kriegs.

Kilkenny Hall, März 1915

Obwohl nur ein einziger Mensch in diesem Haushalt fehlte, fühlte es sich für Sarah an, als seien alle ausgeflogen und hätten sie zurückgelassen. Allein mit den Verpflichtungen, die dieses Haus ihr abverlangte.

Sie bückte sich, zog die Rüben aus der Erde und warf

sie in den riesigen Korb zwischen den Pflanzreihen. Dann richtete sie sich auf, drückte die Hand ins Kreuz und seufzte.

Zwei Beete weiter arbeitete Izzie. Sie trug das haselnussbraune Haar zu einem Zopf geflochten und hatte es unter das Kopftuch gestopft. Arbeit gab es hier inzwischen mehr als genug. Eifrig erntete Izzie den Weißkohl, trug die dicken Köpfe, nachdem sie diese mit einem kleinen Messer von den äußeren Blättern befreit hatte, direkt zu der großen Kiste neben der Küchentür, wo Annie sie sich dann holte, um den Kohl zu hobeln und als Sauerkraut einzustampfen.

Was sie hier ernteten, würde reichen, um ganz Kilkenny über den Winter zu bringen. Oben beim Fuchsbau hatte Ruth ähnliche Pflanzreihen angelegt, und Sarah wusste, dass ihre Tante zusammen mit ihrer Tochter Margie zur gleichen Zeit mit ähnlichen Arbeiten beschäftigt war.

Was sie im ersten Moment für eine eher sinnlose Idee gehalten hatte – denn was sollte ihnen schon hier, im fernen Neuseeland, passieren? –, entpuppte sich bald als eine lebensnotwendige Maßnahme. Nachdem die Männer abgereist waren und sie das erste Mal mit Mam Helen nach Glenorchy fuhr, um dort die Vorräte aufzustocken, begriff sie, wie sehr der Krieg auch das Leben der Daheimgebliebenen veränderte.

Es gab im Gemischtwarenladen der Gregorys kaum eine Ware, die nicht teurer geworden war. *Empfindlich* teurer. Verbissen hatte ihre Großmutter das Geld auf den Tresen gezählt, und sie hatte keine einzige Münze zurücknehmen wollen, die Diane Gregory ihr wieder zuschob.

«Aber wir haben doch beide unsere Söhne dort draußen», hatte Diane Gregory beharrt.

Sarahs Großmutter war unnachgiebig geblieben und hatte das Geld einfach liegengelassen. Als sie rausging und an Sarah vorbeikam, zischte sie: «Als würde ich von einer Gregory Almosen annehmen! Lieber verhungere ich!»

Sechs Monate war Jamie inzwischen fort, und Sarah glaubte, schier verrückt werden zu müssen vor Sehnsucht, und das, obwohl sie seine Briefe hatte – er schrieb regelmäßig und gewohnt fröhlich – und ihr als größter Trost immer noch der Ring blieb.

«Träumen Sie?»

Izzie stand plötzlich neben ihr.

«Wenn Sie nämlich träumen, Miss Sarah, könnte ich derweil die Rüben ziehen, aber dafür müssten Sie schon nen Schritt beiseitegehen.»

Sarah wurde knallrot. «Ich mach das schon», murmelte sie und bückte sich wieder.

Schweigend arbeiteten sie sich durch die Reihen mit den Steckrüben. Die wurden eingelagert, zum Teil auch eingekocht. Sarahs Großmutter hatte an der Nordseite des Hauses einen Keller ausheben lassen vom alten Fred und dessen verkrüppeltem Sohn.

So sah das Leben aus, während am anderen Ende der Welt der Krieg tobte: Nur die Alten und die Schwachen waren geblieben, Frauen und Kinder allemal, und wer irgend arbeiten konnte, tat das auch. Denn wer sich zu schade war, musste mit Hunger und Elend dafür bezahlen.

«Miss Sarah, da ist Besuch für Sie.» Annie tauchte nur kurz in der offenen Küchentür auf, und kaum hatte sie verkündet, was sie zu sagen hatte, verschwand sie auch schon wieder. Annie führte das Regiment über Weckgläser und Gummiringe, Kellerkisten und jedes einzelne

Weißkohlblatt. Jederzeit konnte sie aus dem Kopf aufzählen, was inzwischen eingelagert war, und sie schätzte ab, wie weit sie diesen Winter kommen würden, wobei Sarah ihr unterstellte, mit strategischem Pessimismus zu Werke zu gehen.

Sie wischte sich den Schweiß von der Stirn, schleppte einen Korb mit Steckrüben zur Küchentür und streifte die Stiefel ab, die voller Lehmklumpen waren. Sie wusch die Hände am Spülstein, schlüpfte in ihre schlichten Schnürschuhe und betrat die hohe Eingangshalle.

Erst als sie Siobhan und Josie dort stehen sah, kam ihr der Gedanke, dass sie Annie lieber vorher hätte fragen sollen, wer da vor der Tür stand.

Jetzt war's dafür zu spät.

«Guten Tag», sagte sie steif und musterte die beiden Besucher von oben bis unten.

«Guten Tag, Sarah.» Siobhan strahlte sie an. «Wir waren gerade in Glenorchy, und ich dachte, auf dem Rückweg könnten wir doch mal bei euch vorbeischauen.»

Sarah verschränkte die Arme vor der Brust. «Ich hole gerne meine Großmutter.»

Ihre Worte schlugen Siobhan das Lächeln aus dem Gesicht. «Ach nein, eigentlich wollten wir doch zu dir», sagte sie niedergeschlagen.

Sie sah müde aus, stellte Sarah fest. Gar nicht mehr so munter und strahlend wie noch vor wenigen Monaten. Josie zappelte an ihrer Hand, aber Siobhan hielt sie unnachgiebig fest.

«Ich würde euch gern hereinbitten, aber wir sind gerade sehr beschäftigt.» Noch während sie die Worte aussprach, spürte Sarah, wie falsch das klang. Großmutter hätte mit ihr geschimpft, weil sie Siobhan nicht hereinbat. Ein Gast musste empfangen werden, sein Anliegen sollte man zumindest anhören. Großmutter mochte Siobhan nicht, aber sie würde sich immer an die Regeln der Höflichkeit halten, komme, was da wolle.

«Es ist eine dringende Angelegenheit, Sarah. Bitte», fügte Siobhan flehend hinzu. Sie hielt Josies Hand gepackt, das Mädchen verzog schmollend den Mund.

«Also gut, kommt mit in den Salon», sagte Sarah und fügte sich in das Unvermeidliche. Sie ging voran, und als Siobhan und Josie im Salon Platz genommen hatten, kehrte sie in die Küche zurück.

Sie hatte nicht viel anzubieten. Großmutters Spardiktat verbot es, allzu oft Kuchen oder Gebäck zu backen. Also legte sie die letzten Kekse aus der Dose auf ein Tellerchen, kochte Tee und richtete alles auf dem Teewagen an.

Man durfte den Stil auch in schlechten Zeiten nicht vergessen. Gerade dann nicht.

Die nächste halbe Stunde saßen sie beisammen. Siobhan gelang es nach einigen Anläufen, die mit verlegenem Räuspern auf beiden Seiten endeten, das Gespräch irgendwie in Gang zu bringen. Sie lobte die Kekse und bat um das Rezept, erzählte von einer Begebenheit um die alte Witwe Jennings, die Sarah sogar zum Lachen brachte.

Allmählich löste sich ihre Anspannung. Sie wusste nicht, warum Siobhan hergekommen war. Wenn es einen bestimmten Grund dafür gab, würde Sarah jedenfalls nicht danach fragen.

«Ich muss etwas mit dir besprechen, Sarah.»
Also doch.
Ohne Grund wärst du nie hergekommen, das dachte ich mir schon.

«Es geht um Josie.»

Auch das hätte Sarah sich denken können. Um sie hatte Siobhan sich ja nie gekümmert. Für sie gab es nur Josie, sonst nichts.

Sie hatte geglaubt, sie könne mit diesem Schmerz inzwischen leben, aber jetzt, da er sie so unvermittelt traf, raubte er ihr doch den Atem. Ganz tief saß er in ihrem Innern und blendete jeden klugen Gedanken aus.

«Ja?», fragte sie daher bloß.

«Es ist so ...» Siobhan zögerte. «Der Krieg.»

Sarah nickte. Der Krieg taugte für alles als Erklärung, auch an diesem Ende der Welt.

«Die Spinnerei hat im Moment ein paar Probleme. Die Wolle kann nur unter Gefahren verschifft werden. Ich muss mich um neue Händler bemühen, um neue Vertriebswege, aber ich muss mich auf Neuseeland beschränken. Daher werde ich oft fort sein, und Josie muss derweil einen Platz haben, wo sie bleiben kann. Unter der Woche ist sie meist im Internat in Queenstown, es geht um die Wochenenden und die Ferien. Ruth mag ich es nicht zumuten, sie hat ohnehin genug zu tun. Ich dachte, es wäre ganz schön, wenn ihr euch etwas besser kennenlernt.»

Auch wenn Sarah noch immer nickte, verstand sie nicht die Hälfte von dem, was Siobhan sagte.

Für die Spinnerei hatte sie sich nie interessiert. Sie wollte sich auch nie dafür interessieren, obwohl Siobhan ihr die Hälfte der Fabrik versprochen hatte.

Mir wäre die Liebe meiner Mutter weit lieber gewesen als die Hälfte aller Reichtümer dieser Welt.

Sie wusste nicht, woher dieser Gedanke kam. Er hatte keinen Platz zwischen Siobhan und ihr.

Ihr fiel kein plausibler Grund ein abzulehnen. Tausend Argumente, und jedes davon klang, als könne man es mit einem Schlag zerfetzen.

Ich will sie aber nicht hier haben.

Das war immerhin die Wahrheit und damit wohl der vernünftigste Grund.

«Und ich frage dich, weil deine Großmutter ... Nun ja. Sie hört auf dich, und mit mir reden wird sie nicht wollen. Wenn es also für dich in Ordnung ist, wird sie sich kaum dagegen sperren.»

Mam Helen hatte sich in der letzten Zeit verändert, sie war anders geworden. Nicht direkt verrückt, das hätte niemand so laut ausgesprochen. Sarah hatte lange gebraucht, ehe sie für diesen Zustand geistiger Abwesenheit einen richtigen Begriff fand. Ein bisschen war es, als sei sie aus dieser Welt herausgerissen. Als sei ein Teil von ihr auf dem Weg nach Europa mit ihren beiden Jungs, ja, genau so kam es Sarah vor.

Darum oblag es inzwischen meist Sarah, Entscheidungen zu treffen, denn Mam Helen hielt sich aus allem heraus. Die meiste Zeit des Tages saß sie oben in ihrem Schlafzimmer an dem kleinen Sekretär und schrieb Briefe an Finn und Jamie.

«Meinetwegen», sagte sie schließlich widerstrebend.

«Wunderbar!» Siobhan strahlte. «Ich bin so froh, dass du dich um sie kümmerst. Ehrlich gesagt wüsste ich nicht, wen ich sonst fragen könnte.»

«Wieso lebt ihr eigentlich noch da oben im Wald?», fragte Sarah unvermittelt.

Siobhans Lächeln gefror. «Das ist eine lange Geschichte.»

«Ich habe Zeit.» So einfach würde sie nicht aufgeben.

Ihre Mutter schüttelte den Kopf. «Nicht, Sarah. Es ist ... kompliziert.»

Was konnte denn an der Wahrheit so kompliziert sein? «Nenn mir einen Grund. Irgendeinen.»

Siobhan seufzte. Wie sie vor Sarah saß, die Hände im Schoß gefaltet und ihre schmalen Schultern in das schlichte dunkelblaue Wollkleid gehüllt, konnte Sarah sich plötzlich vorstellen, wie sie früher hier gesessen hatte. Früher, in jener hinter einem dunklen Schleier verborgenen Zeit, an die sie kaum noch Erinnerungen hatte. Als Siobhan ihre Mutter war und Walter ihr Vater.

«Erinnerst du dich an Amiri?» Siobhan warf einen knappen Blick auf Josie, die gedankenverloren mit den Beinen baumelte und zur Decke starrte.

Sarah nickte. Da ihre Mutter nicht weitersprach, beugte sie sich vor und legte die Hand auf Josies Knie. «Tust du mir einen Gefallen, Josie?»

«Hm?», machte ihre Schwester.

«Geh doch bitte in die Küche und frag Annie, ob sie uns noch eine Kanne Kräutertee kocht.» Sie überreichte Josie die gute Porzellankanne.

«Na gut.» Aber ihre Augen blitzten, und sie huschte davon wie ein kleiner Kobold. Hoffentlich ließ sie das feine Porzellan nicht auch noch fallen.

Siobhan seufzte. «Du weißt, dass er euer Vater ist? Der von Josie und dir?»

Es war das eine, wenn die Wahrheit hinter vorgehaltener Hand geflüstert wurde oder die Jungs ihr hinterherriefen, sie sei ein Maoribastard. Etwas völlig anderes war es, wenn die Mutter bestätigte, was als Wissen immer in ihr geruht hatte. Denn weder Josie noch Sarah hatte Ähnlichkeit mit Walter oder Siobhan.

«Als sie es erfuhr, hat deine Großmutter mich fortgejagt. Aber ich konnte nicht völlig verschwinden, weil du da warst, weil Walter dich nicht mit mir gehen ließ. Dich nie mehr zu sehen, das hätte ich nicht ertragen. Darum zog ich in die Hütte. Sie gehörte einst deinem Vater.»

Betäubt schüttelte Sarah den Kopf.

«Aber das war nicht alles», fuhr Siobhan sanft fort. «Ich bin geblieben, weil damals meine Spinnerei gebaut wurde. Sie war die einzige Überlebenschance für die Schaffarm. Und was die Hütte da oben im Wald betrifft», sie lächelte leise, «sie ist nicht gerade der Fuchsbau und schon gar nicht Kilkenny Hall. Aber sie genügt uns beiden. Ganz früher, davor, da hat Edward mir Kilkenny Hall gebaut. Damals habe ich lange geglaubt, ich bräuchte all den Platz, all den Reichtum, all die Möbel hier und das Porzellan.» Siobhan schüttelte den Kopf. «Aber das stimmt nicht. Mir genügt es zu wissen, dass meine Lieben wohlauf sind. Und dafür habe ich all die Jahre gesorgt. Auch für dich», fügte sie hinzu.

In das Schweigen tickte die Standuhr in der Zimmerecke.

«Und ich weiß, dass du einen gesunden Groll gegen mich hegst», fügte Siobhan leise hinzu. «Ich kann's dir nicht verübeln. Wäre ich an deiner Stelle, würde ich mich auch verachten. Weil ich nie um dich gekämpft habe.»

Sarah erstickte beinahe an ihrer Antwort. Sie wollte aufspringen, den Teller mit den Keksen zerbrechen, die keiner angerührt hatte. Sie wollte alles zerschlagen, irgendwas tun, etwas Lautes, nur damit dieses Gefühl der Ohnmacht endlich aufhörte.

Stattdessen hörte sie sich sagen: «Ich vermisse Jamie so sehr.»

Siobhan beugte sich vor und legte die Hand auf ihre. «Ich weiß», sagte sie bloß.

Und für diesen einen Moment hatte Sarah das Gefühl, eine Mutter zu haben, ihre Mutter. Sie schloss die Augen und hielt sich daran fest.

4. Kapitel

Nordfrankreich, August 1915

Die sommerliche Hitze lastete schwer auf ihnen, und mittags war es am schlimmsten.

Wenigstens stellten die Deutschen meist während der Mittagsstunden den Kampf ein.

Jamie hockte die meiste Zeit nur in seinem Loch und hoffte, dass ihn keiner mit einer Granate herausjagen würde.

Rob war da ganz anders. Er war mal hier, mal dort, trieb sich ständig irgendwo rum, meist an vorderster Front. Wenn er abends zurückkam und sich neben Jamie schlafen legte, stank er nach Schießpulver, nach Rauch und Blut und Tod.

«Weihnachten sind wir daheim ...» Rob schnaubte. Er zündete sich die letzte Zigarette an. Mit dem ersten Zug verglühte sie fast zur Hälfte, weil die Tabakration inzwischen nur noch für wenige Selbstgedrehte pro Tag reichte und die Männer dazu übergegangen waren, streichholzdünne Zigaretten zu drehen. «O'Brien, es braucht Helden, wenn wir das schaffen wollen.»

«Wer will das schon.» Jamie war müde.

«Schon vergessen, warum wir ausgezogen sind?» Rob

versetzte ihm einen spielerischen Stoß. «Hey, ich hab mir was überlegt.»

«Was denn ...» Wenn Rob sich etwas überlegte, war es bestenfalls ein Witz, schlimmstenfalls widersetzte er sich damit den Befehlen von Finn oder den anderen Offizieren.

«Wir ...»

Weiter kam er nicht. Ein schrilles Pfeifen, ein Knall in unmittelbarer Nähe, gefolgt von gequälten Schreien. Sofort duckten sie sich tiefer in ihren Schützengraben.

«Verdammte Scheiße!», rief Rob. «Nicht mal in Ruhe rauchen ...» Mehr hörte Jamie nicht. Sein linkes, dem Einschlag zugewandtes Ohr fiepte. Und schon schlug die nächste Granate ein.

Die Deutschen hatten ihre Mittagspause anscheinend beendet.

Und wenn sie sich nicht zurückzogen, konnte es für sie hier ziemlich ungemütlich werden.

Rob aber dachte nicht an Rückzug. Er winkte Jamie, ihm zu folgen. Geduckt liefen sie durch den Graben, vorbei an anderen Soldaten, die verdreckt und erschöpft einfach dahockten und warteten, dass der Beschuss endlich aufhörte.

Was machen wir eigentlich, wenn der Krieg noch Jahre dauert? Wenn wir uns für die nächsten Winter auf diesen Feldern eingraben und keiner einen Schritt vor oder zurück tut?

Die Vorstellung war unerträglich.

«Wo willst du überhaupt hin?»

«Da vorn haben sie einen Deutschen gefangen genommen. Den wollen wir uns zur Brust nehmen. Machste mit, oder willste lieber in dein Loch zurück?»

Seufzend folgte Jamie. Robs Frage war nicht mal rhetorischer Natur; er pfiff, und Jamie folgte. Bisher hatte das gut funktioniert, und mehr als einmal hatte Rob ihm den jämmerlichen Rest seiner Existenz gerettet.

Sie erreichten eine Stelle, an der sich früher ein Wäldchen befunden hatte, das inzwischen vollständig dem Erdboden gleichgemacht war. Nur noch abgesplitterte Stümpfe ragten verrußt in den Himmel. Es stank erbärmlich. Irgendwo in der Nähe hatte man Latrinen ausgehoben.

Ein letztes Dickicht war wie durch ein Wunder stehen geblieben, ein Kokon aus stacheligem Gestrüpp, in den Rob sich zwängte. Jamie folgte zögernd. Im Innern war es eng und noch stickiger, der Gestank verstärkte sich, und jetzt sah Jamie auch, woher er kam.

Drei Deutsche knieten auf dem Boden, die Hände hinter dem Kopf verschränkt. Alle drei waren noch sehr jung, und der Jüngste hatte sich offenbar vor Angst in die Hose gemacht.

«He, Gregory. Das geht euch nichts an, *wir* haben die drei hier gepackt.»

Ein hünenhafter Kerl vom britischen Regiment stellte sich ihnen in den Weg. Jamie kannte ihn. Williams war nicht gerade dafür bekannt, allzu sanft mit seinen Leuten umzugehen. Was er tat, wenn ihm jemand von Feindesseite in die Hände fiel, das mochte er sich gar nicht vorstellen.

Vermutlich spürten das auch die drei Deutschen. Sie hielten die Köpfe gesenkt, und es dauerte einen Moment, ehe Jamie den mittleren erkannte.

«Heinz!», entfuhr es ihm, und der Angesprochene blickte auf.

Es war tatsächlich der junge Mann, mit dem Rob während des Weihnachtsfriedens Freundschaft geschlossen hatte. Nach jener Nacht waren alle wieder in ihre Schützengräben zurückgekehrt, und Jamie hatte nur noch selten an die Männer gedacht, die ihnen so einen herzlichen Empfang beschert hatten.

Jetzt steckte er in einer Zwickmühle. Hatte Rob ihn mitgenommen, damit sie die drei Deutschen vor einem grausamen Tod bewahrten? Manche ihrer Kameraden waren inzwischen dazu übergegangen, in ihren Gegnern nur noch Tiere zu sehen und sie auch so zu behandeln.

«Was denn, du kennst dieses Vieh?» Williams lachte roh auf.

Unbehaglich sah Jamie zu Rob. Doch der starrte ungerührt die drei Gefangenen an.

«Dreckiges Pack.» Williams trat den Linken, der wimmernd nach vorne kippte.

«Was habt ihr denn mit denen vor?» Rob fragte es beiläufig, und in seiner Stimme schwang eine Verachtung mit, zu der Jamie niemals fähig gewesen wäre.

Es sind doch auch Menschen. Sie waren eine Nacht lang sogar unsere Freunde.

Aber das zählte im Krieg natürlich nicht.

Williams zuckte mit den Schultern. «Was weiß ich. Bisschen Spaß haben.» Seine Kameraden grinsten. Einer hatte einen Stecken aus dem Gebüsch gerissen, mit dem er den am Boden liegenden Deutschen in die Seite stach. «Aber die machen nicht viel Spaß, siehste ja. Machen sich vor Angst in die Hose.»

Kein Wunder. Beide Seiten sind nicht grad dafür bekannt, mit Gefangenen allzu menschlich umzugehen.

«Überlass mir den einen», meinte Rob. «Den da.» Er zeigte auf den Linken.

Jamie blickte ihn erstaunt an. Wenn sie hergekommen waren, um einen der drei zu retten, dann doch wohl Heinz, oder?

Aber Jamie hatte nicht mit Williams gerechnet. Rob anscheinend schon.

«Was denn, den Hosenscheißer? Nee, mit dem wollen meine Jungs sich gleich noch einen Spaß erlauben. Such dir einen anderen aus.»

Rob zeigte auf Heinz. «Dann halt den.»

Williams diskutierte nicht lang. Er stieß Heinz seine Enfield in den Rücken. Er kam stolpernd auf die Füße. «Haste gehört, Heinz?» Er spuckte verächtlich aus. «Deine Freunde kümmern sich um dich.»

Williams trat ganz dicht an Rob heran. «Ein Wort zu den falschen Leuten, und du …»

«Ich weiß.» Rob begegnete Williams' Blick. Keine Spur von Angst lag darin. «Solltest du aber auch lieber nicht vergessen.»

Beide nickten knapp. Rob wandte sich zum Gehen. «Komm schon, Jamie!», rief er über die Schulter, und Jamie beeilte sich, Heinz aus dem Dickicht herauszuhelfen. Irgendwo in der Nähe schlugen Granaten ein, doch Rob marschierte voran, die Enfield über der Schulter und die Daumen unter seine Hosenträger geschoben. Sein Helm baumelte am Gürtel. «Wohin denn?», rief Jamie.

Rob rief etwas über die Schulter, das im Geschützdonner unterging. Sie liefen weiter, irgendwann erreichten sie wieder den Schutz der Gräben. Heinz lief zwischen ihnen, und irgendwann nahm er die Hände herunter. Er rief Rob etwas zu, doch der schüttelte nur den Kopf.

Was war hier los? Sie waren nicht unterwegs zu ihrer Einheit, und bestimmt auch nicht zurück hinter die Linien, um den Gefangenen abzugeben. Rob führte die beiden anderen in eine Ecke des Schlachtfelds, die relativ ungestört war, hier waren nur wenige Männer stationiert, und von denen traute sich keiner, über die Wälle zu gucken.

Irgendwann blieb Rob stehen.

«Hier», sagte er leise.

Er drehte sich zu Heinz um.

«Du weißt, was jetzt kommt?»

Heinz nickte stumm. Er schaute hinüber zu den deutschen Linien, die von hier etwa einen Kilometer entfernt waren.

«Lassen wir ihn laufen?», fragte Jamie.

Rob maß ihn mit einem geradezu mitleidigen Blick.

«Das kann ich nicht», sagte Rob schließlich. «Wenn wir ihn laufenlassen, wird er seinen Leuten davon erzählen. Und wenn Williams davon erfährt, schwärzt er uns an. Und uns würden sie wegen Hochverrats drankriegen.»

«Aber Williams ...»

«Ja, der Scheißkerl wird die andern beiden zu Tode quälen, ich weiß.» Rob kickte einen Lehmklumpen weg. «So ist das Spiel. Ich halte die Klappe, dass er den kleinen Sadisten in sich ausleben kann, er hält die Klappe, dass ich Heinz einen gnädigen Tod schenke. So sind die Spielregeln.»

Er lud sein Gewehr durch und legte an.

«Und jetzt, Heinz ... lauf.»

Robs Stimme klang unendlich traurig. Jamie wandte sich ab. Er konnte nicht dabei zusehen. Stiefeltritte auf weichem Grund verrieten ihm, dass Heinz loslief. Ein Schuss knallte, kurz darauf ein zweiter. Ein Körper schlug dumpf auf.

Jamie ging. Er schaute nicht zurück. All das war ihm so sehr zuwider. Der Krieg, sein Freund, der tote Deutsche, der jetzt im Niemandsland zwischen den Frontlinien verrottete. Er wollte nur noch heim.

Aber es gab kein Zurück für jene, die noch kämpfen konnten.

Spätabends erst schlich Rob zurück in den Graben, in dem Jamie und er die Stellung halten sollten. Er setzte sich neben seinen Freund. Ohne ein Wort drehte er ihnen zwei Zigaretten aus dem Tabak, den er in Heinz' Taschen gefunden hatte.

Auf dem Rückweg war er Williams begegnet, der mit einem zufriedenen Grinsen und gefolgt von seinen Schergen daherstolzierte. Rob hatte ihn ignoriert.

Stumm reichte er Jamie eine Zigarette. Nach dem ersten Zug legte sich das Zittern, und er schloss erschöpft die Augen.

So hatte er's sich nicht vorgestellt.

Vermutlich hatte es sich keiner so ausgemalt. Jeder kannte doch die Geschichten vom Krieg. Von Schlachten, bei denen die Heere aufeinander losstürmten, oder jene Sagen und Legenden, in denen Einzelne im Kampf Mann gegen Mann ganze Kriege entschieden. Davon war nichts geblieben. In den Schützengräben verlor sich jedes Gefühl für Gut und Richtig.

In Heinz' Habseligkeiten hatte er auch Briefe gefunden, die er nicht entziffern konnte. Außerdem Perlmuttknöpfe und deutsches Geld, das für ihn wertlos war. Die Knöpfe hatte er behalten.

Ich habe das Richtige getan.

Ihm half, sich daran festzuhalten, dass er Heinz einen

Gefallen getan hatte. In Williams' Händen hätte er unsäglich Qualen ertragen müssen.

Aber warum hatte er ihn nicht laufenlassen? Weil er Angst hatte?

Jetzt trieb ihn schon die Angst, Menschen umzubringen. Freunde.

Neben ihm bewegte sich jemand. «Jamie?», murmelte Rob. Er hatte den ganzen Tag nichts gegessen, und vom deutschen Tabak wurde ihm schwindelig.

«Ich bin's.» Jamies Bruder Finn. Immer zur Stelle, um seine Männer zu motivieren.

«Hab gehört, es gab heute einen Vorfall draußen beim Wäldchen.»

Rob zuckte im Dunkel mit den Schultern. «Nichts Besonderes.»

«Drei deutsche Gefangene, die fliehen und sämtlich erschossen werden? Ich find schon, dass das besonders ist.»

Williams hielt sich also an seinen Teil der Geschichte. Rob beugte sich vor und spuckte aus. «Haben die Jungs wohl nicht aufgepasst», meinte er möglichst gleichgültig.

Jamie rückte näher. Flüsternd fragte er Finn aus. Was gab es Neues, hatte er von Aaron und den anderen gehört? Aaron diente in einer anderen Einheit.

Rob versank im Tabakrausch. Verflucht, was die Deutschen da rauchten, war ein starkes Kraut. Er versank wieder im Rausch der Bilder. Anders als Jamie hatte er genau hingeschaut. Es war das erste Mal gewesen, dass er einen erschossen hatte, den er kannte.

«Hast du ihm was gesagt?», fragte er, nachdem Finn wieder davongekrochen war.

«Was hätte ich ihm schon sagen können?»

Beide schwiegen lang. Dann flüsterte Jamie: «So sollte es nicht sein, oder?»

Nein, so sollte es nicht sein.

5. Kapitel

Nordfrankreich, Oktober 1918

Der Krieg ging ins fünfte Jahr, ganz unbemerkt.
    Es kümmerte Jamie nicht. Tage kamen, Tage gingen. Tote wurden neben ihm geborgen, durch neue Soldaten ersetzt, die ebenso schnell wieder im Sanitätszelt oder in einer flachen Totengrube verschwanden. Er bemerkte es schon gar nicht mehr. Wie der Wechsel der Jahreszeiten war ihm der beständige Fluss seiner jungen Kameraden gleichgültig geworden.
    Hatte er anfangs noch gefragt, so sparte er sich derlei inzwischen. Die meisten Jungen wurden von den Alten einfach «Jack» gerufen; lang machten es ohnehin nur die wenigsten.
    Sie waren allesamt des Kriegs müde. Nur Finn schien unerschütterlich in seinem Eifer. Jeden Tag war er da, stellte immer wieder ein Regiment Reiter auf, mit dem sie dann neue Angriffswellen begannen. Bei ihrer Rückkehr zählten sie die Toten, zogen sich in ihre Gräben zurück und rauchten die letzten Krümel auf.
    An Schlaf war nicht mehr zu denken. Nachts blieb manchmal gerade so viel Ruhe, um ein wenig zu dämmern, doch jedes Geräusch riss Jamie wieder hoch, und

jedes Mal fragte er sich, ob er gerade die Granate gehört hatte, die sein Leben beenden würde.

Er wollte nicht sterben.

Er wollte nur endlich ganz weit fort von diesem schrecklichen Ort.

Jene, die das Glück hatten, eine Verletzung davonzutragen, kamen wenigstens vom Schlachtfeld weg. Doch was nützte es ihnen, wenn sie im Lazarett ohne Morphin elend an ihren Schmerzen krepierten?

Und doch: Krepieren schien ihm manchmal die menschlichere Lösung.

Er hatte von Fällen gehört, in denen sich Männer in den Fuß geschossen hatten, um nicht mehr rauszumüssen. Doch die Ärzte im Lazarett kamen den armen Teufeln drauf, und sie schickten sie, nur notdürftig zusammengeflickt, zurück an die Front. Andere verreckten einfach an den selbst zugefügten Wunden, weil sich keiner um sie kümmerte. Verräter waren sie allemal, und doch schien es Jamie nicht schwerzuwiegen. Man wollte leben. Alle wollten das.

Dreimal hatte er sich Verletzungen zugezogen, alle drei Male war es glimpflich abgelaufen, und er war nach wenigen Wochen zu seiner Einheit zurückgekehrt.

Vielleicht war die nächste Verletzung seine letzte, vielleicht verreckte er jämmerlich daran.

Immer noch besser, als weiter Tag um Nacht um Tag hier zu hocken und auf das Ende zu warten.

Kilkenny Hall, Oktober 1918

Abends blieb es nun wieder länger hell, und diese Zeit nutzte Sarah, um im Salon am Fenster zu sitzen und Socken zu stricken.

In Europa, das wusste sie, stand ein neuer Winter bevor. Ein Winter wie jene, die bereits hinter den Männern lagen, Winter, in denen sie erbärmlich in den Schützengräben froren und mit zittriger Hand nach Hause schrieben, ob man ihnen nicht noch mehr Wollzeug schicken könne.

Sie strickte auch Handschuhe, Schals und wollene Unterhemden. Ihre Hände waren seit Jahren und ohne Unterlass in jeder freien Sekunde mit der Strickarbeit beschäftigt.

Seit wenigen Tagen hatte sie bei dieser Arbeit wieder Gesellschaft. Die Frühlingsferien hatten begonnen, und während Siobhan auf der Nordinsel unterwegs war, um neue Abnehmer für ihre Wolle zu finden, hatte Josie, wie so oft in den letzten Jahren, Jamies altes Kinderzimmer bezogen. Sie kam mit einem kleinen Pappkoffer, in den sie ihre Bücher gestopft hatte, und mit einem Seesack voller Kleidungsstücke, die immer zerknautscht waren, egal wie oft Sarah sie bügelte.

Zappelig und unruhig, ja, das war sie wahrhaftig, aber wenigstens war jemand da und füllte die einsamen Stunden im Salon. Großmama Helen irrte nur noch durch die leeren Flure des großen Hauses. Großpapa war mit Walter draußen bei den Schafherden.

«Sitz bitte endlich still!», ermahnte sie Josie zum wiederholten Mal. Sofort hörten die Beine auf zu baumeln, nur um wenige Augenblicke später wieder damit zu beginnen. Dabei klapperte Josie so emsig mit den Nadeln, dass man ihren Socken beim Wachsen geradezu zusehen konnte, was Sarah nur noch mehr reizte. Wieso strickte dieses Kind so viel schneller als sie? Bei ihr war jeder Gedanke bis zur Masche ganz bewusst gedacht, als reiche die Verbindung zwischen ihrem Hirn und ihren Händen die Befehle nur langsam weiter, während sie bei Josie nur so hin und her sausten. Auch war ihre Schwester beim Schreiben viel flinker, ihre Handschrift gerundet und gefällig, wohingegen Sarahs Buchstaben ohne Linienpapier einen wilden Tanz aufführten und immer nach oben strebten. Das ärgerte sie besonders bei den Briefen, die sie Jamie regelmäßig schrieb.

Eine ihrer frühesten Erinnerungen war, wie sie mit Jamie im Schulzimmer saß, das Mam Helen für die beiden Kinder im zweiten Stockwerk am Ende des Gangs eingerichtet hatte. Als der Hauslehrer ihr das erste Mal den Bleistift in die rechte Hand legte, hatte sich alles in ihr gesträubt, und sie hatte den Stift in die Linke genommen.

Das trug ihr den ersten von vielen Schlägen mit dem Holzlineal ein.

Sie hatte seither wenig Gefallen am Lernen gefunden, zumal Mam Helen, bei der sie sich bitterlich weinend über diese Grausamkeit beklagte, ihr nur streng beschied, sie solle eben nicht so widernatürlich die schmutzige Hand benutzen.

Also hatte sie die Tränen heruntergeschluckt und seither tapfer versucht, mit der Rechten zu schreiben, obwohl es sich immer falsch anfühlte und sie noch heute manchmal Kopfschmerzen bekam, wenn sie lange Briefe schrieb.

«Josie, Herrgott noch mal!» Sarah warf ihr Strickzeug in den Schoß. «Was ist denn bloß mit dir los?»

Empört schaute Josie zu ihr auf. «Ich mach doch gar nichts!»

«Du zappelst!» Sarah wickelte die Wolle aufs Knäuel und schleuderte das Strickzeug in den Korb. Das würde sie spätestens dann bereuen, wenn sie weiterstricken wollte, aber im Moment kümmerte sie das nicht. «Hat dir deine Mutter nicht beigebracht, still zu sitzen?»

Ihre jüngere Schwester legte den Kopf schief. «Sie ist auch deine Mutter.»

«Das brauchst du mir nicht zu sagen.» Unwirsch sammelte sie die Schere, das Stopfzeug und die neuen Wollstränge zusammen, die Josie heute von der Spinnerei geholt hatte. Feine naturfarbene Wolle, aus der sie Jamie ein Unterhemd stricken wollte. «Komm, es wird dunkel. Zeit fürs Abendessen.»

«Ich seh aber noch genug», widersprach Josie. Sie musste nicht mal hinschauen, während sie Runde um Runde den Schaft der Socke strickte.

«Du verdirbst dir die Augen.» Sarah duldete keinen Widerspruch. Solange Siobhan in Wellington war, musste Josie notgedrungen auf Kilkenny Hall bleiben, und so lange war Sarah diejenige, die ihr sagte, was sie zu tun und zu lassen hatte.

Mam Helen übersah das Mädchen einfach, sie war längst zu sehr in ihrer eigenen Welt versunken. Annie machte hinter ihrem Rücken heimliche Zeichen gegen das Böse, und Sarahs Vater Walter verließ fluchtartig das Zimmer, sobald Josie auftauchte. Nur Großvater Edward war anders. Er behandelte die beiden Schwestern ohne Unterschied.

«Da sind ja meine beiden Prachtmädchen.» Jetzt trat Edward in den Salon. Er war aufgeräumter Stimmung – vermutlich, weil er sich zu Walter gesellt und mit ihm den Feierabendbrandy und ein Pfeifchen geteilt hatte –, und Josie sprang sofort auf und lief ihm entgegen. «Großpapa!», rief sie und warf sich ihm an die Brust. «Sarah sagt, ich darf nicht mehr stricken.»

Sarah blieb mit verschränkten Armen neben dem Sofa stehen.

«Aber, aber.» Großvater machte sich von Josie los und schob sie auf Armeslänge von sich. «Was haben wir vereinbart, junge Dame?»

Betreten senkte Josie den Kopf. «Dass ich auf meine große Schwester höre.»

«Genau. Und nun sieh mich an.» Brav hob Josie den Kopf und strahlte ihn aus ihren großen dunklen Augen an. «Wenn du artig bist, nehme ich dich am Samstag mit zu den Schafherden, dann kannst du dir die Lämmer anschauen. Walter sagt, es sind dieses Jahr viele gute Lämmer, und du darfst dir eins aussuchen, das nur dir gehört. Und nun lauf schon mal in die Küche, Annie kann bestimmt deine Hilfe brauchen, sie bereitet gerade das Abendessen. Ich muss was mit deiner großen Schwester besprechen.»

Gehorsam ging Josie, und die Tür schlug leise hinter ihr zu.

Sarah staunte immer wieder, wie liebevoll Edward mit seiner Enkelin Josie umging. Die Gräben, die zwischen Siobhan und seiner Frau klafften, kümmerten ihn ebenso wenig wie der Umstand, dass Josie die ersten elf Jahre ihres Lebens da oben im Wald, fern von ihm, gewesen war. Er verwöhnte sie sogar nach Strich und Faden, brachte ihr

Zuckerwerk und Bücher aus Glenorchy mit, wann immer sich eine Gelegenheit ergab. Seine kleinen Zuwendungen kosteten vermutlich ein Vermögen, aber Sarah brachte es nicht über sich, ihm diese Freude zu nehmen, auch wenn ausgerechnet Josie in den Genuss seiner Zuwendung kam. Und ihre Großmutter sagte ohnehin nicht mehr viel, schon gar nicht zu den praktischen Dingen des Alltags.

War er bei mir damals auch so? Hat er mir auch Lakritz mitgebracht oder einen Bogen parfümiertes, lavendelfarbenes Schreibpapier?

Sie wusste es nicht mehr so genau.

«Setz dich», sagte er leise. Schwerfällig ging er zu einem der Sessel und ließ sich hineinplumpsen. Die gute Laune fiel von ihm ab wie ein Schaffell nach den wenigen Sekunden, die ein geübter Arbeiter brauchte, um ein Schaf zu scheren.

Sarah ließ sich auf das Sofa nieder. Ihre Hand tastete nach dem Strickkorb, und sie begann unwillkürlich, das Garn ab- und wieder aufzuwickeln. In ihrem Herzen machte sich eine Kälte breit, eine Gewissheit, die sie seit Jahren so sehr gefürchtet hatte.

Jetzt erst bemerkte sie, wie erschöpft Großpapa Edward aussah. Seine Gestalt, sonst immer klein, kompakt und kräftig, wirkte ganz zusammengefallen.

«Es ist etwas passiert, nicht wahr?» Ihre Stimme zitterte.

Er nickte vorsichtig.

«Wie ...» *Wie schlimm* wollte sie fragen, doch ihre Stimme versagte.

«Jamie kommt heim. In wenigen Wochen.»

Sie schloss die Augen. *Gottseidankerlebt.*

«Und die anderen?», beeilte sie sich nachzuhaken.

Sie hatte von Anfang an ein schlechtes Gefühl gehabt. Nicht nur, weil Jamie fort war, sondern weil der familiäre Beschluss Finn und Aaron gezwungen hatte, sich ebenfalls registrieren zu lassen. Wenige Tage nach Emilys Hochzeit hatte sie von Annie erfahren – die ihr Ohr überall hatte, am häufigsten an der nächsten verschlossenen Tür – dass es Emily gewesen war, die darauf beharrt hatte, Jamie nicht allein gehen zu lassen. Großmutter hätte es nicht überlebt, wenn ihrem Jüngsten etwas passiert wäre.

Nur darum waren Aaron und Finn mitgegangen. Beide waren zu alt für diesen Krieg, das hatten wohl auch die Männer im Rekrutierungsbüro so empfunden, und es hatte einige Überzeugungskraft seitens der beiden gebraucht, ehe sie ebenfalls dem Regiment beitreten durften – obwohl man jeden Mann brauchen konnte.

Es war nicht fair, wenn die beiden Älteren nicht zurückkamen, vor allem Ruth und Emily gegenüber nicht. Sie mussten mit ihren Kindern allein zurückbleiben und dieselbe Angst ertragen wie Sarah.

«Ja, sie kommen auch heim. Wenn der Krieg vorbei ist.»

Was noch Jahre dauern konnte. Das wussten sie beide.

Sie schluchzte trocken. So viele Fragen drängten sich auf, vor allem aber eine: Warum? Dieser Krieg hatte doch so schnell vorbei sein sollen. Aber diesen Gefallen hatte er niemandem getan. Er hatte die Welt verschlungen und jeden, der sich ihm widersetzte, mit sich in den düsteren Abgrund aus Schmerz gerissen.

Edwards Stimme riss sie aus den Gedanken. «Er ist verletzt. Mehr wissen wir nicht. Wir müssen abwarten.»

Gottseidankerlebt.

Seit er gegangen war, hatte Sarah sich insgeheim vor dem gefürchtet, was der Krieg aus Jamie machen würde.

Und jetzt schienen ihre schlimmsten Befürchtungen wahr zu werden.

Zugleich wusste sie, wie es ihn schmerzen musste, einen Krieg aufzugeben, den er so vorbehaltlos als seinen eigenen angenommen hatte. Er war mit einem Eifer gegangen, von dem Mam Helen einmal gesagt hatte, er erinnere sie an Finn, der im Burenkrieg gekämpft hatte – und der schließlich als Fremder heimgekehrt war.

Doch die Briefe, die Jamie ihr in schöner Regelmäßigkeit nach wie vor jede Woche geschrieben hatte – wenngleich sie nicht in dieser schönen Regelmäßigkeit in Kilkenny eintrafen, sondern manchmal Monate brauchten –, hatten Sarah darin bestärkt, dass Jamie sich nicht verändert hatte. Er klang so lustig wie immer, und wenn er ihr erzählte, was sie tun würden, sobald dieser Krieg zu Ende war («nur noch wenige Wochen!» – «Bald ist es vorbei!»), wurde ihr Herz ganz warm, und ihr ganzer Körper fröstelte freudig.

«Wenn er heimkommt ...» Sie sprach nicht weiter.

«Ja. Ich weiß.» Er schwieg auch, und sie hingen beide ihren Gedanken nach. Bei Sarah stand ein blassblaues Kleid im Mittelpunkt, das sie vor Jahren bei Emilys Hochzeit getragen hatte. Es herrschte Krieg, und mit ihm ging ein großer Mangel einher, und es war schwierig, ein richtiges Brautkleid zu bekommen, so eines, wie Emily es vor vier Jahren getragen hatte. Darum hatte Sarah das blassblaue Kleid seither gehütet wie einen Augapfel, hatte es in den Schrank gehängt, regelmäßig gelüftet und ausgebürstet, damit sich kein Schmutz darin festsetzen konnte.

Edward räusperte sich. «Es wird schön sein, wieder eine Sommerhochzeit auf Kilkenny zu feiern.»

Mehr sagte er nicht. Er sprach nicht davon, dass auch

auf ihren Tisch viel weniger kam als zu Friedenszeiten. Immerhin hatten sie stets genug Lammfleisch, und der Küchengarten, den Mam Helen im ersten Sommer vergrößert hatte, warf genug ab, sodass es ihnen auch nicht an Gemüse fehlte. Aber was Sarah vermisste, waren die kleinen Süßigkeiten. Es gab keinen Zucker. Wann sie zuletzt Zitronenbaiserkuchen gehabt hatte, wusste sie gar nicht mehr genau. Und die Hühner waren launische Biester, die viel zu selten ihre Eier legten. Es war fast, als drückte auch ihnen der Krieg aufs Gemüt.

Wenn sie einen Wunsch hatte zu ihrer Hochzeit, dann war es ein Hochzeitskuchen mit Zitronenbaiser.

Vielleicht aber, dachte sie, während ihre Hände über ihr Strickzeug strichen, ist das alles auch egal. Jamie kommt nach vier Jahren endlich heim.

Gottseidankerlebt.

Ich lebe.

Der Gedanke erstaunte Jamie jedes Mal aufs Neue, wenn er aus dem Schmerz aufstieg.

Zu leben, obwohl der Schmerz ihn schier umbrachte.

Alles tat ihm weh. Die Beine, der Rumpf, der rechte Arm. Nur der linke Arm war erstaunlich leicht, und wenn er versuchte, ihn zu bewegen, gehorchten ihm die Muskeln nicht.

Ehe er darüber nachdenken konnte, sank er wieder in tiefen Schlaf. Hervorgerufen nicht durch Schmerzmittel – denn die gab es schon lange nicht mehr in ausreichender Menge –, sondern vermutlich durch den Schmerz selbst. Der Körper klinkte sich aus, während der Verstand in diesem Schmerz versank, den er irgendwann nicht mehr ertragen konnte.

Er wurde ohnmächtig.

Dieses Hin und Her aus Wachzustand und Bewusstlosigkeit dauerte so lange, bis er nicht mehr wusste, wo oben und unten, wo Leben und Tod war. Bis er sich wünschte, dass es einfach vorbei wäre.

Die meiste Zeit verharrte er in einem schmerzumwogten Dämmerzustand, in dem nur einzelne Worte zu ihm durchdrangen. Robs Stimme oder die von Finn, der mit einer Krankenschwester oder einem Arzt sprach ...

Einmal hörte er die Worte sehr deutlich, und er hielt die Augen geschlossen, während sein Körper von Fieberkrämpfen geschüttelt wurde. Finn war wieder da, er saß neben Jamie und hielt seine linke Hand.

Er spürte es ganz genau.

«Nichts für ihn tun», sagte jemand.

«Er hat schon den Arm verloren. Können Sie nicht wenigstens seine Schmerzen lindern?»

Die andere Stimme verhallte unter dem dröhnenden Gelächter, das wie eine Kirchturmglocke in Jamie widerhallte.

Einen Arm verloren? Ach was. Sieh nur, wie ich deine Hand mit der Linken greife, wie ich den rechten Arm hebe!

Sofort verstummte die Diskussion. «Jamie?» Die Stimme war ganz nah.

Er öffnete die Augen. Es war so grell, dass er sie geblendet wieder zukniff, dabei stand nur eine Petroleumlampe auf dem Hocker neben seinem Feldbett.

«Jamie, hörst du mich?»

Guck, mein linker Arm ist auch noch da.

Er bewegte den linken Arm.

Er *versuchte* es.

Da war nichts. *Nichts.*

Und mit dieser Erkenntnis kam die Erinnerung zurück an den schrecklichen Zwischenfall. An die Granate, die ihn traf, seinen Sturz und dann das Dunkel …

«Er ist weg», flüsterte er kaum hörbar.

Ich habe nur noch einen Arm.

Jamie schrie. Er versuchte, Herr dieser Situation zu bleiben, doch er wand sich und stöhnte, schrie und weinte so heftig, dass der Arzt vom wertvollen Morphin etwas auf eine Spritze zog und es ihm injizierte. Ein wattiges Gefühl erfasste ihn, doch die Schreie hallten auch dann noch in ihm nach, als er in einen unruhigen Schlaf sank.

Ich habe nur noch einen Arm.

Ich bin nichts mehr wert.

«Wenn wir weiter in diesem Tempo vorankommen, sind wir in drei Wochen in Berlin.» Finn steckte sich eine Zigarette an, legte den Kopf in den Nacken und inhalierte lange, ehe er den Rauch in kleinen Schwaden ausstieß. «Ich meine, sieh dir die Deutschen an. Nichts ist mehr geblieben von ihrer Kampfkraft, seit wir ihnen ständig eins auf ihre Stahlhelme geben.»

Rob antwortete nicht. Er saß reglos im Sattel seines Pferdes und lauschte.

Es war still. Zu still für seinen Geschmack.

Er hatte in den vergangenen vier Jahren gelernt, sich auf sein Bauchgefühl zu verlassen – nicht nur im wörtlichen Sinne, wenn ihn die rote Ruhr quälte. Und sein Instinkt hatte ihnen so manches Mal das Leben gerettet.

Bis vor wenigen Tagen.

Insgeheim gab er Finn die Schuld daran.

Früher war Finn, wenn Rob den Geschichten Glauben

schenken konnte, ein Abenteurer gewesen, den es in die Fremde zog, weil das Zuhause ihm nichts mehr bot. Er war der Einzige von ihnen, der schon gedient hatte, und der Kriegsdienst hatte ihn verändert zurückkehren lassen. Aus dem Jungen, der alles riskierte und sein Leben leichtfertig aufs Spiel setzte, war ein ruhiger, gesetzter Mann geworden, der für seine Familie und die Schaffarm Verantwortung übernahm. Doch dieser neue Krieg hatte ihn erneut verändert. Er war zum Leutnant aufgestiegen und trug seine Offizierswürde mit einem Stolz zur Schau, der Jamies und Robs Neid weckte.

«Es ist zu still», flüsterte Rob. Er musste sich konzentrieren, auf sein Bauchgefühl hören. Jamies Kriegsbegeisterung war bis zur letzten Schlacht erhalten geblieben. Aber da, plötzlich, hatte ihm eine Granate den linken Arm weggefetzt. Und gestern, als sie ihn im Lazarett besuchten … er durfte einfach nicht an Jamies Blick denken, mit dem er die beiden gesunden Männer bedacht hatte, seinen Bruder und den Freund, die am Fußende seines Betts gestanden hatten. Freigebig hatte Rob seine Tabakration ebenso auf die grobe braune Decke gelegt wie seine letzte Flasche Schnaps und die beiden Briefe von Sarah, die er für Jamie von der Poststelle geholt hatte.

«Bald kommst du heim», hatte er versucht, seinen Freund aufzumuntern.

Sie waren nicht mehr nur Kameraden. Freunde waren sie in den vier Jahren geworden, jeder für den anderen der Anker, an dem sie sich festhielten.

Jamie hatte ihn nur stumm angestarrt.

Sie hatten ihm das sandblonde, leicht gelockte Haar abrasiert im Lazarett – weil sie Flöhe und Läuse fürchteten oder weil er welche hatte, das war im Grunde egal. Sein

Körper steckte noch in der verdreckten, blutverkrusteten Uniform, was Besseres hatten sie hier wohl nicht. Nur die Wunde hatten sie notdürftig versorgt. Seine Schmerzen musste er ertragen. Es gab andere, die das Morphin dringender benötigten und dennoch nichts bekamen. Ihre Schreie und das Stöhnen ließen Rob auch Stunden später nicht los, als sie schon Kilometer entfernt wieder an der Front standen.

Es war nicht das erste Mal, dass Rob am Bett eines Verwundeten gestanden hatte und sich wünschte, irgendwas tun zu können. Irgendwas nur! Seine Wut auf diesen Krieg und die verfluchten Deutschen wuchs ins Grenzenlose. Er wollte, dass es vorbei war, zugleich aber wünschte er, all jenen Leid zuzufügen, die Jamie das hier angetan hatten.

Er wollte Rache.

Am meisten hatten ihn Jamies Worte berührt. «Nehmt das wieder mit.» Sein Fuß hatte unter der Decke gezuckt, bis der Tabaksbeutel runterrutschte und auf den Boden aus festgestampfter Erde aufschlug. Sofort schauten die beiden Bettnachbarn auf, neugierig und gierig, sie konnten kaum mehr atmen, aber etwas Tabak hätten sie gern genommen, weil er das Zittern wenigstens für eine Weile beruhigte.

«Die Briefe auch.» Erneut zuckte der Fuß, beide Briefe segelten hinab.

Rob bückte sich und hob sie auf. «Die sind von Sarah.»

Es kam ihm wie ein Frevel vor, Briefe von Sarah wegzuwerfen. Sie ungelesen zu lassen. Das Einzige, was er Jamie immer geneidet hatte, war dieses Mädchen gewesen.

Jetzt dachte er anders. Jetzt war er froh, dass Jamie seine Sarah hatte, die ihn daheim wieder aufnahm.

«Interessiert mich nicht, von wem sie sind.»

Spätestens da hatte er gewusst, dass nichts mehr sein würde wie früher.

Wenn nur der Krieg bald vorbei wäre. Jamie durfte in wenigen Tagen den Heimweg antreten, und die anderen mussten bleiben und hoffen, dass es bald vorbei war. Damit auch sie heimkehren durften.

Aber diese Stille. Irgendetwas stimmte da ganz und gar nicht. «Hörst du das?» Rob beugte sich vor. Er lauschte angestrengt.

Finn schnippte den Stummel fort und zog die nächste Selbstgedrehte aus dem Brustbeutel. «Ich hör gar nichts», sagte er.

Zuletzt hatten sie die Deutschen überrannt.

Na ja, was man so überrennen nennen konnte in diesem Stellungskrieg. An manchen Tagen waren die britischen Armeen, denen das Otago Mounted Rifle Regiment aus Neuseeland zugeordnet war, nur fünf Meilen weit vorangekommen.

«Dieser neue Krieg wird uns bald überflüssig machen», bemerkte Finn. Seine Hand strich beruhigend über die schwarze Mähne seines braunen Pferds. War der Braune sein dritter oder vierter Gaul, den er in den letzten vier Jahren geritten hatte? Ein gutes Tier jedenfalls; nicht so störrisch wie der Schimmel, mit dem Rob sich bescheiden musste.

«Du meinst die Panzer?»

Finn nickte.

«Wenn sie uns in Zukunft in die Schlacht schicken, werden wir's jedenfalls nicht auf dem Pferderücken tun», fuhr Finn fort. «Sieh dir doch mal an, was sie heute schon können: Panzer, U-Boote, Flugzeuge! Giftgas …»

Sie schwiegen lange.

Dieser Krieg war anders als die bisherigen, sagte Finn. Grausamer. Tödlicher. Jeder kannte die Geschichten vom Giftgasangriff bei Ypern, jeder wusste etwas zu erzählen, von Panzern, die ganze Infanterieregimenter innerhalb eines halben Tags niedermähten, von U-Booten, die zivile Passagierschiffe angriffen und versenkten.

In diesem Krieg gab es keine Zivilisten. «Bald ist der Krieg vorbei», sagte Rob leise.

Finn lachte rau. «Das sagen wir uns seit vier Jahren, und der Deutsche sagt's sich auch. Ah nein, wir werden noch mal vier Jahre hier hocken, wenn nicht bald ein Wunder geschieht.»

«Das gibt heut noch was.» Rob blickte in den Himmel, der stahlgrau war und nichts von den kommenden Schlachten verriet. «Wenn ich an deren Stelle wär, würde ich hier durchbrechen.»

«Du siehst mal wieder Gespenster.» Finns Brauner tänzelte. Er brachte ihn mit einem Schenkeldruck zur Räson. «Wenn der Deutsche heut noch angreifen würde, dann bestimmt nicht ...»

Das Kreischen, ohrenbetäubend. Es war zu spät, um das Geräusch zu lokalisieren, sie wussten weder, woher es kam, noch wo es einschlug. Rob riss den Schimmel am Zügel herum. Er brüllte etwas. Die anderen Männer hatten sich unter einem Baum zusammengefunden und geraucht. Sofort waren sie in den Sätteln und versammelten sich um Finn.

Die nächste Granate schlug in den Baum ein, unter dem eben noch die Männer gelagert hatten. Rob riss sein Pferd herum. «Schrapnell!», brüllte er und scheuchte mit dem Ruf auch den Letzten auf.

Seit wann haben die Deutschen wieder Schrapnelle?, fragte er sich. Aber es blieb keine Zeit, länger darüber nachzudenken. Der Angriff war gezielt, und die Metallkugeln aus dem Schrapnell prasselten auf sie nieder.

Als ob jemand sie ausgewählt hatte, um genau an dieser Stelle durchzubrechen.

Wenn man eines über sein Pferd sagen konnte, dann wohl, dass es in der Schlacht gefügiger war als unter normalen Umständen. Auf jede Schenkelhilfe reagierte es, fast so, als könne es Robs Gedanken lesen, bevor er sie dachte.

Das rettete ihm das Leben.

Erneut das Kreischen, der Aufprall, die Explosion. Diesmal riss es ihn fast aus dem Sattel. Er spürte nicht, wie eine Schrapnellkugel in seinen Arm drang und ihn glatt durchschlug. Er sah nicht, wie um ihn zwei Männer aus ihren Sätteln gerissen wurden.

Sein Blick fiel auf Finn. Aber irgendwas stimmte nicht mit seinen Ohren. Er lauschte, aber kein Geräusch drang zu ihm durch. Finn riss den Mund auf, er schrie einen Befehl, hob die Hand, winkte wild. Dann wendete er sein Pferd, das über einen aufgeschütteten Wall setzte und losgaloppierte. Direkt auf die Schrapnellstellung zu.

Ein Wahnsinn.

Rob setzte ihm nach. Er hörte noch immer nichts, sah nur links und rechts die Schrapnelle einschlagen. Schlamm spritzte auf und brannte in seinen Augen, und sein Pferd stürmte mit angelegten Ohren vorwärts. Es war kein Mut, der dieses Tier beseelte. Es ging einfach durch, und Rob blieb nichts, außer sich irgendwie im Sattel zu halten, sonst wäre er von den folgenden Pferden zermalmt worden.

Er redete sich später ein, er habe es kommen sehen. Später, als er im Wundfieber lag und hoffte, es werde ihn dahinraffen, damit es ihm erspart bliebe, heimzukehren.

Rob versuchte, Finn zu rufen. Seinen Schrei hörte er kaum, er wusste nur, dass er sich die Lungen aus dem Leib brüllte. Ein Kreischen drang dumpf an sein Ohr, ein Schrapnell, das etwa dreißig Meter vor ihm einschlug. Mitten in die Brust von Finns Braunen, der vornüberstolperte. Finn schaffte es, die Füße aus den Steigbügeln zu nehmen, irgendwie gelang es ihm, vom Pferderücken zu gleiten, ohne unter dem Tier begraben zu werden. Er stolperte zwei Schritte, drehte sich suchend um, sah Rob und hob die Hand.

Als wollte er ihm winken. Ein letztes Mal.

Das nächste Geschoss traf ihn mit voller Wucht von hinten, drei, vier, fünf Kugeln erfassten seinen Körper und rissen ihn nach vorne. Er fiel mit dem Gesicht voran, seine Hände ausgestreckt, aber was halfen ihm seine Hände noch, wenn auf der tarnfarbenen Jacke blutrote Blumen ihre Knospen öffneten. Irgendwie hielt er sich, sank auf die Knie, ohne der Länge nach hinzuschlagen.

Rob sprang aus dem Sattel. Sein Pferd trottete wenige Schritte weiter, ehe es vom Schwung der anderen voranstürmenden Reiter mitgerissen wurde.

Er erreichte Finn, ehe er fiel. Rob hielt den Bruder seines Freunds auf, seine Arme schlossen sich in einer verzweifelten Geste um Finns Leib, als könnte er das Blut aufhalten, so viel Blut, das feucht und warm auf seine Hände rann.

«Finn», flüsterte er. «Finn, hörst du mich?»

Es ging so schnell. Finn lächelte, und seine Hand versuchte, Robs zu packen.

«Ruhig», versuchte dieser, ihn zu besänftigen.

«Ich sehe das Licht», flüsterte Finn, Rob konnte es ihm nur von den Lippen ablesen. Sein Lächeln wurde breiter, doch in die Augen trat schon jene Leere, die jeder Soldat fürchtete. Danach gab es nichts mehr. Kein Leben, nur Dunkel.

«Siehst du, wie es atmet?», wisperte er. Dann sank sein Körper auf Robs, begrub ihn geradezu unter sich. Rob schlang die Arme um Finn, klammerte sich wie ein Ertrinkender an ihn. Ein letztes Seufzen entfuhr dem Sterbenden, dann wurde sein Körper schlaff und schwer, die Augen leer.

Sein Freund war tot.

So schnell.

Der Krieg aber tobte weiter.

Stunden später erst trauten sich die Sanitäter auf das Schlachtfeld. Sie zogen die Toten aus dem Dreck, betteten sie auf dem Kastenwagen, der von zwei Pferden gezogen wurde. Die wenigen Verletzten, die sie fanden, wurden auf Tragen gelegt und von je zwei Sanitätern vom Feld getragen. Einer ging umher und fing die völlig verängstigten Pferde ein; den Tieren, die verletzt, aber nicht zu retten waren, versetzte er den Gnadenschuss.

Keiner sprach. Sie taten, was sie seit Jahren getan hatten.

Zwei Soldaten fanden sie, die sie erst nicht voneinander trennen konnten, weil der eine sich weinend an den anderen klammerte. Allein sein Klagen hallte über die Ebene, als sie ihn fortbrachten. Der Tote kam auf den Wagen zu den anderen Toten.

Rob war allein. Er hatte Jamie verloren, und nun auch

noch Finn. Die beiden, mit denen er jahrelang Seite an Seite gelebt und gekämpft hatte, waren fort. Der eine tot, der andere in einem anderen Lazarett. Er hätte genauso gut auch tot sein können.

Wenn es ihr im großen Kilkenny Hall zu viel wurde, lief Josie zum Fuchsbau.
Es war nicht bloß die schiere Größe des Stammsitzes der O'Briens, die sie einschüchterte. Es war alles: die vielen Menschen war sie ebenso wenig gewohnt wie die vielen ungesagten Worte, die schwer in der Luft hingen, sobald zwei oder mehr O'Briens zusammenkamen.
Josie hatte insgeheim gehofft, dass das Gefühl schon kommen würde, das sie immer so sehr vermisst hatte, wenn sie nur ein paar Wochen mit Sarah und ihrem Vater verbringen dürfte. Sie waren eine Familie, das hatte Mam ihr jedenfalls versichert, und Familien mussten zusammenhalten. Sarah aber war schon seit Tagen so komisch und redete kein unnötiges Wort. Selbst die Zurechtweisungen, die den gemeinsamen Tagen mit ihr einen beinahe beruhigenden Rhythmus gegeben hatten, hatten aufgehört und dem Schweigen Platz gemacht, einem Schweigen, das viel zu groß war für sie. Großmam Helen weinte oft, und die Männer verbrachten mehr Zeit im Salon. Sie tranken weniger und brüteten vor sich hin.
Deshalb lief sie jetzt den ausgetretenen Pfad zum Fuchsbau hinauf. Schon von weitem sah sie Eddie und Margie, die vor dem Haus saßen und Trockenerbsen verlasen, während Tante Ruth Wäsche aufhängte. Die Kleinste ihrer Töchter, Clarisse, reichte ihr brav die Klammern an.
Sie sahen alle so fröhlich aus.
Ruth blickte auf und winkte ihr. «Na, du Herumtreibe-

rin! Wenn du mit Eddie und Margie spielen willst, musst du ihnen erst mit den Erbsen helfen.»

Etwas Tadelndes schwang in ihrer Stimme mit. Kinder, die sich nicht nützlich machten, waren weder in Kilkenny Hall noch im Fuchsbau gern gesehen.

«Ich hab mein Strickzeug dabei.» Josie hob im Laufen den Beutel, den sie immer mit sich herumtrug. «Strümpfe», fügte sie hinzu. «Für die Soldaten.»

«Haben sie drüben keinen Platz mehr für dich?» Ruth schüttelte ein Laken aus, dass es knallte wie ein Gewehrschuss. Eddie hob den Kopf.

«Die schweigen alle bloß immer. Wegen Jamie.» Sie hockte sich neben Margie auf die Bank. Leise klackerten die Trockenerbsen in die Emailleschüssel.

«Haben sie gesagt, wann er heimkommt?»

Stumm schüttelte Josie den Kopf. «Mit mir spricht doch keiner», erwiderte sie. Ihre Finger fanden wie von selbst die Stricknadeln. Sie musste nicht mehr auf ihre Hände schauen, die Maschenreihen entstanden blind.

«Du bist ja auch noch ein Kind.» Ruth hängte das letzte Hemd auf. Sie bückte sich nach dem Wäschekorb und verharrte mitten in der Bewegung.

«Siehst du, wie es atmet?», flüsterte sie plötzlich. Von einer Sekunde auf die andere schien sie ganz weit weg zu sein.

«Mama?» Clarisse zupfte an ihrer Schürze.

«Nicht.» Unverwandt starrte Ruth auf den See. Josie folgte ihrem Blick, und dann sah sie es auch. Der See sank nieder, der ganze Wasserspiegel fiel. Wie in einem Atemzug.

«Tipua schläft», murmelte Josie. Sie hatte das Atmen des Wakatipusees noch nie beobachtet, aber sie kannte die Legende, die sich darum rankte. Die Legende von dem Riesen, der unter dem See schlief und mit dessen Atemzügen sich die Wasseroberfläche hob und senkte.

Ein kühler Wind kam auf, der die Hemden und Laken knattern und knallen ließ. Tante Ruth richtete sich auf. Sie war aschfahl im Gesicht, als habe sie etwas gesehen, das sie nicht glauben wollte.

«Was ist los, Mama?» Auch Margie schien zu spüren, dass etwas nicht stimmte. Sie drückte Eddie die Schüssel mit den Erbsen in die Hand und rutschte von der Bank. «Mama?»

Tante Ruths Kopf ruckte hoch. Erst jetzt schien sie die Kinder wieder zu sehen. Sie lächelte, doch etwas war anders. Ihr Blick traf sich mit Josies.

«Du hast es auch gespürt, nicht wahr?», fragte Tante Ruth leise.

Stumm nickte Josie. Ja, da war etwas gewesen, nicht im Atem des Wakatipusees, sondern darunter. Etwas Kaltes, das sie erfasste und jeden Schmerz mit sich fortschwemmte.

«Jemand ist gestorben», flüsterte Josie, und sie wusste selbst nicht, woher diese Worte kamen.

Clarisse fing an zu weinen. Leise und gedämpft, das Gesicht in Tante Ruths Schürze gedrückt. Auch Margie umarmte ihre Mutter, und Eddie, der einen Moment lang nicht wusste, wohin mit seinen fast schon erwachsenen fünfzehn Jahren, blieb nur stumm sitzen und starrte seine Mutter an, als habe sie den Nachtschreck seiner Kindertage wieder heraufbeschworen.

«Geht ins Haus, Kinder», brachte Ruth mühsam heraus.

Jemand ist gestorben. Josie schloss die Augen und versuchte, den dunklen Schrecken zu fassen und ihn in Worte zu kleiden. War es der Wind oder Tante Ruths Stimme, die ihr das zugeflüstert hatte?

Es war spät geworden, und langsam senkte sich die Dunkelheit über den See.

Die Wahrheit war in der Welt und würde langsam Wurzeln schlagen.

6. Kapitel

Kilkenny, Oktober 1918

Die Wahrheit schlug in ihrer Mitte ein.

Sarah suchte gerade nach Josie, als sie den alten Mr. Brown die Straße von Kilkenny heraufkommen sah. Der Postmeister von Glenorchy machte sich nur selten persönlich auf den Weg, um Briefe zu überbringen, die meiste Zeit stand er hinter seinem Schalter und jagte seinen Neffen Alex bei Wind und Wetter hinaus. Jeder rings um Glenorchy wusste, dass es nur einen Grund gab, aus dem er seinen Bowler nahm, den grauen Gehrock überwarf und sich auf den weiten Weg in die entlegenen Ecken seines Zustellgebiets machte.

Mr. Brown brachte seit vier Jahren den Tod in die Familien. Oder, um ihm gegenüber fair zu bleiben: die Nachricht vom Tod.

Als Sarah ihn sah, wie er auf dem Kutschbock seines Einspänners thronte, der Blick so finster unter der Hutkrempe, war ihr erster Impuls wegzulaufen.

Ihr zweiter war, auf die Knie zu sinken und ihr Unglück zu beklagen.

Sie blieb wie erstarrt stehen und blickte ihm entgegen. In ihr war alles kalt.

«Miss O'Brien, Ma'am. Schön, Sie zu sehen.» Er zügelte den Braunen, zog die Handbremse an und wickelte die Zügel um die Bremse, all das so umständlich und langsam, dass Sarah ihn am liebsten geschüttelt hätte.

«Ich hab da einen Brief.» Er stieg vom Kutschbock, griff in die Innentasche seines Gehrocks und zog ein zerknittertes Dünndrucktelegramm heraus.

Für wen, für wen? Für Großmutter oder für Ruth?

«Für Mrs. O'Brien.» Er räusperte sich.

«Für welche Mrs. O'Brien, Mr. Brown?», fragte sie höflich, obwohl ihr der Sinn gar nicht mehr nach Höflichkeit stand. «Meine Mutter oder meine Tante?»

Wortlos machte er zwei Schritte auf sie zu, dann zwei Schritte seitwärts wie ein Kea und hielt ihr mit zittriger Hand das Telegramm hin. «Es tut mir leid», nuschelte er.

Sie nahm das Telegramm. Es war auf seinem langen Weg feucht geworden, die Buchstaben verschwammen vor ihren Augen.

Ich werde also nie eine Mrs. O'Brien. Nie.

«'s ist Finn, Ma'am. Ihr Onkel. Er …» Wieder versagte Mr. Brown die Stimme, und kurz, nur ganz kurz flackerte in ihr der Gedanke auf, wie es wohl für ihn sein musste, Jahr um Jahr als Todesengel in die Familien zu kommen. Den die Leute von Glenorchy fürchteten, wenn er zu ihnen kam.

Dann aber schlug sich der Schmerz in ihren Körper wie die Krallen eines Raubtiers. Und gleichzeitig kam die Erleichterung. Eine warme Welle der tiefen Erleichterung.

«Arme Ruth», hörte sie sich flüstern. Dann nickte sie, ihre Hand zog ihm das Telegramm aus der Hand. «Ich sag's ihr. Danke, Mr. Brown. Danke.»

Er tippte an seinen Hut und schien ehrlich erleichtert, dass er diese Nachricht nicht direkt überbringen musste. «Hab ihn gemocht», sagte er leise. «War ein guter Mann, Ihr Onkel. Hier werden ihn viele vermissen.»

Sarah wandte den Kopf und schaute an der Fassade von Kilkenny Hall hinauf. Sie glaubte kurz, eine Gardine im oberen Stockwerk habe sich bewegt. Vielleicht Annie oder Izzie. Hoffentlich nicht ihre Großmutter.

«Ja, das stimmt. Hier werden ihn alle vermissen.»

Der Weg zum Fuchsbau war ihr noch nie so steil vorgekommen.

Der Fuchsbau – er war so ganz und gar Finns und Ruths Zuhause. Sarahs Großvater Edward erzählte gerne, wie die Familie früher dort gehaust hatte, während die Bauarbeiten an Kilkenny Hall voranschritten. Es war eine Geschichte, die zu erzählen er nicht müde wurde, weil in ihr, so behauptete er gerne, das Wesen dieser Familie schlummerte: Pioniergeist, Mut und Kampf.

Für einen von ihnen war der Kampf nun zu Ende. Für immer.

Zuerst sah Sarah ihre jüngere Schwester. Josie saß auf einem Findling dicht am Ufer des Wakatipusees, der Welt den Rücken zugewandt. Der Wind zauste an ihrem Haar, das sich in der feuchten Luft kräuselte. Sie drehte sich zu Sarah um, als habe sie sie kommen gehört.

Manchmal dachte Sarah, dass ihre Schwester mehr wahrnahm als andere. Als seien all ihre Sinne viel schärfer. Als reagiere sie schon auf einen einzelnen Gedanken.

Die Jüngere stand auf. «Ruth ist im Haus», sagte sie, und dann fügte sie hinzu: «Sie ahnt es schon.»

Sie standen schweigend voreinander. Als Josie wieder sprach, klang sie wie eine alte Frau. «Es tut mir so leid. Ich kannte ihn kaum, aber mir tut's so leid um uns alle.» Und wie zu sich selbst fügte sie hinzu: «Ich hätte ihn gern besser gekannt.»

Abrupt wandte Sarah sich ab. Woher wusste Josie von Finns Tod? Das konnte doch nicht sein. Und wieso ahnte Ruth etwas? All das machte es ihr nicht leichter. Jedes Wort, das sie sich auf dem Weg zurechtgelegt hatte, kam ihr plötzlich so unendlich nichtssagend vor.

Sie fand Ruth allein in der Küche. Einen Moment blieb Sarah einfach in der Tür stehen und beobachtete ihre Tante. Sie war in sich zusammengesunken, klein und matt. Wie ein Insekt, dem eine Spinne alle Lebenskraft ausgesaugt hatte, bis nur die Hülle geblieben war. Ausgerechnet Ruth, die immer so üppig, prall und lebensfroh gewesen war.

«Sarah.» Ihre Augen wirkten alt.

Stumm streckte Sarah ihr das Telegramm entgegen. Ruth nahm es nicht, sie nickte nur. Und da fiel es Sarah auf: Sie trug längst Trauer. Der schwarze Pullover und der Rock, schwarze Strümpfe und Schnürstiefel. Die Uniform der Trauernden.

Sarah sank auf einen freien Stuhl. Sie öffnete das Telegramm mit zitternden Fingern. Einen winzigen Moment lang gestattete sie sich die Vorstellung, es sei nicht, was sie alle vermuteten, sondern nur ein Versehen.

Die Worte tanzten wild auf und ab. *Starb für unser Vaterland ... Finn O'Brien ... aufrichtiges Beileid ... war ein Held ...*

Was sie eben so schrieben. Als ob das irgendetwas änderte.

«Geh», flüsterte Ruth. «Geh und sag es deiner Mutter. Sie muss es erfahren, und ich ...» Ihre Schultern zuckten, ob sie weinte oder einfach sprachlos war, konnte Sarah nicht sagen, weil Ruth das Gesicht abwandte.

«Kann ich irgendwas tun?»

Kopfschütteln.

Vorsichtig legte Sarah das Telegramm auf den Küchentisch. «Ich nehm Josie mit nach Kilkenny Hall.» Sie überlegte. «Was ist mit deinen Kindern? Soll ich ...»

«Herrgott, Sarah! Ich habe verstanden, ja!» Jetzt schrie Ruth, das Gesicht verzerrt von Trauer und von etwas anderem, das sie nicht verstand. War es Wut? «Dein Jamie kommt heim, und meinen Finn haben sie mir genommen. Er hätte nicht gehen müssen, wenn deine Großmutter nicht schier verrückt vor Sorge um euren kostbaren Jamie gewesen wäre. Dabei siehst du doch, er ist wunderbar allein zurechtgekommen in dem Krieg, in den nur er unbedingt ziehen wollte. Aber nein, mein Mann musste mitgehen in einen Krieg, der genauso wenig seiner war wie jener gegen die Buren, der ihn schon einmal so verändert hat. Tu mir einen Gefallen», ihre Stimme war jetzt eiskalt und voller Hass, «lass meine Kinder und mich in Ruhe. Am besten für immer.»

Sarah stolperte rückwärts. Fluchtartig verließ sie den Fuchsbau, sprang die Treppe herunter, vertrat sich dabei den rechten Knöchel, aber egal, weiter, weiter, nur fort von hier. «Josie!», schrie Sarah. «Komm mit, wir gehen nach Hause.»

Wie sie es ihrer Großmutter sagen sollte, wusste sie nicht. Es gab keine Worte dafür, wenn eine Mutter ihren Sohn verlor.

Aber Worte brauchte sie auch nicht. Es genügte, dass Sarah die Hände ihrer Großmutter nahm und sie ernst anblickte. «Mr. Brown vom Postamt war vorhin hier», sagte sie leise.

Helen O'Brien schrie erstickt auf. Ihr Blick klebte an Sarahs Gesicht.

«Es ist Finn.»

Sie konnte nicht schnell genug vorstürzen, um ihre Großmutter aufzufangen. Helen stieß einen unmenschlichen Laut aus, einen Schrei, ein Stöhnen, ein Geräusch, das Sarah bei ihr nie für möglich gehalten hätte. Sie kniete neben ihrer Großmutter, versuchte ihre Hände zu ergreifen, versuchte irgendwas zu tun und fühlte sich doch so hilflos.

Später wusste Sarah nicht mehr, wie lange sie neben ihrer Großmutter auf dem Boden gekauert hatte. Sie wusste nur, dass sie Helen im Arm wiegte, dass jene übermenschliche Strenge, die früher Helens Wesen bestimmt hatte, hier nichts mehr zusammenhielt. Helen war irr vor Schmerz, und sobald Sarah sich von ihr lösen wollte, heulte sie auf wie ein geschundenes Tier, sie kratzte und biss so lange um sich, bis Sarah ihr versicherte, sie werde nicht gehen, sie werde bleiben, solange ihre Großmutter sie brauchte.

So fand Josie die beiden Stunden später im Salon, als es Zeit fürs Abendessen war und selbst Edward sich wunderte, dass seine Frau nicht wie gewohnt am Kopfende des Tischs saß und jeden mit ihrem strengen Blick in die Schranken wies. Helens Augen waren tot, ihr Körper atmete und gierte nach Luft, doch die Worte waren aus ihr verschwunden. Was blieb, war ein zitterndes Bündel Schmerz.

«Hol Großvater», befahl Sarah ihrer Schwester leise. «Und wir brauchen einen Arzt, der sich um Großmutter kümmert. Sie wird vor Trauer wahnsinnig, fürchte ich.»

Josie kam auf leisen Sohlen näher. Sarah seufzte: Wie oft hatte sie dem Kind schon gesagt, es solle nicht auf Strümpfen durchs Haus laufen? Jetzt aber war sie froh, denn jedes laute Geräusch ließ Helen aufschrecken.

Dann irrte ihr Blick umher, und sie fragte in die unweigerlich folgende Stille: «Finn?»

Josie kniete sich neben sie. Ihre Hand lag auf Großmutters Schulter, ehe Sarah sie daran hindern konnte, und was sie nie für möglich gehalten hätte, geschah: Mam Helen seufzte, rückte von Sarah ab und schmiegte sich an Josie.

«Geh», flüsterte ihre Schwester, die doch noch ein Kind war und im Grunde viel zu jung, um zu begreifen, was da vor sich ging. «Ich pass so lange auf sie auf.»

Vielleicht war es so, dass große Ereignisse, auch die schlimmen, die Menschen wachsen ließen. Vielleicht wuchsen sie mit diesem Krieg. Jeder einzelne. Sarah erhob sich. In ihren Beinen war kein Gefühl mehr, und sie musste sich an einem Stuhl festhalten, bis das Blut endlich kribbelnd zurückströmte.

Vielleicht musste sie begreifen, dass Josie kein Kind mehr war.

Dunedin, Dezember 1918

Die wenigen Habseligkeiten und seine hochdekorierte Uniform kehrten in einer schmucklosen Kiste aus Kiefernholz heim, nur mit einer Nummer versehen.

Das ist uns also von ihm geblieben, dachte Emily. Eine Nummer, eingebrannt in ein Stück Kiefernholz.

Sie hatte es auf sich genommen, seine Sachen in Empfang zu nehmen, die mit demselben Schiff kamen, das auch Jamie und Aaron heimbrachte.

«Schau, bald lernst du den Papa kennen.» Sie beugte sich zu Alyson hinunter und streichelte der knapp Vierjährigen über den Scheitel. «Freust du dich schon?»

«Papa!» Die Kleine stellte sich auf die Zehenspitzen und suchte die Reihe der müden Gesichter ab, die über ihrem Kopf in für ein Kind schier unendlicher Höhe an der Reling aufragten. «Paapaa, wo biiist du?», rief sie, als könnte sie ihn damit schneller finden.

Emily lächelte müde. Sie stützte sich auf den Stock, der ihr seit Jahren ständiger Begleiter war, genau wie der Schmerz in ihrem Bein. Als die Kiefernholzkisten mit den wenigen Habseligkeiten der Gefallenen ausgeladen wurden, kleine Särge, gerade groß genug, um einen Säugling darin zu bestatten, standen die Soldaten reglos da oben. Sie entboten ihren Kameraden einen letzten Gruß, zogen die Kappen von den Köpfen und senkten den Blick. Mancher murmelte leise ein Gebet.

Es waren die letzten Soldaten, die heimkehrten, und mit ihnen auch die letzten Kisten. Und doch, obwohl Emily wusste, dass es nicht Finn war, der in dieser Kiste ruhte, weil sie seinen Leichnam auf den Schlachtfeldern in Europa bestattet hatten neben Tausenden anderen, war es, als sei doch ihr Bruder darin. Sie schluckte. Nicht vor Alyson weinen, nicht weinen, wiederholte sie sich immer wieder.

Aber ich habe ihn fortgejagt, mit Jamie und Aaron. Es ist meine Schuld.

Nur seine Uniform war geblieben. Seine Habseligkeiten.

Briefe. Fotos von den Kindern. Etwas, woran sich die Witwe klammern konnte, ihre eigenen Briefe an ihn.

Schon einmal hatte Emily hier gestanden und die Heimkehr ihres Bruders erwartet, der ihr so viel ähnlicher war als jeder andere in dieser Familie. Schon damals hatte sie geglaubt, es müsse sie schier umbringen, wie gebrochen er war.

Aber das hier war weit schlimmer.

Dennoch hielt sie es besser aus.

Emily ließ Alysons Hand los, als der Offizier – welchen Rang er hatte, wusste sie nicht so genau, vielleicht ein Colonel? – ihr die Kiste überreichte. «Er war ein guter Mann», sagte er, und sie schluckte die Frage herunter, ob er Finn denn überhaupt gekannt habe.

«Danke», flüsterte sie stattdessen.

Sie sollte nicht hier stehen. Eigentlich war es Ruths Aufgabe, es war sogar ihre *Pflicht*. Aber Ruth war verschwunden, wie ein flüchtiger Geist war alles Leben aus ihr gewichen. Ihre Kinder waren verstört und einsam. Weil Sarah um sie fürchtete, hatte sie die ganze Familie nach Kilkenny Hall geholt, wo Ruth am Fenster ihres Gästezimmers saß und unablässig hinauf zum Fuchsbau schaute.

Emily hatte sie besucht, kurz nachdem sie von Finns Tod erfahren hatte.

«Sie wird dich nicht sprechen wollen», hatte Sarah sie gewarnt. Während Alyson bei Sarah und der Großmutter blieb – das schien Emily eine gute Möglichkeit, um Mam Helen abzulenken –, war sie ins zweite Stockwerk zum Gästezimmer hinaufgestiegen.

Ruth hatte nicht mal den Kopf gewandt, nur unverwandt aus dem Fenster gestarrt. «Ich will dich nicht sehen», flüsterte sie.

«Ruth.»

Ihre Schwägerin blickte auf. «Kannst du's nicht verstehen, dass ich dich nicht sehen will, ebenso wenig wie Helen oder Sarah? Du bist doch schuld, dass er nicht mehr ist. Du hast ihn gezwungen, mit Jamie in den Krieg zu ziehen. Also warum sollte ich auch nur ein Wort mit dir reden?»

«Ruth …»

«Nein, halt dein Maul!», fuhr ihr die Schwägerin jetzt grob über den Mund. «Du kannst dich ja glücklich schätzen, dein Mann kommt heim!»

Das hatte Emily am meisten geschmerzt.

Glaubte Ruth denn, man könne das eine mit dem anderen aufwiegen? Finn war doch ihr Bruder gewesen!

Und jetzt stand sie hier mit ihrer kleinen Tochter, um die mageren Besitztümer ihres Bruders in Empfang zu nehmen. Als die Kisten ausgeladen waren, gingen auch die Soldaten von Bord. Langsam schleppten sie sich Schritt für Schritt über die Gangway, viele blieben stehen und schauten sich staunend um, als könnten sie nicht glauben, dass diese Stadt in ihrer alten Pracht noch stand. Geduldig warteten die Nachfolgenden, bis sie bereit waren weiterzugehen.

Der Krieg war vorbei, die Schlachtfelder leer. Was blieb, waren diese Männer, die den Krieg im Herzen trugen und ihn heimbrachten in ihre Familien.

Bei jedem dunkelhaarigen Mann, der auf die Pier trat und sich suchend umsah, zupfte Alyson an Emilys Rock und fragte: «Papa?»

«Nein, das ist nicht dein Papa.»

Obwohl sie sich bei dem einen oder anderen selbst nicht ganz sicher war. Sie hatte Fotos gehabt, die in den Jahren des Krieges neben den regelmäßigen Briefen ihre einzige Verbindung zu Aaron gewesen waren. Manchmal glaubte sie, er bestehe nur noch aus sepiafarbenem Papier. Und wenn sie die aschfahlen Männer in ihren Uniformen aus dunklem Stoff so ansah, dann schien es ihr, als müsse ganz Europa schwarzweiß sein und die Soldaten hätten diese Nichtfarben im Lauf der Jahre angenommen.

«Papa?»

«Sei still, Alyson.» Ungeduldig suchte Emily die Gesichter der Männer ab. Manchmal glaubte sie, ihn zu sehen, doch wenn der betreffende Mann dann in ihre Richtung schaute, flackerte kein Erkennen auf.

Sie stellte die Kiefernholzkiste auf den Boden und hob Alyson hoch, obwohl ihr Bein dabei schmerzte. «Papa!», rief Alyson, und schon wollte Emily sagen, nein, es sei wieder nicht der Papa, als sie ihn sah. Sie sah ihn wirklich und konnte es nicht glauben.

Das Blau seiner Augen war ebenso grau geworden wie seine ehemals gesunde Farbe. Tief in den Höhlen ruhten die Augen, und seine untere Gesichtshälfte war ganz unter einem Bart verschwunden. Er öffnete den Mund, als wollte er etwas sagen, aber er blieb stumm. Seine Hand zog einen anderen Soldaten heran, packte ihn am leer herabbaumelnden linken Ärmel seiner Jacke und schob ihn wortlos in Emilys Richtung.

Es dauerte einen Moment, ehe Emily begriff, wer da vor ihr stand. «Jamie», flüsterte sie. Alyson rutschte von ihrem Arm, sie lief einfach zu Aaron und umarmte sein

Bein. Nur Emily wusste nicht, wen sie zuerst in den Arm nehmen sollte, ihren Mann oder ihren kleinen Bruder.

Sie waren beide gebrochene Männer.

Er saß im Dunkel des Zimmers, das Emily ihm hergerichtet hatte. Sie hatte das Licht einschalten wollen, doch das hatte er ebenso von sich gewiesen wie ihren Vorschlag, ihm von der Haushälterin eine Kerze heraufbringen zu lassen.

Obwohl eine Kerze jetzt ganz hübsch wäre, überlegte Jamie. Er könnte seine verbliebene Hand darüberhalten, dann wäre da wenigstens der Schmerz. Und das wäre allemal besser als die Leere, die ihn ausfüllte und ihn umfasst hielt.

Sie hatte sogar seine Sachen ausgepackt und das wenige, das er noch besaß, sorgfältig weggeräumt. Bei einigen Dingen hatte sie gezögert, ihn fragend angeschaut, als wüsste sie nicht, ob er etwas nahe bei sich haben wollte oder ob sie es im Schrank verstauen sollte.

Bei dem Buch hatte er ihr Zögern bemerkt. Ihre Finger strichen über die Goldprägung auf schwarzem Leinen, das von Dreck, Blut und Staub ganz verschlissen und ausgebleicht war.

«Möchtest du darin lesen?»

Stumm nickte er. Warum nicht. Es war im Grunde egal, ob er in das Buch starrte oder in die Leere oder wohin auch immer.

Er saß auf dem Bett. Das Kissen in seinem Rücken war so unverschämt weich, dass die Tränen in seine Augen traten. Rasch blinzelte er sie weg. Er schlug das Buch in der Dunkelheit irgendwo in der Mitte auf, hielt es hoch, als könne er die Finsternis allein mit Blicken durchdringen.

Etwas fiel raschelnd zwischen den Seiten heraus, und er wollte mit der Linken danach greifen. Aber es gab ja keine linke Hand mehr, die seinen Gedanken gehorchte.

Er warf das Buch von sich und hörte es in der Dunkelheit gegen die Wand klatschen. Seine Rechte fand die losen Blätter, die ihm ebenso vertraut waren wie die Seiten von Dantes *Göttlicher Komödie*.

Es war billiges Papier. Vier Seiten umfasste der Brief; es war der letzte, der ihn vor seiner Abreise aus Europa erreicht hatte, und er hatte ihn während der Überfahrt auswendig gelernt. Den letzten Abschnitt vor allem.

Wie Du jetzt schreibst, schneidet mir ins Herz. Jamie! Wir hatten doch Pläne, und diese Pläne müssen wir nicht aufgeben, bloß weil Dir etwas fehlt! Emily ist doch auch lahm, und sieh Deine Schwester an, wie sie ihr Leben meistert. Es war für sie damals nicht vorbei, und für Dich ist's das jetzt ebenso wenig, nur weil Du einen Arm verloren hast. Es ändert doch nichts daran, wie lieb ich Dich hab!

Bestimmt wird alles besser, sobald Ihr nur daheim seid. Darum hab ich niemandem erzählt, dass Du mich nun nicht mehr heiraten magst. Ich hoffe, deine Hoffnungslosigkeit vergeht, wenn Du nur wieder hier bist und siehst, wie sehr wir alle uns auf Dich freuen. Dein Vater ist der größte Zeremonienmeister, den ein Brautpaar sich nur wünschen kann, und Annie hat sich in den Kopf gesetzt, mir allem Mangel zum Trotz meinen verrückten Wunsch nach Zitronenbaisertorte zu erfüllen. Deshalb tut sie seit Tagen nichts anderes, als Wolle oder Gemüse aus dem Garten gegen überflüssigen Luxus zu tauschen. Sie hat weißes Mehl bekommen, kannst Du Dir das vorstellen?

Vergiss nur nicht, wie sehr wir Dich alle lieben. Und wie

sehr wir uns auf Dich freuen. Ich werde in Dunedin sein und am Pier stehen, wenn Du heimkommst ...

Ihr Versprechen hatte sie nicht gehalten.

Jamie hatte so sehr gehofft, dass sie in Dunedin am Pier auf ihn warten würde, und zugleich hatte er sich vor diesem Moment unendlich gefürchtet. Er hätte erleichtert sein sollen, dass sie nicht dort gewesen war. Stattdessen war er zutiefst enttäuscht.

Erschöpft schloss er die Augen. Vielleicht hatte Sarah recht. Vielleicht hatte der Schmerz ihm die Worte eingeflüstert, als er schrieb, er wolle lieber nicht heiraten. Aber der Schmerz war nicht verblasst, sondern war mit jedem Tag, da sich das Schiff schnaufend und stampfend dem Äquator entgegenquälte, nur schlimmer geworden. Als sei nicht bloß sein Arm in Europa zurückgeblieben, sondern der helle Teil seiner Seele. Was blieb, war nicht viel. Zu wenig, um in die Zukunft zu schauen. Zu viel, um sich dem Dunkel ganz zu ergeben.

«Jamie?» Vorsichtig öffnete Emily die Tür. Ein gelber Lichtkeil fiel in den Raum. «Möchtest du mit uns essen? Oder soll ich dir etwas raufbringen lassen?»

Seine Hand knüllte die Briefseiten zusammen. Er blinzelte sie an, als könnte er nicht glauben, dass es Emily wirklich gab.

In den Kriegsjahren hatte er manchmal vergessen, dass seine Leute auf der anderen Seite der Welt lebten, atmeten, lachten und weinten.

Er hatte sich diesen Krieg gewünscht, er hatte die Freiheit ersehnt, die er ihm bot. Dieser Krieg hatte ihm von allem mehr gegeben, als er verlangt hatte. Mehr Heldentaten, mehr Schmerz, mehr Verlust.

Er hatte überlebt. Vielleicht war das die größte Strafe.

Emily blieb in der Tür stehen und wartete, aber er schüttelte den Kopf. Schließlich trat sie ein, schob die Tür zu, bis nur noch ein winziger Lichtstrahl hereindrang. Sie tastete sich zum Bett vor, er hörte das Klackern ihres Gehstocks. Dann klickte es leise. Ihre linke Hand mit dem Ehering umfasste den Bettpfosten. Die Matratze senkte sich leicht unter ihrem Gewicht.

Er brauchte sie nicht zu sehen, um zu wissen, wie sie aussah.

Solange er denken konnte, war sie da gewesen. Achtzehn Jahre älter als er und damit nun Anfang vierzig, hatte das Leben sie gebeutelt, ihre herbe Schönheit aber nicht angerührt. Ihr rotes Haar war so widerspenstig wie ehedem, nur trug sie es inzwischen kürzer, und ihre Augen blitzten so koboldgrün, dass man ihr das irische Blut auf den ersten Blick ansah. Die gerade Nase, der kleine Mund, all das war ihm vertraut aus Erinnerung und Träumen.

«Ich habe mich nach meinem Unfall oft gefragt, ob es irgendwann besser wird.» Sie gab ihrem Bein einen leisen Klaps.

«Und?» Er hatte gar nicht fragen wollen. Eigentlich hatte er die ganze Welt totschweigen wollen.

«Irgendwann wird es nicht mehr besser. Irgendwann verharrt man in diesem leisen Schmerz. Man reibt sich daran und kommt nie darüber hinweg. Das Leben ist nicht mehr, wie es einst hatte sein sollen. Aber das macht es nicht weniger lebenswert.»

«Was ist denn an diesem Leben noch lebenswert?»

Sie rückte näher. Ihre Hand lag nun auf seinem Unterschenkel, und er widerstand dem Impuls, sie wegzuwischen wie lästiges Ungeziefer.

«Alles. Du hast Sarah, deine Familie. Wir brauchen dich jetzt, Jamie. Wir dürfen nach Finn nicht noch einen von uns verlieren.»

Sie konnte nicht sehen, wie er sie anblickte. Doch er wünschte sich, sie könne die Verachtung spüren, die in seinem Blick lag. Und dann kam der Zorn. Auf sie. Auf alles, was sie darstellte, sie, die mit ihrem lahmen Bein so wunderbar zu leben verstand. Seit seine Hände nicht mehr zupacken konnten, um jemanden fortzustoßen, waren seine Füße ihm zur Waffe geworden.

Er trat nach ihr.

«Jamie.» Ihr Ton blieb ruhig. Sie ließ sich von seinem Zorn nicht beirren.

«Warum ist Sarah nicht hier?», fragte er heiser.

«Das hab ich dir schon erklärt. Sie musste bei Mam und Ruth bleiben. Die beiden sind schier wahnsinnig vor Trauer.»

Er schnaubte verächtlich.

Emily stand auf. «Wenn du noch runterkommst, freuen wir uns. Sonst lass ich dir die Suppe später raufbringen.» Sie humpelte hinaus. Sie haderte mit sich, nicht mit ihm. Sie wollte zu ihm durchdringen, doch er ließ das nicht zu.

Eigentlich sollte er sich deshalb schäbig fühlen.

Aber inzwischen war's doch egal, weshalb er sich schäbig fühlte. Ob wegen Sarah, die er ja doch nicht mehr heiraten konnte, wegen Finns Tod, von dem er glaubte, dass er ihn hätte verhindern können, wenn er nicht so dämlich gewesen wäre, sich wenige Tage vorher den linken Arm wegschießen zu lassen. Auf Aaron, weil er da gewesen war. All die Wochen an seiner Seite hatte er unerschütterlich sein Schweigen und die bösen Worte ertragen. Und er war wütend. Auf Walter und Edward, weil sie diesen Krieg nicht hatten sehen müssen.

Auf Mam. Weil sie ihn nicht daran gehindert hatte, in den Krieg zu ziehen.

Es war leichter, auf andere wütend zu sein. Denn für sich selbst hatte er keinen Zorn. Nur noch Verachtung.

Im Dunkel verlor er das Gefühl für die Zeit. Dreimal täglich brachte die Haushälterin ein Tablett, das sie auf den Schreibtisch stellte, neben das alte, das unberührt geblieben war. Er stellte sich stets schlafend.

Die Haushälterin nahm das alte Tablett wieder mit, nicht ohne vorher kurz zu seufzen. Dann klappte die Tür wieder zu, und er war wieder allein.

Ganz konnte er den Lauf von Tag und Nacht nicht ausblenden, denn die Vorhänge und Läden schlossen nicht alles Tageslicht aus, zumal der Sommer den Frühling ablöste und sein helles Licht durch jede Ritze jagte. Wenn es ihm zu hell wurde, vergrub er das Gesicht unter dem Arm oder presste die Finger so fest auf die Lider, bis er nur noch Rot sah.

Ansonsten ließen sie ihn in Ruhe, und das war gut.

Tag um Tag verstrich so. Er las in seinem Buch, stand nur auf, wenn er mal musste, trank von dem Wasser, das in der Waschkaraffe bereitstand, verschmähte Himbeersirup, Bier und all die anderen Leckereien, mit denen Emily versuchte, ihn zu verführen. Er erkannte ihre Handschrift bei jeder Mahlzeit, auf jedem Tablett. Die Speisen waren mit einer gewissen Unordnung angerichtet, die er von ihr seit jeher kannte, aber das Essen selbst war nur vom Besten und liebevoll ausgesucht. Er stellte sich vor, wie sie dreimal täglich bang wartete, dass die Haushälterin das alte Tablett zurückbrachte, nur um festzustellen, dass er wieder nichts angerührt hatte, genau wie an den Tagen zuvor. Hin und wieder nahm er sich einen Keks oder einen Orangenschnitz, sonst nichts.

Woher sie diese Leckereien in Zeiten des Mangels nahm, war ihm ein Rätsel. Bestimmt stürzten sich die anderen Haushaltsmitglieder auf das, was er verschmähte, und bestimmt lachten sie dabei über ihn, weil er so ein Narr war.

Ihm war es einerlei.

Er wusste nicht, ob sieben, zehn oder zwanzig Tage seit seiner Ankunft in diesem Haus verstrichen waren. Noch immer wartete er, ohne zu wissen, worauf.

«Du stinkst.»

Er schreckte hoch. Er war auf dem Bett eingeschlafen, wie immer ohne sich die Mühe zu machen, unter die Decke zu kriechen oder seine Kleidung auszuziehen. Seit Tagen hatte er sie nicht gewechselt.

Vor dem Bett stand der kleine rothaarige Kobold Alyson, dieses laute und fröhliche Kind, das seine Tage von den Nächten trennte mit ihrem Geschrei und Gepolter, das durch die Wände drang, wenn sie übermütig durch die Flure rannte.

«Lass mich in Ruhe», flüsterte er.

«Mam sagt, wer stinkt, muss sich waschen.» Sie legte ihre Puppe auf die Tagesdecke und schaute sich suchend um.

«Deine Mam ist klug.»

«Du nicht. Du weißt das auch, tust aber nix. Darum will auch keiner mit dir spielen.»

Er lachte trocken. Aus dem Lachen wurde ein Husten.

«Du bist doch da. Wenn du willst, spielen wir beide was zusammen.»

Der Blick, den sie ihm zuwarf, war so sehr Emilys, dass es fast wehtat. «Nicht, solange du stinkst. Du machst ja meine Spielkarten ganz dreckig.»

Ihr kleines Stimmchen duldete keinen Widerspruch. Alyson marschierte zum Waschtisch, hob die Schüssel herunter und trug sie zum Nachttisch. Dann versuchte sie dasselbe mit dem Krug, der sich gefährlich neigte, als sie ihn mit beiden Händen umfasste. Etwas Wasser schwappte auf den Teppich. Jamie konnte es nicht mit ansehen. Er rollte sich stöhnend vom Bett, stand auf und half ihr. Seine rechte Hand packte den Krug fest. Vorsichtig schüttete er Wasser in die Schüssel.

«Guck, mit einer Hand bist du stärker als ich mit beiden.» Alyson trug auf dem Handtuch ein Stück feine Vorkriegsseife zum Bett herüber. Erschöpft sank Jamie wieder auf die Bettkante. Er atmete schwer. Schon diese wenigen Schritte hatten ihn über die Maßen erschöpft.

Vielleicht hatte Emily recht, wenn sie ihm riet, einen Arzt aufzusuchen. Vielleicht war er doch kränker, vielleicht war es doch nicht nur der fehlende Arm.

Er zog den Nachttisch heran, tauchte beide Hände in das kalte Wasser und schloss die Augen.

«Wenn du dich waschen willst, musst du dich aber ausziehen.» Wieder dieses Stimmchen. Sie war süß, aber sie zerrte an seinen Nerven.

«Hat dir schon mal jemand gesagt, dass du eine Nervensäge bist?»

«Mam sagt das ganz oft.»

Er lachte unwillkürlich. «Wundert mich nicht.»

Es war nicht leicht, die Knöpfe nur mit einer Hand

zu öffnen. Vor allem dann nicht, wenn man sich nicht die Mühe gemacht hatte, die Handgriffe für sein neues Leben zu lernen. Alyson stand mit verschränkten Armen auf der anderen Seite des Tischchens und sah ihm zu. Sie tappte ungeduldig mit dem Fuß auf den Boden.

Er gab es ungern zu, aber nachdem er sich die Brust und die Arme gewaschen und sich mit einem Waschlappen unter den Achseln gereinigt hatte, fühlte er sich viel besser.

Er trug Krug und Waschschüssel zurück zum Waschtisch und ließ sich wieder auf der Bettkante nieder. Das kleine Mädchen hockte auf der Tagesdecke und fächerte Karten auf. «Wie geht nun dieses Kartenspiel?»

«Es heißt Regenbogenball und ist total einfach.»

Nach wenigen Minuten hatte er die Regeln verstanden: Es gab keine. Da dem Kartenspiel einige Karten fehlten, gab es auch kein System. Nur, dass Alyson immer gewann, das hatte System.

Ihm gefiel ihre freche Art. Sie hockte auf der Matratze, warf die Karten in wilder Folge ab und war immer schneller, wenn es darum ging, einen Stich aufzugreifen, zumal Jamie die Karten in seiner einzigen Hand hielt. Irgendwann verlegte er sich darauf, einfach die oberste Karte von seinem Stapel ins Spiel zu werfen und die Stiche fast ebenso schnell zu sammeln wie Alyson. Trotzdem verlor er jedes einzelne Spiel. Wenn Alyson nämlich weniger Stiche zu bekommen drohte als er, erfand sie schnell eine Sonderregel, die ihr den Sieg sicherte.

Sie lachten. Sie neckten sich und schimpften fröhlich miteinander. Und plötzlich war der ganze Nachmittag herum, und Emily stand in der Tür.

«Hier bist du!» Sie trat ans Bett und strich Alyson über die roten Locken. «Ich hab dich schon überall gesucht.»

«Jamie und ich haben Karten gespielt.» Sie hielt ihre Karten hoch. «Er ist nicht schlecht.»

«Ich hab aber jede einzelne Partie verloren.»

«Damit teilst du unser aller Schicksal.» Emily lächelte. «Spatz, es ist Essenszeit. Gehst du die Hände waschen und kommst dann ins Esszimmer?»

Alyson zog eine Schnute, gehorchte aber. Sie rutschte vom Bett, winkte Jamie noch einmal zu und lief aus dem Zimmer.

Erst jetzt merkte er, wie erschöpft er war. Er sammelte die Karten ein.

Emily stand noch in der Tür. «Möchtest du heute wieder hier oben essen?», fragte sie leise.

Er erstarrte mitten in der Bewegung.

«Ich kann dir wieder was raufbringen lassen.»

«Ich weiß nicht.»

Er spürte ihr Nicken, ohne den Kopf zu heben. Dann ging sie, und die Tür fiel leise hinter ihr ins Schloss.

Die Einsamkeit überkam ihn wie ein Fieber. Er rollte sich auf der Decke ein, zog einen Zipfel linkisch über die Schulter und versuchte einzuschlafen.

Aber so leicht war es diesmal nicht.

Mit abgehackten Bewegungen band Robert seine Krawatte. Er stand vorm Spiegel, der zwischen Schrank und Bett schief an einem Draht an der Wand hing, und zupfte und zerrte, bis alles war, wie er es sich vorstellte. Dann nickte er seinem blassen Spiegelbild knapp zu. Er sah kaum besser aus als noch vor wenigen Tagen, aber Schwarz stand ihm erstaunlich gut. Allemal besser als die Uniform, die ihm in den letzten Jahren zur zweiten Haut geworden war.

Heute hinauf nach Kilkenny zu reiten fiel ihm aus

zweierlei Gründen schwer. Jamies Bruder Finn zu Grabe zu tragen, nachdem sie vier Jahre Seite an Seite gekämpft hatten, empfand er als himmelschreiende Ungerechtigkeit. Er kannte die Ressentiments seines Vaters zu Genüge, der, wann immer es ging, gegen die O'Briens wetterte. Doch Jamie und Finn waren feine Kerle, und Aaron, sein Cousin, ebenso. Der Krieg hatte ihm oft genug Gelegenheiten geboten, sich davon zu überzeugen.

Der zweite Grund war etwas komplizierter: Sarah.

Seit er aus dem Krieg heimgekehrt war, hatte sich keine Gelegenheit ergeben, allein mit ihr zu sprechen. Aber solange Jamie noch in Dunedin war, musste er jede Chance nutzen, die sich ihm bot. Denn sollte er zurückkehren, fürchtete Robert, könnte es für ihn zu spät sein.

Natürlich wusste er, dass die beiden verlobt waren. Das war ja kein Geheimnis, schließlich hatte Jamie es ihm selbst erzählt. Robert hatte damals schwer geschluckt am Glück seines Kameraden, hatte sich aber immer gesagt, dass er damit hätte rechnen müssen.

Aber jetzt war Jamie nicht mehr der Alte. Der Krieg hatte ihn verändert. Sein Lebenswillen war gebrochen, nichts machte ihm mehr Freude. Die Briefe von Sarah hatte er zuletzt zurückgewiesen, und solange er in Dunedin hockte, schien er kein Interesse daran zu haben, den von ihm vor vier Jahren geplanten Lebensweg «nach dem Krieg» einzuschlagen. In den nordfranzösischen Schützengräben war dieses «nach dem Krieg» im Laufe der Monate zu einem immer wiederkehrenden Witz geworden, über den sie zunächst herzlich und schließlich nur noch bitter gelacht hatten.

Solange Jamie in Dunedin war, konnte er sich einreden, bei Sarah Chancen zu haben.

Dies hier war seine Hoffnung. Daran hielt er fest.

«Bist du so weit?»

Seine Mutter schaute herein, auch sie trug Schwarz. Ihr Kleid war verwaschen und alt, er beschloss, ihr bald ein neues schneidern zu lassen. Oder nein, viel besser war es doch, wenn es in naher Zukunft keine Gelegenheit mehr gäbe für so traurige Anlässe, sondern nur noch für freudige Ereignisse. Hochzeiten zum Beispiel oder Taufen, all diese Feste, die von Frauen mit so viel Freude begangen, von den meisten Männern aber nur milde belächelt wurden. Robert würde Gefallen daran finden, zumindest an einer bestimmten Hochzeit. Danach hätte er auch gegen ein paar Taufen nichts einzuwenden, das brachte ein reges Eheleben sicher mit sich.

«Verabschiede dich von deinem Vater, ehe wir gehen.» Diane trat zu ihm, zupfte noch mal an seiner Krawatte und wischte ihm ein unsichtbares Stäubchen von der Schulter. Ihre Augen glänzten feucht.

«Mache ich sofort, Ma.» Er nahm ihren Kopf in beide Hände und küsste ihr Haar. Sie war grau geworden in den letzten vier Jahren, aus Sorge um ihn vor der Zeit gealtert.

Zum Glück hatte er alles gut bestellt vorgefunden bei seiner Heimkehr. Seine Mutter hatte umsichtig gewirtschaftet, die Bücher hatte sie mit Sorgfalt geführt. Als er sie darauf ansprach, hatte sie ihm gestanden, dass Siobhan O'Brien ihr dabei geholfen hatte.

Er fand die Vorstellung zwar befremdlich, dass zwei Frauen über Kontenbücher gebeugt hockten, aber zu seiner Überraschung hatten sich nur hie und da kleine Fehler eingeschlichen, die ihm sicher auch unterlaufen wären.

Zum Glück war er jetzt ja wieder da und konnte die

Geschäfte selbst führen. Allerdings strebte er nach Höherem. Er wollte nicht sein Leben lang ein kleiner Krämer bleiben.

Eins nach dem anderen, ermahnte er sich. Mit Sarah an seiner Seite, das spürte er, war alles möglich. Wenn er sie erst für sich gewonnen hätte ...

Gut gelaunt sprang er die Stufen hinab und verabschiedete sich von seinem Vater. Pa lallte etwas, aber ihm blieb jetzt keine Zeit, sich auf eine Unterhaltung einzulassen. «Später», vertröstete er ihn.

Dann wollte er ihm auch von Sarah erzählen. Wer weiß, vielleicht wusste er dann schon mehr?

Vormittags war sie immer in der Küche und wartete.

Auf die Post, auf Nachricht. Auf jemanden, der von Glenorchy käme und ihr erzählte, mit dem Schiff sei endlich auch Jamie aus Dunedin heimgekommen, sie müsse sich nur noch ein paar Stunden gedulden, dann käme er endlich zurück nach Kilkenny. Nach Hause.

In der Küche herrschte der geschäftige Lärm, der sie von der Stille erlöste, die in das Haus eingekehrt war und jeden Winkel erfüllte, seit die Nachricht von Finns Tod eingetroffen war. Hier klapperte Annie ununterbrochen mit Töpfen und Pfannen. Mit dem Sommer war im Garten die arbeitsame Zeit angebrochen. Das erste Gemüse musste geerntet und eingekocht werden. Einmachgläser mussten heiß ausgewaschen, die Früchte zu Kompott verkocht werden.

Der Garten bot nicht nur alle erdenklichen «europäischen» Gemüsesorten, sondern auch ein paar neuseeländische Spezialitäten wie zum Beispiel Süßkartoffeln. Sarah mochte Süßkartoffeln, obwohl es Leute gab, die sie ablehnten, weil es das Essen der armen Leute und der Maori war.

An diesem Morgen saß sie auf einem Schemel am Tisch und palte Erbsen. Eine langwierige Arbeit, die ihren Gedanken viel zu viel Freiraum bot. Immer wieder überlegte sie, was sie Jamie in ihrem nächsten Brief schreiben sollte.

Inzwischen schickte sie ihm jeden zweiten Tag einen Brief. Sie musste irgendwas tun, denn bloß zu warten war ihr zu wenig.

Annie kam vom Garten herein. Sie stellte noch einen Eimer mit Erbsenschoten auf den Fußboden aus weißen Kacheln.

«Sie müssen aber heut nicht den ganzen Tag hier helfen, Miss Sarah.»

«Ach, lass nur, Annie. Ich bin froh, wenn ich was zu tun hab.»

«Das denk ich mir, aber Ihre Großmutter fänd's nicht recht, wenn Sie nicht zur Beerdigung gehen.»

Sarahs Hände erstarrten.

«Seit ich Ihre Familie kenne, is keiner hier gestorben. Was ja schon ein Wunder is, aber irgendwann muss es halt einen erwischen.»

«Annie.» Sarah zischte den Namen der Köchin fast.

«Gehen Sie halt hin. Er war Ihr Onkel, da hat er's verdient, dass Sie ihm die letzte Ehre erweisen.»

Sie polterte mit zwei leeren Eimern wieder hinaus und ließ Sarah in der Stille allein.

Was gibt es da zu beerdigen? Wir begraben eine lächerliche Kiefernholzkiste, in der nichts ist außer seinen letzten Habseligkeiten und der Uniform.

Sie fürchtete sich davor, Onkel Finn loszulassen. Wenn

sie das tat, gab sie zu, dass es diesen Krieg gegeben hatte. Dass er alles verändert hatte.

Lieber Jamie, dachte sie. *Heute haben wir Finn beerdigt. Unsere Väter haben einen kleinen Friedhof angelegt, ein Stück hinauf im Wald. Sie haben ein Stück Land gerodet und es mit einer Steinmauer eingefasst. Dort liegt nun das, was uns von Finn geblieben ist, und Mam Helen und Ruth können jeden Tag zu ihm.*

Sie weinte in die frischgepalten Erbsen. Die Tränen fielen einfach aus ihren Augen.

Josie stand etwas abseits neben ihrer Mam.

Sie hasste es, abseits zu stehen.

Die anderen O'Briens standen beisammen, dicht aneinandergedrängt wie ein Schwarm Krähen, und in ihrer Mitte, von der Trauer gebeugt und schwer auf Ruth gestützt, stand Großmama Helen. Ihr Gesicht war schwarz verschleiert, und wann immer sie sich bewegte oder schwankte, schienen alle anderen mit ihr zu schwanken.

Mam zog an ihrer Hand. «Du starrst!», zischte sie.

Josie senkte den Blick.

Außer den O'Briens waren einige aus Kilkenny heraufgekommen, und aus Glenorchy hatte auch mancher den langen Weg auf sich genommen, um Finn O'Brien die letzte Ehre zu erweisen. Diane Gregory war gekommen, ihr ältester Sohn Robert an ihrer Seite, der unversehrt aus dem Krieg heimgekehrt war. Aber so manch anderer, der noch vor ein oder zwei Jahren hergekommen wäre, fehlte. Die Farm hatte ein paar ihrer besten Arbeiter verloren.

Father Seamus war aus Kilkenny herübergekommen und hielt die Trauerfeier. Auf einem kleinen Podest stand nur die kleine Kiefernholzkiste, in der Finns Habseligkeiten heimgekommen waren.

«Wo ist Tante Emily?», flüsterte Josie.

«Still.» Siobhan ruckte hart an Josies Hand. Der Schmerz schoss bis in ihre Schulter hinauf.

Jetzt bat der Priester, für das Seelenheil des Verstorbenen zu beten. Alle senkten die Köpfe. Nur Josie beobachtete die Trauergäste. Ihr Blick traf sich mit dem der Witwe. In Ruth O'Briens Blick lag ein tiefer Schmerz, der Josie bis ins Mark erschütterte.

In diesem Moment glaubte sie zu begreifen, was es bedeutete, wenn jemand starb, den man liebte.

Wie es wohl wäre, wenn ihre Mam starb ...

Die Vorstellung war zu groß für ihren dreizehnjährigen Verstand, und obwohl ihre Mam manchmal sagte, Josie sei für ihr Alter schon sehr erwachsen und klug, erwachte in ihr wieder das kleine Mädchen, das mit der Mutter allein im Wald aufgewachsen war, in einem Haus, das einst ihrem Vater gehört hatte. Josie begann zu weinen.

Wenn ihre Mam starb, blieb ihr niemand mehr. Nur die O'Briens aus Kilkenny, und die wollten sie nicht. Nicht mal einen Vater hatte sie, weil ihr Vater schon vor ihrer Geburt gestorben war.

Er musste doch Verwandte haben. Wenn die O'Briens sie nicht wollten, könnte sie doch zu ihnen gehen! Es musste einen Vater geben und eine Mutter, Geschwister, deren Kinder ... Diese Menschen mussten irgendwo da draußen sein! Und wenn Josie sie fand, war sie nicht mehr allein. Dann könnte sie vielleicht ertragen, wenn Mam eines Tages starb.

Ihre Tränen blieben nicht unbemerkt. Mancher aus Glenorchy blickte mitleidig zu ihr herüber. Doch die

Blicke, die die O'Brien'sche Krähenschar zu ihr herüberschoss, waren allesamt feindselig. Der Priester beendete die kleine Andacht, und alle strebten schweigend nach vorne. Großpapa und Walter ließen die Kiste in das Loch hinab, und dann traten nacheinander alle vor. Zuerst Tante Ruth, die eine Rose auf die Kiste warf. Dann ihre Kinder, dann Großmama und Großpapa, Walter, schließlich die Leute aus Kilkenny, die aus Glenorchy. Ganz zum Schluss erst zog Mam sie an der Hand nach vorne. Gemeinsam legten sie kleine Blumensträuße vor das Grab, in dem die Kiste unter einem Durcheinander aus bunten Blüten schier ertrank.

Siobhan nickte Ruth zu, und kurz hoffte Josie, ihre Tante werde noch etwas sagen. Doch dann wandte diese sich ab, nahm ihre kleinsten Kinder bei den Händen und marschierte los, vorbei an den Trauergästen. Nicht hinauf nach Kilkenny Hall, wo anschließend der Leichenschmaus stattfinden sollte, sondern auf direktem Weg zum Fuchsbau.

«Sie will nichts mehr mit eurer Familie zu schaffen haben.» Diane Gregory, die mit ihrer Mutter befreundet war, solange Josie denken konnte, trat zu ihnen. Sie wirkte verhärmt. «Robert hat's mir erzählt. Drüben in Kilkenny haben sie sich gestritten.»

«Woher weiß Robert davon?», fragte Siobhan.

Diane zuckte die Schultern. «Er ist häufiger dort in letzter Zeit.» Sie blickte zu Boden. «Wegen Sarah», fügte sie nach kurzem Zögern hinzu.

Das schien Mam zu überraschen. «Ich dachte, Sarah und Jamie ...

«Das denken alle. Und Robert weiß das auch, nur: Jamie ist noch nicht heimgekehrt, und er beantwortet keinen von Sarahs Briefen, wie es scheint.» Sie seufzte. «Mein Ältester hat sich doch schon vor Jahren mit Jamie um Sarah geprügelt.»

«Ich dachte, das war wegen ...» Siobhan biss sich auf die Lippen. In Gedanken aber vollendete Josie den Satz ihrer Mutter. *Wegen Mam. Weil sie eine Hure war und weil Sarah und ich Maoribastarde sind.*

«Geht ihr zum Leichenschmaus?» Diane hakte sich bei Mam unter. «Ich wollte erst nicht hin, weil Dean ganz allein zu Hause ist. Er mag das nicht.»

«Du solltest dich nicht so von ihm herumkommandieren lassen», sagte Mam. Josie verstand nicht so ganz, was sie damit meinte, aber sie schlich einfach stumm und mit gesenktem Kopf hinter Mam und ihrer Freundin her. Wenn sie sich ganz still verhielt und nicht auffiel, erfuhr sie vielleicht mehr. Das hatte sie gelernt. Seitdem versuchte Josie, nicht mehr so laut und fröhlich zu sein, damit die Erwachsenen vergaßen, dass sie da war.

«Er ist mein Mann», sagte Diane Gregory.

Ein sabbernder Idiot, der den ganzen Tag nur in seinem Rollstuhl hing und lallte. Mehr war er nicht. Dass Diane Gregory so einen mal geheiratet hatte, fand Josie merkwürdig.

Wenn ich mal heirate, wird mein Mann der größte und stärkste und beste Mann von allen sein. Und er wird zu allen Menschen gut sein und keinem irgendwas antun.

So einer wie Jamie, der würde ihr schon gefallen.

7. Kapitel

«Nnnnnbbbb?» Der Laut hallte durch den kleinen Salon. Die Tür war nur angelehnt, und Robert streifte rasch seine verdreckten Stiefel ab und eilte auf Strümpfen zur Tür.

«Pa? Wolltest du mich sprechen?»

Das heftige Kopfschütteln seines Vaters war kaum von einem Nicken zu unterscheiden, ununterbrochen wippte der Kopf in irrer Folge hin und her. Er machte den Mund auf, ein Speichelfaden rann ihm aus dem Mundwinkel. Robert versuchte, nicht auf seine verzerrten Lippen zu starren oder auf die Augen, die sich verdrehten, während sein Vater versuchte, Worte zu formen, die schon seit Jahren nicht mehr verständlich über seine Lippen kamen.

Robert war der Einzige, der ihn dennoch verstand.

Manchmal war es eine stumme Verständigung, da genügten wenige Blicke, um das Bedürfnis seines Vaters zu entschlüsseln. Nach Nahrung, einer wärmenden Decke oder einfach einer Hand, die seine hielt. An guten Tagen gelang es Dean Gregory, Worte zu formen, die man mit ein bisschen Geduld zu Sätzen zusammensetzen und tatsächlich verstehen konnte. Aber er musste einen sehr guten

Tag erwischen, um nicht mit jedem, der versuchte, aus seinen Bruchstücken etwas Sinnvolles zusammenzusetzen, ungeduldig zu werden und die Kommunikation – die man kaum ein Gespräch nennen konnte – nach wenigen vergeblichen Versuchen abzubrechen. Dann geriet er in eine Wut, die so rasend war, dass die Familie es tunlichst vermied, ihn in dieser Rage zu erleben.

Nur Robert ließ er dann noch an sich heran.

«Nnnn … uuu … aaarss … uuuuu?»

«Ich war bei der Beerdigung von Finn O'Brien. Möchtest du was essen? Ich hab dir vom Leichenschmaus was mitgebracht. Süßkartoffelauflauf und für heute Abend ein Stück Schokoladenkuchen.»

Sein Vater nickte heftig. Er liebte Schokoladenkuchen. Robert wusste das.

«Bin sofort wieder da.» Er brachte die Päckchen in die Küche und schaute sich suchend um. Das hier war Mams Reich, aber da er der Einzige war, der Pas Lallen immer zu entschlüsseln wusste, kannte er sich aus. Er packte den Auflauf aus Süßkartoffeln, Lammfleisch und Frühlingsgemüse aus und legte das Stück mit ein bisschen Fett in die Pfanne. Er feuerte nach und stellte einen Teller nebst Gabel, Serviette und einem Glas Wasser auf ein Tablett. Als das Essen aufgewärmt war, trug er alles in den Salon. Für seinen Vater musste er sich Mühe geben. Er bestand darauf, dass alles seine Ordnung hatte.

Er bestand auch darauf, selbst zu essen – an guten Tagen. Heute schien ihn etwas in besonders gute Laune zu versetzen, denn er grinste zwischen den Bissen, und seine rechte Hand zitterte nicht so schlimm wie sonst. Die linke zuckte sogar manchmal hoch. Das hatte Robert schon lange nicht mehr beobachten können.

War's ne gute Beerdigung?
«Iss doch bitte erst mal auf, Pa. Ich erzähle dir dann alles, was du hören willst.»
Sahen sie traurig aus?
«Ja, sehr.» Robert überlegte. Er hätte seinem Vater gern von Sarah erzählt und dass er bei der Trauerfeier neben ihr gestanden hatte. Davon, wie er sie später weinend gefunden hatte, in der Küche, wo die alte Haushälterin zwei Mädchen aus dem Dorf herumscheuchte und für alle gestreckten Kaffee kochte, der zwar widerlich schmeckte, aber ihnen zumindest die Illusion von Friedenszeiten schenkte.

Er hätte den ganzen Tag nur über Sarah reden können.
War Siobhan da, die alte Hexe?
Robert runzelte die Stirn. Dass sein Vater keinen der O'Briens besonders mochte, war kein Geheimnis. Der Hass seines Vaters hatte lange verhindert, dass er sich eine eigene Meinung über die Familie hatte bilden können.

Es hing wohl mit dem Schlaganfall zusammen, der seinen Vater vor nunmehr fast fünfzehn Jahren gelähmt hatte. Robert erinnerte sich nur noch schemenhaft an die Ereignisse des damaligen Tags. Da waren seine Eltern, die sich anschrien, und dann wurden er und die Zwillinge von Großmutter aus der Küche gescheucht. Als er viele Stunden später wieder zu Pa durfte, war es schon passiert, und Ma hatte rot geweinte Augen. Sein kindliches Ich hatte schon damals gespürt, dass nun etwas anders war, dass sich alles verändert hatte. Ma war seither nie wieder so klein und zerdrückt gewesen, wie er sie gekannt hatte, als Pa noch das Regiment führte im Hause Gregory.

«Siobhan war da, mit ihrer Tochter.»

Sein Vater wütete so sehr, dass es Robert schwerfiel, einen sinnvollen Satz aus dem Gebrabbel zusammenzusetzen.

... umgebracht ... Hure ... alles kaputt ... will sie ...

«Pa, langsam. Ich versteh kein Wort.»

Sein Vater beruhigte sich nur langsam. Sie schwiegen eine Weile, bis der Alte wieder seine Gabel zur Hand nahm und sich weiter Bissen um Bissen vom Auflauf in den Mund bugsierte. Schließlich schob er den Teller weg. Er hatte genug.

Robert räumte das Geschirr in die Küche. Warum sein Vater besonders Siobhan so sehr hasste, wusste er nicht so genau. Vielleicht, weil sie einst seiner Mutter Unterschlupf gewährt hatte, nachdem sein Vater sie so heftig verprügelt hatte, dass sie kaum mehr gehen konnte. Die Gewalt gegen seine Mutter hatte zu seiner frühen Kindheit gehört. Aber gegen seine Kinder hatte Dean so gut wie nie die Hand erhoben. Manchmal hatte er sich heimlich ins Vorratslager geschlichen und Zuckerwerk stibitzt, aber mehr als ein paar Backpfeifen hatten weder er noch die Zwillinge je kassiert, und die gehörten ja dazu, wenn man Kinder erzog, das nahm Robert seinem Vater im Nachhinein nicht übel. Roberts Mutter war stets das einzige Opfer seines Vaters gewesen.

Dass seine Mutter damals zu Siobhan O'Brien gezogen war und ihn wochenlang mit dem Vater und der Großmutter allein gelassen hatte, hatte sich tief in seine Erinnerung eingebrannt. Es war eine furchtbare, unsichere, traurige Zeit gewesen.

Es gab schon einiges, das gegen die Familie sprach, die da oben in Kilkenny Hall residierte, als gehörte ihnen nicht bloß das kleine Kaff unweit der Spinnerei, sondern gleich noch Glenorchy dazu. Insofern musste er seinem Vater recht geben. Auch wenn Sarah zu ihnen gehörte.

«Pa?»

Sie haben uns um unser Vermögen betrogen. Früher.

Das wusste Robert. Aber jetzt ging es ihnen doch gut, sie hatten dank des Gemischtwarenladens alles zum Leben.

Du solltest oben in Kilkenny Hall wohnen, nicht die.

Er überlegte. Ja, das wäre nicht schlecht, dachte er. Besser jedenfalls als dieses Haus.

«Das würde ich gerne», sagte er daher. Aber nicht wegen der großen, dunklen Räume, der dicken Samtdraperien und der Sofas, in denen man versank. Er dachte dabei an Sarah.

Hilfst du mir, es zurückzuerlangen? Dass wieder uns gehört, was rechtmäßig unser ist?

Robert zögerte. War jetzt der richtige Augenblick, um seinem Vater von Sarah zu erzählen?

«Ich möchte mir bald eine eigene Existenz aufbauen, Pa. Ich bin lange zur Schule gegangen, und im Geschäft hab ich viel gelernt. Bestimmt könnte ich ...»

Heftig schüttelte sein Vater den Kopf. Ein Essensrest hing in seinem Mundwinkel. Robert beugte sich vor und wischte seinem Vater den Mund ab.

«Ich will Sarah heiraten.»

Diese Eröffnung ließ seinen Vater ganz still werden. Dann, als Robert schon glaubte, seine Mitteilung habe ihn überwältigt, fragte er: *Will sie dich auch?*

«Noch nicht. Aber ich werde sie dazu bringen, ihre Meinung zu ändern.»

Noch nicht, Vater. Aber bald. Wenn Jamie länger fort-

bleibt, bekommt sie bestimmt Angst, als alte Jungfer zu sterben. Und dann bin ich zur Stelle.

Vater und Sohn blickten einander an; in ihrem Lächeln vereinten und verbündeten sie sich.

Gestern war ein alter Freund hier. Dylan Manning.

Den Namen hatte Robert noch nie gehört. «Was wollte er?»

Mich besuchen. Von alten Zeiten schwärmen. Die Goldmine.

An die Geschichte erinnerte Robert sich, weil sein Vater niemals müde wurde, davon zu erzählen. Oben in Paradise hatte man damals Gold gefunden. Um genau zu sein: Der erste Mann von Emily O'Brien hatte es gefunden, Will Forrester. Als er dort oben eine Mine baute, beteiligten sich viele an diesem Geschäft – ohne zu wissen, dass die Goldmine bei weitem nicht so lukrativ war wie erhofft. Auch Roberts Vater hatte damals viel Geld verloren.

«Mr. Manning war damals dabei?»

Hat mich gewarnt. Vor Will Forrester. Windiger Geselle, hat er gesagt.

Robert schmunzelte. «Da scheint dieser Mr. Manning ja damals den richtigen Riecher gehabt zu haben. Warte, ich hol dir noch den Kuchen. Magst du ein Glas Tee dazu?»

Der Vater nickte heftig. Robert kochte ihnen Tee, trug das Tablett wieder ins Wohnzimmer und rückte seinen Stuhl näher heran. Er vermutete, dass sein Vater ihm einiges zu erzählen hatte.

Es war ein wenig wie früher, vor dem Krieg. Und das tat ihm sehr gut, weil es ein Stück Normalität war, für sich und seinen Vater.

Hat sein Geld gemacht. Große Plantagen. Riesige Schaffarmen. Hat viel vor.

Aufmerksam lauschte Robert, wie sein Vater von diesem Mann erzählte. Dylan Manning stammte ursprünglich aus Amerika. Doch inzwischen gehörten ihm riesige Ländereien auf der Südinsel, und er hatte große Pläne. Ein Weingut war sein großer Kindheitstraum, und den wollte er sich hier erfüllen.

Robert sagte lieber nicht, dass er die Idee, in Neuseeland Wein anbauen zu wollen, für reichlich verrückt hielt.

Dieses Land war reich geworden, weil das weite Land Platz bot für viele Schafherden. Aber Wein?!

Er braucht Hilfe. Hat mich gefragt, wen ich empfehlen kann.

«Und?»

Ich hab ihm gesagt, er soll sich an dich halten.

«Ich weiß wirklich nicht, wie ich ihm da behilflich sein könnte.»

Sein Vater gab ein Krächzen von sich. Er lachte.

Du hast mich. Ich werde dir schon sagen, was zu tun ist. Du willst mit der kleinen O'Brien doch eine Familie gründen? Die soll nicht so im Kramladen verrotten wie du und deine Geschwister.

Keuchend hielt er inne.

Robert atmete erleichtert durch. Der Segen seines Vaters war ihm gewiss, Gott sei's gedankt. Seine Mutter hätte bestimmt auch nichts dagegen, wenn er Siobhans ältere Tochter zur Frau nahm.

Nur Jamie würde wütend sein, wenn er zu spät aus dem Krieg heimkehrte und seine Sarah einen anderen hatte.

Sei's drum. Freunde fand man viele in dieser Welt. Die richtige Frau gab es nur ein einziges Mal.

«Danke, Vater.»
Dank mir erst, wenn wir die O'Briens im Sack haben.

Es dauerte noch mal vier Wochen, bis Jamie endlich so weit war, den schützenden Kokon seines Zimmers zu verlassen.

Alyson besuchte ihn jeden Tag. Sie kam oft schon morgens zusammen mit der Haushälterin, die ihm das Frühstück brachte, hüpfte auf das Bett und verkündete ihm, was sie an diesem Tag zu tun gedachte.

Er freute sich auf ihre Besuche, und wann immer sie von Emily oder Aaron weggerufen wurde – zu den Mahlzeiten oder abends, wenn sie ins Bett musste –, fehlte sie ihm danach schmerzlich. Die Stille hatte ihre wohltuende Wirkung verloren.

Als Emily schließlich verkündete, es werde am Abend jemand zu Besuch kommen, den auch Jamie sicher gerne wiedersähe, gab er seiner Neugier nach.

«Wer ist es denn?»

Emily sortierte gerade seine Unterwäsche in die Kommode. «Rawiri mit seiner Frau Georgetta. Sie haben angeboten, dich nach Kilkenny zu bringen.»

Diese Eröffnung ließ ihn ganz still werden. Schließlich: «Ihr schickt mich fort?»

Sie setzte sich zu ihm auf die Bettkante. «Niemand schickt dich fort.» Sanft nahm sie ihm das Buch aus der Hand. «Aber hier wird sich bald einiges verändern.» Sie sprach nicht weiter.

«Ihr verscheucht mich also?»

Ihr Lächeln war müde. «Entweder du teilst dir das Zimmer in wenigen Monaten mit einem Säugling, oder du kehrst heim nach Kilkenny.»

Er staunte. Dass Emily damals schwanger geworden war, hatten alle in der Familie als besondere Gnade begriffen. Ein zweites Kind schien da gerade so, als habe Gott sich ihrer ein zweites Mal besonnen. «Habt ihr ein Glück!»

«Nur wird uns das Haus zu eng. Ich möchte dich nicht zwingen zu gehen, aber …

Er starrte an ihr vorbei. Plötzlich erinnerte er sich wieder, wie es damals war. Kilkenny Halls hohe Räume, Sarahs Lachen in den Zimmern …

«Ich kann nicht zurück», stieß er hervor.

«Jamie …»

«Sucht was anderes für mich. Kilkenny Hall ist nicht länger mein Zuhause.»

Zart berührte sie seine linke Schulter. Er zuckte zusammen. Plötzlich schmerzte sein Stumpf wieder, als habe sie ihn mit einem glühenden Schürhaken traktiert. «Sie wird dich nicht wegen des fehlenden Arms verstoßen.»

Er schloss die Augen. In ihm war so viel, dass kein Wort ausreichte, es zu umschreiben. «Ich komm heute Abend runter, meinetwegen. Aber ich kann nicht nach Kilkenny, jetzt noch nicht. Gib mir Zeit!», flehte er.

Emily seufzte.

«Ein paar Wochen noch, haltet ihr es so lange mit mir aus? Dann gehe ich zurück. Aber niemand soll sich zu viel davon versprechen, hörst du?»

Mit niemand meinte er Sarah. Er vermutete ganz richtig, dass Emily mit ihr in regem Kontakt stand. Er selbst legte Sarahs Briefe, die mit uhrwerksgleicher Regelmäßigkeit jeden zweiten Tag auf seinem Frühstückstablett lagen, einfach ungelesen in die obere Schublade seiner Kommode.

Es interessierte ihn nicht, was sie dachte. Wichtig war, was er dachte. Was er wusste: Einen Krüppel hatte sie nicht verdient.

Georgetta O'Brien war eine hübsche Frau, die inzwischen Anfang der Dreißiger war und ihr blondes Haar dennoch jugendlich offen trug. Das zarte Gesicht und die kornblumenblauen Augen wirkten fast durchscheinend, neben ihrem dunkelhäutigen Ehemann umso mehr.

Rawiri O'Brien kannte Jamie, solange er denken konnte. Ein Jahr vor seiner Geburt, als die Familie gerade erst in Neuseeland eingetroffen war, hatte sein Vater den damals zehn Jahre alten Jungen adoptiert und ihm eine europäische Schulbildung ermöglicht. Nach dem Studium an der Universität in Dunedin und einigen Jahren in England war Rawiri kurz vor dem Krieg heimgekehrt. Seine Familie lebte seither unweit von Dunedin. Wenn Jamie ihn richtig verstand, arbeitete er nicht, sondern verkehrte in den besten Kreisen Neuseelands, da Georgettas Vater nicht nur unermesslich reich war, sondern seiner Tochter und ihrem Mann nebst den drei Kindern ein sorgenfreies Leben ermöglichte.

Für mich wär das nichts, dachte Jamie. Nichts tun und anderen auf der Tasche liegen …

Obwohl er im Grunde ja genau das derzeit tat.

Das Gute an diesem Abend war, dass sich das Gespräch, sobald Emily von ihrer zweiten Schwangerschaft berichtete, zunächst um frauentypische Themen drehte und Jamie dazu schweigen konnte. Dann kam man auf Schafzucht zu sprechen, die Landwirtschaft im Allgemeinen und die Wirtschaft der Südinsel im Besonderen. Niemand achtete darauf, wie er versuchte, das zarte Rindfleisch nur mit der Gabel zu teilen und die Stücke vom grünen Spargel aufzuspießen. Und vom Krieg wollte keiner mehr was hören.

Lieber lauschten sie Rawiri, der berichtete, dass einige sich inzwischen sogar am Weinanbau auf der Südinsel versuchten. So ein verrücktes Unterfangen!

«Im neuseeländischen Wein liegt eine große Zukunft», berichtete Rawiri. «Und auch eine große Gefahr für mein Volk, denn die fruchtbarsten Böden für Wein werden von den *Kai Tahu* bewohnt. Es gab schon Bestrebungen, es ihnen abzujagen, um riesige Weingüter zu errichten, aber sie kämpfen um ihr Land. Sie haben sogar ihrerseits Klage eingereicht und wollen von den Briten das Land zurück, das ihnen einst genommen wurde. Oder zumindest eine üppige Entschädigung, weil es sich um Land handelt, das in den Augen des Stammes *tapu* ist.»

«Rawiri hat versucht zu vermitteln.» Georgetta legte eine Hand auf seinen Arm und lächelte. «Leider ist das gar nicht so einfach. Die Maori wollen nicht nachgeben, weil sie sagen, es handle sich um geweihte Erde.»

«Wir sollten die Wünsche meines Volks respektieren», gab Rawiri zu bedenken. «Dieses Land hat ihnen gehört, seit sie einst herkamen und das Land besiedelten. Die Ungerechtigkeiten infolge des Vertrags von Waitanga haben sie entmündigt und besitzlos gemacht. Aber ich gebe dir recht: Mein Volk sollte auch beginnen, sich mit der Moderne anzufreunden. Sie wohnen noch immer in elenden Hütten, tanzen zum Klang ihrer Trommeln, und die Frauen lassen sich sogar noch auf die traditionelle Art tätowieren. Nichts davon ist nötig, um an der Lebensart unseres Volks festzuhalten. Wir leben inzwischen im

20. Jahrhundert, und es wird Zeit, sich mit den neuen Lebensumständen zu arrangieren und sie nicht beständig zu verteufeln.»

Jamie musste an Sarah denken. Plötzlich kam ihm ein Gedanke. «Wie ist das bei den Maori?», fragte er. «Ich meine ... Wenn jemand nur halber Maori ist und europäisch aufgewachsen ist ... Zählt er dann in den Augen der Maori als einer der ihren?»

Rawiri überlegte nicht lange. «Jeder, der sich unserem Volk zugehörig fühlt, ist uns willkommen», sagte er fest.

«Wenn also Sarah oder Josie irgendwann zu deinem Stamm kämen, würde man sie dort mit offenen Armen willkommen heißen?», bohrte Jamie nach.

«Wenn sie unsere Sitten annehmen, unsere Götter achten und sich mit unserer Denkweise identifizieren, sind uns sogar jene willkommen, die ganz und gar europäischer Herkunft sind», bekräftigte Rawiri.

Eine verlockende Aussicht, dachte Jamie. Dorthin könnte ich mich verkriechen, wenn es für mich keinen Ort mehr gibt auf dieser Welt.

Früher war er gern zum Fuchsbau gelaufen, als er noch Kind war. Finn hatte ihn auf den Schoß genommen und ihm erzählt, welch abenteuerliches Leben er geführt hatte, bevor er sesshaft geworden war. Ein halbes Jahr hatte er sogar bei den Maori gelebt, und jetzt verstand Jamie, wie das möglich gewesen war.

Das Gespräch nahm eine neue Wendung, und er schob seinen leergegessenen Teller etwas von sich, ohne sich weiter an der Unterhaltung zu beteiligen.

Als er später im Bett lag, stellte er sich vor, wie er Sarah davon erzählte.

Stell dir vor, Sarah, es gibt einen Ort, an dem man mich

aufnehmen würde. Du musst dir keine Sorgen um mich machen. Lass mich einfach zu den Maori gehen.

Er verwarf den Gedanken sofort wieder.

Sie wird dir nicht zuhören, verdammter Narr! Du bist ein Krüppel. Selbst wenn sie dich noch will, kannst du sie nicht heiraten. Niemals!

Sie hatte etwas Besseres verdient.

Während ihrer Sommerferien waren die Haushaltspflichten zwischen Mam und Josie gerecht aufgeteilt. An einem Tag wie heute, da Mam schon früh zur Spinnerei reiten musste, übernahm Josie auch die Pflichten, die sonst nicht in ihre Zuständigkeit fielen.

Nach dem Frühstück verstaute sie in dem kleinen, engen Blockhaus alles an seinem Platz – die Decken in der Truhe neben dem großen Bett, das Mam und sie sich auch jetzt noch teilten, die Kissen in den Bettkasten und das Geschirr in den schmalen Schrank, nachdem sie es sorgfältig abgewaschen und abgetrocknet hatte. Danach widmete sie sich der Handarbeit.

Bis Februar sollte Josie daheimbleiben. Dann musste sie wieder nach Queenstown, wo sie ein Internat besuchte. Sie freute sich nicht darauf, wieder zur Schule zu müssen. Die anderen Kinder mochten sie nicht und verspotteten sie oft.

Den Skizzenblock ließ sie auf dem Tisch liegen. Den rührte sie nicht an, bis sie alle Pflichten erledigt hatte.

Auch dann tat sie es nicht so freudig wie sonst. Zu sehr erinnerten ihre Skizzen sie an den letzten Schultag vor den Ferien, als sie schon alle Sachen verpackt hatte außer dem Block und den Pastellkreiden, mit denen sie am liebsten malte. Susan Montague, die Tochter eines reichen Schafzüchters, dem im Norden der Südinsel riesige Ländereien gehörten, hatte sich ihren Block geschnappt und jedes einzelne Bild ausgiebig kommentiert. O nein, nicht kommentiert. Sie hatte jedes Bild verhöhnt, mit so gezielten, spitzen Bemerkungen, dass Josie beinahe in Tränen ausgebrochen wäre.

Seither hatte sie kein einziges Bild mehr gemalt. Stattdessen blätterte sie Tag für Tag den Block durch und fragte sich, ob Susan wohl recht hatte, wenn sie die Bilder als «entartet, widerlich und hässlich» bezeichnete.

Sie hatte sogar Mam gefragt, was «entartet» hieß, weil sie mit dem Wort nichts anzufangen wusste.

Mam hatte nur gelacht. «Susan Montague hat keine Ahnung», hatte sie gesagt. «Sie hat nur etwas aufgeschnappt und wollte sich vor euren Freundinnen großtun.» Aber das beruhigte Josie nicht.

Sie sind nicht meine Freundinnen, dachte Josie. Aber das konnte sie ihrer Mam nicht erklären. Sie würde es nicht verstehen.

Es kostete viel Geld, auf dieses teure Internat in Queenstown zu gehen, deshalb strengte Josie sich besonders an. Sie wollte Mam nicht enttäuschen, sie war doch alles, was Mam geblieben war. Aber es war gar nicht so leicht, überall gut zu sein, und außer in Kunst bekam Josie nur in Englisch und in Handarbeiten die beste Note.

Es war schließlich die Lehrerin Miss Ellington gewesen, die Susan den Block mit Josies Skizzen abgenommen hatte. «Du bist ja so ein Baby, dass du dich nicht selbst verteidigst», hatte Susan ihr zugezischt, ehe sie mit hocherhobenem Kopf aus dem Schlafsaal marschiert war. Und ihre drei besten Freundinnen waren eifrig hinter ihr hergeschnattert, wie Küken hinter der Entenmutter.

Und das war nur die letzte einer ganzen Reihe von Demütigungen gewesen, die Josie hatte ertragen müssen. Es fühlte sich noch schlimmer an als der Tag, an dem Susan ihre Pastellkreiden in Pferdepisse gelegt hatte, sodass sie aufquollen und widerlich stanken. Josie hatte es erst bemerkt, als es zu spät war und die Pastellkreide in ihren Fingern zerbröckelte.

Die Mädchen hatten ihr die Lust an dem verleidet, was sie am meisten liebte.

Es war schon früher Nachmittag, als sie sich endlich hinsetzte und den Skizzenblock aufschlug. Mam hatte ihr schon einen neuen gekauft, aber bei diesem waren noch etwa zehn Blätter frei, und Verschwendung, das hatte Josie früh gelernt, konnten sie sich nicht leisten.

Sie blätterte den Block durch. Zum hundertsten Mal sah sie den Kirchturm von Queenstown, das Dampfschiff im Hafen, das täglich nach Glenorchy fuhr, die Rosenbüsche im Innenhof der Schule, die in diesem Frühling bereits früh Knospen getrieben hatten. Eine Katze im Schatten einer kleinen Mauer, auf der die Mädchen der Klasse in den Pausen immer saßen und die Leckereien tauschten, die ihnen trotz des schulischen Verbots regelmäßig von den Eltern geschickt wurden.

Mit Josie hatte noch nie jemand Leckereien getauscht, und sie war auch die Einzige gewesen, die man dabei erwischt hatte, dass sie Fresspakete von daheim bekam. Natürlich hatte Susan sie bei der Hausmutter verpetzt.

Das letzte Bild zeigte ein Stillleben aus Lammwürsten, eingemachtem Pflaumenkompott und Keksen, die Mam ihr gebacken hatte. Sie hatte die Sachen gemalt, ehe Miss Ellington in den Schlafsaal gekommen war und ihr die Köstlichkeiten weggenommen hatte.

Das Licht war perfekt gewesen an diesem Tag. Fast hatte Josie geglaubt, beim Betrachten des Bildes all die Dinge zu schmecken, die ihr nun entgangen waren – das klebrige Pflaumenmus, die würzige Wurst und den leicht sandig süßen Geschmack der Kekse. Sie hatte nicht protestiert, als man ihr die Sachen wegnahm. Sie hätte sich nur gewehrt, wenn man ihr die Kreiden und den Block weggenommen hätte.

Die Blechdose mit ihren Kreidestiften war seit Tagen ungeöffnet geblieben. Mam hatte sie auf das oberste Regalbrett gestellt. Josie musste auf einen Stuhl steigen, um sie zu erreichen.

Sie setzte sich draußen auf die kleine Veranda, schlug eine leere Seite im Block auf und wartete.

Die Bilder kamen, wenn sie nur die Geduld aufbrachte, das wusste sie.

Eine halbe Stunde saß sie reglos da, warf hin und wieder eine Linie aufs Papier und empfand sie sogleich wieder als falsch. Da kam ein Reiter den schmalen Pfad zum Haus hinauf.

Josie legte den Block und die Blechkiste mit den Stiften beiseite und stand auf. Kam Mam schon wieder heim? Sie hatte doch gesagt, es könne bis zum späten Abend dauern.

Sonst verirrte sich selten jemand hier oben in den Wäldern. Das Land gehörte zum Besitz der O'Briens, und der Weg hier hinauf führte nirgends hin, nur zu ihrem Haus.

Sie stand auf der Veranda und wartete.

Der Reiter zügelte sein Pferd und ließ es im Schritt aufs Haus zukommen. Als er nahe genug heran war, rief Josie: «Meine Mutter ist nicht daheim, wenn Sie zu ihr wollen.»

Er tippte sich kurz an den Schlapphut, sprang aus dem Sattel und ging auf sie zu. Josie wich unwillkürlich einen Schritt zurück. Er war so groß. Und ganz dunkelhäutig.

«Das ist schade. Ich wollte sie eigentlich besuchen.»

«Wer sind Sie?»

Er lachte, tief und dunkel. «Ich bin Rawiri. Und du musst Josie sein.»

Sie wurde ganz steif. Von Rawiri hatte sie gehört, aber sie war ihm noch nie persönlich begegnet.

«Möchten Sie eine Erfrischung, ehe Sie zurückreiten?» Mam hatte ihr beigebracht, höflich zu sein, und von diesem Mann ging keine Gefahr aus, das glaubte sie zu spüren.

«Gerne. Ganz schön heiß heute.»

Er band sein Pferd an den Pfosten neben der Veranda und überwand mit einem einzigen Satz die drei Stufen. Als er den Hut abnahm, sah Josie seine dunkle Haut und das rabenschwarze Haar.

Haar, das so schwarz war wie ihres.

«Warten Sie hier, ich hole uns Limonade.»

Zu Fremden freundlich zu sein hieß ja nicht, ihn gleich ins Haus bitten zu müssen.

Er wartete geduldig, während Josie auf einem Tablett zwei Gläser und die Glaskaraffe mit Limonade arrangierte. Aus der Dose mit den Keksen «für gute Tage» stibitzte sie fünf Stück. Bestimmt würde Mam das nicht bemerken, und wenn sie nur einen knabberte, blieben immer noch vier für Rawiri.

Als sie wieder heraustrat, sah sie, wie er ihren Block durchblätterte.

Der Schreck durchfuhr sie wie ein Messer. Das durfte er nicht, die Zeichnungen gehörten ihr allein!

Aber sie sagte nichts. Weil er so beifällig nickte. Er zeigte auf eines der Bilder: «So was hätte deinem Vater gefallen.»

Jedes böse Wort, das ihr der anerzogenen Höflichkeit zum Trotz auf der Zunge brannte, verlosch und machte einem sprachlosen Staunen Platz. Sie gab ihm die Limonade und hielt ihm den Keksteller hin. Abwesend nahm er sich einen und blätterte weiter.

Der Fremde hatte ihren Vater gekannt. Den Mann, über den niemand sprach, nicht mal ihre Mam.

«Sie kannten ihn?» Zögerlich brachte sie die Frage hervor, und er sah sie erstaunt an.

«Wir kannten ihn alle», sagte er schließlich. «Er war ein guter Mann, und unter meinesgleichen wird er noch immer hoch verehrt.»

«Unter Ihresgleichen?»

Sie verstand nicht recht, was er meinte.

«Bei den Maori. Er war vielen ein guter Freund. Sein Tod ...» Er sprach nicht weiter, als bemerke er jetzt erst, dass ihm ein junges Mädchen gegenübersaß, mit dem er vielleicht nicht über den Tod sprechen sollte.

«Ja?», bohrte sie nach.

Er zeigte auf das aufgeschlagene Bild. Das mit der getigerten Katze im Schatten. «Du hast ein gutes Auge», sagte er statt einer Antwort.

Sie tranken die Limonade, und Josie knabberte vorsichtig an einem Keks.

«Sein Tod war so sinnlos», sagte Rawiri schließlich. «Wenn ich mir ansehe, wie sich Walter O'Brien da drüben in Kilkenny Hall seither dem Suff ergibt, frage ich mich, ob's nicht damit getan gewesen wär, wenn er ihn anständig verprügelt hätte. Dann hättest du deinen Vater noch, und sie wären nicht alle so zerfressen von ihrer Schuld.»

Er trank die Limonade aus und stellte das Glas mit einem kleinen Knall auf das Tablett. «Entschuldige.»

Sprachlos blickte Josie ihn an. Wollte er damit sagen … Aber das konnte nicht sein, oder?

Stattdessen fragte sie: «Hatte mein Vater Familie? Gibt es noch andere Menschen, mit denen ich verwandt bin?»

«Verwandte? Und wie. Amiri hatte fünf Geschwister, hast du das nicht gewusst? Sie leben alle in der Nähe von Nelson. Da ist ihr Stammland.»

«Ich würde sie gern kennenlernen.»

«Kein Problem! Ich weiß, wo sie zu finden sind.»

«Können Sie mich nicht dort hinbringen? Bitte!» Der Wunsch nach einer Familie, auch nach der Maorifamilie, von deren Existenz sie bisher nicht mal etwas geahnt hatte, drängte jeden anderen Gedanken beiseite. Sie wollte nur noch weg. Sie musste die Vorfreude auf dieses Kennenlernen über die grausame Wahrheit legen, die Rawiri ihr soeben enthüllt hatte.

«Red mit deiner Mutter. Ich muss jetzt zurück, sonst komme ich zu spät zum Abendessen. Du weißt ja, wie deine Großmutter sein kann.»

Er lächelte. Josie versuchte, sein Lächeln zu erwidern, aber es misslang. Ihre Gedanken waren schon wieder ganz woanders.

Es wurde spät, und Siobhan hoffte, dass Josie nicht mit dem Essen auf sie warten würde.

Mr. Delamere, mit dem sie einen Ausbau der Spinnerei erörtert hatte, war so galant gewesen, sie nach dem anregenden Gespräch zum Abendessen in das Glenorchy

Hotel einzuladen. Sie hatte die Einladung gerne angenommen, denn er war ein Geschäftspartner, den sie wegen seiner Arbeit sehr schätzte.

Bei Wein und Lammragout hatte er ihr eröffnet, dass dies sein letztes Bauprojekt sei. Er wolle zu seinem Sohn nach Christchurch ziehen. «Ich bin inzwischen zu alt für das Leben allein», bemerkte er und lächelte sie so treuherzig an, dass sie fast versucht war, die Hand auf seinen Ärmel zu legen.

Sie ließ es. Frank Delamere und sie hatten schon vor vielen Jahren die Grenzen ihrer Freundschaft genau abgesteckt. Er war dreißig Jahre älter als sie, also inzwischen über siebzig.

Vielleicht hätte ich ihn damals nehmen sollen, hatte sie an diesem Abend gedacht, als sie einander gegenübersaßen. *Bald ist auch Josie nicht mehr da, und dann bleibt mir nichts als die Einsamkeit im Wald.*

Aber sie hatte den Gedanken ebenso schnell wieder verworfen. Nicht nur, weil Frank Delamere wirklich zu alt war, sondern auch, weil sie sofort an Walter denken musste. An Walter, ihren Ehemann. War es Zufall, dass keiner von ihnen je die Scheidung eingereicht hatte?

Als sie das kleine Haus betrat, in dem sie seit über vierzehn Jahren lebte, war es im Innern schon dunkel. Sie blieb stehen und lauschte auf die regelmäßigen Atemzüge ihrer Tochter.

Dieses Kind hatte sie damals am Leben erhalten, mit jedem Schrei, mit jedem Lächeln und jedem Glucksen. An dieses Kind hatte sie sich geklammert, als sie alles andere verloren hatte.

Inzwischen war es nicht mehr so schlimm. An manchen Tagen war der Schmerz über Amiris Tod zwar etwas intensiver. Aber an anderen vergaß sie ihn sogar und erschrak, wenn er plötzlich mit voller Wucht wieder über sie hereinbrach.

Sie entzündete eine der Petroleumlampen – Gas oder Strom gab es hier oben nicht, und sie vermutete, dazu würde es auch nie kommen – und bewegte sich leise durch den großen Raum. Auf dem Tisch lag Josies Zeichenblock, eine neue Seite war aufgeschlagen. Ein Bild, an dem sie arbeitete. Endlich! Siobhan hatte schon befürchtet, Josie habe die Lust am Zeichnen irgendwie verloren.

Sie trat näher – und fuhr im nächsten Augenblick erschrocken zurück.

Josie bewegte sich im Bett. «Mam?», murmelte sie.

«Ich bin hier.» Siobhan bemühte sich um eine ruhige Stimme.

«Heute war jemand hier. Rawiri.»

Und du hast ihn gleich gemalt, mein Kind.

Aber im flackernden Licht wirkten die Züge so anders. Sie musterte das Bild nachdenklich. Es erinnerte sie an jemanden …

Die Nase war nicht so breit, der Mund nicht so voll wie bei Rawiri, und die fehlende Tätowierung über der linken Gesichtshälfte hatte Josie mit viel Phantasie mit Leben gefüllt.

Sie konnte ja nicht wissen, wie sehr diese Zeichnung Amiri ähnelte. Es war, als habe Josie ihre eigenen Gesichtszüge einem erwachsenen Mann verliehen. Ihre jüngere Tochter ähnelte ihrem Vater sehr.

«Mam? Darf ich Vaters Leute kennenlernen?»

Sie trat ans Bett. Josie hatte sich tief in die Decken und Kissen gewühlt, obwohl der Tag heiß gewesen war und die Nacht kaum Abkühlung brachte. Sie stellte die Lampe auf den Nachttisch und beugte sich über ihr Kind. Küsste das Mädchen auf die Stirn und strich ihr eine verschwitzte Strähne ihres rabenschwarzen, feinen Haars aus der Stirn. «Jetzt nicht», flüsterte sie.

Wenn es nach ihr ginge, würde Josie die Leute ihres Vaters nie kennenlernen. Aber in ihr schlummerte etwas. Siobhan wusste, sie suchte nach der Familie, die die O'Briens ihr nie hatten sein wollen. Und wenn sie diese Familie erst fand, wäre sie für Siobhan verloren.

«Warte noch ein bisschen.» Ihr wurde die Kehle eng.

Josie wurde so schnell erwachsen ... Knapp vierzehn war sie, aber manchmal glaubte Siobhan, in ihrer jüngeren Tochter wohnte ein uralter Geist, der vor der Zeit erwachsen geworden war. Vielleicht waren es auch die Lebensumstände, die das von Josie verlangten. Ohne Vater, ohne Familie aufzuwachsen hatte seine Spuren hinterlassen. Verständlich, dass sie einen solch unstillbaren Wunsch nach einem größeren Zusammenhalt hatte.

Bald würde Josie in die Welt hinausziehen. Bald würde Siobhan hier oben allein sein.

Vielleicht sollte ich doch mit Delamere nach Christchurch gehen. Die Spinnerei verkaufen und endlich diese unselige Familie hinter mir lassen.

Aber sie wusste, dass sie nichts davon tun würde. Die O'Briens waren immer noch ihre Familie. Ihr Leben war untrennbar mit den anderen verflochten. Wenn es nicht gelungen war, Josie in diesen Familienverbund aufnehmen zu lassen, dann lag das nur an Helens unnachgiebigem Zorn. Ohne Josie, so dachte Helen, wäre die Welt in Ordnung. Ihre Welt. (Sie vergaß gerne, dass auch Sarah Amiris Tochter war.)

Und ganz tief in Siobhans Seele schlummerte die selbstsüchtige Hoffnung, ohne Josie könne die Familie sie vielleicht nicht in ihren Reihen wieder willkommen heißen, ihr aber wohl ein kleines Eckchen am Rand einräumen. Ein wenig Platz nur, mehr brauchte sie nicht. Diese Familie hatte ihr alles genommen, aber sie war stark gewesen und hatte sich nicht brechen lassen. Stattdessen hatte sie mit ihrer Spinnerei nicht nur die Existenz der O'Briens gerettet, sondern auch viele Arbeitsplätze drüben in Kilkenny geschaffen, das inzwischen von einer verkommenen Ansammlung von Hütten zu einem stolzen kleinen Ort erblüht war.

«Mam, kommst du ins Bett?»

«Natürlich, mein Kind.» Sie begann sich auszuziehen. Mechanisch öffnete sie die Knöpfe, einen nach dem anderen. Sie weinte fast, so sehr wünschte sie sich Versöhnung, mit allen O' Briens. Fünfzehn Jahre Einsamkeit waren genug.

Sie hatte lange genug gebüßt.

8. Kapitel

Kilkenny Hall, April 1919

Das riesige Haus entfaltete seine Vorzüge vor allem im Spätsommer. Die dicken Steinmauern sperrten die flirrende Hitze aus.

Noch immer keine Nachricht. Ihr blieb nur sein letzter Brief, in dem er die Verlobung löste.

Wenn man sich in die Arbeit stürzte, war es gar nicht so schlimm.

Der Sommer wich einem heißen Herbst. Die Blätter verdorrten an den Bäumen, es lag ein brenzliger Geruch in der Luft. Man fürchtete Waldbrände, und auf den Schafweiden oberhalb des Wakatipusees war das Futter jetzt schon knapp. Edward, von den Jahren und dem Verlust seines Sohns schwer gebeugt, ließ nochmals Lämmer schlachten. Er schlich bedrückt durchs Haus, der Verlust so vieler Lämmer, mit denen er in den kommenden Jahren die Herden hatte vergrößern wollen, schien ihn mehr zu schmerzen als Finns Tod.

Helen hatte sich ebenfalls sehr verändert. Die strenge Großmutter, die immer gewusst hatte, was zu tun war, war nach der Beerdigung dieser halbleeren Holzkiste über Nacht ergraut. Sie hätte mit ihren siebzig Jahren noch das rötlich braune Haar eines jungen Mädchens gehabt, aber der Kummer um Finns Tod hatte sie zerschmettert. Inzwischen ruhte alle Verantwortung für das Haus auf Sarah. Ihr Tagesablauf wurde von den Pflichten bestimmt, die sie ohne zu klagen auf sich genommen hatte.

Sie wachte morgens oft nach nur wenigen Stunden auf, lag wach im Dunkeln und lauschte der Stille, während in ihrem Kopf bereits die einzelnen Aufgaben des Tages Aufstellung nahmen. Sie plante alles genau: wann sie Walter weckte – nicht zu früh, sonst war er schon mittags betrunken. Wann sie mit Großmama Helen die Speisefolge für das abendliche Dinner besprach. Das war das Einzige, worauf Großmama Helen noch immer Morgen für Morgen bestand, schließlich, so sagte sie stets aufs Neue, «kommt Finn heute heim». Sarah ging in Gedanken all die anderen großen und kleinen Arbeiten durch, die das Führen eines Hauses wie Kilkenny Hall an sie stellte und die sie nur mit eiserner Disziplin unter einen Hut brachte.

Wenn sie etwa zwanzig Minuten so dagelegen hatte, stand Sarah auf, wusch sich das Gesicht und den Oberkörper, wählte ein schlichtes Kleid und zog sich an. Dann ging sie in die Küche und schaute dort nach dem Rechten.

Annie war die gute Seele, ohne die sie all das nicht schaffen würde. Sie hielt Izzie zum Arbeiten an, und sie drängte Sarah auch, ein zweites Mädchen zu suchen, denn es ging weiter bergab mit ihrer Großmutter. Man konnte sie kaum mehr unbeaufsichtigt lassen.

Im Frühstückszimmer standen die Fenster weit offen und ließen etwas kühle Luft herein. Sarah blieb eine

Weile einfach vor einem der Fenster stehen, atmete tief durch und war in Gedanken bereits wieder mit ihren Aufgaben befasst.

Annie brachte Kaffee und Toast, die Post und frisches Rührei. Während Sarah frühstückte, ging sie den Stapel Post durch. Sie ließ sich Zeit. Es konnte ja doch ein Brief von Jamie dabei sein, sagte sie sich jeden Tag aufs Neue.

Und jeden Tag aufs Neue, wenn sie wieder enttäuscht wurde, schmeckte der Toast nach Sägemehl und der Kaffee war nur noch bitter.

Großvater war meist der Erste, der zum Frühstück kam. Unrasiert und zerzaust, die Kleidung noch etwas in Unordnung, schlurfte er herein, setzte sich ans Kopfende des Tischs direkt neben sie und schaute sie aus müden Augen an. «Nichts von Jamie?», fragte er dann.

«Vielleicht morgen.» Das antwortete sie immer, und er nickte nur und widmete sich dem Studium der Zeitung.

Sarah legte den Brief beiseite, den sie gelesen hatte. Emily schrieb von Alysons neuesten Streichen und von ihren Schwangerschaftsleiden. Sie tat es so unterhaltsam, dass Sarah gar nicht auf die Idee kam, zwischen den Zeilen Nachrichten von Jamie zu vermissen.

«Wird Zeit, die Schafe langsam ins Tal zu treiben. Man meint's nicht, aber der Winter wird kommen. Ich spüre ihn in den Knochen.» Großvater rieb sich das stoppelige Kinn. «Kommst du mit?»

«Heute Abend ist doch das Dinner. Rob Gregory kommt mit einem Geschäftspartner vorbei, und Großmama hat auch Siobhan und Josie eingeladen.»

Warum Helen das getan hatte, war Sarah ein Rätsel. Helen hasste Siobhan und gab ihr die Schuld daran, dass die Familie so zerrissen war. Finns Tod war nur eine weitere Wunde von vielen, die in der Folge in diese Familie geschlagen worden waren.

Aber vieles von dem, was ihre Großmutter tat, war inzwischen kaum noch mit Logik zu erklären. Allein, wie sie sich an Josie geschmiegt hatte, an das von ihr so abgelehnte Enkelkind, als sie die Nachricht von Finns Tod erhalten hatte! Sie war wirklich sonderbar geworden. Sarah hatte sie einmal überreden können, zum Arzt in Glenorchy zu gehen. Dr. Franklin hatte jedoch nicht viel zu ihrer Genesung beitragen können. «Sie ist verrückt vor Trauer. Das passiert nun mal», hatte er lapidar bemerkt, während Sarah neben Helen saß und ihre Hand hielt. Helen lutschte selig die Tablette, die Dr. Franklin ihr gegeben hatte, weil sie etwas haben wollte, wenn sie schon mal beim Arzt war. Es war nur harmloser Traubenzucker.

«Kommt Ruth auch? Ich hab sie lange nicht mehr gesehen», fragte Großvater jetzt.

«Ich weiß nicht. Eingeladen habe ich sie.»

Noch eine gebrochene Seele, um die Sarah sich kümmern musste.

Manchmal fragte sie sich, was es war, das sie dennoch aufrecht gehen ließ. Vielleicht die Hoffnung, dass Jamie doch noch eines Tages heimkehrte? Vielleicht würde sie sich noch in fünfzehn Jahren an dieser Hoffnung festhalten, vielleicht würde sie damit alt.

Keine schöne Vorstellung, wenn sie ehrlich war.

Aber sie konnte sich nichts anderes vorstellen. Sie wartete hier auf Jamie, und wenn es Jahre dauern sollte. Sie war ihm versprochen, und dieses Versprechen wollte sie um jeden Preis halten.

Auch wenn es bedeutete, dass sie als alte Jungfer sterben musste.

Bloß nicht darüber nachdenken. Jamie kommt heim, ganz bestimmt ...

Sie wollte nicht erleben, dass Jamie nicht heimkehrte, auch nach Jahren nicht. Sie wollte nicht irgendwann anfangen, wieder an sich zu denken und nicht daran, die Familie zusammenzuhalten.

Sie wollte nicht irgendwann Jamies Verlobungsring ins Schmuckkästchen legen und warten, dass ein anderer junger Mann ihren nackten Ringfinger bemerkte und den Rest von ihr.

Viele waren nicht heimgekehrt aus dem Krieg, viele Frauen fanden keinen Mann. Wie wahrscheinlich war es, dass sich ein Zweiter fand, der an ihr Gefallen hatte?

Eine Woche warte ich noch. Einen Monat.
Ein Jahr.

Das Essen war vorzüglich, die Gespräche gefällig und die Hitze hinter den dicken Steinmauern von Kilkenny Hall erträglich. Robert lehnte sich zufrieden zurück und genehmigte sich ein Schlückchen von dem Obstschnaps, den Sarah ausschenken ließ.

Sie war eine hervorragende Gastgeberin, befand er. Sogar Walter O'Brien hatte dieses Dinner ohne große Peinlichkeiten überstanden.

Vermutlich hat sie ihn den ganzen Tag lang trockengelegt, damit er am Abend nicht aus der Rolle fällt.

Da nun alle Gäste entspannt beisammensaßen, war wohl jetzt der richtige Moment, um übers Geschäft zu reden.

Mr. Manning jedenfalls schien derselben Ansicht zu sein. Er räusperte sich, zog ein versilbertes Zigarettenetui aus der Tasche seines Jacketts und ließ es herumgehen, damit jeder in der Runde sich einen Zigarillo nehmen konnte.

«Tabak von meiner Plantage in der Karibik», erklärte er. «Feines Kraut, ich kann Ihnen gerne etwas zukommen lassen.» Walter schnupperte gespielt fachmännisch am Zigarillo. Edward hielt sich mit solchen Spielereien nicht auf. Er hatte sofort die Streichhölzer zur Hand.

Mr. Manning lächelte ihn gewinnend an. «Nur zu, mein Freund. Das wird Ihnen schmecken.»

Sein neuer Geschäftspartner saß Rob gegenüber, direkt neben Josie O'Brien, diesem dunkelhäutigen, wilden Kind, das niemals still sitzen konnte. Aber er hatte die zappelige Vierzehnjährige mit einer Langmut ertragen, die Rob nur bewundern konnte. Er ließ sich von Josie während des Essens erzählen, dass sie Künstlerin werden wolle wie ihre Tante Emily. Aber sie wolle nicht schreiben, sondern malen. Er hatte dazu beifällig genickt und ihr sogar angeboten, ihr Mäzen zu werden.

Wie albern! Natürlich war Josie O'Brien keine Künstlerin, sondern nur ein überdrehtes Kind an der Schwelle zum Erwachsensein. Sie in ihren Träumereien zu bestärken war völlig falsch! Sie sollte sich auf ihre Tugenden besinnen, sollte kochen und backen, sich ein bisschen Bildung aneignen und den hausfraulichen Tätigkeiten widmen ...

«Sie haben viele Plantagen und so.» Walter O'Brien richtete mit schwerer Zunge das Wort an Mr. Manning. Er hob das leere Glas und prostete ihm zu.

Dieser erwiderte den Gruß würdevoll und schweigend. Er lächelte nur fein.

«Wir haben bloß unsere Schafe. Überall. Schafwolle, Lammfleisch, Schafscheiße.»

Sarah schnalzte missbilligend mit der Zunge.

Der alte Drachen Helen, der früher solche Bemerkungen am Tisch nicht geduldet hätte – Rob konnte ein Lied davon singen –, legte den Kopf bloß leicht zur Seite und strahlte ihren ältesten Sohn selig an, ganz so, als habe er soeben die letzte Weisheit des Universums verkündet.

«Ist ein ziemlich hartes Geschäft», fügte Walter hinzu.

«Das denk ich mir», sagte Dylan Manning leise. «Aber sehen Sie, Mr. O'Brien, so habe ich damals auch angefangen. Bei mir war es Baumwolle.»

Walter O'Brien schnaubte. «Baumwolle stinkt nicht. Macht auch nicht so nen Dreck, und ich wette, Sie haben sich damit nicht die Hände schmutzig gemacht.»

Das Lächeln von Dylan Manning blieb freundlich und unverbindlich. Winzige Fältchen gruben sich in seine Augenwinkel, und das Blau seiner Augen richtete sich nacheinander auf Walter, Edward und Helen. «Nun, ich habe auch zu kämpfen gehabt.»

«Zweifellos, natürlich.»

«Man muss auch was riskieren.»

Er schaute nun Edward direkt an. Robs Vater hatte ihm den Tipp gegeben, sich an ihn zu halten.

Edward O'Brien war ein typischer Ire: riskierte viel, ohne groß darüber nachzudenken, was ein Totalverlust für ihn bedeuten könnte, das hatte ihm der alte Dean Gregory verraten. «Im Moment habe ich ein Projekt im Sinn, das viel Fingerspitzengefühl erfordert. Aber auch viel Risikobereitschaft.»

Edwards Augen blitzten vergnügt. «Hört, hört.» Er beugte sich neugierig vor. «Können Sie schon mehr verraten?»

Tatsächlich: Der alte Gregory hatte recht gehabt. Er

hatte Edward O'Briens Interesse geweckt und konnte sich jetzt entspannt zurücklehnen. «Leider nicht», bedauerte er.

Fasziniert beobachtete Rob, wie dieser Manning mit den anderen spielte. Vermutlich würde Edward sein Geld auch dann Dylan Manning in den Rachen werfen, wenn er wüsste, dass er um sein Vermögen gebracht werden sollte. Weil in ihm ein Spieler schlummerte, der einfach nicht anders konnte, als alles auf eine Karte zu setzen.

Mit seiner Geheimniskrämerei hatte Dylan Manning Edwards Neugier natürlich erst recht angestachelt. Eifrig schlug der Alte vor, in den Salon überzuwechseln. Im allgemeinen Aufbruch bemerkte Rob, wie Sarah in Richtung Küche verschwand. Er schlüpfte in die Eingangshalle und machte sich auf die Suche nach ihr.

Sarah fand, dass der Abend ein schöner Erfolg war. Man hatte ihre Speisenfolge gelobt, und alles hatte wie am Schnürchen geklappt. Nun stand sie in der Küche, brühte mit Geduld frischen Kaffee auf und plauderte mit Annie und Izzie, die am Tisch saßen und sich über die üppigen Reste hermachten.

Robert hatte sie heute immer wieder aufmunternd angelächelt. Sie mochte ihn. Früher hatte er sie ständig geneckt und an ihren Zöpfen gezogen, aber inzwischen wirkte er viel ernster, erwachsener. Waren das nur die vier Jahre, die seit Ausbruch des Kriegs vergangen waren? Oder hatte der Krieg selbst das mit ihm gemacht?

Sie hätte ihn zu gerne nach Jamie gefragt. Ob er mehr wusste als sie?

«Sarah?»

Sie fuhr erschrocken herum. Der Kaffeefilter kippelte auf der Kanne, etwas von der schwarzbraunen Brühe schwappte über. Gott sei Dank hatte sie die Schürze angelegt.

«Robert! Hast du mich erschreckt.»

Er grinste verlegen. «Tut mir leid. Ich hab dich gesucht.»

Sie verstand nicht, weshalb ihr Herz plötzlich schneller schlug.

«Und jetzt hast du mich gefunden.» Sie goss heißes Wasser nach und starrte in den Kaffeefilter. Ihre Wangen brannten. Sie hörte Annies Stimme aus weiter Ferne, die Izzie vorschlug, sie könnte den Männern im Stall die Reste vom Lammragout bringen. Rob lehnte sich an die Wand neben dem alten, vernarbten Tisch, und Sarah hörte, wie die beiden Frauen gingen.

«Du siehst hübsch aus heute Abend», stellte er fast beiläufig fest.

«Findest du?» Verlegen fuhr ihre Hand zum Haar. Sie hatte die schwarzen, schweren Locken hochgesteckt. Ihre Hand streifte den Nacken, und sie zuckte zurück.

«Finde ich, ja. Besonders dein Kleid.»

Sie lachte nervös. «Das ist doch nichts Besonderes.» Nur ein violettes Seidenkleid aus Vorkriegszeiten. Sie hatte es bei der damals in aller Eile anberaumten Verlobungsfeier getragen.

Die schien nun ein ganzes Leben weit hinter ihr zu liegen.

«Es steht dir aber so gut.»

Ihr Herz schlug bis zum Hals.

Macht er mir etwa den Hof? Er weiß doch, dass ich mit Jamie verlobt bin …

«Ich hab mich gefragt, ob du Lust hast, am Sonntag zu uns zum Mittagessen zu kommen. Nach dem Kirchgang ...

Er macht mir tatsächlich den Hof!

«Ich weiß nicht.» In ihr sträubte sich alles gegen die Vorstellung, Sonntagmittag bei den Gregorys am Tisch Platz zu nehmen. Man könnte, ja, man musste es falsch deuten.

«Mein Vater würde dich gern näher kennenlernen. Er mag dich.» Robert trat näher, die Hände in den Hosentaschen vergraben. «Er hat nicht mehr viel Grund zur Freude, seit er nicht mehr gesund ist, weißt du?»

Sie nickte, obwohl sie so gut wie nichts über Dean Gregory wusste.

«Bitte, Rob, ich kann nicht.» Sie drehte sich zu ihm um und erschrak, weil er plötzlich direkt vor ihr stand. «Versteh doch ...»

Ihr Herz drohte fast den Brustkorb zu zersprengen. Er war ihr so nah, dass sie nur die Hand hätte heben müssen, um ihn von sich zu stoßen, ganz sanft. Sie rührte sich nicht. Rob strich ihr eine verirrte Strähne aus der Stirn. «Ich verstehe.» Seine Stimme klang rau. «Ich hatte nie eine Chance.» Der Blick seiner dunkelgrünen Augen grub sich in ihre. Sie wollte etwas sagen, doch dann beugte er sich einfach vor und küsste sie auf den halboffenen Mund.

Er schmeckte nach Obstschnaps und dem Dessert. Der Kuss war nur ganz kurz, und unwillkürlich schloss sie die Augen. Es war falsch, so falsch, was sie ihm da gestattete! Aber es ließ sie erbeben, und ihr Körper wollte mehr davon.

«Überleg es dir. Du bist uns jederzeit willkommen.»

Ein letzter Blick, dann verschwand er so schnell, wie er gekommen war.

Emilys Briefe aus Dunedin wurden seltener, und sie umging geschickt Sarahs besorgte Fragen nach Jamie. Inzwischen war ein knappes halbes Jahr ins Land gezogen, seit er aus Europa heimgekehrt war. Sarah sah, wie der Sommer kam und ging. Sie half Annie in der Küche und im Garten, verbrachte ihre freie Zeit mit Handarbeiten und übernahm auch die Aufgaben, die eigentlich einem Dienstmädchen zukamen, weil Izzie allein all die Arbeit nicht bewältigen konnte. Abends blieb sie nicht lang bei Edward und Helen im Salon. Walter ging ohnehin früh zu Bett, stets eine Flasche Whisky im Arm, die er irgendwann in den Schlaf wiegte. Im Haus herrschte etwas Erdrückendes, Dunkles, vor dem sie nicht fliehen konnte.

Sie hoffte so sehr, Jamies Heimkehr würde es endlich besser machen. Wie Dornröschen, nur wach, wartete sie darauf, endlich ins Leben geküsst zu werden.

Nach langem Zögern nahm sie Robs Einladung an, zum sonntäglichen Mittagessen zu seinen Eltern zu kommen. Dort war es nicht so steif, wie sie befürchtet hatte. Diane Gregory brachte einen guten Schweinebraten mit Kartoffelstampf und Gemüse auf den Tisch, zum Nachtisch servierte sie eine Schokoladentorte. Es kamen nun wieder bessere Zeiten, und zuerst erreichte der neue Überfluss jene, die davon lebten, an die anderen zu verkaufen, was es endlich wieder auf dem Markt gab.

Sarah amüsierte sich gut bei den Gregorys, und anschließend brachte Rob sie heim. Als er sie zum Abschied küsste, ließ sie es geschehen, doch im letzten Moment wandte sie den Kopf ab, weil sie glaubte, eine Bewegung hinter einem der Fenster im oberen Stockwerk von Kilkenny Hall wahrzunehmen. Sein Kuss berührte nur ihren Mundwinkel, und sie verabschiedete sich hastig. Als er sie ein zweites Mal einlud, lehnte sie höflich ab.

Anfang Mai wurde es erstaunlich mild. Es war ein Donnerstag, und sie beschloss, noch mal alle Fenster im Erdgeschoss zu putzen. Gerade stand sie auf der Leiter und streckte sich, um in Walters Arbeitszimmer die Spinnweben aus den oberen Fensterecken zu wischen, als Schritte auf dem Kies knirschten, unsicher und unregelmäßig. Wie von einem, dessen Körper nicht im Gleichgewicht war.

Sie verharrte mitten in der Bewegung.

Sie blickte auf.

Wenn sie in den vergangenen viereinhalb Jahren an ihn gedacht hatte, hatte sie immer nur den Neunzehnjährigen vor sich gesehen, dessen sandfarbenes Haar sich vor Aufregung sträubte. Dessen Wangen gerötet waren, weil er so sehr darauf brannte, in den Krieg zu ziehen.

Jetzt stand vor ihr eine Schwarzweißaufnahme des Jungen, eine alte, verblasste, gealterte. Das Haar hatte er sich kurz scheren lassen wie ein Strafgefangener, die Haut war bleich, als habe er den ganzen Sommer im Haus verbracht. Die Kleider schlotterten an seinem Leib, und statt eines Gürtels hatte er nur ein Seil um die Hüften gebunden. Was er besaß, hatte er in ein Bündel gepackt, das nun aus seiner rechten Hand fiel und in den Kies klatschte.

«Jamie», flüsterte sie.

Es hätte zu lange gedauert, durch das Haus nach draußen zu laufen. Sie stieg die zwei Stufen der Leiter hinab, kletterte auf die Fensterbank und sprang zwischen die beiden Rosenbüsche. Sofort wieder auf den Beinen, raffte sie die Röcke und lief ihm entgegen.

Zwei Schritte vor ihm blieb sie stehen. Sie spürte seinen Blick, in dem nur Leere lag, kein Erkennen. Ihr Putzkleid und die groben Schuhe wurden ihr ebenso bewusst wie das staubige Tuch, das sie sich um das Haar gebunden hatte.

«Jamie», wiederholte sie, und in diesem Moment schien er aufzuwachen. Er lächelte, und seine Stimme klang sogar kräftiger als ihre. «Sarah.»

Dann umarmten sie sich. Es war eine linkische Umarmung, weil sie mit beiden Armen gerechnet hatte und nicht mit dem einen, der sie an seinen harten, abgemagerten Leib zog. Ihr Gesicht landete in seiner Halsbeuge, und er war es. So sehr war er Jamie, dass sie weinen musste, weil er sich zugleich so fremd anfühlte.

Unbeholfen glitt seine Hand über ihren Rücken, und er murmelte etwas, das sie nicht verstand. Sarah hob ihm das Gesicht entgegen. «Es tut mir leid», wiederholte er.

Sie umfasste sein Gesicht mit beiden Händen. «Dir muss gar nichts leidtun», verkündete sie. «Du bist hier, das ist die Hauptsache.»

Er schüttelte den Kopf. «Du verstehst nicht.»

Ratlos sackten ihre Hände herunter. «Was verstehe ich nicht?»

Er war doch hier! Sie konnten nun heiraten, und dann würde alles gut. Alles war, wie es sein sollte, wenn er sie nur nie wieder alleine ließ. Und dafür würde sie schon sorgen.

Ehe Jamie antworten konnte, stürzte Helen aus der Haustür. Sie lief ihrem Jüngsten entgegen, ein kläglicher

Laut entfuhr ihr, und sie wäre beinahe gestürzt. Jamie umschloss auch sie mit dem gesunden Arm und hielt sie, während Helen weinte und wimmerte.

Die anderen kamen nun auch. Edward folgte seiner Frau und wartete, bis sie sich von Jamie löste Er begrüßte Jamie mit einem herzhaften Schulterklopfen, und sie blickten einander an, als wüssten sie alles über die Welt da draußen. Annie kam, zusammen mit dem Stubenmädchen, das Jamie noch gar nicht kannte. Izzie knickste verlegen, während Annie seine Hand nahm und sie beständig schüttelte und dabei murmelte: «Eine Freude, so eine Freude, Sie gesund wiederzusehen.» Jamies gequältes Lächeln sah sie nicht.

Zuletzt kam Walter, den der Aufruhr im Hof angelockt hatte. Er spürte, wann immer es etwas zu feiern gab, weil es dann auch Schnaps gab, und Schnaps war immer gut. Die Brüder umarmten einander, doch diesmal schien Jamie der Gefestigte zu sein, der den Älteren stützte. «Bruderherz, dass ich das noch erleben darf!» Obwohl er ein geübter Trinker war und es noch nicht mal Zeit fürs Mittagessen war, lallte Walter bereits.

«Kommt doch erst mal ins Haus!» Helen wischte sich mit der Schürze Tränen aus dem Augenwinkel. «Annie, den guten Kaffee darfst du heut aufbrühen, für diese besondere Gelegenheit hab ich ihn aufgehoben.»

Sie begaben sich in den Salon. Sarah wich Jamie nicht von der Seite, und als er versuchte, sich auf einen Sessel zu setzen, dirigierte sie ihn mit sanftem Druck zum Sofa.

So lange hatte sie auf seine Heimkehr gewartet, dass sie ganz dicht neben ihm bleiben wollte, sonst verschwand er womöglich wieder.

Sobald sie saß, stand er aber auf und setzte sich ihr

gegenüber auf den freien Sessel. «Ich möchte dich anschauen», erklärte er, und sie lächelte tapfer.

Im ersten Moment hatte sie über den leeren Ärmel, der mit einer Sicherheitsnadel hochgesteckt war, hinwegsehen können. Jetzt fiel es ihr schwer. Sie sah ihn, wie er jetzt war, und dieses Bild ließ sich nicht vereinbaren mit dem, das sie in all den Jahren hochgehalten hatte. Verschwunden war der Neunzehnjährige mit den Grübchen in den Wangen, wenn er sie anlächelte. Dieser Jüngling, den sie im Herzen bewahrt hatte, hatte einem müden Mann Platz gemacht, den zu berühren sie sich scheute.

Alle redeten munter durcheinander, sie schnatterten und plauderten, und Helen setzte sich auf die Sessellehne zu ihrem Sohn, ein unpassendes und für ihre steife Art untypisches Verhalten. Sarah musste wegsehen.

Er scheute ihre Nähe. Sie spürte es an seinen Blicken, seinen Bewegungen und daran, wie er allem auswich, was von ihr kam.

Annie fuhr den Teewagen herein, auf dem sie, wie sie verlegen murmelte, «einen kleinen Imbiss» hergerichtet hatte. Auf zwei Tellern türmten sich Sandwiches, und auf der Glasetagere lagen die Petits Fours und die Kekse, die Sarah erst vor wenigen Tagen aus den Schätzen zubereitet hatte, die sie monatelang für den Hochzeitskuchen gehortet hatte. Ehe sie verdarben, hatte sie gedacht, konnte sie die Sachen genauso gut verarbeiten.

Jamie winkte ab, als Helen ihm davon anbot. «Ich hab keinen Hunger.»

Sogar seine Stimme hatte sich verändert. Tiefer und reifer war sie, vor allem aber härter. Wie ein geschliffener Brillant, so pointiert und verletzend, dass man sich daran schneiden konnte.

«Aber die hat Sarah gemacht», beharrte Helen.

Sein Blick irrte an Sarah vorbei. «Danke, nein.»

Jetzt hatte sie genug davon. Heftig sprang sie auf, schob sich an Walter vorbei, der auf den Platz neben ihr plumpste und grüßend seine Schnapsflasche hob. Manchmal war es Sarah ein Rätsel, woher er das Zeug immer wieder bekam, aber anscheinend waren Zeiten des Mangels für einen Trinker kein Hindernis.

Sie nahm Annie die leere Porzellankanne ab und stürzte aus dem Salon, quer durch die Eingangshalle. Fast hatte sie die Küchentür erreicht, als jemand den Türklopfer betätigte.

Weil Annie noch damit beschäftigt war, von Jamies Kindertagen zu erzählen, als sie ihn auf dem Schoß gewiegt hatte, ging Sarah und öffnete.

«Ruth.» Erstaunt musterte sie ihre Tante.

«Ist er da?» Sie wollte sich an Sarah vorbeidrängen, aber selbst dabei geriet sie aus dem Takt. Alles misslang ihr, seit Finn tot war.

Sie sieht noch immer schlecht aus, dachte Sarah. Erholte man sich denn nie von diesem Verlust?

Ruth trug ein verwaschenes dunkelgraues Kleid, das an den Ellbogen ganz speckig und verschlissen war. Die Manschetten waren abgewetzt, auf dem Rock prangte ein Fleck, den sie wohl nicht hatte auswaschen können. Trug sie seit Finns Tod je etwas anderes als dieses Kleid? Hatte sie überhaupt noch andere Sachen? Wovon lebte Finns Familie, seit er nicht mehr für seinen Vater und die Schaffarm arbeitete? Seit kein Sold mehr hereinkam? Gab es eine Rente, da er im Kampf gestorben war? Wenn, dann konnte es nicht viel sein, bestimmt nicht genug, um Ruth und die fünf Kinder durchzubringen.

«Sie sind im Salon.» Sarah trat beiseite und ließ Ruth vorbei. Jamie war heimgekehrt.

Und irgendwie, das wusste sie, würde ihr gelingen, dass alles wieder gut wurde.

Sie wusste nur nicht, wo sie anfangen sollte.

Er hatte es sich all die Wochen in Emilys Gästezimmer so schwer vorstellen können, wie es sein würde, wenn er heimkam. Bestimmt, so dachte er, würden sie ihm keine Ruhe gönnen, ihn mit Fragen bestürmen, und jeder würde sich am eigenen Leib davon überzeugen wollen, dass er lebte.

Nur darum hatte er Sarah umarmt, als sie wie ein Kobold aus dem Fenster sprang und auf ihn zueilte. Damit das Schlimmste schnell ausgestanden war. Es kostete ihn Überwindung, das Gesicht nicht in ihrem nach Mandel und Zimt duftenden Haar zu vergraben. Sarah nahm immer den Duft der letzten Mahlzeit an, die sie zubereitet oder zu sich genommen hatte, er haftete an ihr wie eine dünne zweite Haut. Er stellte sich vor, wie sie zum Frühstück Haferflockensuppe gegessen hatte, mit Mandelblättchen und Zimt bestreut, ganz wie sie's mochte.

Sarah war nicht zurückgezuckt. Sie hatte ihn umarmt, als gehörte der fehlende Arm schon zu ihm.

Die anderen zögerten mit Blicken und Gesten und ihren Umarmungen, obwohl er nicht sicher war, ob sie es überhaupt merkten. Er ließ alles über sich ergehen, er war es längst gewohnt. Nur die kleine Alyson hatte ihn vorbehaltlos berühren können ohne seinen Arm.

Im Innern von Kilkenny Hall war es einfacher. Sie respektierten seinen Wunsch, noch nicht völlig in den Kreis der Familie eingeschlossen zu werden. Wie ein waidwundes Tier, das sich nur zögerlich wieder in die Mitte seiner Artgenossen begibt.

Dass seine Mam sich nicht schrecken ließ wie die anderen, akzeptierte er ergeben.

Am schlimmsten war aber, dass er Sarah wehtun musste. Er konnte nur ahnen, wie sehr seine Heimkehr in ihr die Hoffnung schürte, nun könne doch noch alles gut werden. Eine Hoffnung, die wie Unkraut für seinen Seelenfrieden war. Denn mit ihm konnte sie unmöglich glücklich werden. Wozu taugte er schon? Der Familie auf der Tasche liegen, ja. Das konnte er wohl, aber sonst? Mit einem Arm ließen sich nun mal keine Schafe scheren.

Sie hatten ihre Ordnung gefunden im Salon, nachdem Sarah verschwunden war. Jamie entspannte sich. Er ließ sich von Walter einen Schnaps einschenken, obwohl Walter nicht gern teilte. Schließlich war es schwer, an Alkohol heranzukommen. Und er nahm auch Edwards fertig gestopftes Pfeifchen gerne an. Das Streichholz riss er selbst an, schmauchte zwei-, dreimal und nickte beifällig. Ein gutes Kraut, das sein Vater da für besondere Gelegenheiten aufbewahrt hatte.

Sie hatten auf ihn gewartet.

Auf die nächste Besucherin war keiner vorbereitet, schon gar nicht auf die stille Wut, die mit ihrem Eintreten einer klebrigen Welle gleich durch den Raum strömte. Anklagend blickte sie Jamie an, und er senkte schuldbewusst den Blick.

Er wusste, was sie ihm vorwarf. Jeder im Raum wusste das, und keiner sprang ihm zur Seite.

Ihm fehlten die Worte, um seinem Bedauern Ausdruck zu verleihen. Was sollte er auch sagen? Dass es ihm leidtat, noch zu leben? Dass er gerne für Finn gestorben wäre?

Vielleicht war dies die wichtigste Erkenntnis seiner Heimkehr: Es wäre gelogen, das zu behaupten. Sein Leben war kaum noch etwas wert, und es wegzuwerfen schien verlockender, als es zu leben, zumal er schuld war, dass Finn und Aaron sich überhaupt freiwillig gemeldet hatten. Aber dieses bisschen Leben, das er gegen kein anderes in die Waagschale zu werfen vermochte, war ihm immer noch lieber als das Dunkel dahinter.

Ja, er wollte leben.

Mit Ruths Eintreffen konzentrierten sich die anderen auf sie und gaben ihm eine Atempause. Er beobachtete, wie man ihr heißen Kaffee einschenkte, die feinsten Pralinen aufdrängte und sie ermutigte, im Sessel direkt vorm Kamin Platz zu nehmen, der eigentlich Edward vorbehalten war. Da begriff er, dass sie seit Kriegsende genauso wenig Gast hier oben in Kilkenny Hall gewesen war wie er.

Das besorgte Gackern der anderen überging sie. Ihr Blick war auf ihn gerichtet, als gebe es etwas, das zwischen ihnen ausgetragen werden musste.

Jamie bekam Angst.

Es gab nicht viel, was er fürchtete. Aber den Zorn der Gerechten fürchtete wohl jeder.

«Geht es dir gut, Junge?» Edward stand neben seinem Sessel.

«Alles bestens, Pop.» Er wollte sich keine Blöße geben.

Sein Vater nickte. «Hast lang nichts von dir hören lassen.»

«Jetzt bin ich ja hier.»

Wieder nickte er, bedächtig und zufrieden. «Gibt viel

zu tun. Wir können jede Hand gebrauchen.» Und als fiele ihm ein, dass Jamie nur noch eine hatte, fügte er hinzu: «Jede einzelne.»

«Ich weiß, Pop.»

Sein Vater wollte noch etwas sagen, doch jetzt erhob Ruth ihre Stimme, eine Stimme, die brüchig war vom Schmerz. «Ihr habt mir meinen Mann weggenommen», sagte sie so leise, dass sofort jeder verstummte. «Ihr habt ihn umgebracht.»

Das Schweigen wurde vom leisen Klappern der Kaffeelöffel unterbrochen. Helen rührte so heftig in ihrer Tasse, dass der Kaffee überschwappte.

«Gebt's doch zu – euch ist egal, was aus uns wird. Aus seinen Kindern und aus mir.»

«Das ist nicht wahr.» Edward versuchte die Woge zu glätten, die über alle hinwegzubranden drohte. «Du weißt, dass wir immer für dich da sind. Musst nur kommen und um was bitten, dann kriegst du's sofort.»

Ihr Kopf fuhr zu ihm herum. «Ach ja? Geld zum Beispiel, das Finn nicht mehr heimbringt? Du hast ihn immer so kurzgehalten, hast ihm nicht mehr gezahlt als unbedingt nötig, weil die Schafzucht angeblich nicht genug abwarf. Für euren feudalen Landsitz hat's natürlich gereicht, aber nicht für euren Sohn, der Tag und Nacht bei den Herden war. Hunderte Lämmer hat er für euch geholt, es gäbe Kilkenny Farm nicht mehr ohne seine Tatkraft. Und das ist der Dank?»

Ihre Stimme steigerte sich zu einem heiseren Krächzen. Sie musste husten.

Alle schwiegen betreten.

Jamie konnte nur raten, was im letzten halben Jahr hier vorgefallen war.

«Ich wäre gern bei ihm gewesen», sagte er leise. «Und wär für ihn gestorben.»

«James O'Brien!» Sein Vater funkelte ihn wütend an. «Ich lass nicht zu, dass in meinem Haus so geredet wird!»

Er beachtete ihn nicht, sondern begegnete Ruths zornigem Blick. «Du musst mir glauben», beschwor er sie. «Für Finn wäre ich gestorben.»

Sie schüttelte bloß den Kopf, als wäre das noch lange nicht genug. «Ich will Geld», sagte sie. «Und dann verschwinde ich mit den Kindern. Hier ist ja kein Platz mehr für mich.»

«Ach, Ruth, nein!» Seine Mam rutschte von der Sessellehne. Sie setzte sich zu Ruth, nahm ihre Hände. Unablässig strichen ihre Daumen über die Schwielen. «Das darfst du nicht. Wir haben es doch immer so schön!»

Dies war der Moment, da Jamie sich fragte, was mit seiner Mutter passiert war. Emily hatte erzählt, was Sarah darüber schrieb. Aus den zarten Andeutungen hatte er aber lange nicht heraushören können, wie schlimm es wirklich um sie stand.

Sie war ganz klein geworden. Schwarz wie eine Krähe. Und jetzt flatterte sie unablässig um Ruth herum, als bereite es ihr Angst, noch ein Familienmitglied zu verlieren.

Früher hätte seine Mutter der Schwiegertochter ins Gesicht gelacht und sie aufgefordert, einfach zu verschwinden.

Er war wohl nicht der Einzige, den dieser Krieg verändert hatte.

9. Kapitel

Weil Großmama darauf beharrte, ein großes Fest zu feiern, um Jamie willkommen zu heißen, war Sarah in der kommenden Woche nun auch noch damit beschäftigt, dieses Fest zu organisieren.

«Er ist doch alles, was mir geblieben ist!», beharrte Großmama Helen weinerlich, als sie versuchte, ihr diese Verrücktheit auszureden. Sarah erinnerte sie lieber nicht an Walter und Emily. Oder an Josie, an Ruth und die Kinder. Für ihre Großmutter hatte es seit Finns Tod nur noch eine Hoffnung gegeben: dass ihr wohlgeratener Jamie heimkehrte und alles wieder gut würde. Dass er Sarah heiratete.

In ihren dunklen Stunden wartete sie weiterhin auf Finn. Alles musste seine Ordnung haben, «falls Finn heute kommt». Und Sarah ließ es ihr durchgehen, weil sie sich nicht anders zu helfen wusste. Bekam Großmama Helen nicht, was sie wollte, tobte sie. Wie ein Kind war sie inzwischen, konnte keinen ihrer Impulse kontrollieren. Es schmerzte Sarah. Immer war die Großmutter ihr ein leuchtendes Beispiel gewesen, und sie jetzt in dieser geistigen Verwirrung zu sehen machte Sarah hilflos.

Wenn jemand Ruth erwähnte, fiel Helen in eine merkwürdige Starre. Sie blickte ins Leere, sagte keinen Ton, bis es einem Familienmitglied gelang, sie abzulenken. Meist fand nur Großpapa Edward die richtigen Worte. Als wäre Ruth mit Finn gestorben.

Von dem Willkommensfest für Jamie ließ sie sich partout nicht abbringen, und da dieses Fest sie mit einer Freude und Klarheit erfüllte, die Sarah lange nicht bei ihr erlebt hatte, gewährte sie ihr diesen Wunsch.

Derweil musste Sarah sich aber ganz anderen Problemen stellen. Jamie hatte sein altes Zimmer neben ihrem bezogen, doch obwohl sie nachts nur eine dünne Wand trennte, durch die sie früher spätabends vor dem Einschlafen immer Klopfzeichen geschickt hatten, musste sie sich recht bald einer unangenehmen Wahrheit stellen: Jamie ging ihr aus dem Weg.

Er stand später auf als sie, meist erst, wenn sie sich bereits den täglichen Pflichten widmen musste. Saß sie im Salon, schlich er durch die Eingangshalle, ohne bei ihr vorbeizuschauen. Tagsüber trieb er sich meist draußen herum, bei den Schafherden, weil er sich dort nützlich machen wollte. Und abends, wenn sie für die Familie den Tisch deckte und auf der gemeinsamen Mahlzeit bestand, war er maulfaul. Allenfalls Großmama konnte ihm mit ihren kindlichen Stimmungen ein paar Worte entlocken. Er wich Sarahs Fragen ebenso aus wie ihren Blicken. Für ihn existierte sie einfach nicht.

«Du musst Geduld mit ihm haben», sagte Edward ein ums andere Mal, wenn Jamie nach dem Essen wieder einmal aufstand und sich entschuldigte. Das Klappen der Tür hinter seinem Rücken war das lauteste Geräusch in ihrem Leben geworden.

Großpapa Edward und sie waren übrig geblieben. Großmama zählte nicht mehr. Sarah neidete ihr manchmal, wie unbedarft sie geworden war, doch vermisste sie zugleich die ordnende Hand ihrer Großmutter. Helen hatte immer gewusst, was richtig war und was falsch.

Großpapa Edward kümmerte sich aufopferungsvoll um die Schafherden. Doch auch er wurde alt, und Sarah wollte ihm nicht auf ewig zumuten, die Verwaltung allein auf seinen Schultern zu tragen.

Blieb nur Walter, und Walter taugte zu nichts, das wusste jeder im Haus.

Seit knapp einer Woche war Jamie schon zurück, als Großmama sich eines Morgens zu Sarah in die Küche gesellte. Eine Kiste mit Schnapsflaschen stand auf dem Tisch. Großmama blickte sie aus großen Augen an.

«Du gibst doch das Fest für Jamie?», fragte sie.

Sie war ein Kind im Körper einer alten Frau geworden.

Sarah blickte von ihrer Arbeit auf. «Aber natürlich, Großmama. Ich habe schon alles arrangiert.»

«Er macht dir bestimmt noch mal einen Antrag.» Zufrieden verschränkte sie die Arme vor der Brust. «Das muss er, der erste ist so lange her.»

Sarah stand auf, schenkte ihnen frischen Kaffee ein und stellte ein Tellerchen mit Keksen zwischen sie auf den Tisch.

«Wie meinst du das?», fragte sie vorsichtig. Geistig nicht auf der Höhe, schön und gut, aber wenn sie etwas hörte, gab sie es getreulich plappernd überall wieder.

«Na hör mal, das gehört sich doch so! Fast fünf Jahre ist es nun her, seit er um deine Hand angehalten hat. Jetzt bist du schon fast eine alte Jungfer, da wird's Zeit für einen Hochzeitstermin.»

Sie hatte also nichts Neues gehört. Schade. Kurz hatte Sarah geglaubt, gehofft, Jamie habe seiner Mutter gegenüber etwas erwähnt. Oder Edward wüsste mehr.

«Was machst du da, Kind?» Großmama mampfte zufrieden einen Keks. Früher hatte sie sich kleine Naschereien zwischen den Mahlzeiten immer streng verboten.

«Ach, das ...» Sarah drehte die Flasche in ihren Händen und zeigte Großmama das Etikett. «Ich kümmere mich um Walters Schnaps, weißt du?»

Großmama nickte begeistert. «Da hätte ich viel früher draufkommen können.» Sie kicherte. «Du gießt den Schnaps ab und füllst Wasser rein, stimmt's?»

«So ungefähr.» Es war ihre letzte Hoffnung, Walter vom Schnaps zu entwöhnen. Inzwischen kämpfte sie jeden Tag denselben Kampf mit ihm, und er hatte sich schließlich bereiterklärt, nicht mehr als eine Flasche pro Tag zu trinken.

Eine Flasche! Das war schon verrückt genug. Aber anders ging es nicht, sie hatte ja schon alles versucht. Gab sie ihm eine Flasche für zwei Tage, konnte sie sicher sein, dass er am Abend des ersten Tages die Flasche schon geleert hatte und um eine zweite bettelte.

Deshalb hatte sie begonnen, den Schnaps zu strecken. Erst ganz vorsichtig, um zu schauen, ob er das merkte. Aber er klagte nicht, trank und holte sich jeden Morgen seine Flasche in der Küche ab. Die Kisten verwahrte sie inzwischen im Keller hinter Schloss und Riegel.

«Du bist wirklich ein geschicktes Hausfrauchen.» Helen lächelte zufrieden. Sie fuhr mit beiden Händen durch ihr Haar, das wild in alle Richtungen abstand. «Hab ich mich heute früh nicht gekämmt?», fragte sie erschrocken.

So war es mit ihr. Sie kam völlig planlos von einem Gedanken auf den nächsten.

«Komm, wir setzen dich im Wintergarten in die Sonne. Es wird dir guttun, etwas im Warmen zu sitzen.»

Großmama saß steif auf dem Stuhl, den Blick auf den vollgekrümelten Tisch gerichtet.

«Es ist so still. Wo ist Finn?» Suchend schaute sie sich um.

Sarah schluckte.

Wäre ich auch so verrückt geworden, wenn Jamie nicht heimgekommen wäre? Hätte ich dann auch hier gesessen und die Krümel mit den Fingern aufgestippt?

«Kommst du?», fragte Sarah leise.

Helen hob den Kopf. Sie schaute durch Sarah hindurch.

Vielleicht braucht sie diese Verrücktheiten und das Vergessen, um weiterleben zu können.

Zittrig stand Großmama auf. Sie ließ sich ohne Widerspruch von Sarah in den Salon und von dort in den Wintergarten führen. «Aber wenn die Gäste kommen, sagst du mir Bescheid? Ich muss mich noch umziehen.»

«Versprochen.» Unbeholfen streichelte Sarah ihren Arm.

Das Fest war erst in vier Tagen.

«Josie hält sich für was Besseres, dabei sieht sie aus wie ein Negerkind.»

«Guck sie dir doch an, wie sie dasitzt und ihre komischen Bildchen von den Wilden malt.»

Sofort schossen ihr wieder die Tränen in die Augen. Josie biss sich auf die Unterlippe und versuchte, die Stimmen der anderen Mädchen auszublenden. Verbissen arbeitete sie weiter an ihrer Zeichnung, ohne sich beirren zu lassen.

Der Zeichenunterricht gehörte zu den liebsten Stunden der Woche im Internat. Hier durfte sie nach Herzenslust zeichnen, während die Lehrerin durch die Reihen ging, einigen Mädchen Tipps gab und sie leise lobte.

Die meisten von ihnen hatten etwa so viel Phantasie wie ein Schaf, fand Josie. Ihnen musste man immer ein Motiv vorgeben. Eine ganze Gruppe hatte sich um einen Strauß Blumen in einer schlichten Vase versammelt und versuchte, diese abzuzeichnen.

Für Josie war dieser Blumenstrauß keine Herausforderung. Rasch hatte sie mit wenigen Strichen die verschiedenen Blüten skizziert, getrocknete Lupinen und Wicken, denen sie mit zarten Pastelltönen Farbe verlieh. Den als Vase dienenden Tonkrug gestaltete sie mit einem erdigen Braun als Kontrast. Schon bald war sie fertig, setzte ihren Namen in die Ecke und widmete sich wieder dem anderen Bild, an dem sie seit Tagen in jeder freien Minute zeichnete.

«Das sieht hübsch aus.» Miss Ellington blieb schräg hinter Josie stehen. Sie betrachtete die Blumenzeichnung. «Sehr schön, Josie.»

Lächelnd blickte Josie zu ihrer Kunstlehrerin auf. Sie saugte ihre Worte auf, wollte so gern damit das hämische Kichern aus der letzten Bank überblenden, das nachgeäffte «sehr schön, Josie!», das die Mädchen einander weiterreichten wie einen Staffelstab.

«Und was malst du jetzt?»

Verlegen zeigte Josie ihr die Zeichnung. Miss Ellington runzelte die Stirn, weshalb Josie rasch erklärte: «Das ist mein Vater.»

Dies schien Miss Ellington noch mehr zu beunruhigen, denn die winzigen Fältchen in ihrer Stirn vertieften sich. «Aber Josie ...»

«Er war ein Maorikrieger», sagte Josie. «Meine Mutter hat mir erzählt, er sei sehr gebildet gewesen. Er hat sogar Homer gelesen.» Das war eines der wenigen Details, die Josie ihrer Mutter über Amiri hatte entlocken können. «Gefällt es Ihnen?»

Miss Ellington betrachtete die Zeichnung eingehend. Es war eine Variation des Themas, das Josie in den letzten Wochen und Monaten unablässig immer wieder gezeichnet hatte: der Maori in europäischer Kleidung und mit Stammestätowierung, die sich in phantasievollen Schwüngen über die linke Gesichtshälfte zog. Auf diesem Bild stand er, die Hände in den Jackentaschen vergraben, inmitten einer Schafherde, um die ein Hütehund kreiste. Seinen Mund umspielte ein leises Lächeln, fast sah es aus, als zwinkere er dem Betrachter verschwörerisch zu.

«Vielleicht solltest du doch lieber wieder Blumen zeichnen», sagte Miss Ellington schließlich. Sie legte Josie die Hand auf die Schulter. «Das ist ein Motiv, das besser zu einem jungen Mädchen wie dir passt.»

Josie nickte. Ihre Unterlippe bebte, und sie musste kurz den Kopf abwenden. Miss Ellington mochte ihr Bild nicht.

Ausgerechnet ihre über alles geliebte Lehrerin nahm an der Zeichnung Anstoß.

«Du kannst doch so schöne Blumen malen», versuchte Miss Ellington, sie zu trösten. «Vielleicht magst du ja deinen Klassenkameradinnen helfen, die noch ein paar Probleme haben?»

Bestimmt nicht. Die anderen Mädchen fanden schon

jetzt genügend Gründe, über Josie herzuziehen. Ihnen zu helfen, war das Letzte, was Josie wollte. Sie schluckte, nickte aber dann tapfer und wartete, bis Miss Ellington zu ihrer Sitznachbarin Elizabeth weitergezogen war. Diese wurde sanft getadelt, weil sie schon wieder verträumt aus dem Fenster schaute, statt sich der Aufgabe zu widmen.

«Hilfst du mir?»

Josies Kopf ruckte hoch. Mit ihrem Skizzenblock und der Dose mit den Kreiden in der Hand stand Susan vor ihr. Sie hielt ihren Block hoch und zeigte eine Strichzeichnung, die eine Sechsjährige vermutlich besser hinbekommen hätte. «Ich bin einfach zu doof, glaube ich», meinte sie und lächelte treuherzig.

«Ja, gerne.» Josie machte ihr Platz, obwohl sich in ihr das unangenehme Gefühl breitmachte, dass sie ihr Entgegenkommen bereuen könnte. Susan war die Wortführerin. Sie war auch nicht so schlecht in Kunst, wie sie Josie glauben ließ. Irgendwas führte sie im Schilde, aber Josie wollte einfach glauben, dass es ihr mit Freundlichkeit gelingen konnte, die grausame Susan umzustimmen.

«Wie machst du das nur?» Susan hockte sich dicht neben sie und guckte neugierig auf Josies Skizzenblock.

Josie zuckte mit den Schultern. «Keine Ahnung, ehrlich gesagt», gab sie zu. «Ich fange einfach an und dann … na ja. Erst mal legt man fest, wie die einzelnen Teile des Bilds in Proportion zueinander stehen …»

Während sie es erklärte und eine zweite Vase nebst Trockenblumen aufs Papier warf, ließ Susan sie nicht aus den Augen. Ihr Blick machte Josie nervös.

«Wie geht das?»

«Na ja, dann fängst du an, die einzelnen Blüten …»

«Das meine ich nicht», unterbrach Susan sie ungeduldig. «Ich wollte wissen, wie man so verrückt wird zu glauben, dass der eigene Vater ein Maorihäuptling sei.»

Ein paar andere Mädchen in der Reihe hinter ihnen kicherten. Miss Ellington ermahnte sie von ihrem Pult aus zur Ruhe.

«Nun?»

Josie spürte, wie heiße Röte in ihr Gesicht stieg. «Ich ... aber es ist so», stotterte sie.

«Klar. Du hast schwarze Haare, also ist dein Papa ein Maori», spottete Susan. «Was kommt als nächstes? War dein Opa Monet, weil du *so toll* malen kannst?» Sie flüsterte nur und beugte sich zugleich scheinbar interessiert vor. «Ich dachte, dein Vater wär ein Säufer.»

«Das ist nicht wahr!», fuhr Josie auf.

«Mein Vater sagt, oben bei euch in Kilkenny liegt alles im Argen. Keiner will was mit euch zu schaffen haben, weil dein Vater trinkt und deine Onkel unfähig sind. Deine Großmutter ist verrückt geworden nach dem Krieg und deine Mutter reitet im Herrensitz und trägt Hosen. Ihr seid doch alle verrückt.»

«Sind wir nicht!», widersprach Josie. «Außerdem hab ich mit den anderen O'Briens nichts zu schaffen, ich leb allein mit meiner Mutter.»

Susan hob gespielt erstaunt die Augenbrauen. «Ach ja, wie konnte ich das vergessen? Ihr haust ja in einer Hütte im Wald, wie die Wilden. Tja, wenn du schon einen Wilden zum Vater hast ... Aber sag, ist deine Mutter dann nicht eine Hure, weil sie sich mit einem andern Mann eingelassen hat?»

Josie ballte die Rechte zur Faust. Mit einem leisen Knacken zerbrach die Kreide. «Sprich nicht so über meine Eltern», flüsterte sie. Mit geschlossenen Augen wartete sie, aber Susan antwortete nichts. Eine Bewegung neben ihr verriet Josie, dass sie stattdessen aufgestanden und weggegangen war.

Gott sei Dank, dachte sie.

Aber sie hatte sich zu früh gefreut.

Nach der Kunststunde sammelte Josie rasch ihre Zeichenutensilien ein. Sie bemerkte das Fehlen ihres liebsten violetten Kreidestifts erst jetzt. Suchend tauchte sie unter das Pult ab. Nichts. Nicht das kleinste Stäubchen war davon zu sehen.

Susan und ihre Freundinnen hatten sich wieder zusammengerottet. Sie steckten die Köpfe zusammen, kicherten und alberten herum. Schließlich löste sich die Jüngste aus ihren Reihen. Amy wurde von den anderen Mädchen manchmal gehänselt wegen ihrer karottenroten Haare, aber wenn sie bei ihren Streichen mitmachte, hatte sie manchmal für ein paar Tage Ruhe.

«Suchst du das hier?» Sie hielt die violette Pastellkreide hoch.

«Gib sie her!», rief Josie verzweifelt.

«Huch!» Anne ließ die Kreide fallen. «Das tut mir aber leid, warte ...»

Ehe Josie sich bücken und die Kreide aufheben konnte, hatte Anne schon ihren Fuß daraufgestellt. Ein knirschendes Geräusch, dann war von der weichen Pastellkreide nichts mehr übrig außer violetter Staub und winzige Stückchen. «Ach, das tut mir aber leid, Josie! Wirklich, wie konnte mir nur so was Dummes passieren?»

Sie grinste und kehrte zufrieden zu den anderen zurück. Josie kniete sich hin und versuchte, wenigstens die etwas größeren Stücke der Kreide aufzuheben. Aber es war vergeblich. Die winzigen Bröckchen waren zu klein, um damit noch vernünftig malen zu können.

Und die ganze Zeit begleitete der spöttische Gesang der Mädchen ihre Bemühungen.

«Josie Maori, Josie Hurenkind ...»

Jamie stand am oberen Treppenabsatz, als Sarah mit seiner Mutter durch die hohe Eingangshalle ging. Er hörte Sarahs besänftigendes Gemurmel und die helle Stimme seiner Mutter.

Es tat ihm im Herzen weh.

Langsam stieg er die Treppe hinab. Vermied es, den Blick Richtung Salon zu richten, und lief mit gesenktem Kopf zum Arbeitszimmer. Erst nachdem die Tür hinter ihm leise ins Schloss klickte, atmete er auf.

Im Grunde war es Unsinn, wenn er Sarah aus dem Weg ging. Er hatte gewusst, dass sie hier sein würde, und trotzdem war er heimgekehrt. Weil er geglaubt hatte, dass er es schon irgendwie ertragen würde.

Auf dem Schreibtisch türmten sich wieder die Briefe, Päckchen und Rechnungen. Die Kontobücher lagen links, ein schiefer Turm, den er bisher nicht hatte durchsehen können. Erschöpft sank er auf den Schreibtischstuhl. So viele Männer seiner Familie hatten hier schon gesessen und die Zukunft geplant. Sein Vater, Walter, Finn ... Sie alle hatten die Verwaltung von Kilkenny auf sich genommen, mal länger, mal nicht so lang, vorübergehend oder auf Dauer, mit wechselndem Erfolg.

Nun war wohl er an der Reihe.

Da er für die Arbeit draußen nicht taugte mit nur einem Arm, war er zu seiner eigenen Überraschung – und weil Walter nach wie vor ab Mittag zu betrunken war, um die Zahlen in den Kontobüchern geradeaus zu schreiben – zum Herrn über Kilkenny aufgestiegen. Ihm oblag es, über Ausgaben und Einnahmen zu entscheiden, während sein Vater sich draußen mit den Männern bei den Schafherden herumschlug.

Seit über 25 Jahren kümmerte Edward sich inzwischen um die Farm. Er war über siebzig, rüstig für sein Alter, aber nichts konnte darüber hinwegtäuschen, dass er alt wurde und es verdient hatte, sich zur Ruhe zu setzen. Jamie zog das oberste Kontobuch vom Stapel und schlug es auf. Fünf Jahre wildes Durcheinander erwarteten ihn. Seufzend machte er sich an die Arbeit.

Er wusste nicht, wie viel Zeit vergangen war, als jemand an die Tür klopfte.

«Was denn?» Unwirsch warf er den Füllfederhalter auf das Kontobuch. Ein paar schwarze Tintentropfen verspritzten.

«Mr. O'Brien, Sir, da ist der junge Mr. Gregory, Sir, der würd' Sie gerne sprechen.» Das Mädchen Izzie schaute durch die halboffene Tür. Verschüchtert und leise.

Robert war ihm eine willkommene Ablenkung. Vielleicht wusste er, wie man dieser Zahlenkolonnen Herr wurde.

«Soll reinkommen.» Jamie stand auf. Er kam seinem Freund entgegen und wollte ihm die Hand geben, doch Robert ließ sich nicht beirren und umarmte ihn, klopfte auf seine Schultern, schob ihn auf Armeslänge von sich. «James O'Brien. Lang ist's her.»

Jamie versuchte sich an einem verlegenen Grinsen, das eher zu einer Grimasse geriet. «Rob.» Er machte eine verlegene Geste zu den beiden Sofas vorm Kamin. «Magst du einen Drink?»

«Gerne. Daheim versucht meine Mutter ja, mich kurzzuhalten. Du glaubst gar nicht, wie anstrengend das sein kann.»

Jamie lachte. «Hier irgendwen kurzhalten zu wollen, käme einer Verhöhnung meines Bruders gleich.» Er schenkte beiden einen Fingerbreit von Edwards bestem Whisky ein. Nachdem er die Flasche wieder verkorkt und an ihren Platz gestellt hatte, reichte er Robert das Glas, ehe er seins nahm. Robert wartete geduldig.

«Setzen wir uns doch.» Mit dem Glas wies Jamie einladend auf die Sofas.

«Ich bin eigentlich hergekommen, weil ich was Geschäftliches besprechen wollte.»

Robert warf ihm gegenüber den linken Arm lässig über die Rückenlehne und hob mit der Rechten das Glas. Jamie lehnte sich zurück. In Momenten wie diesen wurde ihm das Fehlen des Arms schmerzlicher bewusst als in anderen.

«Was Geschäftliches … Da sprichst du lieber mit meinem Vater.»

Ein feines Lächeln umspielte Roberts Mund. «Ich glaube, bei dir bin ich schon an der richtigen Adresse.» Er stellte das Glas ab, beugte sich vor und stützte die Ellbogen auf die Knie. «Mr. Manning hat mich angesprochen. Er braucht einen fähigen Mann, der mich unterstützt.»

«Dich unterstützt? Wobei?»

«Beim Aufbau des größten Weinguts in ganz Neuseeland. Er hat mich zu seinem Geschäftsführer gemacht, aber wir brauchen noch einen zweiten Mann. Einen, der sich um die Arbeiter kümmert. Der mein Bindeglied ist zu allem, was im Weinberg passiert.»

Jamie ließ den Whisky im Glas kreisen. «Ach so», sagte er bloß. «Das ist ... nett, dass du an mich denkst.» Und so unnötig. Beide wussten, dass Jamie nicht als Vorarbeiter taugte. Dieses Angebot war ein Almosen, ein Freundschaftsdienst, mehr nicht. Eine freundliche Geste.

«Du klingst nicht besonders begeistert.»

Jamie zuckte mit den Schultern. «Hier gibt es genug für mich zu tun.» Er nickte zum Schreibtisch.

«Schon, aber ...»

Es war ungewöhnlich, dass Robert zögerte. Das hatte Jamie auch in jenen Kindertagen, als sie sich um Sarah rauften, stets an ihm geschätzt: Er sprach die Wahrheit immer direkt aus.

«Ich frage mich einfach, was aus dir und Sarah wird. Wollt ihr wirklich mit deinen Eltern unter einem Dach leben wie bisher? Entschuldige, wenn ich das so sage, aber ein bisschen mutet es für mich so an, als heirateten Brüderchen und Schwesterchen.»

Jamie drehte den Kopf beiseite. Er schaute zum Fenster, hinter dem der Mai sich von seiner grauen Seite zeigte. Bald kam der Winter, dann waren Sarah und er endgültig ans Haus gefesselt.

Ob er das ertrug?

Er musste sich vor allem fragen, ob sie es ertrug, nachdem er sie abgewiesen hatte ...

«Ich werde Sarah nicht heiraten.» Da war es heraus, zum ersten Mal hatte er die bittere Wahrheit ausgesprochen. «Sie hat was Besseres verdient als einen behinderten, traurigen Mann, der nur deshalb überlebt, weil die Familie auf ihn aufpasst.»

«Hm», machte Robert. Er trank, überlegte. Dann: «Was hält sie davon?»

Das war es ja, was die Sache so schwierig machte. «Ich habe versucht, es ihr zu erklären. Sie will davon nichts hören. Meine Eltern wünschen, dass ich bald einen Termin für die Hochzeit festlege, aber ...»

Weil Robert geduldig schwieg, sprach Jamie nach kurzem Zögern weiter. «Was kann ich ihr schon bieten? Ich bin nicht mehr der, den sie damals schweren Herzens in den Krieg ziehen ließen. Jetzt habe ich verstanden, warum sie mich aufhalten wollten. Meine Eltern ließen zwei Söhne gehen und haben beide verloren.»

«Jamie ...» Robert hob beschwichtigend die Hand, doch er schüttelte heftig den Kopf.

«Nein, lass mich ausreden. In mir sind diese Bilder. Der Krieg ist noch in meinem Kopf, und jedes Mal, wenn ich mit der linken Hand nach etwas greife, ist der Krieg überall. Wie kann Sarah meinen Schatten noch lieben? Nein, ich habe meine Entscheidung getroffen. Ich gebe sie frei. Ein anderer kann sie glücklich machen, ich nicht.»

Er hielt atemlos inne. Es war selten, dass er so viele Worte verlor, und Robert nickte langsam, dreimal, viermal, als müssten diese Worte sich ihm erst erschließen. Dann stellte er seinen Whisky vorsichtig auf den Tisch.

«Du weißt, dass ich Sarah mag», begann er behutsam.

«Wer mag sie nicht? Sie ist ein Schatz.» Jamie beugte sich vor, stellte sein leeres Glas neben Roberts und fuhr sich müde mit der Hand durchs Gesicht, ehe er die Flasche entkorkte und beiden noch mal einen Fingerbreit einschenkte.

«Nein, du verstehst nicht.» Robert schüttelte den Kopf. «Ich mag sie sehr.»

Er hörte das Ticken der Standuhr in der Zimmerecke

überlaut. Die Uhr war ein scheußliches Ding, das seine Schwägerin Siobhan damals unbedingt aus Irland nach Neuseeland hatte schleppen müssen und das seit jeher immer nachging, wenn man nicht regelmäßig die Uhrzeit überprüfte. Glaubte man seinem Vater, war das Salzwasser der langen Seereise daran schuld.

«Du meinst ...»

«Würde es dir was ausmachen?»

«Wenn du und sie ...»

Robert nickte ernst.

Jamie zuckte mit den Schultern. «Ja, warum nicht? Du hast eine Zukunft, bei dir wird sie's gut haben.»

Noch während er es sagte, wusste er, dass er den Gedanken nicht ertrug, dass ein anderer Sarah glücklich machte. Seine Sarah! Sie war immer seine beste Freundin gewesen, seine Gefährtin, Schwester und später, ja, später hatte er sich auch in sie verliebt.

«Danke, Jamie. Das bedeutet mir sehr viel.»

Robert schlug ihm auf die Schulter. Freundschaftlich. Lachend. Unversehrt.

Zum Wochenende hatte sie die Erlaubnis bekommen, heimzufahren, weil ihr Onkel Jamie aus dem Krieg heimgekehrt war und ihre Schwester in Kilkenny Hall ein großes, rauschendes Willkommensfest gab.

Josie war froh um diese Ablenkung. Sie stand am Bug des Schiffs, das sich stampfend von Queenstown nach Glenorchy vorkämpfte. Mit der Herbstkälte waren auch die Stürme gekommen. Ein eisiger Wind fegte zwischen den hohen Bergen über den See und peitschte das Wasser auf. Sie vergrub die Hände tief in den Taschen ihres Mantels und wandte ihr Gesicht dem Wind entgegen.

Winzige Eiskristalle gruben sich schmerzhaft in ihre Gesichtshaut.

«Bisschen kalt, finden Sie nicht?»

Sie fuhr herum. Unter dem Vordach des Passagierraums stand ein Mann, der ihr bekannt vorkam, auch wenn ihr nicht auf Anhieb einfiel, woher. Seine Stimme aber, dunkel und samtig, hatte sie so noch nicht gehört.

Kurz glaubte sie, ihr Vater erscheine ihr, nachdem sie wochenlang von ihm geträumt hatte, ohne sein Gesicht zu erkennen.

«Mir ist's so kalt gerade recht.» Sie drehte sich wieder um und starrte nach vorne. Die winzigen Eiskristalle verdichteten sich zu Flockenwirbeln. Um ihre Füße sammelte sich das Weiß.

«Ich würde Sie auf einen Punsch einladen, wenn Sie es leid sind, da draußen zu stehen und in die Ferne zu starren.»

Sie schüttelte heftig den Kopf. Mam sagte immer, man dürfe Männern nicht die kleinste Freiheit gestatten, sonst nähmen sie sich zu viel heraus. Vielleicht hätte sie beim ersten Mal schon gar nicht auf ihn reagieren dürfen.

Als sie sich einige Minuten später das nächste Mal nach ihm umdrehte, war der Fremde verschwunden. Den Rest der Überfahrt verbrachte sie damit, sich zu fragen, woher sie ihn bloß kannte.

Als der Dampfer im Hafen von Glenorchy einlief, entdeckte Josie zu ihrer Enttäuschung leider nicht ihre Mutter am Pier, sondern ausgerechnet Walter. Er stand an die Bretterwand eines Lagerhauses gelehnt, in der Hand eine Flasche Schnaps.

Vielleicht hatte Mam ihn gebeten, sie abzuholen, weil es zu viel zu tun gab, dachte sie.

Als sie von Bord ging, lief sie noch mal dem Mann über den Weg. Wieder eine Schrecksekunde, weil sein gebräuntes Gesicht und das schwarze, grau melierte Haar sie an ihren Vater erinnerte. Obwohl das Quatsch war, wie sie sich erfolglos einredete. Sie hatte ihren Vater schließlich nie kennenlernen dürfen.

Er ließ ihr an der Gangway den Vortritt. Sie lächelte ihn an, und etwas Überraschtes trat auf sein Gesicht.

«Entschuldigung», sagte er. Sie waren bis auf eine Familie, die sich noch um ihre Koffer stritten, die einzigen an Bord.

«Wieso?», fragte sie.

«Dass ich Sie ... dich ... das hätte ich vorhin nicht tun dürfen. Du sahst älter aus, Josephine O'Brien.» Und weil sie ihn immer noch verständnislos anschaute, streckte er ihr die Hand entgegen. «Dylan Manning. Vor ein paar Wochen haben wir uns bei deinen Großeltern kennengelernt.»

Ja, jetzt wusste sie es wieder. Seine Stimme hatte damals nicht so weich geklungen, darum hatte sie sich nicht erinnert. Und beim Dinner im Haus ihrer Großeltern war er zwar freundlich gewesen, aber so wie jetzt hatte er sie nicht angeschaut.

«Mr. Manning. Natürlich erinnere ich mich.» Sie hatte keinen zweiten Gedanken an ihn verschwendet, weil Männer wie er Mädchen wie sie nun mal nicht beachteten.

Manchmal jedoch hatte sie verwirrende Gedanken, und das, obwohl sie sich nicht für die Jungs interessierte, deren Schule direkt an die Mädchenschule grenzte. Auch das unterschied sie von ihren Klassenkameradinnen, denn sie konnte nicht schwärmen und verzückt die Augen verdrehen, sie sah nur pickelige, unreife Jungs.

Aus dem Augenwinkel erkannte sie Walter, der sich von der Bretterwand löste und zu ihnen herüberschlenderte. Josie ließ sich davon nicht abhalten.

«Was führt Sie wieder nach Glenorchy?», fragte sie munter. Mr. Manning bot ihr seine Hand, damit sie auf der Gangway nicht stolperte, und sie nahm sie dankbar. Fast glaubte sie, durch seine Lederhandschuhe und ihre dicken Wollhandschuhe die Hitze seiner Haut zu spüren. Verlegen senkte sie den Blick.

«Ich besuche die Gregorys.» Er lächelte. Nun hatten sie den Pier erreicht, und er hätte ihre Hand loslassen müssen. Er blieb aber stehen und schien sich nur widerwillig von ihr zu lösen.

«Ah ja, sie sind mit uns verwandt.»

«Davon habe ich gehört.»

Sie räusperte sich verlegen. Nun war ihr der Gesprächsstoff ausgegangen, und auch Mr. Manning schwieg.

«Kommen Sie uns doch mal besuchen», schlug Josie schließlich vor. «Meine Mutter und mich, meine ich.»

Er musterte sie erstaunt, als habe er dies von einer Fünfzehnjährigen zuletzt erwartet.

«Vielleicht werde ich das tun», sagte er langsam.

Walter war inzwischen fast heran. Hastig fügte Josie hinzu: «Sie werden sich sicher mit meiner Mam verstehen, sie ist auch eine erfolgreiche Geschäftsfrau.»

Mr. Manning tippte an seinen Hut. «Ich werde vorbeikommen.»

«Versprechen Sie's?» Auf einmal fürchtete sie, er könne dieses Versprechen vergessen oder nicht einhalten.

«Versprochen.» Er nickte ernst.

Ihr Herz hüpfte. Jetzt war sie wieder die Vierzehnjährige mit rutschenden Socken und Rattenschwänzen. Er lachte sie an, doch dann sah er Walter hinter ihr auftauchen, und etwas Dunkles huschte über sein Gesicht.

«Werden Sie nicht abgeholt?», fragte Josie hastig.

Mr. Manning schaute sich suchend um. «Hm, anscheinend nicht.»

«Wir können Sie gern zu den Gregorys bringen. Oder, Walter?» Mams Mann stand jetzt bei ihnen. Er schaute etwas verwirrt zwischen Josie und ihrem Begleiter hin und her.

«Mr. O'Brien.»

«Manning, ja?» Sie gaben sich die Hand. «Tja, wenn sonst keiner da ist und Sie holt, können wir Sie bei dem widerwärtigen Wetter wohl kaum hier stehenlassen.» Er sah aus, als habe er in eine Zitrone gebissen.

«Das wäre sehr freundlich, Mr. O'Brien.»

«Walter. Mich nennt jeder Walter.»

«Gut, Walter.»

Josie nahm neben Walter auf dem Kutschbock Platz, obwohl sie viel lieber mit Mr. Manning hinten gesessen hätte. Aber das hätte ihr nicht mal Walter erlaubt, und der scherte sich nie darum, was erlaubt war und was nicht.

Sie setzten Mr. Manning bei den Gregorys ab. Im Haus brannte Licht, und als ihre Kutsche hielt, trat Diane aus der Haustür und winkte. Doch Walter hatte es eilig. Kaum war Mr. Manning ausgestiegen, tippte er die beiden Braunen mit der Peitsche an und nickte Diane nur knapp zu.

Als Josie zurückblickte, waren Mr. Manning und Diane bereits im Haus verschwunden.

10. Kapitel

Ein letztes Mal legte Sarah Hand an die Torte. Es war ein dreistöckiges Wunderwerk, für das sie sich die Zutaten in den wenigen Tagen der Vorbereitungszeit mühsam zusammengebettelt und ertauscht hatte. Halb Glenorchy war sie deshalb jetzt einen Gefallen schuldig.

Es hatte sich gelohnt.

Besonders die Blüten aus Marzipan, die sie zum Schluss auf die Buttercreme gesetzt hatte, waren ihr ganzer Stolz.

«Wollen wir die Torte jetzt reinbringen, Miss Sarah?» Annie wischte sich die Hände trocken. «Schön ist sie geworden, sehr schön. Ihre Mutter wird stolz auf Sie sein.»

Sarahs Lächeln verblasste.

«Also, Ihre andere Mutter, also ...», stotterte Annie. «Sie wissen schon, Ihre Großmutter.»

«Ich weiß, Annie. Ich weiß.»

«Vielleicht wird sie ja irgendwann wieder gesund», versuchte Annie, sie zu trösten.

Beide wussten, wie unwahrscheinlich das war.

Entschlossen packte Sarah die eine Seite der Tortenplatte, auf der das Kunstwerk aus Marzipanblüten, Buttercreme und Biskuit ruhte. Annie nahm das andere, und behutsam trugen sie die Torte in das Speisezimmer.

Dort wurden sie mit großem «Ahhh» und «Ohhh» und Klatschen begrüßt. Sarah strahlte. Genauso hatte sie es sich ausgemalt. Sie drückte Jamie das Messer in die Hand, damit er die Torte anschnitt. Er meisterte die Aufgabe, als habe er seit Tagen für diesen Auftritt geübt. Sie half ihm, die Tortenstücke zu verteilen, ehe sie für Jamie und sich zwei kleine auf die letzten Tellerchen legte. «Komm, wir setzen uns da hinten in die Ecke.»

Heute würde sie sich nicht von ihm abweisen lassen, das hatte sie sich fest vorgenommen. Sarah dirigierte ihn zu den beiden schmalen, abgewetzten Sesseln. Für das heutige Willkommensfest hatten sie jedes verfügbare Sitzmöbel aus dem Haus hergeschafft.

Statt von ihrem Kuchen zu essen, strich ihre linke Hand verträumt über den Chintzstoff der Sessellehne. «Weißt du noch?», fragte sie leise.

Früher hatten die beiden Sessel in ihren Kinderzimmern gestanden.

«Der Kuchen schmeckt vorzüglich», sagte Jamie stattdessen.

Sie seufzte. Er wollte also nicht über die Vergangenheit reden. Vielleicht sollte sie einfach auf die Zukunft zu sprechen kommen?

«Wie hast du dir das alles vorgestellt?», fragte sie vorsichtig. «Ich meine, wenn wir ... heiraten?»

Noch während sie das letzte Wort aussprach, spürte sie, dass es ein Fehler war. Sie wusste es, weil Jamie den Blick starr auf seinen Kuchenteller gerichtet hielt. Weil seine Beine, auf denen er den Teller balancierte, plötzlich ganz leicht zuckten. Laut klappernd fiel die Gabel auf das Porzellan.

«Sarah.» Er atmete tief durch. Seine Rechte ballte sich über dem Teller zur Faust. Er öffnete und schloss sie in schneller Folge, als täte sie ihm weh.

Noch immer schaute er sie nicht an.

Der Biskuitteig schmeckte plötzlich nach nichts. Fühlte sich brockig und schwer an, und schlagartig wurde ihr schlecht. Sie legte die Gabel neben das Stück Torte und stellte den Teller beiseite. Gemessene Bewegungen, obwohl etwas in ihrem Körper tobte. Als wolle sich ihr Inneres nach außen stülpen. Sie schluckte. Schluckte noch einmal. Das Gefühl blieb.

Sarah blickte auf. Sie spürte, wie die anderen Gäste zu ihnen herüberschauten. Hörte schon fast ihr Flüstern. *Sieh doch nur, die beiden werden bestimmt gleich verkünden, dass sie heiraten …*

«Sarah …» Er versuchte, ihre Linke zu nehmen, doch sie entzog sich ihm. Stattdessen umfasste sie ihren linken Ringfinger, an dem seit Jahren der Ring steckte, mit dem sie damlas ihr Glück besiegelt hatten. In all den Jahren hatte sie ihn nicht eine Minute abgelegt. Dieser Ring hatte sie daran erinnert, dass sie nicht allein war. Dass sie eine Zukunft hatte.

Alles in ihr sträubte sich, diese Zukunft herzugeben.

«Verzeih mir. Bitte», sagte er jetzt.

Sie zerrte an ihrem Finger. Drehte und zog, quetschte die Haut. Der Schmerz war gut, er gab ihr das Gefühl, nicht völlig erstarrt zu sein.

«Ich habe gedacht, du hättest es begriffen», fuhr er fort. Jetzt, ausgerechnet jetzt fing er an zu reden. Die ganze letzte Woche hatten sie sich nur angeschwiegen. Nicht einen ihrer Briefe hatte er beantwortet ... «Ich habe es dir schon letztes Jahr geschrieben, weißt du das nicht mehr? Du hast etwas Besseres verdient. Ich bin ein Krüppel. Du kannst es weit besser treffen. Es gibt Dutzende Männer da draußen, mit denen du viel glücklicher werden kannst. Männer, die noch ganz sind und nicht so zerstört wie ich.»

Seine Worte wurden zu einem Rauschen in ihren Ohren. Sarah öffnete den Mund, doch es kam nur ein erstickter Laut heraus, ein Stöhnen. Köpfe fuhren zu ihnen herum. Sie schüttelte abwehrend den Kopf.

Sie glaubte, ihr gelang sogar ein Lächeln.

Die Übelkeit, die sich ihr in die Kehle gedrückt hatte, ebbte so schnell ab, wie sie gekommen war. Es blieb in ihr nur diese Leere, vor der sie sich immer gefürchtet hatte. Ohne Jamie. In all den Monaten hatte sie die Vorstellung an ein Leben ohne ihn immer weit von sich geschoben, hatte verdrängt, dass er sich so weit von ihr entfernen konnte, dass ein Leben ohne sie ihm überhaupt möglich schien.

In den vier Jahren, da er am anderen Ende der Welt gewesen war, hatte sie sich ihm nicht so fern gefühlt wie in diesem Augenblick.

Behutsam stand Sarah auf. Ihre Knie drohten, einfach unter ihr nachzugeben. Sie hielt sich am Sessel fest, schloss für einen Moment die Augen. Du kannst das. Geh einfach, mach einen Schritt nach dem nächsten.

«Sarah ...

Sie hörte nicht auf ihn. Lächelnd schwebte sie an den Gästen vorbei, nickte einem der alten Schäfer zu, der mit vollem Mund ihre Torte lobte und verließ den Salon. Erst nachdem sich Tür hinter ihr geschlossen hatte, ging sie schneller. Sie rannte fast in die Küche, ihre rechte Hand zerrte und zog am Ring. Die Tränen rannen ihr haltlos übers Gesicht und tropften ins Spülwasser, in die sie die Hände tauchte. Sie grapschte nach der Kernseife, rubbelte und rieb, jammerte leise, weil es trotzdem schmerzte, den Ring vom Finger zu lösen. Es tat so weh. Endlich klapperte er in die Waschschüssel.

Danach sank sie einfach auf den Boden. Ihre Hand fuhr über das Tischbein, sie spürte die raue, unbehandelte Oberfläche. Wieder und wieder rieb sie die Handfläche am Holz, bis sie spürte, wie sich ein Splitter tief hineingrub. Den Schmerz hieß sie willkommen, weil er den anderen zurückdrängte.

«Hast du zu tun?»

Jamie blickte auf. Sein Vater stand in der Tür; er hatte seine dicke Lammfelljacke übergeworfen, ohne die er winters nicht aus dem Haus ging.

«Die Geschäftsbücher können bis heute Abend warten.» Um seine Worte zu unterstreichen, klappte er das Buch zu und lehnte sich zurück. «Was gibt's?»

«Wollte rauf zum Fuchsbau, mit Ruth reden. Dachte, du möchtest vielleicht mitkommen.»

«Warum nicht? Ich hole nur rasch meine Jacke.»

Sie stapften durch den knöchelhohen Schnee die Anhöhe hinauf. Jamie vergrub die Hand in der Jackentasche. Seine Finger berührten den Handschuh darin. Ein Geschenk von Sarah. Sie hatte ihm drei Handschuhe gestrickt, einer war schöner als der nächste. Drei rechte Handschuhe.

Er vermutete, dass sie es gut meinte. Dass sie ihm damit beweisen wollte, wie sehr er irrte, wenn er sich weigerte, sie zu heiraten. Aber ihn schmerzte diese Aufmerksamkeit. Sie erinnerte ihn nur ständig an das, was er verloren hatte.

Verlegen rieb er durch den Jackenärmel den Stumpf.

«Schmerzt, was? Machen meine Narben auch bei dem Wetter.» Edward stapfte weiter. Seine Worte waren so unbekümmert, als rede er wirklich nur übers Wetter.

«Was willst du da oben?»

«Bei Ruth? Mit ihr reden. Vielleicht kannst du sie ja überzeugen.»

Und weil Jamie nicht fragte, wovon er sie überzeugen sollte, blieb sein Vater stehen, schnaufte und fuhr mit der Hand über sein ergrautes Haar. «Sie will fort. Nach Wellington. Packt ihre Sachen und nimmt die Kinder mit. Sie geht einfach.»

«Warum?», fragte Jamie erstaunt.

Sein Vater gab einen Laut von sich, irgendwo zwischen Schnauben und empörtem Auflachen. «Wenn ich's wüsste, könnte ich wenigstens was tun. Sie meint, wir unterstützten sie nicht so, wie wir's getan haben, als Finn noch da war. Zudem behauptet sie, deine Mutter habe sie nie gemocht und nach Finns Tod halte sie hier nichts mehr.»

«Weiß Emily schon davon?» Jamie wusste, dass Ruth damals nach Kilkenny Hall gekommen war, weil sie zuerst Emily und anschließend Finn gepflegt hatte. Die Liebe war später gekommen.

«Was soll Emily tun? Aus Dunedin kommen und sie zum Bleiben überreden?»

Jamie zuckte mit der rechten Schulter. «Zum Beispiel.»

«Sie hat genug mit ihrem Zustand zu schaffen. Geht ihr wohl nicht gut, sagt Sarah.»

Jedes Mal, wenn Sarahs Name genannt wurde, war es,

als explodiere ein kleiner Schmerz in seinem Kopf. Aber Edward sprach schon weiter.

«Jedenfalls müssen wir verhindern, dass Ruth auf Nimmerwiedersehen verschwindet. Deine Mutter versteht ja nicht mehr, was um sie vor sich geht.»

Es geschah selten, dass sein Vater den Zustand seiner eigenen Frau erwähnte. Wenn er es recht überlegte, geschah es heute zum ersten Mal so deutlich.

Schweigend gingen sie weiter. Schon von weitem sah Jamie, dass sich hier tatsächlich eine Familie auf den Auszug vorbereitete. Unter dem Vordach standen Kisten und Möbel, über die jemand Planen gezogen hatte. Eddie kam gerade mit zwei Kisten aus dem Haus, als sie die Veranda erreichten.

«Ist deine Mutter da?» Edward machte keine Anstalten, das Haus zu betreten.

Finster musterte Eddie sie. «Drinnen», meinte er dann bloß. «Hat zu tun.»

Edward blieb einfach stehen und wartete.

Jamie folgte dem Jungen ins Haus. Die Räume waren ihrer Seele beraubt, und seine Schritte hallten auf dem Dielenboden. Keine Bilder an den Wänden, keine bunten Flickenteppiche mehr, nur noch wenige Möbel. Eine ganze Familie und ihr Leben in Kisten verstaut und bereit, abtransportiert zu werden.

Er fand Ruth im Schlafzimmer. Sie stopfte Kleidungsstücke wahllos in leere Kissenbezüge und blickte nicht mal auf, als er eintrat.

«Du kannst deinem Vater sagen, dass er reinkommen soll, wenn er mit mir reden möchte.» Verbissen packte sie den nächsten Stapel Wäsche. «Seit Tagen kommt er schon rauf, aber das Haus betreten will er nicht.»

«Ihr geht tatsächlich fort?»

Sie hob jetzt doch den Kopf und blies sich eine Strähne ihres dunklen Haars aus dem Gesicht. Schön war sie trotz ihres Alters. Die Geburten hatten ihrem Körper nichts anhaben können, er war so drall und hübsch wie ehedem. Nur ihre Seele, das sah er in ihren Augen, hatte Schaden genommen.

Versehrte erkannten einander.

Aus der heftigen Erwiderung, die ihr wohl schon auf der Zunge gelegen hatte, wurde ein Schulterzucken. «Ich habe eine Stelle angeboten bekommen», sagte sie. «Gutes Geld, das wir bitter nötig haben. Von meiner Witwenrente können wir nicht leben.»

«Wir sorgen für euch.»

Ruth stieß zischend die Luft aus. «Glaub mal nicht, dass dein Vater das tut. Gebettelt hab ich, dass er uns wenigstens ein bisschen Geld gibt. Er meint, die Farm verschlingt alles. Das und die rauschenden Feste, die ihr oben auf Kilkenny Hall feiert, nicht wahr?»

Ihr Blick war hart. Betreten fuhr Jamie mit der Stiefelspitze über den Holzfußboden, der nach so vielen Jahren glattgebohnert und blankgeschrubbt war. «War nicht meine Idee», sagte er. «Außerdem hat Sarah wohl all das, was sie aufgetischt hat, in den Monaten zuvor vom Munde abgespart.»

Ruth warf den vollen Kissenbezug ans Fußende des Betts und nahm den nächsten, knöpfte ihn auf und stopfte alte, abgewetzte Pullover hinein, von denen Jamie wusste, dass Finn sie früher oft getragen hatte.

Sie bemerkte seinen Blick. Ihre geschäftigen Hände sanken nieder, einen Pullover hielt sie fest, naturfarben mit schlichten Rechtslinksmustern. Hatte sie ihn gestrickt oder Sarah? Oder Helen? Alle Frauen strickten ständig irgendwelche Pullover für die Männer.

«Ich heb sie auf. Für Eddie und später für die beiden kleinen Jungs. Es ist etwas, das mal ihrem Papa gehört hat.» Sie seufzte. «Manchmal fragen sie mich nach ihm.»

«Und was sagst du dann?»

Sie zuckte mit den Schultern. «Dass er nicht mehr da ist. Er ist in Europa geblieben.»

Finns jüngster Sohn war erst sieben, er war sehr klein gewesen, als Finn in den Krieg zog. Für ihn musste es schwierig sein zu begreifen, dass da niemand mehr war. Ob er sich überhaupt an seinen Vater erinnerte?

«Soll ich mal mit ihnen reden?»

«Was nützt es denn?» Ruth begann wieder, die Pullover zu stopfen.

Das wusste er selbst nicht so genau.

«Wenn du dein Gewissen erleichtern willst, James O'Brien, tu's nicht bei meinen Kindern. Wir wollen einfach unsere Ruhe haben, verstehst du? Und solange dein Vater weiter so stur ist, musst du hier nicht länger stehen und mich bitten, zu bleiben. Wieso sollte ich?»

«Meine Mutter», brach es aus ihm hervor.

Ruth schnaubte. «Deine Mutter, ja? So zahm wie nach Finns Tod habe ich sie nie erlebt. Wieso sollte sie mich brauchen?»

«Sie ist krank im Kopf, seit Finn tot ist. Wenn Sarah fortgeht, wer soll sie denn dann pflegen?»

«Ich weiß nicht. Ihr werdet schon wen dafür bezahlen müssen, wenn's so weit ist. Ich mach's jedenfalls nicht. Dort, wo ich hingehe, bekomme ich gutes Geld, eine Unterkunft, und das Schulgeld wird uns auch gezahlt. Eddie kann was aus sich machen, er würde so gerne an die Universität. Das gelingt ihm sicher nicht, wenn er in Kilkenny Schafe hütet.»

Jedes Wort eine Pfeilspitze. Sie hatte sich ihre Argumente gut zurechtgelegt, zog jetzt eins nach dem anderen aus dem Köcher. Jamie rührte sich nicht vom Fleck.

Er begann zu verstehen, was sie forttrieb.

Die Alten blieben zurück. Sein Vater und seine halbverrückte Mutter. Er selbst, weil er sich inzwischen alt fühlte. Walter, für den es keinen anderen Ort gab in dieser Welt.

Auch Sarah würde bald gehen, das hoffte er jedenfalls. Ruth ging jetzt schon fort, und was Siobhan und Josie betraf, die weit oben im Wald hausten – da bestand wohl auch keine Hoffnung, dass sie nach Kilkenny Hall zogen. Jamie hatte den Eindruck, dass es ihnen da oben gefiel, eine Stunde Ritt weit im Dunkel des Waldes und weit oben am Berg.

Kilkenny Hall war zu groß für nur drei Menschen. Der Fuchsbau, der wäre gerade recht, doch wusste er, dass er seine Eltern kaum dazu bewegen konnte, hier einzuziehen. Sein Vater genoss den Luxus des riesigen Kastens.

«Dann bleibt wohl nur noch eins zu klären», sagte Jamie. «Was passiert mit deinem Haus?»

«Was soll damit passieren?» Ruth richtete sich auf und strich eine Strähne aus dem verschwitzten Gesicht. Sie atmete tief durch. «Willst du's etwa mieten?»

Eine Viertelstunde später trat er aus dem Haus. Sein Vater hockte auf der Verandastufe, seinen geschäftigen Enkeln den Rücken zugewandt, während sie die Köpfe zusammensteckten. Jamie legte die Hand auf Eddies Schulter. «Auf ein Wort, Eddie.»

Die anderen Kinder traten beiseite.

«Du bist jetzt der Mann im Haus. Ich verlass mich auf dich.» Er legte dem Jungen den Arm um die Schulter. «Das ist eine große Verantwortung.»

Eddie nickte ernst. Er ähnelte Finn – das sandfarbene Haar, die blauen Augen. Doch anders als bei seinem Vater war das Kinn kräftig, die Nase knubbelig. Er war aus gröberem Holz geschnitzt.

«Wenn's nicht mehr geht, wenn es euch an irgendwas fehlt, dann möchte ich, dass du mir schreibst. Nicht deinem Großvater oder jemand anderem, der euch seine Hilfe anbietet, sondern mir. Ihr gehört zur Familie, und ich werde immer für die Familie meines Bruders sorgen.»

Wieder nickte Eddie. Er hustete verlegen, ehe er sagte: «Vielleicht gibt's da was, das du wissen sollst.»

«So?» Sie spazierten um den Fuchsbau herum. Dahinter lag ein Gemüsegarten, zu dieser Jahreszeit verdorrt und in der Kälte erstarrt.

«Diese Arbeit, die meine Mutter angenommen hat. Die hat uns Dean Gregory verschafft.» Jamie nickte ermutigend, deshalb fuhr Eddie fort: «Die Frau seines Geschäftspartners ist schwer krank. Um sie kümmert Mutter sich.»

«Welcher Geschäftspartner?» Plötzlich kam Jamie ein Verdacht.

«Keine Ahnung.» Eddie zuckte mit den Schultern. «Bloß, seit Mutter mit den Leuten redet, findet sie kein gutes Wort mehr für euch. Sie gibt Großmutter die Schuld an Vaters Tod.»

Jamie seufzte. Die Schuld an Finns Tod war eine Last, die wohl jeder in dieser Familie schultern musste.

«Hör mir zu, Eddie.» Jamie blieb stehen. «Die Schuld am Tod deines Vaters tragen deutsche Soldaten. Der

Krieg hat ihn uns genommen. Nicht deine Großmutter, noch dein Großvater oder sonst jemand.»

Und ich auch nicht. Ich kann's nur nicht aussprechen, solange ich meine eigenen Worte nicht glaube.

Eddie nickte langsam. «Gut», sagte er bloß. Doch als sie zurückgingen und Jamie noch mal brüderlich den Arm um seine Schulter legen wollte, machte er eine unwillige Bewegung und entzog sich ihm.

«Und?», fragte Edward, als sie den schmalen Pfad nach Kilkenny Hall hinabstiegen. «Bleiben sie?»

«Nein.» Jamie blieb einen Moment stehen. Sein Stumpf juckte. «Sie gehen nach Wellington. Aber ich habe den Fuchsbau gemietet.»

Edward runzelte die Stirn. «Was soll das denn? Davon, dass du ihnen Geld zahlst, war ja wohl nicht die Rede.»

«Ich habe den Fuchsbau gemietet, weil ich dort hinziehen werde.»

Jamie marschierte weiter. Sein Vater rief ihm noch etwas nach, doch er hörte nicht länger zu. Er war es leid, sich von der Familie deren starre Regeln diktieren zu lassen, was richtig war und was nicht.

Er wollte endlich seine Ruhe haben.

Der Weg nach Glenorchy war lang und beschwerlich. Sarah scheute ihn jedes Mal aufs Neue und fand immer neue Ausreden, nicht hinzufahren. Doch Annie hatte am Morgen finster vor sich hin gemurmelt, während sie die Reste aus der Kaffeedose kratzte, also ließ es sich wohl kaum vermeiden.

Mit einer langen Einkaufsliste und genügend Geld fühlte Sarah sich gerüstet für die Fahrt. Sie ließ den Kastenwagen einspannen und bat sich Izzie als Begleitung aus. Das junge Mädchen mit den weizenblonden Zöpfen und dem schmalen Gesicht plauderte während der Fahrt über alles, was ihr in den Sinn kam. War sie erst mal unterwegs, war es gar nicht mehr so schlimm.

Zur Mittagszeit erreichten sie Glenorchy und steuerten direkt den Gemischtwarenladen der Gregorys an. Hier kauften sie ein, solange Sarah denken konnte, obwohl ihre Großmutter stets wetterte, es sei ein Unding, einem Mann wie Dean Gregory Geld in den Rachen zu werfen. Da ihm aber nun mal der einzige Laden vor Ort gehörte, der alles bot, blieb ihnen keine andere Wahl.

Sarah wies Izzie an, zur Post zu gehen. Sie selbst schob sich in den Laden.

Nur Robert stand hinter dem Tresen. Er bediente gerade Ella MacPerrin, eine Freundin ihrer Mutter. Sarah wollte das Geschäft heimlich verlassen, aber es war schon zu spät. Er hatte sie entdeckt, und strahlte sie glücklich an, während Mrs. MacPerrin die Münzen auf seinen Tresen zählte.

«Na, wenn das nicht die Älteste von Siobhan O'Brien ist.» Ella MacPerrin hatte die unangenehme Angewohnheit, völlig belangloses Zeug zu schwatzen.

«Mrs. MacPerrin, guten Tag. Rob ...»

«Ich komm gleich zu dir, Sarah. Einen Moment.»

Er verabschiedete sich von Mrs. MacPerrin, versicherte ihr, er werde die Grüße an seine Mutter ausrichten und geleitete sie sogar zur Tür.

«Ich dachte, du hättest eine neue Arbeit», sagte sie, als er schließlich neben sie trat.

«Erst Anfang nächsten Jahr. Die Sache verzögert sich, weil das Land ... Ach, ich will dich nicht langweilen. Was kann ich für dich tun?»

Sie reichte ihm die Einkaufsliste. Er überflog sie, dann steckte er Daumen und Zeigefinger in den Mund und pfiff. Sofort erschien in der Tür zum Lager ein blasser, pickelgesichtiger Junge, den Sarah noch nie hier gesehen hatte. Robert händigte ihm die Liste aus und befahl ihm in barschem Ton, die Sachen zusammenzupacken. «Und lass bloß nicht wieder den Zuckersack fallen!», fügte er drohend hinzu. Der junge Bursche duckte sich unter seinen Worten und huschte davon.

«Neue Hilfe?»

«Die Zwillinge gehen zur Schule. Irgendwer muss meiner Mutter und mir ja zur Hand gehen.» Robert seufzte. «Wenn er sich bloß nicht so ungeschickt anstellen würde.»

«Er wird sich bestimmt noch mausern.» Sarah senkte den Kopf.

Er schien ihr Unbehagen zu spüren. «Vielleicht möchtest du eine Tasse Tee? Wir könnten rüber ins Haus gehen, wenn du magst.»

Ins Haus. Dort, wo sein Vater Tag um Tag im Wohnzimmer saß. Sarah schüttelte den Kopf. Sie gab es nur ungern zu, aber ein wenig gruselte sie sich vor Dean Gregory. Seine Bewegungen waren so fahrig, die Worte so undeutlich und abgehackt. Fast, als schlummerte in seinem gelähmten Körper eine große Wut.

«Ich würde gern hierbleiben. Außerdem hab ich Izzie zur Post geschickt.»

«Dann vielleicht trotzdem Tee?» Er lächelte so freundlich, dass sie nachgab.

«Kann nicht schaden.» Sie zog die Handschuhe aus, und Robert verschwand im Lager. Sie hörte etwas klappern, dann ein Fluchen und Schimpfen. Sein Lehrjunge antwortete so leise, dass Sarah ihn kaum verstand. Roberts Gebrüll dagegen drang jetzt deutlich zu ihr: «Ein elender Nichtsnutz bist du! Man hätte dich im Bauch deiner Mutter lassen sollen, wenn du da Schaden anrichtest, schadet's wenigstens keinem!»

Ein Klatschen, ein Wimmern. Sarah zuckte zusammen. Schlug er den armen Jungen etwa?

Sie spazierte wie beiläufig durch den Verkaufsraum, bis sie durch den Türbogen ins Lager schauen konnte. Der Junge kauerte darin am Boden, die Arme schützend um den Kopf gelegt. Robert ragte über ihm auf, hatte sich zu seiner vollen Größe aufgerichtet, und schlug mit der flachen Hand auf den Kopf des Jungen ein.

«Rob?», fragte sie leise.

Keuchend ließ er von dem Jungen ab, stieß ihn noch einmal von sich. «Pack dich», knurrte er und wischte sich die Hände an der Hose ab. Drehte sich zu Sarah und strahlte sie an. «Entschuldige. Der Tee, du hast recht. Ich bin wirklich ein miserabler Gastgeber.»

Als wäre nichts gewesen. Sarah wandte sich ab, weil der verletzte Ausdruck in den Augen des Jungen sie schmerzte.

Während er im hinteren Teil des Lagerraums verschwand, hinter Regalen, Kistenstapeln und Bergen von Säcken, fing sie den Blick des Jungen auf. Jedes Wort wäre zu viel gewesen, also wandte sie sich ab.

Sie konnte nichts für ihn tun.

«Bei euch in Kilkenny ist alles gut bestellt?», fragte Robert. Er drückte ihr einen Becher dampfend heißen Tee in die Hände. Sarah hielt ihr Gesicht über den Becher. Es tat gut, sich in den Duft zu versenken.

«Meine Großmutter wird langsam verrückt, Walter trinkt, und Jamie geht mir aus dem Weg. Also ja, alles in bester Ordnung.» Sie wusste selbst, wie verbittert das klingen musste.

Wieder spürte sie die Tränen, die sich seit Tagen in ihre Augen brannten. Sie drehte sich halb von Robert weg, damit er es nicht bemerkte.

«Das mit Jamie ...»

Wieso fragte er nicht nach ihrer Großmutter oder Walter? Bei den beiden konnte Sarah sich wenigstens einreden, dass es sie nicht so sehr traf.

«Was soll mit ihm sein?»

«Ach, nichts. Es tut mir leid, dass aus eurer Heirat nichts wird. Ehrlich.»

Sarah biss sich auf die Unterlippe. Sie hatte neuerdings die Angewohnheit, mit den Zähnen die raue Lippenhaut abzuknabbern, bis sie Blut schmeckte.

«Eigentlich möchte ich darüber nicht reden.»

«Verzeih.»

Einen Moment standen sie schweigend voreinander.

«Kann ich irgendwas für dich tun?», fragte Robert vorsichtig.

Konnte er das? Er konnte aufhören, sie permanent an das zu erinnern, was ihr verlorengegangen war. Seit Jamie die Verlobung gelöst hatte, schlichen alle auf Zehenspitzen um sie herum, und selbst das erinnerte sie an ihren Verlust.

«Nein. Bitte, ich warte lieber draußen, bis dein Lehrjunge fertig ist.»

Hastig drückte sie ihm den Becher in die Hand und verließ fluchtartig den Laden. Zum Glück kam gerade Izzie von der Post. Sie trug einen großen Packen Briefe und Päckchen unter dem Arm. Sarah eilte ihr entgegen und nahm ihr die Last ab, die gefährlich rutschte.

«Hilf beim Tragen, ja?»

Sie hockte sich derweil auf den Kutschbock und sortierte die Post. Ein Brief von Emily war dabei, adressiert an sie. Sarah drehte den Brief ratlos hin und her.

Sie riss den Umschlag auf. Der Brief war kurz, doch sofort trieb er ihr wieder die Tränen in die Augen.

Liebe Sarah,
ich habe davon gehört. Willst Du für ein paar Wochen zu uns nach Dunedin kommen? Ich bin leider nicht reisefähig, sonst wäre ich schon da.
Alles Liebe
Emily

Da waren die Tränen. Brannten sich schwer über ihre Wangen. Hinter ihrem Rücken wuchteten Izzie und Robs Lehrjunge die Kisten, Fässer und Säcke auf die Ladefläche. Sie drehte sich nicht um. Rührte sich auch dann nicht, als Rob aus dem Laden trat und die Summe nannte, die sie ihm schuldete. Sie hielt ihm die Geldbörse hin und starrte vor sich hin. Rob sagte nichts. Sie spürte mehr, als dass sie es sah, wie er Geld entnahm, Wechselgeld in ihre Geldbörse legte und sie ihr wieder in die Hände drückte, die wie leblos auf ihrem Schoß ruhten.

«Hier.» Er drückte ihr noch etwas in die Hand. «Bring sie sicher heim, Izzie. Ich verlass mich auf dich.»

Izzies helle Stimme antwortete, aber die Worte drangen nicht zu Sarah durch. Ihre Finger schlossen sich um ein Taschentuch, in das Robs Monogramm eingestickt war. Darin war etwas eingewickelt.

Izzie wickelte die Zügel von der Handbremse. Sie klatschten auf den Rücken der beiden Pferde, die mit einem Ruck anzogen und über die Hauptstraße Glenorchys zockelten.

Rob hatte ihr einen Zettel geschrieben. Ein Stück Konfekt war auch dabei. Tränenblind versuchte Sarah, die Worte zu entziffern;

Lächle wieder. Für mich. Rob.

Am Ende der Straße drehte sie sich um und sah, dass Rob unter dem Vordach seines Geschäfts an den Pfosten gelehnt dastand und ihr nachblickte.

Sie hob nicht die Hand, lächelte nicht, sondern schaute zurück, bis die Kutsche um eine Ecke rumpelte und den Weg nach Kilkenny einschlug.

Erst dann blickte sie nach vorne.

Heute hatten zum ersten Mal zwei Menschen gefragt, wie es ihr ging.

Am liebsten wäre ihr gewesen, die Menschen könnten sie zukünftig allesamt ignorieren.

Wie Jamie sie inzwischen ignorierte.

11. Kapitel

Dunedin, Oktober 1920

Der Frühling war früh gekommen in diesem Jahr, und er hatte seine ganze Blütenpracht über die Bucht von Otago ausgekippt. Emily schloss das Fenster des Gästezimmers, hangelte nach ihrem Stock, den sie für einen Moment gegen die Fensterbank gelehnt hatte, und ließ ein letztes Mal prüfend den Blick schweifen.

Auf den Nachttisch hatte sie einen Strauß wilde Lupinen gestellt, deren Orange und Violett miteinander wetteiferten. Sie wusste, dass Josie Lupinen liebte. Einen Skizzenblock nebst Bleistift hatte sie danebengelegt, als kleines Begrüßungsgeschenk.

Die Tagesdecke war alt, aber Emily hielt sie in Ehren, denn es war die Decke, unter die sie sich daheim in Kilkenny Hall immer gekuschelt hatte. Wenig hatte sie aus Kilkenny in ihr neues Heim mitgenommen, als sie vor Jahrzehnten für immer nach Dunedin gezogen war. Und das neue Haus, das Aaron und sie seit Jahresbeginn mit den Kindern bewohnten, war ihr immer noch ein wenig fremd. Es roch zu neu. Da waren diese alten Dinge, so vertraut und geliebt, willkommene Erinnerung.

«Sie wird sich schon wohlfühlen.»

Aaron stand in der Tür, die kleine Rebecca auf dem Arm. «Mamamamama», machte sie und streckte die Ärmchen nach Emily aus.

«Es soll einfach alles perfekt sein.» Sie humpelte zum Schrank, öffnete die Tür und schaute im Innern nach dem Rechten.

Früher hätte sie nie gedacht, dass es ihr irgendwann wichtig sein könnte, dass das gestreifte Schrankpapier akkurat zugeschnitten auf den Einlegeböden lag und die leeren Bügel alle in eine Richtung schauten.

Wie die Mutterschaft einen doch verändern kann.

«Ich glaube, eine Fünfzehnjährige, die gerade nicht nur von zu Hause fortgelaufen ist, sondern sich auch weigert, weiter zur Schule zu gehen, kann über ein bisschen Unordnung hinwegsehen.»

Emily lachte reumütig. «Ich aber nicht», gab sie zu.

«Tja, dann musst du wohl weiter Wollmäuse jagen und einzeln Lupinenblüten zupfen. Nur: Wer schreibt derweil deine Bücher?»

«Nachts hab ich ja noch ein bisschen Zeit.» Zufrieden schloss sie den Schrank. Alles war für Josies Ankunft bereit. Sie trat zu Aaron, nahm ihm Rebecca ab und legte die Hand auf seine Wange. Einen Moment stand sie einfach so vor ihm und nahm seinen Anblick in sich auf.

Der Krieg hatte ihn verändert. Nicht äußerlich.

Erschöpfung konnte man wegschlafen, verlorene Pfunde wieder auf die Rippen futtern. Aber die Augen waren blank und traurig, seit er vor zwei Jahren heimgekehrt war. Nur seine beiden Töchter konnten diese Schwärze durchdringen.

Emily wünschte, sie könnte ihm noch ein Kind schenken und noch eins, immer wieder. Damit der Glanz in seinen Augen länger blieb und nicht nach wenigen Sekunden wieder verlosch.

«Ich frage mich nur, warum sie ausgerechnet zu uns kommen will.»

Sie verließen das Gästezimmer und gingen nach unten. Alysons helle Stimme drang aus der Küche herauf, die alte Köchin brummelte etwas vor sich hin.

«Wo soll sie sonst hin?», erwiderte Aaron. «Nach Kilkenny Hall? Deine Mutter ist zwar etwas verwirrt, aber das weiß sie sicher noch, dass sie dieses Kind nicht mag.»

«Zwei sture Köpfe wie die beiden, das wäre mal einen Versuch wert. Vielleicht raufen sie sich doch noch zusammen eines Tages.»

«Und du hast selbst gesagt, dass Siobhan und Josie im Streit liegen.»

Ganz so drastisch hatte Emily es nicht ausgedrückt. Siobhan war in ihrem Brief recht vage geblieben, als sie Emily gebeten hatte, ihre Tochter für eine Weile bei sich aufzunehmen.

Sie ist außer Rand und Band. Ich weiß nicht, was ich mit einem Kind tun soll, einer jungen Frau, die ihre eigenen Vorstellungen von der Zukunft jetzt schon umsetzen will. Schon immer war sie wild, aber gesorgt hat mich das nie so sehr wie in diesen Tagen. Emily, ich verstehe mein Kind nicht mehr. Sie ist alles, was mir geblieben ist, aber sie ist mir seltsam fremd.

Wenn Emily sich vorstellte, wie Siobhan nun ganz allein in der Waldhütte lebte ... Vielleicht sollte ihre Schwägerin nicht in einer so verlassenen Gegend wohnen. Kilkenny Hall war der nächste bewohnte Ort und doch weit genug weg, dass man fürchten musste, in der Not allein zu sein.

Wir werden alle nicht jünger.
Wieder blickte sie Aaron an. Sein Haar ergraute an den Schläfen, und die Fältchen um seine Augen stammten nicht allein von seinem ansteckenden Lachen. Wenn sie doch nur die Zeit anhalten könnte ...

«Wir müssen uns allmählich auf den Weg machen.» Emily setzte Rebecca ab, nahm ihre kleine Hand und führte sie zur Küche, wo Alyson die Köchin beim Backen einer Torte munter plappernd unterstützte. Gerade verschwand das Gesicht ihrer älteren Tochter in einer Rührschüssel.

«Wir fahren jetzt zum Bahnhof, Francine.»

«Machen Sie ruhig, Mrs. O'Brien, die Kleinen sind bei mir ja gut aufgehoben.»

Ein letzter Kuss auf zwei zerzauste, rotlockige Scheitel, beide wurden mit verzogenen Gesichtern quittiert. Emily lächelte nachsichtig. Früher hätte sie sich so sehr solche Zärtlichkeit von der Mutter gewünscht.

Aaron stand im Mantel an der Tür und hielt ihr ihre Jacke hin. Sie schlüpfte hinein, seine Hände ruhten einen Moment auf ihren Schultern, und sie ließ es geschehen, spürte seiner Nähe nach, als er sie schon losließ und die Tür aufriss, um sie in den lichten Frühlingstag zu entlassen.

Emily trat über die Schwelle – und stand Josie gegenüber.

«Oh!», machte sie, drehte sich halb zu Aaron um und wusste nicht, was sie sagen sollte.

Josie stieg langsam die Stufen hoch. «Ich dachte, ich komme einen Tag früher», sagte sie munter und stellte ihren abgewetzten Pappkoffer zwischen ihnen ab.

«Einen Tag früher?» Emily verstand nicht, was das hieß. «Bist du etwa schon gestern ...»

«Ich hatte noch was anderes vor, ja. Ist doch nicht schlimm?»

Emily schüttelte den Kopf. Die Vorstellung, dass ihre Nichte – ihr Patenkind – sich einen Tag und eine Nacht allein in Dunedin herumgetrieben hatte, war zu entsetzlich, um sie mit Bildern zu füllen.

«Und wo warst du?», wollte sie wissen. Ihr Stock klopfte ungeduldig auf die Steinplatte. «Keine Ausflüchte, wenn ich bitten darf! Ich erzähl's deiner Mutter schon nicht, aber ich muss wissen, wo du gewesen bist.»

Josie blickte von Emily zu Aaron, als überlegte sie, ob sie beiden diese Geschichte anvertrauen könnte. Dann seufzte sie. «Bei Mr. Manning.»

Emily starrte sie mit offenem Mund an.

«Bei diesem ... diesem Amerikaner?»

Spöttisch verzog Josie ihren Mund. «Wenn du das sagst, klingt es nicht bloß abfällig, sondern geradezu verächtlich, Tante Emily. Ehrlich, ich hab gedacht, du wärst ein bisschen entspannter als meine Mutter.»

«Wie soll ich entspannt sein, wenn ...» Aaron legte ihr die Hand auf die Schulter. Emily senkte ihre Stimme. «Komm ins Haus», murmelte sie. «Das müssen wir nicht auf offener Straße besprechen.»

Josie nahm ihren Koffer und spazierte triumphierend an ihnen vorbei ins Innere des Hauses. Der teure Parfümduft, der ihr nachwehte, ließ Emily die Nase rümpfen.

«Was denkst du?» Aaron trat neben sie. «Müssen wir uns mal ernsthaft mit Mr. Manning unterhalten?»

Sie warf ihm einen dankbaren Blick zu. «Das werde ich schon tun, keine Sorge. Er muss doch wissen, dass sie erst fünfzehn ist!»

Sie folgte Josie ins Innere des Hauses. Irgendwie hatte

sie das unangenehme Gefühl, Siobhans Worte über Josie recht schnell verstehen zu lernen.

Dieses Kind war wirklich außer Rand und Band.

Josie hatte ganz selbstverständlich auf dem Sessel Platz genommen. Aaron und Emily saßen ihr gegenüber auf dem Sofa, er hatte sich entspannt zurückgelehnt, als sei doch alles in Ordnung, nun, da Josie heil daheim war. Emily aber saß auf der vorderen Kante des Polsters, die Hände um die Knie gelegt, ihr linker Fuß stand etwas weiter vor als der rechte.

«Erzähl noch mal», sagte sie, und unter der ruhigen Oberfläche spürte Josie das nervöse Beben.

Sie lächelte besonders lieb. «Ich bin schon gestern mit dem Zug gekommen», begann sie. «Mam weiß nichts davon, und ich wäre euch verbunden, wenn ihr nichts erzähltet.»

Emily schüttelte den Kopf. «Ob ich das tue, entscheide ich, sobald ich alles weiß. Du warst also bei Mr. Manning? Über Nacht?»

Es war bei weitem nicht so anrüchig gewesen. Aber es bereitete Josie eine diebische Freude, ausgerechnet ihre Patentante, die immer der Freigeist dieser Familie gewesen war, schockiert zu erleben.

«Er hat mir ein Hotelzimmer bezahlt. Keine Sorge», fügte sie rasch hinzu. «Ich hatte ein Zimmer ganz für mich allein.»

«Keine Sorge», wiederholte Emily. Sie schüttelte den Kopf.

Josie konnte sie verstehen. Wie sollte sie auch die Zweifel ihrer Tante zerstreuen?

Seit anderthalb Jahren korrespondierte sie heimlich

mit Dylan Manning. Was als kindliche Schwärmerei begonnen hatte, entwickelte sich rasch zu einem intensiven Austausch. Er war mehr als dreimal so alt wie sie, und dennoch fühlte sie sich ihm ebenbürtig. Ihrem Austausch haftete nichts Schlüpfriges an. Er interessierte sich eben für ihre Kunst und unterstützte sie.

Zuletzt hatte er sie mit einem Kasten neuer Pastellkreiden überrascht. 96 verschiedene Farben, in deren Pracht sie am liebsten ertrinken wollte. Und wann immer sie sich beklagte, ihr gehe das Papier aus, war er zur Stelle und schickte ihr ein großes Paket Skizzenblöcke. Einfach so. Er war ein Freund.

«Er ist mein Mäzen», verkündete sie stolz, weil weder Emily noch Aaron etwas sagten.

«Dein Mäzen, soso.» Wieder schüttelte Emily den Kopf und blickte Aaron von der Seite an, als erhoffte sie sich, er würde doch bitte einspringen und ein Machtwort sprechen.

Aaron ist doch wie alle Männer der O'Brien-Frauen, dachte Josie abfällig. Schwach und unfähig.

«Ich schau mal nach den Mädchen», murmelte er und stand auf. Erst nachdem er den Salon verlassen hatte, wandte Emily sich an Josie. Ihre Augen funkelten. Von der anfänglichen Verunsicherung war nichts geblieben.

«Erzähl mir alles», sagte sie bloß. Ihre Stimme klang eisern, Widerspruch duldete sie nicht, das war deutlich zu spüren.

Also erzählte Josie. Erst stockend, weil sie wusste, wie verrückt es klang, dass eine Fünfzehnjährige mit einem erwachsenen Mann korrespondierte und dieser sie, um dem Ganzen die Krone aufzusetzen, über Nacht in ein Hotel einlud.

«Hat er sich dir genähert?», fragte Emily. «Bitte, Josie, antworte mir. Hat er irgendwas getan? Dich berührt? Dir …»

«Du meinst, ob er mir was antun wollte? Ob er mit mir schlafen wollte?» Emily zuckte zusammen, und Josie lachte glockenhell. «Ach was. Wir sind den ganzen Nachmittag spazieren gegangen und haben uns unterhalten, und abends hat er mich in ein schickes Restaurant ausgeführt. Dann hat er mich ins Hotel gebracht, und heute früh hat er mich nach dem Frühstück hergefahren.»

«Mehr war da nicht?» Emily schien wirklich in höchster Not zu sein. Fast war Josie versucht, sich etwas auszudenken. Ein kleines Streicheln zum Beispiel oder einen Wangenkuss, der etwas zu lang dauerte, um ihn noch züchtig zu nennen. Aber nichts dergleichen war geschehen. Dylan Manning war ein Gentleman. Das sagte sie Emily auch.

«Und wie soll das weitergehen?», fragte Emily zweifelnd.

«Ach, mach dir doch nicht so viele Sorgen!» Josie verschwieg ihr lieber das zarte, duftige Kleid, das in dem Hotelzimmer auf sie gewartet hatte. Nach dem gestrigen Abendessen hatte sie es ausgezogen und in der Schachtel im Zimmer zurückgelassen. Sie wollte nichts von ihm geschenkt. Wenn er ihr Kreiden und Papier schickte, war ihr das schon mehr als genug.

«Ich mache mir so viele Sorgen, wie nötig sind», bemerkte Emily scharf. «Du bist fast noch ein Kind, und deine Mutter hat dich mir anvertraut. Wenn dieser Mann dich nun verdirbt …«

«Aber das würde er niemals tun!», rief Josie aus. «Er ist so ein lieber Kerl. Wieso laden wir ihn nicht Sonntag zum Essen ein?»

«So weit kommt's noch, dass wir ihn einladen», knurrte Emily. Doch dann wurde ihr Gesicht plötzlich weich. «Du erinnerst mich an jemanden», sagte sie verträumt.

«An meinen Vater?»

Emily runzelte die Stirn. «Wie kommst du auf deinen Vater?»

Jetzt war es Josie, die schwieg, weil ihr die rechten Worte nicht in den Sinn kamen. Dann seufzte sie. «Ich vermiss ihn halt.»

«Du hast ihn nie kennenlernen dürfen. Ich verstehe, dass es dir schwerfällt.»

«Mam spricht auch nie von ihm.»

«Sein Tod ...» Emily sprach nicht weiter.

«Ja?»

«Nichts. Ein sinnloser Tod, mehr nicht.» Sie stützte sich auf ihren Stock und stand auf. «Ich zeige dir dein Zimmer. Und dann hoffen wir mal, dass das Essen fertig ist.»

Schweigend folgte Josie ihrer Tante nach oben. Ihr brannten die Fragen auf der Zunge, nach ihrem Vater und den genauen Umständen seines Todes. Jeder wusste darüber Bescheid, nur vor ihr verheimlichte man alles.

Warum?

«Hier.» Emily stieß die Tür auf und ließ ihr den Vortritt. Auf dem Nachttisch lag ein Päckchen Pastellkreiden. Ein kleiner Skizzenblock unter orangefarbenen und violetten Lupinen. Josie sank aufs Bett. Ihr tat es plötzlich leid, dass sie Emily nicht alles erzählt hatte. Es war zu merkwürdig gewesen.

Dylan hatte sie zum Abschied auf die Wange geküsst. Sein Gesicht hatte dicht an ihrem geruht, sie hatte seinen

Atem in ihrem Ohr gespürt. «Ich kann warten», hatte er geflüstert, und ein heißer Schauer hatte sie erfasst, der für sie schwer zu begreifen war. «Aber nicht mehr lang», hatte er hinzugefügt.

Sie wusste nicht so genau, was er damit sagen wollte. Gerne hätte sie Emily gefragt, aber sie spürte, dass diese Frage die Sorgen ihrer Tante nicht gerade zerstreuen würde. Also schwieg sie, nickte und legte ihren Pappkoffer auf die Bank am Fußende des Betts.

Worauf wartete Dylan Manning? Wie sollte sie wissen, was er von ihr wollte? Und wann wusste sie, dass dafür der richtige Zeitpunkt gekommen war?

«Nicht, Großmama, nein.»

Sarah sprang hinzu und entriss ihrer Großmutter Helen den Schürhaken, mit dem sie nicht, wie Sarah gedacht hatte, die Glut aufstocherte, sondern die glühenden Holzstückchen und die Asche aus dem Kamin kratzte. Vor dem Kamin zeugten bereits zahlreiche Brandflecke auf dem Dielenboden davon, dass sie nicht zum ersten Mal versuchte, sich die Glast auf die Füße zu werfen.

«Mir ist aber so kalt», jammerte die alte Frau.

«Ja, ich weiß. Ich mach dir eine Wärmflasche, ja? Und die dicken Socken hole ich dir, die Josie dir zum Geburtstag gestrickt hat. Versprichst du mir, solange hier sitzen zu bleiben?»

Sarah schob ihre Großmutter in den Sessel und breitete eine Decke über ihre Beine, nachdem sie sich davon überzeugt hatte, dass die Funkenglut keinen Schaden angerichtet hatte.

«Mir ist so kalt!», wiederholte Helen immer wieder.

Ihre Zähne klapperten, und sie schlang sich die Arme um den dürren Oberkörper.

«Bleib sitzen, hörst du?» Hektisch blickte Sarah sich um. Niemand war in der Nähe, um ihr zu helfen. Walter und ihr Vater waren auf den Weiden oder Gott weiß wo, und Annie war mit Izzie im Gemüsegarten, Unkraut jäten.

Wieder mal war sie mit Großmama Helen allein.

«Bleib!», befahl sie ein letztes Mal streng, ehe sie aus dem Salon huschte. Sie warf ihr Schultertuch im Vorbeigehen auf die Truhe und sprang, zwei Stufen auf einmal nehmend, die Treppe hoch. Oben riss sie die Schubläden im Schlafzimmer ihrer Großeltern auf. Ein heilloses Durcheinander begrüßte sie, aber darum musste Sarah sich später kümmern. Solange Großmama allein unten saß, fehlte ihr die Ruhe dafür.

Sie fand die Socken, ein zweites Schultertuch und eine Decke, riss alles an sich und polterte die Treppe wieder hinunter. «Hier.» Sie betrat den Salon und legte ihrer Großmutter die Decke auf die Knie. Als sie sich bückte, um ihr bei den Strümpfen zu helfen, wehrte sie sich.

«Kind, was machst du denn?» Großmama Helen warf die Decke beiseite. «Dicke Socken bei diesem herrlichen Frühlingswetter? Ich bin doch nicht krank. Lass!» Mit jedem Wort gewann ihre Stimme an Schärfe, bis sie wieder ätzend wie ehedem war. Ratlos stand Sarah mit den Strümpfen in der Hand vor dem Sessel.

«Und sieh dir nur diese Sauerei an!» Anklagend wies ihre Großmutter auf die verstreuten Holzstücke vorm Kamin. «Feg das weg, ehe es sich noch ins Parkett brennt.»

Wortlos legte Sarah die Strümpfe beiseite und machte sich daran, den Dreck wegzuputzen.

Sie schluckte jedes Wort herunter, das ihr auf der Zunge

lag. Nach Jahren in dieser Zwischenwelt hatte sie gelernt, dass es sinnlos war, ihre Großmutter auf die Aussetzer hinzuweisen, die inzwischen immer häufiger, länger und heftiger wurden.

Das Schweigen war ihnen zur zweiten Natur geworden, seit sie den großen Teil des Tages miteinander verbringen mussten. Irgendwann hörte Sarah etwas rascheln, drehte den Kopf halb und beobachtete, wie ihre Großmutter eine Tafel Schokolade auswickelte und herzhaft hineinbiss. Sie kannte kein Maß mehr, vertilgte inzwischen, was sie kriegen konnte, und blieb trotzdem so hager wie in den kargen Kriegsjahren.

«Was glotzt du so? Hab ich dir nicht gesagt, du sollst die Treppe bohnern? Undankbares Pack, diese Angestellten!», blaffte ihre Großmutter.

Sarah wischte letzte Aschereste auf die Kehrschaufel und flüchtete. Trotzdem hörte sie, wie Helen ihr nachrief: «Wenn du nicht so ein verlogener Bastard wärst, der überall Unwahrheiten über meine Familie verbreitet, hätte ich dich längst vor die Tür gesetzt!»

Sarah eilte mit gesenktem Kopf in die Küche. Tränen brannten in ihren Augen, und ihre Nase lief. Ihre Großmutter war wieder gefangen in ihrer Traumwelt, in der sie Herrin über ein riesiges Anwesen im alten Europa war. Und Sarah war in ihrer Vorstellung das Stubenmädchen, das Helen aus reiner Barmherzigkeit bei sich aufgenommen hatte. An solchen Tagen nannte sie Sarah Moira und schimpfte mit ihr, weil sie so ein Nichtsnutz war. Nichts konnte sie dann zufriedenstellen.

Sie schniefte, kippte die Asche in den Mülleimer unter dem Spültisch und lehnte sich dagegen. Die Hand legte sie auf die Fensterscheibe. Sie blinzelte die Tränen fort, während sie dastand, und hoffte, dass sie dabei niemand ertappen würde.

Jemand kam durch den Garten. Nicht die ausufernde Gestalt von Annie, nicht der schmale, kleine Körper Izzies. Es war ein Mann, breitschultrig, dunkelhaarig, den Schlapphut tief ins Gesicht gezogen.

Sie atmete tief durch. Keiner von den O'Briens, wie sie es kurz gehofft hatte. Manchmal gelang es wenigstens Edward oder Walter, zu ihrer Großmutter durchzudringen.

Es war Robert Gregory.

Hastig wischte sie sich die Tränen aus dem Gesicht und fuhr mit beiden Händen durch ihr Haar, das zerzaust und achtlos hochgesteckt war. Sie rieb ihre Hände an der alten Schürze, die sie inzwischen bei der täglichen Arbeit trug, und ging zur Küchentür, gerade als es leise gegen die Glasscheibe klopfte.

Sarah öffnete die Tür, und Robert musste einen Schritt zurückmachen, weil sie nach außen aufging.

«Rob», sagte sie.

«Hallo, Sarah.» Er strahlte sie an, nahm den Schlapphut ab und strich sich mit der Hand über das dunkle Haar.

Er war ein hübscher Kerl. Das war er immer schon gewesen, aber die letzten Jahre hatten ihm etwas Gesetztes verliehen, das ihn erwachsener als seine kapp 25 Jahre wirken ließ. Sein kantiges Kinn, die kleinen Augen unter den buschigen Brauen, der dunkle Bartschatten – eine Ähnlichkeit mit seinem Cousin Aaron war kaum zu leugnen, doch hatte er etwas ungeschliffen Hartes, wo Aaron eher weich war.

Heute trug er einen feinen braunen Anzug und hatte sogar eine Krawatte umgebunden.

«Störe ich?»

«Nein, nein, komm nur rein. Ich wollte gerade Kaffee kochen.»

Inzwischen war er häufig Gast in Kilkenny Hall, wenngleich er selten über die Küche hinauskam. Stets ging er durch den Garten, klopfte und freute sich jedes Mal, wenn Sarah ihm öffnete. Sie setzten sich zusammen, naschten ein paar Kekse und tranken Kaffee, und meist redeten sie nicht viel, weil Sarah gar nicht wusste, worüber sie hätte reden sollen. Von Großmutter Helen erzählen? Von der alltäglichen Arbeit, in die sie sich hüllte wie in einen schützenden Kokon? Vom Schmerz, den sie auszublenden versuchte, weil Jamie oben im Fuchsbau hauste und ihr aus dem Weg ging, wo er nur konnte? Von den Tagen und Wochen, wenn er sein Haus gar nicht verließ, bis ihr Großvater, um seinen jüngsten Sohn besorgt, Sarah mit einem Korb hinaufschickte, in dem sich Lammpastete, Süßkartoffelauflauf und ein ordentlicher Schnaps befanden, damit «der Junge wenigstens gut isst»?

Nichts davon schien geeignet, um mit Robert darüber zu sprechen. Ihre neusten Rezepte interessierten ihn sicherlich ebenso wenig, schon gar nicht die Schundromane, die sie in den Abendstunden las, wenn sie Großmutter ins Bett gesteckt hatte.

«Geht's euch gut?», fragte Robert, während Sarah zwischen Herd und Tisch, Regal und Spülschrank hin und her eilte. Sie bewegte sich fast lautlos, stellte Tassen auf Unterteller, räumte die Kochbücher beiseite, die sie vorhin durchgeblättert hatte auf der Suche nach einem Rezept fürs Abendessen, stellte einen Kuchen hin und holte Sahne und Zucker, während das Wasser im Kessel zu simmern begann. Sie arbeitete stumm und rasch, aber Roberts Frage ging ihr nicht aus dem Kopf.

«Wie immer», antwortete sie schließlich.

«Deine Großeltern? Sind sie wohlauf?»

Nun sank sie doch auf die Bank, Robert gegenüber. Ihre Finger fuhren über die Holzmaserung. «Nun, wie immer.»

Es war still geworden in Kilkenny Hall, seit sie keine Gesellschaften mehr gaben und auch den letzten Besucher vergrault hatten. Nur Robert kam noch.

«Das muss ja nicht schlecht sein.» Er wartete, bis sie ihm Kaffee eingeschenkt hatte und wieder bei ihm saß, dann griff er über den Tisch nach ihrer Hand. «Sarah.»

Sie entzog sich ihm nicht, blickte ihn nur stumm an über den Tisch, an dem sie schon so oft gesessen und Gespräche wie dieses geführt hatten. Immer mit demselben Ergebnis. Immer war er abgezogen wie ein geprügelter Hund, und jedes Mal stand er wenige Tage später wieder vor der Küchentür und klopfte leise gegen das Glas.

«Rob, bitte …» Diesmal wollte sie verhindern, dass er es aussprach.

«Ich geh zu deinem Großvater und frage ihn. Oder soll ich zu Walter gehen? Er ist schließlich dein Vater.»

Sie entzog ihm die Hand mit einem Ruck. «Er ist nicht mein Vater», erwiderte sie bockig.

«Dann rede ich mit deinem Großvater. Er wird sich freuen, wenn ich um deine Hand anhalte.»

«Tu das nicht», flehte sie in höchster Not. «Bitte, Rob, das darfst du nicht.»

«Wieso?» Sein Daumen strich zart über ihre abgearbeiteten, rauen Handflächen. «Was spricht dagegen, wenn wir heiraten?»

Sie schwieg.

Es gab nichts, was dagegen sprach. Sie mochte Rob, und er war lieb zu ihr. Brachte ihr Schokolade, die sie ihrer Großmutter zusteckte. Handcreme für ihre rissigen Hände und Schleifen für ihr schwarzes Haar, als ob sie noch ein junges Mädchen wäre. Dabei war sie inzwischen 24, eine alte Jungfer, die von ihrem Verlobten einst sitzengelassen wurde, der noch immer in ihrem Leben herumgeisterte und sie nicht zur Ruhe kommen ließ.

«Vielleicht entscheidet er sich ja um», sagte sie leise. «Irgendwann.»

«Es ist anderthalb Jahre her», sagte Robert sanft. «Verschenk nicht um seinetwillen dein Leben.»

«Dann red du mit ihm. Er soll dir seinen Segen erteilen, dann kannst du mich halt haben. Frag ihn!»

«Und wenn er uns seinen Segen gibt?», fragte Robert leise. «Dann heiratest du mich?»

Sie schluckte die Tränen herunter und nickte heftig.

«Gut.» Er ließ ihre Hand los. «Gleich morgen geh ich zu ihm.»

An Regentagen hatte er eine gute Ausrede, sich nicht vor die Tür zu wagen. An Regentagen war es leicht, im Bett liegen zu bleiben und dem leisen Wispern, Rauschen und Tröpfeln zu lauschen, das den Fuchsbau einhüllte.

Das Haus alterte rasch, da sich keiner so recht darum kümmerte, doch das war Jamie inzwischen auch egal. Abblätternde Farbe und Risse im Fußboden störten ihn ebenso wenig wie der modrige Geruch nach feuchtem Schimmel, der sich im Gebälk einnistete, sich in alle Textilien krallte und langsam auch seinen Körper ertränkte.

Er zog sich den alten Quilt über den Kopf und schloss

erschöpft die Augen. Der Regen rief seinen Namen. «Jamie!?»

Er fuhr hoch. Das war nicht der Regen. Da stand jemand vor der Tür. Jamie stöhnte. Er quälte sich aus dem Bett und tastete nach der Hose, die irgendwo auf dem Fußboden lag. Auf dem Weg zur Tür griff er ein Hemd vom Wäschehaufen und streifte es über den Kopf. Es stank erbärmlich.

Wieder rief ihn die Stimme. «Jamie! Willst du mich im Regen stehen lassen?»

«Verflucht, nun brüll hier nicht so rum!», knurrte Jamie. In der Küche stolperte er über einen Topf mit verkrusteten Essensresten. Erst wollte ihm nicht einfallen, warum er da stand, bis er sich an den Vorabend erinnerte. Da war er zu schwach gewesen, sich an den Tisch zu setzen. Er war einfach am Herd runtergerutscht und hatte direkt aus dem Topf gelöffelt, gierig und voller Selbstekel.

Er stieß die Tür auf. «Was denn? Was ist los? Was kommst du her und machst so einen Lärm?»

Der da vor ihm stand, völlig durchnässt und mit einem Pony am Zügel, war ihm für einen Moment entwischt. Jamie klappte den Mund auf und zu, dann fiel es ihm wieder ein. «Rob. Alter Freund.»

«Wenn du so deine Freunde begrüßt, möchte ich nicht wissen, wie deine Feinde empfangen werden.» Rob führte das Pony näher, band es ans Geländer der Veranda und kam zu ihm rauf. «Siehst verdammt elend aus.» Er klopfte Jamie auf die Schulter und zuckte zusammen. Vermutlich weil er Jamies Knochen spürte oder – wahrscheinlicher – weil er den Armstumpf streifte.

«Kommt keiner her», brummelte Jamie. «Bin ein miserabler Gastgeber.»

«Du könntest es ja wenigstens versuchen. Darf ich reinkommen?»

«Mir wär's lieber, du sagst hier draußen, was du zu sagen hast.»

«Gut.» Robert nickte, dachte nach. Dann: «Es geht um Sarah.»

Jamie fegte ein paar Blätter und Erdreich beiseite, die sich auf der Bank an der Hauswand gesammelt hatten, und machte eine einladende Handbewegung. Robert setzte sich zögernd. Er hielt Abstand von ihm. Sein Naserümpfen entging Jamie nicht.

Natürlich stank er. Jeder Mensch stank, wenn er sich wochenlang nicht wusch.

«Sarah, hm.» Er starrte nach vorne. «Was gibt's da zu bereden?»

«Wir wollen heiraten.»

Drei Worte, so schwer.

Was antwortete man darauf? Was war eine gerechte Antwort, wenn man selbst diese Frau von sich gestoßen hatte, weil sie etwas Besseres, nein, einen besseren Mann, verdient hatte?

Robert war der Bessere, keine Frage. Der Krieg war an ihm abgeperlt wie der Regen am Gefieder einer Ente. Er war jetzt noch so heil wie zuvor, und Jamie sollte dankbar sein, weil jemand Sarah – seine Sarah! – glücklich machen konnte.

Er hörte Rob reden, doch die Worte rauschten an ihm vorbei. Er redete davon, wie wichtig es sei, dass Jamie ihnen seinen Segen erteilte, dass er einverstanden wäre mit allem. Und Jamie nickte und dachte doch nur: Dann ist sie für immer fort aus meinem Leben.

Für einen Moment fiel alle Bleischwere von ihm ab,

und er bekam eine Ahnung davon, wie das Leben sein konnte, wenn Druck und Schuld nicht mehr dazugehörten. Er lächelte, und es tat weh zu lächeln, weil sein Gesicht es so lange nicht mehr versucht hatte.

«Du hast doch nichts dagegen?» Robert schien ehrlich besorgt.

«Du wirst sie glücklich machen, versprichst du das?»

«Das werde ich.»

«Dann habe ich nichts dagegen.»

Damit war alles gesagt. Er stand auf und schlurfte zurück ins Haus. In Küche bückte er sich und hob den Topf auf, stellte ihn auf den Spültisch zu den anderen Töpfen, Tellern, der Pfanne mit eingetrockneten Resten, den Gläsern und Bechern und was sich dort nicht alles gesammelt hatte. Heißes Wasser musste er aufsetzen, alles schrubben, dann den Holzfußboden wischen und ihn ölen, damit er nicht mehr so klebte unter den Füßen. Ja, es gab viel zu tun in diesem Haus. Endlich hatte er die Kraft, denn heute war ihm die Last genommen worden, die ihn in den letzten anderthalb Jahren gequält hatte.

Sarah schaute nach vorne. Sie hatte nun jemanden, der auf sie aufpasste und sie glücklich machte.

12. Kapitel

Glenorchy, Februar 1921

Sie heirateten an einem Freitag im Februar.

Sarah trug das zartblaue Kleid, das ihr Emily vor Jahren geschenkt hatte. Die Zeit war nicht spurlos an ihr vorbeigegangen, die Last ihrer Aufgaben hatte an ihr gezehrt, weshalb sie an den Hüften ein paar Nähte hatte enger machen müssen. Aber jeder, der sie sah, behauptete, sie sei die schönste Braut, die Glenorchy je gesehen hatte.

Sie stand an Roberts Seite, hatte sich bei ihm untergehakt und hielt mit der freien Hand den Strauß aus weißen Rosen. Sie schaute zu ihm auf, während die Gratulanten an ihnen vorbeizogen und große Pakete überreichten, die sich schon bald auf dem Tisch hinter ihnen stapelten.

Als letzter Gratulant kam ihr neuer Schwiegervater.

Sarah beugte sich leicht zu ihm herunter, als er ihr die zittrige Hand entgegenstreckte. Er packte zu, und fast hätte sie überrascht aufgeschrien. Seine Finger schlossen sich wie ein Schraubstock um ihre Hand.

«Mmm…ch … nnn… g…kich», lallte er.

Mach ihn glücklich.

Sie hatte genau verstanden, was er sagen wollte.

Seine Worte waren eine Drohung, da gab es keinen Zweifel. Mach ihn glücklich, sonst wirst du's bereuen.

Aber dann drängte sich Diane zwischen sie und ihren Schwiegervater, und sie zwitscherte so munter, man müsse jetzt dringend zu Tisch, die Suppe werde sonst kalt. Und sie hakte sich bei Sarah unter, als seien sie seit ewigen Zeiten die allerbesten Freundinnen.

Das Hochzeitsessen rauschte nur so an Sarah vorbei. Sie nickte und lächelte, wenn Robert etwas sagte, sie lachte und ließ sich von ihm küssen, sobald er sie küssen wollte oder die Gäste ans Glas klopften. Sie versuchte das Glück, das sie ausstrahlte, auch in ihrem Innern zu fühlen.

Nach dem Essen brachen die Gäste nach und nach auf. Sie fuhren für ein paar Stunden nach Hause, ehe man sich abends in Kilkenny Hall für den Hochzeitsball traf.

Sarah und Robert fuhren mit einem Einspänner, der mit zarten Blumengirlanden geschmückt war. Sogar in die Mähne ihres Kutschpferds hatte jemand einzelne Blüten geflochten.

Sarah schmiegte sich an Robert. Sie schloss die Augen. Alles ist richtig, dachte sie. Alles ist wunderbar.

Warum nur ließ sich das Gefühl, das Falsche zu tun, nicht vertreiben?

«Bist du glücklich?», fragte Robert. Er legte den Arm um ihre Schultern und drückte sie kurz an sich. Sein Kuss landete nicht auf ihrem Mund, sondern irgendwo zwischen Hals und Ohr, weil sie abrupt den Kopf wegdrehte.

«Ja», sagte sie. Und als müsse sie ihrer Antwort Nachdruck verleihen: «Solange du auch glücklich bist.»

Er strahlte. «Heute bin ich der glücklichste Mann der Welt.»

Sie atmete durch. Alles ist wunderbar.

«Ich dachte nur, es könnte vielleicht falsch sein, wenn ich zu dir nach Kilkenny Hall ziehe. Wenn du lieber zu uns in die Stadt ziehen willst ...»

«Nein, nein! Nein.» Sie legte die Hand auf seinen Unterarm. «Es ist lieb von dir, zu uns zu ziehen. Du nimmst viel auf dich, damit ich weiter bei Großmutter Helen bleiben kann.»

«Mein Vater ist ebenso pflegebedürftig wie sie, darum verstehe ich das natürlich.» Dann, als käme ihm der Gedanke just in diesem Moment, fügte er hinzu: «Ich habe überlegt, ob ich nicht das Geschäft verkaufe. Dann könnte ich mich ganz der Farm widmen.»

Der Gedanke kam überraschend. Natürlich verstand Sarah, warum er darüber nachdachte. Von Kilkenny nach Glenorchy war es ein ganz schönes Stück, und wenn er diese Strecke jeden Morgen und jeden Abend ritt ...

«Aber was wird dann aus deinen Eltern? Deine Brüder ...»

«Die beiden können wahrhaftig selbst auf sich aufpassen, um die mach ich mir keine Sorgen. Meine Eltern könnten zu uns ziehen.»

Sarah konnte nicht genau benennen, was ihr an dieser Vorstellung so sehr missfiel.

«Das muss ich aber nicht heute entscheiden, oder?»

«Aber natürlich nicht.» Er küsste ihre Hand und lächelte sie beruhigend an. «Heute ist unser großer Tag. Über alles andere können wir uns morgen Gedanken machen.»

Das unangenehme Gefühl aus dem Nichts, das sie verspürt hatte, füllte sich mit etwas Kaltem, vor dem sie zurückschreckte.

Sie hatte Angst.

Es war kein Geheimnis, dass die O'Briens zu feiern verstanden. Bei ihnen gab es stets von allem reichlich. Ein reichhaltiges Büfett mit Naschereien und Kleinigkeiten, an dem sich die Gäste in den Tanzpausen nach Herzenslust bedienten, Champagner, Wein und Schnaps flossen in Strömen, bis das helle Lachen der Frauen das Haus bis in die letzten Ecken erfüllte. Es gab Zigarren für die Herren und Likör für die Damen, eine Tanzkapelle, die so vortrefflich spielte, dass der Rhythmus selbst den Lahmen in die Beine fuhr.

Jamie zog ziellos von Raum zu Raum. Er hielt sich an dem Glas Champagner fest, das er sich vor Stunden vom Tablett eines Dieners genommen hatte. Wahrlich, sein Vater hatte es mal wieder richtig krachen lassen. Und während Jamie noch rechnete, wie viele Schafe für diese ausgelassene Feierlichkeit ihre Wolle und wie viele Lämmer ihr Leben hatten lassen müssen – und wie viel nützlichere Dinge man stattdessen hätte kaufen können! –, beobachtete er Sarahs Schwester Josie.

Sie stand im großen Salon, den man ausgeräumt hatte, damit man ihn als Ballsaal nutzen konnte, direkt neben dem kalten Kamin. Lässig lehnte sie an der Wand, nippte am Champagner und zog gelegentlich sogar an einer Zigarettenspitze aus Elfenbein. Der Rauch entströmte ihrer Nase, wenn sie lachte.

Und sie lachte oft.

Den Mann, der sich mit ihr unterhielt, kannte Jamie: Dylan Manning.

Es überraschte ihn nicht, Dylan Manning hier zu sehen. Der Mann war ein guter Freund der Gregorys. Nein, was Jamie an seiner Anwesenheit störte, war vielmehr die Art, wie er Josie anstarrte.

Josie erinnerte ihn an Sarah. Damals, ehe der Krieg begann, war Sarah auch so gewesen. Nicht ganz so überbordend und laut, nicht so munter. Aber sie hatte dasselbe Glück ausgestrahlt.

Und damals hatte ihr strahlendes Lächeln, das Josies so sehr glich, ihm gegolten.

Er trank den schalen Champagner, hielt den Diener auf, der befrackt und mit weißen Handschuhen durch die Menge schwebte, und nahm sich ein neues Glas. Gerade wollte er gehen, als jemand auf ihn zukam.

«Jamie O'Brien.» Er hatte seine Schwägerin Siobhan immer als jugendlich frische, tatkräftige Frau gekannt. Sie hatte schon früh ihre Unabhängigkeit von dieser Familie erkämpft, und nie hatte man ihr angesehen, dass es tatsächlich ein Kampf war.

Doch in den letzten Monaten war sie sichtlich gealtert. Einst zarte Linien gruben sich nun tief in ihr Gesicht, leichte Schatten waren zu tiefen Höhlen geworden. Das einstmals honigblonde Haar war ergraut, und sie war dünner geworden. Jamie wusste, so etwas richtete kein Hunger an, keine Krankheit. Aus ihrer Haltung sprach großer Kummer.

«Siobhan.» Höflich nickte er ihr zu. Sie stellte sich neben ihn, ihr Glas klingelte gegen seines. «Trinken wir auf das Glück meiner Tochter. Sieht sie nicht wunderschön aus in diesem Kleid?»

«Sie ist eine schöne Braut», bestätigte Jamie, ohne dorthin zu schauen, wo Sarah und Robert tanzten. Der Anblick war immer noch zu viel für ihn.

Sie sah glücklich aus. Und es sollte ihm genügen, wenn sie glücklich war. Sie hatte einen Mann gefunden, der sie lieben und ehren würde.

«Du wärst mir als Schwiegersohn lieber gewesen», gab Siobhan freimütig zu.

«Siehst du deshalb so traurig aus, Siobhan O'Brien?»

Sie seufzte schwer. «Nein, natürlich nicht. An Robert Gregory hab ich nichts auszusetzen. Sein Vater allerdings – der mag mich nicht, und ich mag ihn nicht, obwohl ich mit Diane seit unserer Ankunft hier befreundet war. Aber ich habe andere Sorgen als die Gregorys.»

Siobhan drehte leicht den Kopf. Sie schaute nicht direkt zu Josie und Mr. Manning herüber, aber Jamie verstand es auch so.

«Was können wir tun, wenn unsere Kinder sich falsch entscheiden?», flüsterte sie.

Jamie lachte auf. «Nicht viel. Hat meine Mutter mich daran hindern können, in den Krieg zu ziehen?»

«Das war etwas anderes», erwiderte Siobhan heftig. «Damals zog jeder junge Mann los, der was auf sich hielt. Aber Josie? Sie wirft ihr Leben einem alten Kerl vor die Füße und glaubt, er gehe achtsam damit um.»

«Soll ich ...» Er räusperte sich. Es war nicht seine Art, sich irgendwo einzumischen.

«Mit ihr reden? Dich hat sie immer bewundert. Und Sarah um deinetwillen beneidet.» Siobhan lächelte traurig. «Sie werden so schnell groß. Seit sie mich da oben im Wald alleingelassen hat, ist mir das bewusst geworden. Mir bleibt nicht mehr viel Leben.»

Jamie wollte widersprechen, hielt aber lieber den Mund. Inzwischen ging Siobhan auf die fünfzig zu. Damit war für jeden vernünftig denkenden Menschen weit mehr als die Hälfte seiner Lebenszeit verronnen.

«Manchmal überlege ich, ob ich wieder nach Kilkenny ziehen soll.» Sie lächelte wehmütig und nickte zu Jamies

Bruder Walter herüber, der mit einem Vorarbeiter und dessen Frau beisammenstand. «Ihm wäre das wohl nicht recht, nehme ich an.»

«Verbieten kann er's dir nicht», stellte Jamie fest.

«Nein, das stimmt wohl.» Sie nippte am Champagner. Ihr Kleid war kirschrot und schlotterte ein bisschen um den Leib. Ihre Haut wirkte sehr blass. «Ich wünschte nur, er wäre nicht so unversöhnlich.»

Jamie schwieg. Zu lebhaft war ihm die Szene in die Erinnerung gebrannt, die er an jenem schicksalhaften Sommertag im Jahre 1904 hatte mitansehen müssen, als Walter den damaligen Verwalter und Liebhaber Siobhans getötet hatte. Sarah und er waren Zeugen dieser Tat geworden. Obwohl Amiri sie fortgeschickt hatte, waren sie geblieben und hatten heimlich beobachtet, wie Walter ihn erschlug.

«Kannst du ihm denn verzeihen?», fragte er. «So verzeihen, dass er tatsächlich Frieden findet? Glaube mir, inzwischen ist er wohl derjenige, der am meisten hofft, endlich mit dieser Sache abschließen zu dürfen.»

Siobhan schwieg.

«Ich kümmere mich um Josie», sagte er. «Aber erwarte nicht zu viel. Sie ist eine O'Brien, auch wenn sie Amiris Tochter ist.»

Er stieß sich von der Wand ab und schlenderte durch den Raum. Josies glockenhelles Lachen wies ihm den Weg.

«Mr. O'Brien.» Dylan Manning bemerkte ihn zuerst. Josie drehte sich im selben Moment zu ihm um. Das Lachen gefror auf ihrem Gesicht.

«Eine schöne Feier, nicht wahr?», sagte Jamie. «Josie ...» Er nickte ihr zu. «Mr. Manning.»

Josie hakte sich bei Mr. Manning unter. Es war eine ganz natürliche Bewegung, als gehörte ihre Hand schon immer in seine Armbeuge. Ihr Gesicht war rein und klar, die dunklen Augen blitzten. «Wir haben uns lange nicht gesehen», sagte sie. Ihre Stimme war dunkler geworden. Er musste sich vorbeugen, um ihre Worte zu verstehen, denn inzwischen gab die Tanzkapelle ihr Bestes, jedes Gespräch im Keim zu ersticken.

«Wie ich sehe, hat sich einiges verändert», bemerkte Jamie.

Sie wurde rot. Das hielt er ihr zugute. Offenbar war sie nicht so schamlos, wie sie sich den Anschein geben wollte. Sie war eben doch nur ein knapp fünfzehnjähriges Mädchen, das gerade erst den kurzen Mädchenkleidern entwachsen war.

«Ich höre, du wohnst jetzt bei Emily?»

Sie schaute kurz zu Dylan Manning auf und lächelte. Dann nickte sie. «Ja. Ich male jetzt nur noch und bereite meine erste Ausstellung vor.»

«Ihre Nichte ist überaus begabt, Mr. O'Brien.» Dylan Manning strahlte sie an. Wie ein Vater seine Tochter anstrahlen würde.

«Mh», machte Jamie. So recht durchschaute er nicht, was Josie dazu trieb, sich mit diesem alten Mann abzugeben. Was Dylan Manning bewog, war ja nur zu deutlich. Niemand konnte Josies Schönheit übersehen: die zarte, leicht gebräunte Haut, das schwarze, lange Haar (das sie an diesem Abend offen trug), die etwas zu groben Gesichtszüge, die durch die großen Augen und den weichen Mund besänftigt wurden. Der schlanke, biegsame Körper, überall dort gerundet, wo ein weiblicher Körper nun mal gerundet sein sollte.

Das Kleid, das sie trug, überstrahlte alle anderen. Duftige cremefarbene Seide, die sich bis hinab zu den Füßen bauschte. Sie sah aus wie eine Elfe.

«Stell dir vor, Mr. Manning hat meine Ausstellung erst möglich gemacht!»

Sieh an, dachte Jamie. Da ist ja wieder das aufgeregt plappernde Kind.

«Es heißt Vernissage», erklärte Mr. Manning.

«Genau, eine Vernissage. Kommst du? Ich muss dir unbedingt eine Einladung schicken, es wäre so schön, wenn du kämst!»

Jamie lächelte. «Ich komme bestimmt», versprach er.

«Und, wie ist es hier auf Kilkenny derweil? Alles zum Besten bestellt?», fragte Josie jetzt wieder höflich. Jamie verzog das Gesicht. Jetzt klang sie wie ein Kind, das Dame spielte.

«Es könnte besser sein. Viel zu tun, der ewige Kampf.» Er zuckte mit der rechten Schulter, und weil er nicht wusste, was er noch sagen sollte, nippte er an seinem Champagner und blickte sich suchend um.

Mr. Manning runzelte die Stirn. «Da wir gerade so angenehm beisammenstehen, würde mich schon interessieren, warum Sie mein Angebot damals abgelehnt haben.»

Jamie musste kurz nachdenken, ehe ihm die genauen Umstände wieder einfielen. «Ach ja, der Job. Tut mir leid, aber meine Aufgabe liegt hier.»

«Tatsächlich?» Dylan Mannings graue, buschige Augenbrauen wanderten nach oben. «Ich dachte, Robert Gregory übernimmt jetzt die Verwaltung der Farm?»

Jamie versteifte sich. «Davon weiß ich nichts.»

«Hm», machte Mr. Manning. Dann lachte er. «Da habe

ich mich wohl geirrt, was? Nichts für ungut.» Er schlug Jamie auf die Schulter. «Komm, Josie. Du hast mir einen Tanz versprochen.»

Sie tanzten bis tief in die Nacht, bis Sarah glaubte, ihre Füße in den neuen Schuhen müssten bluten. Dann erst gingen die letzten Gäste und ließen ihre Einspänner bringen. Die wenigen, die über Nacht auf Kilkenny Hall blieben, zogen sich zurück.

Am Fuß der Treppe streifte sie die Schuhe ab und lief auf Seidenstrümpfen hinauf. Ihr Kleid raschelte leise. Irgendwo knallte ein Fenster, das jemand aufgerissen hatte, um die kühle, nächtliche Luft einzulassen. Der Wind trug schon den Geruch nach Herbst in das Tal am Wakatipusee. Bald würden sich die Blätter rot färben, und dann wurden die Bäume kahl. Bald würde der erste Schnee fallen …

Auf dem oberen Treppenabsatz blieb sie stehen und lauschte. Aus einigen Gästezimmern hörte sie Flüstern und unterdrücktes Lachen. Sarah wandte sich nach links. Dort lag die Zimmerflucht mit den Räumen der Familie. Am Ende des Gangs befand sich das größte Schlafzimmer, das seit Jahrzehnten leergestanden hatte.

Seit ihre Mutter Kilkenny Hall und Walter verlassen hatte.

Erst hatte Sarah protestieren wollen, als Edward vorschlug, Robert und sie könnten dieses Zimmer beziehen. Aber ihr war kein triftiger Grund eingefallen, der dagegen sprach. Und Robert hatte sich sofort für die Idee begeistert und zudem vorgeschlagen, sie sollten die Räumlichkeiten vorher noch renovieren lassen.

Zur Renovierung war es nicht gekommen, weil die Zeit

fehlte, und vermutlich auch das Geld. Sarah stieß die Tür auf und blieb auf der Schwelle stehen.

Robert saß schon auf der Bettkante. Die Decken waren einladend zurückgeschlagen, die Wäsche blütenweiß. Im Raum hing ein schwacher Lavendelduft.

Robert stand hastig auf. Er hatte sein Jackett abgelegt und die Krawatte gelockert. «Sarah.»

Sie stellte ihre Schuhe vor den Schrank. Noch war er leer, aber schon morgen würde sie ihre Sachen aus ihrem alten Zimmer herüberschaffen. Sie lächelte, weil sie daran denken musste, dass Robert vorgeschlagen hatte, den kleinen, angrenzenden Raum als Kinderzimmer zu nutzen.

Kinder. Familie.

Sie blickte ängstlich zum Bett.

«Komm, ich helfe dir mit dem Kleid.»

Sie ließ es geschehen, dass er die zahlreichen Häkchen öffnete, mit denen das Kleid am Rücken verschlossen wurde. Sarah schloss die Augen. Sie wusste, was jetzt kam. Zumindest ungefähr.

Robert half ihr aus dem Kleid und führte sie zum Bett. Gehorsam legte sie sich hin und wartete, dass er das Licht löschte. Er blieb neben dem Bett stehen. Löste die Manschettenknöpfe, legte sie auf den Nachttisch und ließ sie derweil nicht aus den Augen.

«Ich würde das Licht so gerne anlassen», sagte er leise.

Sie nickte. Ballte die Hände zu Fäusten.

Er entkleidete sich bis auf die Unterwäsche und legte sich neben sie aufs Bett. Seine Hand streichelte ihren Körper, erst die Schulter, ihren Bauch, dann wanderte sie hinauf zu den Brüsten. Es fühlte sich nicht schlecht an. Eigentlich sogar ganz gut, befand sie. Nur die Augen hielt sie fest zugekniffen, weil sie sich schämte.

«Du bist so wunderschön.» Sie spürte, wie er sich über sie beugte und sie auf den Mund küsste. Er schmeckte nach Champagner, nach Rauch und etwas anderem, Süßem.

Er ließ ihr Zeit. Seine Hand erkundete ihren Körper, und sie seufzte, wenn etwas gefiel, sie schnappte nach Luft und ertappte sich dabei, wie sie seiner Hand entgegenkam. Sie spürte, dass er sie beobachtete, und es machte ihr schon bald nichts mehr aus.

Irgendwann öffnete er ihre Strumpfhalter und rollte die Strümpfe herunter. Er beraubte sie der letzten Kleidungsstücke, bis sie nur noch das lange Unterhemd trug. Sarah fürchtete, er würde ihr auch das nehmen, aber stattdessen tat seine Hand etwas verboten Schönes, indem er sie zwischen ihren Beinen nach oben schob und jene Stelle berührte, die heiß und nass geworden war unter seinen Berührungen.

Sie quiekte auf. Drehte sich von ihm weg, nur um sofort wieder zu ihm zu kommen. Es war neu, und es tat nicht weh, wie sie es befürchtet hatte. Sie hatte keine Freundinnen, die sie auf diesen Moment hätten vorbereiten können. Mit ihrer Mutter redete sie nicht, ihre Großmutter war irr. Was sie wusste, hatte sie von Annie und Izzie, die sich einmal beim Gemüseputzen darüber unterhalten hatten, ganz beiläufig, als wüssten sie um Sarahs Ahnungslosigkeit.

Sie hielt die Luft an und wartete. Robert schob sich näher an sie heran, wieder streichelte seine Hand ihren Oberschenkel, und diesmal erlaubte sie, dass er ihre Beine auseinanderschob. Seine Finger fuhren durch ihr krauses, dunkles Haar. Dann tauchte ein Finger tiefer ein, und sie schrie überrascht auf.

«Psst», machte er.

Ihm schien zu gefallen, was er zwischen ihren Beinen vorfand. Seine Finger fuhren über sie, rieben sich an ihr. Sie seufzte wieder, diesmal leiser. Sie schämte sich so sehr. Wie konnte ihr so was nur gefallen? Es war ungehörig. Sie sollte sich ängstigen und nicht nach seinen Berührungen hungern, oder?

Er drängte seinen Leib gegen ihren. Seine Hand zwang ihre Beine weit auseinander, und sie gab nach. Als er sich zwischen ihre Schenkel kniete, blinzelte sie, ganz kurz nur, aber es genügte, dass sie sofort die Augen wieder zukniff, da er just in diesem Moment seine Unterhose herunterschob.

Ihr Körper wurde ganz kalt.

Robert legte sich auf sie. Eine Hand packte ihre Schulter, mit der anderen … Sie wollte sich von ihm befreien, aber jetzt war es zu spät. Hart traf er auf ihr heißes, nachgiebiges Fleisch, und sie lag ganz starr und wartete.

Sie spürte ein Ziepen, etwas Stechendes, als er sich das erste Mal in sie schob. Er verharrte einen Moment, dann begann er, sich zu bewegen.

Der Zauber seiner Berührungen war verschwunden. Seine Hände hielten ihre Schultern, und bald wurden seine Stöße heftiger und schneller. Sie wagte nicht, die Augen wieder zu öffnen, spürte einen Tropfen Schweiß auf ihre Stirn fallen.

Dann ächzte er, ruckte noch zwei-, dreimal tief in sie hinein und sank auf ihren Körper.

«Sarah», flüsterte er. «Meine Sarah.»

Jetzt erst öffnete sie die Augen. Ihre Hand ging nach oben und strich über Roberts dunkles Haar. Sie streichelte es, und er rollte sich von ihr herunter. Robert strahlte, und sie versuchte zu lächeln.

«Alles in Ordnung?», flüsterte er, und sie nickte, weil sie nicht wusste, was nicht in Ordnung sein sollte.

Robert küsste sie auf den Scheitel, zog ihre Bettdecke hoch und löschte das Licht. Im Dunkeln hörte sie seine Bettdecke rascheln, dann wurde es still. Bald schon atmete er tief und regelmäßig.

Sie war verheiratet. Sie war Roberts Frau.

Und irgendwas in ihr verstummte.

Wäre es nach ihrer Mutter gegangen, hätte Josie in Kilkenny Hall übernachten müssen.

Aber es ging nicht mehr nach dem Willen ihrer Mutter. Auch nicht nach Emilys. Josie war ihrer Tante längst entglitten. Weder sie noch Aaron hatten daher Einwände erhoben, als Josie nach wenigen Wochen bei ihnen im Haus gänzlich zu Dylan zog. Josie wusste, dass Emily ihrer Mutter davon geschrieben hatte, doch weder sie noch irgendein anderes Familienmitglied verlor ein Wort darüber.

Als existierte der Skandal nicht, dass sie mit nicht einmal sechzehn Jahren mit einem wesentlich älteren Mann lebte. Sie empfand es ohnehin als normal und richtig, bei ihm zu sein.

Sie schmiegte sich an Dylan. Er hatte für einen geschlossenen Zweispänner gesorgt und die Suite im einzigen Hotel Glenorchys angemietet. Dies war einer der Vorteile, einen Millionär als Gönner zu haben. Obwohl sie auch mit ihm zusammen gewesen wäre, wenn sie in der billigsten Absteige hätten wohnen müssen.

Sie sprachen kaum auf dem Weg nach Glenorchy. Ihre

Kutsche fuhr den anderen voran, die Pferde warfen die Hufe im schnellen Trab, und dank zweier Kutschenlampen konnten sie den Weg vor sich gut erkennen.

Dylan legte den Arm um Josies Schulter. Mehr nicht. Er war einfach immer so sehr für sie da, wie sie ihn brauchte.

«Schläfst du heute Nacht bei mir?», fragte sie müde.

«Wenn du das möchtest ...»

Sie nickte an seiner Schulter.

«Dann machen wir das auch.» Er drückte sie an sich.

Natürlich wusste Josie, dass etwas an ihrer Beziehung zu Dylan nicht richtig war. Er war viel zu alt, sie viel zu jung. Es haftete etwas Verdorbenes daran. Von außen betrachtet ...

Das erste, was Dylan ihr beigebracht hatte, war doch, nicht wie die anderen Menschen zu denken. Künstler erhoben sich über das, was die Gesellschaft dachte oder für richtig hielt. Das hatte er ihr beigebracht. Und es konnte nichts Schlimmes daran sein, wenn sie ihn nachts in ihr Bett kommen ließ.

Im Hotel hatten sie zwei Zimmer gemietet. Einmal die Suite, die offiziell Dylan zur Verfügung stand, in der aber Josie schlief. Daneben ein kleineres Zimmer, das aber nicht genutzt wurde. Ginge es nach Josie, bräuchten sie dieses Versteckspiel nicht zu betreiben. Dylan aber beharrte darauf. Und sie akzeptierte dieses Vorgehen, weil sie wusste, weshalb er das tat.

Um *sie* vor dem Gerede zu schützen.

Zwanzig Minuten später stand sie im Wohnzimmer der Suite. Die Schuhe hatte sie abgestreift, und sie spazierte barfuß über den dicken Teppich. Im Schlafzimmer zog sie sich vollständig aus, streifte sich ein Nachthemd über den Kopf, ging ins Bad, putzte die Zähne und ging auf die Toilette, wusch sich das Gesicht und flocht das Haar zu einem dicken Zopf. Zurück im Schlafzimmer legte sie sich ins Bett und wartete.

Sie brauchte nicht lange zu warten. Dylan kannte ihre Ungeduld. Er hatte den Schlüssel, kam bald darauf herein und lächelte, als er sie im Bett liegen sah.

«Deine Schwester ist eine hübsche Braut.» Er hatte sich seinen Kulturbeutel unter den Arm geklemmt und ging ins Bad. Die Tür ließ er offen, während er aus seinem Morgenmantel schlüpfte und seine Abendtoilette verrichtete.

«Da musste ich mir direkt vorstellen, wie du wohl eines Tages als Braut sein wirst.»

«Ich werde nie heiraten!», rief sie Richtung Badezimmer und hörte sein Lachen, das von den gekachelten Wänden widerhallte. So vieles, das sie überzeugt äußerte, brachte ihn zum Lachen, und manchmal schimpfte sie, er solle damit gefälligst aufhören, denn wenn er lachte, fühlte sie sich so klein und unerwachsen.

«Sicher heiratest du!» Die Klospülung gurgelte, er wusch sich die Hände und kam in seinen ausgetretenen Pantoffeln ins Schlafzimmer geschlappt. Er trug ein einfaches Nachthemd, und viel hätte nicht gefehlt, dass er sich noch eine alberne Schlafmütze aufsetzte, aber das hatte er zum Glück noch nie getan. Auch so sah er manchmal irre komisch aus, vor allem morgens, wenn sie neben ihm aufwachte und sein graues Haar in alle Richtungen abstand.

Dann konnte sie ihn stundenlang betrachten.

Jetzt schlüpfte Dylan zu ihr unter die Bettdecke. Josie drehte sich auf die Seite, sodass sie einander anschauen konnten. Sie legte den Kopf auf ihren Arm. Er wandte sich ihr ebenso zu. Einen Moment lang sprach keiner von beiden.

«Müde?», fragte er dann.

Stumm schüttelte sie den Kopf.

In diesen Momenten, wenn sie abends zur Ruhe kam, gab es keine Müdigkeit mehr. Dann wurde sie wieder munter, nahm seine Worte auf wie ein Schwamm. Sie redeten oft über ihre Kunst, ehe ihr endgültig die Augen zufielen, und wenn sie dann näher an ihn heranrückte und sich von seinen Armen umfangen ließ, kam sie heim. Nie berührte er sie so, dass ihr heiß und kalt wurde, und nicht ein einziges Mal hatte er versucht, sich ihr unsittlich zu nähern. Sie wusste, was zu viel wäre, und obwohl sie es ihm wahrscheinlich erlaubt hätte, wenn er einen Versuch unternähme, passierte nie etwas in diesen Nächten, wenn sie bei ihm schlief oder er bei ihr.

Viel zu selten waren diese Nächte, weshalb sie jedes Mal versuchte, besonders lange wach zu bleiben oder hoffte, sie würde vor dem Morgengrauen aufwachen, wenn auch er aufwachte. Heute aber war sie erschöpft von zu vielen Eindrücken, und als sie an ihn heranrückte und seine Arme sie umfassten, murmelte sie: «Ich heirate niemals. Nie.»

Dann schlief sie ein.

Sie hatte das Staunen zurückgebracht in sein verpfuschtes Leben. Niemand wollte hinter die Fassade schauen, wenn ein Millionär vor ihm stand, denn ein Millionär, ein reicher Mann, einer, der's geschafft hat, um den muss man sich keine Sorgen machen, der hat sein Glück schon gemacht.

Dies setzte wohl voraus, dass man Glück kaufen konnte. Und wenn es einen gab, der stets versucht hatte, das Glück zu sich zu zwingen, dann war das wohl Dylan Manning, Herr über große Ländereien, Fabriken und die halbe Südinsel. Das schrieben zumindest die Zeitungen über ihn. Ganz unrecht hatten sie nicht, wenngleich Dylans große, wahre Reichtümer in Übersee lagen. In Amerika hatte er das gemacht, was seine Zeitgenossen – vor allem die Neider – sein Glück nannten.

Dass er damit kreuzunglücklich war, ahnten sie nicht.

Und so war er auf das kleine Glück angewiesen. Das Glück, das sich ihm bot, sobald er mit Josie zusammen sein durfte. Sie hatte ihn in ihr Leben gelassen, vorbehaltlos und ohne sich um sein Geld zu scheren oder das, was dieses Geld mit ihm anrichtete. Sie nahm, was er ihr gab, forderte aber nichts. Außer ihn, ihn wollte sie immer bei sich haben, und sein Staunen war grenzenlos, dass dieses junge, wunderschöne Mädchen im Schlaf nach seiner Hand tastete und sie leise seufzend drückte, statt von einem Gleichaltrigen zu schwärmen oder sich auf ihren ersten Ball als Debütantin vorzubereiten.

Er betrachtete sie in der Nacht. Tagsüber, da verstand sie, ihn zu fordern. Ihre Lust an Farben und Formen, an Kunst und Experiment begeisterte ihn, und es gefiel ihm, sie reich zu beschenken, weil jede kleine Gabe sie in Entzücken versetzte, als habe sie damit nicht gerechnet.

Sie ließ ihn vergessen, welches Leben in Wellington auf ihn wartete. Die kranke Frau, das riesige, düstere Haus mit den Bediensteten, die nur auf Zehenspitzen schlichen. Manchmal blieb er wochenlang fort, monatelang, wollte nichts hören davon, wie es um Alice stand, weil keine Nachricht allemal besser war als die ausführlichen Berichte, die auf Geheiß des Arztes von den Pflegerinnen angefertigt und ihm monatlich vorgelegt wurden. Als könnten sie damit etwas beweisen.

Als müssten sie sich für die horrenden Rechnungen rechtfertigen.

Dylan feilschte nicht um die Gesundheit seiner Frau. Er wies die Zahlungen an, leistete Vorschüsse, wenn ein Arzt eine neue Behandlungsmethode vorschlug, die genauso vergeblich sein würde wie jede vorherige. Die Krankheit war da, sie ließ sich durch nichts eindämmen, und was die Ärzte auch versuchten – und sie ließen wahrlich nichts unversucht –, war selten von Erfolg gekrönt. Und falls doch eine leichte, vorübergehende Besserung eintrat, wusste man nicht, ob es nun an dem neuen Medikament lag oder nur am Krankheitsverlauf der Morbus Charcot, die keinen Gesetzmäßigkeiten zu folgen schien.

Vielleicht wäre es leichter für ihn gewesen, bei ihr zu bleiben, wenn sie Kinder hätten. Doch Kinder zu bekommen hatte Alice von vornherein strikt abgelehnt, und als sie krank wurde vor vielen Jahren, war es zu spät gewesen, denn mit der Krankheit kam auch die Abscheu, die sie ihrem eigenen Körper entgegenbrachte. Alice war gnadenlos geworden. Nicht länger die hübsche, zarte Frau, die er einst geheiratet hatte vor zwanzig Jahren. Damals hatte ihn die von ihr diktierte Kinderlosigkeit nicht gestört; er hatte immer geglaubt, sie würden einander einfach genügen.

Das Leben nahm andere Wendungen, wenn man es am wenigsten erwartete. So hatte er versucht, sich seine stets und ständig um Josie kreisenden Gedanken zu erklären, als er sie vor Jahren kennenlernte, das Schulmädchen mit den rutschenden Söckchen und Rattenschwänzen. Erst später erkannte er, dass auch in ihr ein Schmerz schlummerte. Während er sich von seiner Frau verlassen fühlte und nur zu gut wusste, wie ungerecht es war, so zu denken, fehlte in Josies Leben von Anfang an ein Stück, das niemand ihr je würde zurückgeben können. Was sie bei ihm fand, konnte diesen Verlust nur zum Teil ersetzen.

Er wusste, was er ihr schuldig war. Josie war noch fast ein Mädchen. Die Künstlerin in ihr rang bereits um Formen, ihren Gedanken Ausdruck zu verleihen. Sie selbst jedoch hätte das nie so sagen können. Wenn er nachts neben ihr lag und ihren Schlaf beobachtete, wurde sie wieder zu einem kleinen Mädchen, das sich nach elterlicher Zuwendung sehnte. Ihre Hand schloss sich um seine, und so schlief sie, ruhig und entspannt.

Er begehrte sie. Aber zugleich wusste er, dass Josie für sein Begehren noch nicht bereit war, und daher übte er sich in Geduld. Sie würde es eines Tages erkennen. Würde eines Morgens die Augen aufschlagen und ihn ansehen, und dann wüsste sie, was ihn bewog, für sie da zu sein.

Bis dahin nahm er, was sie ihm gab. Und genoss jede einzelne Sekunde.

13. Kapitel

Kilkenny Hall, November 1921

«Wo willst du hin?»

Verschlafen kam Roberts Stimme vom Bett. Sarah erstarrte in der Bewegung, die Hand schon auf die Türklinke gelegt. «Schlaf weiter», flüsterte sie. «Ich hol mir nur eine heiße Milch mit Honig.»

Sie hörte ihn brummeln, dann versank er wieder in tiefen Schlaf. Sarah schlüpfte aus dem Schlafzimmer. Ihre Pantoffeln klapperten auf dem Hartholzboden zwischen den Läufern. Fröstelnd zog sie den Morgenmantel aus Seide enger um ihre Schultern. In dieser kühlen Nacht wäre ihr ein dicker, flauschiger Morgenmantel lieber gewesen. Sie fror in letzter Zeit so schrecklich oft.

Die Treppe war dunkel, und kurz verharrte sie am oberen Absatz, ehe sie, die Hand beständig am Lauf, langsam Stufe für Stufe nach unten stieg. Aus dem Arbeitszimmer drang keilförmig gelbes Licht in den Flur.

Sie blieb stehen. War Walter dort? Oder ihr Großvater?

Während sie noch zögerte, hörte sie ein Husten. Walter. Erleichtert und zugleich besorgt ging sie zur Tür und stieß sie weiter auf.

Er saß am Schreibtisch, vor sich einen Berg Papiere,

daneben ein Glas mit einer klaren Flüssigkeit. Sie ließ sich davon nicht täuschen. Ganz sicher trank er kein Wasser, wenn keiner hinschaute.

Behutsam klopfte sie gegen den Türrahmen. «Walter», sagte sie leise.

Er schaute hoch. Sein Blick saugte sich an ihr fest, wie sie da stand, dann schüttelte er langsam den Kopf, als müsse er eine alte Erinnerung abstreifen. «Sarah.»

«Ich konnte nicht schlafen. Möchtest du auch eine heiße Milch mit Honig?»

Wieder schüttelte er den Kopf und zeigte auf sein Glas. Er hatte Besseres. Sarah ging in die Küche.

Dort entzündete sie nur ein kleines Licht auf dem Tisch und machte zwei Becher fertig. Heiße, süße Honigmilch. Danach hatte sie schon als Kind immer so gut schlafen können.

Langsam geriet die Milch im Stieltopf in Bewegung. Sarah zog den zarten Morgenmantel enger um ihren Leib. Er wurde langsam zu klein, sie würde sich bald was einfallen lassen müssen. Einen neuen nähen. Vielleicht konnte sie Robert bitten, ihr aus dem Laden in Glenorchy einen dickeren Stoff in ausreichender Menge mitzubringen.

Bisher hatte er ihr jeden Wunsch erfüllt, sie konnte sich nicht beklagen. Und seit sie ihm von ihrer Schwangerschaft erzählt hatte, las er ihr jeden Wunsch von den Augen ab. Er war ein guter Mann. Sie hätte es nicht besser treffen können.

Es half, wenn sie sich das immer wieder sagte.

Mit den beiden Bechern Honigmilch ging sie ins Arbeitszimmer. Stellte einen auf Walters Aktenberg und setzte sich mit dem anderen in einen der tiefen Sessel vor dem Schreibtisch.

Er starrte den Becher an, sagte aber nichts.

«Trink», sagte sie leise. «Ich kann davon auch besser schlafen.»

Er ließ sie nicht aus den Augen, zog eine Schublade seines Schreibtisches auf und nahm eine Flasche heraus. Erst nachdem er einen ordentlichen Schluck Schnaps in die Honigmilch gegossen hatte und die Flasche wieder an ihrem Platz war, räusperte er sich.

«Als du da vorhin in der Tür standest, hast du mich an deine Mutter erinnert.»

Sarahs Hände schlossen sich fest um den Becher. Fast unerträglich war die Hitze. Fast.

«Sie ist auch immer nachts herumgegeistert, als sie mit dir schwanger war. Und später, sie hatte ja keine Milch für dich und musste dir immer Fläschchen machen ...» Er schüttelte den Kopf. «Später saßen wir nachts oft zusammen. Da hatte sie mir wohl irgendwie verziehen. Und ich alter Narr hatte gedacht, das hätte sie getan, weil sie mich liebte. Weil sie bei mir bleiben wollte.»

Sarah legte schützend die Hand auf ihren Bauch. Sie wusste nicht, warum Walters Worte sie so beunruhigten.

«Und dann hat sie mir ein zweites Kind untergeschoben. Es hätte alles gut sein können, wenn sie das nicht auch noch versucht hätte.»

Sie atmete flach.

«Wir wären immer noch eine richtige Familie.»

Ein Traum. Sarah räusperte sich, und auch Walter lehnte sich zurück, als erwache er aus tiefem Schlaf.

Wenn er darüber reden wollte, bitte. Aber dann konnte er ihr auch die Fragen beantworten, die sich ihr seit jeher tief in die Seele brannten.

«Hast du dich nie gefragt, wieso ich so ... dunkel bin?»

Er zuckte mit den Schultern. «Nein.»

«Aber dann kam Josie ... Was ließ dich bei ihr plötzlich zweifeln?»

Über den Schreibtisch hinweg blickten sie sich an. Damals kam dieses schöne Kind in das Leben beider, geboren in eine Familie, die vom Hass bereits zerrissen war. Als Sarahs Mutter zum zweiten Mal schwanger wurde, hatte Sarah mit ihren acht Jahren erst gar nicht begreifen können, was da vor sich ging. Und als sie es begriff, hatte die Familie Siobhan schon fortgejagt, und manchmal erinnerte sie sich auch daran, dass die Erwachsenen redeten. Über den Tod von Amiri, an den sie nur ganz verzerrte, verschwommene Erinnerungen hatte.

Erinnerungen an ihren Vater.

Jetzt fiel Sarah wieder ein, wie Großmutter Helen während der Kriegsjahre, als Josie häufiger auf Kilkenny Hall weilte, immer vermieden hatte, in der Nähe des Mädchens zu sein. Und auf die Frage, warum das so sei, hatte sie immer gezischt, es sei nicht recht, dass sie mit der Anmut eines Wilden und den Gesichtszügen eines Fremden glaubte, sie gehöre zur Familie.

Dabei war Sarah vom selben Stamm und aus demselben Holz geschnitzt. Was so anders war an Josie, hatte sie nie begriffen, doch hatte sie sich gefreut, weil sie in der Familie bleiben und ihren geliebten Paps hatte behalten dürfen.

Später erst, als sie heranwuchs und das ganze Ausmaß begriff – dass Walter Amiri im Zorn erschlug, dass die Familie den einen Vater schützte, der ihr den anderen Vater genommen hatte, dass Josies Zeugung erst all diese Dinge ins Rollen gebracht hatte – war Walter ihr fremd geworden. Aus dem geliebten Pop wurde ein Fremder.

«Früher hast du meinen Schnaps verdünnt.» Er wechselte abrupt das Thema.

Nachdem Jamie die Verlobung gelöst hatte, hatte sie es aufgegeben, der Familie irgendwie Normalität zu geben. Sie hatte es aufgegeben, jeden heilen zu wollen, nur damit sie ihren Frieden fand. Sarah lächelte nachsichtig mit sich und ihm. «Wann hast du's gemerkt?»

«Sofort.» Er lachte rau. «Hab aber mitgespielt, weil ich wollte, dass du dich besser fühlst.» Sein Löffel klapperte, er rührte die heiße Milch um. «Du warst doch immer mein Mädchen, irgendwie. Auch wenn du nicht meine Augen hast und so dunkles Haar. Deine Mutter hat immer behauptet, das hättest du wohl von ihrem Vater geerbt, und ich hab's ihr so gern glauben wollen.»

Sarah spürte, wie sich etwas eng um ihre Brust zog. Sie schwieg lange, während er bereits an der heißen Milch nippte. «Ich hab das nicht getan, weil ich dir wehtun wollte. Das mit dem verdünnten Schnaps, meine ich.»

Er machte eine wegwerfende Handbewegung. «Vergessen und vergeben. Ich hab mir schon zu helfen gewusst.»

«Nein», erwiderte sie heftig. Nichts war vergessen oder vergeben. In dieser Familie taten sie immer alle so, als habe das, was in der Vergangenheit geschehen war, keine Auswirkungen auf die Zukunft. Aber das war eine Lüge, größer eigentlich als all die neuen Lügen, die immer weiter auf die alten gestapelt wurden. Irgendwann würde dieses Gebäude aus Lügen und Halbwahrheiten zusammenbrechen, und dann wurde darunter dass bisschen Familie begraben, das ihnen noch blieb.

Sarah wollte, dass sich etwas änderte.

Sie bekam ein Kind, schon bald ginge es nicht mehr nur um sie oder um ihre Großmutter oder all die anderen

Erwachsenen dieser Familie. Da konnte jeder selbst auf sich aufpassen, und wenn sie's nicht taten, waren sie ein bisschen auch selbst daran schuld.

«Das kann ich nicht vergessen, weil du weiter säufst, als wär nix gewesen. In diesem Haus wird bald ein Kind aufwachsen. Eins, das seinen Großvater genauso dringend braucht wie seine Eltern.»

«Dieses Kind», erwiderte Walter leise, «hat einen anderen Großvater. Einen, der weiß, was er will. Der stark ist und einst alles getan hat, um diese Familie zu vernichten.»

«Und?», fragte sie herausfordernd. «Roberts Vater macht mir keine Angst. Ihm will ich nicht die Verantwortung übertragen, dass er dem Kind Reiten beibringt und es mit hinaus zu den Schafherden nimmt, damit es lernt, wovon wir leben.»

Darauf schwieg Walter lange. Seine Hand zuckte. Er zog die Schublade auf, nahm die Schnapsflasche zwar wieder heraus, schenkte aber nicht nach. Sie blickten einander an.

«Dieses Kind soll Eltern haben. Und Großeltern. Eine Familie», setzte Sarah nach. «Hier sollen klare Verhältnisse herrschen. Und von meinem leiblichen Vater soll es nie erfahren. Wozu? Er war nie Vater für mich, das warst immer du.»

«Es gab Zeiten, da hast du mich spüren lassen, dass ich nicht dein Vater war.»

«Ich weiß», sagte sie leise.

Niemand war ohne Schuld.

Sie kam sich dumm vor, weil sie mit dem Thema angefangen hatte.

Vielleicht war es zu spät.

Vielleicht konnte diese Familie niemals mehr heil werden.

Plötzlich bekam sie Angst. Um ihre Zukunft und die ihres Kindes. Wenn sie Robert nun bat, doch nach Glenorchy zu ziehen? Bisher hatte sie das immer abgelehnt, weil sie nicht im Haus seines Vaters leben wollte. Rob hatte sich oft genug beklagt, weil der tägliche Weg von Kilkenny Hall nach Glenorchy ihm zu viel wurde. Er wollte den Laden verkaufen, wenn er sich der Arbeit dort nicht mit voller Kraft widmen konnte.

Schwerfällig stand Sarah auf. Ihre Hände umspannten den gewölbten Leib, während sie noch einen Moment vor Walters Schreibtisch stand. Er nickte, ganz leicht nur. Dann nahm er die Schnapsflasche. Und statt sie zurück in den Schreibtisch zu legen, reichte er sie Sarah.

«Ist es so einfach?», flüsterte sie.

Er schüttelte den Kopf. «Aber ich will es wenigstens versuchen.»

Seine Welt war klein geworden, seit Sarah verheiratet war. Seit er im Fuchsbau hauste und sich kaum mehr darum kümmerte, was morgen war. Oder was gestern passiert war.

Es gab eine Aufgabe für ihn. Eine Welt da draußen, der er sich verpflichtet fühlte. Meist schaffte er es irgendwie, sich morgens aus dem Bett zu quälen, sich anzukleiden und den Herd anzufeuern, um Kaffee zu kochen und altbackene Brotscheiben zu rösten, die er dick mit Lammsalami belegte. Annie kam jeden zweiten Tag herauf, aber er ließ sie nie ins Haus. Wenn er Wäsche hatte, stellte er den Korb unter die Bank auf der Veranda, und wenn er zurückkam nach einem anstrengenden Tag auf den

Hochweiden, fand er Gläser mit Kompott oder einen frischen Laib Brot oder Sarahs Süßkartoffelauflauf, den er so sehr liebte.

Am liebsten wäre ihm, er müsste niemanden sehen.

Auf Strümpfen bewegte er sich durch die kühlen Räume. Er hatte sich, als er den Fuchsbau bezog, daran erinnert, wie klein das Haus früher gewesen war, eng und schmal hatte es sich auf dem kleinen Plateau unter die Bäume gedrückt. Doch in den letzten Jahren vor dem Krieg hatte Finn es beständig erweitert. Jamie bewohnte zwei Drittel des Hauses nicht. Die Türen hatte er verrammelt und für die Winter abgedichtet.

Jetzt ist Frühling. Du musst hinüber zu den Ställen, weil sie heute mit der Schur beginnen.

Es war einer der wichtigsten Tage im Jahreslauf der Schaffarm. Siobhan würde sicher auch dort sein, ebenso Walter und sein Vater. Sie würden am Ende dieses Tages die Preise aushandeln für die Rohwolle, und danach wüssten sie, wie's in den kommenden Monaten um sie stand.

Das dunkle Roggenbrot roch verbrannt, als er es von der Herdplatte zog. Jamie beschmierte es fingerdick mit Butter, schnitt Salami darauf und biss hinein. Er nahm seinen Kaffeebecher, das Brot zwischen die Zähne geklemmt, und trat aus der Küche direkt auf die Veranda. Er hockte sich auf die Bank, den Wakatipusee zu seinen Füßen, und aß langsam und mit den Gedanken verloren im Zahlengewirr, das ihn manchmal ganz schwer im Kopf machte, weil er fürchtete, sich zu verrechnen und die Farm in den Ruin zu treiben.

Er saß noch keine fünf Minuten dort, als ein Wanderer den Weg heraufgestapft kam. Jamie kniff die Augen zusammen. Das dunkle, lockige Haar über der hohen Stirn, die etwas linkischen Bewegungen fielen nur einem geübten Beobachter auf, der wusste, worauf er zu achten hatte.

«Verdammt früh am Morgen, um schon Besuche zu machen, Rob Gregory!», rief er ihm entgegen, als er auf Rufweite heran war. Robert blieb kurz stehen, atmete tief durch und bewältigte den letzten kleinen Anstieg mit ein paar unbeholfenen Sprüngen. Fast wäre er gestürzt.

«Guten Morgen.» Er stellte einen Fuß auf die oberste Verandastufe. «Dachte, ich schau mal vorbei.»

Jamie hob den Kaffeebecher. «Willst du auch einen? Die Kanne steht auf dem Herd.»

«Soll ich dir welchen mitbringen?»

Jamie zuckte mit den Schultern.

Während Robert in der Küche klapperte, kaute er das letzte Stück Brot. Der Wakatipusee seufzte, tat einen Atemzug und sackte vor seinen Augen langsam wieder. «Schlaf, Tipua, schlaf», wisperte Jamie.

Er hatte den Sinn dieser Legende nie so recht erfassen können. Ein schlafender Riese. Sein Herzschlag war nach seinem Tod von ihm geblieben, nachdem sein Leib verbrannt war. Ja, genau so fühlte Jamie sich nun auch.

«Da.» Robert hockte sich neben ihn. Sie saßen schweigend da, nippten am heißen, starken Kaffee, den Robert mit ordentlich Rohrzucker gesüßt hatte. Schließlich ergriff Jamie das Wort.

«Tun deine Füße sehr weh?»

«Man spürt ja nichts, das ist das Vertrackte.»

Jamie nickte langsam.

Der Krieg hatte sie alle gezeichnet, nicht bloß Jamie. Er wusste von Roberts Problemen. Nach dem ersten, eisigen Winter im Schützengraben hatte er leichte Erfrierungen davongetragen. Seine Zehen waren gefühllos, er stieß sie sich oft an oder quetschte sie in zu enge Schuhe. Sein Gang hatte etwas Gehemmtes seither, doch Robert hatte immer behauptet, er käme damit zurecht.

Aber niemand kam damit klar, wenn er aus dem Krieg kam. Niemand steckte das alles so weg, wie Robert es ihm vorspielte.

«Und dein Armstumpf?»

Jamie zog die linke Schulter hoch. «Geht.»

Sie schwiegen einträchtig.

«Edward schickt mich her», sagte Robert schließlich. «Eigentlich auch Sarah, aber Edward hat gesagt, ich muss mit dir reden. Du musst einverstanden sein, sagt er, und ich finde, damit hat er recht.»

Jamie wartete.

«Es geht um die Verwaltung der Schaffarm.»

«Ich verstehe», sagte er langsam.

«Lass es mich erklären, ja?»

Jamie lauschte Roberts Worten. Sein Freund sprach von der Zukunft. Von Walter, der sich nun endlich dem Kampf gegen den Alkohol stellte. Von Edward, der sich zur Ruhe setzte, von Helens Wahnsinn und Sarah, die zerrissen war zwischen den zahlreichen Aufgaben im Haus und der Familie und ihrer Schwangerschaft, die sie zunehmend erschöpfte. Davon, wie sehr er wünschte, für sie da sein zu können. Wie schwer es für ihn war, weil er den ganzen Tag drüben in Glenorchy war, wo er den Laden führte. Dass die Zwillinge nun alt genug seien und auch gewillt, die Verantwortung fürs Geschäft zu übernehmen, und dass er, Robert, daher endlich bereit sei, seine Stellung als Schwiegersohn im Hause O'Brien ernst zu nehmen und, wie er selbst sagte, den «Karren aus dem Dreck zu ziehen». Was ja in den letzten Jahren nicht passiert sei, was nicht schlimm sei, sie hätten es bisher ja noch geschafft. Aber nun sei der rechte Zeitpunkt, um mehr zu tun, als nur weiterzumachen wie bisher.

«Ich verstehe», sagte Jamie.

«Wir wollen dich wahrlich nicht vertreiben. Du bist uns immer willkommen, das weißt du.»

Robert sagte, was er nicht meinte. Und Jamie verstand. Er nickte langsam. «Ich werde mir was anderes suchen», sagte er.

In Sarahs Leben ist kein Platz mehr für mich.

«Wenn du meine Hilfe brauchst ... Du weißt ja, Dylan Manning sucht noch immer einen fähigen Mann für sein Weingut.»

«Hat er da noch niemanden?»

Robert sammelte die leeren Kaffeebecher ein. «Die Angelegenheit zieht sich etwas hin. Er hat Probleme, an die Ländereien zu kommen. Wenn du willst, schreibe ich ihm. Er hat bestimmt Arbeit für dich.»

Jamie nickte.

«Und würde es dir was ausmachen, wenn ich heute schon mitkomme zur Schur? Da kannst du mich den Männern vorstellen.»

«Nein, schon in Ordnung. Mache ich gerne.»

Ab heute gab es nicht mal mehr einen Grund aufzustehen. Dass das mit dem Job bei Dylan Manning stimmte, bezweifelte Jamie. Vermutlich wollte Robert nur sein schlechtes Gewissen damit beruhigen, dass er ihm diesen Job in Aussicht stellte.

Er war aus der Pflicht. Keine Verantwortung mehr für diese Familie. Nur noch der Schmerz blieb ihm. Die Einsamkeit und der Schmerz.

Sie spürte den Ärger aufziehen wie eine dunkle Wolke, die sich an einem schönen Sommertag zwischen den steilen Bergen am Wakatipusee festkrallte. Schon als Jamie nicht mit Walter und Edward kam, sondern etwa eine Viertelstunde später zusammen mit Robert, als die Landarbeiter bereits mit der Arbeit begonnen hatten, spürte sie die Kälte, die von den beiden Männern ausging.

Siobhan bückte sich. Ihre Hand glitt tief hinein in das fettige Schaffell, das der Schermeister achtlos auf den Haufen zu den anderen warf. Sie zupfte Strohhalme und Dreckbatzen aus dem Fell, rieb die Fasern zwischen den Fingern. Die Merinoschafe der O'Briens lieferten eine gute Wolle, und da sie dieses Jahr etwas Besonderes in der Spinnerei vorhatte, von dem sie sich einen noch besseren Abverkauf versprach, hatte sie schon im Vorfeld mit Edward besprochen, dass sie mehr als zwei Drittel der Wolle kaufen wollte.

Das Geschäft hatten sie damals mit einem Handschlag besiegelt.

Trotzdem spürte sie, dass der gute Preis, den sie ausgehandelt hatte – ein guter Preis für beide Seiten, wohlgemerkt, schließlich waren sie noch immer eine Familie! – irgendwie ins Wanken geraten war. Sie merkte es an Edwards Zögern, als er zu ihr trat und belanglos übers Wetter redete. Er war so in seine Gedanken versunken, dass er Siobhan kurz seine Schnapsflasche hinhielt. Walter, der sich einen halben Schritt hinter ihm hielt, hustete. Erst da bemerkte Edward seinen Irrtum.

«'tschuldige. Ist halt schwer, wenn nicht mal der eigene Sohn mehr mittrinkt.»

Überrascht blickte Siobhan Walter an, der in diesem Moment das Gesicht wegdrehte, als sei ihm diese Eröffnung peinlich. Und ehe sie fragen konnte, was es damit auf sich hatte, kamen Jamie und Robert angeritten.

«Wollen wir doch mal sehen, welche Qualität die Wolle dieses Jahr hat.» Robert warf einem Mann die Zügel zu. Er schritt zielstrebig zum Wollberg, beachtete die Leute nicht, die weiter unablässig die blökende Schar aus dem Gatter fischten, schoren und in ein anderes Gatter entließen, in dem sich die nackten Schafe dicht aneinanderdrängten. Kein guter Tag fürs Scheren, es war recht kühl für November.

Robert prüfte die Wolle ebenso sorgfältig wie Siobhan, während sie daneben stand. Dann richtete er sich auf, gab ihr seine vom Lanolin fettige Hand und grinste. «Besser als die letzten Jahre. Das wird ein bisschen mehr kosten, Schwiegermutter.»

«Das glaube ich allerdings nicht», erwiderte sie kühl. «Edward und ich haben den Preis für die diesjährige Wolle schon vor ein paar Tagen ausgehandelt.»

«Und ich sage dir jetzt, dass du sie zu dem Kurs nicht bekommst.»

Siobhan starrte ihn wortlos an. Bisher hatte sie wenig Gelegenheit gehabt, ihren Schwiegersohn besser kennenzulernen. Es hatte sie auch nicht interessiert. Er war Dean Gregorys Sohn, das hatte ihr genügt. Dass Sarah ihn geheiratet hatte, verstand sie, weil er ein freundlicher junger Mann war, und doch hoffte Siobhan inständig, er sei nicht ebenso ein freundlicher junger Mann, wie Walter es einst gewesen war, ehe er sein wahres Wesen im Ehebett offenbart hatte.

«Und wieso glaubst du, nun über die Preise bestimmen zu dürfen?», fragte sie kühl.

Er grinste selbstzufrieden. «Weil ich mich ab sofort um

alle Belange der Farm kümmere. Und dazu gehört nun mal auch, dass ich bestimme, zu welchem Preis wir verkaufen. Du weißt genauso gut wie ich, dass du in den letzten Jahren unverschämt günstig davongekommen bist. Darum hast du sicher Verständnis, wenn ich da eine kleine Kurskorrektur vornehme. Ist schließlich zum Besten deiner Tochter und deines Enkelsohns, nicht wahr?»

Freundliche Worte, an denen sie schwer würgte, weil sie unter seiner unverbindlich glatten Oberfläche Feindseligkeit vermutete. Und die O'Brien-Männer hielten sich natürlich raus, von denen sprang ihr keiner zur Seite. Sie standen bloß hinter Robert, und Walter verschränkte sogar die Arme.

«Nu lass mal gut sein, Rob», brummelte Edward. «Was nützt es uns, wenn Siobhan uns die Wolle nicht abnimmt?»

«Ich fordere nur, was wir auch bekämen, wenn wir die Wolle in Christchurch auf der Wollbörse verkaufen würden», wandte Robert ein. «Abzüglich der Kosten für Transport und so weiter. Und damit ist Siobhan immer noch billiger dran, als wenn sie sich die Wolle dort holte. Dann müsste sie nämlich noch die Provision bezahlen und den Transport hierher.»

Das Schlimmste war: Er hatte recht.

Mit einem Schlag wurde Siobhan klar, dass er sie in der Hand hatte. Sie, die vor Jahren die O'Briens gerettet hatte, als sie all ihr Vermögen in die Waagschale warf, um es erst in ein völlig aussichtsloses Unternehmen zu stecken und anschließend das letzte bisschen zusammenzukratzen, um ihre eigene Spinnerei zu bauen, hatte damals Kilkenny das Überleben gesichert. Und seit knapp zwanzig Jahren lebten beide Seiten gut von diesem Arrangement. Sie kaufte große Teile der jährlichen Wollausbeute, die in ihrer Spinnerei weiterverarbeitet und bis nach Europa verkauft wurden. Die O'Briens hatten dafür eine feste Abnehmerin, ein Stück Sicherheit.

Und das alles sollte Siobhan jetzt aufs Spiel setzen? Wenn sie sich gegen den höheren Preis sträubte, würde sie die Männer verärgern. Walter vielleicht noch mehr als Edward, der solcherlei mit einer irischen Lässigkeit nahm, die an Fahrlässigkeit grenzte. Oder als Jamie, den ohnehin nicht kümmerte, was kam. Aber vor allem würde sie ihre eigene Tochter enttäuschen, wenn sie sich weigerte.

«Also gut», sagte sie schließlich widerstrebend. «Ich zahle den Kurs, der diesen Sommer an der Wollbörse gehandelt wird. Aber dafür liefert ihr mir die Rohwolle zur Spinnerei.»

Robert lächelte fein. «Mehr wollte ich nicht.» Er hielt ihr die Hand hin, und sie schlug zögernd ein. Warum nur hatte sie das Gefühl, von ihm über den Tisch gezogen zu werden?

«Und eh ich's vergesse: ihr kommt doch alle nächsten Samstag zu uns? Sarah lädt zum Dinner, und glaubt mir, wenn man meiner Frau schon so keinen Wunsch abschlagen kann, wird sie wahrlich zur Furie, seit sie schwanger ist.» Er zwinkerte Siobhan zu, sprang in den Sattel und ritt davon.

Einen nach dem anderen blickte sie die drei Männer herausfordernd an. «Ihr habt mich ja offenbar nicht vorwarnen können.»

Edward sprach als Erster. «Hab halt gedacht, so wär's gerechter», nuschelte er. «Du kriegst die Wolle immer noch billiger als drüben in Christchurch.»

Ihm machte Siobhan im Grunde auch keinen Vorwurf. Sie wusste, ihr Schwiegervater war alt geworden unter der Last seiner Verantwortung. Seit seine Frau verrückt geworden war, musste er sich zudem um sie kümmern. Nein, ihre Wut richtete sich vor allem gegen Jamie – und gegen Walter, dessen Augen seit Jahren das erste Mal wieder klar wirkten.

«Und ihr habt nichts dazu zu sagen?»

Jamie zog seine linke Schulter hoch. «Ich hab nichts davon gewusst», sagte er leise und schleppend. Jedes Wort schien er sich aus den Stimmbändern zu reißen.

«Du?», fragte sie Walter herausfordernd. «Hast du davon gewusst?»

Er reckte das Kinn und begegnete ihrem Blick. «Es ist für Sarah», erwiderte er. «Sie ist meine Tochter, und daher wird wohl an sie ein Großteil der Farm gehen eines Tages. Emily wurde damals mit Paradise bedacht, und Ruth hat auf Finns Anteil verzichtet, als sie ging. Bleiben Jamie und ich, und solange Jamie keine Kinder hat, geht Kilkenny später an meine Tochter Sarah.»

Sie starrte ihn sprachlos an.

Deine Tochter Sarah. Ja, sie war immer deine Tochter. Besonders nachdem du sie mir weggenommen hast.

«Sie erbt später auch die halbe Spinnerei, falls du das schon vergessen hast», gab sie giftig zurück. «Und wenn die Spinnerei wegen eurer hohen Preise vor die Hunde geht, hat sie nichts mehr davon.» Dass Josie dann auch nichts blieb, sagte sie nicht. Für sie verstand es sich von selbst, doch für die O'Briens da oben in Kilkenny Hall, in ihrem Wolkenkuckucksheim, existierte ihre zweite Tochter nicht.

Und auch ihr fiel es inzwischen manchmal schwer, zu glauben, dass sie eine jüngere Tochter hatte.

Um Sarah musste Siobhan sich nicht sorgen – das

taten schon viele andere Menschen. Josie aber bereitete ihr Kopfzerbrechen mit ihrer ungesunden Freundschaft zu dem alternden Dylan Manning, ihrer abgebrochenen Schulausbildung und ihrer Weigerung, mit Siobhan zu reden. Auf ihre Briefe kamen keine Antworten. Nur einmal hatte sie ein Päckchen aus Dunedin bekommen, in dem sich gesammelt die Briefe der letzten sechs Monate befanden. Allesamt noch versiegelt.

Josie brauchte niemanden, schien es.

Daran musste Siobhan sich erst gewöhnen.

«Du wirst schon nicht gleich pleitegehen.» Edward schraubte den Deckel vom Flachmann und ließ ihn, nachdem er sich einen kräftigen Schluck gegönnt hatte, rumgehen. Jamie trank, gab dann den Flachmann an Walter weiter, der ihn einen Moment unschlüssig in der Hand hielt, ehe er ihn Siobhan reichte.

Sie war perplex, nahm einen Schluck Schnaps und spürte das Brennen in ihrer Kehle. Tränen schossen ihr in die Augen, und Siobhan kniff sie reflexartig zu. Dann keuchte sie, schlug sich mit der freien Hand gegen die Brust. «Meine Güte, Edward. Brennst du das Zeug schwarz in Annies Küche, wenn sie nicht hinschaut?»

Er grinste zufrieden. «Für meine Schwiegertochter nur das Beste.»

Sie gab Walter den Flachmann, doch wieder reichte er ihn weiter, ohne sich einen Schluck zu genehmigen. Siobhan hob die Augenbrauen, und er zuckte bloß mit den Schultern.

Sieh an, der Säufer kommt doch noch zu Verstand in diesem Leben.

«Also sehen wir uns nächsten Samstag?», brach Walter das Schweigen. «Du kommst doch, Siobhan?»

«Natürlich», sagte sie bloß. Eine Einladung nach Kilkenny Hall ließ sie sich nicht entgehen.

Vielleicht gab es doch noch Hoffnung. Versöhnung. Frieden in ihrem Herzen.

14. Kapitel

Sie hatte es sich so schön ausgedacht. Hühnchen sollte es geben, mit Zitrone und Thymian und viel Knoblauch gefüllt, sanft zwei Stunden im Backofen geschmort, dazu eine Sauce aus feinem Weißwein, Hühnerbrühe und einem Klacks Butter, aufgerührt mit dem Bratensaft. Dazu Polenta, mit Pinienkernen und einem würzigen Hartkäse verfeinert, und vorweg eingelegte Rote Beete und gehackte Walnüsse auf einem Salatbett. Zum Nachtisch aber, und das war ihr Problem, hatte Sarah sich eine dicke, üppige Schokoladentorte gewünscht, saftig und herb, mit einer Glasur so dick wie ihr kleiner Finger und mit winzigen Marzipanröschen verziert.

An diesen Marzipanröschen zerbrach ihr Traum von der perfekten Speisefolge. Denn das Marzipan war von minderer Qualität, es war alt und ließ sich kaum modellieren. Der Saft von der Roten Beete, den sie zum Färben genommen hatte, verteilte sich ungleichmäßig in der bröckeligen Masse, und nachdem sie noch ein bisschen Rosenwasser eingeknetet hatte, schmeckte es so widerlich, dass sie den ganzen Klumpen verzweifelt auf die Arbeitsplatte knallte.

Außer ihr war nur Izzie in der Küche, die gerade die Hühnchen mit Bratensaft übergoss, damit sie schön knusprig wurden. Sie schloss die Ofenklappe lautstark, was Sarah mit einem theatralischen Seufzen quittierte. «Das geht doch auch leiser», tadelte sie.

«'tschuldigung, Miss Sarah.» Izzie schlich zum Spülstein und widmete sich dem Abwasch.

Gleich tat Sarah ihr Ausbruch wieder leid. «Es sind nur diese Marzipanröschen», versuchte sie, es zu erklären. «Sie gelingen nicht.»

Izzie schrubbte mit gesenktem Kopf die Töpfe. Immer nur im Kreis ging ihre Hand, sie schrubbte hingebungsvoll, und fast hätte Sarah sie schon wieder angefahren, weil das Geschrubbe an ihren Nerven zerrte. Da endlich kam ihr die rettende Idee.

Spiralen aus Schokolade.

Hastig wickelte sie den rötlich fleckigen Marzipanklump in Papier, eilte geschäftig in die Vorratskammer, wo sie noch einen Rest Kuvertüre fand, und machte sich rasch an die Arbeit.

Dies würde den krönenden Abschluss ihres Dinners bilden, ganz bestimmt!

Dies, dachte Robert zufrieden und lehnte sich entspannt zurück, ist die Zukunft von Kilkenny Hall. Ein reichhaltig gedeckter Tisch, eine bezaubernd schöne Gastgeberin, spritzige Weine und zum Abschluss Schokoladenkuchen und Likör. Zigarren für die Herren, ein zweites Stückchen Kuchen für die Damen. Und danach durften die Gäste sich im Salon tummeln, ehe man sich spät zur Ruhe begab.

Er hatte dafür gesorgt, dass auch seine Eltern an

diesem besonderen Dinner teilnehmen konnten. Schon am frühen Nachmittag hatte er zwei seiner Leute nach Glenorchy geschickt, damit sie die beiden abholten. Sein Vater saß neben ihm – darauf hatte Robert bestanden – und lallte zufrieden, während Roberts Mutter ihn mit Schokoladenkuchen fütterte.

Robert lächelte Sarah zu. Er nahm ihre Hand und küsste sie sanft. «Du hast dich wahrhaftig selbst übertroffen», sagte er leise und weidete sich an der zarten Röte ihrer Wangen.

Sie sah hinreißend aus in dem Kleid, das er ihr in Auckland bestellt hatte. Es war ein Umstandskleid – dass es derlei gab, hatte er bis vor wenigen Wochen überhaupt nicht gewusst –, das unter der Brust geschnürt wurde. Wie der Prospekt verhieß, war es im Stile des Empire geschnitten, also wie man es zu jener Zeit trug, da in England der Prinzregent herrschte. Eine hundert Jahre alte Mode, die seiner Gattin aber ausnehmend gut stand und ihr Bäuchlein für ihn angenehm kaschierte.

Eine Schwangerschaft war schließlich nichts, was man herzeigen sollte.

Obgleich Robert, wenn er ehrlich war, schon einen gewissen Stolz empfand, weil es nur wenige Wochen gedauert hatte, bis Sarah erste Anzeichen einer Schwangerschaft zeigte. Alles andere hätte ihn auch enttäuscht und gewissermaßen verwundert. Er war schließlich ein Mann in den besten Jahren! Und auch Sarahs Körper schien so zu funktionieren, wie es sich für eine Frau gehörte.

Auch deshalb war es höchste Zeit, dass er die Geschäfte übernahm. Niemand hatte sich so recht gesträubt, und Jamie hatte er gestern persönlich nach Glenorchy zum Schiff gebracht. Ein an Mr. Manning adressiertes

Schreiben sollte Jamie bei dem Amerikaner Tür und Tor öffnen, und Robert hatte ihm zum Abschied noch einen Umschlag mit Geld zugesteckt, weil er Jamie gut versorgt wissen wollte.

Hauptsache, er kam nicht zurück. Für ihn war in Kilkenny kein Platz mehr.

Blieb nur die Frage, was aus dem alten Fuchsbau werden sollte, der in seiner verwinkelten, baufälligen Scheußlichkeit kaum erhaltungswürdig war. Wenn man ihn entsprechend umbauen könnte, ja, dann taugte er sicher für die alten O'Briens, die brauchten schließlich auch ein Zuhause, wenn erst sein Sohn geboren war. Dem ersten Kind würden sicher bald weitere folgen, und dann wäre es rasch eng in Kilkenny Hall.

«Dieser Schokoladenkuchen ist wirklich köstlich», lobte seine Mutter Sarah. «Wie hast du nur diese zarten Schokoladenkringel hinbekommen?»

Sie spielte auf die Spiralen aus Schokolade an, die jedes einzelne Tortenstück krönten.

«Geschmolzene Kuvertüre. Mit einem Spritzbeutel habe ich die Muster auf ein Stück Pergament gezeichnet, und als sie hart wurden, vorsichtig abgelöst.» Sarah glühte jetzt voller Stolz.

«Eine tolle Idee!», lobte seine Mutter. «Wirklich, du bist eine wahre Kochkünstlerin!»

Sarahs Lächeln wurde gequält. «Die Künstlerinnen dieser Familie weilen allesamt in Dunedin», sprang Robert ihr eilfertig bei. «Ich glaube, wir sind uns einig, dass unsere liebe Sarah sich vor allem auf ihr Handwerk stützt.»

Seine Mutter nickte beifällig, und er spürte, wie Sarah neben ihm aufatmete.

Er wusste, wie sehr sie die Vergleiche mit ihrer jüngeren Schwester scheute. Dabei brauchte sie keine Angst zu haben. Für ihn war Josie eine verwöhnte Göre, der man mal ordentlich den Marsch blasen sollte, damit sie endlich verstand, wo sie hingehörte. Und dieses Getue um ihre angebliche Kunst war doch wohl der Gipfel der Geschmacklosigkeit. Dass Robert bisher vermieden hatte, deutlicher Stellung zu beziehen, lag vor allem an Dylan Manning, der als Josies Gönner offenbar große Stücke auf sie hielt. Aber vermutlich hatte diese Bauchpinselei auch ein Ende, wenn er dieses Mädchens überdrüssig wurde. So eine Affäre konnte doch nicht ewig gutgehen.

Das Gespräch wandte sich nun anderen Themen zu: der Schafzucht natürlich, die an diesem Tisch früher oder später immer zur Sprache kam, wenn zwei oder mehr O'Briens zusammenhockten. Die Frauen unterhielten sich derweil über verschiedene Konservierungsmöglichkeiten von Obst und Gemüse. Robert nutzte die Gelegenheit und beugte sich zu seinem Vater herüber.

«Alles in Ordnung bei dir, Vater?»

Die rechte Hand seines Vaters fuhr unkoordiniert durch die Luft, bis er den Teller mit Schokoladenkuchen erwischte, der ein Stück über das weiße Tischtuch schlingerte. Schlagartig verstummten alle Gespräche. Nur sein Vater war zu hören. «…Ssst … niiii … Bians … er…er… törn.»

Du musst die O'Briens zerstören.

Manchmal dachte Robert, sein Vater rede wirr, dass sein Verstand unter der jahrzehntelangen Einkerkerung in diesem gebrechlichen Körper gelitten hatte. Doch um seine Worte zu unterstreichen, hieb er mit der Faust auf den Tisch.

Robert legte seine Hand darauf.

«Was hat er denn?», fragte Siobhan ehrlich besorgt und beugte sich vor. Auch die anderen Gäste gaben sich keine Mühe, ihre Neugier zu verbergen.

«Ich glaube, er wollte Sarah sein Lob aussprechen für den hervorragenden Schokoladenkuchen», log Robert. Über den Kopf seines Vaters warf seine Mutter ihm einen wissenden Blick zu. Sie hatte zwar manchmal Probleme, die Worte ihres Mannes richtig zu deuten, aber dieses Mal hatte er erstaunlich deutlich gesprochen.

Du musst die O'Briens zerstören.

Es war unangenehm. Robert hatte kein Interesse daran, Sarahs Familie in den Ruin zu treiben. Er hatte erreicht, was er wollte: Sarah war seine Frau, und Kilkenny lag nun faktisch in seinen Händen. Gut, es gab Edward, der immer eilfertig hinter ihm herlief wie ein treuer Hütehund und ihn auf die Feinheiten aufmerksam machte, die Robert sicherlich früher oder später selbst herausgefunden hätte. Und Walter, der sich heute verkrampft an ein Glas Wasser klammerte, während alle um ihn herum Wein und Whisky zusprachen, durfte er auch nicht unterschätzen. Dieser Mann konnte ihm noch mal gefährlich werden. Nachdem er sich eine Woche lang in seinem Schlafzimmer eingeschlossen hatte, war er wie geläutert daraus hervorgekommen, und seitdem hatte er, wenn Robert das richtig sah, keinen einzigen Tropfen Alkohol mehr angerührt.

Warum er das plötzlich tat, wusste Robert nicht. Ob er derlei schon früher getan hatte, wusste er auch nicht, doch spürte er, wie in der ganzen Familie eine Veränderung vor sich ging, seit Walter siegreich aus diesem Kampf mit sich selbst hervorgegangen war.

Um Jamie hatte er sich bereits gekümmert. Er war der Einzige, von dem Robert geglaubt hatte, dass er ihm noch hätte im Weg stehen können. Aber Jamie war fort; Dylan Manning hatte gerade vor einigen Tagen noch mal bekräftigt, er werde sich der Angelegenheit annehmen.

«Ich möchte eine Telefonleitung nach Kilkenny Hall legen lassen», verkündete Robert nun, um von seinem Vater abzulenken. «Ich denke, es wird höchste Zeit, dass wir den Anschluss nicht verlieren.»

Helen, die bisher nur lustlos an ihrem Schokoladenkuchen gepickt hatte, blickte auf. Sie strahlte Robert an. «Dann kann ich immer Finn anrufen, nicht wahr?», rief sie fröhlich. «Das wird ein Spaß!»

Wieder schwiegen alle bestürzt. Diesmal war es Edward, der die Situation rettete. «Natürlich kannst du das», sagte er leise. «Aber ich glaube, Finn bekommt lieber Briefe von dir. Magst du ihm nicht einen Brief schreiben? Wir können ihn auf sein Grab legen, dann erreicht er ihn bestimmt.»

Helen nickte begeistert.

Robert mochte sich dieses Elend nicht länger ansehen. Er stand abrupt auf. «Wie wäre es, wenn wir uns jetzt in den Salon begeben?», schlug er vor. «Meine Frau hat letzten Herbst einen phantastischen Holunderblütenschnaps angesetzt, von dem ich noch ein letztes Fläschchen gefunden habe.»

In der allgemeinen Aufbruchstimmung – Edward reichte seiner Frau den Arm, Robs Mutter schob seinen Vater im Rollstuhl Richtung Tür, während Sarah neben ihm herging und leise mit ihm redete und sogar lachte – blieb Walter einfach stehen und blickte Robert über die Tafel mit den schmutzigen Tellern hinweg an.

Mehr nicht. Ein stummer Blick, in dem so vieles mitschwang.

«Was ist?», fragte er herausfordernd.

«Ich beobachte dich, Robert Gregory.»

Mehr nicht. Walter nickte, als müsste er seine Worte bekräftigen. Aber das war gar nicht nötig.

Rob hatte verstanden. Er wusste nun, worauf er sich einstellen musste. Es war noch keine Kriegserklärung, aber Walter würde sich nicht so leicht geschlagen geben.

Nicht, nachdem er seine Trunksucht besiegt hatte.

Wie immer knurrte und grollte Aaron, während er sich für das Dinner umzog. Emily wusste, wie sehr ihm Veranstaltungen wie diese verhasst waren, noch dazu, wenn sie deshalb spät aus dem Haus und durch die halbe Stadt fahren mussten.

Sie hatte ihn damit getröstet, dass er seinen Wagen fahren konnte.

Er war so stolz auf seine Tin Lizzy – ein Ford Modell T, das zu importieren ihn einige Nerven gekostet hatte, bis Dylan Manning sich einschaltete und den Prozess, der sonst vielleicht Monate gedauert hätte, in wenigen Tagen abwickelte. Er hatte es sich nicht nehmen lassen, persönlich zugegen zu sein, als Aaron sein Automobil in Empfang nahm.

Seitdem, so kam es Emily vor, waren ihr Mann und sein Auto unzertrennlich.

Noch waren Automobile selten auf Dunedins Straßen, und wo Aaron auch hinkam, umringten sofort Jungen und Männer das Gefährt und ließen sich alles genau erklären. Emily stand immer lächelnd daneben und wechselte mit den Frauen und Müttern wissende Blicke.

Manche hatte sogar Mitleid mit ihr, weil ihr Mann sich so besessen dem Automobil widmete. Emily war aber eigentlich ganz froh, dass es etwas gab, worin Aaron völlig aufging. Sie hoffte, für ihn sei jetzt alles andere nicht mehr so schlimm.

Und wenn ein lebloser Haufen Metallteile, der stinkende Abgase verströmte und ratterte und knatterte, ihm neuen Lebensmut schenkte, dann war das auch in Ordnung.

Aber sie verstand sein Murren.

«Es ist nur ein Dinner im kleinen Kreis», versprach sie ihm erneut.

«Ja, Mr. Manning wird da sein und all die Leute, die ihm zu Dank verpflichtet sind und nicht müde werden, genau das ständig zu betonen.» Verdrießlich zupfte er an der Krawatte.

Emily erinnerte ihn lieber nicht daran, wie dankbar er selbst Dylan Manning sein sollte, weil er die Sache mit dem Automobil so schnell geregelt hatte.

«Und wir sehen Josie wieder», fügte sie munter hinzu.

Dabei allerdings fühlte sie sich nicht annähernd so gut, wie sie vorgab. Eben wegen Josie.

Nachdem sie den beiden Mädchen einen letzten Gutenachtkuss aufgedrückt, sich von der Kinderfrau verabschiedet und das Haus verlassen hatten, nachdem sie durch die Straßen Dunedins zu dem herrschaftlichen Anwesen gefahren waren, das Dylan Manning angemietet hatte und das die meiste Zeit leerstand, weil er entweder im Norden auf seinem Weingut oder im Ausland weilte, nachdem also das Automobil geparkt war, gestand Emily, noch bevor sie ins Dunkel hinausstiegen: «Ich habe Angst.»

Lange hatten ihr diese drei Worte auf der Seele gebrannt, und jetzt, als sie endlich heraus waren, schaute sie Aaron von der Seite an.

«Was wird aus ihr, wenn er sie fallenlässt?»

Aaron legte seine Hand im Lederhandschuh auf ihre. «Sieh mich an.»

Sie gehorchte widerstrebend.

«Ich bin mal vor vielen Jahren einem Mädchen begegnet. Sie war wunderbar, und sie war eine große Künstlerin. Das ist sie heute noch, wenn ich mir das Urteil erlauben darf.»

Emily lächelte in der Dunkelheit.

«Und weißt du, was mit ihr passiert ist? Sie ist fast kaputtgegangen, an Schmerzen, an einer falschen Entscheidung und daran, dass sie keine Künstlerin sein durfte. Erst als man sie sein ließ, wozu sie bestimmt war, konnte sie ihre Sucht überwinden. Sie konnte sogar Mutter werden, und soweit ich das beurteilen kann, ist sie sogar eine verflucht gute Mutter.»

«Aaron …»

«Nein, lass mich ausreden. Ich bin kein Mann, der viele Worte macht, aber das hier möchte ich loswerden.» Emily wandte den Blick ab, und er sprach weiter. «Wir dürfen nicht dieselben Fehler bei Josie machen. Im Gegenteil, wir sollten froh sein, wenn sie jemanden gefunden hat, der sie liebt und mit dem sie zusammen sein kann. Der ihre Kunst unterstützt. Denn mit ihren knapp sechzehn Jahren ist sie in dieser Beziehung schon um einiges erwachsener, als du es mit dreißig warst.»

Emily lächelte gequält. «Ach …»

«Ich nehm's dir nicht übel», tröstete er sie, und ehe sie auffahren konnte, bemerkte sie das belustigte Blitzen in seinen Augen.

«Ach, Aaron.»

«Ich möchte nur, dass du sie ihren Weg gehen lässt. Später, wenn sie gestrauchelt ist, kannst du immer noch Moralpredigten halten und sie retten.» Er schwieg einen Moment, dann lachte er leise. «Sich das bei dir vorzustellen, fällt mir allerdings schwer …»

Emily atmete aus, und auch ihr Lachen kam jetzt leicht. «Die Mutterschaft», sagte sie nur lapidar.

«Komm, mein Mutterschaf», neckte er Emily. «Wir haben ein Dinner zu bestreiten.»

Ein letztes Mal atmete Josie tief durch und musterte sich im Spiegel. Vielleicht war es doch keine so kluge Idee gewesen, am Vorabend der Vernissage noch eine Abendeinladung auszurichten. Dylan aber war unerbittlich gewesen.

«Viele wichtige Männer sind nur deinetwegen in der Stadt. Ich kann mir die Chance nicht entgehen lassen, mich mit ihnen zu treffen. Und es ist wichtig, dass auch du sie kennenlernst.»

Immer ging es um dieselbe Geschichte: seinen Traum vom eigenen Weingut. Manchmal fühlte Josie sich richtiggehend zurückgesetzt. Wenn er stundenlang an diesem Telefon in seinem Arbeitszimmer hing, wenn er unzählige Telegramme schickte und empfing. Dicke Akten wälzte, Anwälte beauftragte und immer wieder in unbändige Wut geriet, weil irgendetwas nicht so klappte, wie er sich vorgestellt hatte.

Die Wut war für sie völlig neu.

Josie nahm den Flakon vom Toilettentisch und tupfte ein wenig Parfüm hinter ihre Ohren und, nach kurzem Zögern, zwischen ihre Brüste. Sie drehte den Kopf hin und her, fand aber an ihrer Erscheinung nichts auszusetzen. Ihre Mutter hätte vermutlich moniert, das Kleid sei zu erwachsen, der Ausschnitt zu tief. Aber das trug man nun mal so in den Kreisen, in denen sie sich bewegte.

In den *besseren* Kreisen.

Ein leises Klopfen an die Tür schreckte sie auf. «Ja?»

Dylan kam herein. Er trug seinen Abendanzug und breitete lächelnd die Arme aus. «Josephine.»

Geschmeidig stand sie auf und kam ihm entgegen. Hakte sich bei ihm unter und raffte mit der freien Hand ihr Kleid. «Du siehst bezaubernd aus», flüsterte er ihr zu.

Sie verließen ihr Schlafzimmer und schritten den dunklen Flur entlang zur Treppe. Heute war Josie froh, dass sie ein eigenes Schlafzimmer hatte. Wie hätte sie Emily sonst heute gegenübertreten sollen? Inzwischen hatte sie gelernt, dass es einen großen Unterschied machte, ob man etwas tat oder nur vorgab, etwas zu tun. Jeder, der Dylan und sie ansah, glaubte, dass sie ein Schlafzimmer teilten. Und für Josie bestand der feine Unterschied darin, dass sie es eben nicht taten.

«Ich bin nervös», flüsterte sie ihm zu, als sie die Treppe hinabschritten. Er tätschelte beruhigend ihre Hand, und sie lächelte zu ihm auf. Es gab keinen Grund, nervös zu sein. Niemand würde es wagen, irgendwelche Fragen zu stellen.

Trotzdem konnte sie das unruhige Flattern nicht niederringen. Es war das erste Mal, dass sie mit Dylan eine Abendgesellschaft gab. Das erste Mal, dass sie sich offiziell an seiner Seite zeigte.

Sie waren schon ein paarmal zusammen in Wellington in Restaurants und einmal im Theater gewesen. Dylan hatte darauf bestanden, dass sie spät kamen und in der

Pause in der Loge sitzen blieben – in die nur ausgewählte Freunde vorgelassen wurden, die mit Josie bereits bekannt waren und sie nicht mit diesen Blicken maßen, als wüssten sie genau, was Dylan und sie verband – und noch während des Schlussapplauses wieder verstohlen hinauseilten und davonbrausten, ehe die anderen Besucher sich auch nur erhoben. All das hatte er nur ihretwegen getan.

Aber morgen war ihre Vernissage. Da war es ohnehin zwecklos, ihre Affäre noch länger zu verbergen. Denn das war es, was die Welt in dieser Liaison sehen wollte. Man zerriss sich in Wellington ebenso wie in Auckland oder Dunedin, sogar in Nelson vermutlich das Maul über sie beide.

Dumpf erklang die Türglocke, und sogleich eilte ein Dienstmädchen herbei, adrett in schwarzem Kleid und mit gestärktem Spitzenhäubchen. Dylan und Josie blieben am Fuß der Treppe stehen.

Es waren Aaron und Emily.

Bis zuletzt hatte Josie befürchtet, die beiden würden nicht kommen.

Sie löste sich von Dylan und eilte ihrer Patentante entgegen. Emilys Miene hellte sich sogleich auf, sie umarmte Josie behutsam. «Du siehst wunderschön aus», flüsterte sie, und Josie fröstelte unwillkürlich in dem zarten Kleid. Emily schob sie auf Armlänge von sich weg. Aaron stand einen halben Schritt hinter ihr und hielt ihren Stock.

«Wirklich, eine richtige Dame ist aus dir geworden.»

Josie entging nicht, wie sich die Anspannung bei Emily löste. Ihre Tante war ebenso nervös wie sie, und das tröstete Josie.

«Du siehst auch gut aus», sagte sie. Es stimmte: Emily

trug eine hochgeschlossene, plissierte Bluse und einen dunklen, schmalen Rock. Das Jäckchen über der Bluse hatte einen hohen Kragen, und am Halsausschnitt der Bluse trug sie eine Onyxbrosche.

Sie sah so ... normal aus.

Emily war immer diejenige gewesen, die aus der Art schlug. Von der selbst Josies Mutter gesagt hatte, sie sei so vollkommen anders als der Rest der Familie. Sie schrieb Romane und Gedichte, sie hatte lange Jahre mit Aaron Gregory in wilder Ehe zusammengelebt.

Nun, und was war von der Künstlerin Emily O'Brien übrig geblieben? Eine Mutter. Eine Ehefrau. Eine Frau, die sich fügte.

Das wird mir niemals passieren. Ich werde nicht schwach werden.

Dylan bat die beiden in den Salon. Es wurden erst Aperitifs gereicht, während die anderen Gäste eintrafen. Später ging man zu Tisch, und als die Suppe serviert wurde, ließ Josie den Blick über die Gäste schweifen.

Jeder Einzelne wich ihrem Blick aus. Sogar in Emilys Augen flackerte etwas auf, das Josie nicht zu deuten wusste.

Aber sie glaubte zu verstehen.

Keiner von denen weiß, wie viel ich auf mich genommen habe. Keiner versteht, warum Dylan und ich zusammen sind.

Morgen. Wenn sie nur erst Josies Bilder sahen, würden sie es verstehen.

Die Vernissage fand in einer Galerie in der Innenstadt von Dunedin statt. Dylan hatte einige Dutzend Einladungen verschickt, und als Josie am nächsten Abend an seiner

Seite die Galerie betrat, war sie schier überwältigt von der Zahl der Besucher.

Sie drückte sich an ihn.

«Sie sind alle nur deinetwegen gekommen», sagte Dylan.

Das machte es nun nicht gerade besser.

«Sei stolz auf das, was du vollbracht hast.» Er drückte ihren Arm und ließ sie los, um den Bürgermeister zu begrüßen.

Plötzlich stand sie ganz allein mitten im Raum. Ein livrierter Diener schwebte mit einem Tablett vorbei und hielt es ihr hin. Sie schüttelte stumm den Kopf, überlegte es sich dann anders und griff noch nach dem Glas, als er schon weiterging. Der Champagner schwappte über ihren Handschuh.

«Sind Sie die Künstlerin?»

Josie fuhr herum.

Er war ein Maori.

Die Tätowierung war genau so, wie sie sich immer die ihres Vaters vorgestellt hatte, und er trug einen feinen, teuren Anzug. Im harten Licht blitzte ein goldener Schneidezahn auf. Aber sein Lächeln erreichte die Augen nicht.

«Ja, die bin ich.» Sie straffte sich und lächelte ihn an.

«Sie haben keine Ahnung, wer Sie wirklich sind.»

Wie vom Donner gerührt starrte sie ihn an.

«Das alles hier», und mit einer weiten Geste umfasste er den ganzen Raum, «ist nur die verträumte Spielerei eines Kindes.»

«Mein Vater war ein Maori», erwiderte sie scharf.

«Dann hat er Ihnen nicht viel über unser Volk beibringen können.» Der Mann schnalzte mit der Zunge. Sein dunkles Gesicht wirkte alterslos. Wie alt war er wohl? Dreißig? Sechzig?

«Nun, er starb vor meiner Geburt.»

«Weiß ich.» Wieder das Zungeschnalzen. Missbilligte er damit, was sie sagte? «Die Geschichte kennt jeder. Aber er wäre nicht stolz auf seine Tochter, wenn er hiervon wüsste.»

«Ich verstehe wirklich nicht, was Sie meinen.»

«Ich zeig's Ihnen.» Er drehte sich um und verschwand in der Menge. Josie blickte sich hilfesuchend nach Dylan um, doch der stand in einer Ecke mit dem Bürgermeister und anderen Würdenträgern zusammen und diskutierte hitzig. Natürlich. Würde sie nicht wundern, wenn es wieder um sein Weingut ging.

Zögernd folgte sie dem Maori. Zielstrebig eilte er zu dem Bild, das sie für eines ihrer besten Werke hielt. Sie hatte Motive aus der Welt der Maori aufgegriffen und sie mit der westlichen Architektur verschmolzen. Entstanden war ein Bild aus eckigen und runden Formen, die ineinander übergingen und miteinander verschmolzen.

«Was ist das?», fragte er herausfordernd.

Josie ärgerte sich. Es konnte ja wohl kaum Sinn und Zweck einer Vernissage sein, dass die Künstlerin ihre eigenen Bilder erklärte.

«Sagt das nicht schon der Titel?», erwiderte sie.

«Da steht ‹Josies Seele›», er zeigte auf das kleine Schildchen mit dem Namen des Bildes, das unter dem Rahmen angebracht war. «Soll das Ihre Seele sein?»

Sie zuckte mit den Schultern. «Das ist die Verschmelzung meines europäischen Erbes mit meinen maorischen Wurzeln», erklärte sie.

Er schüttelte heftig den Kopf. «Unsinn!», rief er geradezu erbost. Die Köpfe anderer Gäste drehten sich in ihre Richtung. «Das ist ein seelenloses Nichts, das mit Ihnen absolut nichts zu tun hat!»

Josie wurde knallrot. «Das ist nicht wahr», behauptete sie. «Sehen Sie nur, hier die roten Linien ...»

Verächtlich winkte er ab. «Schöne Linien malen können Sie. Von den Maori haben Sie keine Ahnung. Sonst wüssten Sie, dass all unsere Seelen geschunden sind. Und nichts mit diesen hübschen Schnörkeln da zu tun haben.»

Er hatte die Stimme erhoben. Die Neugier der anderen Besucher war inzwischen geweckt, und sie scharten sich um Josie und den Maori.

«Ich ...» Sie wusste nicht, was sie darauf sagen sollte.

«Leben Sie mit den Maori. *Begreifen* Sie, wo Ihre Wurzeln liegen. Dann werden Sie auch die Kunst begreifen, die in uns schlummert, in all ihrer Zerrissenheit. Was Sie hier malen, ist nur Kitsch.»

Kitsch. So ein hässliches Wort.

Josie drehte sich abrupt um. Die Menschen machten ihr Platz, und sie schritt zum Ausgang, ohne zurückzuschauen. Alle Gespräche waren verstummt, nur in der Ecke hörte sie Lachen aufbranden. Dylan. Dylan mit diesen «wichtigen» Leuten, die ihm ermöglichen wollten, den Maori das Land im Norden wegzunehmen. Land, das ihnen rechtmäßig gehörte, das er ihnen abtrotzen wollte. Nur um seinen Wein anzubauen.

Sie verließ die Galerie. Hielt nach einem Taxi Ausschau – einem Automobil, das sie mieten konnte, damit es sie nach Hause fuhr –, aber dann fiel ihr ein, dass sie gar kein Geld dabeihatte.

Also machte sie sich zu Fuß in der Dunkelheit auf den Weg.

Ein langer Fußmarsch würde ihr guttun.

Erst als ihm das Geld ausging, das Rob ihm zum Abschied in die Hand gedrückt hatte, erinnerte er sich wieder an Robs Versprechen, bei Dylan Manning ein gutes Wort für ihn einzulegen. Jamie wusste, dass Mr. Manning in Dunedin ein Stadthaus unterhielt, oben am Berg gelegen, mit Blick auf die Otago Bay.

Als er vor dem Haus stand, fühlte er sich ganz klein. Das lag nicht nur an dem imposanten Bau im Kolonialstil, der sich hinter einem hohen Eisengitterzaun in den Abendhimmel hob. Auch die Vorstellung, in wenigen Minuten dem Mann gegenüberzustehen, auf dessen Wohlwollen er angewiesen war, damit er heute noch etwas Warmes zu essen und ein Dach über dem Kopf bekäme, schreckte ihn nicht. Er war zu tief gesunken, um sich über solche Dinge noch Gedanken zu machen.

Er fühlte sich klein, weil er sein früheres Leben vermisste.

Es wäre so einfach gewesen. Er hätte Rob die Stirn bieten können. Hätte die Verwaltung der Farm selbst in die Hand nehmen können, ehe Rob sie einfach an sich riss. Aber nichts dergleichen hatte er getan. Und nun stand er vor diesem schmiedeeisernen Tor, hinter dem ihn ein Leben im Dienst eines anderen Mannes erwartete statt der Freiheit, das familieneigene Unternehmen zu neuer Größe zu führen.

Er hatte versagt. Egal, wie sehr er sich gewünscht hätte, nicht nur sein Leben, sondern auch die Schaffarm in den Griff zu bekommen. Und so stand er hier, ein Bettler in abgerissener Kleidung. Ein Schatten, der hoffte, irgendwann wieder ins Licht treten zu dürfen.

Jamie öffnete das Tor und schritt über die geschwungene Kiesauffahrt zu der Veranda. Hohe Säulen, die selbst im Dunkel silbrig schimmerten, umrahmten eine hohe, dunkle Tür. Der Klopfer hallte ins Leere, im Haus blieb es still.

Wieder ließ er den Klopfer gegen das Eichenholz fallen. Drinnen flackerten endlich Lichter auf, Schritte näherten sich eilig.

Das schmale Gesicht eines Dienstmädchens unter einer Spitzenhaube schaute durch den Türspalt.

«Was wollen Sie?», fragte sie, nachdem sie ihn von oben bis unten gemustert hatte. Der Blick sagte alles. *Was willst du verlauster, dreckiger Landstreicher in diesem Haus?*

«Ich ...» Jamie räusperte sich. «Ich will zu Dylan Manning.»

«Er ist nicht zu Hause.»

Jamies Mut sank. Natürlich nicht. Dylan Manning war nur wenige Wochen oder Monate im Jahr in Dunedin. Er war ein Narr, wenn er glaubte, das Glück sei ihm dieses eine Mal hold.

«Und wenn er's wäre, würd er Sie bestimmt nicht empfangen», fügte das Mädchen hinzu.

Jamie nickte langsam. «Ich verstehe.»

Er drehte sich um und ging. Stolperte auf der oberen Stufe und wäre fast gestürzt, weil er sich rechts nirgendwo festhalten konnte. Mit letzter Mühe gelang es ihm, den Handlauf zur Linken mit der rechten Hand zu packen.

«Warten Sie!»

Jamie blieb stehen.

«Es wird bald regnen», sagte das Dienstmädchen. «Ich hab 'ne Suppe auf dem Herd, und ein Stück Brot findet sich vielleicht auch. Haben Sie Hunger?»

Zögernd drehte er sich um. «Ich will keine Almosen», sagte er dumpf.

«Zwingt Sie keiner. Ist nur ein Angebot.» Sie stand immer noch hinter ihm in der offenen Tür und beobachtete ihn. Jamie wartete. Dicke, schwere Regentropfen begannen zu fallen.

«Nun kommen Sie schon rein. Nützt ja niemanden, wenn Sie durchregnen und sich den Tod holen. Aber gehen Sie zum Dienstboteneingang, der ist auf der rechten Seite. Ich warte da auf Sie.»

Ohne seine Antwort abzuwarten, schloss sie die Tür. Jamie wartete noch einen Moment, dann wandte er sich nach rechts und ging um die Hausecke. Eine schmale Treppe führte zu der Tür, die bereits offen stand. Licht und Wärme strömten aus der Küche, die dahinter lag, und das Mädchen stand allein am Herd und rührte in einem Topf.

«Schnell die Tür zu, ehe es hier drin zu kalt wird. Ava schimpft sonst mit mir.»

Gehorsam schloss er die Tür.

Ihm waren die Worte ausgegangen. Einige Sätze hatte er sich zurechtgelegt, die er Dylan Manning hatte sagen wollen. Wohlfeile Formulierungen, die ihn davon überzeugen sollten, wie tatkräftig er war.

«Hier.» Sie kümmerte sich nicht um sein Schweigen, sondern deckte am Küchentisch für ihn: tiefer Teller, großer Löffel, ein Glas Bier, ein Schälchen Apfelkompott. Sie tat ihm Suppe auf und legte eine dicke Scheibe weiches weißes Brot auf den Tellerrand. Brot, wie es seine Mutter daheim mit Annie immer gebacken hatte.

Während er aß, saß sie einfach neben ihm. Sie sagte nichts, wenn er ungeschickt das Brot griff, wenn er den Löffel packte und sich tief über den Teller beugte. Es war seine erste warme Mahlzeit seit Tagen.

Nachdem er aufgegessen hatte, räumte sie den Tisch ab und stellte das dreckige Geschirr in den Spülstein.

«Möchtest du dich waschen?», fragte sie.

Er stank vermutlich wie ein wildes Tier.

Jamie nickte und folgte ihr in den angrenzenden Raum. Eine Waschküche, in der auch ein großer Zinnzuber stand. «Hier dürfen wir uns baden», sagte sie. «Ich hol dir Handtücher und heißes Wasser.»

Er wusste, was sie von ihm erwartete. Sie hatte ihn ins Haus geholt, gefüttert und gebadet. Sie duzte ihn, und der Blick unter der strengen Haube war ein anderer als vorhin. Auf ihn wartete ein weiches Nachtlager. Und er würde sich nicht dagegen sträuben. Auch ein Mann hatte schließlich Bedürfnisse.

«Wie heißt du?», fragte er, als sie zurückkam und heißes Wasser in den Zuber kippte. Ihr Gesicht war vom Wasserdampf gerötet, kleine Haarkringel umrahmten ihre Wangen.

«Theresa», flüsterte sie.

Sie legte auf einen Hocker neben dem Zuber frische Handtücher und holte noch mehr Wasser, bis die Wanne gut gefüllt war. Dann blieb sie mit gesenktem Kopf stehen.

«Danke, Theresa.»

«Kann ich noch was für dich tun?»

Seine Hand machte sich am Hemd zu schaffen. «Später», sagte er, und das zauberte ihr ein Lächeln aufs Gesicht.

Sie ließ ihn allein. Er zog sich aus, warf die Kleidungsstücke achtlos auf den Boden. Sie hatten mindestens so dringend eine Wäsche nötig wie er, und die Vorstellung, sich nach dem Bad wieder in die speckigen, stinkenden Sachen zu zwängen, war nicht schön.

Ein Stück Lavendelseife hatte Theresa auf die Handtücher gelegt. Nachdem er in die Wanne gestiegen war und sich einen Moment lang einfach nur dem Genuss hingegeben hatte, sich vom warmen Wasser umschmeicheln zu lassen, wusch Jamie sich gründlich.

Inzwischen war er mit einer Hand fast so geschickt wie andere Männer mit beiden.

Sie wartete in der Küche auf ihn. Als er frisch gewaschen und in Hemd und Hose barfuß zu ihr kam, blickte sie von der Näharbeit in ihrem Schoß auf. «Zeit, ins Bett zu gehen», murmelte sie.

Er wartete, bis sie das Badewasser ausgekippt und alle Lichter gelöscht hatte. Sie nahm seine Hand und zog ihn hinter sich her. «Leise», flüsterte sie. «Die Herrschaften …»

Ob ihr wohl irgendwann der Gedanke gekommen war, er könnte mit ihrem Brotherrn bekannt sein? Vermutlich nicht. Dafür hatte er zu verwildert ausgesehen. Er folgte ihr die enge Stiege bis unters Dach hinauf, wo die Dienstbotenquartiere lagen. Ihre Kammer bot gerade genug Platz für ein schmales Bett und eine Kommode am Fußende. Durch das Fenster pfiff der Wind und trieb den Regen durch die Ritzen. Das Fußende unter dem Fenster war klamm.

Sie zog sich aus, und Jamie tat es ihr nach. Dann

schlüpfte sie nur im Unterhemd unter die Decke und lud ihn zu sich ein.

Ihr Körper war warm und üppig, ihr Haar duftete nach der Suppe und nach Lavendel. Ihre Finger waren geschickt. Sie fand ihn rasch, massierte ihn und seufzte wohlig, weil er in ihrer Hand so schnell hart wurde. «Dreh dich auf den Rücken», flüsterte sie, und er gehorchte.

Rittlings setzte sie sich auf ihn und nahm ihn tief in sich auf. Jamie stöhnte. Es war lange her, seit er zuletzt mit einer Frau zusammen gewesen war.

Wenn er die Augen schloss, konnte er sich vorstellen, dass eine andere als dieses dralle, blonde Mädchen auf ihm saß.

Warum habe ich mich einfach fortjagen lassen wie einen räudigen Hund? Warum bin ich nicht geblieben?

Weil er Angst hatte. Er hatte Angst, zusehen zu müssen, wie Sarah mit Rob glücklich wurde.

Es war schnell vorbei. Theresa schnaufte enttäuscht und sank neben ihn. Sie kuschelte sich an ihn, ihre Hand streichelte seine Brust. «Macht nichts», flüsterte sie, obwohl er wusste, dass sie gekränkt war.

Im nächsten Moment war sie schon eingeschlafen. Jamie lag noch lange wach.

Ihre Füße schmerzten unerträglich, und bei jedem Schritt spürte sie das Kopfsteinpflaster. Josie verfluchte nicht zum ersten Mal ihre eigene Eitelkeit. Warum nur hatte sie diese Satinschuhe angezogen, deren Sohlen so dünn waren wie Papier?

Und irgendwann fing es auch noch an zu regnen. Nass und mit schmerzenden Füßen stolperte sie zwanzig Minuten später in die Eingangshalle. Alles war dunkel.

«Theresa? Ava?»

Sie hatten sich anscheinend längst zur Ruhe begeben. Josie seufzte. Sie brauchte trockene Sachen, ein warmes Fußbad und am besten gleich noch was zu essen. Danach wollte sie einfach nur müde ins Bett fallen und diesen Albtraum vergessen.

Schon nach hundert Metern war sie sich dumm vorgekommen, weil sie Hals über Kopf ihre eigene Vernissage verlassen hatte. Es hatte der größte Triumph ihres bisherigen Lebens werden sollen, doch dieser Maori hatte ihr das Vergnügen daran verdorben.

Trotzdem war sie weitergegangen. Nicht allein, weil der Maori sie wütend machte. Sie wollte wissen, wie lange Dylan wohl brauchte, bis er ihr Fehlen bemerkte und nach ihr suchte.

Jetzt kam sie sich undankbar vor. Hatte sie ihm nicht alles zu verdanken? War nicht er es gewesen, der sie immer ermutigt hatte, ihren Weg zu gehen und Künstlerin zu werden? Der ihr im Gartenhaus ein Atelier eingerichtet hatte, in dem sie Tag und Nacht wirken konnte? Der ihr jeden Wunsch von den Augen ablas?

Den sie vergötterte, weil er sie verstand?

Plötzlich war sie verunsichert. Was war es, das sie tatsächlich verband? Er kam nachts in ihr Schlafzimmer, legte sich zu ihr und sah sie an, bis sie einschlief. Nie berührte er sie, und wenn sie ihn berührte, wenn sie ihn streicheln wollte, bremste er sie immer. Dennoch: die Leute redeten. Für alle anderen war es eine ausgemachte Sache, dass Dylan und sie eine ungesunde Affäre unterhielten.

Ob er mich eines Tages heiratet?

Wollte denn einer wie er eine Halbmaori? Oder war sie

nur ein exotischer Schmuck, mit dem er sich zeigte, weil man so glauben konnte, er sei den Maori wohlgesinnt?

Es ging ihm immer nur um dieses verfluchte Weingut. Sie hatte schnell begriffen, dass es wenig gab, das Dylan Manning allein aus Nächstenliebe tat oder ohne sich davon einen Vorteil zu versprechen. Wenn sie ihn damit aufzog, schaute er sie ernst an. «Sonst kommt man zu nichts», erwiderte er. «Glaubst du, meine Nächstenliebe hat mich so reich gemacht?»

Aber warum dieses Weingut, wenn er doch ansonsten alles haben konnte und alles bekam? Wieso gab er sich nicht mit den unermesslichen Reichtümern zufrieden, die er schon hatte? Irgendwas trieb ihn dazu. Und es konnte nicht nur sein Streben nach Profit sein.

Josie stieg die Treppe zur Küche hinab und stieß die Tür auf. Am Tisch hockte eine Gestalt, ihr den Rücken zugewandt und trotzdem seltsam vertraut im Licht einer einzelnen Kerze. Sie tastete nach dem Lichtschalter.

Das Gaslicht flammte auf, und der da so klein am Tisch saß, drehte sich halb zu ihr um. Er blinzelte verwirrt, und auch Josie machte unwillkürlich einen Schritt zurück. Sein Name kam ihr nur schwer über die Lippen, fast als habe sie ihn verlernt in dieser Welt, die keinen Platz bot für ihre Familie.

«Jamie …»

Er fasste sich rascher als sie. «Josie O'Brien», sagte er, und etwas, das an sein früheres Lächeln erinnerte, huschte über sein gealtertes Gesicht. «Es tut gut, dich zu sehen.»

Sie trat näher. «Es überrascht mich», sagte sie nur und legte ihr Täschchen auf den Tisch. Höflich erhob Jamie sich und stand linkisch vor ihr. Josie setzte sich auf einen zweiten Stuhl, und er sank erleichtert wieder auf seinen.

«Ich wollte eigentlich zu Mr. Manning.» Er räusperte sich, sein Blick war neugierig. Josie lächelte still. War es noch nicht bis zu ihm vorgedrungen, dass sie mit Dylan zusammenlebte?

«Dein Dienstmädchen, Theresa ... Sie hat mir erlaubt, hier auf ihn zu warten.» Er wurde leicht rot.

«Dylan ist noch auf der Vernissage.» Seufzend legte sie ihre Handschuhe neben das Täschchen. Sie griff unter den Tisch und zog die Schuhe von den schmerzenden Füßen. «Ich brauche jetzt dringend ein Fußbad. Hast du schon gegessen?»

Jamie nickte. Josie machte sich am Herd zu schaffen. Dass der raue Küchenboden die hauchzarten Strümpfe ruinierte, war ihr egal. An diesem Abend war ohnehin alles ruiniert.

«Daheim alles zum Besten bestellt?», fragte Josie.

«Ich war lange nicht mehr dort.»

Josie hätte ihn gerne gefragt, wie es ihrer Mutter und Sarah ging. Viel mehr interessierte sie aber, wie es Jamie ergangen war, nachdem Sarah ihn nicht geheiratet hatte. Ob er es verkraftete.

Wenn sie ihn anschaute, erübrigte sich die Frage.

«Ich bin fortgegangen, weil ich es nicht ertrug», sagte er leise. «Sie scheint mit ihm glücklich zu sein.»

«Hast du etwas anderes erwartet?» Josie nahm Brot aus dem Kasten, schnitt dicke Scheiben davon ab und bestrich sie mit Butter. Jamie schwieg lange, und das Wasser im Kessel begann zu simmern. Erst als sie den Teller mit den Broten auf den Tisch stellte, schüttelte er den Kopf.

«Nein», flüsterte er. «Ich hab es nur gehofft. Und kam

mir damit so schäbig vor, dass es fast eine Erleichterung war, als Rob mich fortschickte. So war es nämlich. Ich würde heute noch im Fuchsbau hocken und mich im Elend suhlen, wenn er mir nicht ein Empfehlungsschreiben für Mr. Manning und ein bisschen Geld in die Hand gedrückt hätte.»

«Und jetzt suchst du Arbeit.»

Sie schleppte eine flache Kupferwanne mit heißem Wasser zum Tisch. Jamie stand halb auf, als wollte er sich anbieten, ihr zu helfen, doch ließ er den Arm resignierend sinken. «Wozu bin ich denn noch zu gebrauchen?», fragte er leise.

Sie war froh, dass Jamie bei ihr war. Immer hatte sie Sarah geneidet, dass Jamie sich nur für sie interessierte. In ihren Kleinmädchenträumen war Jamie der strahlende Ritter gewesen, der sie aus allen Gefahren rettete.

Nun war sie eine erwachsene Frau. Sie musste nicht gerettet werden. Aber jetzt war Jamie hier.

Josie beschloss, jetzt sei es an der Zeit, *ihn* zu retten. Sie wollte sich bei Dylan für ihn einsetzen. Er sollte ein Dach über den Kopf bekommen, Arbeit und ein dickes Gehalt. Zu ihm hatte sie immer aufgeschaut, und ihn jetzt so zerstört zu sehen, wollte sie nicht hinnehmen.

Sie wollte ihn wieder heil machen.

«Nein, Josie. Es geht einfach nicht!» Dylan hieb mit der Faust auf den Tisch. «Glaub's mir einfach, ja? Ich kann deinem Onkel keine Arbeit geben. Jetzt nicht mehr.»

«Aber warum nicht?» Wie sie den Mund schmollend verzog, wenn sie nicht bekam, was sie wollte! Fast war Dylan versucht nachzugeben. Weil er liebte, wie sie ihm die Arme um den Hals schlang und sein Gesicht mit tausend Küssen bedeckte, wenn er ihr doch noch den Wunsch erfüllte. Das Atelier im Garten des Anwesens hier in Dunedin hatte sie ebenso in Verzückung versetzt wie die Aussicht auf ihre erste Vernissage, die er ihr dank einer großzügigen Spende für den örtlichen Kunstverein hatte ermöglichen können.

«Es geht nicht», erklärte er rigoros.

Es war einfach zu kompliziert, ihr alles zu erklären.

Seine ursprüngliche Hoffnung, das Land der Maori zu kaufen, war zerschlagen. Selbst wenn er der Regierung ein akzeptables Angebot unterbreitete, blieb immer noch dieses Gerichtsverfahren anhängig, das noch längst nicht entschieden war.

Der Stamm der *Kai Tahu*, einer der wenigen Stämme auf der Südinsel, hatte die Regierung auf Herausgabe des Landes verklagt. Sie waren der Auffassung, die *pakeha* hätten dieses Stück Land unrechtmäßig in ihren Besitz gebracht. Das war sicher gar nicht so falsch. Wie auch in anderen Teilen der Welt hatte man die indigene Bevölkerung auch in Neuseeland gewaltsam unterworfen.

Doch das ließe sich regeln. Sprachen die Richter den *pakeha* das Land zu, würde er es einfach kaufen. Der Preis spielte für ihn keine Rolle. Wurde es aber den Maori zugesprochen, müsste er Überzeugungsarbeit leisten. Inzwischen glaubte er zu verstehen, warum sie sich so sehr dagegen sträubten – zu dem weitläufigen Gebiet gehörte auch ein Fluss, der in der Mythologie der Maori eine große Rolle spielte. Einst war ein großer Häuptling ihres Stammes dort ertrunken, weshalb das Wasser des Flusses *tapu* war. Es durfte nicht genutzt werden, Fischfang war an dieser Stelle ebenso verboten wie auch das Baden oder jede andere Berührung. Ein Umstand, den er respektieren würde, wenn sie ihm nur das umliegende Land überließen.

Wenn sie sich nicht durch Geld und gute Worte überzeugen ließen, blieb ihm kaum mehr eine Wahl. Seinen Traum vom Weingut wollte er allerdings nicht begraben. Er hatte es Alice versprochen.

Seine Frau war Neuseeländerin. Jahrelang war sie ihm durch Amerika gefolgt, und als die Krankheit sie schließlich zeichnete, hatte sie sich nur eines gewünscht: heim nach Neuseeland zu gehen und sich dort den Traum vom eigenen Weingut zu erfüllen.

Inzwischen war Alice zu krank, um sich selbst darum zu kümmern. Dylan aber legte all seine Kraft in die Bewältigung dieser Aufgabe. Es war alles, was er für sie tun konnte. Dieses letzte Geschenk wollte er ihr machen. Und Josie war Teil seines Plans. Wenn alles misslang, blieb ihm immer noch, sie zu ihrem Volk zu schicken, damit sie für ihn sprach.

«Und wenn du ihm andere Arbeit gibst?» Josie umrundete den Schreibtisch und setzte sich auf seinen Schoß. Sanft schob Dylan sie auf seine Knie, damit sie seine Erregung nicht spürte. «Er tut alles, was du von ihm verlangst! Nur gib ihm was zu tun. Daheim haben sie ihn fortgejagt, und er fühlt sich nutzlos mit nur einem Arm. Bitte, Dylan!», flehte sie.

«Ich weiß nicht.» Er streichelte unbeholfen ihren Rücken. «Für das Weingut brauchen wir ihn nicht.» Das, was eines Tages das größte Weingut Neuseelands werden sollte, bestand bisher nur aus wenigen Hektar Land und einigen Gebäuden, die völlig überdimensioniert für die kleine Anbaufläche waren. Er hatte Großes geplant, und jetzt lief ihm die Zeit davon. Alice' Leben zerrann.

«Aber als Assistent vielleicht? Er könnte deine Post sortieren, Botengänge erledigen, er wäre unersetzlich!» Josie war Feuer und Flamme. «Überleg doch nur, wie viel Arbeit er dir abnehmen könnte.»

«Hm», machte Dylan. Eigentlich hatte sie recht. Schaden konnte es nicht, wenn er Unterstützung bekam. Und Josie wäre ihm dankbar, wenn er ihr den Gefallen tat.

«Er ist wirklich klug und weiß viel», plapperte sie munter weiter.

«Meinetwegen», brummelte Dylan. Es widerstrebte ihm, diesem Mann Arbeit zu geben, weil er so jung war und gut aussah, wenn man seinen traurigen Blick aus tiefen Höhlen attraktiv fand. Selbst ohne Arm empfand Dylan ihn als Bedrohung.

«Danke, danke, danke! Du wirst es nicht bereuen, ich verspreche es dir!» Überschwänglich küsste Josie sein Gesicht, hielt es mit beiden Händen umfasst und konnte gar nicht genug davon kriegen.

Nachdem sie in einem Wirbel aus weißer Baumwolle aus seinem Arbeitszimmer verschwunden war, lehnte Dylan sich zurück.

Wenn sie mir nur auch endlich geben könnte, was ich mir so sehr von ihr wünsche!

15. Kapitel

Kilkenny Hall, Februar 1922

«Hallo? Hallo, Finn, bist du da?»

Sarah stand am oberen Absatz der Treppe. Sie hörte ihre Großmutter, die auf schnellstem Weg ins Arbeitszimmer geeilt war, nachdem Sarah sie geweckt und ihr beim Anziehen geholfen hatte. Sie wollte wie jeden Morgen als erstes ihren Sohn begrüßen.

Seit das Telefon im Haus war, ging es Helen etwas besser, glaubte Sarah. Das morgendliche Ritual, in das Arbeitszimmer zu huschen und den Hörer fest an ihr Ohr zu drücken, zauberte ihr ein seliges Lächeln aufs Gesicht. Für Sarah bedeutete es jeden Morgen aufs Neue die schmerzliche Erinnerung an den großen Verlust, den diese Familie erlitten hatte.

Schwerfällig stieg sie die Stufen herunter. Helen lachte glücklich auf. Sie hörte ihre Großmutter verschwörerisch flüstern, und einen Moment blieb sie vor der angelehnten Tür stehen und hielt den Atem an.

«Telefoniert sie wieder mit Finn?»

Mit einem überraschten Laut fuhr sie herum. Robert war hinter sie getreten.

«Du hast mich erschreckt!», flüsterte sie.

«Das lag nicht in meiner Absicht, meine Liebe.» Er küsste sie auf die Wange. Sein Mund war kühl, und seine Hand legte sich warm in ihr schmerzendes Kreuz. Seit dem Morgengrauen hatte Sarah wachgelegen und diesem Schmerz nachgespürt.

Es konnte jetzt jeden Tag so weit sein.

«Geht es dir gut?», fragte Rob besorgt.

Sie verzog das Gesicht. «Die Schmerzen sind etwas schlimmer als sonst. Aber ja, alles in Ordnung.»

«Ich habe kein gutes Gefühl dabei, wenn wir dich heute allein lassen.»

«Unser Sohn wird sich schon nicht ausgerechnet heute auf den Weg machen.» Sie streichelte ihren geschwollenen Leib. «Und sollte er es sich doch anders überlegen, rufe ich sofort Dr. Franklin an, versprochen.»

«Also gut.» Er küsste sie noch einmal. «Wir müssen jetzt los.»

«Kommt nur heil zurück!» Sie hielt ihn ein letztes Mal fest und schmiegte sich an seine Brust. «Ich werde dich vermissen.»

Er lächelte. «Morgen bin ich wieder da.»

Sie winkte ihrem Mann und Walter, als sie davonritten. Mit dem Schiff wollten sie nach Queenstown übersetzen, wo heute und morgen ein großer Viehmarkt stattfand. Sarahs Großvater war schon vor zwei Tagen mit der Schafherde aufgebrochen, die Rob dort mit großem Gewinn zu verkaufen hoffte.

Die drei Männer hatten sich inzwischen gut eingespielt und arbeiteten Hand in Hand. Sarah war froh, dass es nun keinen Streit mehr gab, keine Gregorys mehr auf der einen, O'Briens auf der anderen Seite.

Sie ging ins Arbeitszimmer, wo ihre Großmutter immer

noch mit seligem Lächeln einer Stimme lauschte, die nur sie hören konnte, den Hörer mit beiden Händen umfasst.

«Großmutter? Es ist Zeit fürs Frühstück.»

«Hast du gehört, Finn? Ich muss jetzt frühstücken. Ja, ich rufe morgen wieder an, bestimmt. Erzählst du mir dann, wie es dich auf dem Schlachtfeld zerfetzt hat?»

Abrupt drehte Sarah sich um und eilte in die Küche.

An manchen Tagen war Großmama Helens Umnachtung nur schwer zu ertragen.

Auch die Küche war verwaist. Izzie war nach Glenorchy gegangen, weil ihre Mutter krank war, und Annie hatte sich ein paar freie Tage erbeten, um ihren Bruder zu besuchen.

Während Sarah für beide das Frühstück zubereitete, kam Großmutter Helen in die Küche geschlurft. «Ich hab so Hunger!», jammerte sie, und weil das Jammern nicht aufhörte, bis sie etwas bekam, stellte Sarah ihr eilig eine dick mit Butter bestrichene Scheibe Brot hin. Großmutter aß mit Genuss, sie fraß geradezu alles in sich hinein. In den letzten Monaten hatte Rob sie manchmal geneckt, er wisse nicht, wer nun mehr Haare von seinem Kopf fresse, seine Frau oder ihre Großmutter.

Sarah hatte heute keinen Hunger. Sie begnügte sich mit einer Brotrinde, trank einen Becher Tee und wartete geduldig, bis Großmutter aufgegessen und sich sorgfältig die Finger abgeleckt hatte.

«Gehen wir jetzt in den Salon?», fragte Großmutter ganz aufgeregt.

«Jetzt gehen wir in den Salon und stricken ein wenig, genau.»

Sarah wusste nicht, was das für eine Krankheit war, die den Geist von Helen O'Brien mit jedem Tag mehr verschleierte. Aber manche ihrer Fähigkeiten blieben. So war das Stricken derzeit Großmutters liebste Beschäftigung, und sie tat es mit einer Hingabe, die leider nicht darüber hinwegzutäuschen vermochte, dass ihr inzwischen die meisten raffinierten Methoden abhanden gekommen waren. Sie strickte inzwischen nur noch Schals, hin und her in rechten Maschen, bis ihr die Wolle ausging und Sarah ihr beim Abketten half. In diese meterlangen Schals wickelte Großmutter sich sommers wie winters. Sie kuschelte sich darin ein, weil sie überzeugt war, nur diese Schals könnten ihr ständiges Frösteln vertreiben.

So hatte Sarah in den letzten Wochen die Vormittage verbracht: im Salon mit Großmutter und dem Strickkorb, während Izzie und Annie den Haushalt übernahmen; inzwischen musste immer jemand bei Großmutter sein, und den beiden konnte sie diese Pflicht schlecht übertragen. Denn Großmutter war zu jedem gemein, wenn auch an guten Tagen nicht so sehr wie an den schlechten.

Auch darüber musste sie mit Rob reden. Wenn das Baby erst da wäre, bliebe ihr nur wenig Zeit, sich um Großmutter zu kümmern. Und insgeheim hatte sie Angst, Helen könne dem Kind etwas antun. Es kam ihr nicht recht vor, so zu denken, aber vielleicht sollten sie tatsächlich in Erwägung ziehen, den Fuchsbau für die beiden Alten herzurichten.

Den Vormittag verbrachten sie in stiller Eintracht. Sarah wurde allmählich ruhiger. Die Rückenschmerzen vom Morgen waren inzwischen verschwunden. Erst als sie aufstehen wollte, um in der Küche ein Mittagessen zuzubereiten, fuhr ihr der Schmerz mit so großer Wucht ins Kreuz, dass sie einfach wieder aufs Sofa plumpste.

Sie blinzelte. Erstaunt stellte sie fest, dass ihr Tränen in den Augen standen.

Großmutter blickte auf. «Ich hab Hunger», verkündete sie.

«Ja», sagte Sarah leise. «Ich wollte uns grad was machen.»

Großmutter wartete.

Sarah nahm alle Kraft zusammen und hievte sich wieder hoch. Unförmig wie ein gestrandeter Wal war sie, und nach zwei Schritten fuhr ihr der Schmerz erneut wie ein glühendheißes Messer in den Rücken. Sie sank mit einem erstickten Laut auf die Knie, versuchte sich an der Tischkante festzuhalten und erwischte nur die Tischdecke. Geschirr klirrte neben ihr zu Boden, und sie spürte etwas Heißes, Nasses zwischen ihren Beinen.

Das Fruchtwasser.

So viel verstand selbst sie vom Kinderkriegen, um dieses untrügliche Zeichen zu deuten.

Kurz schloss Sarah die Augen und versuchte, einen klaren Gedanken zu fassen. Irgendeinen Gedanken, der jenseits des Schmerzes existierte.

Ich bin mutterseelenallein. Auf Großmutter darf ich mich nicht verlassen.

Dr. Franklin. Wenn sie es ins Arbeitszimmer schaffte, konnte sie ihn anrufen. Er würde sofort kommen, das hatte Rob ihr heute früh noch einmal versichert.

Sarah versuchte, sich an dem Tisch hochzuziehen. Großmutter Helen hatte ihr Strickzeug sinken lassen und beobachtete ihre Bemühungen mit schiefgelegtem Kopf. «Kriege ich jetzt was zu essen?»

Die nächste Wehe überrollte Sarah. Sie versuchte, dagegen anzuatmen, den Schmerz irgendwie auszublenden.

Ihren Körper zu ignorieren. Aber dieser Schmerz ließ sich nicht ignorieren, er war anders als alles, was sie bisher gespürt hatte.

«Ich hab Hunger!» Je länger Großmutter Helen auf die nächste Mahlzeit warten musste, desto ungeduldiger und wütender wurde sie. Trotzig wie ein kleines Kind.

«Gleich, Großmama. Gleich.» Erneut zog Sarah sich am Tisch hoch, und diesmal gelang es ihr auch. Doch der Schmerz im Kreuz war so mörderisch, dass sie nur mit gebeugtem Rücken vorwärts kam. Sie schlich mit winzigen Schritten aus dem Salon, klammerte sich an die Möbel, hielt sich verzweifelt an der Tür fest, bis sie diese endlich erreichte.

Das ist doch nicht normal. Es fühlt sich nicht richtig an. Sollten die Abstände zwischen den Wehen nicht erst viel länger sein?

Inzwischen hatte sie das Gefühl, eine Wehe ginge direkt in die nächste über. Schwach sank sie wieder zu Boden.

«Großmama?»

Die Großmutter schwieg. Sarah blickte zu ihr herüber. Mit verschränkten Armen saß sie da. Ganz das trotzige Kind im Körper einer alten Frau.

«Magst du telefonieren?», fragte Sarah leise.

Sie wusste sich anders nicht zu helfen. Irgendwie musste sie Großmutter dazu bringen, ins Arbeitszimmer zu gehen und Dr. Franklins Nummer zu wählen. Zum Glück hatte Robert die Nummer auf einem Zettel notiert, und Sarah hatte sie sich für alle Fälle eingeprägt.

«Mit Finn?»

«Später darfst du auch mit Finn telefonieren. Aber rufst du erst Dr. Franklin an?»

Ganz vorsichtig fragte Sarah. Vielleicht hatte sie Glück. Vielleicht hatte ihre Großmutter vergessen, was Dr. Franklin bei seinem letzten Besuch über Großmutter Helen gesagt hatte.

«Er behauptet, ich bin krank im Kopf! Er wollte mich wegschicken!»

«Ich weiß. Aber wir schicken dich nicht weg, oder?» Sarah versuchte, sich aufzurichten. «Sieh mal, ich kann ihn nicht anrufen, und ich brauche ihn jetzt. Mir ist nicht wohl, verstehst du?»

Ihre Großmutter stand auf, legte sorgfältig das Strickzeug in den Korb und kam zu Sarah. Sie kniete neben sie. «Armes Lämmchen. Als ich meinen Finn bekam, da hat's auch so wehgetan. So ist es immer beim Ersten.» Ihre knotige Hand strich Sarah das verschwitzte Haar aus dem Gesicht. «Ich rufe Finn an, er weiß, was zu tun ist.»

Ehe Sarah darauf antworten konnte, stieg die Großmutter über sie hinweg und ging zielstrebig zum Arbeitszimmer auf der anderen Seite der Eingangshalle. Sarah konnte ihr nur hilflos nachblicken.

Sie vergisst alle anderen. Nur an Finn kann sie sich noch erinnern.

Sarah blieb in den nächsten zehn Minuten einfach still liegen und wartete. In weiter Ferne hörte sie Großmutters Stimme und dann ihr glockenhelles Lachen.

Bitte, ruf doch endlich Dr. Franklin an.

Sie wusste, dass sie nicht aufstehen konnte. Und irgendwas stimmte nicht mit ihr, irgendwas lief ganz und gar nicht so, wie es sollte. Sarah raffte ihren Rock. Der Unterrock war nass, und als ihre Hand nach unten glitt, war Blut daran.

In diesem Moment bekam sie das erste Mal Todesangst.

Es war ein Tag wie so viele in der Spinnerei: Auf Siobhans Schreibtisch wartete die Tagespost, ihr Vorarbeiter hatte ein paar Garnproben für sie hingelegt, und ein paar Bestellungen mussten von ihr bearbeitet werden. Außerdem gab es Probleme mit einer Kardiermaschine, und der Mechaniker erstattete ihr Bericht. Er musste ein teures Ersatzteil aus Europa kommen lassen, und sie würden noch ein paar Wochen ohne diese Kardiermaschine auskommen müssen.

Es waren die kleinen Katastrophen, die großen Störfälle, die kleinen Freuden und die große Zufriedenheit, mit der Siobhan jeden Tag bestritt. Sie liebte ihre Arbeit, und ehe sie abends heimritt, trat sie immer noch ein letztes Mal in die große Produktionshalle und lauschte dem Klackern und Surren der Maschinen. Sie kontrollierte die Kisten, in denen die Wollstränge in den verschiedenen Farben und Qualitäten lagen, und strich prüfend darüber.

Dieses Jahr hatten sie gute Wolle bekommen. Sie war das Geld wert, das sie an Rob Gregory gezahlt hatte.

Es war ein Tag wie jeder andere, und trotzdem war sie seit der Mittagszeit unruhig. Sie schaute immer wieder aus dem Fenster, und als sie sich früher als sonst auf den Heimweg machte, schlug sie ganz gegen ihre Gewohnheit den Weg nach Kilkenny Hall ein und nicht den schmalen Pfad hinauf in die Berge. Es war eine Abkürzung, wenn sie über den Hof des Anwesens ritt, aber sie nahm ihn selten, weil der imposante Bau sie immer so schmerzlich an das erinnerte, was sie verloren hatte.

Das Haus lag ruhig da, nichts rührte sich. Siobhan runzelte die Stirn. War denn niemand daheim? Meist sah sie zumindest eins der Dienstmädchen draußen, oder es gab irgendwelche Anzeichen, dass jemand zu Hause war – die Fenster mussten doch jetzt offen stehen, es wurde Abend, und ein frischer Wind wehte nach dem heißen Tag vom See herauf.

Sie war schon an den Ställen vorbei, und ihr Pony stieg bereits den Pfad in den Wald hinauf, als Siobhan etwas hörte. Sie zügelte den Braunen und lauschte.

Es klingt wie der Schrei eines Tiers ...

Entschlossen wendete sie den Wallach und ritt zurück.

Weil nach mehrmaligem Klopfen keiner öffnete, drückte Siobhan die Klinke. Die Eingangstür war nicht verschlossen, die Halle dunkel und leer. «Hallo?», rief Siobhan. «Jemand zu Hause?» Aus dem Arbeitszimmer hörte sie ein Murmeln.

Ein schwerer Geruch hing in der Luft. So hatte es früher beim Schlachtfest immer gerochen ...

Blut. Hier ist irgendwo Blut.

Siobhan eilte aufs Höchste alarmiert zum Arbeitszimmer. Als sie die Tür aufstieß, starrte Helen sie mit riesigen Kinderaugen an. «Sarah hat's erlaubt», piepste sie, und sie hielt den Telefonhörer so krampfhaft umfasst, als fürchtete sie, Siobhan könne ihn ihr entreißen.

«Wo ist sie?», fragte Siobhan.

«Sie hat es erlaubt!», wiederholte Helen stur.

Von ihr konnte sie keine Antwort erwarten, also drehte sich Siobhan um. Suchte. Horchte. Ein Laut drang an ihr Ohr. Die Küche? Der Salon?

Die Tür zum Salon stand halb offen. Dahinter lag ein Haufen Kleider. Und Haar, sie sah einen verschwitzten Kopf, das Haar dunkel, fast schwarz ...

Mit einem erstickten Laut stürzte Siobhan vor. Sie glitt vor Sarahs leblosem Körper auf den Boden, rutschte auf dem Blut aus und umfasste zugleich die Hände ihrer Tochter.

«Sarah. Hörst du mich? Sarah?»

Niemand musste ihr sagen, was los war. Sie verstand sofort. «Ich bin sofort wieder bei dir, Liebes. Warte hier, ja?»

Der Atem ging flach, und die Augenlider flatterten nur einen Moment. Siobhan stand auf, rannte in den Salon und entriss Helen den Telefonhörer.

«Nein!», kreischte diese und wollte ihn Siobhan wieder wegnehmen. «Ich muss mit Finn reden! Sarah hat es erlaubt!»

Grob stieß Siobhan ihre Schwiegermutter beiseite. Ihr blieb keine Zeit, um auf die Grillen einer Verwirrten einzugehen. Ihre Finger zitterten, als sie Dr. Franklins Nummer wählte. Mit wenigen Worten teilte sie seiner Haushälterin mit, was los war, und diese versprach, Dr. Franklin sofort zu schicken. Siobhan rannte zurück zu Sarah, die sich inzwischen aufzurichten versuchte.

«Warte, warte. Kommst du hoch? Schaffen wir es zum Sofa?»

Irgendwie schafften sie es. Sarah sank aufs Polster, rutschte tiefer. Siobhan legte die Hände prüfend auf den Leib. Unter der Haut bebte es. Eine Wehe, die Sarah willenlos ertrug. Als sei sie schon nicht mehr in dieser Welt.

Siobhan raffte die Röcke ihrer Tochter. Verdammt, warum nur wusste sie so wenig über Geburtshilfe? Sie hatte sich nie dafür interessiert, nie hatte sie anderen Frauen beigestanden, und die Erinnerung an ihre eigenen Geburten war ihr keine Hilfe. Damals war alles gutgegangen.

Was sollte sie jetzt tun? Konnte sie überhaupt etwas tun?

«Mam?» Sarahs Stimme klang gebrochen.

Sie hat mich so lange nicht mehr Mam genannt. Seit Helen mich fortgejagt hat.

«Ja, mein Schatz. Ich bin hier, hörst du? Wir warten auf Dr. Franklin, er wird wissen, was zu tun ist.»

Es dauerte eine Ewigkeit, bis sie draußen eine Kutsche rumpeln, Pferdehufe klappern hörte. «Bleib schön liegen, ich bin sofort zurück», flüsterte Siobhan. Sie rannte zur Tür und ließ den Arzt ein, der sich nicht lange aufhielt, sondern ihr wortlos seine Tasche reichte und in den Salon eilte. Sofort übernahm er das Kommando. Heißes Wasser, saubere Handtücher. Er kniete vor Sarah auf dem Boden, die Hände tasteten unter ihrem Rock und er runzelte die Stirn. «Wie lange ist sie schon in diesem Zustand?», herrschte er Siobhan an.

«Ich weiß nicht», stammelte sie. «Ich kam nur zufällig vorbei. Außer Helen ist keiner hier.»

Er nickte grimmig. «Gut möglich, dass Sie ihr das Leben gerettet haben, und dem Kind gleich dazu. Kann aber auch sein, dass wir trotzdem beide verlieren. Sie müssen mir assistieren. Können Sie das?»

Siobhan nickte tapfer.

Dr. Franklin war ganz ruhig. Er gab Sarah Anweisungen, verabreichte ihr ein paar Tropfen, und sie wurde wieder etwas munterer. Schon bald ermutigte er sie, zu pressen, und sie nahm all ihre Kraft zusammen. Zehn Minuten später legte Dr. Franklin einen kleinen Jungen auf Sarahs Bauch. Sein Gesicht war blau, die Nabelschnur zweimal um seinen Hals gewickelt.

Er schrie nicht.

«Das haben wir gleich.»

Es war Siobhan ein Rätsel, wie der Arzt so ruhig bleiben konnte. Gebannt sah sie zu, während er die Nabelschnur löste und den Säugling hochhob. Nach einem herzhaften Klaps auf den Hintern gab das Kind einen jämmerlichen Klagelaut von sich. «Na also», murmelte Dr. Franklin. «Hier, nehmen Sie ihn, Mrs. O'Brien. Ihr Enkelsohn.»

Ungläubig starrte Siobhan dieses Wunder an. «Mein Enkel», flüsterte sie andächtig.

«Mam?» Sarahs Stimme.

Siobhan hüllte das Kind in ein Handtuch und brachte es Sarah. «Sieh nur, dein Sohn», sagte sie leise und hielt ihn Sarah hin. Der Kleine maunzte leise. Keine kräftigen Schreie, wie sie Siobhan noch so lebhaft von Sarahs Geburt in Erinnerung waren.

Diese schloss nach einem kurzen Blick auf das Kind erschöpft die Augen und nickte. «Danke, Mam», flüsterte sie. «Danke, dass du da warst.»

«Gefällt er dir?», fragte Sarah bang. Schon seit einer kleinen Ewigkeit beugte sich Rob nun schon über die Wiege und betrachtete seinen Sohn.

«Er hat Gregory-Augen», sagte er und blickte lächelnd auf. «Und hast du diesen Knick gesehen, an seinen Ohren? Das haben meine Brüder und ich auch.»

«Sein Haar ist schwarz.»

«Das macht nichts», meinte Rob leichthin. «Obwohl ich früher weizenblond war. Damit dürfen wir bei ihm wohl nicht rechnen.» Er richtete sich auf. «Geht es dir besser?»

Nach der Geburt war sie in einen tiefen, erschöpften

Schlaf gefallen, aus dem sie immer wieder bang aufschreckte. Doch die Bilder waren ebenso schnell verblasst wie der Schmerz, und seit zwei Tagen hütete sie nun das Bett und konnte sich an diesem kleinen Wesen in der Wiege kaum sattsehen.

Dr. Franklin hatte noch einmal nach ihr geschaut und sie ermahnt, noch ein paar Tage die Bettruhe zu halten, ehe sie sich wieder in die Arbeit stürzte. «Ich weiß, wie schwer es Ihnen fällt», hatte er gesagt. «In diesem Haus gibt es immer viel zu tun. Aber Sie müssen jetzt auch mal an sich denken.»

Sarah hatte verstanden. Und es war nicht schwer gewesen, denn Siobhan war da.

Mam.

Es war ungewohnt, so an sie zu denken. Gänzlich fremd und doch so *richtig*.

«Mam ist mir eine große Hilfe.»

Rob runzelte die Stirn. «Das glaub ich gern. Sie hat da unten das Kommando übernommen und glaubt, sie könne in drei Tagen alles umkrempeln.»

«Ohne sie wäre es nicht gegangen», bekräftigte Sarah. Sie war so froh, dass ihre Mutter für sie da war, weshalb sie nicht ein kritisches Wort gegen sie gelten ließ. Rob kniff den Mund zusammen. Sie hatten sich während ihrer Ehe bisher kein einziges Mal gestritten, nur gestern, als er aus Queenstown heimkehrte und Siobhan ihn begrüßte, war er sogleich in das Schlafzimmer hinaufgestürmt und hatte Sarah wütend gefragt, was «diese Frau» in seinem Haus tat. Erst dann hatte er begriffen und sich über die Wiege gebeugt.

«Meinetwegen kann sie noch ein paar Tage bleiben», räumte er jetzt ein.

«Du musst doch zugeben, dass mit ihr im Haus alles einfacher ist.»

Er trat an ihr Bett, strich über ihr Haar und beugte sich hinab. «Natürlich, Liebes», flüsterte er und küsste sie auf die Wange. «Aber sie geht, sobald du genesen bist.»

Sarah erwiderte darauf nichts. Sie war ganz versunken in den Anblick ihres Sohnes.

Rob hatte natürlich recht, wenn er meinte, dass Siobhan wieder gehen musste. Sie gehörte nicht hierher. Auch wenn sie mit Großmutter eine Engelsgeduld hatte und die beiden Mädchen ihr gehorchten, als sei es immer schon so gewesen, musste bald die alte Ordnung wiederhergestellt werden.

Aber nicht heute, dachte Sarah zufrieden. Heute blieb ihre Mutter noch, morgen sicher auch und vielleicht noch eine ganze Woche.

Ginge es nach ihr, musste Siobhan nicht auf ewig allein in die Hütte im Wald zurückkehren.

16. Kapitel

Wellington, Mai 1922

Eddie O'Brien war einer, der schon früh im Leben gelernt hatte, mit anzupacken. Seinen Vater hatte er zu einem Zeitpunkt verloren, da er an der Schwelle zum Mannsein stand, und seither hatte er versucht, der Mutter den Mann im Haus zu ersetzen und den jüngeren Geschwistern glänzendes Vorbild und Vaterersatz zu sein.

Vor allem sein jüngster Bruder Marcus hatte immer zu ihm aufgeblickt. Jetzt saß er Eddie gegenüber, hatte trotzig die Arme vor der Brust verschränkt und starrte finster auf seine dreckigen Stiefelspitzen.

«Was hast du dir dabei gedacht?», fragte Eddie nicht zum ersten Mal. Und wieder antwortete Marcus mit einem bockigen Schulterzucken. «Wieso kommst du nicht zu mir, wenn du etwas haben möchtest? Lassen wir es dir an irgendwas fehlen? Hm?»

«Nein», gab Marcus widerstrebend zu.

«Und wieso klaust du dann?»

Schulterzucken. Eddie gab es auf. Seinem Bruder war einfach nicht beizukommen. Seit Wochen und Monaten war er verstockt, schwänzte die Schule, trieb sich in den Straßen herum und kam abends nicht pünktlich heim.

Keine Erziehungsmaßnahme konnte ihn Vernunft lehren, und allmählich war Eddie mit seinem Latein am Ende.

«Scher dich fort. Zwei Wochen Zimmerarrest für dich. Und du zahlst Mr. Manning den Schaden zurück, von deinem eigenen Geld.»

Marcus' Kopf ruckte hoch. «Das ist ungerecht!», beklagte er sich. «Er hat so viel und wir haben nichts, obwohl Mam für ihn die Drecksarbeit erledigt.»

Ehe Eddie sich versah, hatte er seinem Bruder eine schallende Ohrfeige verpasst. Marcus heulte auf und hielt schützend die Arme über seinen Kopf. «Mam, er schlägt mich!», brüllte er so laut, dass es noch im Südflügel des Anwesens zu hören sein musste.

Grob riss Eddie seinen Bruder hoch. «Du stiehlst ihm Geld und glaubst, damit ungeschoren davonzukommen? Los, geh mir aus den Augen. Ich habe zu tun, und du sieh zu, dass du über deine Taten nachdenkst. Komm endlich zur Vernunft, Marcus! Du könntest es so gut haben hier.»

«Ich will heim», begehrte Marcus auf.

Eddie ballte die Faust. «Dies hier ist unser Zuhause. Geh mir aus den Augen», zischte er, und Marcus zog den Kopf ein wie ein geprügelter Hund und verließ fluchtartig das kleine Wohnzimmer.

Eddie trat ans Fenster. Der Herbst war immer mild in Wellington, wie auch die Winter. Draußen erstreckte sich ein riesiger Park, und zwischen den roten und goldenen Bäumen erkannte er an dessen Ende seine Mutter, die einen Rollstuhl schob.

Der tägliche Spaziergang mit Mrs. Manning.

Eddie setzte sich wieder an den Esstisch, der aus Platzmangel ebenfalls in der Wohnstube unterm Dach stand.

Die Familie hatte vor fünf Jahren eine kleine Wohnung im Anwesen der Mannings beziehen dürfen: drei Zimmer und sogar eine eigene kleine Küche, worauf seine Mutter immer großen Wert gelegt hatte. «Wir sind keine Bittsteller, wir haben unser eigenes Geld und wirtschaften allein», hatte sie immer wieder betont, wenn Eddies Geschwister bettelten, sie könne doch das Angebot annehmen, Essen aus der Küche zu bekommen.

Seine Mutter wurde gut bezahlt für ihre Arbeit, aber weil sechs Mäuler zu stopfen waren, blieb anfangs selten etwas übrig. Erst später, nachdem Margie in einem anderen Haushalt als Dienstmädchen unterkam und Patrick das große Glück hatte, in einer Kanzlei einen Job als Botenjunge zu bekommen, hatte sich die Situation verbessert. Inzwischen wohnten nur noch Clarisse, Marcus und er daheim. Und auch Clarisse würde bald gehen.

Dann blieb er mit seiner Mutter und Marcus allein.

Eddie machte es nichts aus. Solange er noch im Haus wohnte, kam er mit jedem Tag seinem großen Ziel näher. Er wusste, wie sehr sich seine Mutter anfangs dagegen gesträubt hatte, dass Mr. Manning ihrem Ältesten ein Studium finanzierte. Aber da von dieser Konstellation alle Seiten profitierten, hatte sie schließlich nachgegeben.

Und nun drohte Marcus, mit seiner Dummheit alles kaputtzumachen.

Er widmete sich wieder den medizinischen Lehrbüchern, die er an diesem Nachmittag auf dem Tisch ausgebreitet hatte. Doch die Konzentration war fort, immer wieder schweiften seine Gedanken ab.

Als es allmählich dunkel wurde, kam seine Mutter herauf. Sie ging nicht in die Küche, wie er's gewohnt war, sondern kam sofort zu ihm. «Du verdirbst dir die Augen in dem Licht», sagte sie leise.

Er blickte auf. Dass es so blau geworden war im Zimmer hatte er gar nicht bemerkt.

«Mr. Manning ist heute gekommen. Er möchte dich sehen.»

Sofort spürte er ein unangenehmes Kribbeln. Er musste Mr. Manning die Wahrheit sagen und sich entschuldigen. Seiner Mutter würde er lieber nichts erzählen. Sollten sie in Schimpf und Schande fortgejagt werden, würde sie es noch früh genug erfahren. Ihr traute er außerdem zu, aus Scham zu kündigen, wenn sie erfuhr, dass Marcus einen kleinen Betrag aus der Haushaltskasse entwendet hatte, die in der Küche in einem verschlossenen Kästchen verwahrt wurde.

«Ich geh sofort runter zu ihm.»

«Er ist nicht allein gekommen.» Seine Mutter zögerte.

Manchmal, wenn viele Gäste im Haus waren, bot Eddie sich an, bei der Aufwartung am Tisch auszuhelfen. Dylan Manning brachte ständig berühmte Ärzte ins Haus, und ihr Tischgespräch zu belauschen war für ihn als Medizinstudent stets hochinteressant.

«Josie O'Brien ist bei ihm. Und Jamie auch.»

Eddie legte den Stift beiseite. «So ist das also», sagte er leise.

«Ich bin deinem Onkel vorhin begegnet. Ausgesucht höflich ist er, hat sich nach uns allen erkundigt. Er weiß von deinem Medizinstudium. Mr. Manning scheint oft über dich zu reden.»

Nicht mal die lobenden Worte für ihren Sohn vermochten, den ätzenden Unterton aus ihrer Stimme zu tilgen. Seine Mutter hasste die O'Briens, daran gab es nichts zu rütteln, und sie würde diesen Hass auch weiterhin pflegen.

Eddie stand auf. «Dann will ich mal hören, was er von mir will», sagte er und klemmte sich sein Studienjournal unter den Arm. Es war das Beste, seine Mutter mit ihrem Groll allein zu lassen.

Ihm ging es wie Marcus, auch wenn er es nie offen aussprach: er vermisste Kilkenny. Wellington war eine riesige Stadt, ein verdreckter Moloch voller Elend und Krankheit. Für einen Medizinstudenten ein guter Ort, weil er in den Armenvierteln viel lernen konnte. Doch er war in der Wildnis am Wakatipusee aufgewachsen, und selbst der großzügige Park hinter dem Anwesen war ihm zu eng.

Dylan Manning erwartete ihn im Arbeitszimmer. Eddie klopfte und wartete auf sein scharfes «Herein!». Dann trat er mit gesenktem Kopf ein.

«Mr. Manning, Sir. Sie hatten nach mir geschickt.»

«Ah ja, der junge O'Brien. Setzen Sie sich doch zu uns.»

Er blieb stehen.

«Was Marcus getan hat, tut mir sehr leid, Mr. Manning», fing er hastig an. «Ich habe ihm gehörig die Leviten gelesen, aber …»

«Ach, das bisschen Geld.» Dylan Manning winkte ab. «Das tut mir ja nicht weh.»

Er wusste es längst.

«Ich hab ihm Hausarrest gegeben», fuhr Eddie unbeirrt fort, «aber wenn Sie ihn noch bestrafen wollen, würde ich's verstehen. Dann schicke ich Ihnen meinen Bruder runter.»

«Eddie, Junge. Machen Sie sich mal locker.»

Eddie entspannte sich. Man wusste nie, in welcher

Laune man Mr. Manning antraf. Heute schien er aufgeräumter Stimmung zu sein.

«Sie erinnern sich bestimmt noch an Ihren Onkel?»

Eddie schaute Jamie an. Beide nickten, dann machte Jamie einen Schritt nach vorne und reichte Eddie die Hand. «Ist eine Weile her», sagte er mit belegter Stimme. Und fügte nach kurzem Zögern hinzu: «Siehst deinem Vater verflucht ähnlich, Eddie.»

Dasselbe könnte ich von dir sagen.

Jamie war gealtert in den vergangenen Jahren. Schon jetzt, da er nicht mal dreißig war, ergraute sein sandfarbenes Haar, und die Augen waren von tiefen Schatten umrahmt. So hatte auch Eddies Pop oft ausgesehen, wenn er abends müde von der Arbeit heimkehrte.

Eine Erinnerung, die inzwischen kaum mehr als ein guter Traum war. Sein Vater, der abends auf der Bank vorm Fuchsbau saß und ein Pfeifchen schmauchte, während die jüngeren Geschwister um seine Füße tollten wie junge Hunde.

«Ich hab hier mein Journal.» Eilfertig legte Eddie es vor. Darin waren seine Berichte und Erfahrungen, seine Ideen und Ergebnisse notiert. Mr. Manning überflog die Seiten, er lächelte zufrieden. «Wie lange gehen Sie noch zur Universität?»

«Ein Jahr wohl noch.»

«Gut, gut.» Mr. Manning klappte das Buch zu und gab es Eddie zurück. «Haben Sie in unserer Angelegenheit Fortschritte gemacht?»

«Leider nein, Sir.» Das war ihm immer das Schwerste: einzugestehen, dass er nicht bei der wichtigsten Aufgabe vorankam.

Wie sollte auch ihm, einem Studenten der Medizin,

gelingen, was all den klugen Köpfen dieser Welt nicht gelang? Ein Medikament gegen die Morbus Charcot zu finden, die Mr. Mannings Frau seit Jahren in ihren Klauen hatte ... Es war Eddie ein Rätsel, wieso dieser Mann glaubte, er könne irgendwas zur Heilung seiner Ehefrau beitragen.

Aber vielleicht war Mr. Manning inzwischen so verzweifelt, dass ihm jedes Mittel recht war.

«Nun, dann suchen Sie sicher weiter.» Mr. Manning nickte. «Und gesellen Sie sich heute Abend doch mit Ihrer Mutter zum Essen zu uns, ja?»

Eddie nahm das Journal wieder entgegen und nickte verwirrt.

Zum Abendessen hatte Mr. Manning ihn bei all seiner Güte noch nie eingeladen.

Er war nicht länger ein Niemand.

Josie stand in der Mitte des Gästezimmers und ballte die Fäuste. Sie versuchte, ihrer Wut Herr zu werden, die sie seit ihrer Ankunft in Wellington, in diesem Haus, beständig im Griff hatte.

Sie starrte den Schrankkoffer an, den zwei Diener heraufgeschleppt hatten. Darin waren all die Kleider und Pelze, der Schmuck und die Kostbarkeiten, mit denen Dylan sie tagtäglich überhäufte.

Am meisten aber empörte sie ihre eigene Naivität. Josie machte zwei Schritte und sank auf eine Recamière. Ein Dienstmädchen kam herein, knickste und fragte, ob sie noch etwas für Josie tun könne, ansonsten gebe es heute Abend um acht ein Dinner, man werde sie rechtzeitig holen.

Josie winkte müde ab – sie brauchte nichts. Vorsichtig

zog sie die Nadel aus dem winzigen Hut, der keck auf ihrem Kopf saß und legte ihn neben sich auf die Recamière. Sie wollte keine Sekunde länger hierbleiben, aber sie wusste, dass Dylan von ihr erwartete, es auszuhalten.

Er war also verheiratet. Mit einer siechen Frau, die verkümmert in einem Rollstuhl hing und der es schwerfiel, Worte zu formen. Seine Frau wirkte alt, viel älter als Dylan. Josie hatte ihr zur Begrüßung artig die Hand gereicht, und Mrs. Manning hatte sie mit kalten Fingern ergriffen. Ihr Blick verriet, dass sie wusste, wer oder was Josie war.

Ich bin nur die andere in dieser Ehe. Die Fremde, Aufregende, die Dylan die Zeit vertreibt.

Diese Erkenntnis schmeckte bitter. Sie wollte doch mehr sein für ihn, wollte ihm beweisen, dass sie mehr sein konnte.

Das Dinner am Abend würde den richtigen Rahmen bieten, um damit anzufangen. Josie klingelte nach dem Dienstmädchen und bat es, ihre Sachen auszupacken und für sie ein Bad einzulassen. Außerdem wünsche sie, das hochgeschlossene, dunkelblaue Kleid zu tragen. Das Mädchen nickte zu allem und machte sich eilig an die Arbeit, während Josie sich vor den Toilettentisch setzte und ihr Haar ausbürstete.

Ich werde ihnen beweisen, dass ich mehr bin.

Den Vorsatz in die Tat umzusetzen fiel ihr nicht schwer. Josie lebte nun schon lange genug an Dylans Seite, um zu wissen, welches Verhalten er missbilligte (ihres, wenn sie zu überschäumend fröhlich war) und welches Verhalten ihm gefiel. Als sie sich wenige Stunden später im Salon einfanden, begrüßte sie alle Gäste mit ausgesuchter Höflichkeit und betrieb Konversation. Sie wusste, dass das hochgeschlossene Kleid sie älter wirken ließ, und sie wusste auch um die Wirkung der strengen Hochsteckfrisur. Jamie musterte sie erstaunt, sagte aber nichts. Und Ruth war so überrumpelt von Josies gemessener Liebenswürdigkeit, dass sie nur stammelte, sie freue sich auch, die Nichte endlich wiederzusehen.

Eddie fraß sie mit seinen Blicken.

Konnte es sein, dass sich ihr Cousin in sie verguckte? Sie rutschte unruhig auf ihrem Stuhl herum.

«Du zappelst», raunte Dylan ihr zu.

Sie senkte betreten den Blick und stocherte in dem Salat auf ihrem Teller herum. Zwei Worte hatten genügt, dass sie sich nicht mehr wohl in ihrer Haut fühlte und wünschte, sie könnte sich in ein Mauseloch verkriechen.

Dylan hatte außer den beiden O'Briens auch den Leibarzt seiner Frau eingeladen, der neben Josie saß. Nahm man es genau, war dies also kein offizielles Dinner, sondern eher ein Abendessen mit den Bediensteten des Hauses. Josie ließ sich davon nicht beirren. Sie erkundigte sich liebenswürdig bei Dr. Ramsey nach der Gesundheit von Mrs. Manning.

«Nun …» Dr. Ramsey warf über ihren Kopf einen fragenden Blick zu Dylan, der offenbar nickte, denn er fuhr sichtlich erleichtert fort: «Den Umständen entsprechend. Wir hoffen stets auf Besserung, doch nach den einzelnen Schüben bleiben doch immer wieder neuerliche Schädigungen zurück. Und ihr Gemüt …» Er zögerte. «Sie ist nicht in bester Verfassung.»

«Kann man denn gar nichts für sie tun?», fragte Josie. Die Schilderung des Arztes bestürzte sie, auch wenn er nicht allzu sehr ins Detail ging. Seit sie vor einigen Tagen von Dylans Frau erfahren hatte, hatte sie die andere als

Bedrohung empfunden. Von ihrem Leid zu hören, machte es schwer, sie zu hassen.

«Wir machen es ihr schon so leicht wie irgend möglich.» Der Arzt fühlte sich sichtlich nicht wohl in seiner Haut.

«Es gibt viele Wissenschaftler und Ärzte, die sich der Aufgabe widmen, ein Heilmittel zu finden», mischte sich nun Eddie ein. «Bisher leider ohne Erfolg.»

Josie bemerkte den Blick, den Ruth ihrem Sohn zuwarf. Etwas Warnendes lag darin.

Sie hatte es sich leichter vorgestellt, die höfliche Gastgeberin zu sein. Als Dylan mehr Wein wollte, als er neue Flaschen heraufbringen ließ, weil ihm danach war, sich zu betrinken, legte sie ihm die Hand auf den Ärmel. «Meinst du, das ist gut?», fragte sie leise, und spürte zugleich Ruths brennenden Blick.

Sie fühlte sich wie eine Schauspielerin, die der Welt etwas vorgaukelte, das sie nicht war. Tapfer hielt sie daran fest, beteiligte auch Jamie am Gespräch und schaffte es irgendwie, die drei Gänge hinter sich zu bringen.

Danach verabschiedete Ruth sich überhastet, nein, sie wolle keinen Likör mehr im Salon einnehmen, sie müsse noch nach Mrs. Manning schauen. Dabei starrte sie Josie an.

Widerstrebend schloss Eddie sich seiner Mutter an, und Dylan bat Dr. Ramsey in das Raucherzimmer. Jamie blieb am Fußende des Tischs stehen und folgte den beiden Männern nicht. Durch die halboffene Tür drangen die rauen Stimmen zu ihnen herüber.

Josie legte die Serviette neben ihren Teller und erhob sich geschmeidig. Sie lächelte Jamie zu. «Ich glaube, ich werde mich auch zur Ruhe begeben», sagte sie leise. «Gute Nacht.»

«Sie werden dich niemals ernstnehmen», rief er hinter ihr her.

Josie blieb stehen. «Ich weiß nicht, was du meinst.»

«Ruth und Eddie, Dr. Ramsey und all die anderen. Sie werden in dir immer nur seine Geliebte sehen.»

«Wie kannst du es wagen ...»

«Ich wage es, weil ich dein Onkel bin. Weil ich dir wohlgesinnt bin, und jeder andere wär vielleicht eher bereit, dich mit diesen Augen zu sehen, wenn du ihn nicht ständig mit deiner zur Schau gestellten Tugendhaftigkeit reizen würdest, sondern einfach das tätest, wovon jeder ohnehin denkt, dass du es tust.»

Sie wurde knallrot. «Du meinst doch nicht etwa, ich soll mich mit ihm in ein Bett legen?»

Jamie zuckte mit den Schultern. «Es steht mir nicht zu, das zu kommentieren. Ich meine, du solltest ihm mehr geben, wenn er dir schon alles zu Füßen legt. Deinetwegen riskiert er seinen Ruf. Das kümmert ihn vielleicht nicht, aber dir sollte es etwas wert sein.» Langsam trat er näher. «Ihr seid gewissermaßen eine Abmachung eingegangen. Er hält sich an seinen Teil eurer Vereinbarung.»

Und wie sieht mein Teil aus?

Bisher hatte sie gedacht, es ginge nur um die Kunst. Nur darum, ihm zu gefallen und ihre Maoriwurzeln in den Bildern zu zeigen – ja, das vielleicht auch. Immerhin musste er noch immer um das Stück Land kämpfen, das ihm die Maori nach wie vor verweigerten, während seine Rebstöcke auf kargem Boden verkümmerten.

«Musst du dich nicht um deine Angelegenheiten kümmern?», zischte sie wütend.

Jamie erwiderte ihren Blick ungerührt. Erst dann sagte er leise: «Gute Nacht, Josie.»

Er ließ sie stehen. Mit all ihrer Wut und ihrem Unwissen. Josie hörte seine Schritte in der großen Halle, hörte ihn die Treppe hinaufsteigen in seinem unregelmäßigen Gang.

Sie trat erst hinaus, nachdem seine Schritte verklungen waren, glitt die Treppe hinauf und lauschte auf dem oberen Treppenabsatz einen Moment, ehe sie sich nach rechts wandte, wo sich Dylans Schlafzimmer befand.

Zwei Stunden später kam er.

Sie hatte es sich im Bett gemütlich gemacht und las in dem Buch, das auf seinem Nachttisch lag, weil sie dachte, sie müsste nun für all seine Belange Interesse aufbringen. Als er sein Schlafzimmer betrat, ließ sie das Buch sinken.

«Du liest viel über Weinanbau, nicht wahr?»

Er betrachtete sie wie ein Wunder.

«Josie.»

«Ich wollte heute Nacht nicht alleine sein. Heute Nacht ist alles anders.»

Er trat näher, setzte sich zu ihr aufs Bett. Seine Hand suchte die ihre. «Bist du sicher?»

Sie nickte bang.

Sie beobachtete, wie er sich entkleidete und seine Sachen – Hemd, Krawatte, Hose, Unterhemd und Socken – auf den Stuhl am Fußende des Betts legte. Ihr Herz schlug schneller, als er zu ihr kam.

Zunächst legte er sich nur zu ihr, wie sie's gewohnt war, wenn er sie nachts in ihrem Schlafzimmer besuchte. Er betrachtete sie und strich mit den Fingern über ihre Wange. Staunen war in seinem Blick, als könnte er nicht fassen, was er sah.

Josie wusste nicht, wohin sie schauen sollte. Sie fühlte sich nicht wohl in ihrer Haut.

Sie war froh, weil Dylan endlich tat, was ein Mann tat. Er ging behutsam vor, er streichelte und küsste sie, und Josie seufzte leise, wenn es ihr gefiel. Oder wenn sie glaubte, es müsse ihr gefallen. Vielleicht hatte sie schon zu lange mit ihm zusammengelebt, um sich vorstellen zu können, dass es noch mehr gab, denn was er tat, kam ihr profan vor, geradezu simpel. Sie empfand es als eine Verrichtung, die man nun mal tun musste, wie Zähneputzen oder Haare kämmen.

Ihm schien es jedoch zu gefallen, wie er da auf ihr lag und in ihr war. Er stöhnte und vergrub das Gesicht an ihrem Hals, wurde ganz steif über ihr und sackte dann schwer auf ihren Körper. Josie öffnete die Augen, die sie währenddessen zusammengekniffen hatte (tat man das so?) und versuchte, ihr Gewicht zu verlagern, weil er sie niederdrückte und sie kaum atmen konnte.

«Entschuldige.» Er rollte sich von ihr herunter und zog die Bettdecke bis ans Kinn. Dennoch erhaschte sie einen kurzen Blick auf seinen schlaffen weißen Körper. Sie wandte den Kopf ab, weil sein Anblick ihr leidtat. Nackt hatte er so gar nichts mehr von dem reichen, mächtigen Mann, der er in seinem feinen Zwirn immer war.

«Warum ausgerechnet heute?», fragte er irgendwann, als ihr das Schweigen schon viel zu schwer geworden war.

Kurz erwägte Josie, sich schlafend zu stellen, doch dann antwortete sie: «Wir hätten das schon früher tun können, aber ich wusste ja nicht, ob du es willst.»

Er lachte. Jetzt war er wieder, wie sie ihn kennengelernt hatte, nicht mehr der alte, verunsicherte Mann, der sich zu einem jungen Mädchen legte und es beschlief, sondern der Millionär aus Amerika, dem halb Neuseeland gehören könnte, wenn er wollte. «Welcher Mann würde dich nicht wollen?»

Sie richtete sich auf, die Ellbogen bohrten sich in die weiche Matratze. «Und wieso hast du es nie gesagt?»

Er überlegte nicht lange. «Du warst so jung. Und ich wollte, dass du zu mir kommst, nicht umgekehrt. Hat es dir gefallen?» Er streichelte ihre Wange, zog ihren Kopf zu sich herunter und küsste sie auf den Mund. Josie ließ es geschehen, obwohl der Alkohol sich in seinem Atem mit einem nur leise wahrnehmbaren üblen Geruch vermischte.

«Mh», machte sie, was er als Aufforderung deutete, sie noch mal zu küssen. Josie wandte den Kopf ab. Sie wollte ihn nicht verletzen, aber seine Hände wanderten bereits wieder über ihren Körper. Und sie fühlte sich wund an und hatte keine Lust auf ein zweites Mal.

«Josie», flüsterte er, und als sie ihn sanft von sich wegschob, blickte er sie enttäuscht an. Sie lächelte unverbindlich und nutzte den Moment, um aus dem Bett zu schlüpfen und sich anzuziehen.

«Du gehst?», fragte er, als sei das nicht sonnenklar.

«Ich schlafe lieber in meinem Bett. Was sollen die Bediensteten denken, wenn sie mich morgen früh hier finden oder mein Bett verwaist ist?»

«Lass sie doch denken, was sie wollen.» Er wollte sie zurück ins Bett ziehen, doch Josie entwand ihm ihre Hand.

«Nein», sagte sie entschieden. «Ich will das nicht. Es ist eine Sache, wenn sie es vermuten. Aber keiner soll wissen, dass ich zu dir komme, während wir mit deiner Frau unter einem Dach leben.»

«Ich bin der Herr im Haus. Sollen sie denken, was sie wollen, und wer nur ein böses Wort gegen dich sagt, den setze ich vor die Tür.»

Josie zog sich schweigend an. Sie reagierte nicht, auch nicht, als er ihr versprach, sie am nächsten Tag reich zu beschenken, wenn sie bliebe. «Neue Ölfarben oder eine Leinwand», versprach er ihr.

Ein neues Gefühl breitete sich in ihr aus, eines, das sie nicht gekannt hatte, Widerwillen.

Sie wandte sie sich ab. «Gute Nacht, Dylan», sagte sie, und verließ fluchtartig sein Zimmer. Auf zarten Strümpfen eilte sie durch den dunklen Flur zu ihrem Zimmer im Gästeflügel. Erst nachdem sie die Tür fest hinter sich verschlossen und vorsorglich den Schlüssel umgedreht hatte, wagte Josie, tief durchzuatmen.

Was hatte sie nur getan? Eine beiläufige Bemerkung von Jamie hatte genügt, sie völlig zu verunsichern. Niemals hätte sie das mit sich machen lassen, wenn sie nicht hätte glauben müssen, es sei richtig, sich zu Dylan ins Bett zu legen. Und jetzt fühlte sie sich von ihm beschmutzt. So unendlich dreckig.

Sie brach in Tränen aus, eilte ins angrenzende Badezimmer, riss sich das teure Seidenkleid vom Leib und ließ heißes Wasser in die Badewanne. Dampf stieg auf und erfüllte dieses luxuriöse Badezimmer, während sie sich auch noch die Unterwäsche herunterriss und sie einfach auf den Boden warf. Sie betrachtete ihren Körper, ihre gänzlich unbeschädigte Haut. Nur die hellen Blutschlieren, die an ihren Oberschenkeln klebten, ließen etwas von dem Schmerz erahnen, der in ihr tobte.

Wieso musste ich mich einem alten Mann hingeben, der mich so behandelt?

Weil er in ihr die Sehnsucht nach dem Mann stillte, den sie nie hatte kennenlernen dürfen.

Sie weinte, als sie in die Wanne sank, sie weinte, während sie sich die Haare wusch, ihren Körper mit einem Schwamm und anschließend mit einem Bimsstein bearbeitete. Sie weinte und versuchte, das Gefühl abzuwaschen, beschmutzt zu sein von einem, den sie liebte. Weinte auch noch, als sie schließlich nur noch im kalten Wasser lag und wartete, bis dieser tobende Schmerz in ihr nachließ.

Ich bin eine Künstlerin, eine Maori und Hure.

Plötzlich sehnte sie sich nach den schützenden Armen ihrer Mutter.

Es gab viele Dinge, die Rob Gregory über die Maßen verärgerten. Seine Schwiegermutter zum Beispiel, die es sich nach der Geburt seines Sohnes zur Gewohnheit gemacht hatte, mindestens zweimal pro Woche auf dem Heimweg in Kilkenny Hall Halt zu machen und seine Frau zu besuchen. Oder das liederliche Verhalten der Mädchen, die in der Küche saßen und laut lachten, während sie Kartoffeln schälten oder Graupen verlasen. Genauso zerrte auch das Murmeln der alten Mrs. O'Brien an ihm, die Tag und Nacht durch die Gänge und Räume geisterte und mit schöner Regelmäßigkeit vor seinem Schreibtisch stand und ihn anflehte, «mit Finn telefonieren» zu dürfen.

Dies war ein Haus, in dem zu viele Frauen glaubten, sie hätten das Sagen oder könnten ihm auf der Nase herumtanzen. Dabei war er hier derjenige, der den Betrieb aufrechterhielt. Nur ihm war es zu verdanken, dass die Schaffarm nach einigen schwierigen Jahren endlich wieder schwarze Zahlen schrieb. Nur sein erbarmungsloses

Verhandlungsgeschick und sein Mut, die Schafherden zu verkleinern und Land zu verkaufen, das sie ohnehin nicht bewirtschafteten, hatte sie in die Gewinnzone gebracht. Sie verfügten inzwischen über ein ausreichendes Polster, sodass ihn nicht einmal die hochfliegenden Pläne von Sarahs Großvater aus der Ruhe bringen konnten, der zur Taufe des kleinen Charles ein rauschendes Fest auszurichten gedachte.

Und Rob war auch einer Meinung mit Edward O'Brien: die Geburt seines Sohns musste gebührend gefeiert werden. Dieses Kind war sein ganzer Stolz, und er hoffte, ihm würden noch viele weitere folgen.

Er klappte entschlossen das Kontobuch zu. Schon wieder brandete das Gelächter aus der Küche bis in sein Arbeitszimmer herauf, und irgendwo im Haus hörte er ein ohrenbetäubendes Poltern. Bestimmt wieder die alte O'Brien, die gegen irgendwelche Möbel lief. Rob sprang auf. Irgendwas musste hier geschehen! Mochten sein Schwiegervater und Edward O'Brien auch dulden, dass die Frauen ihnen auf der Nase herumtanzten, er würde es nicht tun!

Wutentbrannt stapfte er Richtung Küche, riss die Tür auf und brüllte: «Könnt ihr Weiber nicht einmal die Klappe halten?»

Vier Köpfe fuhren zu ihm herum. Annie und Izzie blieb das Lachen im Halse stecken, und auch Sarah, die mit beiden Händen einen Becher mit Tee umfasste, blickte ihn aus weit aufgerissenen Augen an. Nur seine Mutter Diane, die den kleinen Charles in den Armen wiegte, schien völlig unbeeindruckt von seinem Ausbruch.

«Robert», sagte sie nur, stand auf und übergab das Kind Sarah. Der Kleine hatte sich am meisten erschreckt und holte gerade Luft, um in ein gellendes Protestgebrüll auszubrechen. «Entschuldige, wir wollten dich auf keinen Fall bei der Arbeit stören.»

«Mutter.» Sofort war er besorgt. «Ist alles in Ordnung daheim? Oder ist was mit Vater?»

«Deinem Vater geht es gut, er lässt grüßen.» Charlies Gebrüll tat Rob in den Ohren weh, und er war dankbar, dass seine Mutter ihn aus der Küche führte. «Ich wollte einfach nur mal meine Familie besuchen. Ihr lasst euch kaum mehr in Glenorchy blicken.»

«Du siehst ja, was hier los ist», brummelte er.

Ihm gefiel es auch nicht, dass er inzwischen so ans Haus gefesselt war. Der Säugling beanspruchte Sarahs volle Aufmerksamkeit, und wenn sie nicht um das Kind besorgt war, musste sie sich um ihre Großmutter kümmern. Schon lange hatten sie seinen Eltern keinen sonntäglichen Besuch mehr abstatten können. Zu Beginn ihrer Ehe hatte er zu den regelmäßigen Ritualen gehört.

«Ich weiß doch, wie es mit einem Säugling ist.» Sie legte ihm begütigend die Hand auf den Arm. «Wollen wir uns in dein Arbeitszimmer setzen?»

«In den Salon», entschied er. Dort angekommen zog er heftig an der Klingelschnur und lauschte den klappernden Schritten, die sich von der Küche her näherten. «Ja?», fragte Izzie atemlos.

«Tee und Gebäck für meine Mutter und mich. Falls meine Frau sich zu uns gesellen möchte, kann sie das gerne tun.»

Ihm gefiel nicht, wie die Frauen sich mit dem Gesinde abgaben. Das mochte in den Jahren des Kriegs noch hingehen, wenn man zusammenrückte und jeder dem anderen in der Not beistand. Der Krieg war aber längst vorbei, und es war höchste Zeit, die alte Ordnung wiederherzustellen.

Izzie schob schon wenige Minuten später einen Teewagen herein. Robs Mutter hatte derweil auf einem Sessel Platz genommen, während er am Fenster stehen blieb und wartete.

«Mr. Gregory, Ihre Frau lässt ausrichten, sie könne nicht kommen, die alte Mrs. O'Brien sei gestürzt. Sie hat Dr. Franklin angerufen, dass er herkommt. Sie haben die alte Mrs. O'Brien ins Bett gebracht, und sie jammert.»

«Was interessiert mich das?», fuhr Rob sie an. Er war so wütend! Immer waren alle anderen wichtiger als er. «Sag meiner Frau, sie soll herkommen. Ich dulde keinen Widerspruch. Sag ihr das.»

«Ja, Mr. Gregory.» Izzie zog den Kopf zwischen die Schultern und verließ fluchtartig den Salon.

«Rob.» Seine Mutter klang tadelnd.

Natürlich wusste er, dass das falsch gewesen war.

«Entschuldige, Mutter.» Er trat zu ihr, setzte sich und ließ sich Tee einschenken. «Es ist ein einziges Chaos in diesem Haus.»

Sie lächelte fein. «Das ist es in jedem Haus. Ich finde, deine Sarah hat alles wunderbar im Griff. Allerdings ...»

«Ja?»

«Sie ist sehr müde, glaube ich. Natürlich würde Sarah das niemals zugeben, aber die Anstrengung, sich um einen Säugling und eine verwirrte alte Frau zu kümmern, ist für sie allein zu viel.»

Rob machte eine wegwerfende Handbewegung. «Du hast es doch auch geschafft mit Pa und uns drei kleinen Kindern. Und sie hat sogar noch zwei Dienstmädchen, die sie unterstützen.»

«Schon. Aber ich finde, die Verantwortung, die auf ihr lastet …»

«Hat sie sich bei dir beklagt, ist es das?», fuhr Rob auf. «Geht meine Frau zu meiner Mutter und klagt ihr, wie schwer sie's hat! Wo sie sich ins gemachte Nest setzen durfte? Wir hatten es nie so leicht, hast du das vergessen? Wir haben einst jahrelang von der Hand in den Mund gelebt, weil Vater sein Geld in diese Goldmine der O'Briens gesteckt hat, die uns fast in den Ruin getrieben hat. Und dann kam noch seine Krankheit hinzu! Also soll sich meine Frau bitte nicht beklagen.»

«Himmel, Rob!» Seine Mutter stellte die Tasse ab, es klirrte leise. «Du sprichst, als wäre sie eine verzogene, undankbare Göre.»

«Entschuldige, Mutter. Das war nicht meine Absicht.»

Insgeheim aber kochte er vor Wut. Abrupt stand er auf und zog heftig an der Klingelschnur. «Wo bleibt meine Frau?», herrschte er Annie an, als diese erschien. «Meine Anweisungen waren doch unmissverständlich!»

Annie machte hastig einen Knicks, murmelte etwas und verschwand.

«In diesem Haus weiß keiner, was sich gehört. Sie empfangen dich in der Küche, als wärst du eine Magd vom Nachbargut, sie hocken den ganzen Tag beisammen und kreisen nur um die alte Mrs. O'Brien. Die merkt's doch gar nicht, wenn man sie allein lässt! Man kann sie doch in die Ecke setzen, und sie ist zufrieden. Die Ordnung ist einfach völlig aus dem Ruder gelaufen, und wenn ich sie nicht aufrechterhalte, wer dann?»

Wütend warf er sich in den Sessel. Seine Mutter lächelte nachsichtig. «Die Welt der Frauen unterscheidet sich von jener, in der ihr Männer lebt», sagte sie.

«Und doch müssen wir es ja miteinander aushalten, oder? Das geht wohl kaum, wenn die Frauen bestimmen, wo es langgeht. Das hat's noch nie gegeben, und das wird es auch niemals geben. Hier muss dringend etwas passieren!»

Sarah trat ein. Sie hielt den Kopf gesenkt. «Entschuldigt bitte», sagte sie, glitt durch den Raum und sank neben Diane auf das Sofa. «Großmutter Helen ...»

«Ich weiß, was los ist», schnitt er ihr das Wort ab. «Wir trinken jetzt Tee, alles andere kann warten.»

Schlimm genug, dass er seinen Nachmittag im Salon vertrödeln musste. Nur für seine Mutter war er bereit, dies auf sich zu nehmen.

«Erzähl uns von Charles», sagte er grob. «Meine Mutter möchte wissen, wie es ihm geht.»

Beide Frauen schwiegen, und ihm ging auf, dass sie vielleicht schon in der Küche alles besprochen hatten. Rob räusperte sich.

«Sarah hat mir erzählt, wie es mit ihrer Großmutter ist», begann Diane Gregory.

Also hatte sie sich doch beklagt. Doch ehe er seiner Mutter das Wort abschneiden konnte, fuhr diese unbeirrbar fort: «Ich finde, du solltest jemanden einstellen, der sich nur um Mrs. O'Brien kümmert.»

Rob lachte auf. «Das Geld wächst hier nicht auf den Bäumen. Aber das haben die O'Briens ja schon immer geglaubt.»

Er blickte zu Sarah herüber, die den Kopf gesenkt hielt und sich auf die Lippe biss. Müde sah sie aus, das musste er zugeben. Sie schlief wohl zu wenig.

«Es gäbe noch eine andere Möglichkeit.» Seine Mutter tastete sich vor. «Sarah hat mir erzählt, Siobhan sei ihr in der ersten Woche nach Charlies Geburt eine große Hilfe gewesen.»

«Diese Hure kommt mir nicht ins Haus!» Es war mehr gebrüllt als gesprochen, und mehr wollte er nicht dazu sagen. Er wusste, Sarah würde nicht widersprechen. Seine Mutter gab jedoch nicht so schnell auf.

«Sprich nicht so über deine Schwiegermutter.»

«Warum darf ich nicht die Wahrheit über sie sagen? Sie ist eine Hure, das weiß jeder, auch wenn es keiner offen ausspricht.»

Er hatte bemerkt, wie Sarah beim Wort «Hure» zusammenzuckte. Aber sie sollte ebenso wie seine Mutter begreifen, dass er nicht gewillt war, dieses Weibsbild unter seinem Dach zu dulden. Und das sagte er auch.

«Du vergisst, dass dieses Haus dir nicht gehört, auch wenn du dich inzwischen so aufführst.»

«Mutter», zischte er. Wie konnte sie es wagen, ihn vor Sarah so zurechtzuweisen?

Seine Mutter musterte ihn kühl, und er fragte sich plötzlich, ob sein Vater nicht einst recht daran getan hatte, sie für ihre Frechheit zu verprügeln.

«Ihr solltet gemeinsam überlegen, was richtig für euch ist. Für die ganze Familie, also auch für die alten O'Briens. Was ist mit dem Fuchsbau? Könnten sie nicht mit Siobhan zusammen dort einziehen?», schlug Diane Gregory jetzt vor.

Rob schwieg, und Sarah antwortete an seiner Statt: «Großmutter weigert sich, in den Fuchsbau zu ziehen. Glaub mir, wir haben schon oft genug versucht, die beiden zu überreden, aber sie mag nicht. Und Großvater ginge Kilkenny Hall schwer ab.»

Weil Edward O'Brien glaubte, ihm gehöre alles.

«Dann lasst doch Siobhan hier einziehen! Es ist genug Platz für alle, und ihr könntet euch ja aus dem Weg gehen.» Seine Mutter schien entschlossen, ihm dieses Versprechen abzuringen. Aber es gab nun mal Dinge, bei denen Rob nicht mit sich reden ließ.

«Entschuldigt mich, ich muss raus.» Er sprang auf und stürmte aus dem Salon.

Seine Mutter nun auch! Waren denn alle Weiber auf dieser Welt verrückt geworden?

Betreten schwieg Sarah und lauschte den Stiefelschritten, die in der Ferne verklangen. «Er meint es nicht so», versuchte sie, ihren Ehemann zu verteidigen. Doch sie musste schwer an seinen Worten schlucken. «Auf seinen Schultern lastet nun die Verantwortung, und ...»

«Du brauchst das nicht zu tun», unterbrach Diane sie. Ihre Schwiegermutter legte tröstend eine Hand auf Sarahs Ärmel. «Wirklich nicht. Ich kenne meinen Sohn.» Sie seufzte schwer, tätschelte ungeschickt Sarahs Arm und nahm sich noch einen Keks.

«Ist es in Ordnung, wenn ich jetzt nach Großmutter sehe?», fragte ihre Schwiegertochter vorsichtig.

«Aber natürlich. Ich komme mit, wenn du erlaubst.»

Gemeinsam gingen sie ins obere Stockwerk zum Schlafzimmer von Sarahs Großeltern. Vor der Tür wartete schon ihr Großvater, und als er Sarah kommen sah, trat er ihr entgegen. «Dr. Franklin ist bei ihr. Wo warst du denn?»

Sarah atmete tief durch. «Ich wurde aufgehalten.»

«Das ist meine Schuld», mischte Diane sich ein, «entschuldigen Sie, Mr. O'Brien.»

«Schon gut», knurrte er.

Sarah ließ die beiden vor dem Schlafzimmer stehen

und betrat den Raum. Es duftete nach dem schweren Veilchenparfüm ihrer Großmutter, doch dieser blumige, herbe Geruch konnte nicht über den Geruch alter Leute hinwegtäuschen. Es roch staubig, muffig und ein wenig nach Urin.

Dr. Franklin stand am Fußende des Betts und redete leise mit Annie, die den Kopf gesenkt hielt. Als Sarah eintrat, wandten sich beide zu ihr um.

«Wie schlimm ist es?», fragte sie bang.

«Mrs. Gregory.» Dr. Franklin reichte ihr die Hand. Der gutmütige ältere Mann wirkte sehr ernst. «Wir werden sie nicht hier behandeln können. Das ist wohl ein komplizierter Bruch, weshalb ich sie nach Queenstown bringen lassen muss.»

«Nach Queenstown ...» Das bedeutete eine anstrengende Reise von zwei Tagen für Großmutter. Wie sollte sie diese Reise bewältigen? Schon ein Ausflug nach Glenorchy brachte sie völlig durcheinander, weshalb Sarah es irgendwann ganz aufgegeben hatte, sie überhaupt je aus der vertrauten Umgebung von Kilkenny Hall fortzubringen. Eine Reise nach Queenstown, über mehrere Wochen gar, würde sie vollends verwirren.

«Aber wer soll sie denn dorthin begleiten?», fragte Sarah. «Ich kann hier nicht fort, und die Mädchen ...» Sie blickte Annie an, die jedoch sogleich abwehrend die Hände hob.

«Ich mach's nicht, Miss Sarah, ums Verrecken nicht. Die alte Mrs. O'Brien mag mich zwar, aber Sie wissen doch, wie sie ist.»

Ja, das wusste Sarah.

«Gibt es keine andere Möglichkeit?», fragte sie. «Können wir sie nicht hier pflegen?»

Dr. Franklin wiegte den Kopf. «Ich weiß nicht. Möglich wäre es, aber unter Umständen wächst der Knochen dann schief zusammen.»

Was würde Großvater wollen? Was würde Großmutter in den Momenten wünschen, wenn sie klar war? Sarah konnte genauso wenig für einige Wochen fort wie die Mädchen. Und Großvater hatte ohnehin Probleme damit, seine Frau im seelischen Dunkel zu wissen, weshalb er sich so oft wie möglich von ihr fernhielt.

«Sie bleibt hier», entschied Sarah. Obwohl sie nicht die geringste Ahnung hatte, wie sie das auch noch schaffen sollte.

Aber irgendwie musste es gehen.

November 1922

«Josie? Bist du hier?»

Er lauschte. Im Atelier war es still. Die Lampen waren gelöscht, und es herrschte inzwischen tiefe Nacht. Trotzdem hatte er das Gefühl, Josie sei hier.

Er trat ein und ließ die Tür ins Schloss gleiten. Der große Raum, der mit viel Tageslicht gesegnet war, das durch große Fenster fiel, wirkte jetzt auf ihn wie ein Labyrinth. Überall standen Leinwände und verstellten ihm den Weg.

«Ich bin hier hinten.» Ihre Stimme klang gedämpft.

Er streckte den rechten Arm vor und tastete sich halb blind durch den Raum. Sein Fuß stieß gegen einen Metalleimer, der scheppernd umfiel. Dann flackerte etwas auf, und er sah Josies Gesicht am anderen Ende des Raums. Sie stand einfach da und blickte ihm entgegen.

Ihr Gesicht war etwas breiter, die Augen etwas kleiner, und dennoch war sie unverkennbar Sarahs Schwester. Sie so zu sehen, ließ in ihm den Wunsch erwachen, ihre Welt wieder heilzumachen.

Jamie kämpfte sich zu ihr durch. «Hier bist du.» Er sah sich um, suchte nach einer Sitzgelegenheit und sank schließlich auf einen Stuhl. Josie blieb direkt neben ihm stehen.

«Ich habe mir noch mal das Bild angesehen», sagte sie leise. «Das mit meiner Seele.»

Es war eines der wenigen, die sie bei ihrer Vernissage damals hätte verkaufen können, an jenem Abend, als Jamie zu Manning gekommen war. Doch Josie hatte die Angebote ausgeschlagen und das Bild lieber behalten.

«Ein Maori hat mir gesagt, das sei nicht meine Seele», fügte sie leise hinzu. «Es sei nicht, was die Maori sind. Und das verstehe ich nicht. Ich denke immer wieder darüber nach, aber für mich ist es das, was ich bin.»

Jamie betrachtete nachdenklich das Bild im flackernden Licht der Taschenlampe. Er zuckte mit den Schultern. «Von Kunst verstehe ich nicht viel.»

«Magst du das Bild?»

Wieder zuckte er mit den Schultern. «Weiß nicht. Ich find's interessant.»

«Mehr ist es nicht. Und es ist nicht, was ich bin.» Sie seufzte. «So viel habe ich inzwischen verstanden.»

«Mr. Manning sucht dich. Er hat Besuch.»

Sie lächelte im Dunkeln, ihre Zähne blitzten auf. «Ja, dafür bin ich wieder gut genug. Sind es Investoren und Geschäftsleute, denen er mit mir beweisen will, wie gut er sich mit den Maori versteht?»

Jamie schwieg.

Diese Beziehung zwischen seiner Nichte und dem Millionär war komplizierter, als es auf den ersten Blick schien. Anfangs hatte er geglaubt, es sei eine Affäre wie jede andere. Schlimm genug, dass es ausgerechnet Josie war, Sarahs Schwester. Aber es war wohl zu einfach, wenn er glaubte, die Schwestern seien einander gleich. In Wahrheit waren sie wohl grundverschieden.

Josie suchte etwas bei Dylan Manning, das sie nicht in seinem Bett finden würde und vermutlich genauso wenig in der Fülle an Materialien, die er ihr zur Verfügung stellte, damit sie ihre Kunst ausübte. Es musste der Wunsch nach Nähe zu einem Mann sein, der für sie wie ein Vater war – wesentlich älter, klug und belesen, reich und gewillt, ihr die Welt zu Füßen zu legen.

Und Dylan Manning? Anfangs hatte es ihn sicher fasziniert, von einer jungen Frau angehimmelt zu werden. Doch inzwischen konnte sich Jamie des Eindrucks nicht erwehren, dass Josie für ihn einfach nur nützlich war. Ein Maorischmuck, der seine Geschäftspartner beeindruckte.

«Ach, ist ja auch egal.» Sie knipste die Taschenlampe aus und fand im Dunkeln mühelos den Weg zur Tür. «Ich muss mich erst umziehen, in Malerkittel und Stoffhose kann ich wohl kaum den Besuch begrüßen.»

Jamie folgte ihr. Sie traten in die Nacht und gingen den schmalen Kiesweg zum Haus hinauf.

«Wusstest du, dass ich sie inzwischen täglich besuche? Ist das nicht merkwürdig? Inzwischen bin ich lieber bei ihr als bei Dylan. Und sie mag mich.»

Mrs. Manning. Das hatte Jamie nicht gewusst, aber es überraschte ihn nicht.

«Hast du in letzter Zeit etwas von zu Hause gehört?», fragte er.

«Nicht viel.» Josie schüttelte den Kopf. «Sarah hat einen kleinen Sohn, und Großmama Helen hat sich wohl das Bein gebrochen, ist aber inzwischen genesen. Manchmal schreibt meine Mutter», fügte sie hinzu. «Ich antworte ihr nie, weil ich nicht weiß, was ich schreiben soll.»

«Schreib ihr einfach, was du mir sagst. Sie wird es schon verstehen.»

«Wie soll sie verstehen, dass ich unglücklich bin und trotzdem bei ihm bleibe?»

Darauf wusste Jamie keine Antwort. Schließlich sagte er leise: «Vielleicht versteht sie es, wenn du ihr erzählst, dass auch ich unglücklich bin. Weil ich gegangen bin. Manchmal gibt es zwei Wege, und beide sind falsch.»

«Wo willst du hin?»

Sarah blieb auf der Bettkante sitzen und schloss für einen Moment die Augen. «Ich glaube, ich habe Charlie weinen gehört.»

«Er schläft tief und fest. Leg dich wieder hin.»

«Ich schaue kurz nach ihm.» Sie schlüpfte in den Bademantel, zugleich tasteten ihre Füße nach den Hausschuhen. Rob knurrte auf seiner Bettseite, dann spürte sie seine Bewegung. Das Licht flackerte auf, und sie kniff die Augen zusammen.

«Wenn du wieder nur die ganze Nacht damit befasst bist, die Hinterlassenschaften deiner Großmutter aufzuwischen ...»

Sarah schwieg.

«So geht es doch nicht weiter. Lass das Edward machen, meinetwegen Walter. Du bist nicht allein für sie verantwortlich.»

«Das ist keine Arbeit für Männer», widersprach sie.

«Dann sollen die Mädchen sich drum kümmern. Leg dich wieder hin, Sarah.» Er zog sie am Arm zurück ins Bett.

Widerwillig ließ sie es geschehen. Rob löschte das Licht nicht wieder. Er beugte sich zu ihr hinab, küsste sie auf den Mund, und sie schmeckte seinen Atem, der vom Schlaf abgestanden war. Als sie versuchte, den Kopf abzuwenden, drehte er ihn sanft wieder zu sich.

«Früher warst du doch auch nicht so», flüsterte er.

Früher hatte es ja auch nicht so wehgetan.

Sie hatte anfangs sogar Vergnügen an dem gefunden, was er mit ihr machte, denn es hatte sich gut angefühlt damals. Doch seit Charlies Geburt war es anders. Meist tat er ihr sogar weh. Es war, als sei sie bei der Geburt entzweigerissen und schief wieder zusammengewachsen.

«Wenn du schon wach bist ...» Er schmiegte sich an sie und vergrub das Gesicht an ihrem Hals. Sarah versuchte, die Panik niederzukämpfen, die sie inzwischen jedes Mal hinterrücks überfiel, wenn Rob versuchte, mit ihr zu schlafen. Es war schon zu manch unangenehmer Szene gekommen, weil sie nicht mehr heil war, und sie wollte ihm und ihr diesen Frust auf jeden Fall ersparen.

Zumal sie wusste, dass Helen durchs Haus geisterte.

Wieder einmal.

Aber Rob würde darauf keine Rücksicht nehmen. Das Beste war vermutlich, wenn sie einfach still erduldete, was er mit ihr tat. Danach schlief er meist sofort ein, und dann konnte sie vielleicht nach Helen sehen.

«Komm her», flüsterte sie. Sie wusste, es erregte ihn, wenn sie ihn ermunterte – vielleicht auch, weil es inzwischen so selten passierte.

Rob schob ihr Nachthemd hoch, seine Hände fuhren

darunter über ihren Bauch und die Brüste. Er seufzte zufrieden und nestelte mit einer Hand an seiner Pyjamahose. Sie schloss die Augen und wandte den Kopf ab. Für einen winzigen Augenblick war es ihr zuwider, wie er sich rieb.

Sie war gar nicht für ihn bereit, und es schmerzte, als er in sie drang. Sarah kniff die Augen zusammen, doch Rob umfasste ihr Gesicht mit beiden Händen. «Sieh mich an», murmelte er, und in seiner Stimme lag etwas Flehendes. Als wollte er ihr zurufen: *Sieh doch, ich gebe mir so viel Mühe mit uns, ich will doch, dass wir glücklich sind.*

Also blickte sie zu ihm auf. Sein dunkles Haar hing ihm ins Gesicht, sie hob die Hand und strich es zurück. Seine Augen forschten in ihren, als suchte er nach Antworten, und sie lächelte, obwohl sie am liebsten vor Schmerz geschrien hätte.

Zum Glück dauerte es nicht lange. Er bewegte sich in ihr, und gerade in dem Moment, da sie glaubte, der Schmerz verklinge, weil ihr Körper sich an ihn gewöhnte, grunzte er und brach über ihr zusammen. Er küsste sie ein letztes Mal, rollte sich von ihr herunter und löschte das Licht.

«Schlaf jetzt», murmelte er in die Dunkelheit.

Sie wartete, bis seine Atemzüge regelmäßig kamen. Dann schlüpfte sie aus dem Bett, tastete nach dem Morgenmantel und lief barfuß zur Tür. Für die Pantoffeln blieb keine Zeit.

Sie hatte definitiv etwas gehört. Und das Geräusch war tatsächlich nicht vom Kinderzimmer direkt nebenan gekommen – denn Charlie schlief inzwischen oft sogar vier bis fünf Stunden am Stück durch, worüber sie sehr dankbar war –, sondern aus dem Erdgeschoss.

Im Arbeitszimmer brannte Licht.

Natürlich. Sie hätte es sich ja denken können.

Sarah blieb vor der angelehnten Tür stehen und lauschte. Schon oft hatte sie Großmutter einfach vor sich hinmurmeln gehört. Oder sie sprach wieder mit Finn. Diesmal blieb alles ruhig.

Behutsam schob Sarah die Tür auf. Ihre Großmutter wurde immer schreckhafter, und immer seltener erkannte sie jemanden. Nur manchmal glaube sie, Walter sei Finn. Das waren Begegnungen, die beide schmerzten, und inzwischen hielt Walter sich von ihr fern.

«Großmutter?» Sarah blieb auf der Türschwelle stehen.

Der Anblick rührte sie. Helen O'Brien saß hinter dem wuchtigen Schreibtisch. Sie hatte einen Stapel Papiere vor sich auf der Unterlage liegen, und konzentriert schrieb sie mit dem Füllfederhalter, den Sarah Rob zum Geburtstag geschenkt hatte. Gerade setzte sie einen Punkt, legte den Füller beiseite und betrachtete zufrieden ihr Werk.

«Großmutter.» Jetzt trat Sarah ein.

Ihre Großmutter blickte auf, und ein seliges Lächeln glitt über ihr altes Gesicht. «Sieh nur», sagte sie. «Das habe ich geschrieben.»

Sarah umrundete den Schreibtisch und stellte sich hinter ihre Großmutter. Auf dem Papier waren Schnörkel und Kringel, Striche und Punkte, die nur wenig mit einer Schrift gemein hatten. Auch diese Fähigkeit kam ihr abhanden.

«Was ist das?», fragte sie leise.

«Aber kannst du das denn nicht lesen?», fragte Helen vorwurfsvoll. «Das ist mein Rezept für Zwiebelrostbraten. Also wirklich, was habe ich dir denn überhaupt beigebracht, wenn du nicht mal das erkennst?»

Sarah schluckte. Sie erinnerte sich nur allzu gut an Helens Zwiebelrostbraten. So kross, mit einer Kruste aus Zwiebeln und Brotwürfeln und einer Gewürzmischung, die sie bis heute nicht hatte ergründen können.

«Tut mir leid. Magst du mir sagen, was du aufgeschrieben hast?»

Suchend blickte Sarah sich um. Sie fand einen Notizblock und einen Bleistift, hockte sich im Morgenmantel zu Füßen ihrer Großmutter auf den Boden, weil diese sofort anfing, aufzuzählen. «Du brauchst ein gutes Stück Rind, am besten aus dem Rücken. Das muss ordentlich abgehangen sein, lass dir nicht so ein Stück andrehen, aus dem das Blut noch heraustropft. Außerdem Zwiebeln, mindestens drei, nimm aber ruhig mehr, das schadet nicht. Finn mag die Kruste schön dick, weißt du?»

Während ihre Großmutter die Zutaten aufzählte und die einzelnen Schritte aus dem Gedächtnis aufsagte, schrieb Sarah hastig mit.

Es passierte nicht zum ersten Mal, dass sie die Nächte so zubrachte. Es war, als sei ein Teil vom Geist ihrer Großmutter nachts wieder munter und wolle ihr das hinterlassen, woran er sich noch erinnern konnte: Strickmuster, Rezepte, Haushaltstipps. Erinnerungen, in denen alle in den Hintergrund traten und Platz für Finn machten. Finn mit dem lahmen Bein (das Emily hatte), Finn mit dem Alkohol (dem Walter die schlimmsten Jahre seines Lebens verdankte), Finn ohne Arm in den französischen Schützengräben. Sarah notierte getreulich, was Großmutter erzählte, und so war sie zur Chronistin der wenigen Gedanken geworden, die noch klar waren im Durcheinander der Worte, die manchmal gar nicht zusammenpassten.

«... bis sie schön kross sind.» Helen verstummte. Dann: «Ich habe ihn gesehen.»

«Wen hast du gesehen?», fragte Sarah. Sie verlagerte ihr Gewicht und spürte, wie Robs Samen aus ihr herauslief. Sie wünschte, sie würde wieder von ihm schwanger, denn während der Schwangerschaft hatte er sie geschont, weil er dem Kind nicht hatte schaden wollen.

«Finn!» Als könnte ein Zweifel bestehen, wen sie meinte.

Sarah hatte es aufgegeben, ihr zu sagen, dass Finn tot war. Sie vergaß es ja doch sofort wieder.

«Hmhm. Und was hat er gesagt?»

«Er sagt, wir werden alle im Feuer vergehen.» Großmutter beugte sich vor. «Ist Ihnen auch so kalt?»

Sie war wieder ganz fern. Wenn sie so war, bekam Sarah manchmal Angst vor ihr. Denn nach wie vor wusste Großmutter Helen – oder das wenige, das von ihr geblieben war unter der festen Schale der Verrücktheit – wie man verletzte.

«Ich könnte uns ein Feuer machen», schlug Sarah vor.

«Nein!», widersprach Großmutter geradezu empört. «Kein Feuer! Wissen Sie nicht, wie gefährlich das ist?»

Sarah hatte inzwischen begriffen, dass die geistige Umnachtung ihrer Großmutter unwiderruflich war. Doch gab es verschiedene Phasen, verschiedene Tiefen der Verwirrung, zwischen denen sie manchmal in Sekundenbruchteilen wechselte. Sarah hatte gelernt, sich darauf einzustellen, auch wenn sie sich nie daran gewöhnen würde, als «nutzloses Ding» beschimpft zu werden, wenn Großmutter glaubte, sie sei nur das Dienstmädchen.

«Natürlich. Aber wenn ich aufpasse, passiert schon nichts.» Sie stand auf und trat an den offenen Kamin.

Jemand hatte tagsüber frische Scheite darin aufgeschichtet. Nachts wurde es empfindlich kühl, und Annie wusste als Einzige, dass Sarah sich oft nachts mit Großmutter in diesem Zimmer traf.

Den Beinbruch hatte Helen erstaunlich gut verkraftet, und wenn sie auch anfangs auf einen Stock angewiesen war, lief sie inzwischen wieder vollkommen frei und ohne Probleme. Dr. Franklins Befürchtung, sie könnte infolgedessen irgendwie beeinträchtigt werden, hatte sich nicht bewahrheitet.

Das «Glück der Narren» hatte Rob es einmal genannt.

Worauf Sarah nichts zu erwidern wusste.

Vielleicht war sie tatsächlich glücklicher als in all den Jahren zuvor. Ihre einzige Sorge war Finn, und sie träumte sich in eine Welt, in der er nur einen Anruf entfernt war.

War das nicht besser als die tägliche Mühsal, der sich selbst Sarah ausgesetzt fühlte, obwohl ihr Leben doch ganz und gar sorglos sein sollte?

17. Kapitel

Dunedin, April 1923

Wieder ein rauschender Empfang, wieder Dutzende Gäste, die sich um Dylan und sie drängten. Wieder dieses Gefühl, gleich ersticken zu müssen, obwohl sie kein Korsett unter dem dunkelroten Seidenkleid trug.

Josie hielt das Champagnerglas so fest, dass sie glaubte, es müsse jeden Augenblick zwischen ihren Fingern zerspringen. Das Lächeln war ihr aufs Gesicht gebrannt, und jeder Dame, die sie begrüßte und ihr versicherte, das Fest sei wahrlich großartig und eines 18. Geburtstags würdig, hätte sie lieber den Champagner ins Gesicht gekippt, statt unverbindlich lächelnd daran zu nippen.

Sie nahm die eingewickelten Päckchen entgegen und reichte sie an Theresa weiter, die mit einem Knicks alles entgegennahm. Heute Abend bliebe keine Zeit, die Geschenke auszupacken – und ob sie morgen Lust dazu hatte, wusste Josie nicht. Sie vermutete unter dem glitzernden, raschelnden Papier und unter den üppigen Seidenschleifen Kleinkindmalkästen und papageienbunte Seidentücher, die sie ohnehin nicht tragen würde, vielleicht auch intellektuell anspruchsvolle Bücher, die sie nicht interessierten.

Sie hatte sich gewünscht, ihren Geburtstag in Dunedin zu feiern, damit ihre Familie auch kommen konnte. Emily und Aaron waren gekommen, sie mussten irgendwo sein, Josie hatte die beiden schon gesehen, aber noch keine Zeit gefunden, sie zu begrüßen. Auch Sarah war gekommen, darüber freute Josie sich besonders, denn sie hatte ihre Schwester zuletzt sehr vermisst. Sarah war mit Robert gekommen und hatte ihren kleinen Sohn mitgebracht.

Josie wollte alles wissen. Wie es daheim um Großmutter stand und um die Schaffarm. Die Spinnerei. Atmete der Wakatipusee noch? Unterhielt die alte Madame Robillard noch ihr Hurenhaus in Glenorchy?

Sie gestand es sich ungern ein, aber sie vermisste ihre Heimat am Wakatipusee.

Dylan stand mit Robert Gregory beisammen. Gerade sagte Josies Schwager etwas, das Dylan mit schallendem Gelächter quittierte. Dann wies er einladend zum Arbeitszimmer, und die beiden Männer verschwanden darin.

Natürlich. Er hatte auch an ihrem Geburtstag nichts Besseres zu tun, als irgendwelche Geschäfte zu machen. Josie seufzte und wandte sich ab.

Jamie stand in der offenen Doppeltür zur Eingangshalle und wirkte ganz verloren. Josie winkte ihm, und er nickte. Langsam kämpfte er sich durch die Menge zu ihr durch. Derweil gratulierte Josie eine grauhaarige Dame und versicherte ihr, sie werde immer ihre Freundin sein. Das Päckchen, das sie ihr in die Hand drückte, stank nach einem schweren Parfüm und klirrte verdächtig. Rasch gab Josie es an Theresa weiter. Sie kannte die Frau nicht. Trotzdem lächelte sie höflich und ließ es sogar über sich ergehen, dass die Fremde ihr die Wange tätschelte.

«Wo warst du?», fragte Josie vorwurfsvoll, als Jamie zu

ihr trat. «Du weißt doch, ohne dich überstehe ich das nicht.»

«Du machst das schon ganz gut», versicherte er ihr. Sein Blick glitt wieder suchend über die Gästeschar.

Josie verspürte einen eifersüchtigen Stich. «Sarah ist oben», sagte sie leise. «Charlie hat den ganzen Nachmittag geweint, und sie hat Angst, er könnte krank werden.»

«Ach so.» Er wirkte enttäuscht.

Irgendwie konnte Josie ihn verstehen, doch sie missgönnte ihrer Schwester die Aufmerksamkeit, die Jamie ihr zuteil werden ließ. «Außerdem ist Robert gerade mit Dylan im Arbeitszimmer verschwunden», fügte sie spitz hinzu. «Selbst wenn sie hier wäre, könntest du nicht so ungestört mit ihr sein, wie du es sicher gern wärst.»

Jamie erwiderte ihren herausfordernden Blick ungerührt. «Red nicht von Dingen, die du nicht verstehst», erwiderte er.

Ehe Josie etwas entgegnen konnte, löste sich ein neuer Gast aus der Menge.

«Mam!», kreischte Josie. Einige Köpfe fuhren zu ihr herum, ein paar Gäste schüttelten belustigt den Kopf. Josie scherte sich nicht darum. Sie stürzte vor und umarmte stürmisch ihre Mutter, die völlig überrumpelt von diesem Gefühlsüberschwang war und fast das Gleichgewicht verlor.

«Ich hab dich so vermisst», flüsterte Josie. «Ich hab dich so sehr vermisst, Mam! Es tut mir leid …»

Die Worte stolperten über ihre Lippen. Sie stotterte, weinte und lachte zugleich. Dann ließ sie zu, dass ihre Mutter sie auf Armeslänge von sich schob und Josie eingehend musterte. «Eine richtige Dame bist du geworden», sagte sie schließlich geradezu ehrfürchtig. «Ich bin ja so stolz auf dich, Kind!»

Josie schluchzte auf. Sie packte die Hand ihrer Mutter. «Komm», sagte sie und zog ihre Mutter einfach mit sich.

In der angrenzenden Bibliothek waren sie ungestört. Josie schloss die Tür und lehnte sich aufatmend dagegen. Das Stimmengewirr und das Streichquartett verklangen hier zu einem gedämpften Flüstern.

Seit knapp zwei Jahren hatte Josie ihre Mutter nicht gesehen, und sie wollte sich diesen Moment durch nichts und niemanden verderben lassen.

«Lass dich anschauen.» Siobhan nahm ihre Hände und betrachtete Josie eingehend. Ihre Augen huschten auf und ab, hin und her, während ihre Finger über Josies Hände strichen, als könnte sie nicht glauben, ihre Tochter wirklich vor sich zu haben. «Gut siehst du aus», sagte sie schließlich zufrieden.

«Du auch», log Josie.

Es war eine schmerzliche Erkenntnis: Ihre Mutter wurde alt. Das einst honigfarbene Haar war grau, Fältchen hatten sich um die Augen gegraben, und die Haut wirkte blasser. Als verlöre sie alle Farbe. Das schwarze Kleid ließ sie strenger wirken, und ihre Augen wirkten ausgewaschen und viel heller.

«Es ist nicht leicht», sagte ihre Mutter. «Deiner Großmutter geht es nicht gut, deshalb kann ich nur bis morgen bleiben. Die Mädchen sind ohnehin schon mit ihr überfordert. Und Sarah ...» Sie seufzte. «Ich mache mir Sorgen um deine Schwester.»

«Umso beruhigender, dass du dir um mich keine Sorgen machen musst.» Josie lächelte gequält.

«Ja, das ist wirklich beruhigend.» Ihre Mutter streichelte ihre Arme. «Und jetzt komm, deine Gäste warten. Hast du Walter schon begrüßt? Er hat ein Geschenk für dich.»

Josie hielt ihre Mutter zurück. «Bist du mir nicht böse?», fragte sie ängstlich. «Weil ich weggelaufen bin.»

«Jeder muss seinen eigenen Weg finden, ob nun mit sechzehn oder später», erwiderte ihre Mutter. «Ich bin froh, dass du stark genug bist, schon so früh zu wissen, wohin du gehörst.» Sie zögerte. «Dass du mit ihm glücklich bist, freut mich wirklich. Ich hätte mir nur gewünscht ...»

Sie schüttelte den Kopf, als sei der Gedanke zu absurd, um ihn zu Ende zu denken.

Josie wusste genau, was ihre Mutter dachte.

Manches Glück starb früh.

Es war ungewohnt für ihn, dass es im Haus so still war. Edward stopfte seine Pfeife, stand auf und ging zum Kamin, wo er einen Kienspan entzündete. Leise schmauchend stand er da, bis die Pfeife ordentlich brannte, dann warf er den Span achtlos ins Feuer.

Annie und Izzie saßen in der Küche beisammen und flickten Tischdecken und Socken. Helen schlief. Sie hatte ein großes Geschrei gemacht, als Annie sie mit Edwards Hilfe ins Bett verfrachtet hatte.

Sarah, Robert und Walter waren mit dem kleinen Charlie in Dunedin, Josies Geburtstag zu feiern. Er wäre auch gern mitgekommen. Feste zu feiern war immer seine größte Leidenschaft gewesen. Im Kreise seiner Lieben zu sitzen und sich in ihrer kollektiven Bewunderung zu sonnen – das war das Schönste für ihn. Aber er verstand, dass jemand bei Helen bleiben musste – jemand, den sie wenigstens in ihren lichten Momenten erkannte und der ihr das Gefühl einer Sicherheit zurückgeben konnte, das sie verloren hatte.

Erschöpft ließ er sich in den tiefen Ledersessel sinken und schloss die Augen. Was war nur geworden aus seiner Welt? Eine verwirrte Frau, einen Sohn verloren. Der Älteste kämpfte täglich gegen den Suff, der Jüngste war ohne Arm heimgekehrt und hatte sich einem großkotzigen Millionär verpflichtet. Er räumte dessen Dreck weg, statt sich um sein eigenes Erbe zu kümmern. Die Tochter: lebte im fernen Dunedin mit Mann und Töchtern.

Es war still um ihn geworden. Ohne Sarah und Robert würde er wohl häufiger diesen trüben Gedanken nachgeben. Aber die jungen Leute brachten Leben ins Haus, im wahrsten Sinne des Wortes: der kleine Charlie, sein erster Urenkel, war ihm ein steter Quell der Freude. Und er wünschte, dass er noch viele kleine O'Briens aufwachsen sah, auch wenn sie Gregory hießen.

Ja, am meisten vermisste Edward die rauschenden Feste, die er einst in Kilkenny Hall gegeben hatte. Zuletzt war da Sarahs Hochzeit gewesen. Die Taufe vom kleinen Charlie hatten sie schließlich nicht so groß gefeiert, wie er's sich gewünscht hätte. Robert war der Meinung gewesen, es sei nicht genug Geld da, um Edwards extravagante Pläne zu erfüllen.

Er schloss die Augen. Manchmal wurde er tagsüber so müde, dass er sich hinsetzte und ein Nickerchen hielt. Er dämmerte weg und nahm nur in der Ferne wahr, wie jemand die Tür zum Raum öffnete und auf Socken hereinschlich.

Ein Knistern ließ ihn aufschrecken. Heißer Brandgeruch breitete sich im Raum aus, und Helen, die wie ein weißes Gespenst vor dem offenen Kamin stand, hob in einer erschrockenen Geste die Hände an den Mund. Kleine Kohlestücke hatte sie – weiß der Teufel, wie ihr das gelungen war! – aus dem Kamin geholt und auf dem Teppich verstreut. Glutnester zerstörten das zarte Seidengewebe rund um Helens Füße.

Edward war sofort hellwach. «Annie!», brüllte er. Auf die Mädchen konnte er nicht warten. Mühselig kämpfte er sich aus dem Sessel hoch. Verdammt, wieso nur waren seine alten Knochen inzwischen so morsch? Früher wäre er mit zwei Schritten bei ihr gewesen.

«Mir ist kalt, Edward.» Sie strahlte ihn an, während ihre nackten Füße über den kokelnden Teppich tapsten. «Das fühlt sich so schön warm an.»

Ein Kohlestückchen flammte auf und fraß sich in den Saum ihres Nachthemds. Edward wankte auf sie zu. Seine Glieder schmerzten, und er fühlte sich schwach. Als er Helens Arm packte und sie vom Teppich zog, heulte sie auf, und ihre Fäuste trommelten auf ihn nieder, als er sich hinkniete und die kleine Feuerglast, die am Nachthemd hochleckte, mit bloßen Händen ausdrückte.

«Annie!», brüllte er noch mal.

Helen hielt sich die Ohren zu. «Mir ist kalt!», jammerte sie. «Das war so schön warm!»

Edward zog sie zu sich herab. Er fühlte sich zu alt mit seinen 75 Jahren, um ihr Halt zu geben. Sie schmiegte sich vertrauensvoll wie ein Kind an ihn, und er schlug seine Strickjacke um ihren zitternden Leib.

«Ist doch alles gut», flüsterte er. Hilflos glitten seine zitternden Hände über ihren Rücken. «Alles wird gut.»

Wenn er's nur selbst glauben könnte.

Sie blickte zu ihm auf. «Du bist Edward», sagte sie. Staunen lag in ihrem Blick, und er schluckte hart daran.

Es war so lange her, seit sie so klar gewesen war. Das Schlimmste war wohl, dass dies so schnell vergehen konnte wie ein warmer Frühlingsregen.

«Ja, ich bin Edward.»

«Wir haben unseren Sohn verloren. Finn. Er war doch noch ein Kind ...»

Darauf antwortete er nicht, wiegte sie nur im Arm und lauschte ihrem pfeifenden Atem. Erstaunlich, wie viel Leben noch in ihrem alten Körper steckte, während ihr Geist sich meist zurückzog in eine Welt, in die ihr niemand folgen konnte.

Annie kam. Viel zu spät erlöste sie Edward von der Pflicht, seine wirre Frau zu trösten. Helen ließ sich nur von der Aussicht auf eine heiße Schokolade aus seinen Armen locken. Sie rappelte sich auf und trottete zur Tür, während Annie Edward hochhalf.

«Es tut mir leid», murmelte sie betroffen. «Ich habe versucht darauf zu achten, ob sie runterkommt, aber sie entwischt uns immer wieder.»

Edward seufzte. Jetzt war ihm nach einem ordentlichen Schnaps. «Möchten Sie auch einen, Annie?» Er trat an das Wägelchen, auf dem aufgereiht die Flaschen standen.

Sie zögerte.

«Na, kommen Sie.»

«Einen kleinen. Und dann muss ich in die Küche, Ihrer Frau den Kakao kochen.»

Er lächelte leicht und schenkte großzügig vom Hollerlikör ein, den Sarah inzwischen alljährlich nach einem Rezept ansetzte, das sie irgendwie – er wusste nicht, wie und wann – Helen entlockt hatte.

«Sie gehören inzwischen doch schon zur Familie, da dürfen Sie sich auch mal ein Schlückchen genehmigen.»

Annie wurde rot. Er betrachtete sie aus dem Augenwinkel. Wie alt mochte sie inzwischen sein, sechzig? Und immer noch dachte er als eines der «Mädchen» an sie. Sogar Izzie war ja schon in den Zwanzigern.

«Wir werden alt», seufzte er.

«Aber wir haben's doch gut», meinte Annie, und er musste ihr recht geben.

Verzweifelt drückte Sarah ihr Kind gegen die Brust. Seit Stunden weinte Charlie verzweifelt und ließ sich durch nichts beruhigen. Durch die Rassel ebenso wenig wie durch seinen geliebten Teddybär, auch nicht durch ihre beruhigenden Worte. Und wenn sie ihn in das Kinderbett legte, brüllte er sich die Seele aus dem Leib. Also hob sie ihn wieder hoch und trug ihn durch das geräumige Gästezimmer.

Vermutlich hörte man das Brüllen im ganzen Haus. Es war ihr schrecklich unangenehm und sie war auch ein bisschen traurig, weil sie nicht mit Siobhan, Robert und Walter unten sein konnte, um Josies Geburtstag gebührend zu feiern. Irgendwie hatte sie sich diesen Ausflug nach Dunedin anders vorgestellt.

«Nun schlaf doch endlich», murmelte sie erschöpft und schaukelte ihren Sohn.

Seit einigen Wochen kam es immer wieder zu Situationen wie dieser. Er schlief schlecht, aß weniger als sonst und bekam manchmal Fieber. Zuerst hatte sie gedacht, er bekäme einfach Zähne, doch inzwischen ließ es sich damit kaum mehr erklären. Sobald sie wieder daheim waren, wollte sie Dr. Franklin aufsuchen.

Sie schrak auf, als jemand an die Tür klopfte. Vielleicht kam Robert, um sie abzulösen.

Vor der Tür stand ihre Mutter.

Sarah musterte sie einen Moment.

«Kann ich reinkommen? Ich dachte, du möchtest vielleicht auch was essen.»

Stumm nickte Sarah und machte ihr Platz. Ihre Mutter trug ein Tablett ins Zimmer, stellte es zwischen Spielsachen und Kleidung auf den kleinen Tisch und streckte die Arme aus. «Gib ihn mir so lange. Na, kleiner Mann? Magst du heute gar nicht schlafen?»

In ihren Armen wurde Charlie sofort ruhiger, und in diesem Augenblick hasste Sarah ihre Mutter dafür. «Er schläft kaum und weint so viel», sagte sie hilflos.

«Iss, Kind.» Siobhan nickte zu dem Tablett. Auf einem Teller waren Köstlichkeiten vom Büffet angerichtet, es gab ein Stück Geburtstagskuchen und ein Glas Champagner. Gehorsam setzte sie sich und begann zu essen.

«Er ist so anders in den letzten Wochen», sagte sie leise. «Ich kann es nicht genau benennen, aber ...»

«Das ist sicher nur eine Phase.» Siobhan lächelte und strich über Charlies Kopf. «Siehst du, er ist eingeschlafen. Ich lege ihn in sein Bettchen und bleibe noch ein wenig bei ihm, wenn du nach unten gehen willst.»

Sarah schüttelte den Kopf. Der Kampf um Charlies Schlaf hatte sie so erschöpft, dass sie sich am liebsten auch sofort ins Bett legen wollte. «Das ist keine Phase», sagte sie müde.

«Du bist seine Mutter. Also wirst du es am besten wissen.»

Das war es ja – sie wusste nicht, was es war. Bisher hatte er sich gut entwickelt – er begann zu krabbeln, zu sitzen und machte schon früh erste Versuche, das Laufen zu lernen. Doch inzwischen hatte Sarah den Eindruck, ihrem Kind kamen die Fähigkeiten, die es so mühelos gelernt hatte, wieder abhanden. Er saß nur noch ungern, und statt zu krabbeln, blieb er nach kurzer Strecke einfach liegen.

Ihr Kind entwickelte sich, ja. Aber irgendwie – rückwärts.

«Ich werde Dr. Franklin fragen.»

Sie war seine Mutter. Und sie spürte, dass mit ihrem Kind irgendwas nicht stimmte.

Als der Maori vor ihr stand und sie musterte, erschrak Josie.

Vielleicht hatte sie doch zu viel Champagner getrunken. Aber er prickelte so angenehm, und nach ein paar Gläsern fühlte sie sich so herrlich leicht. Und anders war dieses Fest auch kaum für sie erträglich.

«Sie sind nicht zu uns gekommen», sagte er statt einer Begrüßung.

«Ich wusste nicht, dass Sie mich eingeladen hatten», erwiderte sie schnippisch, hielt einen Diener auf und nahm sich noch ein Glas Champagner. «Für Sie auch?»

Er schüttelte den Kopf.

«Aber warum soll ich zu Ihnen kommen?», fragte Josie. «Ich bin keine Maori, das haben Sie selbst gesagt.»

«Ah nein, da haben Sie mich missverstanden. Sie sind eine Maori. Wenn Sie es wollen. Und Sie sollten kommen.»

«Nennen Sie mir einen guten Grund!», forderte sie.

«Den gibt es: *aroha*.» Er lächelte rätselhaft, trat vor und drückte Josie etwas in die Hand. Dann neigte er den Kopf und verschwand so schnell, wie er gekommen war.

Aroha. Was sollte das bedeuten?

Josie fiel nur eine Person ein, die ihr diese Frage beantworten konnte. Ihre Mutter.

Es dauerte eine Weile, bis sie herausfand, dass ihre Mutter oben bei Sarah war. Josie ignorierte Dylan, der gerade mit Robert aus dem Arbeitszimmer kam und ihr etwas zurief. Sie raffte ihr zartes Kleid und stieg die Treppe hinauf. Das Stimmengewirr, die beschwingte Musik und das dezente Klirren und Klappern von Besteck und Gläsern ließ sie hinter sich zurück.

Im Gästetrakt herrschte beinahe gespenstische Ruhe.

Sarah und Robert hatten eine kleine Gästesuite zugewiesen bekommen – zwei Räume nebst einem angrenzenden Bad. Josie stand unvermutet im Wohnzimmer, in dem ihre Mutter im Sessel saß und Sarahs schlafenden Sohn wiegte. Sarah war nirgends zu finden.

«Mam, ich hab eine Frage.»

«Komm, setz dich.» Ihre Mutter streckte die Hand aus, zog Josie zu sich auf das Sofa neben dem Sessel. «Sarah schläft», flüsterte sie und nickte zum angrenzenden Schlafzimmer. «Sie ist völlig erschöpft, die Arme.»

Josie nickte. Sie schwieg einen Moment, ehe sie fragte: «Was ist *aroha*?»

«*Aroha*? Wer hat das denn gesagt?»

«Ein alter Maori, der ...» Sie verstummte. Es war schwer, das zu erklären. *Ein alter Maori, der mir vorwirft, nichts über meine Seele zu wissen.*

«Mit *aroha* bezeichnen die Maori die grenzenlose Liebe, die sie jedem Individuum entgegenbringen. *Aroha* ist aber auch das Gefühl, das jene überkommt, die auf dem zeremoniellen Versammlungsplatz der Maori willkommen geheißen werden.» Siobhan verstummte. Ihre Finger strichen Charlie das verschwitzte Haar aus der Stirn.

«Er hat mir das hier geschenkt.» Josie streckte ihr das merkwürdigste Geschenk entgegen, das sie an diesem Abend bekommen hatte.
«Ein *Pounamu*.»
«Was ist das?»
«Jade. Der heilige Schmuckstein der Maori. Sie glauben, darin sei ihr *Mana* gespeichert, weshalb sie ihn verehren. Er steht zudem für *Aroha*.»
«Ich wusste nicht, dass du so viel über die Maori weißt.»
«Du hast auch nie gefragt. Und viel weiß ich gar nicht. Nur das wenige, was dein Vater mir erzählt hat. Er hat einst sein Volk verlassen. Warum, darüber schwieg er. Aber so viel habe ich wohl begriffen, dass es für einen Maori sehr ungewöhnlich ist, nicht bei seinem Stamm zu leben.»
«Und was mache ich nun damit?» Josies Finger fuhren über den Schmuckstein. Wie eine Schnecke war er geformt, am oberen Ende war ein Loch gebohrt. Blank poliert, hellgrün … und wunderschön.
«Du kannst ihn tragen, und er wird dir bei den Maori so manche Tür öffnen, nehme ich an.»
Es war schwer zu glauben, dass in diesem einzigen Stück Jade so viel Bedeutung schlummerte. «Ich weiß nicht, ob ich das will.»
«Du wirst es herausfinden, nehme ich an.» Ihre Mutter verlagerte das Gewicht, prompt wachte Charlie auf und jammerte leise. «Wir können uns unserer Bestimmung nicht entziehen.»
Josie lachte. «Du klingst wie eine Maori.»
Der Gedanke gefiel ihr: eine Bestimmung zu haben. Sich nicht entziehen zu können. Ja, es kam ihr fast so vor, als habe dieses Stück Jade sich wie ein Haken in ihre

Gedanken gegraben. Sie wollte wissen, woher sie kam. Wer ihr Vater war.

Sie wollte wissen, warum sie so rastlos war und sich nie mit dem zufriedengab, was sie hatte. Auch wenn man ihr eine Welt zu Füßen legte.

Emily beobachtete.

Sie war immer die aufmerksame Beobachterin gewesen, die Eindrücke sammelte. Aaron zog sie nach Empfängen wie diesem gern damit auf, sie sei mal wieder überall gewesen und habe jedes Gespräch belauscht.

Aber das musste sie gar nicht. Die Körpersprache der Menschen verriet ihr mehr als tausend Worte.

Der Maori, der katzengleich durch die Besucherschar schlich. Dem alle Platz machten, als fürchteten sie ansteckende Krankheiten. Wie er Josie gegenübertrat und sie ansprach. Danach verschwand er ebenso still, und nach kurzer Verwirrung kehrten die Gäste wieder zu ihrem lauten, fröhlichen Lärmen zurück, als wollten sie seinen Auftritt übertönen.

Dann das Gespräch zwischen Dylan Manning und Robert Gregory – in einer Ecke steckten sie die Köpfe zusammen. Jamie, der zu ihnen trat und sie unterbrach. Und danach ihre misstrauischen Blicke, als fürchteten sie, er könne ein zweites Mal auftauchen.

Jamie selbst: ihr jüngerer Bruder war von den Erlebnissen des Kriegs gebeugt, aber nicht gebrochen. Sie erkannte in ihm, wie sie sich früher oft gefühlt hatte. Ob es ihn tröstete, wenn sie ihm versprach, dass alles irgendwann wieder gut würde?

Walter kam zu ihr. Er verzichtete auf Champagner und hatte den Kellner um ein Glas Wasser gebeten. Sie klopfte neben sich auf das Polster, lud ihn ein, auf dem weichen Sofa Platz zu nehmen.

«Es ist schön, dass wir uns mal wiedersehen.» Sie rückte etwas zu ihm heran, drückte seinen Arm und legte kurz den Kopf auf seine Schulter. Ihr Bruder wirkte zufrieden.

Beide verfolgten, wie Siobhan in der Doppelflügeltür zur Eingangshalle auftauchte. Sie blieb stehen, und ein Diener bot ihr Champagner an, den sie gerne nahm.

Sie war schneller gealtert als die anderen.

Zu gerne wollte Emily sich einreden, dass das Leben an ihr spurlos vorbeigegangen war. Aber auch sie war inzwischen Mitte vierzig, Siobhan wurde fünfzig. Sie spürte, wie Walter sich neben ihr aufrichtete, den Rücken gerade hielt, einen schwer deutbaren Ausdruck auf dem Gesicht.

Er ließ Siobhan nicht aus den Augen. Und als ausgerechnet Mr. Flemming, der größte Dandy von Dunedin, sie ansprach und ihr ein Lachen entlockte, das Emily selbst am anderen Ende des Raums zu hören glaubte, wurde er neben ihr ganz steif.

Er liebte sie noch immer.

Emily staunte. Ihr Bruder, der in all den Jahren so fern gewesen war und von dem sie manchmal geglaubt hatte, in ihm schlage kein Herz mehr, hatte Gefühle. Ausgerechnet für Siobhan, die ihn betrogen und ihm zwei Kinder untergeschoben hatte, empfand er etwas. Für die Frau, deretwegen er seinen Freund Amiri umgebracht hatte. Den Mann, den Siobhan geliebt hatte.

Ob die beiden seither überhaupt mal allein gewesen waren? Ob sie über das, was damals geschehen war, geredet hatten? Vermutlich nicht. Manches konnte man eben nicht in Worte fassen.

Siobhan legte die Hand auf Mr. Flemmings Ärmel, und dieser bot ihr höflich den Arm. Walters Blick verfolgte die beiden bis zum Büffet.

Dann waren sie aus dem Blickfeld verschwunden, und er seufzte. «Was hast du gesagt?»

«Gar nichts hab ich gesagt.» Emily winkte einem Kellner und tauschte ihr leeres Glas gegen ein volles. «Aber wenn du möchtest, dass ich etwas sage, wäre es dies: Sie sieht müde aus.»

«Es muss einsam sein für sie da oben im Wald …» Er nippte am Wasser und verzog das Gesicht. «Manchmal …»

Kopfschütteln, und Emily hakte nicht nach. Wenn er reden wollte, würde er es schon tun.

«Weißt du, wie es war, als ich um ihre Hand anhielt? Ihre Mutter hat mich von Anfang an allen anderen Bewerbern vorgezogen. In den höchsten Tönen hat sie mich angepriesen. Ich habe damals befürchtet, das könnte meine Chancen schmälern, weil Siobhan vielleicht genau das Gegenteil tun könnte. Aber sie mochte mich. Als ich davon anfing, dass wir nach Neuseeland gehen wollten, bekam sie's mit der Angst zu tun. Da hätte ich sie fast verloren.» Er schwieg lange. Emily nippte am Champagner. Sie fühlte sich so überraschend leicht. «Daran denke ich oft. Dass es viel besser für uns alle gewesen wäre, wenn sie Nein gesagt hätte.»

«Aber dann gäbe es Sarah nicht, und Josie ebenso wenig.» Emily biss sich auf die Zunge.

«Sie sind nicht meine Töchter, oder?»

Er klang verbittert.

«Sarah schon. Sie hat in dir immer ihren Vater gesehen, und daran wird sich nichts ändern.»

«Aber man sieht ihr den anderen Vater an. Ich würde trotzdem nichts anders machen. Nur eines bereue ich, aber das muss ich nicht aussprechen, oder?»

Emily zögerte. «Wenn du es ihr sagen würdest, hilft das vielleicht. Wenn sie wüsste, dass du dieses eine bereust wie nichts anderes in deinem Leben.»

Hoffnungsvoll blickte er sie an, und Emily betete, dass sie recht behalten würde.

Mit Walter hatte Siobhan an diesem Abend zuallerletzt gerechnet.

Sie hatten sich inzwischen an einen höflichen, distanzierten Umgang gewöhnt. Man konnte sich aus dem Weg gehen, vor allem seit Robert die Geschäfte auf Kilkenny Hall führte. Und es gab weniges, das sie Robert zugute hielt – sein Verhandlungsgeschick hatte ihre Spinnerei in eine schwere Krise gestürzt –, aber dass Walter sich inzwischen aus allem heraushielt, war gut.

Was er wohl mit so viel freier Zeit machte? Fühlte er sich nutzlos?

Jedes Mal, wenn sie so dachte, kam irgendwann dieser Punkt, da sie sich wieder erinnerte. An ihre ersten Tage oben in Amiris Hütte, an den Schmerz und das Gefühl, verlassen zu sein von Walter. Mit ihm hatte sie es nicht ausgehalten, weil er ihr Gewalt angetan hatte. Aber ohne ihn war es noch viel schwerer, weil Josie ohne Vater hatte aufwachsen müssen und Siobhan ohne Sarah lebte.

Wenn wir einander doch nur dieses große Leid erspart hätten.

Vielleicht wäre Finn dann nicht mit Jamie in den Krieg gezogen. Dann wäre der Riss in der Familie nicht so tief, der Abgrund zwischen den einzelnen Parteien nicht so unüberwindlich. Sie hätten reden können, statt irgendwann einander den Rücken zu kehren und ihrer Wege zu gehen.

Sie genoss diese Geburtstagsfeier. Mr. Flemming, dieser geckenhafte Charmeur in rotkarierter Hose und Rüschenhemd plauderte angeregt mit ihr. Er brachte sie zum Lachen auf diese leichte, unverbindliche Art, die nichts verlangte.

Sie amüsierte sich.

Als Walter sich zu ihnen gesellte, fürchtete sie, er würde nun alles kaputtmachen. Eine Bemerkung würde genügen, sie vor Mr. Flemming unmöglich zu machen. Doch nichts dergleichen geschah. Er sah von Siobhan zu Mr. Flemming und zurück, und weil Siobhan keine Anstalten machte, die beiden Männer einander vorzustellen, ergriff er selbst die Initiative.

«Walter O'Brien. Freut mich, Sie kennenzulernen, Mr. Flemming.» Sie reichten sich die Hände.

«Oho, Sie kennen meinen Namen! Da habe ich es wohl geschafft, mir eine gewisse Berühmtheit zu erarbeiten!» Er kicherte. «Sind Sie verwandt mit Mrs. O'Brien?»

Ehe Siobhan etwas einwerfen konnte, sagte Walter schlicht: «Sie ist meine Frau.»

Ihr wurde heiß und kalt und heiß.

«Ah», machte Mr. Flemming. Sein Blick fuhr über Siobhans Hände. Sie wusste, er vermisste ihren Ehering, der ihm signalisiert hätte, dass seine schamlose Flirterei unangebracht war. Verlegen strich sie sich eine Strähne aus dem Gesicht.

Ein paar Minuten standen sie peinlich berührt beisammen und schwiegen sich an. Dann räusperte sich Walter, nahm Siobhans Arm und nickte Mr. Flemming noch einmal zu. «Schönen Abend noch.» Und zog sie einfach mit sich.

Sie wollte sich gar nicht wehren, aber ihr gefiel nicht, wie er das machte. Er riss sie einfach von einem angenehmen Gespräch fort. Sie vermisste es so sehr, mit klugen Menschen Kontakt zu haben. Ihr Leben bestand doch nur noch aus der Spinnerei und den gelegentlichen Besuchen in Kilkenny Hall, wo sie nach Helen schaute, damit alle anderen eine Atempause hatten. Und dann kam Walter, ausgerechnet Walter kam nach zwanzig Jahren einfach so daher und riss sie aus diesem klugen, angenehmen Gespräch ... Warum?

«Lass mich los. Bitte», fügte sie hinzu, weil sie fürchtete, er könnte in seine alte Wut verfallen, wenn sie ihn reizte. Walter ließ sofort los, als stünde ihre Haut in Flammen. Ein Kellner kam mit einem Tablett auf sie zu. Walter winkte ab, doch Siobhan nahm noch ein Glas und stürzte es hinunter. Sie wartete.

«Ich mag nicht, wie der mit dir flirtet.» Es klang trotzig.

Siobhan wollte etwas entgegnen, doch jedes böse Wort verlor sich in dem angenehm schwammigen Gefühl, das der Champagner in ihr aufsteigen ließ. Sie winkte noch mal einem Kellner, ja, davon wollte sie mehr. Dann konnte sie auch mit Walter reden, ohne im nächsten Moment wütend davonzustürmen.

Sie waren schließlich erwachsen, und was passiert war, lag fast zwanzig Jahre zurück.

Vielleicht ...

Nein. Verzeihen war zu klein für das, was er getan hatte.

Walter platzte heraus: «Ich vergebe dir. Hörst du? Ich habe dir schon vor Jahren vergeben, was du getan hast. Immerhin habe ich so Sarah bekommen, und sie war immer das größte Glück in meinem kaputten Leben. Du und sie ...» Sein Blick ging an ihr vorbei. Siobhan drehte sich halb um. Josie stand wieder mitten im Raum, sofort umringt von den Gästen, die fröhlich schnatterten und bewundernde Rufe ausstießen. «So ein schöner Verlobungsring!», rief Mr. Flemming, nur um sogleich von anderen belehrt zu werden, dass Dylan Manning sicher kein Bigamist sei, es müsse sich um einen ganz normalen Ring handeln.

Schön sei er trotzdem, beharrte Mr. Flemming.

Die Worte flossen an Siobhan vorbei. Dylan Manning war verheiratet, sie musste sich keine Sorgen machen.

«Du und sie, ihr seid das größte Glück in meinem Leben. Und ich hab euch einfach verstoßen, weil ...» Seine Stimme versagte, er wandte den Kopf ab.

«Walter, weinst du?»

Der Champagner machte es so leicht. Sie stellte das Glas beiseite und nahm sein Gesicht in beide Hände. Forschte in den blauen Augen, suchte nach Antworten. War es ihm ernst?

Eine Träne rann über seine Wange und versickerte in ihrem zarten Handschuh. «Walter ...»

«Ich vergebe dir. Alles. Dass du ihn bevorzugt hast, ihn geliebt hast, während du für mich nur Verachtung übrig hattest. Dass du mir die beiden Mädchen als meine Kinder unterschieben wolltest, auch das. Ich vergebe dir, was du aus meinem Leben gemacht hast.» Er holte tief Luft. «Aber bitte, Siobhan: Verzeih du mir auch, was ich getan habe.»

Sie starrte ihn sprachlos an. Ihre Hände sanken herab, sie machte einen Schritt nach hinten. «Das kann ich nicht», sagte sie leise. «Wie ...»

«Du sollst es nicht heute tun», fuhr er hastig fort. Seine Hände packten ihre. Sie wurde der Stille gewahr, die jetzt um sie herrschte. Ihr Gespräch war nicht unbemerkt geblieben.

«Aber wenn du mir irgendwann verzeihen kannst, dass ich ...»

Rasch legte sie die Hand auf seinen Mund und erstickte seine Worte darunter. Er durfte es nicht aussprechen.

Auch wenn es im Grunde alle wussten.

«Still», flüsterte sie. Erst als Walter nickte, trat sie wieder zurück und ließ ihn los. Das Stimmengewirr hob wieder an, und jetzt war nicht länger Josies Geburtstagsgeschenk Zentrum des allgemeinen Interesses. Alle fragten sich nun, was die Eheleute O'Brien, von denen man so wenig wusste – außer, dass sie getrennt lebten, wie man sich hinter vorgehaltener Hand erzählte –, zu solch auffälligem Verhalten trieb.

Siobhan schüttelte den Kopf. «Ich kann nicht», flüsterte sie. Nein, für Verzeihen war kein Platz in ihr.

Er hatte ihre Hand ergriffen, und als Siobhan nun gehen wollte, hielt er sie zurück. «Bitte», flüsterte er.

Siobhan machte sich los. Sie schwankte, als schreite sie über die Planken eines Schiffs in unruhiger See. Man machte ihr Platz.

Sie musste nachdenken. Alles war in einen rötlichen Nebel getaucht. Alles wieder aufgewühlt.

«*Aroha me, Amiri*», flüsterte sie.

Verzeih mir – entschuldige, Amiri. Liebe mich, Amiri.

Sie hatte nicht mehr täglich an ihn gedacht. Und nun war alles zurück: die Erinnerungen, die Liebe und der Schmerz.

18. Kapitel

Es war ein protziger Brillantring. Solche Ringe verschenkten reiche Männer zur Verlobung an die Liebste. Sie hatte sich dann zu freuen und ihm glücklich um den Hals zu fallen.

Das Gewicht der zwei Karat zog wie Blei an ihrer Hand. Es war nicht recht, dass er ihr dieses Geschenk gemacht hatte. Alice lebte, und sie war in Wellington. Er durfte Josie kein Geschenk machen, das den Eindruck erweckte, es gebe seine Frau nicht mehr.

Ihre Finger umschlossen den Hei Matau. Der Stein übte eine beruhigende Wirkung auf sie aus, und sie streifte den Ring ab und legte ihn achtlos auf den Nachttisch. Mit den Fingern fuhr sie die Linien des Jadesteins nach. Blank poliert war er, und sie glaubte, von ihm ginge eine angenehme Wärme aus.

Sie hatte sich in ihr Schlafzimmer zurückgezogen. Heute Nacht wollte sie allein bleiben. Etwas hatte sich verändert, seit sie miteinander schliefen. Und es hatte eine Weile gedauert, ehe Josie begriff, was es war.

Zweierlei: Ihre Malerei verkümmerte. Und Dylan war verzweifelt bemüht, ihr zu gefallen. Als könnte sie sich ihm entziehen, falls er ihr Missfallen erregte.

Sie fand Letzteres beinahe amüsant, weil es so absurd

war, doch dass sie Tag um Tag in ihrem Atelier stand und nichts zuwege brachte außer ein paar läppische Skizzen, machte sie sehr traurig. Sie musste doch malen wollen! Sie war jung, in ihrem Kopf überschlugen sich die Ideen, und sie verfügte über das erforderliche Können! Alle Materialien standen ihr zur Verfügung, sie konnte aus dem Vollen schöpfen. Doch was blieb, waren die Enttäuschung und eine Mutlosigkeit, die sich auch nach Wochen nicht legte. Kunst gehorchte keinem Terminplan, aber ihre Tatenlosigkeit begann, an ihren Nerven zu zerren.

Josie sprang auf. Sie wollte irgendwas tun! Sie musste. Die Worte des Maori gingen ihr nicht mehr aus dem Kopf. Seine dunklen Augen hatten sie so *wissend* angeschaut. Als wäre da mehr, als müsste sie nur den Schatz heben, der in seinen Worten schlummerte.

Aroha.

Wenn sie ihre Mutter richtig verstand, war *aroha* die alles umfassende Liebe für jede Kreatur auf Gottes Erdboden. Selbst sie, die Tochter eines einsamen Maori und einer Spinnereibesitzerin, würde man in ihrem Stamm aufnehmen. Weil *aroha* es gebot.

Mein Stamm. Es klingt fremd, aber ...

Sie nahm den Ring zur Hand. Dann angelte sie den winzigen, angestoßenen Pappkoffer vom Schrank, in dem sie in den letzten Jahren auf Reisen immer ihre Pastellkreiden verwahrt hatte. Mit diesem Koffer hatte sie damals bei Emily und Aaron vor der Tür gestanden. Auf dem Bett kippte sie die Kreiden aus, warf achtlos zwei Skizzenblöcke auf den Boden und legte den Koffer auf einen Stuhl. Zuerst legte sie den Hai Matau hinein. Was brauchte sie bei den Maori außer diesem Schmuckstein, von dem sie ahnte, dass er ihr die Türen zu den Häusern ihres Stammes öffnen würde?

Geld vielleicht, um dorthin zu gelangen.

Außer dem Ring besaß sie nichts von Wert – einige andere Schmuckstücke vielleicht, doch die ließ sie zurück, ebenso die Kleider, die teuren Schuhe und all die anderen Kleinigkeiten, die Dylan ihr immer wieder geschenkt hatte. Zum Schluss blieb nur weniges übrig: ein Kleid, zwei Hosen und passende Hemden, ein Paar Stiefel. Sie schaute sich um, zog noch mal alle Schubladen der Kommode auf, aber sie fand nichts, das sie mitnehmen wollte.

Sogar ihre Pastellkreiden ließ sie zurück. Nur einen Skizzenblock nahm sie mit, zusammen mit einer Blechkiste, in der Kohlestifte lagen.

Als sie die Tür ihres Zimmers hinter sich schloss, fühlte sie sich unendlich viel leichter.

«Wo willst du denn so spät noch hin?»

Erschrocken fuhr Josie herum. Wie aus dem Nichts war Jamie hinter ihr aufgetaucht. Sie stellte den Koffer auf den Boden. «Hast du mich erschreckt.»

«War nicht meine Absicht.» Er grinste. «Also? Was wird das, wenn's fertig ist?» Er nickte zu dem Koffer.

Josie schwieg betreten. Sie fand keine Worte für das, was sie tun wollte. Sie lief weg, obwohl sie alles hatte. Obwohl Dylan ihr seine Welt zu Füßen legte, hatte sie das Gefühl, an seinen Gaben zu ersticken.

Doch er nickte plötzlich. «Ich verstehe», sagte er, und sie hatte das Gefühl, das sei nicht nur eine Floskel, sondern er verstand wirklich, warum sie nicht länger bleiben konnte.

«Wirst du es ihm sagen?», fragte sie ängstlich.

Jamie sah sie lange an. Schließlich gab er sich einen

Ruck. «Das ist eine Sache, die nur euch was angeht. Was mich betrifft, werde ich wohl erst morgen beim Frühstück etwas sagen, wenn er sich über dein Fehlen wundert.»

Josie atmete auf. «Danke», sagte sie leise.

«Wo wirst du hingehen? Heim nach Kilkenny?»

Der Gedanke war ihr bisher gar nicht gekommen. Aber es gab ja noch diese Heimat. Sie könnte wieder im Wald wohnen oder sogar in Kilkenny Hall. Dort gab es genug zu tun, niemand hätte etwas dagegen, wenn sie mit anpackte.

«Ich suche nach meiner Familie», sagte sie widerstrebend.

«Nach Amiris Leuten.» Jamie nickte. «Das ist gut. Und jetzt geh schon. Ich werde dich nicht aufhalten, und verraten werde ich dich auch nicht.»

Sie griff nach ihrem Koffer. Einen Moment stand sie vor ihm und zögerte, doch Jamie nahm ihr die Entscheidung ab. Er zog sie mit dem Arm an seine Brust, und für einen Augenblick schloss sie die Augen und spürte seine Nähe. Dann machte sie sich von ihm los und lief eilig los, als fürchtete sie, er könnte sie doch noch davon abhalten.

«Josie?» Sie hatte schon die Treppe erreicht, als er nach ihr rief, und sie fuhr herum, erhitzt von der Aufregung und voller Vorfreude.

«Ja?»

«Bring mir was mit, wenn du zurückkommst.»

Sie musste lächeln. *Wenn* du zurückkommst. Darin lag so viel. Jamie schien nicht auszuschließen, dass sie für immer bei den Maori blieb.

Er traute ihr mehr zu als sie selbst.

Aber sie wollte es wenigstens versuchen.

Die Begegnung mit Josie war eine von vielen, die Jamie an diesem Abend verwirrten. Seine Familie war fast vollständig erschienen, nur seine Eltern waren in Kilkenny geblieben. Sein Vater ließ grüßen, hatte Siobhan ihm ausgerichtet.

Walter und sie saßen immer noch im kleinen Salon dicht nebeneinander und redeten leise miteinander, als schon alle anderen Gäste gegangen waren. Manning und Josie hatten sich zur Nacht zurückgezogen.

Jamie konnte nicht schlafen. Nur darum war er Josie begegnet, als sie spätnachts das Weite suchte. Danach schlich er durch die Gänge, blieb vor den Gästezimmern stehen und lauschte. Hinter der Tür, hinter der er Sarah mit Mann und Kind wusste, war alles still. Er trat näher, legte das Ohr ans Holz und hielt den Atem an.

So würde es nun immer sein. Irgendetwas würde immer zwischen ihm und Sarah stehen, und wenn es nur eine massive Holztür wäre, die immerhin noch leichter beiseitezuschieben war als sein Schmerz und die Gefühle, die er nicht abstellen konnte.

Er wünschte, sie wäre nicht hergekommen. Jetzt vermisste er sie wieder so schmerzlich.

Als hinter der Tür ein Geräusch erwachte, zuckte er zurück. Das Kind weinte. Murmelnde Stimmen, dann das Knarren der Matratze. Die Tür war durchlässiger, als er gedacht hatte. Auf Zehenspitzen zog er sich zurück und stieg die schmale Stiege ins zweite Stockwerk hinauf zu den Dienstbotenquartieren.

Hier oben hatte er eine großzügige Mansarde. Mr. Manning hatte ihm anfangs angeboten, ebenfalls eines der geräumigen Gästezimmer zu beziehen, doch Luxus war für ihn relativ, und die Jahre in den Schützengräben Nordfrankreichs hatten ihn gelehrt, sich mit wenig zu begnügen. Ein Schreibtisch unter dem Fenster, Bett und Kommode, Schrank und Armlehnstuhl. Eine Waschschüssel. Wenn er baden wollte, machte er es wie die anderen Bediensteten in der Waschküche.

Er war nicht überrascht, dass Theresa in seinem Bett auf ihn wartete. Wenn er in Dunedin war, kam sie jede Nacht zu ihm. Ihr Körper war fest, gerundet und warm, sie war drall und anschmiegsam und verlangte nicht viel. Und wenn sie bekommen hatte, was sie wollte, schlief er neben ihr ein. Morgens war sie dann verschwunden, und nur der zarte Geruch nach Lavendel erinnerte noch an die vorangegangene Nacht.

Jamie wandte ihr den Rücken zu, während er sich entkleidete.

«Das waren ganz schön viele Leute», sagte sie. «Deine Familie war auch da, nicht? Der Mann, der nur Wasser getrunken hat?»

Er hielt inne. «Mein Bruder Walter.»

«Und diese verblühte Schönheit?»

«Siobhan. Meine Schwägerin.»

«Deine Schwester kenn ich schon und ihren Mann auch. Dieses junge Paar, wer waren die? Der Kerl hat mit dem ollen Manning im Arbeitszimmer geflüstert, ich sollte ihnen was zu trinken bringen. War wohl was Geheimnisvolles, sie waren sofort still, wie ich reinkam, und haben erst wieder was gesagt, wie ich raus war.»

«Robert Gregory.» Was die beiden zu besprechen hatten, interessierte Jamie auch brennend. Er war Mr. Mannings rechte Hand, doch als er sich zu den beiden gesellte, sprachen sie plötzlich über völlig Belangloses: die neusten Theateraufführungen in Dunedin. Als ob sich

Robert fürs Theater interessierte! Führten die zwei etwas im Schilde? Planten sie etwas?

Jamie hatte sie unter einem Vorwand rasch wieder alleingelassen.

«Und seine hübsche Frau? Sie war nur ganz kurz unten. Sie hat nach dir gefragt.»

Das überraschte ihn. «Hat sie?», fragte er, und spürte im selben Moment, dass es ein Fehler war.

Er drehte sich zu Theresa um. Sie hatte sich aufgesetzt, die Arme um die Knie geschlungen. «Ja. Sie fragte, ob du da wärst. Aber da warst du grad draußen im Atelier.»

«Sarah. Sie ist Josies Schwester. Die Tochter von Siobhan.»

«Sie ist nett», meinte Theresa nur. «Kommst du jetzt ins Bett?» Sie schnurrte fast, streckte die Hand nach ihm aus und strahlte ihn an. Jamie entledigte sich rasch der letzten Kleidungsstücke und kam zu ihr. Ihr warmer Körper empfing ihn, und sie zitterte ein bisschen, weil er so kalt war. Doch bald schon gewöhnten sich ihre Körper wieder aneinander. Jamie schloss die Augen, als er in sie eindrang.

Sarah ...

Er sah sie vor sich, selbst wenn er die Augen öffnete. Theresa war für ihn Sarah, in dieser Nacht gab er sich nicht mit dem Dienstmädchen zufrieden, das ihm schon so lange ein Stück Geborgenheit und Nähe schenkte, wenn er drohte, sich gänzlich in seiner Einsamkeit zu verlieren. In seiner Erregung schrie er ihren Namen.

Sarah.

Im ersten Augenblick passierte nichts. Er öffnete die Augen, streichelte Theresas Wange und küsste sie. Dann schob sie ihn von sich herunter, ganz sanft. Er glitt neben ihr auf die Matratze und wollte sie in die Arme ziehen, wie er es immer danach tat. Aber sie stand auf, hangelte nach den Wollstrümpfen und zog sie an.

Und er wusste, was er falsch gemacht hatte.

Als sie am Bett vorbeiging, packte er ihr Handgelenk. «Geh nicht», flüsterte er mit gesenktem Kopf. «Bitte, Theresa ...»

Sie machte sich los, streichelte seinen Kopf. «Ist schon in Ordnung», meinte sie. «Bin ich eben nur die andere. Kann ich mit leben, bloß fühlt es sich ungut an, wenn sie im Haus ist.» Sie nahm ihre Schuhe und verließ sein Zimmer.

Er lag noch lange wach und dachte über ihre Worte nach.

Das Schlimmste war: Für Sarah hätte er der Eine sein können. Aber er hatte es sich selbst zerstört.

Im Hafenviertel von Dunedin versetzte Josie den Brillantring. Vermutlich bekam sie dafür nur einen Bruchteil dessen, was er tatsächlich wert war, aber das kümmerte sie nicht. Sie akzeptierte den Preis, nahm das Geld und verschwand im nebligen Morgen. Am Hafen kaufte sie eine Schiffspassage nach Wellington.

Sie musste sich von Alice verabschieden.

Zwei Tage dauerte die Überfahrt. Zwei Tage, in denen Josie ihre Kabine nicht verließ. Sie verkroch sich in der Koje und hoffte, sich nicht übergeben zu müssen. Schon immer waren ihr die Überfahrten zwischen Südinsel und Nordinsel ein Graus gewesen. Aber sie nahm es auf sich. Für Alice.

In Wellington nahm sie ein Taxi. Als der Wagen vor dem Anwesen vorfuhr, schluckte Josie. Dylan konnte unmöglich hier sein. Trotzdem war sie nervös und blieb in der Einfahrt stehen, den billigen Pappkoffer neben sich.

Erst als das Taxi in einer Staubwolke verschwunden war, nahm sie den Koffer und schritt auf das Haus zu.

Das Dienstmädchen ließ sie ein und wirkte erstaunt, weil Josie allein kam. Mrs. Manning sei im Garten, zusammen mit Mrs. O'Brien.

Ruth. Fast hätte Josie ihre Tante vergessen.

Sie war sicher, dass Alice nicht verraten würde, wohin Josie ging, wenn sie es ihr erzählte. Bei Ruth war sie sich nicht so sicher. Es war sicher keine Feindseligkeit, die ihre Tante Josie entgegenbrachte. Eher ein tiefes Misstrauen, weil Josie zu einer Familie gehörte, die Ruth alles genommen hatte – vor allem ihren Mann Finn.

«Soll ich Sie melden, Miss Josephine?», fragte das Mädchen.

«Danke, ich finde schon allein hin. Im Garten, sagtest du?»

«Sie sitzen im Pavillon.»

Der Pavillon lag im hinteren Teil des parkähnlichen Gartens und war vom Haus nicht einsehbar. Josie spazierte über sauber geharkte Kieswege. Sie sah die beiden Frauen im Pavillon sitzen: Alice gekrümmt und von ihrer Krankheit gezeichnet im Rollstuhl, daneben Ruth auf der niedrigen Bank, eine Stickarbeit in der Hand.

Als Josie sich dem Pavillon näherte, verstummte das Gespräch.

Ruth stand auf. «Hier bist du», sagte sie, als habe sie schon nach Josie gesucht. «Mr. Manning ...» Sie verstummte, blickte zu Alice hinab, die aufmunternd nickte. «Er hat angerufen und nach dir gefragt. Ich soll mich sofort bei ihm melden, wenn du hier auftauchst.»

«Nicht nötig», erwiderte Josie kühl. «Ich werde nicht lange bleiben.»

«Ich habe meine Anweisungen», erwiderte Ruth stur und legte die Stickarbeit auf den Stuhl, als könnte sie damit verhindern, dass Josie in ihrer Abwesenheit den Platz einnahm. Dann murmelte sie etwas und eilte davon.

«Keine Sorge», sagte Alice. «Er ist noch in Dunedin. Selbst wenn er Himmel und Hölle in Bewegung setzen könnte, wäre er nicht vor übermorgen hier.»

Josie nahm die Stickarbeit und legte sie auf das Tischchen. Dann ließ sie sich aufatmend nieder.

«Nun?», fragte Alice. «War deine Geburtstagsparty schön?»

Josie wollte schon den Kopf schütteln, doch dann nickte sie widerstrebend. «Er hat sich viel Mühe gegeben», sagte sie.

«Das tut er immer.» Alice schien zufrieden. «Aber wieso hattest du es so eilig, heimzukommen? Und warum hast du ihm nichts gesagt? Er ist in großer Sorge um dich.»

Josie zögerte. Schließlich sagte sie leise: «Ich verlasse ihn, Alice.»

Sie hielt den Kopf gesenkt und hatte die Hände unwillkürlich im Schoß gefaltet, so fest drückte sie die Finger gegeneinander, dass die Knöchel weiß wurde.

«Ich verstehe nicht ...»

Bevor Josie zu einer Antwort ansetzen konnte, kam Ruth den Kiesweg entlanggelaufen. «Josie! Komm ins Haus, er will mit dir sprechen!»

Ich bin doch kein kleines Kind, das ihr herumkommandieren könnt.

Manchmal hatte Josie den Verdacht, Ruth beneide sie. Um das Glück mit Dylan, und dass sie sich zudem mit

Alice gut verstand, weil sie einfach eines Tages in Alices Schlafzimmer marschiert war und sich ihr vorgestellt hatte mit den Worten: «Ich bin die andere, aber er wird Sie immer lieben.»

Damals hatte Josie nicht gewusst, ob das tatsächlich stimmte. Ob Dylan seine Frau überhaupt liebte. Aber es musste wohl so sein, denn warum sonst tat Dylan immer noch alles für sie?

«Wenigstens Sie besuchen mich», hatte Alice damals trocken entgegnet. Sie hatte im Bett gesessen, ein Tablett vor sich, von dem sie mühsam mit der Gabel pickte. Ihre Hände waren schon gekrümmt und sie litt oft unter unerträglichen Schmerzen, doch ließ sie sich die winzigen Dinge, die sie noch tun konnte, nicht nehmen. Josie blieb am Fußende des Betts stehen und wartete.

«Setzen Sie sich.» Und damit bot ihr Alice einen Platz an in ihrem Leben. Josie begriff schon bald, dass Alice ein geselliger Mensch war. Dass sie sich nach den Menschen sehnte. Aber viele ließen sich von ihrer Krankheit abschrecken, ekelten sich vor ihrer Inkontinenz oder davor, wie sie schief im Rollstuhl hing, weil ihr Körper sich immer weiter verformte.

Nach Ausbruch ihrer Krankheit war es still geworden um Alice Manning.

«Habe ich dir eigentlich von meinem 35. Geburtstag erzählt?» Alice lächelte und ignorierte Ruth, die vor dem Pavillon ungeduldig auf Josie wartete.

«Du kannst mir gar nicht oft genug davon erzählen.» Auch Josie lächelte jetzt.

«Ruth, sagen Sie meinem Mann, Josie möchte nicht mit ihm sprechen. Und lassen Sie uns Tee und Gebäck nach draußen bringen. Du kannst doch noch bleiben?»

Josie überlegte nicht lange. Alice war von ihrer Krankheit gezeichnet, und niemand wusste, wie viel Zeit ihr noch blieb. Einen Tag konnte Josie ihr noch schenken. Wer wusste schon, ob sie sich je wiedersahen.

«Das verwächst sich wieder», versicherte Dr. Franklin. Er kitzelte den kleinen Charlie, der vergnügt gluckste. «Machen Sie sich keine Sorgen, Mrs. Gregory. Manchmal sind kleine Kinder so. Da stoßen sie sich den Kopf beim ersten Laufversuch und wollen's dann erst mal nicht mehr tun.»

«Aber er ist doch schon gelaufen!», widersprach Sarah verzweifelt. «Ganz problemlos und schon sehr früh. Und jetzt mag er das gar nicht mehr, und auch beim Sitzen hat er Probleme.»

«Ich kann bei diesem kleinen Mann keine abnorme Entwicklung feststellen. Geben Sie ihm gut zu essen, viel frische Luft und gesunder Schlaf – dann wird sich diese Phase bestimmt bald geben.» Er hob Charlie hoch und legte ihn in Sarahs Arme. Der Junge brüllte verzweifelt und klammerte sich an ihre Bluse.

«Sehen Sie? Er ist ...»

Sie konnte es nicht aussprechen.

Wie ein Säugling. Als kämen ihm alle Fähigkeiten wieder abhanden.

«Nun werden Sie mal nicht gleich hysterisch. Er ist ein strammer, gesunder Junge. Was soll er schon haben?»

Dr. Franklin verschwand hinter einem Wandschirm und wusch sich die Hände. Sprachlos blieb Sarah sitzen. Das war alles? Mehr konnte er nicht für sie tun?

Vielleicht sollte sie sich doch nach einem anderen Arzt umsehen. Denn irgendwas stimmte nicht mit Charlie. Da waren Rob und sie sich inzwischen einig.

«Und Sie können gar nichts für ihn tun?»

«Ich kann Ihnen ein Beruhigungsmittel aufschreiben, wenn er zu oft schreit. Ansonsten wüsste ich im Moment nichts, nein.»

Ein Beruhigungsmittel! Sarah stand abrupt auf. Charlie greinte an ihrer Schulter, als sie sich so höflich wie möglich von dem Arzt verabschiedete und fluchtartig seine Praxis verließ. Aber es fiel ihr schwer. In ihr war eine laute Wut, die sie so nicht von sich kannte.

Sie überquerte schnell die Straße, bog in die Hauptstraße ein und lief zu *Gregory & Sons*. Rob wollte dort auf sie warten.

«... könnt doch nicht Vaters Erbe so zerstören! Seid ihr denn des Wahnsinns? Keinen Deut besser seid ihr als die Leute, die Pa einst in den Ruin treiben wollten!»

Charlie auf ihrem Arm war ganz still geworden. Sein Kopf lehnte an ihrer Schulter, er schlief. Sarah setzte sich ruhig mit ihm auf die kleine Bank neben der offenen Tür. Drinnen stritt Rob weiter laut mit seinen beiden Brüdern, als wären sie keine erwachsenen Männer, sondern pubertierende Jugendliche, die von ihrem Vater die Leviten gelesen bekamen.

«Wir haben es ja nicht so gemeint.» Das war die Stimme von Matt. Oder von Josh? Sarah konnte die beiden einfach nicht auseinanderhalten. Er klang kleinlaut.

«Nicht so gemeint?», polterte Rob. «Was denn, ihr zieht den Leuten die Ersparnisse aus der Tasche und wundert euch, wenn danach keiner mehr bei euch einkauft? Muss so was nicht eigentlich genehmigt werden?»

«Wir haben den Bürgermeister doch gefragt, und der meinte, das wäre okay.» Josh (oder Matt?) schien etwas selbstbewusster als sein Bruder zu sein. «Konnte ich ja nicht ahnen, dass wir dafür eine schriftliche Genehmigung brauchen.»

Etwas knallte fürchterlich, und Sarah zuckte zusammen. Rob hatte mit der Faust auf den Tresen gehauen. «Und da geht ihr hin, lobt eine Lotterie aus und nehmt hunderte von Pfund ein, ohne Gewinne auszuschütten? Wundert es euch, dass keiner mehr mit euch zu tun haben will? Nein? Mich auch nicht. Wie könnt ihr nur? Mutter und ich haben euch *vertraut*, dass ihr den Laden gut führen würdet. Was ist bloß in euch gefahren!»

«So einen Laden zu führen ist ziemlich langweilig.» Das war wieder Josh. Er klang gelassen. Kein Wunder, er war es vermutlich gewohnt, seinem älteren Bruder die Stirn bieten zu müssen. «Die Leute kommen, geben Geld, kriegen Zucker und getrocknete Erbsen, kommen am nächsten Tag wieder und wollen auch noch ständig ein Schwätzchen halten. Und hier passiert doch nichts. Ehrlich, mit der Lotterie war's schön. Da kamen alle, weil sie ganz aufgeregt waren, ob es wohl endlich einen Gewinner gibt.»

«Die Leute haben außerdem immer was gekauft! Sähe ja auch blöd aus, wenn sie nur so vorbeikämen. Das war unser bester Monat seit langem.»

«Aber dann kam so ein Schmierfink aus Queenstown, der über unsere Lotterie berichten wollte. Hat Fragen gestellt und wollte Fotos machen. Der Artikel war echt eine Frechheit.»

«Er wird wohl eurer kleinen Gaunerei auf die Schliche gekommen sein. Ihr seid doch keinen Deut besser als die O'Briens! Dieses dreckige Pack hat unseren Pa damals fast in den Ruin getrieben, habt ihr das schon vergessen?»

Sarah erstarrte. Sie drückte Charlie so fest an sich, dass

er aufwachte und leise jammerte. «Schhhh», machte sie, aber es war zu spät: er weinte erschrocken. Sarah stand rasch auf und betrat den Laden.

«Sarah!» Sofort schien Rob den Streit mit seinen Brüdern vergessen zu haben. Er trat lächelnd zu ihr, küsste sie zärtlich und kitzelte Charlie. «Und? Was hat Dr. Franklin gesagt.»

«Er meint, mit Charlie sei alles in Ordnung.»

«Das sind doch gute Neuigkeiten, oder?»

«Aber du weißt doch, irgendwas stimmt nicht mit ihm.»

«Ach, das verwächst sich schon wieder. Ich war hier sowieso gerade fertig. Wollen wir nach Hause fahren?»

Sarah musterte ihn prüfend. Mit keiner Regung verriet Rob, dass er vermutete, sie könne gelauscht haben.

«Ich möchte trotzdem noch einen anderen Arzt konsultieren», sagte sie leise.

«Natürlich. Wenn du das möchtest, schreibe ich Mr. Manning. Er wird sicher gern den Leibarzt seiner Frau schicken.»

Sarah erinnerte sich gut daran, wie vernarrt Mr. Manning in Charlie gewesen war bei ihrem Besuch in Dunedin.

«Ist das nicht zu viel verlangt?», fragte sie zögernd.

«Für meinen Sohn ist nichts zu viel», bekräftigte Rob. «Und nun komm. Die Kontenbücher kann ich auch zu Hause durchgehen.» Er schnipste mit dem Finger, und Matt eilte hinter den Kassentresen, um seinem Bruder das Gewünschte zu bringen.

Rob führte Sarah aus dem Geschäft.

«Gibt es Probleme?», fragte sie leise.

Der Griff um ihren Oberarm verstärkte sich. «Ich habe alles unter Kontrolle.»

19. Kapitel

Nahe Nelson, Mai 1923

Josie kam mit nichts außer ihren Kleidern am Leib und dem Hei Matau, den sie an einer Lederschnur um den Hals trug. Sie betrat das Maoridorf als Fremde.

Doch die Maori in diesem Dorf gehörten zu ihrem Stamm. Zu ihrer Familie. Das hatte zumindest Rawiri behauptet, als sie ihn aufsuchte und fragte. Sie blieb auf dem Platz vor dem großen Haus, dem *Marae*, stehen und wartete.

Eine junge Frau war die Erste, die ihr entgegen trat.

«*Naumai, haere mai!*»

Sie beugte sich zu Josie vor. Josie fuhr erschrocken zurück. «Hallo», flüsterte sie.

«*Naumai, haere mai!*», wiederholte die junge Frau und lächelte freundlich. Sie streckte Josie die Hand entgegen. Zögernd ergriff Josie sie. Sie wurde nach vorne gezogen, und ihre Nase berührte die der jungen Maorifrau. Josies Gegenüber strahlte sie an.

Erst jetzt fiel Josie auf, dass die junge Frau europäische Kleidung trug: einen langen Rock und eine Leinenbluse. Sie gluckste, als sie Josies verblüffte Miene bemerkte.

«*Kia ora.*»

«*Kia ora*», wiederholte Josie, obwohl sie nicht wusste, was das hieß. Warum nur hatte ihr maorisches Erbe sie nie interessiert? Warum hatte sie nie einen Gedanken daran verschwendet, die Sprache zu lernen? Aber jetzt war sie ja hier. Sie wollte ihr Erbe annehmen.

Doch sie spürte die Lüge unter diesen Worten, und solange sie sich nur einredete, diesen Weg eingeschlagen zu sein, weil sie sonst nicht wusste, wohin mit sich – so lange würde sie auch nicht hier ankommen.

«Ich heiße Josie», sagte sie leise. «Josie O'Brien.»

Die junge Frau lächelte breit. «Ich weiß.»

Schon bald erfuhr Josie mehr über ihre Gastgeber. Als sie in das Versammlungshaus geführt wurde, dessen kunstvolle Schnitzereien am Giebel sie staunend betrachtete, entdeckte sie unter den Maori auch den Mann, der sie hergeführt hatte. Er neigte, wie alle anderen, zum Wilkommensgruß den Kopf. Die junge Frau bedeutete Josie, sich auf der linken Seite des großen Hauses allein hinzusetzen, während alle anderen dicht gedrängt auf der rechten Seite saßen. Weitere Maori strömten herein, doch sie setzten sich alle auf die rechte Seite.

Josie blickte sich vorsichtig um. Da sie mit den Gepflogenheiten der Maori überhaupt nicht vertraut war, wusste sie jetzt nicht, was richtig oder falsch war. Sie wollte auf keinen Fall Anstoß erregen oder die Männer und Frauen gegen sich aufbringen. Sie wollte, dass diese Menschen sie mochten. Sie sehnte sich danach, eine Familie zu haben, die sie bedingungslos so akzeptierte, wie sie war.

Bei diesen Leuten fühlte sie sich auch fremd. Aber hier war es anders. Und als nun die Frauen das Essen in Flachskörbchen brachten und eine von ihnen Josie bedeutete, sie solle eines der kleinen Blätterpäckchen öffnen, vertraute sie ihr. Darin fand sie einen kleinen Fisch und Süßkartoffeln, gewürzt mit Kräutern. Duftiger Dampf stieg auf, und Josie nickte, bedankte sich leise und schwor sich, diese Sprache so schnell wie möglich zu lernen.

Das Essen wurde schweigend eingenommen, und erst als alle ihren Hunger gestillt hatten, standen drei Männer auf und traten zu Josie. Sie ließen sich bei ihr nieder, während die Frauen die Körbchen wegräumten, die Kinder nach draußen scheuchten und die ganze Zeit in ihrer melodiösen Sprache schnatterten und plapperten. Dann wurde es still. Josie blieb mit den Männern allein.

«Josie O'Brien, wir heißen dich willkommen in unserem *Marae*.» Der Älteste nickte, dann zeigte er nacheinander auf die anderen beiden. «Ich heiße Hunapo, dies ist mein Bruder Paikea. Und du kennst Ata schon, nehme ich an.»

«Ja.» Josie räusperte sich. «Guten Tag. Ich ...»

Er brachte sie mit einer Handbewegung zum Schweigen. «Ich weiß, du hast viele Fragen. Zu gegebener Zeit werden wir sie dir auch beantworten. Doch ich möchte dir zuvor etwas zeigen.»

Er nickte den anderen beiden zu, erhob sich mit einer geschmeidigen Bewegung und bedeutete Josie, ihm zu folgen. Nur zögernd stand sie auf. Auf einen knappen Ruf von Paikea erschien die junge Frau und holte den Koffer, der immer noch mitten auf dem Vorplatz stand.

«Wo bringt sie meine Sachen hin?», fragte Josie.

«In das Gästehaus. Dort wirst du für die nächsten Wochen wohnen.»

Sie beschloss, nicht mehr zu fragen. Denn er schien ja schon alles zu wissen. Dass sie gerne länger bleiben wollte, zum Beispiel.

«Du wirst dich hier finden, Josie O'Brien», sagte Hunapo.

Gedanken lesen konnte er also auch.

Jetzt regte sich in ihr doch Widerstand. «Vielleicht will ich mich ja gar nicht finden», gab sie heftiger als beabsichtigt zurück. «Vielleicht will ich ja nur ein paar Tage hierbleiben, weil ich auf der Durchreise bin.»

Hunapo blieb ungerührt. Die Tätowierungen in seinem Gesicht regten sich keinen Millimeter, als er auf sie hinabblickte und erwiderte: «Vielleicht.»

Sie kam sich vor wie ein kleines, gemaßregeltes Kind. Beleidigt schwieg sie, während Hunapo sie durch das Dorf zu einem kleinen Pfad führte. Er ging voran, und Paikea folgte ihm. Ata bedeutete Josie, sie solle vor ihm gehen.

Ihre Verwirrung wurde immer größer, und während des langen Fußmarschs wurde ihr Widerstand immer schwächer. Sie hatte gedacht, ihre Ankunft bei den Maori würde den Stamm in Aufruhr versetzen, man würde sie bestaunen und wie eine Fremde behandeln. Bisher hatte sie auch geglaubt, die Maori sprächen nicht englisch – nur die wenigen, die sich aus dem Dorf in die Welt der *Pakeha* wagten.

Waren die Maori gar nicht mehr die Ureinwohner, die im Einklang mit der Natur lebten und alles, was die *Pakeha* ihnen brachten, verteufelten? Hatten sie überhaupt je so gelebt?

Ihre ersten Stunden bei den Maori warfen mehr Fragen auf, als sie in ihrem gesamten bisherigen Leben gestellt hatte.

Der Fußmarsch dauerte lang. Wie weit waren sie gelaufen, zwei Kilometer, drei? Die Maori schritten auf dem

Pfad vor ihr schnell aus, folgten einem für Josie unsichtbaren Wegenetz. Josies Oberschenkel brannten, als sie endlich auf einer Anhöhe stehen blieben. Über ihren Köpfen gurrte ein Kereru.

«Das hier», verkündete Hunapo, «ist unser Land. Es ist unseren Ahnen gewidmet, und kein Manning dieser Welt wird hier jemals Wein anbauen.» Er trat beiseite, damit Josie einen Blick daraufwerfen konnte.

Die Aussicht war atemberaubend.

«Sie verstehen mich falsch, Herr Hunapo», sagte Josie leise. «Ich wollte nicht ... Ich bin nicht ...»

Sie verstummte. Der Ausblick fesselte sie. Irgendwas daran rührte ihre Seele, obwohl es doch nur weitere Hügel waren, die sich in endloser Reihe vor ihnen erstreckten. Grüne, bewaldete Hügel. Eine üppige Landschaft, ungenutzt und fruchtbar.

«Dieses Land hat die Regierung uns einst gestohlen», fuhr Hunapo ungerührt fort. «Erst vor kurzem hat uns ein Gericht dieses Land zugesprochen. Das ist einzigartig, wussten Sie das?»

Nein, das wusste Josie nicht.

Sie wusste ja rein gar nichts über die Maori.

«Die meisten Stämme wurden nur entschädigt, weil man ihnen das heilige Land fortnahm. Uns sprach man es zu, und wir werden es auf keinen Fall veräußern, nur damit Mr. Manning seine Profitgier befriedigen kann. Das können Sie ihm ausrichten.»

«Aber ...»

«Sie können unser Gast bleiben, solange Sie wollen. Doch wenn Sie zurückkehren in Ihre Welt, sagen Sie ihm, dass er dieses Land von uns nicht bekommt.»

«Es ist *tapu*.» Ata trat neben Hunapo. «An diesem Ort

starb einst einer unserer Ahnen, und seither ist es *tapu*. Das muss er verstehen.»

Josie bezweifelte, dass Dylan verstehen würde, was die Maori damit meinten. Es war sogar für sie schwer zu begreifen, und sie gab sich wirklich Mühe. «Sie müssen mir noch viel erklären», sagte sie leise.

Sie hatte mit hocherhobenem Kopf diesen Weg zu ihren Wurzeln angetreten. Sie war zu den Maori gekommen, weil sie ihre Familie suchte und hoffte, diese Familie suchte auch nach ihr. Und ja, man hatte sie zwar willkommen geheißen, aber jetzt, da sie auf der Anhöhe stand und der Ostwind kalt unter ihre Kleider fuhr, verstand sie, dass man ihr auch vermittelte, nicht dazuzugehören.

Sie war willkommen, aber sie musste sich ihren Platz in diesem Stamm erst erobern.

Sie musste sich einfügen. Zusehen, beobachten, nachahmen. *Lernen.*

Sie fühlte sich so unendlich dumm. Wie hatte sie nur glauben können, allein ihr Auftauchen würde den ganzen Stamm in Freude versetzen? Weil Ata sie aufgefordert hatte, zu kommen? Vielleicht war auch seine Meinung nur die eines Einzelnen, eines Mannes, dessen Stimme gar nicht gehört wurde.

Sie musste es herausfinden. Dieser heilige Ort strahlte für sie eine Ruhe aus, der sie sich hingeben wollte. Und die drei Männer, die sie umringten und misstrauisch beäugten, würden ihr vielleicht dabei helfen. Wenn sie darum bat.

«Ich möchte gerne länger bleiben», sagte sie vorsichtig. Ata nickte aufmunternd, doch Paikea hielt die Arme vor der Brust verschränkt. «Ihr irrt, wenn ihr denkt, ich sei nur im Auftrag des *Pakeha* gekommen.» Sie sprach das Wort vorsichtig aus, als müsste sie sich erst daran gewöhnen. «Er weiß nicht, dass ich hier bin. Und seine Belange interessieren mich nicht. Ich bin hier, um von meinem Volk zu lernen.»

«Dann sei uns willkommen. Du kannst mit den Frauen arbeiten.» Hunapo machte auf dem Absatz kehrt und marschierte davon. Paikea schloss sich ihm an, nicht ohne einen letzten finsteren Blick in Josies Richtung zu werfen.

Als sie mit Ata allein war, atmete Josie auf.

«Puh», machte sie.

Sein fragender Blick schien auf eine Erklärung zu warten. «Na ja, ich hatte es mir einfacher vorgestellt. Anders», fügte sie hinzu. Allein der Umstand, dass alle Maori westliche Kleidung trugen, nur hier und da mit einem maorischen Schmuckstück, verwirrte sie. «Ihr Volk ...»

«Sie sind auch dein Volk, Josie», unterbrach er sie. «Du bist nun hier, um unsere Lebensart kennenzulernen. Du wirst bleiben, solange es richtig ist, und du wirst lernen, so viel du zu lernen bereit bist. Wenn du gehst, wirst du dich entscheiden zwischen deinem Erbe von den *Pakeha* und dem der Maori. Du bist eine Half-Caste. Weißt du, was das bedeutet?»

Sie schüttelte stumm den Kopf. Gar nichts wusste sie! Sie stammte aus einer reichen, irischen Familie, war von ihrer Mutter in einer Hütte im Wald aufgezogen und die ersten Jahre unterrichtet worden, ehe sie in ein Internat in Queenstown gegangen war. Dort war sie die Einzige gewesen, in deren Adern überhaupt Maoriblut floss. Ihre Andersartigkeit war immer selbstverständlich gewesen, und nie war es ihr in den Sinn gekommen, zu fragen, warum es so war und nicht anders sein konnte.

Und hier? Musste sie sich ebenfalls erst beweisen. Musste sie zeigen, dass sie tatsächlich dazugehörte. Nur dass man sie hier nicht von vornherein als eine andere verurteilte, sondern sie willkommen hieß – auch wenn man erwartete, dass sie lernte.

Hier bekam sie die Chance, endlich herauszufinden, wer sie war.

«Ich erklär's dir», sagte Ata. «Komm.»

Sie folgte ihm ohne Zögern auf dem Pfad, der zurück in den Wald führte. Voller Neugier. Wie ein kleines Kind, das die Welt entdeckt.

Kilkenny Hall, August 1923

Der nächtliche Schlaf war ein seltener Gast geworden für Sarah, und auch in dieser kalten Augustnacht, als ein Schneesturm an den Fenstern rüttelte und den Garten mit einer dichten Schicht Weiß überzog, fand sie nicht zur Ruhe.

Nachdem sie eine Stunde lang wachgelegen hatte, stand sie leise auf. Inzwischen war sie geübt darin, sich aus dem Schlafzimmer davonzustehlen, ohne dass Rob etwas merkte.

Sie blieb vor der angelehnten Tür des Kinderzimmers stehen und lauschte. Kein Laut drang heraus. Charlie schlief.

In der Eingangshalle im Erdgeschoss brannte eine kleine Lampe, und sie glaubte, Stimmen zu hören, die aus dem Salon drangen. Aber inzwischen blieb Großmutter

Helen meist in ihrem Schlafzimmer. Sie war immer sehr müde. Das machte es zwar leichter, die alte Frau zu versorgen, aber zugleich machte Sarah sich auch Sorgen um sie.

Früher war Großmutter ihr die Mutter gewesen. Seit sie verwirrt war, hatte Sarah sie verloren. Sie war zur Waise geworden.

Sie ging in die Küche, schaltete das Licht ein und schürte das Feuer im Herd. Wohlige Wärme breitete sich im Raum aus. Sie machte sich eine Tasse Kaffee und summte leise.

Die Nachtstunden gehörten ihr.

Mit dem Kaffeebecher setzte sie sich an den Tisch, gab großzügig Zucker hinein und schlug die Kladde auf, die immer in der Schublade der Anrichte lag. Ihre Augen huschten über die Seiten, die sie gefüllt hatte. Hinten hatte sie noch Dutzende Zettel mit wilden Kritzeleien hineingestopft, die sie nun herausnahm, einzeln glattstrich und durchblätterte. Schließlich entschied sie sich für den weihnachtlichen Früchtekuchen und begann, das Rezept säuberlich abzuschreiben.

Die Nächte, in denen Helen ihr Rezepte aufsagte wie ein kleines Kind unterm Weihnachtsbaum Gedichte, waren vorbei. Geblieben war diese wilde Zettelwirtschaft, die Sarah nun ordnete und sorgfältig in Kladden übertrug. Es waren hunderte von Rezepten, manche hatte sie derweil mit eigenen Anmerkungen ergänzt oder abgeändert. Es war Helens Erbe. Und zugleich war es Sarahs Herzensaufgabe, die sie nachts bei Laune hielt, wenn sie glaubte, ihr Leben müsse sie erdrücken.

Mit Rob hatte sie seit jenem Tag im Mai nur das Nötigste gesprochen. Seine Worte, die sie belauscht hatte, hatten sich ihr eingebrannt, und sie konnte sie nicht vergessen. Seine Wahrheit war in der Welt, und sie verstand nicht, wie er sie hatte heiraten können, wenn er ihre Familie so sehr verachtete.

Diese Nacht drückten die Sorgen sie besonders heftig. Morgen kam – wenn das Wetter es zuließ, was sie im Moment bezweifelte – Mr. Mannings Arzt mit dem Schiff aus Queenstown, um Charlie zu untersuchen.

Inzwischen konnte ihr Sohn gar nichts mehr.

Sarah schloss für einen Moment die Augen und atmete tief durch. Dann nahm sie einen Stift zur Hand und schrieb das Rezept ab.

Sie fand Trost darin, für die anderen zu kochen und zu backen. Ihr Kind mit Leckerbissen zu verwöhnen, die es fröhlich juchzend hinunterschlang, während ihr mehr und mehr der Appetit verging. Sie war mager geworden, «nur noch Haut und Knochen», wie Rob abfällig sagte. Es gefiel ihm nicht.

Wenn nur dieser Wunderdoktor aus dem fernen Wellington ihnen sagen konnte, was mit ihrem Charlie nicht stimmte! Allein der Umstand, nicht zu wissen, woran ihr Kind litt, war ihr unerträglich.

Vielleicht gab es ja eine einfache Erklärung und ein Medikament, das ihm half – dann würde auch Rob nicht mehr polternd durch Kilkenny laufen und jeden, der ihn schief anschaute, wüst beschimpfen! Manchmal glaubte Sarah, dass das rätselhafte Leiden ihres Kindes für ihn noch schlimmer war als für sie, weil er sich in seiner männlichen Ehre gekränkt fühlte. Dieser Sohn sollte doch sein ganzer Stolz sein, aber stattdessen kränkelte er ständig, schaute verträumt in die Gegend und lernte gar nichts mehr.

Sie starrte auf die wenigen Zeilen, die sie bisher geschrieben hatte.

Konzentrier dich.

Sie klammerte sich an diese Aufgabe. Sonst blieb ihr doch nichts mehr.

Rob wachte früh auf, es war noch dunkel. Er lag da und lauschte auf die Geräusche im Haus. Charlie greinte. Kurz darauf hörte er Sarahs leichte Schritte. Sie holte das Kind aus dem Bett, redete leise auf es ein und ging wieder nach unten.

Wie lange sie schon auf war, wusste er nicht. Vielleicht war sie auch gar nicht mehr ins Bett gekommen, nachdem sie heute Nacht aufgestanden war. Inzwischen hielt er sie nicht mehr auf. Er hatte auch aufgehört, sie nachts zu lieben, ehe sie davonschlich. Selbst im Dunkeln ekelte sie ihn. Ihr knochiger Leib, die großen Augen in dunklen Höhlen, das hagere Gesicht … Nein, von seiner hübschen kleinen Sarah war nicht mehr viel geblieben. Sie war *verhärmt*.

Glenorchys Hurenhaus bot ihm da schon einiges mehr. Die kleinen, drallen Mädchen der steinalten Madame Robillard waren ihm gern zu Willen, und einige von ihnen waren sogar bereit, seine etwas ausgefallenen Wünsche zu erfüllen. Wenn dieser Wunderarzt heute tatsächlich kam, ergäbe sich bestimmt die Gelegenheit, ihn zurück nach Glenorchy zu bringen und dann ein paar Stunden zwischen den warmen Schenkeln der blonden Christie zu verbringen.

Frohen Muts stand er auf und ging ins Bad. Er wusch und rasierte sich mit Sorgfalt, benutzte das teure Rasierwasser, das Sarah ihm zu Weihnachten geschenkt hatte.

Dann zog er sich an, pfiff fröhlich auf dem Weg nach unten, betrat schwungvoll das Speisezimmer, in dem Sarah bereits zusammen mit Walter saß. Beider Köpfe fuhren zu ihm herum, «guten Morgen» grüßte er aufgeräumt und setzte sich an seinen angestammten Platz. Sarah streichelte Charlie und gab ihm einen Schokoladenkeks. Sofort fiel seine gute Laune in sich zusammen.

«Er soll doch nicht so viel Süßes», sagte Rob scharf.

Sie schaute ihn nicht an.

«Sarah.»

«Wenn er aber doch nichts anderes essen mag?» Sie stand auf. «Hältst du ihn mal, Walter?»

Walter nahm den Jungen. Rob ballte die Faust, und als Sarah ihm einschenkte, packte er grob ihr Handgelenk. Sie zuckte nicht einmal zurück. «Wenn du glaubst, du kannst meinen Sohn verziehen ...»

«Er ist auch mein Sohn.» Sie blickte auf ihn hinab. Angst flackerte in ihren Augen, und er ließ sie los. «Ich hole frischen Kaffee. Möchtest du Toast oder lieber Haferbrötchen?»

Sie hatte sich so schnell wieder gefasst. Rob beneidete sie um diese Ruhe. Vielleicht war es ihre Erfahrung mit einer senilen Großmutter und einem Kleinkind, die sich immer dann bezahlt machte, wenn sie stritten.

Inzwischen stritten sie allzu oft, und jedes Mal fühlte er sich als Verlierer.

«Brötchen.»

Als die Tür hinter ihr zuklappte, sagte Walter leise: «Das solltest du nicht tun. So verlierst du sie.»

«Was weißt du schon», zischte Rob.

«Ich weiß, was Gewalt mit Frauen anrichtet. Meine Frau hat sie in die Arme eines anderen Mannes getrieben.»

Rob schwieg. Es interessierte ihn nicht, was zwischen Walter und Siobhan einst vorgefallen war. Schlimm genug, dass die Hexe nun ständig in Kilkenny Hall war und sich von seiner Ablehnung nicht im Geringsten beeindrucken ließ. Und nicht nur Sarah war die Fürsprecherin ihrer Mutter, sondern ausgerechnet Walter. Der Mann, dem sie mit einem dreckigen Maori Hörner aufgesetzt hat.

«Halt dich einfach aus den Dingen raus, die dich nichts angehen», sagte Rob leise. Er stand auf. Ihm war der Appetit vergangen.

«Es geht mich sehr wohl etwas an», rief Walter ihm hinterher, als er schon an der Tür war. «Sie ist nämlich meine Tochter. Und ich lasse nicht zu, dass du sie so behandelst.»

Rob fuhr herum. «Was willst du denn wohl dagegen tun, hm? Sie ist meine Frau, und du bist nur auf dem Papier ihr Vater. Sie ist keine O'Brien, wenn man's genau nimmt, sondern der Bastard eines verdorbenen Weibs und eines widerlichen Maori.»

Plötzlich war es totenstill im Raum. Ein erstickter Laut ließ Rob herumfahren. Unbemerkt war Sarah zurückgekommen. Und sie starrte ihn sprachlos an, in einer Hand die Kaffeekanne, in der anderen einen Korb mit Brötchen und Toast. Sie schüttelte leicht den Kopf, als könne sie nicht glauben, was er gerade gesagt hatte.

Rob funkelte sie wütend an. «Was glotzt du so?», fuhr er sie an. Er wusste, wie ungerecht er war, wusste, was er tat und dass er sie in diesem Moment verlor. Aber er konnte sich nicht bremsen. Mit einem Schritt war er bei ihr, schnappte sich zwei ofenwarme Haferbrötchen und eilte davon, die Schultern gestrafft, den Kopf hoch erhoben.

Er brauchte sich nun wirklich nicht dafür zu schämen, dass er die Wahrheit aussprach, oder?

Walter versuchte, sie zu trösten.

«Er meint's nicht so», wiederholte er immer wieder und streichelte ungeschickt Sarahs Unterarm. Sie saß apathisch am Frühstückstisch, die Brötchen und der Kaffee wurden kalt. Walter schnitt ihr sogar ein Haferbrötchen auf, beschmierte es ungeschickt dick mit Butter und träufelte Honig darauf, der von den Brötchenhälften auf den Teller tropfte.

Verdorbenes Weib ... widerlicher Maori ...

Sie hatte vergessen wollen, wie er über ihre Familie dachte. Sie hatte es wirklich versucht. Das belauschte Gespräch vor Monaten hatte sie immer wieder in Gedanken hin und her gewendet, hatte nach Entschuldigungen gesucht, warum er so redete. Irgendwann war sie dahintergekommen: Natürlich musste er sich mit seinen Brüdern gegen die Welt verbünden, darum schimpfte er auf alles und jeden. Er war wortgewandt und treffsicher. Mit wenigen Worten konnte er jemanden in den Schmutz zerren.

Nun war es zum zweiten Mal passiert.

«Jetzt iss doch was. Du musst heute noch genug aushalten, das geht nicht mit leerem Magen.» Walter schob ihr den Teller zu.

Zögernd nahm sie einen Bissen. Walter stand auf. «Ich hole noch mehr Kaffee. Du wirst ihn brauchen.»

Sie war ihm dankbar. Er stand an ihrer Seite, war für sie da. Wie man es von einem Vater erwartete.

So sah die Wahrheit aus: Sie war bei ihm aufgewachsen, und er war immer für sie da.

«Danke, Pop», flüsterte sie, als er ihr Kaffee einschenkte. Walter verharrte mitten in der Bewegung. Er sagte nicht, dass sie ihn seit Jahren nicht mehr so genannt hatte. Seine schwielige Hand strich ihr über den Kopf.

«Wird schon alles wieder gut», versprach er ihr.

Sarah bezweifelte das. Aber manchmal war es besser, die Zweifel nicht laut auszusprechen. Solange man sie für sich behielt, waren sie nicht in der Welt.

Weil Rob nicht auffindbar war, hatte Walter den Arzt vom Schiff abgeholt und ihn anschließend wieder in das Hotel nach Glenorchy kutschiert, obwohl der Schneesturm mit unverminderter Kraft tobte.

Sarah saß im Salon. Charlie war in ihren Armen eingeschlafen. Sie strich ihm das verschwitzte Haar aus dem Gesicht und summte leise, als die Eingangstür schwer ins Schloss fiel.

«Rob?», rief sie leise.

Seine schweren Stiefeltritte kamen näher. Zögernd, unregelmäßig. Er blieb in der Tür stehen, stützte sich ab und betrachtete sie.

«Hallo.» Sie versuchte, zu lächeln.

«Ist Dr. Ramsey schon wieder weg?»

«Er nimmt morgen früh das Schiff nach Queenstown, deshalb übernachtet er in Glenorchy im Hotel.»

Rob kam näher. «Was ich da heute Morgen gesagt habe ...»

Sarahs Arme drückten ihr Kind fester an ihre Brust. «Nicht, Rob», flüsterte sie mit tränenerstickter Stimme. Sie ertrug es nicht, wenn er sich jetzt entschuldigte.

Er setzte sich auf einen Hocker neben ihren Sessel.

«Er schläft», flüsterte sie. «Ist ganz schön müde nach diesen ganzen Untersuchungen.»

«Und was hat Dr. Ramsey gesagt?»

Sarah schluckte. Jetzt weinte sie doch. Die Tränen flossen in Strömen über ihre Wangen, und sie machte sich nicht die Mühe, sie wegzuwischen.

«Er sagt ...» Sie zögerte.

Wie sollte sie ihm erklären, dass ihr Sohn zurückgeblieben war? Dass sein Verstand sich nicht so schnell entwickelte wie der anderer Kinder? Dass er immer so bleiben würde, immer hinterherhinken und niemals ein ganz normales Kind sein würde? Wie sollte sie ihm erklären, dass sie nicht einmal in der Lage war, ihm einen gesunden Sohn zu schenken, geschweige denn weitere Kinder?

«Kann man etwas dagegen tun? Gibt es ein Medikament, das ihm hilft? Du weißt, ich würde für unseren Sohn alles tun, Sarah.» Rob beugte sich zu ihr herüber und küsste sie auf die Wange.

«Es ist eine geistige Behinderung», flüsterte Sarah. «Er ist nicht ganz richtig im Kopf, verstehst du? Und damit einher geht ...» Sie versuchte, sich an die Worte des Doktors zu erinnern, aber es fiel ihr schwer. Alles war in einen Nebel getaucht, aus dem immer nur Bruchstücke auftauchten. «Na ja, darum entwickelt er sich so langsam. Darum läuft er noch nicht und so.» Sie schluchzte auf.

Rob neben ihr wurde ganz still.

«Und er sagt, da können wir nichts machen. Kein Medikament der Welt kann ihn wieder heil machen. Er wird einfach immer so langsam bleiben. Dr. Ramsey hat mir Adressen gegeben von Leuten, die uns weiterhelfen können. Er braucht spezielle Schuhe, wenn er irgendwann anfängt, zu laufen. Er braucht sein Leben lang Pflege.» Sie drückte Charlie an sich.

Sie spürte, wie die Zärtlichkeit aus seinem Blick

schwand, ebenso wie die wachsende Feindseligkeit. Sie spürte den Ekel, der ihn erfasste.

Rob räusperte sich. «Du meinst, unser Sohn ist ... *schwachsinnig?*»

Dr. Ramsey war sehr einfühlsam und freundlich gewesen. Ganz anders als Dr. Franklin. Er hätte so ein Wort niemals benutzt.

«So würde man es wohl nennen, ja. Aber er ist doch so ein fröhliches Kind», fügte sie rasch hinzu.

Rob fuhr mit beiden Händen durch sein dunkles Haar, blickte zu ihr auf, die Ellbogen auf die Knie gestützt. «Das ist nicht wahr», flüsterte er. «Sag mir, dass unser Sohn nicht schwachsinnig ist!»

Sie schluckte. Gleich würde Rob wieder laut werden. Charlie bewegte sich in ihren Armen, und Sarah beruhigte ihn. Summte ein wenig, bis er wieder einschlief.

«Unser Sohn ist schwachsinnig!» Jetzt sprang Rob auf. Er trat an den Barwagen, schenkte sich einen großzügigen Brandy ein und stürzte ihn mit zwei Schlucken herunter. Er schenkte sich sofort wieder nach. Allmählich schien er das ganze Ausmaß des Gedankens zu begreifen.

Und es gefiel ihm nicht.

«Das ist alles nur deine Schuld.» Er fuhr zu ihr herum. «Du hast nicht richtig auf ihn aufgepasst!»

Sarah zuckte zurück. «Das ist nicht wahr», protestierte sie schwach.

«Immerzu hast du dich um deine Großmutter gekümmert, aber nie auch nur einen Gedanken daran verschwendet, was du deinem Kind damit antust. Wenn er jetzt schwachsinnig ist, trägst allein du die Schuld.»

Sarahs Tränen versiegten so plötzlich, wie sie gekommen waren.

«Das stimmt nicht», erwiderte sie fest. Doch es klang auch in ihren Ohren lahm, deshalb bekräftigte sie: «Dr. Ramsey hat gesagt ...»

«Mich interessiert doch nicht, was dieser Quacksalber sagt!» Er sprang auf. «Oder willst du etwa behaupten, es sei meine Schuld, dass er so ist? Ein Idiot, über den alle anderen Kinder lachen werden? Der auf ewig schwachsinnig durch Kilkenny Hall irren wird wie deine Großmutter? Der Wahnsinn liegt in deiner Familie, nicht in meiner!»

Sie wurde ganz starr und kalt.

«Das ist nicht dasselbe», protestierte sie leise.

«Du musst mir helfen, bitte, Rob. Wir haben doch bisher so viel gemeinsam geschafft.»

Erzählte er nicht immer wieder, dass Kilkenny endlich Gewinne machte, dass sie aus dem Sumpf der roten Zahlen heraus waren?

«Nein, Sarah. Ich kann es nicht.» Er hob die Hände, und kurz dachte sie, er würde tröstend ihr Gesicht umfassen. Aber er ließ die Hände sinken, drehte sich um und ging einfach.

Die Tür knallte dumpf hinter ihm ins Schloss.

Sarah begann wieder, leise zu summen. Draußen schneite es unvermindert weiter, und sie saß nur da, wiegte ihr Kind im Arm und fühlte sich alleingelassen von der ganzen Welt.

Sie wusste, dass Rob nicht zurückkommen würde.

«Guckt mal, der schöne Rob ist wieder da!» Eve kreischte vergnügt und stürzte auf Rob zu, als er in das Haus stolperte, völlig verfroren und mit dicken Schneeplacken auf den Schultern. Das Haar war nass und kalt vom Schnee, aber sofort waren drei Mädchen bei ihm und halfen ihm aus den Sachen. «Komm an den Kamin, wärm dich erst mal auf», lockte Eve ihn.

Aber er wollte zu Christie.

Vergessen wollte er. In seiner Erinnerung war jedes Strahlen seines Sohns, jedes Lachen und jedes Jauchzen jetzt überschattet mit dem Schwachsinn, der in seinem Kopf herrschte.

«Christie», sagte er und stieß Eve grob beiseite. Sie protestierte, aber Rob hörte gar nicht hin. Er marschierte den Gang entlang zur Treppe, stieg hinauf und musste am oberen Treppenabsatz pausieren, weil ihm das Herz so schwer schlug, als wollte es ihn in die Knie zwingen.

Weiter, nur weiter. Bei Christie würde er Trost finden.

Ihr Zimmer lag am Ende des Gangs. Es war das größte Zimmer von allen.

Er fühlte sich so wertlos. Hatte nicht mal einen gesunden Sohn zustande gebracht.

Und das war nur die Schuld dieser Hexe, die da oben im Wald hockte und ihm alles Schlechte auf dieser Welt wünschte.

Er klopfte nicht, sondern stürmte einfach hinein. Wer sollte schon bei ihr sein, nachdem er sie am Nachmittag so reichlich bezahlt hatte?

Das Zimmer lag im Halbdunkel. Der offene Kamin verströmte Licht und Wärme, Kandelaber auf den Tischen in den Zimmerecken verstärkten das warme Licht. «Christie?», fragte er ins Dunkel. Auf dem breiten Himmelbett bewegte sich jemand, eine verschlafene, dunkle Stimme fragte, was denn los sei.

Rob runzelte die Stirn. Er tastete nach dem Lichtschalter und fand ihn auch, wagte es aber nicht, ihn umzulegen. Die Stimme kam ihm bekannt vor. Und es war nicht Christies.

Jetzt richtete sich Christie auf. Sie zog die Bettdecke hoch, kurz sah er ihre Brüste mit den dunklen, spitzen Nippeln. «Rob?», fragte sie erstaunt.

Sofort kam Bewegung in die Gestalt neben ihr. Nein, in die *beiden* Männer, die sich jetzt hastig aufsetzten und ebenfalls nach der Decke griffen. Links und rechts saßen sie neben Christie, *seiner* Christie, die doch nur er lieben durfte. Die er so dringend brauchte in dieser schweren Stunde.

Er schaltete doch das Licht an. Grell flammte es auf, alle drei kniffen die Augen zusammen. Christie legte sich die Hand auf die Augen.

Seine beiden Brüder waren bei Christie. Sie glitten gleichzeitig aus dem Bett, rafften ihre Sachen, schlüpften in Hose und Hemd, streiften die Socken über und rammten die Füße in die Stiefel. Dann griffen sie nach den dicken Lammfelljacken, die Rob und Sarah ihnen letztes Jahr zu Weihnachten geschenkt hatten.

Sie schoben sich an ihm vorbei und verschwanden.

«Rob!» Jetzt löste sich auch Christie aus der Erstarrung. Sie sprang aus dem Bett, warf sich einen Morgenmantel über und kam zu ihm. Ihre Hand war warm, ihr Körper roch nach Sex. «Ich wusste nicht, dass du heute noch mal zurückkommen würdest.»

«Ach so, und da dachtest du, genauso gut könntest du dir meine Brüder ins Bett holen?» Er schüttelte ihre Hand ab. «Was glaubst du, was du bist?»

Verwirrt runzelte sie die Stirn. «Ich verstehe nicht ...»

«Ist es besser mit den beiden? Ist es das? Zwei Schwänze, bedeutet das doppelte Freude für dich, ja?»

Sie versetzte ihm eine Ohrfeige, die durch den Raum schallte. «Hör auf!», rief sie scharf. Er packte ihre kleine Hand, winzig wie alles an ihr, klein und eng und straff, nur die Brüste waren riesig. Darum ging er ja zu ihr, weil ihm gefiel, wie zart sie war.

Widerlich, sich vorzustellen, dass sie's mit Matt und Josh trieb.

«Genüge ich dir nicht? Zahle ich nicht genug?»

Sie warf die Arme in die Höhe, gab einen resignierten Laut von sich und trat zu dem Tisch, auf dem immer eine Karaffe Brandy stand. Erst nachdem sie sich einen großzügigen Schluck eingeschenkt und heruntergekippt hatte, wandte sie sich zu ihm um. Ihre dunkelgrünen Augen blitzten wütend. «Ob du mir genügst? Wie denn? Du kommst alle zwei Wochen für einen Nachmittag und glaubst, damit ein exklusives Recht auf mich zu haben? Mein Gott, Rob, wie dumm bist du denn? Ich hab sie alle schon gehabt. Den Bürgermeister, den Arzt, deine Brüder, ich kann nun mal nicht wählerisch sein. Und da du schon fragtest, was ich glaube, dass ich bin: Ich bin eine Hure. Ja, eine kleine, dreckige Hure, die nichts zu verkaufen hat außer ihrem Körper. Na und? Meinst du wirklich, das macht mir Spaß?»

Er wollte etwas erwidern. Irgendwas, das ihr wehtat. Aber es wollten keine Worte kommen, also tat er einen Schritt auf sie zu. «Du dreckige ...»

Er holte aus. Sie erwiderte seinen Blick trotzig.

«Hure», vollendete sie seinen Satz. «Sag's ruhig. Ich bin eine Hure. Und hab nie was anderes behauptet.»

Einen Moment musterten sie einander schweigend.

Dann schlug er mit voller Wucht zu.

20. Kapitel

Am nächsten Tag ritt Walter zur Spinnerei. Er band sein Pferd an, klopfte die Schneeflocken von seiner Jacke und betrat das Büro.

«Du musst kommen», sagte er. «Wir brauchen dich.»

Sie blickte erstaunt auf. «Was ist passiert?»

Er zuckte mit den Schultern. «Sarah geht's nicht gut. Ich glaube, sie ...»

Er biss sich auf die Lippen. Fast hätte er gesagt: *Sie wird jetzt auch verrückt.*

Siobhan legte den Füllfederhalter beiseite. «Ich koche uns erst einmal Tee. Und dann erzählst du mir in aller Ruhe, was passiert ist. Setz dich.»

Es war behaglich in ihrem Büro, ein kleiner Ofen bollerte in der Zimmerecke, und das Klacken und Rattern der Maschinen aus der angrenzenden Spinnerei drang als einlullender, leiser Rhythmus zu ihnen. Walter setzte sich in einen braunen, gemütlichen Ohrensessel direkt neben den Ofen. Er drehte seine Mütze nervös in den Händen und wartete unruhig auf den Tee.

Seit Josies Geburtstagsfest in Dunedin war er nicht mehr mit Siobhan allein gewesen.

«Hast du von Josie gehört?», fragte er.

Siobhan seufzte. «Sie ist bei Amiris Leuten.»

Bei Amiris Namen zuckte Walter zusammen.

«Entschuldige», sagte sie sanft. «Sie ist bei *seinen* Leuten und lässt selten von sich hören.»

«Aber es gefällt ihr dort?»

«Vermutlich besser als bei Dylan Manning. Er fragt ständig nach ihr. Bei ihm hat sie sich seit ihrer Geburtstagsparty wohl nicht mehr gemeldet, nur bei seiner Frau Alice.»

Das war Walter zu kompliziert. Er musste sich an das halten, wovon er etwas verstand. «Sarah», sagte er. «Wir müssen etwas für sie tun.» Rasch erzählte er, was sich am Vortag zugetragen hatte. Davon, dass Rob verschwunden war und man in Glenorchy über eine wilde Schlägerei im Hurenhaus sprach, in die alle drei Gregory-Brüder verwickelt waren, und zwar nur die drei – sagte er lieber nichts.

Vermutlich erfuhr Siobhan es früher oder später ohnehin.

Im Moment zählte für ihn allein Sarahs Wohl und das ihres Sohns.

«Sie hat sich gestern in ihr Schlafzimmer eingeschlossen und kommt nicht wieder raus.»

«Das ist ein schwerer Schlag für sie. Hier.» Siobhan gab ihm einen Steingutbecher mit Tee. «Einen Schuss Rum dazu? Der wärmt schön.»

Walter schüttelte den Kopf.

Keinen Tropfen Alkohol. Das hatte er Sarah und sich damals geschworen.

«Ich brauch welchen.» Siobhan holte aus der Schreibtischschublade einen kleinen Flachmann. «Sarah ist stark. Sie wird Zeit brauchen, um sich an die neue Situation zu gewöhnen. Aber das wird schon. Es geht nicht von heut auf morgen.»

«Du verstehst nicht. Sie ...» Er suchte nach den richtigen Worten.

Sie rührte ihr Kind nicht mehr an, seit Rob weg war. Sie ließ ihn weinen, bis Annie kam oder Walter sich kümmerte. Wenn man ihn ihr in den Arm legen wollte, verschränkte sie die Arme vor der Brust und drehte sich weg wie ein trotziges Kind.

«Irgendwie kommt's mir so vor, als würde sie dem kleinen Charlie die Schuld an allem geben. Sie lässt ihn allein, verstehst du? Nachdem Rob gestern weg war ...»

Walter biss sich auf die Zunge. Jetzt hatte er es doch gesagt.

Siobhan setzte sich ihm gegenüber an den Schreibtisch. «Wie wär's, wenn du mir alles erzählst?», fragte sie sanft.

«Rob hat sie alleingelassen, als er von Charlies ... Behinderung erfuhr. Und ich fürchte, wir werden ihn nicht wiedersehen auf Kilkenny Hall.»

«Warum glaubst du das?»

Er zuckte mit den Schultern. «Ich weiß es einfach.»

Die Erkenntnis brannte tief in seiner Seele. Heute Nacht, als er bei Charlie wachte, weil der Junge Fieber bekommen hatte, war viel Zeit gewesen, über diese Dinge nachzudenken. Rob warf Sarah vor, dass sie schuld sei an der Krankheit ihres Sohnes, und sie nahm diese Schuld so selbstverständlich auf sich, als hätte sie es schon die ganze Zeit gewusst.

«Wir brauchen dich auf Kilkenny Hall», beschwor er sie. «Sarah kümmert sich nicht, und von Izzie oder Annie kann ich nicht verlangen, dass sie sich um meine Mutter und den kleinen Charlie kümmern. Edward ...»

«Edward wird alt, ich weiß.» Siobhan nickte. Sie hielt ihm noch mal den Flachmann hin, und diesmal nahm Walter ihn, aber nur, um ihn auf den Tisch zu stellen.

«Dann kommst du zu uns? Ich lass dir ein Gästezimmer herrichten, ja?»

Siobhan hob abwehrend die Hand. «Nicht so schnell. Bitte, Walter ... Das kommt alles so plötzlich.»

Er wartete. Sie wollte noch mehr sagen, doch dann seufzte sie nur, streckte die Hand aus und ließ sich den Flachmann geben. Statt den Rum in den Tee zu schütten, nahm sie einen ordentlichen Schluck direkt aus der Flasche und musste sofort husten.

«Das habe ich mir so lange Jahre gewünscht. Heimzukehren zu dir und Sarah.» Sie lächelte traurig. «In meiner Zeit da oben im Wald mit einem kleinen Kind schien mir euer Leben immer so erstrebenswert. Ich habe euch vermisst.»

Walter erwiderte nichts. Er hatte sie auch vermisst, aber diese Sehnsucht nach ihr war von den Schuldgefühlen und dem Alkohol betäubt worden.

Vor allem vom Alkohol.

«Ich wäre auch bei dir geblieben, wenn du nicht ...» Sie sprach nicht weiter.

Er schüttelte leicht den Kopf.

Wenn ich nicht Amiri ermordet hätte, ich weiß.

«Es tut mir so leid», flüsterte er. «Ich bereue das so.»

Sie blickte ihn nachdenklich an. Schließlich sagte sie: «Wenn ich zu euch komme, will ich nicht nur Gast sein. Ich bin fünfzig, Walter. Ich will nicht da oben im Wald alt werden, ganz allein auf mich gestellt. Genauso wenig will ich euch eine Zeitlang alles geben, was ich kann, nur um dann wieder zurückzukehren in die Einsamkeit. Vielleicht sind zwanzig Jahre genug Buße für das, was ich getan habe ...» Sie schaute auf ihre Hände, die den Steingutbecher umschlossen. «Es tut mir leid, Walter. Was ich getan habe, tut mir leid. Aber bereuen kann ich es nicht, weil ... dann müsste ich bereuen, dass es Sarah und Josie gibt.»

«Das sollst du doch gar nicht», erwiderte er hastig. «Komm nach Hause, Siobhan. Wir brauchen dich, und keiner schickt dich je wieder fort.»

Sie sah ihn einfach an, und in ihm erwachte eine leise Freude. Für diesen winzigen Moment konnte er vergessen, was daheim auf sie wartete. Er sah nur Siobhan, *seine* Frau, und sie kam heim zu ihm.

Er war nun sicher, dass alles gut werden würde.

Die Winter waren im Norden der Südinsel milder als am Ufer des Wakatipusee. Trotzdem fror Josie mehr als die anderen Maorifrauen, wenn sie frühmorgens unter ihrer Decke hervorkroch und sich den Aufgaben widmete, die man ihr übertragen hatte.

Sie lernte langsam. Jeder Handgriff war ihr fremd, jedes Ritual vermittelte ihr das Gefühl, nicht dazuzugehören. Sie stellte sich ungeschickt an, aber inzwischen überließ man ihr wenigstens – unter Anleitung der jungen Frauen, die fast noch Mädchen waren – die niederen Arbeiten.

Sie hatte inzwischen viel gelernt über die Maori, aber zugleich hatte sie das Gefühl, noch ganz am Anfang ihrer Reise zu stehen. Sie fürchtete, niemals zu begreifen, wie man die kleinen Tellerchen aus Flachs flocht, auf denen die Mahlzeiten serviert wurden, wie man den Fisch in Blätter wickelte und auf heißen Steinen garte, wie man die Lieder sang, die von den Vorfahren stammten. Wie man im Einklang mit der Natur lebte. Nie würde man sie auffordern, mit den anderen, älteren Frauen aufs Feld zu gehen, um die *kumara* anzubauen. Die Süßkartoffel war die Lebensgrundlage der Maori, zusammen mit dem Fisch. Auch wenn die *Pakeha* einst die Speisekartoffel mitgebracht hatten nach Neuseeland, blieb man bei diesem *iwi* der *kumara* treu.

Nachdem Josie ihre morgendliche Pflicht erfüllt hatte, ging sie allein hinaus in den Wald. Sie schritt schnell aus, die Bewegung vertrieb die Kälte aus ihren Gliedern, ihr Verstand wurde wacher, und sie fand Freude an der kalten, klaren Luft. Über ihrem Kopf raschelten und riefen verschiedene Vögel, und einmal sah sie sogar einen Kiwi, der sich ins Unterholz duckte.

Vor wenigen Monaten hätte sie ihn nicht bemerkt. Vermutlich hätte sie ihn längst verjagt mit ihrem Getrampel. Aber inzwischen war sie geschmeidiger geworden. Eigentlich hatte sie immer geglaubt, ihr Körper sei kräftig und stark, doch das Leben bei den Maori hatte ihr in den ersten Wochen ihre Grenzen aufgezeigt. Als der ganze Stamm hinunter zum Meer zog, um ein letztes Mal vor dem Winter Fisch zu fangen, hatte man sie eingeladen, sich ihnen anzuschließen. Die Maori breiteten ein riesiges Netz aus, das sie durchs Wasser zogen, bis darin Dutzende, nein, hunderte Fische zappelten. Es war eine anstrengende Arbeit, das Netz oben zu halten und Schritt für Schritt die Fische auf den Strand zuzutreiben, ihrem sicheren Tod entgegen. Nach diesem Nachmittag hatte Josie geglaubt, sie würde es niemals schaffen.

Was sie ermutigte, waren die Menschen hier. Die sie nach dem Fischfang lobten, weil sie so gut mitgeholfen hatte. Die ihr anboten, sie mit in die Gärten zu nehmen, wo die Maori Süßkartoffeln, Gemüse und Kartoffeln anbauten.

Dort beging sie einen Fehler unter vielen: sie versuchte, bei den Süßkartoffeln Unkraut zu rupfen.

Allein die Erinnerung an die Katastrophe, die Josie damit auslöste, ließ sie vor Scham erröten. Niemand hatte ihr schließlich gesagt, dass die Süßkartoffel für die Maori so heilig und wichtig war, dass ihre Pflege nur auserwählten Personen zustand. Süßkartoffeln waren schwer zu kultivieren; darum wurde das Wissen um den Anbau im Stamm von einer Generation zur nächsten weitergegeben. Man musste es sich *verdienen*, die Süßkartoffeln pflegen zu dürfen.

Doch niemand nahm ihr lange übel, dass sie Dinge tat, die ein Maori nicht tat. Für die Menschen war Josie immer noch eine Fremde, die gekommen war, um unter ihnen zu leben.

Sie erreichte die Anhöhe, von der aus sie einen herrlichen Blick auf das Land hatte, das Dylan so sehr begehrte.

Josie hockte sich auf die Fersen. Sie schlang die Arme um ihre Knie, schloss die Augen und ließ die Natur auf sich wirken.

Man sagte immer, im Winter komme die Natur zur Ruhe, sie schlafe tief und fest. Die Maori dagegen erzählten sich die Geschichte von Takurua, der Winterfrau, die in kalten Nächten am Himmel erstrahlte und die Menschen warnte. Josie hatte das Funkeln dieses Sterns selbst schon gesehen, und sie verschwendete keinen Gedanken mehr daran, dass dieser Stern in der Welt der *Pakeha* einen anderen Namen trug.

Sie blieb lange einfach auf der Anhöhe hocken, lauschte der Natur, die still geworden war, und ließ ihre Gedanken auf Wanderschaft gehen. Anfangs war sie hergekommen, wenn sie allein sein wollte, weil ihr alles zu viel wurde. Inzwischen kam sie her, weil sie die Einsamkeit genoss.

«Du bist inzwischen oft hier, Josie Aotearoa.»

Sie drehte sich nicht um. Ata kam näher, blieb neben ihr stehen und blickte auf die sanfte Hügellandschaft. «Eines Tages wird er bekommen, was er will», sagte er leise.

Josie wartete. Sie hatte gelernt, dass ein Gespräch nicht immer aus Wort und Widerwort bestehen musste.

«Weißt du inzwischen, was wir sind? Warum wir zerrissen sind zwischen den beiden Welten, unserer eigenen Stammeswelt und der der *Pakeha*?»

Sie schwieg.

«Siehst du, wie die Jungen fortstreben? Wie sie nach wenigen Jahren zurückkehren und gebrochen sind von der Hektik da draußen? Wie in ihnen die Gier erwacht ist nach den Reichtümern, mit denen sie sich keine reiche Ernte kaufen können und kein volles Fischnetz?»

«Aber ist es nicht gut, wenn sie sich der neuen Zeit stellen?»

Ata schnaubte verächtlich. «So einfach ist es nicht. Das weißt du, denn du bist den anderen Weg gegangen.»

Er hockte sich neben sie. Griff einen Stock und begann, Linien in den Staub zu zeichnen.

Sie schwiegen eine Weile.

«Früher war ich viel draußen ...» Sie blickte Ata von der Seite an. «Im Winter lief ich barfuß, und die Kälte machte mir nichts aus. An wilde Vögel schlich ich mich mit großer Geduld heran und wartete, bis sie mir aus der Hand fraßen. Und die Tiere des Walds erkannte ich allein an ihrem Geräusch im Unterholz. Ich konnte ihre Spuren lesen.»

«Und diese Fähigkeit hast du verloren.» Es war keine Frage.

Sie zuckte hilflos mit den Schultern. «Irgendwie ist es passiert. Ich wollte immer zu der Familie meiner Mutter gehören, und nie haben sie es erlaubt. Gekämpft habe ich um ihre Anerkennung. Seit ich hier bin, frage ich mich, ob ich nicht instinktiv das Richtige tat, als ich die Natur suchte. Nur später verlernte ich, dass ich Teil von ihr bin.»

Ata lächelte nur.

Sie hingen weiterhin ihren Gedanken nach. Gerade wollte Josie ansetzen, ihm von einem Erlebnis ihrer Kindheit zu erzählen, als er das Wort ergriff.

«Ich heiße Ata. Das bedeutet Abbild. Weißt du, wieso ich meinen Namen trage?»

Sie schüttelte den Kopf.

«Amiri war mein Zwillingsbruder.»

Nun lebte sie seit über drei Monaten bei den Maori und erfuhr erst jetzt, wie sie mit einem von ihnen verwandt war.

«Hunapo ist unser Cousin, er ist der Häuptling unseres Stamms. Ursprünglich war Amiri dazu ausersehen …»

Josie blickte überrascht auf. Ata zuckte mit den Schultern.

«Viele junge Leute verlassen den Stamm und gehen in die Städte. Einige studieren an den Universitäten, engagieren sich in der Kirche oder gehen in die Politik. Aber sie alle bleiben dem *iwi*, dem Stamm verbunden», fuhr er fort. «Manche kommen schnell zurück, andere brauchen länger. Amiri jedoch ... Er entschied sich irgendwann, bei den *Pakeha* zu leben. Er war einsam unter ihnen, aber dieses Leben hatte er sich ausgesucht.»

Für einen Maori war das ungewöhnlich. Josie hatte inzwischen begriffen, dass die Familie und der Stamm für einen Maori wie ein sicherer Hafen waren, in den er immer zurückkehren konnte.

«Warum?», fragte sie.

Ata zuckte mit den Schultern. «Er hat es sich so ausgesucht. Gründe sind unwichtig. Wichtig ist nur diese bewusste Entscheidung gegen den Stamm. Wir erwählten einen anderen Häuptling aus unseren Reihen. Wäre er zurückgekommen, hätten wir ihn mit offenen Armen willkommen geheißen. Aber später erfuhren wir, dass er sein Glück bei den *Pakeha* gefunden hatte. Deine Mutter hat ihn glücklich gemacht.»

Josie runzelte die Stirn. «Die beiden haben nie zusammengelebt, wenn ich das richtig verstanden habe.» Zumindest hatte sie sich das mit Hilfe der wenigen Gespräche zusammengereimt, die sie mit Tante Emily über das Thema hatte führen können.

«Das mag sein. Aber sie wussten, dass sie zusammengehörten. Das genügte ihm. Sie kämpfte vielleicht dagegen an, aber spätestens als sie in den Wald zog, hat auch sie es akzeptiert.»

«Aber das war erst nach seinem Tod.»

Ata nickte. «Sie hat es akzeptiert. Spät, aber sie hat es akzeptiert. Manchmal fällt es uns schwer, anzunehmen, was wir sind. Manche brauchen ihr ganzes Leben, bis sie ihren Platz finden.»

Die Stimmen im Haus waren leise geworden, die Schritte gedämpft. Auf Zehenspitzen schlichen sie um Sarah herum, und wenn jemand sie ansprach, tat er es mit leiser Stimme.

Trotzdem war ihr alles zu laut.

Sie schlug die Schüssel mit Porridge aus der Hand, mit der man sie füttern wollte. Sie schrie und riss sich die Haare aus. Erschöpft von der Raserei schlief sie danach wieder ein, gekrümmt und eingerollt wie ein wildes Tier, das sich in eine Höhle quetscht.

Irgendwo im Haus hörte sie das Kind weinen. Mit den Fingern stopfte sie sich die Ohren zu, um diese kläglichen Laute nicht länger zu hören. Doch inzwischen hörte sie das Brüllen selbst dann, wenn alles still war. Wenn ihre Mutter und ihr Vater den Kleinen nahmen und mit ihm nach oben zum Fuchsbau spazierten. Jedes Mal sprang Sarah dann aus dem Bett und trat ans Fenster. Sie drückte die Handflächen gegen das Glas und wollte den Menschen da unten nachrufen.

Seht ihr denn nicht, wie krank er ist? Er ist ohne Verstand, und das ist allein meine Schuld!

Sie hatte ihr Glück herausgefordert. Hätte sie sich doch einfach in ihr Schicksal gefügt, als Jamie sie nicht wollte! Sie könnte sich heute um ihre Großeltern kümmern und um die Farm, wie sich ihre Mutter um die Spinnerei hinter dem Hügel kümmerte.

Aber nein, sie hatte ja alles gewollt. Mehr als ein Leben hatte sie leben wollen.

Nun blieb ihr nichts mehr. Rob war nach Glenorchy zurückgekehrt. Man erzählte sich, er habe den Laden wieder übernommen und seine Brüder vom Hof gejagt. Man erzählte sich noch mehr, von einer Blonden, die bei ihm ein und aus ging, von der Annie flüsterte, sie sei eine Hure, die er den einen Tag auf Händen trage, den andern Tag wieder grün und blau prügle.

Mich hat er nie geschlagen.

Ein müder Gedanke. Denn was hieß es schon, dass er nie die Hand gegen sie erhoben hatte? Doch wohl nur, dass sie ihm nie so wichtig gewesen war. Er hatte immer sehr darauf geachtet, dass sie zufrieden waren, mehr nicht.

Und nicht mal zufrieden darf ich jetzt noch sein.

Abends kam ihre Mutter herauf und brachte das Kind ins Bett. Danach klopfte sie meist bei Sarah und fragte, ob sie etwas brauchte.

Etwa zehn Tage waren vergangen, seit Rob verschwunden war und Sarah sich in ihrem Schlafzimmer eingeschlossen hatte, als Siobhan sich nicht mehr abweisen ließ.

«Ich brauch nichts», sagte Sarah wie jeden Tag. Sie hatte den Stuhl ans Fenster gezogen und starrte in die Dunkelheit.

«Du brauchst ein Bad, saubere Sachen und eine warme Mahlzeit.» Hinter ihrem Rücken machte ihre Mutter sich am Schrank zu schaffen. «Ich verstehe, wenn du außer dir bist vor Schmerz. Glaub mir, niemand versteht das so gut wie ich.»

Was weißt du schon. Deine Tochter Josie ist wohl geraten.

Sie hatte wieder einmal vergessen, dass auch sie Siobhans Tochter war. Als es ihr wieder einfiel, biss sie sich auf die Lippe. Blutig gebissen hatte sie die zarte Haut schon vor Tagen, und die alten Wunden rissen sofort wieder auf.

«Nun komm.» Siobhan duldete keinen Widerspruch. Sie führte Sarah ins angrenzende Badezimmer, ließ heißes Wasser in die Wanne und half ihr, sich auszukleiden. Sie warf die schmutzigen Sachen auf den Boden. Sarah schlang sich frierend die Arme um den Leib, aber der Wasserdampf breitete sich bereits im Raum aus und wärmte sie. Sie wartete, bis Siobhan ihr in die Badewanne half.

«Dein Haar müssen wir waschen, es ist völlig verfilzt.»

Die Hitze lockerte die Muskeln. Un der Badezusatz mit Lavendel beruhigte ihre Sinne. Sarah erlaubte sich, einen tiefen Atemzug zu nehmen. Sie schluchzte erstickt auf.

«Ich weiß, mein Lämmchen. Ich weiß.»

Siobhan kniete hinter der Wanne. Mit einem Becher goss sie das heiße Wasser behutsam über Sarahs Kopf. Ihre Finger entwirrten die verfilzten Strähnen, strichen beruhigend über die Kopfhaut. Sarah umfasste ihre Knie und legte den Kopf in den Nacken. Sie saß nackt in der Badewanne und weinte wie ein kleines Kind, während ihre Mutter ihr die Haare wusch.

Hast du das früher auch gemacht, Mam?

Erst als Siobhan mitten in der Bewegung verharrte, erkannte Sarah, dass sie die Frage nicht bloß gedacht hatte. Sie hing schwer zwischen ihnen.

Dann legte ihr die Mutter die Hand auf die Schulter. «Bestimmt tausendmal.»

«Ich kann mich gar nicht daran erinnern.»

Ihre eigene Stimme klang fremd in Sarahs Ohren. Sie hatte tagelang kaum ein Wort gesprochen, nur geschrien hatte sie und geweint.

Viele Erinnerungen an die Zeit, als ihre Mutter noch bei ihnen gelebt hatte, waren ihr mit der Zeit verlorengegangen. Waren fortgewischt worden, weil Sarah sich nicht an glückliche Zeiten hatte erinnern wollen, nachdem ihre Mutter gegangen war. Sie hatte versucht zu hassen, und weil ihrem kindlichen Verstand der Hass verwehrt blieb, verlegte er sich aufs Vergessen.

«Das ist schade.» Ihre Mutter machte weiter. «Ich hab es nie vergessen.»

Er war ins Haus seiner Eltern zurückgekehrt wie ein geprügelter Hund. Seine Brüder hatte er noch in derselben Nacht fortgejagt, hatte ihnen Geld in die Hand gedrückt und sie vor die Tür gesetzt. Die beiden hatten ihr Leben lang doch nichts zustande gebracht. Der Laden war fast ruiniert.

Rob Gregory war wütend. Sein Leben war zerstört worden von den O'Briens, genau wie das seines Vaters. Er hätte auf ihn hören sollen.

Er hätte die O'Briens zerstören müssen.

Aber noch ist es nicht zu spät, dachte er. Noch konnte er diesen Plan in die Tat umsetzen. Er schrieb Dylan Manning, der noch immer darum rang, den Maori das Land abzutrotzen. Auch Mr. Manning musste doch eine Wut auf die O'Briens haben, nachdem ihm dieser kleine Maoribastard durchgebrannt war. Ob man nicht gemeinsame Sache machen wolle?

Dylan Manning antwortete nicht. Er schickte seinen Vertrauten.

Ausgerechnet Jamie O'Brien stand also zwei Wochen später in Robs Laden. Gerade erst hatte Rob den schlimmsten Dreck weggekehrt, hatte die Fenster geputzt und die Regale mit Ware aufgefüllt, denn seine Brüder hatten all das zugunsten ihrer illegalen Lotterie vernachlässigt. Als Jamie vor ihm stand, fühlte er sich plötzlich klein.

Er hatte versagt. Vor Jahren hatte er Jamie versprochen, seine Sarah glücklich zu machen. Und nun war alles anders. Jamie trug einen feinen Anzug, dem man ansah, wie teuer er gewesen war. Bestimmt wurde der leere Ärmel von einer diamantenbesetzten Nadel gehalten.

Sein gewinnendes Lächeln war jedoch ganz das alte, und der Händedruck freundschaftlich wie eh und je.

«Rob. Tut gut, dich mal wiederzusehen.»

«Du siehst gut aus.» Rob wusste, er sah selbst schäbig aus: unrasiert, die Schürze voller Dreck und Spinnweben. Aber er hatte keine Zeit gehabt, sich zu rasieren, und die Schürze hatte er heute Abend mit ins Haus nehmen wollen, damit seine Mutter sie ihm wusch.

Von Christie war derlei wohl kaum zu erwarten.

«Du auch», log Jamie, ohne mit der Wimper zu zucken. «Ich komme im Auftrag von Dylan Manning.»

So kannte er Jamie. Er kam immer gleich zur Sache.

«Du hast ihm ein Geschäft vorgeschlagen.»

Rob machte eine wegwerfende Handbewegung. «Ach, das.» Er musste vorsichtig sein.

«Ich soll dir ausrichten, dass er kein Interesse daran hat, die O'Briens zu ruinieren. Jetzt nicht und für alle Zeiten nicht. Er möchte dich daran erinnern, dass er vor einigen Jahren mit deinem Vater über ein ähnliches Modell gesprochen hat und es dann letztlich ablehnte.»

«Wegen Josie.»

Jamie nickte. «Er lernte zu dem Zeitpunkt Josie kennen.»

«Aber man erzählt sich, sie sei ihm weggelaufen. Lebt jetzt bei den Wilden.»

In Jamies Gesicht bewegte sich kein Muskel. «Ich glaube, das geht dich nichts an. Du bist auch weggelaufen, erzählt man sich. Und du lebst jetzt mit einer Hure zusammen.»

Rob ballte die Rechte zur Faust. Alles in ihm schrie danach, irgendetwas zu zerschmettern. Vorzugsweise Jamies selbstgefälliges Gesicht. Aber er hielt sich zurück.

«Wärst du kein Krüppel, würd ich dir eine verpassen», stieß er stattdessen hervor.

«Ach so. Krüppel schlägst du nicht. Aber Lehrburschen und wehrlose Frauen, die bekommen deine Wut zu schmecken.»

Ein geradezu unmenschlicher Laut entfuhr Rob, als er vorstürzte. Er wollte Jamie packen, ihn schütteln und in den Staub schleudern, er wollte ihn niederbrüllen.

Jetzt erst begann er, den Hass seines Vaters zu begreifen. Wieso hatte er sich bloß blenden lassen von diesen Menschen? Thronten da am Seeufer, Schafbarone und Herrscher über ein winziges Dorf, das sie für ihre Welt hielten.

Wieso war er nur so verblendet gewesen, wieso hatte er geglaubt, dazugehören zu dürfen?

Sein einziges Glück war Sarah gewesen, und dieses Glück hatte einen, dunklen Fleck bekommen. Er ekelte sich vor dem Kind, und nach Kilkenny Hall zurückzugehen schien ihm so unmöglich wie ein Flug zum Mond.

Und dann war es plötzlich ganz still in ihm. Dunkel und still. Rob machte einen Schritt zurück. Er sank gegen den Tresen, rutschte zu Boden und hockte da wie ein Häuflein Elend. «Es tut mir leid», stammelte er. «Es tut mir so leid, Jamie!»

Sein Freund zögerte. Dann kam er zu ihm, ging vor Rob in die Hocke und klopfte ihm auf die Schulter. Er verlor das Gleichgewicht und sank auf den Boden. Im feinen Zwirn saß er neben Rob im Dreck.

«Was tut dir leid?», fragte er sanft.

«Ich wollte sie doch glücklich machen. Ich hab's dir versprochen.»

Und nun hatte er dieses Versprechen gebrochen.

«Du könntest zu ihr zurück. Vielleicht …»

Jamie sprach nicht weiter. Sie schauten einander an, und Rob las in Jamies Blick, was er immer gewusst hatte.

«Du liebst sie», sagte er.

Jamie schaute weg.

«Hast du immer getan, nicht wahr?»

Mühsam rappelte Jamie sich auf. «Wenn du sie um Verzeihung bittest …»

«Herrgott, Jamie! Glaubst du, sie hat mich auch nur einen Tag unserer verfluchten Ehe geliebt? Denkst du, ich weiß nicht, bei wem sie in Gedanken war? Jeden verdammten Tag, jede verdammte Nacht?»

Nein, es gab kein Zurück.

«Verschwinde.» Er rappelte sich auf und stieß Jamie vor die Brust, wie er es früher getan hatte, als sie noch kleine Jungs waren. Als alles noch ein Spiel gewesen war.

Jamie zog ab wie ein geprügelter Hund. Wenn er wenigstens triumphiert hätte, weil Rob es nicht geschafft hatte, Sarah glücklich zu machen! Aber nein, er gab sich vermutlich auch noch die Schuld an ihrem Unglück. Würde Rob nicht wundern, wenn Jamie sofort nach Kilkenny Hall eilte, um Sarah seiner unsterblichen Liebe zu versichern.

Er hätte so gern bitter aufgelacht. Geschimpft, getobt. Aber in ihm war alles dunkel.

Robs Reaktion hatte ihn zutiefst verstört. Er wusste nicht, was genau vorgefallen war. Das Wenige, was er sich zusammengereimt hatte, wusste er vom alten Mr. Brown und den Klatschweibern, die sich beim Postamt herumdrückten. Seine Ankunft blieb nicht unbemerkt, und sofort steckten sie die Köpfe zusammen.

Jetzt, da er Rob Mr. Mannings Nachricht überbracht hatte, hielt ihn nichts in Glenorchy. Er nahm nicht das Schiff zurück nach Queenstown, wie es Mr. Manning von ihm erwartete, sondern machte sich auf den beschwerlichen Marsch hinauf nach Kilkenny.

Ein paar Stunden an der frischen Luft würden ihm guttun.

Er schritt schnell aus und erreichte schon nach einer guten Stunde die Wegbiegung, hinter der sich der Dart River erstreckte, den er ohne Probleme an der Furt überquerte. Danach ging es noch einen schmalen Weg zu einer kleinen Anhöhe hinauf, und dann sah er schon die ersten Häuser von Kilkenny und dahinter das riesige Gebäude der Spinnerei. Bis Kilkenny Hall war es nun nicht mehr weit.

Er war darauf gefasst, ein paar Überraschungen zu erleben. Die größte war auf den ersten Blick sein Bruder Walter, der auf einem Pony von der Spinnerei angetrabt kam. «He, Fremder!», rief er, und Jamie blieb stehen. Er beschattete die Augen mit der Hand.

Als er seinen Bruder zuletzt gesehen hatte, war er aufgedunsen gewesen, die Gesichtszüge verschwommen. Jetzt wirkte er frischer und war dünner geworden. Nur seine Haare waren vorzeitig weiß geworden.

Walter zügelte den Rappen. «Sieh an, der verlorene Sohn kehrt heim.»

«Du siehst gut aus», sagte Jamie. «Hat Siobhan verkauft?»

Walter schwang sich aus dem Sattel. «Nein, warum?»

«Du kommst von der Spinnerei.» In all den Jahren hatte Walter es vermieden, mit Siobhan Verhandlungen zu führen. Er hatte diese Aufgabe immer Finn, Jamie und später Rob überlassen.

«Das, ja.» Walter führte das Pony am Zügel. «Das ist eine längere Geschichte. Wir reden wieder miteinander. Sogar recht viel», fügte er hinzu, als versetzte es ihn noch immer in Staunen.

«Das freut mich.» Jamie zögerte. «Und ansonsten …?»

«Na ja. Ansonsten ist vieles im Argen.» Auch Walter wählte seine Worte mit Bedacht. «Warst in Glenorchy, hm?»

«Ich hab Rob getroffen. Er steht im Laden und …»

Er war ein gebrochener Mann. Als habe der Krieg auch ihn nun endlich in die Knie gezwungen.

«Ja, das war eine hässliche Geschichte. Komm erst mal. Du wirst unsere Mutter begrüßen wollen. Pop wird sich freuen, dich zu sehen.»

Kein Wort über Sarah. Und Jamie fragte nicht nach.

Er hatte zu viel Angst vor der Antwort.

Sie hörte, wie draußen ein freudiger Lärm anhob. Stimmen, die riefen. Lachen drang zu ihr nach oben, doch es erreichte sie nicht.

Sarah stand auf und schloss das Fenster. Nur einen flüchtigen Blick nach draußen gestattete sie sich – und blieb wie angewurzelt hinter der Gardine stehen.

«Jamie», flüsterte sie.

Stattlich sah er aus in dem Anzug aus feinem Tuch und mit den teuren Schuhen. Er schaute sich um, während Walter und Edward auf ihn einredeten, und Siobhan hing an seinem Arm, als sei sie seine Liebste.

Sarah gab sich einen Ruck und knallte das Fenster zu. Irgendwo flogen kreischend ein paar Vögel auf.

Sie legte sich aufs Bett und rollte sich zusammen.

Aber mit der Ruhe war es für heute vorbei.

Zuerst kam ihre Mutter auf Zehenspitzen hereingeschlichen.

«Du glaubst nicht, wer grad gekommen ist.»

«Doch. Jamie.» Sarah kroch zur anderen Seite des Betts. Sie zog das Kissen heran und umarmte es.

«Freust du dich denn gar nicht?»

Statt einer Antwort biss sie sich auf die Lippen.

«Ich kann ihn zu dir schicken, wenn du magst.» Ungeschickt streichelte Siobhan ihren Rücken. «Er fragt nach dir.»

Mit einer heftigen Bewegung schüttelte Sarah die Hand ab. «Lasst mich doch alle in Ruhe.» Nicht trotzig oder weinerlich sagte sie es, sondern ganz leise. Fast tonlos.

«Liebes ... Irgendwann musst du doch wieder aus diesem Zimmer kommen.»

Vielleicht bin ich ja so verrückt wie Großmutter geworden. Vielleicht liegt der Wahnsinn in der Familie.

Aber dann fiel ihr wieder ein, dass sie ja gar nicht Großmutters Enkelin war. Dass ihre Wurzeln irgendwo bei einem Maoristamm lagen und nicht in diesem Haus.

«Er bleibt ein paar Tage. Überleg es dir.»

Da gab es für sie nichts zu überlegen. Sie blieb auf dem Bett liegen, bis ihre Mutter fort war. Erst dann richtete sie sich auf.

Warum war er hier? War es denn nicht schlimm genug, dass sie einen schwachsinnigen Sohn hatte? Mussten nun alle kommen und dieses Kind begaffen?

Es war Abend, sie hatten Sarah das Essen gebracht und die Tür leise hinter sich zugezogen. Annie oder Izzie, vielleicht auch Siobhan.

Sie aß nicht viel, aber etwas musste sie zu sich nehmen.

An diesem Abend gab es für sie und alle anderen im Haus Schweinekoteletts, Bohnen und Kartoffeln. Jamies Lieblingsessen. Sie schluckte schwer daran. Alles schmeckte widerlich.

Als Jamie ihr Schlafzimmer betrat, saß sie am offenen Fenster und hatte den Kopf auf die Arme gelegt. Eine sanfte Brise strich über ihr Gesicht. Sie träumte sich weit fort, zurück in der Zeit zu jenen glücklichen Tagen vor dem Krieg, als es für sie keine Wahl und keinen anderen Weg gegeben hatte, als Jamie zu heiraten.

Er war einfach da, zog einen Stuhl heran und setzte sich neben sie. «Ich hab dich beim Essen vermisst.»

Sie blickte zu ihm auf und staunte. Da war er. Verschwunden war die Müdigkeit aus seinem Blick, verschwunden auch der herbe Zug um den Mund. Die wächserne Haut war leicht gebräunt. Er sah gesund aus, wenn man vergaß, dass er den linken Arm verloren hatte.

Ihr versagte die Stimme.

«Du bist so schön», brachte sie schließlich hervor.

Dann fing sie an zu weinen.

21. Kapitel

Jamie rief in Dunedin an und erklärte die Situation. Mr. Manning stellte ihn frei. «Nehmen Sie sich die Zeit, die Sie brauchen», sagte er nur.

Sarah blieb die meiste Zeit in ihrem Schlafzimmer. Er fühlte sich schmerzlich an jene Zeit erinnert, als er selbst in Emilys Haus das Gästezimmer wochenlang nicht verlassen hatte, bis ein Kind ihn aus seiner Starre erlöste.

Aber Sarah weigerte sich überhaupt, über ihren Sohn zu sprechen. Wenn er irgendwo im Haus weinte und sie ihn hörte, legte sie den Kopf schief und sagte nur: «Das Kind weint.»

Nicht *mein* Kind. Nicht *mein* Sohn. Sie schien völlig vergessen zu haben, dass sie einen Sohn hatte.

Sie lebte nun in einer ganz anderen Welt, zu der sonst niemand Zugang hatte. Geduld musste man mit ihr haben, und vermutlich würde es lange dauern, bis sie sich von diesem schrecklichen Trauma erholte. Rob war an dem Tag verschwunden, an dem sie die vernichtende Diagnose erhalten hatte, und für sie waren diese beiden Ereignisse untrennbar miteinander verknüpft als eine einzige große Katastrophe. Sie hatte alles verloren.

Er zog in eines der leeren Schlafzimmer und richtete sich auf einen längeren Aufenthalt ein.

Der Frühling kam nun mit aller Macht. Die Tage waren erfüllt vom üppigen Duft der erwachenden Natur. Der September brachte schon die erste Wärme.

Sarah blieb in ihrem Zimmer.

Im Oktober begann Jamie, jeden Morgen mit dem kleinen Charlie einen Spaziergang zu machen. Auf dem Arm trug er ihn zum Stall und zeigte ihm die Stallkatzen, die Ponys und sogar die Sattelkammer. Das Kind lachte glücklich und strahlte ihn an.

An einem Freitag verließ Sarah endlich ihr Zimmer. Sie kam nach unten in die Küche, als Jamie schon zu seinem Spaziergang aufgebrochen war. Bei seiner Rückkehr saß sie schmal und blass in der Küche, die Hände um einen Becher Tee geschlossen. Sie schaute an Charlie vorbei, der vergnügt krähte. Izzie nahm Jamie den Jungen ab und wollte sich die nächste Stunde um ihn kümmern.

Auch Annie hatte plötzlich etwas sehr Dringendes im Garten zu erledigen.

Also saßen sie allein in der Küche und schwiegen. Irgendwann streckte Jamie die Hand aus und nahm Sarahs. Ihre Haut fühlte sich rissig und trocken an.

Sie entzog sich ihm nach kurzem Zögern.

«Ich geh wieder ins Bett.»

Sie brauchte Zeit. Er redete sich ein, dass sie viel Zeit brauchte.

Derweil kümmerte er sich um Charlie. Der Junge war munter und immer fröhlich. Inzwischen konnte er auch wieder recht gut sitzen, und Jamie bestellte in Wellington einen Kinderwagen für den Kleinen, damit er mit ihm ausgedehnte Ausflüge machen konnte. Das war viel bequemer, als den Jungen auf dem Arm herumzutragen.

Charlie liebte seinen Kinderwagen. Jeden Morgen, wenn er hineingesetzt wurde, krähte er fröhlich. Und Jamie sorgte dafür, dass sie dies draußen im Hof taten, gut sichtbar von Sarahs Schlafzimmerfenster aus. Manchmal erlaubte er sich, einen Blick nach oben zu werfen.

Er wusste, sie stand da oben und schaute ihnen nach.

Der Kinderwagen war eine gute Idee, fand Sarah. So konnte das Kind sich in alle Richtungen umschauen, und der Mann konnte ihn mit einer Hand schieben.

Er winkte zum Abschied, legte die Hand wieder an den Wagen und marschierte davon.

Sie setzte sich wieder auf den Stuhl am Fenster.

Sie wartete.

Es dauerte immer zwei bis drei Stunden, ehe die beiden zurückkamen. Der Mann fröhlich pfeifend, der Junge gut gelaunt. Beide machten nicht den Eindruck, *unglücklich* zu sein. Sie waren anders. Beiden fehlte etwas, und keiner von beiden schien sich davon beeindrucken zu lassen.

Sie hatte sich ihr Leben immer perfekt gedacht. Der Krieg war nur ein Hindernis, das zu überwinden war, hatte sie geglaubt. Danach werde alles gut. Aber nichts wurde gut. Sie war allein geblieben nach dem Krieg, bis Rob kam. Bis sie ihn nahm, weil er da war. Weil er gut zu ihr war.

Das Kind war ihre Strafe. Ihr Schmerz.

Es zerriss ihr das Herz, den kleinen Charlie so fröhlich zu sehen.

Sie wollte doch Mutter sein.

Aber wenn sie versuchte, es sich vorzustellen, ihn in

den Arm zu nehmen, erinnerte sie sich sofort wieder an diesen schrecklichen Moment, als Rob fortgegangen war. Als er sie alleingelassen hatte mit der Verantwortung für ein Kind, das schwachsinnig war. Dann hatte sie das Gefühl, in einem dunklen Strudel zu versinken.

Sarah stand auf. Sie verließ das Schlafzimmer. Es war ganz einfach, stellte sie fest. Sie stieg die Treppe herunter, wie sie es schon vor ein paar Tagen getan hatte. Dann durchquerte sie die Eingangshalle. Im Arbeitszimmer hörte sie Stimmen. Sie sah durch die halboffene Tür ihre Mutter am wuchtigen Schreibtisch sitzen, und dicht neben ihr, halb über sie gebeugt, stand Walter. Sie schauten sich an, und in diesem winzigen Moment lag so viel Verständnis füreinander, dass Sarah etwas begriff.

Alles war endlich. Auch der unbändige Hass zweier Menschen, die einander das Leben kaputtgeschlagen hatten.

Unendlich war nur die Liebe einer Mutter.

Sie beschleunigte ihre Schritte. Kies knirschte unter ihren Schuhen, als sie den Platz überquerte. Diesmal hatten Jamie und Charlie den Weg nach Kilkenny eingeschlagen.

Sie fand die beiden am Dart River. Jamie hatte den Jungen aus dem Kinderwagen gehoben, und der Kleine stand, eine Hand am Wagen, die andere an Jamie geklammert.

Sarah hatte geglaubt, er werde nie sitzen, stehen, gehen. Sie hatte geglaubt, ein schwachsinniges Kind verlerne alles, bis es für alle Zeit hilflos war wie ein Säugling.

Obwohl Jamie ihr den Rücken zugewandt hatte, spürte er wohl ihre Anwesenheit.

«Siehst du, Sarah? Er steht. Und bald wird er laufen.»

Erst jetzt drehte er sich zu ihr um. «Wir wollten dich eigentlich damit überraschen.»

Sarah sagte nichts, sondern betrachtete die beiden nur.

Jamie setzte das Kind zurück in den Wagen. Er trat beiseite, damit Sarah ihn schieben konnte. Seine Hand stahl sich in ihre Linke, und sie griff unwillkürlich zu. Mit der Rechten lenkte sie den Kinderwagen.

Sie konnte es nicht fassen. Es war ein so fremdes Gefühl, dass sie nach zweihundert Metern stehenblieb, Jamie ihre Hand entzog und den Kopf schüttelte. «Ich kann nicht», flüsterte sie, drehte sich abrupt um und rannte davon.

Sie konnte nicht an eine heile Welt glauben, wenn in ihr doch alles zerschlagen war.

Dylan wartete.

Er hatte sich daran gewöhnt, einiges in seinem Leben nicht mehr in der Hand zu haben. Die Frauen traten in sein Leben, verschwanden daraus wieder, und er konnte sie ebenso wenig halten, wie er sich an die Hoffnung klammern durfte, dass man eine Heilmethode für Alice' Krankheit fand.

Er wartete auf ihren Tod. Denn dieser Sommer würde ihr letzter sein.

Bis zuletzt hatte er gehofft. Er hatte Spezialisten in allen Winkeln der Welt Bittbriefe geschrieben, hatte sie angefleht, nach Neuseeland zu kommen. Hatte in seiner Verzweiflung sogar angeboten, mit Alice zu ihnen zu kommen, obwohl er wusste, dass man ihr in diesem Zustand keine Reise zumuten durfte.

Er war aus Dunedin heimgekehrt nach Wellington, hatte das Schlafzimmer neben Alice' Zimmerflucht bezogen, und nachts übernahm er es, sich um sie zu kümmern.

In einer dieser Nächte begann er, ihr von dem Weingut zu erzählen. Während er ihren verschwitzten und ausgemergelten Körper wusch, flüsterte er von den Rebstöcken, die er ausgewählt und nach Neuseeland hatte bringen lassen, um hier den besten Wein der Welt anzubauen. «Ich wollte es für uns tun», wisperte er, und in diesem Moment schlug sie die Augen auf.

Zum ersten Mal seit Jahren blickten sich die Eheleute einfach an. Sie verstanden sich ohne Worte.

Und Dylan begriff, dass er in all den Jahren nicht um ihretwillen nach dem Unmöglichen – einem Weingut auf dem Land, das den Maori gehörte und für dieses Volk *tapu* war – gestrebt hatte.

«Du Träumer», hauchte Alice. «Ach, mein kleiner, lieber Träumer ...»

Er legte den Waschlappen in die Schüssel, zog ihr das Nachthemd wieder herunter und deckte sie sorgfältig zu. Dann erst setzte er sich auf den Stuhl neben ihrem Bett und begann zu weinen.

Ihre Hand tastete nach seinem Haar und streichelte ihn. «Du hast geglaubt, es wird alles gut, wenn du nur all dein Geld und all deine Mühe aufwendest. In den letzten Jahren warst du immer so fern, weil du immer nur gesucht hast. Nach einem Heilmittel. Nach dem perfekten Wein. Dabei hättest du einfach bei mir bleiben können.»

Bisher war die Vorstellung, Alice könnte irgendwann nicht mehr sein, sie könnte sterben und *tot* sein, für ihn zu groß gewesen. In diesem Moment aber begriff er das ganze Ausmaß, und er vergrub das Gesicht in den Händen, während ihre gekrümmten Finger einfach in seinem

Haar ruhten. «Bleib bei mir», flüsterte sie. «Bleib doch einfach bei mir.»

Er versprach es ihr. Und von diesem Tag an verschwendete er keinen Gedanken mehr an Josie, seinen Weinberg drüben auf der Südinsel oder irgendetwas, das außerhalb dieses Hauses stattfand.

Es gab für ihn nur noch Alice und ihren langen, beschwerlichen Weg, dessen Ziel sie beide kannten.

Im Nachhinein war Josie nicht sicher, was sie erwartet oder erhofft hatte, als sie sich auf den Weg zurück nach Dunedin machte. Vielleicht, dass Dylan dort auf sie wartete.

Stattdessen begrüßte sie eine gespenstische Stille. Sie betätigte den Klopfer. Im Haus blieb alles ruhig. Es dauerte quälend lange Minuten, ehe sie Schritte hörte.

«Ja?» Theresas volles Gesicht erschien im Türspalt. Als sie Josie erkannte, weiteten sich ihre Augen überrascht. Sie machte unwillkürlich einen Schritt zurück.

Josies Hand fuhr über ihr Kinn. Sie war verlegen.

«Miss O'Brien ...» Das Mädchen schien hin und her gerissen zwischen Abscheu und dem ihr eingebläuten Gehorsam, die Geliebte ihres Herrn ins Haus zu lassen.

«Ist er da?», fragte Josie. «Mr. Manning?»

Theresa schüttelte den Kopf. «Er ist in Wellington. Seit Wochen schon.»

«Geht es Alice schlecht?»

Endlich machte Theresa ihr Platz. Josie betrat die kühle Eingangshalle und legte Hut und Handschuhe ab.

«Schlechter als sonst. Soll ich Ihnen die Zimmer herrichten? Er hat gesagt, ich soll sofort anrufen, wenn Sie hier ankommen.»

«Ja.»

Sie blickte sich um. Früher hatte sie das Haus gemocht mit seinem Prunk. Vermutlich, weil sie in einer Hütte im Wald aufgewachsen war. Jetzt aber empfand sie die glänzenden Marmorböden, den Kristallleuchter, die zarten, teuren Möbel und sogar Theresas frischgestärkte Schürze als überflüssigen Tand.

«Ich bin derweil im Atelier.»

Darum war sie hergekommen. Nicht, um wieder in einem Federbett zu schlafen. Bei den Maori hatte sie weit besser geschlafen.

Sie durchquerte die hohen, kühnen Räume des Hauses, trat in den Garten und durchquerte ihn zügig. Die Tür zum Atelier war verriegelt, aber sie wusste, wo sie den Schlüssel vor ihrer Abreise versteckt hatte. Nachdem sie eingetreten war, blieb sie im staubigen Dunkel stehen und wartete. Fliegen summten irgendwo. In den wenigen Monaten war ein Fenster zerbrochen, durch das Sonnenlicht einfiel. Die anderen Fenster waren schmutzig.

Sie fand schnell, wonach sie suchte. Ganz hinten hatte sie das Bild versteckt. *Josies Seele.*

Endlich verstand sie, was daran so falsch war.

Sie hatte geglaubt, es genügte, wenn sie ein paar rote und schwarze Striche malte, wenn sie wahllos die Ornamente der Maori aufgriff. Aber erst während ihrer Zeit beim Stamm hatte sie gelernt, die Zeichen zu deuten. Die Tätowierungen zu begreifen als das, was sie waren: Zeichen der Stammeszugehörigkeit.

Sie zog das Bild nach vorne, lehnte es gegen die einzige freie Wand und hockte sich davor, wie sie sich vor wenigen Tagen noch auf den Berg gehockt hatte, um auf das Land zu schauen, das Dylan so sehr begehrte. Sie wartete.

Es dauerte Stunden. Der Tag neigte sich der Nacht entgegen, und Theresa war schon zweimal vor dem Atelier erschienen und hatte durch die geschlossene Tür gefragt, ob Josie irgendwas brauche. Beide Male hatte Josie den Kopf geschüttelt.

Sie brauchte nichts. Sie war glücklich in dem Moment.

Die Nacht kam mit ihrer samtenen Schwärze. Josie tastete im Dunkeln nach einer Petroleumlampe und den Streichhölzern. Dann hockte sie sich wieder hin. Das Licht flackerte leise. Es dauerte lange.

So viel Zeit hatte sie sich früher nicht gegeben. Es musste immer schnell gehen, ein Bild musste an einem Tag entstehen, sonst war alles nichts wert.

Am Morgen brachte Theresa das Frühstückstablett: warme Haferbrötchen, Quittengelee und leicht gesalzene Butter, dazu einen Becher Kaffee mit viel Milch. Sie hatte nicht vergessen, was Josie mochte.

Hungrig aß sie. Dann vertiefte sie sich wieder in ihr Bild.

Sie wusste, irgendwann würde es zu ihr sprechen.

Der Anruf kam spätabends.

«Sie müssen nach Dunedin», sagte die Stimme, die vor Trauer ganz fremd klang. Jamie brauchte einen Moment, ehe er diese Stimme jemandem zuordnen konnte.

«Mr. Manning», sagte er leise. «Ist was passiert?»

«Sie müssen nach Dunedin», wiederholte Dylan Manning. «Josie ist zurück.»

Dann klickte es. Er hatte aufgelegt.

Jamie ließ den Hörer sinken. Seine Mutter stand neben

ihm, ganz kribbelig vor lauter Aufregung, weil sie «mit Finn telefonieren» musste. Er gab ihr den Hörer und verließ das Arbeitszimmer. Ihr fröhliches Schnattern tat ihm in der Seele weh.

Im Salon saßen Siobhan und sein Bruder Walter. Sie hatten sich zu zweit einen Sherry genehmigt – Walter hielt sich an Tee mit Zitrone –, als der Anruf kam.

«War es wichtig?» Siobhan beugte sich vor.

Jamie sank auf das Sofa. «Ich weiß nicht ... Josie ist wieder da.»

Sofort war seine Schwägerin hellwach. «Wo ist sie? Geht es ihr gut?»

«Sie ist in Dunedin. Im Haus von Dylan Manning.» Er zögerte. Sollte er Siobhan erzählen, dass er hinfahren musste?

Er stand noch immer in Dylan Mannings Dienst, jede Woche kam der Scheck mit der Post.

Er wusste nicht so genau, was ihn dort erwartete. Was sollte er tun?

«Fährst du hin?» Walter räusperte sich.

«Ja.»

«Ich vermute, du willst das lieber allein tun.»

Jamie nickte langsam. «Ich fahre nur ungern, aber ich muss. Es widerstrebt mir, Sarah jetzt allein zu lassen.»

«Sie ist nicht allein», sagte Siobhan leise. «Walter und ich sind für sie da.»

Das war nicht dasselbe, aber Jamie hielt lieber den Mund. Er wusste, Siobhan würde ihr Bestes tun. Trotzdem fürchtete er, während seiner Abwesenheit könnte Sarah sich wieder in ihr Schneckenhaus zurückziehen.

Wenigstens fragte seine Schwägerin nicht, ob sie mitkommen dürfe nach Dunedin.

Er ritt am nächsten Morgen nach Glenorchy, stellte sein Pony im Mietstall unter und bestieg das Schiff nach Queenstown, wo er zur Mittagstunde eintraf. Eine Stunde später fuhr der Zug nach Dunedin ab. Am Abend war er am Ziel und nahm sich ein Taxi zu der Villa auf dem Hügel.

Theresa öffnete ihm. Ausgerechnet Theresa. Sie wurde rot, als sie ihn sah, trat beiseite und sagte leise: «Sie ist im Garten. In ihrem Atelier.»

Jamie ging wortlos an ihr vorbei. Er kannte den Weg zum Atelier.

Die Tür war angelehnt, und aus dem Innern des Gartenhauses drang rhythmisches Klatschen.

Vorsichtig schob er die Tür auf.

Josie stand in ihrem Malerkittel und mit der weiten Baumwollhose bekleidet vor einem Bild. Mit raschen Bewegungen verteilte sie rote Farbe darauf und malte darüber maorische Ornamente. Als sie Jamie bemerkte, ließ sie den Pinsel sinken.

«Du bist's», sagte sie nur.

«Mr. Manning hat mich geschickt.»

Sie legte den Pinsel beiseite und betrachtete ihr Werk. «Du warst schnell hier.»

«Ich bin sofort heute früh losgefahren.»

Josie bückte sich. Sie hielt etwas in der Hand, das im schwachen Lampenschein aufblitzte. Mit einer heftigen Bewegung rammte sie das Messer in die Leinwand.

«Was tust du?», rief Jamie entsetzt. Er wollte ihr in den Arm fallen, aber Josie hatte das vorhergesehen. Schwer atmend ließ sie das Messer sinken.

«Bitte, Jamie. Lass mich meine Arbeit tun.»

«Du machst das Bild kaputt», protestierte er.

«Nein», widersprach sie. «Ich mache es heil.»

Kopfschüttelnd beobachtete er, wie sie der Leinwand scheinbar wahllos weitere Schnitte zufügte. Dann ließ sie das Messer einfach fallen. Die frisch aufgetragene rote Farbe rann über die Leinwand wie Blut und bildete Tropfen und Schlieren.

«So ist es gut.» Sie bückte sich, und als nächstes hielt sie eine Nadel mit schwarzem Faden in der Hand, mit der sie begann, die Risse in der Leinwand zu schließen – wie Wunden am Körper eines Menschen.

Staunend sah Jamie ihr bei der Arbeit zu. Und er verstand plötzlich, was sie bezweckte. Er verstand, worum es ihr mit diesem Bild ging.

«Das ist wunderschön», flüsterte er.

Josies Seele war zerschunden und aufgerieben zwischen den Welten.

Sarah hatte sich gerade daran gewöhnt, ein paarmal in der Woche mit Jamie und dem Kind spazieren zu gehen. Seit sie sich das erste Mal vor die Tür gewagt hatte, war es leichter geworden.

Und jetzt ging er einfach fort. Ohne Erklärung, ohne Abschied.

Sie blieb drei Tage in ihrem Zimmer und starrte an die Decke. Irgendwo im Haus glaubte sie immer, den Jungen weinen zu hören, der Jamie ebenso vermisste wie sie.

Ihre Mutter kam nun jeden Tag zu ihr herauf. Sie setzte sich zu ihr ans Bett und redete mit Sarah, doch die Worte waren wie ein unablässiger Strom, der an ihr vorbeiging. Irgendwann drehte sie sich weg und stopfte sich die Finger in die Ohren.

Sie saß am Fenster und beobachtete, wie ein Pferdewagen hinauf zum Fuchsbau gefahren kam und zwei Männer Möbel abluden. Siobhan tauchte da oben auf, das sah Sarah, und sie sagte den Männern, was zu tun war. Dann beobachtete Sarah, wie Walter und ihre Mutter dort hinaufgingen und lange im Haus verschwunden blieben, so als richteten sie es für Siobhan her. Zuletzt kamen die beiden Männer und begannen, das Dach auszubessern und die Holzwände zu streichen und die Ritzen zu stopfen.

Ihre Mutter zog aus dem Wald hierher.

Großmutter Helen kam am dritten Tag zu Besuch.

«Ach, mein Lämmchen. Musst nicht traurig sein.» Sie hockte auf der Bettkante, eine Vertraulichkeit, die sich die alte Helen nie erlaubt hätte. Ihre knotigen Finger packten Sarahs Hand. «Er kommt bestimmt wieder.»

Sie sprach nicht von Jamie, und trotzdem empfand Sarah ihre Worte als Trost.

Wieder allein, setzte Sarah sich auf. Würde er wirklich irgendwann zurückkommen? Sie hatte ja gehofft, er werde ihr Zeit lassen.

Vielleicht musste sie diesen Kampf nun allein kämpfen.

Sie war ein bisschen wacklig auf den Beinen, aber Sarah stand auf, zog sich einen sauberen Rock und eine frische Bluse an, wusch das Gesicht und kämmte ihr schwarzes Haar. Dann öffnete sie die Tür und lauschte.

Das Haus war ganz still.

Sie ging durch den Flur zur Treppe. Unten im Speisezimmer hörte sie das Klappern von Besteck, dezentes Gläserklirren. Sie hatte gar nicht bemerkt, dass es schon Abend war. Jemand sprach leise, eine andere Stimme antwortete. Dann scharrte ein Stuhl, jemand rief «Nicht, Helen!» – vermutlich Großvater.

Sie stieg die Treppe herunter. Und mit jeder Stufe erkannte sie, was sie dort im Wohnzimmer erwartete – Menschen, die vom Leben gezeichnet waren. Ihre Großeltern: Edward war alt geworden, und Helen lebte längst in ihrer eigenen Welt. Dann ihre Eltern: Walter, der schwer an der Schuld trug, ebenso wie ihre Mutter. Jeder war niedergedrückt von einem schweren Schicksal. Und dennoch lachten sie leise.

Sie hatten ihr Schicksal angenommen. Sie hatten es überlebt.

Nun stand sie in der Eingangshalle und lauschte mit angehaltenem Atem. Sie dachte an die anderen: Emily mit ihrem lahmen Bein, Jamie ohne Arm. Josie ... ohne Vater aufgewachsen.

Sie war nicht die Einzige, die vom Schicksal gebeutelt war. Jeder von ihnen trug schwer daran, und jeder von ihnen marschierte tapfer weiter. Manche brauchten länger, sich davon zu erholen, andere schritten sofort unbeirrt voran.

Inzwischen stand sie vor der angelehnten Tür zum Speisezimmer. Wenn sie eintrat, hieß das nicht, dass sie ihr Leben wieder aufnahm. Dass sie das Kind ansah und es als ihr eigenes akzeptierte.

Aber es hieß, dass sie es versuchte. Dass sie wenigstens nicht aufgab.

Kein O'Brien hatte je aufgegeben.

22. Kapitel

Sie trugen das Bild im ersten Licht des heraufdämmernden Tages hinaus und stellten es zum Trocknen vor das Atelier. Jamies Bedenken, es könnte zu schnell trocknen oder von der Sonne ausgebleicht werden, wischte Josie beiseite. «Das darf es», sagte sie leise. Sie tat einen Schritt nach hinten und betrachtete das Bild mit zur Seite geneigtem Kopf.

Es war perfekt geworden. Genau so fühlte sie sich. Zerrissen, zerschunden, blutig geschürft von den zwei Welten, zwischen denen sie entscheiden sollte, wenn es nach den anderen ging.

Jamie war die ganze Nacht bei ihr geblieben. Wie ein stummer Geist hatte er sich irgendwann auf einen umgedrehten Eimer gesetzt und ihr bei der Arbeit zugesehen. Sie war ihm dankbar dafür. Er hatte nicht weiter von Dylan gesprochen oder davon, was zu Hause los war. Dafür blieb ihnen später genug Zeit.

«Dann hast du gefunden, wonach du gesucht hast.»

Josie lächelte. «Ja.»

Jamies Hand fuhr zu seinem Kinn. Er rieb es nachdenklich und schaute sie dabei fragend an.

Das brachte sie zum Lachen. «Frag doch einfach», forderte sie ihn auf.

«Ich wollte nicht unhöflich sein.»

«Es ist viel unhöflicher, mich so anzustarren.»

«Also gut. Diese Tätowierung ...» Sie sah, wie er nach den richtigen Worten suchte.

«Diese Tätowierung, ja. Ich habe sie mir meißeln lassen.» Sie erschauerte bei der Erinnerung an die schmerzhafte Prozedur. Sie hatten die Linien mit den *uhi*, kleinen Meißeln, in die Haut geritzt. Anschließend hatten sie die offenen Wunden mit einer Paste aus den verbrannten Larven einer Motte beschmiert. Die Wunden schlossen sich so nicht vollständig. Josie spürte ihre Tätowierung, wenn sie mit den Fingern die Linien entlangfuhr.

Es war trotz der Schmerzen eine gute Erinnerung an ihre maorischen Wurzeln, denn sie hatte ihren Frieden geschlossen mit diesem Teil von ihr. Riefe ihr jetzt jemand nach, dass sie ein Maorikind sei, oder schlimmer noch, ein Maoribastard ... sie könnte darüber lächeln.

Es tat nicht mehr weh.

«Darf ich fragen, warum?»

Sie atmete tief durch. «Es erschien mir richtig», sagte sie leise. «Ich habe dort viel darüber gelernt, was ich bin. Was ich nicht bin. Und welchem Irrtum ich all die Jahre aufgesessen bin. Und darum wusste ich jetzt, was diesem Bild fehlte. Die Seele ...» Sie lächelte. «Das ist absurd, nicht wahr? Ausgerechnet die Seele fehlte diesem Bild.»

Sie sammelte die Werkzeuge und Malutensilien ein, brachte alles in das Atelier und schloss die Tür ab. «Jetzt habe ich Hunger.»

Jamie nickte. Er verstand – und doch wieder nicht, das spürte sie.

Beim Frühstück ließ Josie sich erzählen, wie es in Kilkenny um die Familie stand. Sie staunte, als Jamie erzählte, dass ihre Mutter nun im Fuchsbau wohnte und auch Walter sich dort ein Zimmer einrichte.

«Es ist nicht ganz, wie es früher war, aber ich glaube, sie wollen einfach nicht allein sein. Sie spüren, dass sie älter werden.»

«Du kannst dich wenigstens noch daran erinnern, wie es früher war.» Josie spielte mit dem Kaffeelöffel. «Ich hab mir immer einen Vater gewünscht. Einen wie Walter meinetwegen, ich war da nicht wählerisch. Hauptsache einen Vater.»

«Für Sarah war er das auch, als sie Siobhan fortgeschickt hatten.»

«Ich weiß. Ich glaube, das war es, was ich ihr immer geneidet habe. Wie geht es ihr?»

Sie spürte das Zögern und sah in seinen Augen, dass es schlechtstehen musste um Sarah. Doch seine Loyalität galt immer noch ihrer Schwester, darum schwieg er, und sie bohrte nicht nach.

Theresa brachte frischen Kaffee. Dankbar um die Ablenkung plauderte Josie ein wenig mit dem Dienstmädchen, und dessen Miene hellte sich zum ersten Mal seit Tagen auf. Erst nachdem sie verschwunden war, senkte sich ein peinliches Schweigen über den Raum.

«Du musst es mir nicht erzählen», sagte Josie schließlich. «Ich verstehe es besser als du denkst.»

Wieder kam Theresa in das Speisezimmer. Sie war blass, und hektische Flecken malten Muster auf ihre Wangen. «Josie, Miss O'Brien, da ist jemand am Telefon für Sie.»

«Für mich?»

Sie zögerte. Das konnte nur Dylan sein, der vermutlich

von Theresa von ihrer Heimkehr erfahren hatte. Aber mit ihm konnte sie nicht reden, nicht jetzt ...

Theresa spürte ihre Unschlüssigkeit und fügte leise hinzu: «Es ist der junge Mr. O'Brien, Miss Josie. Eddie.»

«Eddie?»

Sie wechselte einen erstaunten Blick mit Jamie, der nur mit den Schultern zuckte.

Sie stand auf, legte die Serviette neben ihren Teller und ging hinter Theresa her in Dylans Arbeitszimmer. Dort war es dunkel und roch nach dem Staub, der sich auf ein Zimmer legte, wenn es monatelang verwaist war. Kurz überlegte sie, ob Theresa wohl ihre Pflichten vernachlässigte, wenn Dylan nicht hier war.

Sie nahm den Hörer und presste ihn ans Ohr. Über das leise Rauschen hinweg hörte sie Eddies atemlose Stimme.

«Hallo, Eddie.»

«Josie, bist du's? Du musst herkommen, sofort!»

Sie schloss für einen Moment die Augen.

Sie war nicht heimgekehrt, um sich sofort wieder von Dylans Liebe erdrücken zu lassen.

Sofort schämte sie sich für den selbstsüchtigen Gedanken. Dylan hatte so viel für sie getan.

«Eddie, ich bin gestern erst hier angekommen. Ich ... ich brauche Zeit.»

«Das mag ja sein, und meinetwegen nimm sie dir. Aber er wird verrückt vor Schmerz und Trauer.» Und nach einer kurzen Pause fügte er hinzu: «Sie liegt im Sterben.»

Der Gedanke sank tief. Sie holte tief Luft, wollte etwas sagen, aber kein Laut kam über ihre Lippen. Dann versuchte sie es noch mal, und dieses Mal gelang es ihr: «Ich komme sofort.»

An diesem Abend aß Sarah zum ersten Mal seit Wochen mit der Familie. Sie waren alle um den Tisch versammelt: Edward, der sich nach der Mahlzeit ein Pfeifchen stopfte, Helen, die sich mit der Suppe bekleckerte und sich schier kaputtlachen wollte darüber und Walter, der Sarah nicht aus den Augen ließ.

Es war für Sarah immer noch ungewohnt, mit ihrer Mutter zusammen zu sein. Sie war ihr immer fremd geblieben, aber nun war sie in der Nähe, und ihre Gegenwart, das erkannte Sarah, war ein winziger Trost für sie geworden.

Sie saß zwischen ihrer Mutter und Walter am Tisch, ihnen gegenüber saßen Edward und Helen. Die Kopfenden des Tischs blieben leer, als fühle sich niemand mehr in der Lage, Oberhaupt der Familie zu sein.

Nach dem Essen wurde Helen ins Bett gebracht, und die anderen setzten sich in den Salon.

Sarah war zu erschöpft, um noch länger wach zu bleiben. Die Tage im Bett hatten sie mehr geschwächt, als sie bisher gedacht hatte.

«Ich bring dich nach oben», bot Siobhan sich an, und sie nahm das Angebot dankbar an. Ihre Mutter schlug die Decken auf, suchte ihr ein frisches Nachthemd heraus und half ihr beim Umziehen. Sie kämmte Sarahs Haare und behandelte sie, wie eine Mutter wohl ihre achtjährige Tochter behandelte.

Als Sarah so vor dem Toilettentisch auf dem niedrigen Hocker saß und ihre Mutter ihr schwarzes Haar flocht, schossen ihr plötzlich Tränen in die Augen.

«Was ist?» Überrascht ließ Siobhan ihr Haar los, umfasste mit einer Hand tröstend ihre Schulter. «Sarah, Liebes...»

«Ich hab dich so vermisst!», rief ihre Tochter erstickt. «Mama, ich hab dich all die Jahre so vermisst!»

Mehr musste sie nicht sagen. Sie spürte, wie sie umarmt wurde. Sie legte das Gesicht in eine Hand und weinte bitterlich, doch mit den Tränen kamen auch die Erleichterung und die Freude, dass sie ihre Mutter nun endlich wiederhatte.

«Ach, Kind ...» Ungeschickt streichelte Siobhan ihren Rücken. «Ich hab dich doch auch so vermisst.»

Sie schniefte, wischte sich die Tränen aus dem Gesicht und blickte ihre Mutter im Spiegel an.

«Du gehst nie mehr fort, nicht wahr?», fragte sie leise.

«Nie mehr», versprach ihre Mutter. «Ich bleib jetzt immer in deiner Nähe.»

In dieser Nacht schlief Sarah tief und traumlos. Sie wachte am nächsten Morgen ausgeruht auf, wusch sich und summte dabei sogar leise, kleidete sich an und ging nach unten. Das Frühstückszimmer war leer, nur das benutzte Geschirr verriet, dass hier vor Kurzem noch die anderen gewesen waren.

Aus dem Garten drang Gelächter und leises Rufen. Sarah betrat den Salon, durchquerte den Wintergarten und trat nach draußen.

Letzten Sommer hatte Rob den Garten zumindest zum Teil wieder vom Gemüseacker in eine parkähnliche Anlage verwandelt. Auf der Rasenfläche, die nicht annähernd so imposant war wie früher, saßen Walter und Siobhan auf einer Decke, zusammen mit dem Kind.

Sarah blieb wie angewurzelt stehen.

Der Kleine klammerte sich an die Hände ihrer Mutter und hob ein Bein, als wollte er einen Schritt nach vorne tun. Er fiel um, und Siobhan fing ihn auf.

Sarah drehte sich um und floh. Sie hörte ihre Mutter nach ihr rufen, aber sie lief immer weiter, die Treppe hinauf und zurück in den Schutz ihres Zimmers.

Das Haus in Wellington war in tiefe Stille gehüllt. Als habe jemand bereits den schwarzen Schleier der Trauer über alles gelegt, der jedes Geräusch dämpfte.
Eine Fremde öffnete Josie, eine junge Frau in der Kleidung eines Dienstmädchens. Als Josie bat, Mr. Manning zu sehen, zögerte sie. Ihr Blick klebte an Josies Kinn, und sie konnte kaum den Abscheu verbergen, den sie wohl empfand.
Daran musste sie sich wohl gewöhnen.
Zum Glück kam gerade Ruth die Treppe herunter. Ein Wort von ihr genügte, dass sie eingelassen wurde.
Etwas verlegen blieb sie vor Ruth stehen, die sich die Hand an der gestärkten Schürze abwischte, ehe sie sie Josie reichte. Ihr Händedruck war zupackend, der Blick eher neugierig.
«Du hast bestimmt viel zu erzählen, aber er wartet auf dich.»
«Ist er bei ihr?», fragte Josie.
Ruth schüttelte den Kopf. «Seit Tagen nicht mehr. Er meidet sie. Der Tod ... er hat Angst davor.»
«Ich möchte erst zu Alice.»
Ruth widersprach nicht, sondern führte sie hinauf ins Krankenzimmer.
Die Vorhänge waren geschlossen und bewegten sich leicht im Wind. In dem dämmrigen Licht dauerte es einen Moment, ehe Josie die Umrisse der Möbel erkannte. Seit sie zuletzt hier gewesen war, hatte man umgeräumt. Das Bett stand nun frei in der Mitte des Raums,

und Alice lag darin, den Rücken durch zahlreiche Kissen gestützt. Ihr Atem ging leise pfeifend, und sie hatte die Augen geschlossen. Doch die Hände fuhren unruhig über die Bettdecke, als suchten sie etwas.

«Alice.» Josie zog sich einen Stuhl an die Bettkante und setzte sich. Ihre Hand ergriff die der Kranken, und sie drückte sie leicht. «Ich bin hier.»

Ihre Lider flatterten, und kurz sah es aus, als wollte sie etwas sagen. Die Lippen waren spröde, und Josie ließ kurz ihre Hand los, nahm das Töpfchen mit Balsam vom Nachttisch und trug die Paste auf Alice' Lippen auf. Dann setzte sie sich wieder, nahm ihre Hand und wartete.

Ihre Atmung wurde ruhiger, die Hände waren weniger rastlos. Irgendwann schlief Alice ein.

Vorsichtig verrückte Josie den Stuhl, um es sich etwas bequemer zu machen, ließ aber Alice dabei nicht los. Sie war bei ihr, und sie würde bei ihr bleiben, solange es erforderlich war.

Wenn Dylan das nicht konnte, musste sie es tun. Kein Mensch sollte einsam sterben.

Auf leisen Sohlen bewegte sich Ruth durchs Zimmer und ging ihren Pflichten nach. Abends brachte sie Josie ein Tablett mit Essen, und als Alice wieder unruhig wurde, spritzte sie ihr Morphin. Ihre Bewegungen waren ruhig, die Hand streichelte sanft Alice' Arm, nachdem sie die Spritze gesetzt hatte. Josie war ihr dankbar für diese Ruhe, und als die Nachtschwester kam, beschloss sie, nach Dylan zu sehen.

Sie schlüpfte aus dem Krankenzimmer und ging den Flur entlang. Dylans Zimmer lagen am anderen Ende des Gebäudes, er hatte eine möglichst große räumliche Distanz zu seiner Frau aufgebaut. So als könnte er sich vor der Wahrheit verstecken, wenn er nur weit genug weg war.

Sie klopfte an seine Tür, und als keine Antwort kam, trat sie ein. Er musste hier sein.

Doch sie wurde enttäuscht: Das kleine Wohnzimmer war ebenso leer wie das links angrenzende Schlafzimmer und das rechts anschließende Arbeitszimmer, in dem er manchmal abends noch las. Sie schaute sogar im Badezimmer nach – von Dylan keine Spur.

Ratlos ging sie nach unten und erkundigte sich bei dem neuen Dienstmädchen. Die junge Frau saß gerade mit den anderen Bediensteten in der Küche beim Abendessen.

«Ich weiß nicht, wo er ist, Miss. Vielleicht Tom?» Sie drehte sich halb um, und der Chauffeur sprang sogleich auf. Er war knallrot im Gesicht.

«Hab ihn in die Innenstadt gefahren, Miss», sagte er. «Er wollte in einen Club.»

Josie seufzte. «Kennen Sie die Adresse?»

«Ja, schon.»

«Dann bringen Sie mich hin.»

«Natürlich. Sofort, Miss O'Brien.» Er ließ sein Essen stehen. Josie war sicher, dass das neue Mädchen es ihm später wieder aufwärmen würde, so wie sie ihm nachschaute.

Der Club, zu dem Tom sie fuhr, war eine schäbige Kaschemme, gelegen im Hinterhof einer Brauerei, die vor Jahren dichtgemacht hatte. Als Josie aus dem Wagen stieg, bat sie ihn, zu warten. Tom tippte an seine Mütze und sagte nur: «Hätt ich ohnehin gemacht, Miss O'Brien. Ist keine Gegend für eine Dame wie Sie.»

Sie war ihm dankbar, dass er sie nicht behandelte wie ein exotisches Tier.

Dass die Menschen jetzt so anders auf sie reagierten, hatte sie erwartet. Doch sich dagegen zu wappnen und es dann tatsächlich zu erleben, waren zwei völlig verschiedene Dinge. Ata hatte sie gewarnt, er hatte gesagt, das Moko sei zu viel des Guten.

«Für sie wirst du fortan wie ein wildes Tier sein, auch wenn du ihre Umgangsformen pflegst und europäische Kleidung trägst. Dir steht ins Gesicht geschrieben, dass du eine Maori bist», hatte er gesagt.

Genau das hatte sie ja damit erreichen wollen.

Es sollte ihr ins Gesicht gemeißelt und geschrieben stehen, wer sie war und woher sie kam.

Der Club war eng, dunkel und verraucht. Die Männer darin musterten sie misstrauisch, als Josie sich einen Weg zwischen den Spieltischen bahnte. Am Tresen winkte sie den Barkeeper heran, der so geschniegelt war, als bediente er in einem hochklassigen Herrenclub.

«Ich suche Mr. Manning.»

Er blickte sie stumm an. Dann, als sie schon glaubte, er würde gar nicht antworten, nickte er. «Soll wohl in Ordnung sein», meinte er und nickte zu einer halboffenen Tür.

Der angrenzende Raum war kleiner, hatte aber eine höhere Decke und war luxuriöser eingerichtet. Grüner Filz lag auf dem Spieltisch, der wuchtig den Raum dominierte. Das Murmeln der Männer und Frauen, die sich um den Tisch versammelt hatten, wurde vom leisen Sirren und Klappern der Roulettekugel übertönt. Ein Seufzen ging durch die Anwesenden, als die Kugel auf eine Zahl klimperte und liegen blieb.

«So viel Glück möchte ich auch mal haben», flüsterte eine elegant gekleidete Dame ihrem Begleiter zu. Dieser nickte nachdenklich und strich sich über den Schnurrbart.

Sie war in ein illegales Casino geraten. Die Leute, die sich um den Spieltisch drängten, waren allesamt gut betucht. Mancher beugte sich vor und legte ein paar Geldscheine oder Spielchips auf die Felder, bis der Croupier – ein junger Mann mit dunkelrotem Haar – die Kugel wieder in Bewegung setzte.

Josie schob sich nach vorn. Man machte ihr Platz, und sie spürte die Blicke.

Er saß am Tisch, ganz allein. Obwohl der kleine Raum heillos überfüllt war, hatte man links und rechts von ihm einen Platz freigelassen.

Sie wusste, dass er sie bemerkte. Und er wusste, dass sie es wusste. Darum hob er die Hand, als wollte er sie vom Sprechen abhalten, schob die Jetons, die er vor sich aufgehäuft hatte, allesamt auf Schwarz und lehnte sich zurück. Den Blick hielt er auf das Rouletterad gerichtet, auf dem die Kugel nun ins Trudeln geriet. Das letzte Klappern, dann stöhnte die Menge auf, und das «Vengt – noir» des Croupiers war über den Lärm hinweg kaum zu verstehen.

Dylan blickte auf. Er sah Josie an, und sein Blick bohrte sich tief in sie.

«Ich habe kein Glück im Leben», sagte er.

«Komm nach Hause», sagte sie leise. Er konnte sie unmöglich über den Lärm am Tisch verstehen, doch er nickte, gab dem Croupier eine Anweisung, der daraufhin aufstand und für einen Moment verschwand. Die Leute drängten sich nun um Dylan, sie hofften wohl, sein Glück im Spiel werde auf sie abfärben.

Der junge Mann kam zurück, mit einem Beutel, in den

er Dylans Spielchips legte. Dylan stand auf, steckte ihm einen Jeton zu und umrundete den Tisch. Er blieb vor Josie stehen. Die Leute verstummten abrupt.

Josie nahm seine Hand. Sie zog ihn aus dem Spielsalon und dem verrauchten Club hinaus in den schäbigen Hinterhof. Es hatte begonnen zu regnen.

«Josie», er schluchzte ihren Namen erstickt, und sie spürte, wie er neben ihr zusammensackte. «Ich kann nicht zurück, ich kann es nicht mehr!»

«Schhh», machte sie, und weil er an ihrem Arm zog und zerrte, hockte sie sich neben ihn und packte seine Schultern. «Dylan, bitte!»

«Sie stirbt, und ich kann doch nicht bloß neben ihr sitzen und dabei zusehen!»

«Manchmal müssen wir danebensitzen und einfach da sein. Ich weiß, wie schwer das ist. Du willst sie nicht gehen lassen, aber wir beide wissen, dass du sie loslassen musst. Das kann ich nicht tun und kein anderer. Du allein kannst sie loslassen.»

Er schüttelte heftig den Kopf, entzog sich Josies Händen. «Nicht», jammerte er leise. «Nein, lass mich in Ruhe.»

Sie stand auf. «Das werde ich nicht tun. Komm mit nach Hause, Dylan. Wir müssen Alice auf ihrem letzten Weg begleiten.»

Früher hätte seine Angst sie zutiefst verstört. Früher hätte sie ihn nicht verstanden. Aber inzwischen begriff sie: Dylan hatte all die Jahre mit seinem Bestreben, Wein auf genau diesem Stück Land anbauen zu dürfen, Alice nah sein wollen. Sie wusste, warum sie immer nach etwas gesucht hatte, das sie nicht finden konnte.

All ihr Streben, ihre Bemühungen um Anerkennung als

Künstlerin und letztlich ihre Zeit bei den Maori hatten nur dem einen Zweck gedient, sich ihrem Vater zu nähern.

Jetzt hatte Dylan die Chance, sich von seiner Frau zu verabschieden. Und Josie wollte alles tun, damit er diese einmalige Chance nicht ungenutzt verstreichen ließ.

«Komm», sagte sie leise, zog ihn hoch und führte ihn zum Auto. «Sie wartet auf dich.»

Als er in Glenorchy das Schiff verließ, stand Rob am Kai.

Es regnete, ein sanfter Frühsommerregen fiel, der ihm nichts ausmachte. Doch Rob, der ihm gegenübertrat, sah aus, als würde er frieren.

«Jamie ...» Es klang wie eine Frage.

«Rob.» Er nickte seinem Freund zu. «Geht es dir gut?»

Es kostete ihn große Überwindung, seinem Gegenüber nicht an die Gurgel zu gehen. Er wollte ihn schütteln und fragen, warum er Sarah das angetan hatte.

Rob zuckte nur mit den Schultern. «Ich würde gern mit dir reden. Geht das?»

«Natürlich.»

«Nicht hier. Ich lad dich auf ein Bier ein.»

Es war zwar noch früh am Morgen, aber Jamie vermutete, dass das für Rob keinen Unterschied machte. Müde und abgekämpft sah er aus, und als er neben Jamie Richtung Hotel ging, sah man sein leises Hinken stärker als sonst. Die abgefrorenen Zehen, erinnerte Jamie sich, sie behinderten ihn wohl inzwischen mehr als früher.

Im Hotel setzten sie sich an die Bar, und Rob bestellte ihnen zwei Bier. Während er seins durstig herunterstürzte – was Jamies Vermutung bestärkte, dass Rob offenbar öfters früh mit dem Trinken begann –, nippte er nur an seinem Glas und schob es dann von sich weg.

«Nun? Was gibt's?»

Rob fuhr sich mit der Hand durchs Gesicht. «Hast bestimmt gehört, was los ist. Dass ich jetzt ein Mädchen hab, das bei mir wohnt.»

«Du meinst die Hure.»

Der Blick, mit dem Rob ihn bedachte, war schwer zu deuten. Wütend war er jedenfalls nicht. Resigniert?

«Ja, nenn sie meinetwegen eine Hure.» Er seufzte und winkte dem Barkeeper, ihm noch ein Bier zu bringen. «Sie wohnt jedenfalls jetzt bei mir, und meine Mutter mag sie. Mein Vater ...» Er zögerte. «Er wird sich an sie gewöhnen müssen.»

Sieh an, dachte Jamie. Rob Gregory rettet ein Freudenmädchen.

«Und was habe ich damit zu tun?», fragte er vorsichtig. Er wollte Rob nicht bedrängen, dann kam er vielleicht erst recht nicht zur Sache. Aber ihn zog es heim nach Kilkenny Hall.

«Sarah. Wir sind verheiratet, und ich dachte ... Na ja, ich hab halt gehofft, du könntest dich um sie kümmern. Wenn ich mich von ihr scheiden lasse.»

Fast hätte Jamie laut aufgelacht. Dieses Gespräch erinnerte ihn frappierend an die Unterhaltung vor einigen Jahren. Damals hatte Rob ihn um seinen Segen gebeten. Und jetzt wollte er – was? Dass Jamie seinen Platz wieder einnahm? Seine Absolution?

«Vergiss es.» Jamie knallte ein paar Scheine auf den Tresen. «Ich werde dir nicht erlauben, dich aus deiner Verantwortung zu stehlen, wie ich es damals getan habe.»

Rob schüttelte den Kopf. «Nein, das verstehst du falsch!» Er packte Jamies Arm, doch seine Bewegung war unkoordiniert. «Ich will doch nur, dass es ihr gutgeht.

Verstehst du? Sie soll nicht allein sein, wenn ich Christie heirate.»

Mit einem Ruck machte Jamie sich los. «So ist das also ...»

«Ich konnte sie nicht glücklich machen. Verstehst du? Ich hab versagt. Und Christie ... Sie ist ein gutes Mädchen. Wirklich. Mit ihr werde ich alles besser machen.» Verträumt fügte er hinzu: «Sie ist schwanger ...»

Jamie stand auf und ging. Es gab nichts mehr zu sagen. Sein Freund hatte den Verstand verloren. Eine Hure heiraten, weil sie schwanger war!

Bei manchen kamen die Veränderungen des Kriegs erst spät ans Tageslicht.

Er holte im Mietstall sein Pony und ritt nach Kilkenny Hall. Seine Gedanken eilten voraus.

Arme Sarah. Er hatte damals gehofft, ihr einen Gefallen zu tun, wenn er sie Rob heiraten ließ. Er hatte gehofft, sein Freund werde schon richten, was er selbst zerstört hatte.

Und jetzt stand er vor diesem Scherbenhaufen, den er selbst verschuldet hatte. Er hatte Sarah in diese Ehe getrieben. Und jetzt war es seine Aufgabe, sie wieder heil zu machen.

Wenn er bloß wüsste, wie ihm das gelingen konnte ...

Vielleicht hätte er doch nicht zwei Tage länger in Dunedin bleiben sollen. Nach Josies überstürzter Abreise nach Wellington hatte er sich bei Emilys Familie einquartiert. Im Stillen hatte er gehofft, seine kluge ältere Schwester könne ihm helfen.

«Gib ihr Zeit», war ihr einziger Rat gewesen.

Zeit war vermutlich ohnehin das Einzige, was er ihr geben konnte. Er hatte nicht viel, er war ein versehrter

Kriegsveteran, der kaum was gelernt hatte. Auf Schafzucht verstand er sich, aber das taten alle O'Briens. Jamie bezweifelte, dass sein Bruder auf seine Heimkehr gewartet hatte, damit er das Ruder übernahm.

Am späten Vormittag erreichte er Kilkenny Hall. Ein Bursche nahm ihm das Pony ab, und Annie kam aus der Küche heraufgeschnauft. Die Herrschaften seien draußen im Garten, der sei ja Gott sei Dank inzwischen wieder ein richtiger Garten und nicht mehr nur dieser Gemüseacker, der mehr Arbeit machte als zwei Frauen schaffen konnten. Jamie lächelte ihr aufmunternd zu. Sie war auch alt geworden, dachte er.

Das Bild, das sich ihm draußen bot, ließ ihn in der Tür verharren. So friedlich sahen sie aus.

Im Schatten der alten Baumfuchsie standen zwei Liegestühle für Edward und Helen, dazwischen ein Tischchen mit Erfrischungsgetränken. Seine Mutter schlief. Sie hielt verzückt lächelnd ein Buch, als habe sie gerade erst darin gelesen – dabei hatte sie das Lesen schon vor Jahren verlernt. Sein Vater schmauchte ein Pfeifchen und beobachtete Siobhan und Walter, die auf einer Decke saßen und mit dem kleinen Charlie spielten. Gerade hob Walter ihn hoch in die Luft, und der Junge jauchzte vor Freude.

So musste es sein, das Glück.

Er trat hinaus in die Sonnenwärme, und die Begrüßung fiel herzlich aus. Alle hatten ihn vermisst. Auch der kleine Charlie robbte auf ihn zu und kuschelte sich in seinen Schoß, nachdem Jamie sich zu Siobhan und Walter gesetzt hatte. Er hörte, wie Helen, die bei dem großen Hallo aufgewacht war, sich zu Edward herüberbeugte und ihn laut fragte, wer denn der fremde junge Mann da war.

Er schluckte.

«Wo ist Sarah? Wie geht es ihr?»

Siobhan erzählte ihm, sie sei gestern Abend runtergekommen zum Essen, heute früh aber habe sie beim Anblick ihres Sohns wieder die Flucht ergriffen.

«Es ist also unverändert», sagte er leise.

Vielleicht hatte er insgeheim auf ein Wunder gehofft. Wie dumm von ihm.

«Lass ihr Zeit.» Walter lehnte sich zurück, und Charlie krabbelte zu ihm herüber, um seinen Körper zu erklimmen. «Irgendwann wird sie's verwinden.»

Siobhan lächelte und beschattete die Augen mit einer Hand. «Die O'Briens haben bisher noch alles verwunden.»

Jamie seufzte. «Dass es zwanzig Jahre dauert, will ich aber nicht hoffen.» Er stand auf. «Ich werde nach ihr schauen.»

«Vielleicht mag sie ja mit uns zu Mittag essen», schlug Siobhan vor. «Frag sie einfach.»

Jamie bezweifelte, dass Sarah damit einverstanden wäre, denn beim Essen wäre auch ihr Sohn wieder dabei. Die Gegenwart des Kindes bereitete ihr Unbehagen, und sie mied den Jungen, wann es nur ging. Nur bei den Spaziergängen hatte sie bisher eine Ausnahme gemacht.

Er blieb vor ihrem Schlafzimmer stehen und lauschte. Darin war alles still. Schlief sie etwa? Dann wollte er sie lieber nicht stören.

Aber dann hörte er drinnen ein Geräusch. Er klopfte sanft und öffnete die Tür, um ihr gar keine Gelegenheit zu geben, sich gegen ihn zu sträuben. «Hallo, Sarah», sagte er.

Ihr Kopf ruckte hoch. In einem alten, verschlissenen

Kleid, dessen blaue Farbe ganz verblasst war, saß sie am Schreibtisch unterm Fenster. Vor ihr auf dem Tisch herrschte ein wildes Durcheinander von Papieren.

«Jamie!» Sie sprang auf und eilte ihm entgegen. Einen Moment stand sie vor ihm, als wüsste sie nicht, wie sie ihn angemessen begrüßen sollte. Dann umarmten sie sich vorsichtig, und Jamie drückte sie behutsam an seine Brust.

«Du bist wieder da», seufzte sie in sein Hemd, und er spürte, dass ihr Körper bebte.

«Nicht weinen.» Er schob sie behutsam von sich weg und musterte sie besorgt.

«Ich weine doch gar nicht!» Sie lächelte, obwohl ihr die Tränen über die Wangen rannen. «Gott, ich hab geglaubt, du wärst für immer fort.»

«Ich musste nach Dunedin. Josie ist zurück.»

«Erzähl mir später davon, ja? Ich muss dir was zeigen.» Sie nahm seine Hand und zog ihn zum Schreibtisch. «Sieh mal, die habe ich all die Jahre gesammelt.»

«Was ist das?» Er hob einen Zettel hoch und runzelte die Stirn.

«Rezepte! Großmama Helens Rezepte. Hast du gewusst, dass die Rezepte das Letzte waren, was sie vergessen hat? Irgendwo hab ich hier auch noch die Sockenmuster, die sie nachts heruntergebetet hat, aber ich kann sie nicht finden ...» Sie begann wieder, in den Papieren zu wühlen. «Josie hätte die bestimmt gern.»

«Sarah, Sarah!» Er bremste sie und schob sie sanft von dem Tisch weg. «Du bist ja ganz aufgekratzt! Was ist los?»

Sie senkte den Blick. Aller Übermut war wie weggeblasen. «Wieso muss etwas los sein, wenn ich mal gute Laune habe?» Wie ein bockiges Kind schob sie die Unterlippe vor.

«Weil du zuletzt alles andere als gut gelaunt warst. Komm, wir setzen uns erst mal hin, und dann erzählst du, ja?»

Außer dem Schreibtischstuhl und dem Bett gab es keine Sitzgelegenheit. Nach kurzem Zögern setzte Jamie sich auf den Stuhl und zog sie auf seinen Schoß. Sarah ließ es sich gefallen. Sie blickte ihn nicht an, sondern starrte nach draußen. Das Fenster stand offen, und von unten drangen Gelächter und Charlies fröhliches Krähen.

Jamie wartete.

«Ich war heute früh bei ihnen im Garten», sagte sie nach langem Schweigen. «Und da hab ich ihn gesehen.» Sie zitterte jetzt, und er drückte sie fest an sich. «Wie kann ein Kind so fröhlich sein, obwohl es so ... so ... schwachsinnig ist?»

«Nicht, Sarah. Du tust ihm unrecht.»

Sie wehrte sich gegen seine Umarmung, aber Jamie ließ nicht los. «Er ist anders, ja. Aber doch nicht beschädigt! Jedenfalls nicht mehr als wir anderen auch ...», fügte er leise hinzu.

Sie wurde ganz still auf seinem Schoß. Als müsste sie darüber nachdenken. «Das fiel mir auch auf, als ich da im Garten stand. Ich dachte ... na ja, ich habe wohl gedacht, mein Leben müsse perfekt sein.»

«Ich war auch nicht perfekt, als ich aus dem Krieg kam. Du hast mich trotzdem gewollt.»

Sie schniefte. «Das war was anderes.»

«Ich glaube nicht», widersprach er. «Wir hatten uns sehr früh füreinander entschieden. Erinnerst du dich, damals auf dem Dachboden?»

«Du meinst, als wir uns verlobten?»

«Nein. Ich meine das Fest, bei dem die O'Briens im Fuchsbau zusammenkamen. Als du mich gefragt hast, ob ich immer für dich da sein werde.»

Sie wurde weich in seinen Armen und lehnte sich gegen seine Brust.

«Ja», hauchte sie. «Damals habe ich ziemlich hässliche Sachen über Josie gesagt.»

«Wir waren Kinder.»

Jamie legte sein Gesicht gegen Sarahs Rücken und atmete ihren Geruch ein, der ihm so vertraut war und nach all den Jahren immer noch ein warmes Gefühl in ihm auslöste. «Es tut mir leid», sagte er leise.

Sie wartete.

«Dass ich nach dem Krieg geglaubt habe, ich wäre es nicht wert, dich zu heiraten. Dabei wollte ich immer nur für dich da sein ... Ich dachte wohl, wenn du mich nicht heiratest, bist du besser dran. Aber bitte mach jetzt nicht du denselben Fehler bei deinem Sohn. Er ist so ein fröhlicher Junge, und er braucht seine Mutter. Niemand weiß so gut wie du, wie wichtig die Mutter für ein Kind ist.»

Er spürte, wie sie sich bewegte. Jamie kniff die Augen fest zusammen, als könnte er so die Welt um sich ausblenden. Es gab nur Sarah und ihn.

«Vielleicht sollten wir spazieren gehen», schlug sie leise vor. Sie klang zögerlich, und er ging auf ihren Vorschlag ein, ohne die überschwängliche Freude zu zeigen, die er dabei empfand.

Sie löste sich widerstrebend von ihm, rutschte von seinem Schoß und blieb neben dem Stuhl stehen. Als Jamie aufstand, beugte sie sich vor und küsste ihn auf den Mund.

Sie schmeckte süß wie Zimt und Honig.

Sarah nahm seine Hand und ging voran. Zielstrebig ging sie in den Garten. Dort ließ sie seine Hand los und trat zu Siobhan und Walter.

Und Charlie.

Der Kleine saß auf dem Boden. Er spielte mit buntbemalten Holzklötzen und schien ganz in sein Spiel vertieft. Doch als Sarah neben der Decke auf den Boden kniete und einfach da war, blickte er auf. Er juchzte, krabbelte auf sie zu und warf sich ihr lachend in die Arme.

Jamie nickte zufrieden.

Kein Leben sollte man geringer achten, weil es beschädigt war. Dieses Kind war glücklich, seine Mama zurückzuhaben.

Und seine Mama war ebenso glücklich.

Sie machten einen ausgedehnten Spaziergang. Sarah trug Charlie auf dem Arm, während Jamie den Kinderwagen schob, falls der Junge ihr irgendwann zu schwer wurde. Ihr Sohn legte den Kopf an ihre Schulter und schloss verzückt die Augen.

«Was wird jetzt aus uns?», fragte sie irgendwann.

Jamie blieb stehen. Er blickte zu den Bergen hinauf, die den Wakatipusee bedrängten. «Was möchtest du denn gerne?»

Dass du nie mehr fortgehst.

Sie sagte es laut.

Er lachte. «So leicht wirst du mich ohnehin nicht mehr los, Sarah O'Brien.» Dann wurde er sofort wieder ernst. «Ich hab Rob heute getroffen, drüben in Glenorchy.»

«Ach ja?» Sie ging weiter. «Schön. Geht's ihm gut, ja?»

Sie wusste selbst, dass sie trotzig klang.

«Er hat sich nach dir erkundigt. Und gemeint, ich sollte mich doch um dich kümmern, wenn ...»

Weil Jamie nicht weitersprach, hakte sie nach. «Wenn was?»

«Wenn er sich von dir scheiden lässt.» Es schien ihm sichtlich unangenehm zu sein, dass ausgerechnet er ihr davon erzählte.

Aber es überraschte sie nicht. Insgeheim hatte sie damit gerechnet. «Dann ist das wohl so.» Sanft streichelte sie den dunklen Schopf ihres Sohns. Er schlug die Augen auf und schaute sie an: große, tiefe dunkle Augen. Als verstünde er, was die Erwachsenen da redeten.

«Schau, dann sind wir jetzt ganz allein auf der Welt, kleiner Charlie.» Jetzt würde auch ihr Junge ohne Vater aufwachsen. Sie musste mit ihrer Mutter reden; wie ging das? Wie hatte sie all die Jahre die Kraft gefunden, so ganz allein mit Josie oben im Wald?

«Rob hat eine Frau kennengelernt.» Jamie sprach unbeirrt weiter. «Sie war früher bei Madame Robillard im Haus, ich dachte, das solltest du wissen.»

«Eine Hure also.» Sie schüttelte den Kopf. Nein, das tat ihr nicht weh, sie fand es nur traurig. Er hatte sich so rasch über sie hinwegtrösten können. Sie vermisste ihn nicht. Er war gut gewesen all die Jahre, aber sie merkte erst jetzt, dass sie immer auf der Hut gewesen war, bloß nichts falsch zu machen bei ihm.

«Sie wohnt bei ihm, und Diane hält sie wohl ordentlich auf Trab, dass sie was lernt.» Jamie verzog das Gesicht. «Deine Rezeptsammlung könnte sie wohl gut gebrauchen ...»

«Darüber hab ich nachgedacht.» Charlie wurde ihr nun doch zu schwer, und sie setzte ihn in den Kinderwagen.

«Ich will versuchen, ein Buch daraus zu machen. Meinst du, das interessiert jemanden? Ich weiß schon, eine große Künstlerin wie Emily oder Josie wird nie aus mir. Darum geht's mir auch nicht. Es wäre nur zu schade, wenn all die alten Rezepte in meiner Schublade schlummerten.»

«Eine schöne Idee», fand Jamie, und sie strahlte ihn an. «Meine Mutter hätte so etwas geliebt.»

«Man müsste natürlich einen Verleger finden, aber ich habe gedacht, dass ich Emily frage, ob sie jemanden kennt.» Jetzt wollte sie ihm rasch alles erzählen, was sie sich bisher überlegt hatte. «Und dann ...»

«Sarah.» Sanft unterbrach er sie. «Ich möchte dich etwas fragen.»

«Ja?», fragte sie atemlos.

Er blieb stehen und nahm ihre linke Hand. «Eigentlich würde ich jetzt gern deine beiden Hände halten. Einmal hab ich mein Versprechen gebrochen, dass du dich immer auf mich verlassen kannst. Und das soll mir kein zweites Mal passieren, ich geb dir mein Wort. Darum frag ich dich jetzt noch einmal: Willst du meine Frau werden?»

Ihr Atem stockte. Diese Frage von ihm zu hören. Wie sehr hatte sie sich all die Jahre danach gesehnt. Und jetzt war der Augenblick da, nichts hatte sie darauf vorbereiten können. Sie war sicher gewesen, es werde nicht mehr dazu kommen. Die Hoffnung hatte sie vor vielen Jahren begraben.

Und dennoch: Es gab kein Zögern. Sie nickte nur, dann fand sie ihre Stimme wieder. «Ja. Ja, Jamie. Von Herzen gern.»

Sie sahen einander an. Er drückte ihre Hand, und sie erwiderte die Geste.

Bis dass der Tod uns scheidet.

In dieser Nacht hielt Josie die Totenwache für Alice.

Sie war nicht allein. Auch Ruth saß in dem dunklen Zimmer auf der anderen Seite des Betts. Sie las in ihrem Gebetbuch und bewegte manchmal stumm die Lippen.

Der Tod war zusammen mit Dylan heimgekommen. Zumindest kam es Josie in der Erinnerung so vor. Nachdem sie ihn heimgebracht hatte, waren nur noch wenige Stunden vergangen, bis Alice im Morgengrauen starb. Dylan war an ihrer Seite geblieben, hatte sie in diesen letzten Stunden begleitet. Nachdem Alice ihren letzten Atemzug getan hatte, war er bei ihr geblieben, hatte sich von ihr verabschiedet und war dann wieder verschwunden.

Ein flüchtiger Geist war er. Josie vermutete, dass sie ihn nie wiedersehen würde.

Um Mitternacht brachte das Mädchen neue Kerzen und wechselte die abgebrannten aus. Ruth stand auf und verließ das Zimmer. Als sie zurückkam, trat sie leise zu Josie.

«Du wirst bald abreisen, nehme ich an.»

«Bei der Beerdigung werde ich wohl nicht erwünscht sein», entgegnete Josie. Die Vorstellung, wie der trauernde Witwer von einer maoristämmigen jungen Frau mit *Moko* gestützt wurde, kam selbst ihr zu gewagt vor. «Ja, vermutlich wird es das Beste sein. Tom soll mich morgen zum Hafen fahren, ich kümmere mich um eine Passage.»

Ruth zögerte. «Gehst du heim? Nach Kilkenny? Oder zurück zu den Maori?»

«Ich weiß es noch nicht.»

Dylan brauchte sie nicht mehr. Er hatte sie gebraucht, um Alice loszulassen. Diese Aufgabe hatte sie erfüllt. Sie hatte ihm gezeigt, wie wichtig es war, sich von seiner

Frau zu verabschieden. Dass er da war, wenn es mit ihr zu Ende ging, statt ständig davonzulaufen.

Josie hingegen hatte Dylan gebraucht, um erwachsen zu werden. An seiner Seite hatte sie die Welt erkundet, er hatte ihr gezeigt, was möglich war. Ihre ersten unsicheren Schritte als Künstlerin hatte sie an seiner Hand gemacht. Und jetzt, da sie begriffen hatte, wie wenig diese frühere Josie mit einer Künstlerin zu tun hatte, war sie bereit, voranzuschreiten.

«Ich werde in ein paar Wochen meine Sachen aus dem Atelier in Dunedin holen. Sagst du ihm das?»

Ruth nickte. «Josie ...»

«Ja?»

«Wenn du nach Kilkenny gehst, grüß alle von mir. Ich weiß, ich hätte damals nicht so verschwinden dürfen.»

Sie lächelte hilflos.

«Du bist nicht die einzige, die vor dieser Familie geflohen ist.»

«Nein», sagte Ruth leise. «Aber ich werde nicht zurückkommen. Eddie ist fast mit dem Studium fertig, und wie's aussieht, kann er oben im Norden eine Stelle als Landarzt bekommen. Ich wäre gern zurückgekommen nach all den Jahren, aber wir müssen alle unseren Weg gehen.»

Josie blickte zu dem Bett. Das Mädchen war inzwischen so leise verschwunden, wie es gekommen war.

«Das stimmt wohl. Jeder muss seinen Weg finden.»

Ihr Weg führte sie zurück nach Kilkenny Hall.

23. Kapitel

Kilkenny Hall, Oktober 1924

Der Frühling brachte mildes, stürmisches Wetter mit sich. Der Wind fuhr von den Hängen hinab und strich über das glatte, tiefe Wasser des Wakatipusees hinweg. Die Schafe konnten früher als sonst auf die Bergweiden getrieben werden. Nach dem strengen Winter war ihre Wolle vielversprechend dicht.

Edward spürte nun deutlich sein Alter. Er wurde schnell müde. Den ganzen Tag auf den Schafweiden zu stehen und mit den Landarbeitern zu reden, wurde ihm zu viel. Meist genügte es ihm, vor dem Fuchsbau auf der Bank zu sitzen und den Atemzügen des Wakatipusees zuzusehen – ein und aus, ein und aus. Helen war stets an seiner Seite. Sie klammerte sich wie ein Kind an ihn. Doch er ertrug ihre Verwirrtheit mit Langmut.

Mittags stellte Siobhan ihnen was zu essen hin und setzte sich zu ihnen. Seit sie mit Walter zusammen im Fuchsbau wohnte, war vieles leichter geworden. Überall spürte man ihre ordnende, liebevolle Hand.

Er hatte seine Schwiegertochter immer gemocht. Für sie hatte er einst Kilkenny Hall erbaut.

Am frühen Abend kam meist Jamie von den Weiden,

setzte sich zu ihm und erzählte, was sich dort ergeben hatte. Dass die ersten Schafe bereits lammten und wie wohlgeraten die Lämmchen waren. Eines brachte er mit nach Hause, weil das Mutterschaf verendet war und kein anderes den kleinen schwarzen Kerl adoptieren mochte. Sarah zog das Tier mit der Flasche auf. Es stolperte leise blökend den lieben langen Tag hinter ihr her, und so wusste man immer, wo sich Sarah gerade befand.

Es war ein besonders schöner Freitag Ende Oktober, als Edward früh am Morgen wieder den schmalen Pfad zum Fuchsbau hinaufstapfte. Er fühlte sich müde, und Helen, die vorwegging, blieb stehen und rief ihm zu, er solle sich beeilen.

Auf halbem Weg blieb er stehen und verschnaufte. In diesem Moment spürte er etwas, ein leises Zupfen und Ziehen an seinem Herzen.

«Nun komm! Finn wartet auf uns!», rief Helen ungeduldig.

Er ging weiter. Ihm ging die Puste aus, und er blieb erneut stehen. Helen schüttelte den Kopf und murmelte etwas, während sie weiterlief.

«Geh nur voran, ich komme gleich!»

Er drehte sich um. Die Sonne brach durch die Wolken und tauchte Kilkenny Hall in einen rosigen Glanz. Dieses Haus war stets sein ganzer Stolz gewesen, zusammen mit den Schafherden, die auf dem Land weideten. Und seine vier Kinder. Ja, er hatte viel zustande gebracht in seinem langen Leben.

«Finn wartet auf uns», murmelte er.

Wie wahr das klang.

Er schaffte es zur Bank vorm Fuchsbau und ließ sich neben Helen nieder, die ihre Knie umfasst hielt und angestrengt in die Ferne starrte. «Bald kommt er», versicherte sie ihm.

Siobhan kam und brachte ihm einen Becher Kaffee. Helen bekam Kakao, denn sie liebte Süßes, und von Kaffee wurde sie nervös. Während sie den Kakao in gierigen Schlucken trank, stellte Edward seine Tasse beiseite.

«Alles in Ordnung?», fragte Siobhan leise und legte ihm die Hand auf die Schulter.

Er nickte. Ja, es war alles in bester Ordnung.

Zwei Stunden später kam Sarah mit Charlie zum Fuchsbau. Wenn Jamie bei den Arbeitern oben auf den Bergweiden unterwegs war, trafen sich die anderen Familienmitglieder hier oft zum Mittagessen. Walter kam von der Spinnerei, und Siobhan deckte für alle in dem engen Speisezimmer.

Charlie lief an ihrer Hand. Sie war sehr stolz auf ihren kleinen Jungen. Er meisterte das Leben auf seine Weise. Langsam, aber beständig lernte er dazu.

Als sie den Fuchsbau fast erreicht hatten, machte er sich von ihrer Hand los und lief voraus. «Nicht so schnell, Männlein!», rief sie ihm nach, und er verlangsamte seine Schritte.

Großmutter und Großvater Edward saßen auf der Bank. Wie so oft hatte Großmama die Hände um die Knie geschlungen und wippte langsam vor und zurück. Großvater saß zurückgelehnt da, die Pfeife lag kalt in seiner Hand.

Es dauerte einen Moment, ehe Sarah begriff, was passiert war. Rasch schloss sie zu Charlie auf, der soeben seinem Urgroßvater auf den Schoß klettern wollte. Sie nahm Charlie auf den Arm. «Nicht», sagte sie leise. «Großpapa schläft.»

Er hatte die Augen geschlossen. Ganz friedlich war er eingeschlafen. Sarah empfand im ersten Moment Dankbarkeit, dass ihm ein so stiller, ruhiger Tod vergönnt war.

«Opi schläft», sagte Charlie leise, und Sarah strich ihm die dunklen Locken aus der Stirn.

«Mam Helen?» Sie hatte ihre Großmutter seit Jahren nicht mehr so angesprochen, und kurz bezweifelte sie, ob die alte Frau darauf reagierte. Doch dann richteten sich deren grüne Augen auf Sarah, hell und klar wie selten.

«Er ist schon vorgegangen», sagte sie leise. «Finn wartet auf uns.»

Sie lächelte Sarah glücklich an.

Sarah wartete, bis Walter von der Spinnerei wiederkam. Sie ging ihm mit Charlie auf dem Arm entgegen. «Es ist was passiert», sagte sie leise und nickte hinüber zu ihrem Großvater. Walter wurde blass, er verstand. «Ich hole die Männer, dass wir ihn nach Kilkenny Hall bringen.»

So taten sie es. In Ermangelung einer Bahre hakten die Männer kurzerhand die Eingangstür vom Fuchsbau aus und legten den Leichnam darauf. Als sie ihn den Hügel hinabtrugen, lief Helen ihnen strahlend nach. Ihre Bewegungen waren so frisch und munter wie die eines jungen Mädchens.

Siobhan und Sarah wuschen ihn und bahrten ihn im Salon auf. Sie verrichteten die Arbeit ganz leise, summten und flüsterten miteinander. Danach standen sie vor Edward, schwiegen und hielten inne.

«Er hatte ein reiches Leben», sagte Sarah schließlich. «Ein gutes Leben.»

«Wenn wir das von uns behaupten können ...» Siobhan seufzte, und Sarah wusste, was sie dachte. All die Jahre war ihr Großvater der Fels in der Brandung gewesen, unerschütterlich war er die letzten dreißig Jahre gewesen. Erst jetzt nach seinem Tod spürte sie, wie er die Familie gehalten hatte. Wie viel Kraft sie alle daraus hatten ziehen können, dass er für sie da gewesen war. Und sei es nur, dass er zuhörte.

«Komm. Die anderen möchten sich bestimmt auch von ihm verabschieden.»

Ein letztes Mal blickte Sarah zurück. *Mach's gut, Großvater,* dachte sie.

Es wurde Zeit, Jamie davon zu erzählen.

Er war den ganzen Tag auf der Bergweide gewesen, und sie hatte nicht gewagt, einen Reiter hinzuschicken, aus Furcht, er könnte sich um Charlie und sie ängstigen. Denn sie wollte ihm in die Augen blicken, wenn sie ihm sagte, dass es vorbei war.

Er nahm es erstaunlich gefasst auf. «Es war ein reiches Leben», sagte er, doch sie spürte, dass er noch mehr sagen wollte. Statt ihn zu bedrängen, brachte sie ihn in den Salon. Jamies Mutter saß neben ihrem Mann und hielt seine kalte Hand.

Sie ließ Jamie mit seiner Mutter allein. Diese Zeit des Abschieds brauchte er. Oft hatte er ihr erzählt, wie sehr er darunter litt, nie richtig von Finn Abschied genommen zu haben.

Es gab für sie genug zu tun. Annie und Izzie machten sich in der Küche zu schaffen. Schon bald würden die ersten Trauergäste kommen.

Kaum hatte es sich in Glenorchy herumgesprochen, dass der alte O'Brien gestorben war, setzte sich ein Zug Trauergäste in Bewegung, und mit jeder Stunde schienen mehr zu kommen, die Sarah und Jamie, Walter, Siobhan und nicht zuletzt Helen ihr Beileid ausdrückten und Abschied nahmen von Edward. Annie und Izzie tischten auf, was die Speisekammer hergab, und die Frauen aus Kilkenny und Glenorchy brachten, was sie auf die Schnelle hatten herbeischleppen können. Bald schon bog sich der Tisch im Speisezimmer unter der Last der Speisen: kalte und warme Aufläufe, Salate, Kuchen und Pasteten, kalter Braten und frisches Maisbrot. Mr. Brown kam und brachte eine Flasche Brandy, wie Edward ihn so gern getrunken hatte, und alle Anwesenden stießen auf ihn an. Nach zehn Minuten war die Flasche leer, bis der Nächste eine aus der Tasche zog und einen Toast auf Edward O'Brien ausbrachte, den hervorragendsten und stursten Iren, den sie kannten. Es wurde sogar geschmunzelt hier und da, und einmal ertappte Sarah sich dabei, wie sie laut auflachte. Erschrocken schlug sie sich die Hand vor den Mund und schämte sich. Es war doch schließlich nicht passend zu lachen. Gleich darauf verflog die Scham.

Natürlich war sie traurig. Aber sie wusste, wie sehr es Edward gefallen hätte, wenn er wüsste, dass sie bei seiner Trauerfeier lachte.

Am Abend gingen die Gäste. Einige versprachen, morgen wiederzukommen, doch die Nacht gehörte den engsten Familienmitgliedern.

Sarah ging zu Bett. Jamie blieb noch wach. Zuerst hatte er seiner Mutter bei der Totenwache beistehen wollen, doch sie beharrte geradezu wütend darauf, das könne sie gut allein, er solle sich ruhig schlafen legen. Er blieb im Arbeitszimmer und studierte die persönlichen Papiere, die Edward in einer Ledermappe verwahrt hatte.

Irgendwann wurde er müde. Sein Kopf sank auf den

Arm, seine Hand ruhte neben dem Telefon. Er hörte nicht, wie seine Mutter hereinschlich, sich von den Zündhölzern eine Handvoll vom Kaminsims nahm und auf leisen Sohlen in den Salon huschte, der einen kleinen, offenen Kamin hatte wie das Arbeitszimmer.

Vorsichtig schichtete Helen die Scheite auf, legte Kleinholz dazwischen und knüllte ein paar Seiten Zeitungspapier zusammen, die sie in die Mitte schob und anzündete. Das Feuer flackerte munter auf, und sie stand vor der offenen Feuerstelle und staunte. Als sie sich zu Edward umdrehte, um ihm zu sagen, dass es endlich warm wurde, tanzten die Schatten in den Zimmerecken. Da tanzte Finn, ihr Sohn, ein schwarzer, zuckender Umriss.

Helen packte den Schürhaken. Sie fuhr damit in die Glut, schürte das Feuer an, um die Schatten zu vertreiben. Doch sie tanzten nur noch wilder und kamen auf sie zu. Mit einem erstickten Schrei fegte sie die glühenden Holzstückchen aus dem Kamin. Die Glut fiel auf den Seidenteppich, der zu schwelen begann. Erste Feuernester erblühten. Helen sah sie nicht. Sie hängte den Schürhaken wieder zurück und ging zu Edward.

«Siehst du, jetzt ist es warm.»

Der Sessel, der auf dem Seidenteppich stand, fing Feuer. Sie lächelte zufrieden, und ihre Hand streichelte Edwards Gesicht. «Das ist gut», flüsterte sie. «Sieh nur, jetzt tanzen keine Schatten mehr.»

Schon sprang das Feuer auf die Vorhänge über, von dort auf die Tapeten, die sich knisternd aufrollten. Die Flammen leckten am Bücherregal hoch, der Rauch wurde immer dichter, und ihre Augen tränten. Helen hielt Edwards Hand fest umklammert.

Sie hatte keine Angst. Seit Jahren hatte sie keine Angst mehr, seit man ihr Finn genommen hatte.

Sie hustete. Irgendwo im Haus hörte sie jemanden rufen, aber ihr war schon das Atmen so schwer, und es war nun doch etwas zu heiß in diesem Zimmer. Aber sie wollte hierbleiben. Niemand konnte sie zwingen, jetzt ihren geliebten Edward allein zu lassen, mit dem sie so viele Jahre glücklich gewesen war und genauso lange Zeit unglücklich.

Sie schloss die Augen und wartete, dass das Dunkel sie umfasste.

Es war Izzie gewesen, die Alarm schlug. Ihr Ruf schrillte in dem Moment durchs Erdgeschoss, als Jamie müde den Kopf hob und glaubte, ein *merkwürdiges Geräusch* zu hören.

Er sprang auf, riss die Tür auf und stolperte in die Eingangshalle. Dicke Rauchschwaden nahmen ihm die Luft zum Atmen, die Hitze war schier unerträglich. Sofort sah er, dass das Feuer im Salon ausgebrochen war, und ein Teil seines Verstands wusste, dass für jene in dem Raum jede Hilfe zu spät kam.

Er rannte die Treppe hinauf, von wilder Panik getrieben. Riss die Tür zu Charlies Kinderzimmer auf. Der Kleine heulte erschrocken, als Jamie ihn mitsamt der alten Patchworkdecke packte, sich ihn unter den Arm klemmte und aus dem Zimmer stürzte. Er eilte den Gang entlang zum Schlafzimmer. Sarah kam ihm entgegen, das dunkle Haar zerzaust, nur mit ihrem Nachthemd bekleidet. Er schrie ihr zu, sie müsse sofort hier raus. Sie folgte ihm, rief ihm über das Tosen der Flammen etwas zu, doch er schüttelte nur den Kopf und eilte vor ihr die Treppe hinunter. Er spürte ihre Hand auf seinem Rücken, suchend und tastend. Sie wollte ihn nicht verlieren.

Sie brachten sich in Sicherheit.

Annie und Izzie hatten es ebenfalls aus der Küche ins Freie geschafft. Das Feuer breitete sich rasend schnell aus, schon standen fast alle Räume im Erdgeschoss in Flammen. Jamie schloss Sarah fest in die Arme. «Da geht's dahin, sein großes, wunderschönes Haus», flüsterte er.

«Was ist mit Helen? Wo ist deine Mutter?»

Sarah wollte sich von ihm losmachen, doch Jamie zog sie noch enger an sich. «Schhh», machte er. «Ich glaube, sie ist dort, wo sie schon seit Jahren sein wollte. Bei Finn.»

Er spürte Sarah weinen. Seine Augen jedoch blieben trocken. Er sah aus Kilkenny jene herbeieilen, die noch vor wenigen Stunden im Salon gesessen und auf Edward angestoßen hatten. Einige schleppten Wassereimer heran, einer wollte den Befehl übernehmen, dass sie eine Eimerkette bildeten, doch blieb von seinem Tatendrang nicht viel, als er sah, wie schlimm es um das Haus stand.

Da geht's dahin, dachte Jamie wehmütig. Morgen müssen wir alle wieder im Fuchsbau wohnen wie vor dreißig Jahren.

Er lächelte. So schlimm war die Vorstellung gar nicht. Sie konnten enger zusammenrücken, dann würde es schon reichen. Zuletzt waren sie doch ohnehin so oft dort oben gewesen. Er fühlte sich in dem engen, verschachtelten Haus wohl.

Sarahs Schluchzen verebbte. Sie blickte zu ihm auf, und im goldenen Feuerschein war sie für ihn schöner als je zuvor. «Wir bauen's nicht wieder auf, nicht wahr?»

Er schüttelte den Kopf. «Wir bauen unser eigenes Leben auf. Unser eigenes Haus, in dem wir glücklich werden.»

Mochte das Schicksal nicht so flüchtig sein wie bisher. Mochten nun die glücklichen Jahre folgen.

Er wusste nicht genau, wieso er so zuversichtlich in die Zukunft blicken konnte. Seine Eltern waren tot, das Haus brannte bis auf die Grundmauern ab. Doch er hielt die Frau im Arm, die er liebte, und mit ihr an seiner Seite wusste er, dass er alles schaffen konnte.

Das für dieses Buch verwendete FSC®-zertifizierte Papier
Munkenprint Cream liefert Arctic Paper Munkedals, Schweden.